日本の構造

50の統計データで読む国のかたち

橋木俊詔

講談社現代新書

2609

はしがき

失われた30年と称されるように、日本経済は低成長の中にいる。それは過去との比較、国際比較上からも統計で確認できるのだろうか。もしそうなら、その原因はどこにあるのだろうか。企業活動、そして労働者の働き方や生活の実態がどういう現状にあるかを知ることは、今後の経済成長の課題を考えるうえでとても重要な情報なので、本書で詳しく検討する。

例えばどのような項目が調査されているか、いくつかの例を記しておこう。企業と労働者の生産性、企業の開業率と廃業率、人々はどの産業で働いているのか、労働者は一企業に何年勤めるのか、定年制の実態はどうか、賃金や所得をどれだけ受け取っているか、女性の労働の実態はどのようなものか、日本人は幸福な生活を送っているか、そして何を生きがいにして生活しているか、など多種多様な点がわかるように記述して、日本の企業と人々がどういう状況にいるかを知ることができるようにしている。

他にも現代の日本を物語る現象がいろいろある。日本はもともと、福祉を家族の絆に頼ってきた。しかし、近年その絆が弱まり、福祉の提供が充分でなくなり、人々は日常の生活に困り果てている。例えば結婚しない人の増加、離婚する人が増えた、出生率の低下、三世代住居の減少などが象徴的である。学歴社会ともいわれる日本だが、教育においては学力不足、低所得家庭の子どもは望む教育を受けられないでいる。もし福祉と教育の分野で日本が問題を抱えているなら、政府がこれまで以上に前面に出てきて、適切な政策を実行すればある程度は解決できる。そこで政府の役割にも注目する。

「一億総中流社会」を一つの好ましい事実として誇っていた日本であったが、今や中間層が減少して、富裕層と貧困層の増加がめだつ「格差社会」に入った、との認識に合意のある時代となった。地域間格差、教育格差、医療格差なども同様である。世の中では経済効率性の達成のためには格差の存在はやむをえないとする考え方と、人間社会にとって平等は価値の高いことであるという考え方の2つが交錯している。どちらを好ましいとみなすかは、人々の生き方の違い、価値判断などに依存するので、一概に決められることではない。自由主義・民主主義のもとでは、多数決の意向で決められることかもしれない。ただ、実態を正確に知ることは、人々の判断の材料として役立つので、格差の実態がわかるようにする。

記述の方法を簡単に述べておこう。日本の社会と経済に関する項目を50種類ピックアップして、それぞれに関して図表を提示する。その項目の内容を一目で容易に理解できるように、わかりやすい図表の用意を基本方針とした。そしてその図表をもっとわかりやすくするために、解説を準備した。

解説にあたっては、日本における過去から現在までの変遷、そして日本の位置を理解できるように、他の先進諸国との比較もできるようにした。現在の日本を相対化することによって、読者が、今後の日本はどのようになるのが好ましいのか、そして個人、家族、企業、政府の好ましい役割を具体的に判断できるような資料になるよう配慮した。なお、本書で紹介したデータはできるかぎり最新のものを取り入れたが、一部校正作業中に最新版が発表されたものなど取り入れられなかったものもある。ただ、大きな流れに変わりはなく、全体としての傾向を読み取っていただければ幸いである。

本書の執筆中（2020〈令和2〉年）、世界を席巻した新型コロナウイルスの脅威が日本をも襲った。これに関しても本来であれば一つの章にまとめて書くのが望ましいが、進行途中でもあり、利用可能な統計はまだ少ない。そこで本格的な分析は諦めて、序章と終章において、いくつかのデータを紹介しつつ、その影響に言及した。

本書の執筆は講談社の青木肇氏と所澤淳氏の勧めによって開始した。図表を1ページにまとめ、文章を3ページに抑制するのは、意外と困難な作業であると認識したが、そこは所澤氏の編集作業によって、うまくまとめられた。氏の効率的なお仕事に感謝したい。しかし残っているかもしれない誤謬と意見に関する責任はすべて筆者にある、と付記しておこう。

橘木俊詔

目次

第４章　日本人の生活　117

第5章　老後と社会保障 ―――――――――――――――― 159

第８章　財政 ―― 221

序章　日本の今とコロナ禍

日本の今を図表で知る

本書の目的は、日本の今の姿を、図表を媒介にして知ることにある。本書では特に社会と経済に関して、明らかにしていくが、合計50の話題をピックアップして、日本人が毎日の生活を送るに際して経験する題材を中心に取り上げる。

分析の方法に関しては次のような特色がある。第1に、筆者の専門が経済学なのでどうしても経済的な関心と分析が中心になるが、関連分野として社会学、教育学、歴史学などの教えるところにも関心を払う。

第2に、各項目に図表を用意するが、これらの図表は複雑なものではなく、理解が容易にできるようにしている。そしてこの図表から得られる解釈を、できるだけ学問に立脚しながら記述して、読者の知的好奇心を刺激できるように配慮した。

第3に、図表に関しては現状だけでなく、できるだけ過去から現在までどのように変化してきたかがわかるようにした。それと同時に、他の先進諸国との比較をおこなって、世界の中での日本の立ち位置を知ることによって、日本の姿が好ましいのかそれとも好ましくないのか、の判断ができる一つの資料になるようにした。日本が先進国の一員なので、比較の対象は主として先進国に限定した。

日本の特色とその変化

本書を理解するうえで役に立つように、日本がどのような特色を持っているかを、さまざまな角度から簡単に記しておこう。おおまかな特色をあらかじめおさえておくことによって、各章と各項目に記述されている内容の理解がいっそう容易になると思われる。

第1に、日本経済を終戦から現在までの歴史でふりかえると次のようになる。戦争による経済破壊から立ち直って、1950（昭和25）年代から復興の時代に入り、その後高度成長の時代を迎える。それがほぼ20年続いてから1973（昭和48）年頃のオイルショックによってスタグフレーション（不況とインフレーションの併存）に巻き込まれるが、しばらくして経済は立ち直って安定成長の時代に入った。1985（昭和60）年あたりからバブル経済に入るが、5年ほどしてバブルは崩壊し、経済は未曾有の大不況期に入った。失われた20年、30年と称される低成長時代に入り、いまだにそれが進行している。直近である2020（令和2）年の新型コロナウイルス感染症の発生によって不況はいっそう深刻化している。

第2に、日本の企業では終身雇用、年功序列、メインバンク、株式持合というのが労使関係や金融・資本市場の特色であったが、アメリカ式の経営方式が好ましいという考えが浸透し、経営方式は変化の中にある。すなわち安定志向や平等志向よりも、市場主義、あるいは競争賛美と能力・実績主義へと変化の過程にある。

第3に、日本社会においては家族の役割が大であった。国民の98％前後が結婚する皆婚社会であったし、夫婦は子どもを2人前後持つのが普通であった。さらに戦後30～40年は三世代住居（祖父母、父母、その子ども〈すなわち孫〉が一緒に住む）が一般的であった。

しかし、独身の人が増加し、離婚する人も増えた。出生率の低下が深刻になるとともに、三世代住居は大きく減少し、高齢単身で住む人の数が増加することとなった。これらの現象は、いわば家族の絆の強い社会からそれの弱まる社会への変化を意味した。

第4に、家族の変容は福祉の提供方法に大きな変化を与えることとなった。老後の経済支援、病気や要介護になった人への看護・介護は家族の役割であったが、家族の絆の弱体化はさまざまな問題を引き起こすようになった。それらに対応するには、福祉は自分で担うという自立意識の確保か、それとも年金、医療・介護といった保険制度の充実という社会保障制度の確保か、という選択を日本国民に迫る。自助か、共助か、公助かの選択と考えてよく、これらの話題は本書の中心の一つである。

第5に、教育は人の生産性と人間性の向上に大いに貢献する制度である。ところが日本では教育は親ないし家庭の責任で子どもに提供されるべきとの信念が強かった。これだと豊かな家庭の子どもは高い教育を受けることができ、貧困家庭ではそれが困難となるので、日本の学歴社会では機会の平等がなかった、と解釈できる。日本の学歴社会の実態を種々の側面から明らかにし、かつ日本の教育が抱える課題が大きいことを論じる。

第6に、本書のテーマの一つは、格差社会という論点である。一億総中流社会と考えられていた日本は、それが消滅しつつあって、富裕層と貧困層のめだつ所得・資産格差の存在する国となった。本書においては格差の実態がわかるように、種々の視点から論じることにする。それが教育格差、地域格差、健康格差にまで拡大しており、それらの是正が必要かどうかを巡っては論争がある。その是正の一翼を政策主体として担うのは政府なので、政府の役割については一つの章で論じる。

新型コロナウイルスの登場

中世・近世におけるペスト、およそ1世紀前のスペイン風邪というように、人類はさまざまな感染症に襲われ、多数の人命が奪われたという不幸な歴史を有する。今回は201

9（令和元）年の末に発生した新型コロナウイルスであり、2021（令和3）年の初頭においても世界中で猛威をふるっている。

日々感染者数と死亡者数は変動するが、2021年2月中旬現在で、世界中で1億1000万人ほどの感染者、240万人の死者というからものすごい数に達している。しかしペストなどの被害と比較すると数の上では深刻度はまだ大きくなく、これはひとえに医療技術の進歩と人々の予防対策の拡充のお蔭である。

世界の各国別の数字を見ると、米ジョンズ・ホプキンス大学の発表によると、アメリカが感染者数2764万人、ついでインド、ブラジル、イギリス、ロシア、フランス、と続く（2021年2月中旬現在）。日本は感染者数42万人、死者数7300人であり、他国と比較すると数の上では深刻度はかなり低い。一般に欧米諸国と南米諸国、インドが深刻であり、東アジア諸国はこれらの国と比較すればまだかなり軽微であるが、その違いについては筆者が専門家でないだけに言及しない。

ただし経済学の専攻者からすると、感染者数と経済活動水準とは負の相関がありそうなので、これに関して日本の現状を議論してみたい。感染者数は人々が密に接する度合いに比例するので、経済活動を抑制したり、あるいはレストランなどでの飲食活動を自粛したりしないかぎり、感染者数は増加することになる。アメリカは発生当初からトランプ大統領（当時）が経済活動を抑制せず、人々にもその意思のない人が多かったため、自然と感染者数は増加した。死者数はその国の医療技術の充実度、保険制度の整備度に依存するので一概には語れない。

数字を見るかぎり日本は他国より少ないが、コロナ禍の影響を受けているのは確実である。それらのうちのいくつかをここで論じてみよう。

第1に、飲食業やホテル、旅館、運輸業などに代表されるように、人々の活動抑制の影響がどこに現れたかを、経済変数を中心にして確認しておこう。まずは2020（令和2）年の失業率である。年初は失業率が2・4％前後だったのに、10月には3・1％と0・7％ポイント増加しているので、かなりの数の失業者の増加を意味する。コロナ禍の広がりにより、経済活動が大きな打撃を受けたことは確実である。

残念ながら数字では示せないが、影響は中小企業がより甚大であるし、そこで働いていた人の方が多く職を失ったのはまちがいない。大企業は保有資産があるので生き延びることができる可能性は高いし、Go To トラベルや Go To Eat で政府から支援を受けられたが、中小企業は保有する資産は少ないうえに、政府からこれらの政策の恩恵を受けることも少なかった。

じつは Go To トラベルなどの政策によって恩恵を受ける業者は大手の企業であり、消費者でも所得の高い人が利用するのである。大手旅行業者が潤い、高級ホテルの利用が集中するなどの批判があったように、中小企業や低所得者にとって恩恵は少ない。これは企業規模格差の増大とか、国民の間での所得の格差を助長する結果になりうるので、公平性の観点からは問題のある政策であることを述べておこう。

さらに労働者においても正規労働者よりも非正規労働者に雇用を失った人が多いだろう、と確実に言える。これまでも不況時には、パート労働などの非正規労働者が最初に解雇されるのが常だったので、今回のコロナ禍でもこれらの人がまずターゲットになったことは確実である。しかもその影響は非正規労働者の多い女性により深刻であった。その証拠に女性の自殺者の増加が見られた。資産、所得のデータはもう少し待たねばならないが、不況期には賃金・所得格差の拡大が見られるので、コロナ禍における不況でも同じように格差が拡大すると予想できる。

内閣府の公表するＧＤＰ（国内総生産）に注目すると、２０２０（令和２）年の１〜３月期はいつもと変わらない０・６％のマイナス、そしてコロナ禍の影響を受けた４〜６月期は８・２％の大幅マイナス、７〜９月期は５・０％、10〜12月期は速報値で３・０％のプラスであった。20年の通年では４・８％のマイナスであった。最初は緊急事態宣言によって経済活動の抑制が強く働き、次の時期はその反動でかなりのプラスに転じたことがわかる。菅義偉《すがよしひで》内閣は経済活動優先の政策を好んでいるので、今後は大幅なマイナスパーセントはないかもしれない。しかし２０２１（令和３）年の１月にふたたび緊急事態宣言が発出されたのでマイナスになるかもしれない。

人々の密接な接触活動の程度にも依存するが、感染者の増加があるかもしれないし、医療崩壊がすでに発生している。最悪のシナリオは命の選択（例えば80歳以上のコロナ患者は治療しない）という手段がとられることである。例えば欧米ではその政策を採用した国がいくつかある。その兆候は異なる姿で日本でも現れている。２０２０（令和２）年の10月には、自殺者数が前年同月比39・９％の増加という悪い統計が警察庁から発表された。さまざまな経済困窮者を多く生んでいる悲劇である。

このように深刻な影響を与えているコロナ禍であるが、これからの変化の兆候が見られなくもない。感染が大都会に集中していることから、企業や人々が脱東京の動きをわずかではあるが示している。オンラインビジネスが浸透すればこの動きを助長するので、これが東京一極集中阻止の引き金になれば、日本にとって朗報である。

もう一つは、病院、介護施設などが医療崩壊の危機の中で、悲痛な叫びを上げている。これを知った若い人の間で医師をめざす人の数が減少する可能性がある。医師人気が高すぎて、他の職業になかなか優秀な人がいかない実状を思えば、人材の偏在を均《なら》すということとにつながるかもしれない。ただ、言うまでもないが、医師、看護師、介護士など医療関係者はとても尊い仕事をしている人々であり、今回、彼らの存在が社会にとって、大切な役割を果たしていることをあらためて実感することとなった。彼らの勤め先が経営破綻しないようにするためと、これらに従事する人々が満足して働ける環境を確保するための支援は絶対に必要である。

第1章　日本経済の健康診断

現在は経済成長率0・9%の低成長時代

戦後経済と失われた30年

現在の日本を診断するために、まず、戦後経済の軌跡を経済成長率で見てみよう。図1－1は1956（昭和31）年から2019（令和元）年までの年成長率を示したものである。全期間を3つに区分できる。すなわち（1）高度成長期（1956〈昭和31〉～1973〈昭和48〉年）、（2）安定成長期（1974〈昭和49〉～1990〈平成2〉年）、（3）低成長期（1991〈平成3〉～2019〈令和元〉年）である。主たる関心は直近の「失われた30年」であるが、それに至るまでの軌跡も前史として重要なので述べておく。

高度成長期は戦後10年過ぎてから発生した、世界でも稀に見る成果なので、その要因をここで列挙しておこう。

①太平洋戦争で経済が破綻したので出発点の経済状態がとても悪く、ゼロからのスタートなので成長しやすく、しかも強硬な復興策が功を奏した。

②1950（昭和25）年に勃発して3年間続いた朝鮮戦争の特需が起爆剤となった。

③民間貯蓄率が高く、豊富な資金が銀行などを通じて企業に融資され、旺盛な設備投資意欲を企業にもたらした。

④兵士の帰還や出生率の高さにより、労働力が豊富にあったし、貧困を脱して豊かになりたい一心で国民の勤労意欲が高かった。

⑤技術力に遅れがあったので、企業は高いパテント料を払ってまでも、外国技術の導入に熱心であった。

⑥年功序列と長期雇用の労働市場、メインバンク制と株式持合の資本市場が、効率性の高い生産要素市場を確実にした。

⑦1ドル＝360円の安い円相場が日本の輸出に好都合であった。

1973（昭和48）年に発生した中東戦争による石油危機は、石油価格が4倍に高騰して世界経済にスタグフレーションを発生させた。先進国経済は軒並み低成長経済に入ったが、日本経済は短期に脱出でき、平均4・2％の安定成長期を迎えることができた。じつはこの安定成長期が日本経済のもっとも輝いた時代であった。スタグフレーションで悩んだ欧米諸国は、日本のいち早い復活を羨ましく思い、その政策を真似ようとしたほどである。

なぜ日本は早く脱出できたのか。まずは企業の省エネルギー技術の開発が成功した。生産量・売上高の減少に対しても、労働者を解雇せずに労働時間やボーナス額のカットで乗り切る労働市場のフレキシビリティ、メインバンクを中心にした企業金融制度が融資を確実におこない、経営不振の企業を支援した策が功を奏した。この成功は世界に誇ってよい。

最後は、もっとも直近で、しかも今後もそれが続くかもしれないと予想されている低成長時代である。年によってはマイナス成長も見られた。平均で０・９％という低成長である。なぜこれだけ長期の大不況を日本は経験したのであろうか。

①きっかけは１９８０年代後半のバブル経済が崩壊した点にある。バブル（泡）とは株や土地の価格が異様に高騰する現象であるが、泡はいずれははじけるのであり、株や土地の資産価格が急下落して、信用収縮が発生した。土地を担保にすることの多い日本では、担保価値が銀行の融資額を下まわる担保割れとなった。

②円高などによる実体経済の不況も加わって、銀行は大量の不良債権を抱えることとなった。北海道拓殖銀行、日本長期信用銀行、山一證券など金融機関の倒産も生じた。

③金融業界の不振による信用収縮がいっそう進むと、企業融資において貸し渋りや貸し剝がしがめだつようになり、非金融業は資金繰りに苦しむようになった。しかもデフレ現象の進行により、売上高が減少して経営にも不安定さが増し、長期の不況期に入った。

④人口の少子・高齢化により働き手の数が少なくなり、多少豊かになった日本人の勤労意欲が停滞した。技術進歩率の低下とアメリカのＧＡＦＡ（Google, Amazon, Facebook, Apple）のようなＩＴ産業における新製品開発もなく、しかもサービス産業の生産性低迷がめだつようになった。

図1-1　経済成長率の推移

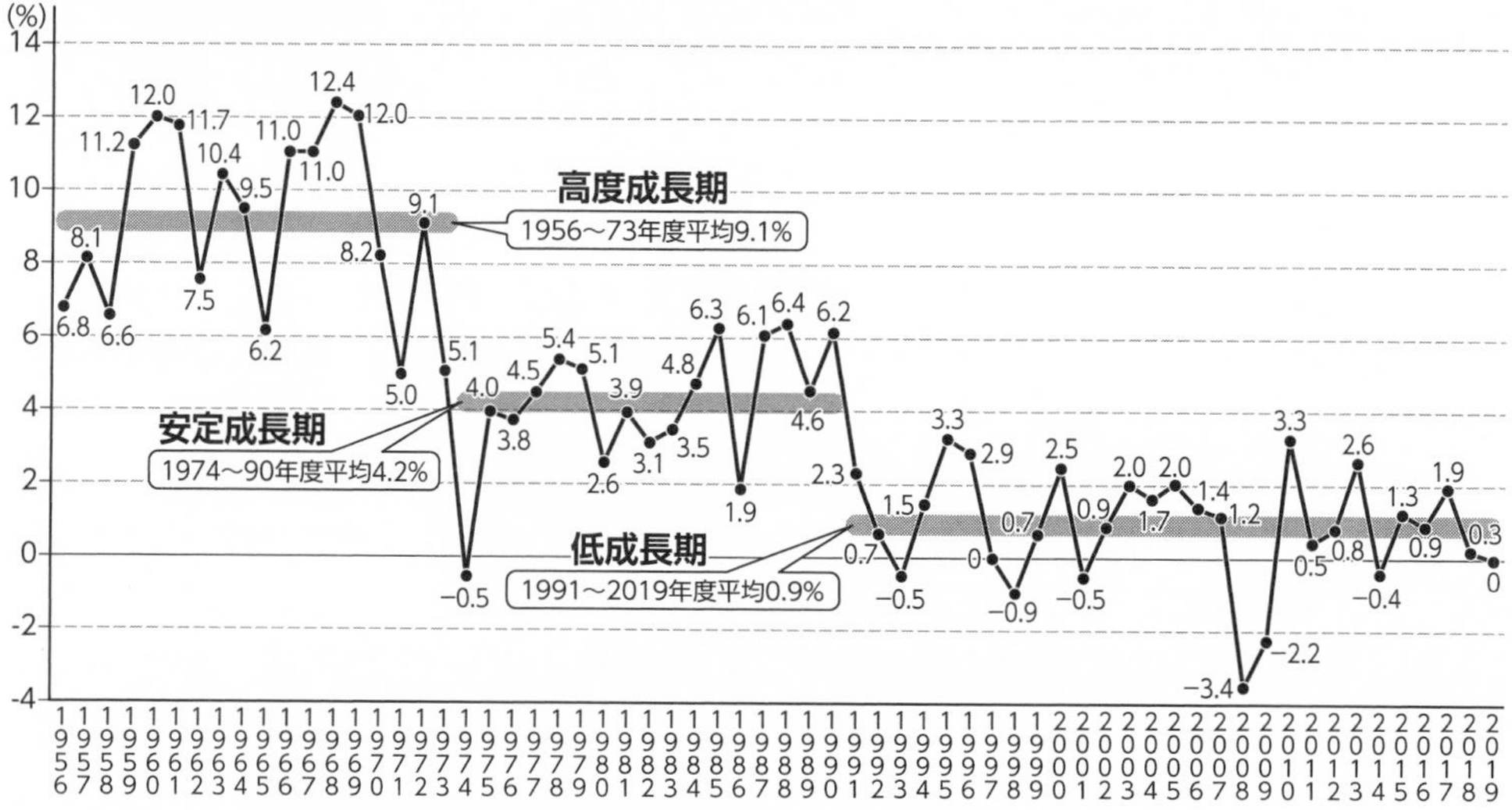

注：年度ベース。複数年度平均は各年度数値の単純平均。1980年度以前は「平成12年版国民経済計算年報」(63SNAベース)、1981～94年度は年報（平成21年度確報、93SNA）による。それ以降は2008SNAに移行。
出所：内閣府SNAサイトを基にした本川裕氏サイト『社会実情データ図録』に掲載された図を引用

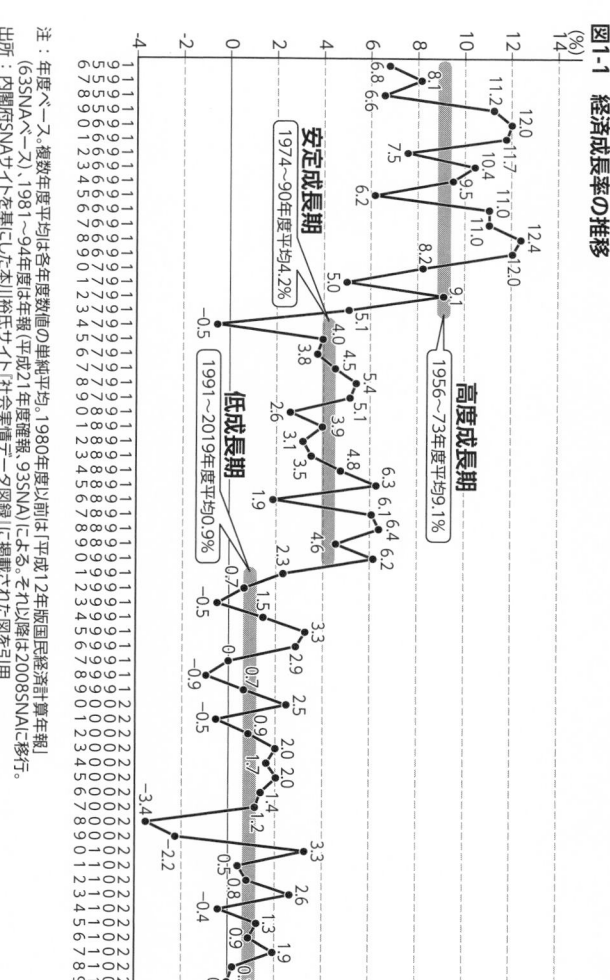

100万人を切った年間出生数

なぜ出生率は低下したのか

日本の出生率が戦後の傾向として低下しているのは皆の知るところなので、ここではその事実を簡単に確認したうえで、関連する話題をいろいろ提供しよう。

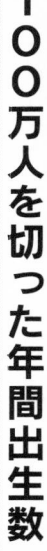

まずは長期の出生数と出生率の変遷を図1－2で確かめておこう。戦前は年に200万人ほどの出生数だったし、戦後の第1次ベビーブームによって最高は270万人までの出生数に達した。同じことは合計特殊出生率（出産可能〈15～49歳〉の女性の年齢別出生率の合計）でもピークが4・54の高さによって確認できる。この第1次ベビーブームの原因を説明するのは簡単である。非常時である戦争中は人々は出産を控えたが、戦後に帰還兵の多かったことと、平和が訪れたことで、人々は子どもを持つ動機が強くなった。

この出生数の激増は1950年代あたりからの日本経済の高成長に大きく貢献した。豊富な労働力、特に若くて元気な人々が多くいたので、生産活動を大いに活性化したのである。しかも敗戦によって貧困に苦しんでいた人々は、貧困から脱出したい希望が強く、国民全員が高い勤労意欲を有していた。出生数はその後低下の兆候を示して50年代半ばには160万人弱となったし、合計特殊出生率も50年代前半には3・0を切るところまで低下した。しかし１９５７年から１９６４年までは人口が定常状態（具体的には増加も減少もしない情況）になる２・１を少し下回るまで低下し、総人口がやや減少する兆候を示した。

この時期（１９６０年代から１９７０年代前半まで）は労働力不足には至らず、第２次ベビーブームを経験したほどであった。第１次ベビーブームの世代がいわゆる結婚適齢期に達したので、出生数が増加したのである。

１９７３（昭和48）年の出生数２０９万人、合計特殊出生率は１９７１年の２・１６をピークにして第２次ベビーブームが終了すると、コンスタントに両者は減少した。２０１６年には出生数はすでに１００万人を切り、出生率も１・４４あたりまで低下している。今では総人口の低下と年齢構成の少子高齢化という時代にいる。何十年か後には人口が半減するという予測もある。

なぜこれほどまでに出生の減少傾向が続いているのか、重要な要因を列挙しておこう。

第１に、日本では公式に結婚している夫婦からの出生のみを正統な子ども（嫡出子）とみなしてきた。若い年齢層を中心にして非婚志向が高まっているので出生率は低下する。

第２に、結婚する夫婦においても過去には多ければ３〜４人の子どもを持っていたが、今ではせいぜい２人あるいは１人、ないしゼロが相当数いる。ゼロの場合にはＤＩＮＫＳ(Double Income No Kids)と呼ばれて、夫婦で働くが子どもを持たない。

第3に、子育てがたいへんな負担になるという認識が相当高まったことが大きい。既婚の働く女性にとって家事・育児の負担が大きいため、勤労と双方をおこなうことは過酷と感じられ、出産を控えるようになった。

第4に、家庭の外部における保育環境が不充分な日本の姿がある。

第5に、家事・育児を助けようとしない夫の存在がある。猛烈社員の夫は帰宅が遅くなる事情はあったが、妻に非協力的であった。一昔前であれば、三世代住居が多かったので、実か義理の母親が子育てや家事を助けてくれたが、今は三世代住居はとても少なく、妻の負担が重い。

第6に、子どもの教育費が高いことがある。日本では子どもの養育と教育は家庭の責任という信念が強く、子ども手当(児童手当)が充分に支給されないので、子どもを持つことの経済負担の大きさを恐れた。

第7に、一昔前は良妻賢母論によって女性には高等教育は必要ないと考えられていたし、家計所得の低さもそれを許さなかった。しかし日本も豊かになり、女性に高等教育の場が与えられる時代になり、女性もそれを望んだ。それにともなって学識と技能を高めた女性が働く希望を持ち、夫に経済依存するのを避けたいと思うようになった。これら女性の労働力率の高まりは、上に述べた現象の背景になった。

図1-2　出生率及び出生数の変遷

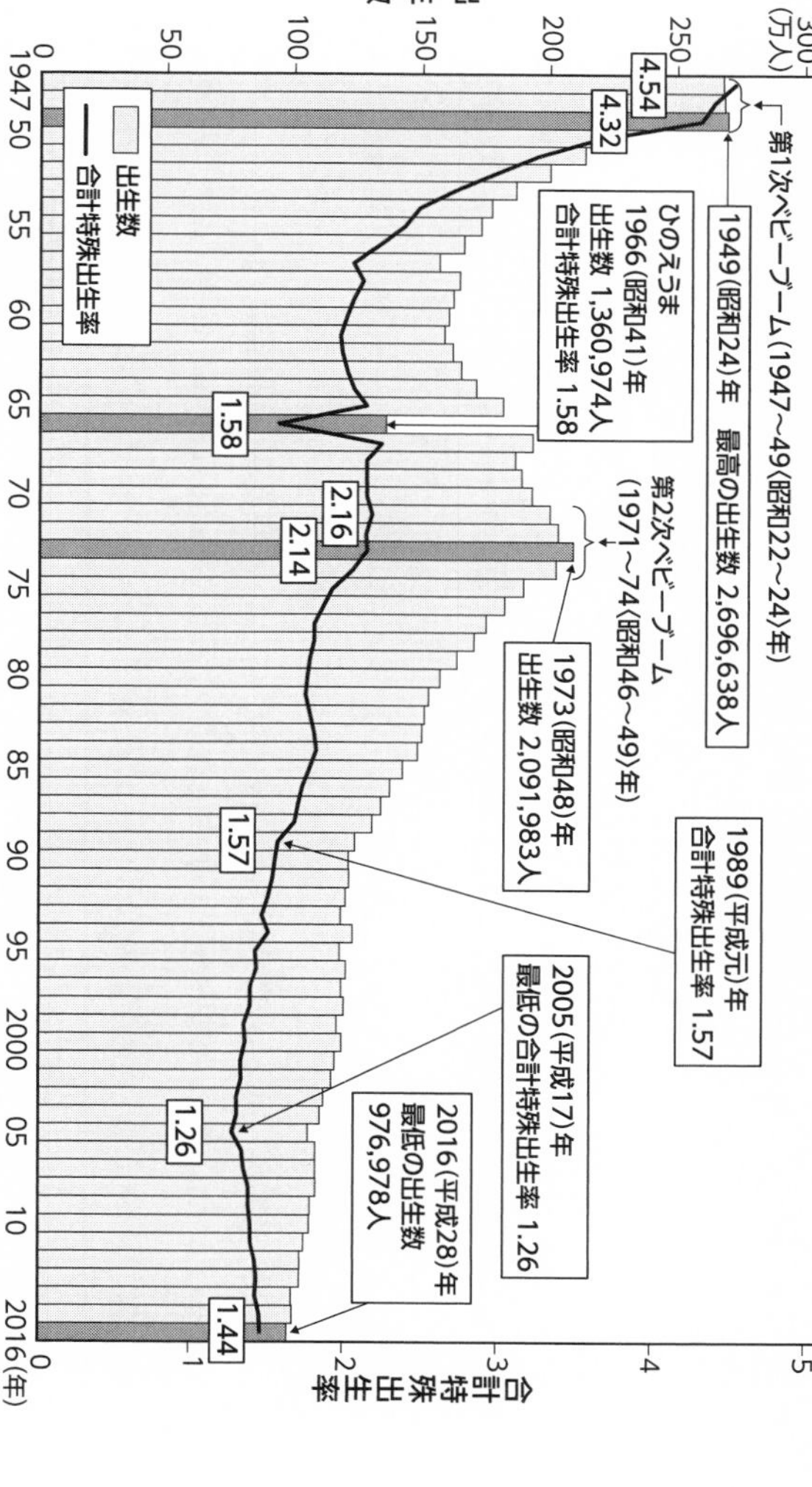

第1次ベビーブーム(1947～49〈昭和22～24〉年)
1949(昭和24)年　最高の出生数 2,696,638人
ひのえうま
1966(昭和41)年
出生数 1,360,974人
合計特殊出生率 1.58
第2次ベビーブーム
(1971～74〈昭和46～49〉年)
1973(昭和48)年
出生数 2,091,983人
1989(平成元)年
合計特殊出生率 1.57
2005(平成17)年
最低の合計特殊出生率 1.26
2016(平成28)年
最低の出生数
976,978人
4.54
4.32
1.58
2.16
2.14
1.57
1.26
1.44
出生数
合計特殊出生率
(万人)
300
250
200
150
100
50
0
1947 50
55
60
65
70
75
80
85
90
95
2000
05
10
2016(年)
5
4
3
2
1
0

出所：厚生労働省「人口動態統計」

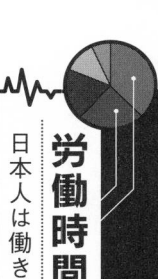

労働時間は60年代より約700時間ほど減少

日本人は働き過ぎか

労働者の労働時間というのは、いろいろな側面から評価可能な変数である。まずは企業側、あるいは生産面から評価すれば、労働時間が長くなればなるほど生産高、あるいはサービス供給量は増加する。しかしこれには条件があって、労働生産性の増減にも左右される（労働生産性の増減については後に言及する）。

次に労働者側から評価すれば、働く時間が長くなれば賃金総額は増加するので、生活水準を高められる。とはいえ、賃金総額は時間あたり賃金の変動にも左右される。もう一つ重要なことは、一般に経済学では労働は苦痛とみなすので、労働時間は短いほどよい。長時間労働は健康に悪いし、余暇の時間が減少して、楽しい生活を送れる機会が少なくなる。

ここでは労働生産性や時間あたりの賃金の動向には注意を払わず、労働時間の変動そのものだけに注目する。図1－3は戦後から現在までの常用労働者一人あたりの平均年間総実労働時間数を示したものである。事業所規模30人以上の統計である。29人以下の小企業の方が労働時間が長いので、この図による労働時間の絶対数には注目せず、その変化だけに注目する。ただし、最近の30年ほどに関しては規模5人以上の労働時間も統計で示されるようになっており、極小規模の事業所の方がほんの少し労働時間が短いことを知っておこう。

まず戦争直後から1960（昭和35）年頃までは、高度成長期に向かう時期なので、労働時間が長くなることは当然であった。貧乏から脱却して多くの所得を得たいという労働者と、企業成長率を高めたい企業の思惑が一致して、国民は長時間労働にコミットしたのである。当時は週6日労働（休みは日曜日のみ）、あるいは週5・5日労働（土曜日は半日勤務）であったし、残業も厭わない雰囲気が労使ともにあった。

年に2400時間を超す長時間労働も1960（昭和35）年を過ぎた頃からは減少の兆候を示した。大企業を中心に日本社会が週休2日制を徐々に導入しはじめた効果が大きい。欧米では週休2日制が一般的だったので、先進国の仲間入りを果たしたのである。労働時間の減少は1975（昭和50）年頃にはストップし、ほぼ変動なしが15年ほど続いた。この時期は先の安定成長期に相当する。スタグフレーションという二重苦を避けるため、企業、労働者ともに企業の存続を願って、労働時間を減少させず頑張ったのである。

1990（平成2）年あたりから再び労働時間は減少した。それもかなりの減少率である。日本人は働き過ぎという外からの批判と、内からの反省が、労働時間減少を促進したと考えてよい。この頃から日本人が働く以外のことに関心を持ち出したこともある。

ではは日本人はほんとうに働き過ぎか検証しておこう。OECD（経済協力開発機構）が各国の労働者一人あたりの年間労働時間の統計（2019〈令和元〉年）に注目して公表しており、主要国を掲げてみる。

韓国：1967　アメリカ：1779　イタリア：1718　カナダ：1670　日本：1644　イギリス：1538　フランス：1505　スウェーデン：1452　デンマーク：1380　ドイツ：1386

韓国人やアメリカ人は日本人よりも長時間働いている。逆にドイツと北欧諸国の特に短い労働時間は特筆に値する。G7のなかでは日本は中位にあたる。働き過ぎでも遊び過ぎ（？）でもない。

労働時間にはいろいろな論点がある。もっとも重要な論点は、法定労働時間と呼ばれるもので、原則として1日に8時間、1週間に40時間を超えて働くのは禁止されている。この法定労働時間は戦後減少する傾向にあった。この法定労働時間を超えても、労使の合意があれば時間外労働（残業）をしてもよいが、1時間あたりの賃金を割増しせねばならない。日本は25％増であるが、ヨーロッパの50％増と比較すればまだ低い。

他にも有給休暇がある。通常は年に20日であるが、勤続年数によって異なる。日本人は有給休暇をさほど取らない（厚生労働省「平成31年就労条件総合調査」では取得率は52・4％）。怠けていると思われたくない、自分だけ休めないという心情が働いている。

図1-3 常用労働者一人平均年間総実労働時間数 1947~2019年 年平均

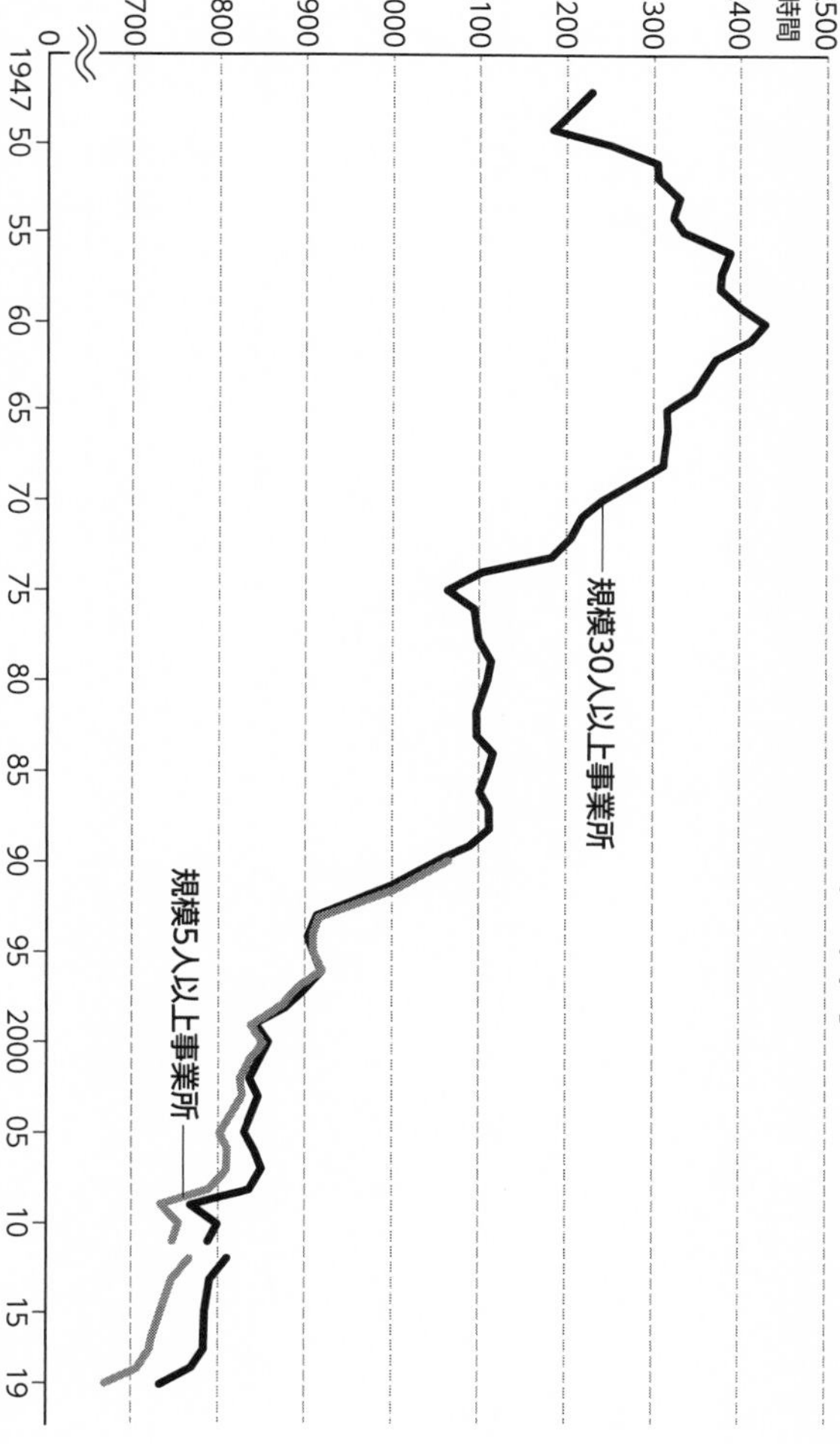

出所：厚生労働省「毎月勤労統計調査」

製造業の労働生産性は世界1位から15位へ

労働生産性の低下

バブル崩壊後に日本は低成長時代に入ったが、次の関心はなぜ低成長を迎えることになったかである。その一つの要因は、少子化のところで説明したように労働人口の減少と、労働時間の減少という2つの理由が重なっての総労働供給量の減少の結果であった。

もう一つの重要な要因は、ここで分析する労働生産性の低下である。たとえ労働供給量が低下しても、労働生産性（労働者一人あたりの生産額）が上昇しておれば、総生産量の低下を阻止できて、成長率を高くすることは可能である。

表1－1は衝撃的な事実を示している。日本の経済成長の柱であった製造業における労働生産性の、ここ20年間にわたる順位を提示した表である。1995（平成7）年と2000（平成12）年にはなんと世界第1位という労働生産性の高さを誇っていた。この時期は為替相場において円高だったため、ドル表示の額は高くなるので多少割引く必要があるが、それにしても高い労働生産性であった。この少し前の時代には「Japan as No.1」と称されたほどの経済の強さを誇っていた日本であった。

しかし、その後徐々に順位を下げ、2005（平成17）年には8位、2010（平成22）

年には11位、2016（平成28）年には15位にまで低下した。激しい凋落ぶりである。

なぜ順位をこうも落としたのか。ちなみに2018（平成30）年は16位だった。日本の労働生産性では、ごく最近の低下を除くと多少の増加傾向を示しているが、それ以上に、他の国が劇的に労働生産性を高めたので、日本の比較優位がなくなったのである。

例えば最大の競争国であるアメリカは、2000年に7万8583ドルだったのが2016年には14万205ドルに上昇しており、1・78倍の増加率である。それに対して、日本は8万5182ドルから9万9215ドルへと、わずか1・16倍の増加率にすぎない。他の先進国も高い増加率（例えばスウェーデン1・71倍、デンマーク2・34倍、ベルギー1・79倍）であることがわかる。その理由を追究する必要がある。この低い労働生産性こそが日本経済低迷の最大の理由とみなしてよい。

なぜ労働生産性が伸びなかったのか。第1に、衆目の一致するところとして、企業が設備投資を怠ったところに大きな原因がある。長期の不況により企業の収益額が減少し、株主還元を求める声の高まりで配当性向を高めたことと、将来の不確実性を危惧して内部留保を高めたことで、設備投資が停滞したのである。

機械などの設備投資があると、労働とうまくマッチして生産性を高めることができる。労働者の数を減少させても、機械装置の導入によって生産性を増加させることが可能である。

資本装備率の高まりが労働生産性の高まりに寄与することは、生産現場でも経済学の学問上でも確認されているが、実際には設備投資が停滞し、労働生産性の伸びに貢献しなかった。

第2に、機械やコンピューターといった物質的な設備投資の停滞に加えて、非物質的な投資の遅れがめだったことが大きい。これは宮川努他「生産性向上と無形資産投資の役割」などで強調されていることである。非物質的、あるいは無形資産と呼ばれているのは、眼に見える資産（機械やコンピューターを考えればよい）ではなく、研究開発、特許、商標、ブランド、ネットワーク、独自の業務スキル、人工知能などに代表されるような、眼に見えないものである。これと関係あるが、新商品の開発も停滞した。

無形資産、あるいは非物質的な投資の欠如が、例えばアメリカのＧＡＦＡや、中国のファーウェイやアリババといったＩＴ企業と比較して、日本企業が遅れをとった重要な理由である。ＩＴ分野での新技術の開発に遅れたと考えてよい。なぜ遅れたのか、それは次に述べることと関係がある。

第3に、日本の教育、特に大学教育に欠陥があった。図1－4は必ずしも大学教育に限定してはいないが、経済成長への貢献に、労働者数の増加と一人あたりの質の向上がどう貢献しているかを比較したものである。この図が示すように、日本の労働者の質の向上はきわめて限定的であった。日本の教育の欠点は第2章で述べることにしたい。

表1-1　製造業の労働生産性水準上位15ヵ国の変遷
（USドル［加重移動平均した為替レートにより換算］）

順位	1995年	2000年	2005年	2010年	2016年
1	**日本**	**日本**	アイルランド	アイルランド	アイルランド
2	ベルギー	アイルランド	米国	スイス	スイス
3	ルクセンブルク	米国	スウェーデン	スウェーデン	デンマーク
4	スウェーデン	スウェーデン	フィンランド	米国	米国
5	オランダ	フィンランド	ベルギー	デンマーク	スウェーデン
6	フィンランド	ベルギー	ノルウェー	ノルウェー	ベルギー
7	フランス	ルクセンブルク	オランダ	ベルギー	オランダ
8	ドイツ	オランダ	**日本**	フィンランド	ノルウェー
9	オーストリア	デンマーク	デンマーク	オランダ	フィンランド
10	デンマーク	フランス	オーストリア	オーストリア	オーストリア
11	ノルウェー	オーストリア	ルクセンブルク	**日本**	英国
12	アイルランド	英国	フランス	フランス	フランス
13	英国	ノルウェー	英国	ドイツ	ルクセンブルク
14	イタリア	ドイツ	ドイツ	カナダ	ドイツ
15	オーストラリア	イスラエル	オーストラリア	アイスランド	**日本**

出所：日本生産性本部「労働生産性の国際比較」（2018）、23頁、表3

図1-4　労働の量・質の経済成長寄与度

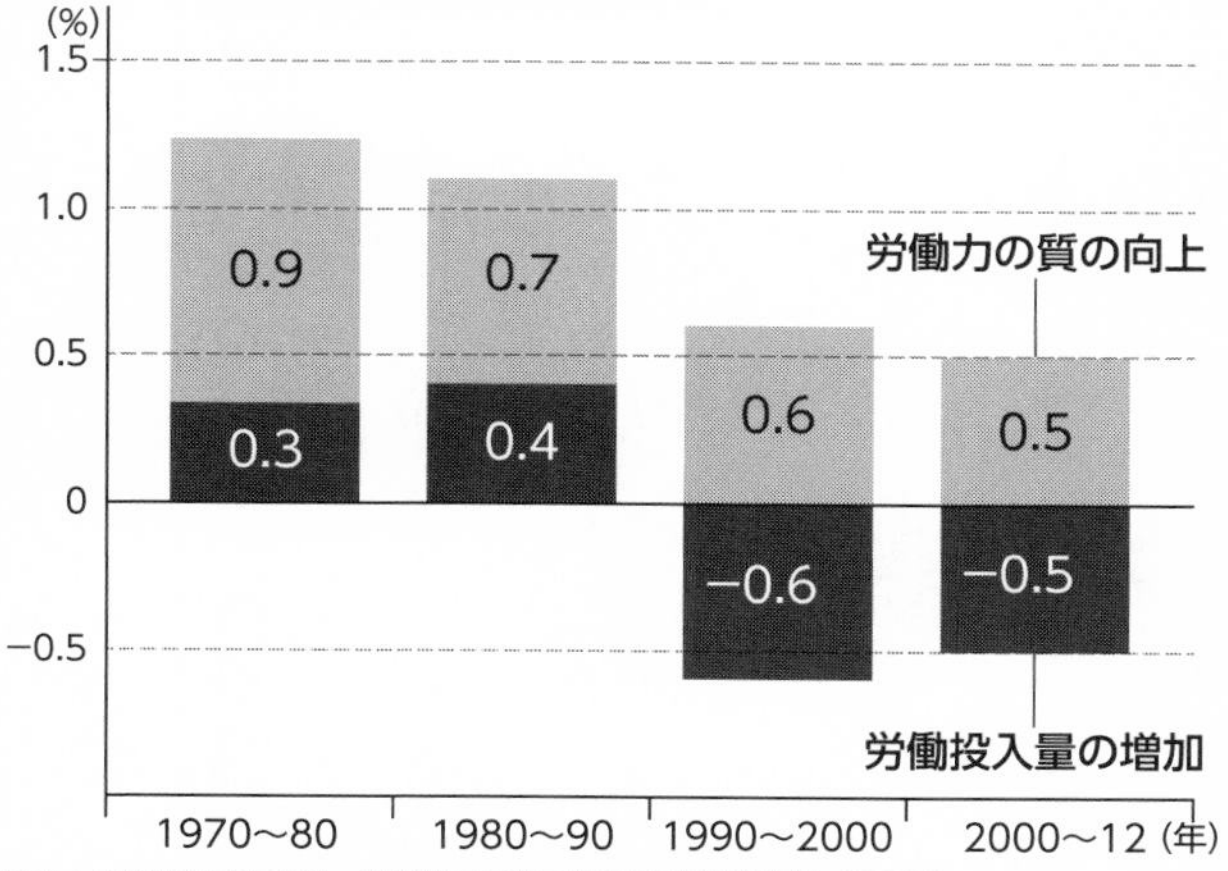

出所：森川正之『生産性―誤解と真実』日本経済新聞出版社、2018年

労働人口の70％超が第3次産業に

産業構造の変化と日本弱体化

経済成長率の低下を知ったうえでの次の関心は、経済の構造が産業別にどう変化したのかである。これを見るには2つの方法がある。一つは、生産量への貢献比を産業別に見る方法である。例えば、農業、製造業、サービス業のGDP（粗国内生産量）への貢献比を見るのである。もう一つは、それらの産業に従事する労働者の構成比に注目する方法である。

本書では第2の方法に注目する。図1－5である。本書全体に通じる関心は、人間と労働に関することなので、人々がどの産業で働いていたかの情報を重視する。

第1に、戦争直後の1950（昭和25）年では、第1次産業（農水産業、林業）がほぼ40％で、もっとも重要な産業であった。この事実は戦争前にも当てはまることで、戦前（つまり明治末期から大正、昭和初期）において日本経済は、産業革命を経験したとはいえ基本は農業国家だった。数字で示すと1920年以前には60～70％の人が農業従事者だったことになる。しかも大都市部にはまだ多く住まずに各地方で農業生活を送っていたのである。

第2に、戦後10年あたりから第2次産業（製造業、建設業、鉱業など）の従事者が増加を始めて、ピーク時の1973(昭和48)年には36・6%にまで達した。日本が世界に誇る高度成長期は、この第2次産業の隆盛によって象徴されるのである。

特に製造業というモノづくりが牽引車であった。戦後10年の初期の頃は絹織物や綿織物といった繊維産業がめだち、輸出産業の花形として君臨した。しかしこれらの産業は後発国の追い上げを受けて、衰退の道を歩むようになった。

1980年代の主力産業は鉄鋼、造船、機械などであった。鉄鋼業は原鉱石を輸入してそれを高い技術でもって鉄鋼製品として生産し、国内産業への原料供給の役割を果たし、輸出にも成功した。造船業の優位性もめだっており、造船大国の日本の名を世界に知らしめた。もう一つの重要な製品は、冷蔵庫、テレビなどを中心にした電化製品であった。

特筆しておきたいのは自動車産業である。乗用車、トラックともに低い燃費で走行できる車の技術開発に成功して、ガソリン価格の高騰するなかで国内用と輸出用の双方において、生産額と輸出額の高さを誇ったのである。しかし自動車はアメリカ等に輸出しすぎて、貿易摩擦を引き起こした。

「Japan as No.1」ともてはやされたのもこの頃であり、経済大国になった日本は、G5という先進国サミット(米、英、仏、独と日本)のメンバーにもなったのである。今はG7サミットとなっているが、中国や発展途上国の追い上げを受けて、影が薄くなっている。

第3に、第3次産業（小売業、飲食業、商業、金融業、運輸通信業、医療、教育業、サービス業など）の比率が終戦直後から現在までコンスタントに上昇していることに注目したい。第1次産業人口の減少分は、第2次産業と第3次産業の増大に吸収されたのである。この間地方から都市への人口移動も続いた。

第4に、とはいえ1992（平成4）年あたりから、第2次産業で働く労働者の数は減少に転じ、今では構成比ではおよそ4分の1ほどにまで低下している。これはアジア諸国を中心にした製造業の隆盛の影響をまともに受けて、輸出が減少したことによる。いわばモノづくり経済のウェイトが低下し、第3次産業のコンスタントな増加という、いわゆるサービス産業の隆盛が明白である。

第5に、比較優位を持っていたモノづくり産業の低迷、生産性の低い第3次産業で働く人が増加し（2018年には73・1％）、これらは日本経済の弱体化の象徴となった。なぜ日本のサービス業の生産性が低いのか、自営業の多い小売店や飲食店が多いことで説明できる。さらに顧客に過剰なサービスを提供する商業や金融業の慣習も指摘される。

第6に、しかし一点だけメリットがあった。強い肉体を必要としないサービス産業の労働需要の高まりは、女性に働く場所を多く与える効果があった。サービス経済の進展は、ますます女性の労働進出を促すであろう。

図1-5　産業別就業者数の推移

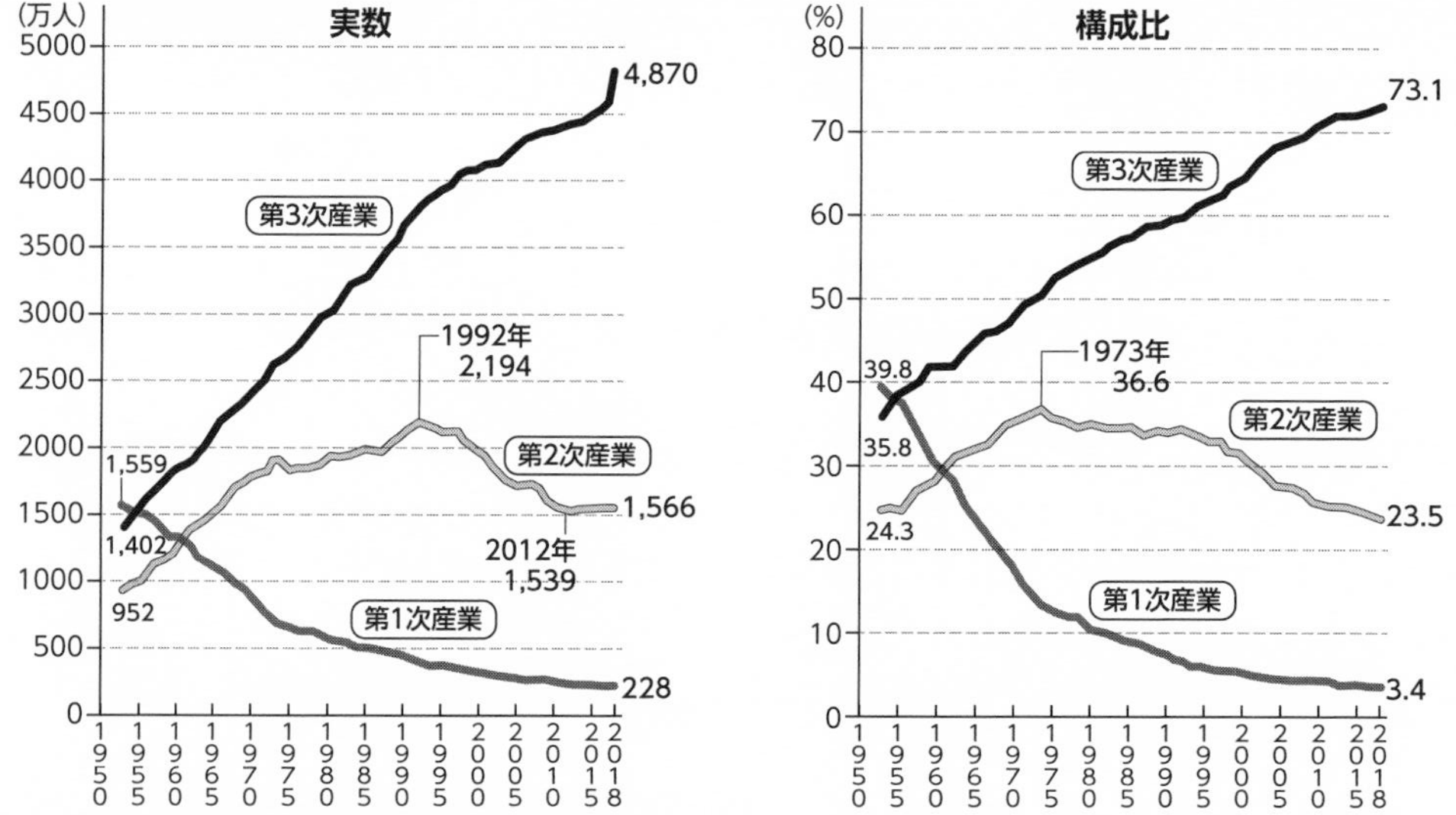

注：1953～2018年の各年データ。構成比は産業不詳の就業者を除く。
出所：総務省「労働力調査」を基にした本川裕氏サイト『社会実情データ図録』に掲載された図を引用

他国の3分の1しかない開・廃業率

なぜベンチャー企業の開業が少ないのか

日本経済を活性化するには技術進歩しかないと思われるが、そのための手段として新企業の立ち上げ、ベンチャー企業の開業がもっとも重要である。アメリカのGAFA、中国のファーウェイ、アリババなどは、もともとは小さな企業からのスタートである。開業があるなら廃業もあるわけで、この両者を検討してみたい。

図1－6は日本と他の先進諸国の開業率と廃業率の双方を示したものである。日本は他の4ヵ国すべてよりもかなり低いことがわかる。しかもその水準は他国と比較してほぼ半数前後にすぎない低さだし、最近に注目すれば他国の3分の1程度にまで落ちている。

まず廃業率の低さを考えてみよう。日本の企業経営者は企業を潰すことを好まず、できるだけ存続させようと願っており、廃業を避けようとする性向が強い。この方針にメリットはある。長期の存続の方が、高い技術を保つのに好都合である。また、従業員の失業を防ぐのに役立つし、ロイヤリティに期待できる。他の企業や購買者との関係など、長期契約の持つ長所を生かせる。もう一つ重要な点は、廃業は経営者にとって、自分の経営能力欠如をさらけ出すことになり、恥ずかしいことと考えるところにある。

しかし、製品やサービスの需要は時の経過とともに変化するので、現状に固執すると売上高の急低下に遭遇しかねない。あるいは企業の生産性がかなり低下することもある。それらを見過ごして企業の存続を図ると、大赤字の発生がありうるので、むしろ企業を閉じた方が小赤字ですむ。さらに別の新しい企業の創業に邁進した方がよい可能性がある。

日本企業の廃業率は、非常に低い。これは何も経営者の意向だけではなく、従業員の方にも失業や転職を好まず、長期雇用を望むところがあった。労使一体となっての願望がそうさせたと理解しておこう。

では開業率の低さはなぜであろうか。まず第1に廃業の数が少なければ、新しく企業を立ち上げようとする人の数が少なくなる。さらに新卒の中でも自分で企業を起こそうとする人も少ない。

第2に、新しい企業を立ち上げるには当然のことながらリスクを伴う。労働者の確保、事業資金の調達、工場・オフィスの準備、機械設備の調達、販路の見極めなど、数多くの困難な仕事を乗り切らねばならない。これらはたいへんであるし、新企業の業績が不振に陥る可能性は高い。日本人の心情としてリスクを冒さず、安全志向の国民性であることが背後にある。

第3に、資金を提供する側、金融機関もリスクを好まないところがある。例えば担保がないと融資しないとか、株を購入する人々や企業は株価が大きく変動しそうな企業の株の投資には見向きもしない。これだと新しい企業の資金調達は困難である。

日本ではベンチャー企業の振興が声高に叫ばれたが、なかなか成功していない。日本人は危険回避型の人が多いのが理由との声もあるが、起業して成功したソフトバンクの孫正《そんまさ》義《よし》らを挙げるまでもなく、成功例は増えている。

高い開・廃業率で成功している国のメカニズムを説明すると、生産性の低い企業をつぶすことに経営者はためらいがなく、企業をたたんでから新しく生産性の高い企業の創設をめざしている。開・廃業率が高いと、労働者も企業を移るのが多くなることを意味するが、労働移動に抵抗はない。その間失業することもありうるが、充実した失業保険制度で所得は確保されている。例えば北欧諸国で代表されるように、政府は企業を移る人への職業訓練を徹底的におこなう。公営の職業訓練機関が用意されているし、高校や大学に新しく入学したり、再入学して新技能を学ぶ人も多い。学費がとても安いのでそれが可能なのである。

そうした国の経済好調の理由の一つは、この高い開・廃業率で説明できるので、日本も見習いたいものである。じつは図1－6で示された、開・廃業率が日本より高い国々にこでの説明がある程度該当する。経済成長という意味では日本人がもう少しリスク愛好的になり、企業を移ることに抵抗感を持たなくなった方がいいということになろうか。

図1-6 開・廃業率の国際比較

(1) 開業率

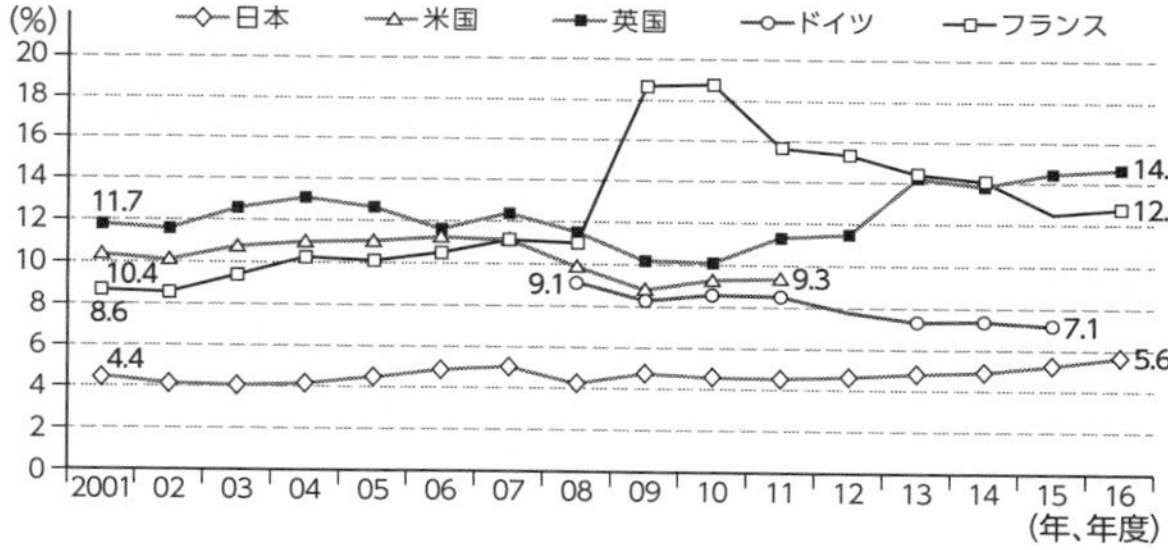

(2) 廃業率

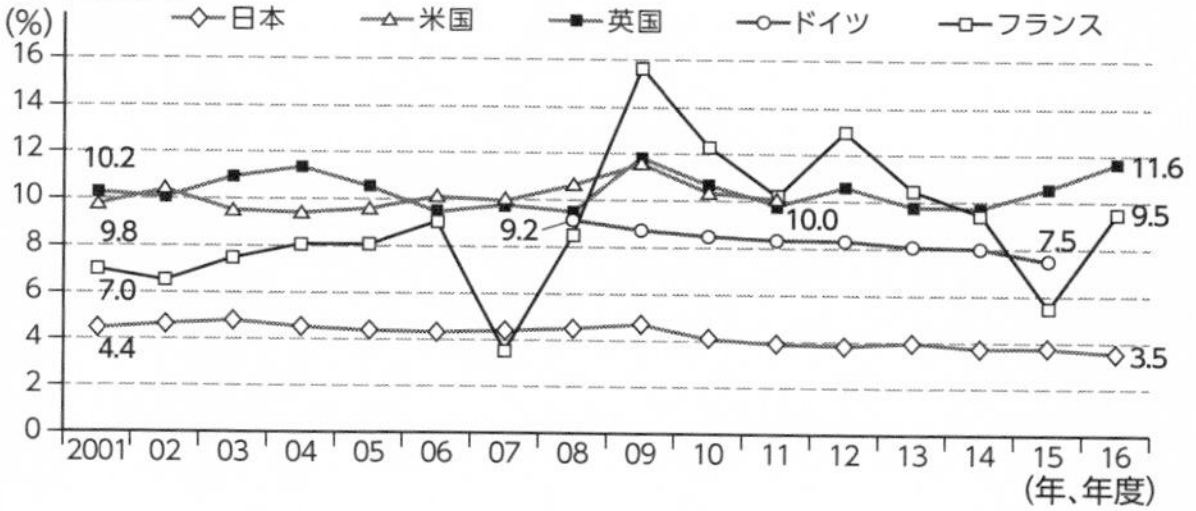

資料：日本：厚生労働省「雇用保険事業年報」(年度ベース)
米国：U.S. Small Business Administration「The Small Business Economy」
英国：Office for National Statistics「Business Demography」
ドイツ：Statistisches Bundesamt「Unternehmensgründungen,-schließungen Deutschland, Jahre, Rechtsform, Wirtschaftszweige」
フランス：INSEE「Taux de création d'entreprises」

注：1. 日本の開廃業率は、保険関係が成立している事業所(適用事業所)の成立・消滅をもとに算出している。
2. 米国の開廃業率は、雇用主(employer)の発生・消滅をもとに算出している。
3. 英国の開廃業率は、VAT(付加価値税)及びPAYE(源泉所得税)登録企業数をもとに算出している。
4. ドイツの開廃業率は、開業・廃業届を提出した企業数をもとに算出している。
5. フランスの開廃業率は、企業・事業所目録(SIRENRE)へのデータベースに登録・抹消された企業数をもとに算出している。
6. 国によって統計の性質が異なるため、単純に比較することはできない。
出所：『中小企業白書』

40年後には高齢者1人を1・4人の現役世代が支える

高齢化率の上昇と労働人口の減少

出生率のさらなる低下が予想されるなかで、将来の日本を予測すれば2つの大きな問題がある。

第1は、生産年齢人口（15〜64歳）の急激な減少である。生産年齢人口の低下は経済の縮小をもたらす。

第2は、高齢者の増加をもたらす。これは社会保障給付費の増加を促すので、現役世代の人々がどれだけ保険料負担に耐えられるかが課題となる。

政府は現在の出生率（1・3〜1・4）を将来も保持すれば、生産年齢人口比率、高齢化率、年少人口（0〜14歳）比率がどれほどになるかの予測を提示した。図1－7である。それと同時に出生率が2・07にまで上昇したらどうなるか、というシミュレーションも提示している。

まず現状の出生率であれば、2013（平成25）年において、生産年齢人口比率が62・1％、高齢化率が25・1％、年少人口比率は12・9％であった。それが2060年には、生産年齢人口比率は50・9％にまで低下する。およそ10％ポイント強の労働人口の減少なので、経済成長率はかなり低下して、経済は大幅な縮小に向かうことになるという。

高齢化率は39・9％にまで上昇するので、およそ14・8％ポイントの増加であり、現役世代はこれだけ多くの高齢者の社会保障を到底支えきれない。ちなみに高齢者1人を何人の現役世代で支えてきたかを計算すると、1960（昭和35）年は11・2人、1980（昭和55）年は7・4人、2014（平成26）年では2・4人に減少し、なんと2060年には1・4人になると予測される。とても現役世代はこれら高齢者を支えきれず、高齢者の年金・医療給付は大幅カットにならざるをえない。

しかし希望はある。政府が提出した、出生率が2・07に上昇したときに、人口の年齢構成がどうなるかのシミュレーションにも書かれている。生産年齢人口比率は2040年代には50％あたりまで低下するが、その後は上昇に転じて、2110年の生産年齢人口比率はおよそ56％あたりまで回復する。これだと現在の60％に近いので、経済成長率は高くはないが、定常成長率に近い1％あたりを保持できそうである。

一方の高齢化率は2040年代に35％あたりでピークに達するが、その後減少を始めて2060年に33％あたりにまで低下する。この数字であれば、大幅な社会保障給付額のカットは必要なく、高齢者もなんとか生活していけそうな予測の範囲である。

出生率を上げることとは異なるもう一つ重要な施策、すなわち女性と高齢者にもっと働いてもらう政策は第4章、第5章、第7章で論じるので、ここでは言及しない。

ここでは人口に関して、地域間移動の役割を考えてみたい。具体的には地方から大都市圏への人口の移動である。総人口あるいは生産年齢人口の減少も問題だが、それ以上に、人口はますます大都会に偏る傾向を示すという問題がある。大都会には雇用機会が多いので、人々は地方から移ってくるし、総人口が減るならその移動がますます活発になるからである。

三大都市圏（東京、名古屋、大阪）の人口比が、１９５０（昭和25）年以降、どう増加してきたかを示してみよう。表１－２がそれである。１９５０年代までは三大都市圏にわずか34・７％しかいなかったのに、２０２０（令和２）年にはそれが51・９％にまで上昇した。これほどの人口の大都市移動は、世界でも稀にみる規模の大きさだったのである。もう一つの特色は、三大都市圏のうち東京圏の増加率が、２０２０年では１９５０年と比較して84％でダントツであり、大阪圏の23％、名古屋圏の20％を大きく引き離している。東京一極集中現象とみなしてよい。人々は大都会での雇用機会を求めて大量に移動したのである。なぜ大都会で雇用機会が多いのか、それは経済学でいう「集積の効果」を享受するために、企業などあらゆる活動の集積が効率よく生産・販売をおこなえるからである。負の効果もあるので、それは第7章を参照。

図1-7 年少人口比率・生産年齢人口比率・高齢化率の推移と将来推計

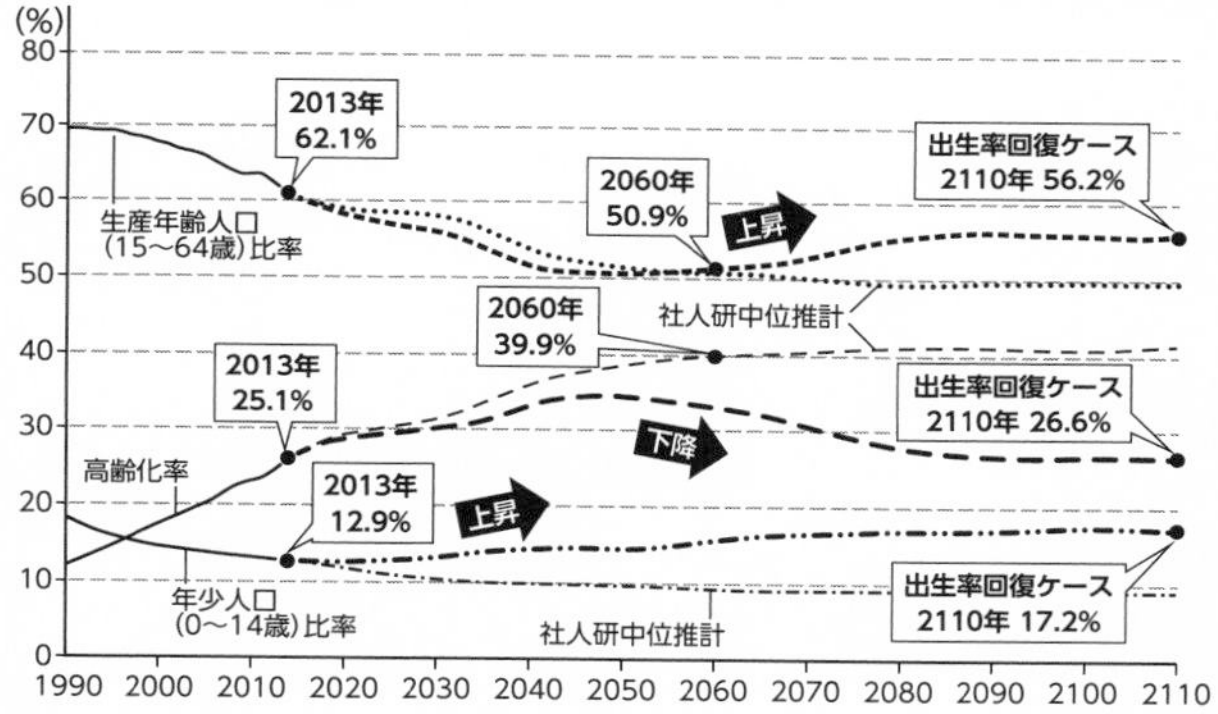

備考：
1. 1990年から2013年までの実績は、総務省「国勢調査報告」「人口推計年報」、厚生労働省「人口動態統計」をもとに作成。
2. 社人研中位推計は、国立社会保障・人口問題研究所「日本の将来推計人口（平成24年1月推計）」をもとに作成。
合計特殊出生率は、2014年まで概ね1.39で推移し、その後、2024年までに1.33に低下し、その後概ね1.35で推移。
3. 出生率回復ケースは、2013年の男女年齢別人口を基準人口とし、2030年に合計特殊出生率が2.07まで上昇し、それ以降同水準が維持され、生残率は2013年以降社人研中位推計の仮定値（2060年までに平均寿命が男性84.19年、女性90.93年に上昇）をもとに推計。

出所：内閣府「選択する未来」委員会報告<参考資料集>平成26年11月

表1-2 三大都市圏の人口が総人口に占める比率の推移（単位：%）

年	1950	1960	1970	1980	1990	2000	2005	2010	2020	2030	2035
東京圏	15.5	18.9	23.0	24.5	25.7	26.3	27.0	27.6	28.5	29.4	29.8
名古屋圏	7.6	7.8	8.3	8.4	8.5	8.7	8.8	8.9	9.1	9.3	9.4
大阪圏	11.6	12.9	14.8	14.8	14.7	14.5	14.5	14.4	14.3	14.1	14.1
三大都市圏計	34.7	39.6	46.1	47.8	48.9	49.5	50.2	50.9	51.9	52.8	53.2

出所：縄田康光「戦後日本の人口移動と経済成長」『経済のプリズム』no.54、2008年

第2章　教育格差

公的教育支出は対GDP比率2・9%

家庭にのしかかる教育費

衝撃的な図2－1を見ていただきたい。これは1975(昭和50)年を100として2007(平成19)年までの32年間に、国立大学授業料、私立大学授業料、消費者物価指数がどれだけ上昇したかを示したものである。2008年以降は変動が小さいので、ここでは示さない。2007年までを見ればほとんどの特色がわかる。

第1に、私立大学授業料と国立大学授業料の伸び率は消費者物価指数より高いが、国立大学の伸び率には著しいものがある。例を示した方がわかりやすい。筆者が学んだ1970年頃の国立大学の授業料は年額1万2000円であったが、今は53万5800円なので、じつに45倍近い高騰である。おそらく他のどの財の価格よりも高い上昇率と思われる。この高騰は本人(つまり家計)の学費負担を大幅に増加させたことを意味する。逆に言えば国庫が国立大学への支出額を増やさなかったと解釈できる。

第2に、一方の私立大学の授業料は消費者物価のおよそ2倍の増加率であった。ちなみに2019年度の私立大学の授業料の平均は年額91万1716円であり、私立大学は国立大学の1・7倍の高い授業料を徴収している。45年前の1975年にはそれが4～6倍だったので、国立・私立の学費差はかなり縮小したことを意味する。その理由は主として国立大の授業料高騰で説明できるが、もう一つ国家が私学助成金を導入・増加したおかげもある。

第3に、とはいえ国立大と私立大の研究・教育条件を比較すれば、国立大に多額の費用が投入されているので、研究・教育の格差はかなりある。私立大は文科系を中心にして学生数が多く、教員数が少ないのでマンモス教育をおこなっていることと、国立大の理科系には実験費などの多額の研究費が支給されているからである。

第4に、国立大の授業料が安かったのは、「貧乏人の子どもでも本人の意思と努力さえあれば、高等教育を受けられるように」という教育の機会平等を国民も政府も容認していたからであった。しかし国立大の授業料高騰はこの特色を毀損しかねない。

では、日本が公的教育費をどれほど支出しているか。国際比較によって日本の位置を確認しておこう。表2－1はいくつかのOECD諸国の、公的教育支出の対GDP比率を示したものである。

驚くのは、日本が2・9%でOECD35ヵ国中の最下位だった（2018年当時）。2020年では下から2番目である。国家の公的教育費支出の規模は先進国中でとても少額である。日本では教育は家庭の責任のもとでなされるべし、との社会的信念があることによる。さらに教育の利益は私人が享受するものなので、公的負担は少なくてよいとの伝統がある。

公的教育支出額がとても少なければ、本人ないし家庭が学費を負担せねばならない額が増加するので、教育に関する私的負担の重荷がのしかかる。具体的にどのような問題が発生するのであろうか。まず第1に、本人ないし家庭が多額の教育費を負担せねばならないことは、親ないし家庭収入の高い子どもしか大学に進学できないということになり、教育の機会均等という理想を達成できない。それは能力の高い人、あるいは勉学意欲の強い人であっても大学進学をあきらめねばならないことにつながるので、社会のロスを生む。

第2に、低所得の親ないし家庭が頑張って子どもの学校教育費を何とか負担することになると、家計の苦しさから学校外教育費への支出ができなくなる。塾に行けないので学力向上が難しくなり、かつ習いごとができずに情操教育の賦与がされなくなる。

第3に、政府の教育費支出の少ないことは、学ぶ生徒・学生の学力向上にとってマイナスである。教員、教室の確保などにお金がかかるため、どうしても多人数教育になるからである。子どもの学力がとても高いフィンランドの小・中学校は少人数教育であるし、先生は大学院修士課程で勉強して優秀である。一方、日本では先生や教授の教育負担・事務負担が大きく、良い研究・教育ができない。しかも研究設備が劣悪になる可能性が高いので、研究の質にとってもマイナスである。

図2-1　授業料と消費者物価指数の推移（指数化後）1975年=100

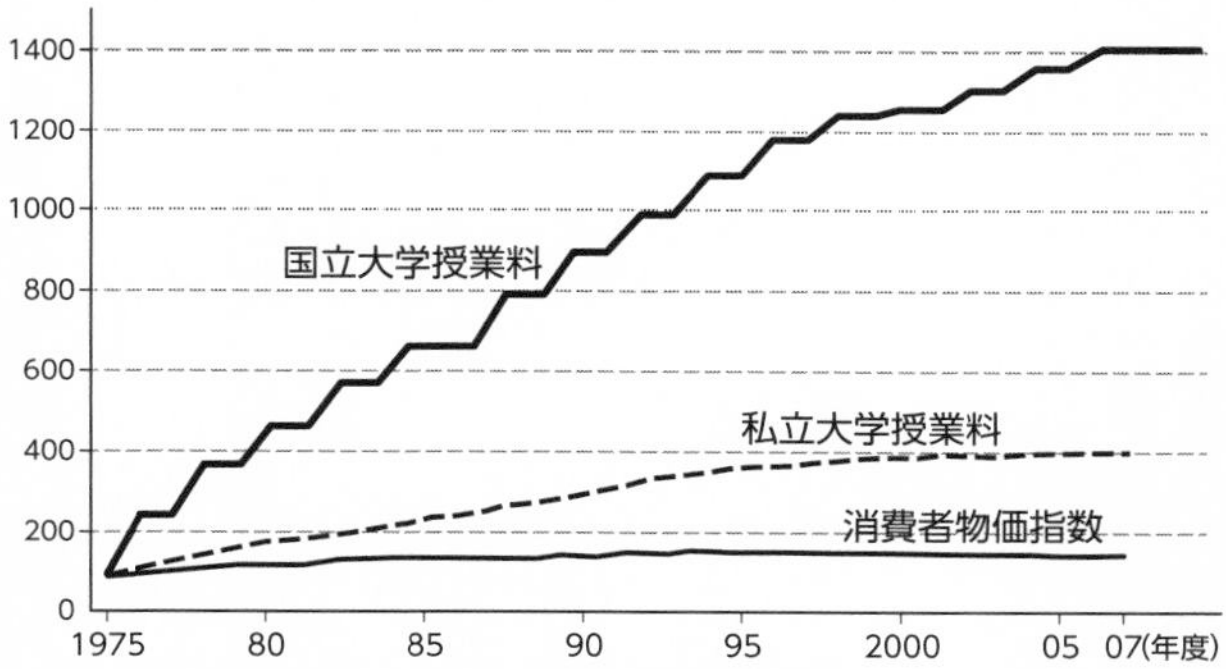

出所：文部科学省『教育安心社会の実現に関する懇談会報告』2009年

表2-1　OECD諸国における公的教育支出の対GDP比率(%)

ノルウェー	6.3	イギリス	4.2
フィンランド	5.6	韓国	4.1
ベルギー	5.4	アメリカ	4.1
スウェーデン	5.0	オーストラリア	4.0
フランス	4.5	イタリア	3.3
カナダ	4.4	ドイツ	3.6
オランダ	4.3	日本	2.9
		OECD平均	4.2

出所：OECD『Education at a Glance,2018』

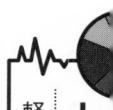

大学で理系に進む生徒は4人に1人

軽視される職業教育

日本の学校教育における特色の一つは、高校では普通科教育が優勢で職業科教育が軽視され、大学でも純粋学問の重視がある。人生における職業生活を重視しないのかもしれず、社会に出てから役立つ職業教育が軽視されていることにある。

まずは高校から見ておこう。図2－2は1955（昭和30）年から2018（平成30）年までの普通科と職業学科で学ぶ生徒の比率を示したものである。普通科は、国語、数学、理科、社会、英語を教えるのであり、大学進学を念頭においている。職業学科は、工業科、商業科、農業科、水産科、情報科など、技能を中心に教えるので卒業後の職業に直結する。総合学科というのは、普通教育と職業教育の双方をおこなう学科である。

戦後10年から20年間ほどは、普通科が60％程度、職業学科が40％程度を占めており、かなり職業教育を重視していた。職業学科を出た人は、企業などで有能な労働者として働き、日本経済の成長ないし繁栄に貢献したのである。

ところが日本の家計が豊かになり、子どもを大学に進学させることが可能となった。学歴社会であるとの信仰があるので、親子ともども子の大学進学を望むようになった。その結果、1970年代あたりから普通科進学希望者の増加と、職業学科希望者の減少が進行し、今では職業学科は20％弱まで減少している。普通科の高校生は60％を超える生徒が大学に進学し、残りの40％弱は就職したり、専修学校等に進学したりする。

専修学校に進学する人は職業教育を受けるので問題はないが、普通科で学んで社会人になった人は技能が備わっておらず、さまざまな困難に直面した。一時期、フリーターやニートと称された若者が多くいたが、高校の普通科で学んだ人が多かった。

できるだけ多くの人が大学に進学できる社会は、高い学力・知識・技能を持った人が多くなるので望ましい。普通科で学びながら不幸にして大学進学できない人は、高い職業技能を持って社会に出る方が幸せな人生を送れるものと考えられる。ドイツのマイスター制度はそれを物語っている。高校における普通科全盛は好ましくない。普通科でも就職する人には、職業教育をいろいろなかたちで施すべきである。

大学についても見てみよう。図2－3は2018年度の大学における学部別の学生数の比率を示したものである。この図の教える点をまとめてみよう。

第1に、文科系（人文科学、社会科学、家政系、教育系、芸術系）が59・0％を占めており（なお、その他の14・6％を除外）、およそ5分の3であり、理科系は26・4％の4分の1にすぎない。なぜ文科系の学生が多いのだろうか。まず日本の高校生が理科や数学を難しいと敬遠し、かつ大学で勉強や実験を強いられる理科系を避ける傾向がある。文科系だと遊べるという期待を持つ高校生もいる。さらに大学にとっても、理科系だと設備や多くの教員を必要とするが、文科系では多人数授業ができ、費用の安さが魅力である。この点は、高校についても該当して、職業科よりも普通科の方が費用の節約を図れるのである。

第2に、文科系の中でもっとも学生数が多いのは法学部と経済学部であるが、卒業後に法律や経済の専門家になる人は少なく、いわば会社員養成学部となっている。しかも学ぶ科目は企業での実務の遂行に役立つものは少ないのが現実である。商学部や経営学部は、経営、会計、マーケティング、商業、労務管理などを学ぶので役に立つが、学生の数は法学、経済と比較すれば少ない。

第3に、人文科学、教育系、芸術も、教師やその分野の専門家になる人を除いて、実務に役立つ職業教育からはかなり遠い。

第4に、理学、工学、農学、医薬などは、卒業後の職業と直接結びついているので、大学は文科系を減らして、もっと理科系で学ぶ学生を増やす必要があるというのが時代の趨勢であろう。これには国の教育支出の増加で対処するしかない。国立大では理科系と文科系で授業料に差はないが、私立大では費用のかかる理科系の方が授業料が高いし、医系が特に高い。私立大の理科系に国費による補助が望まれる。

図2-2 高校における普通科と職業学科の比率の推移

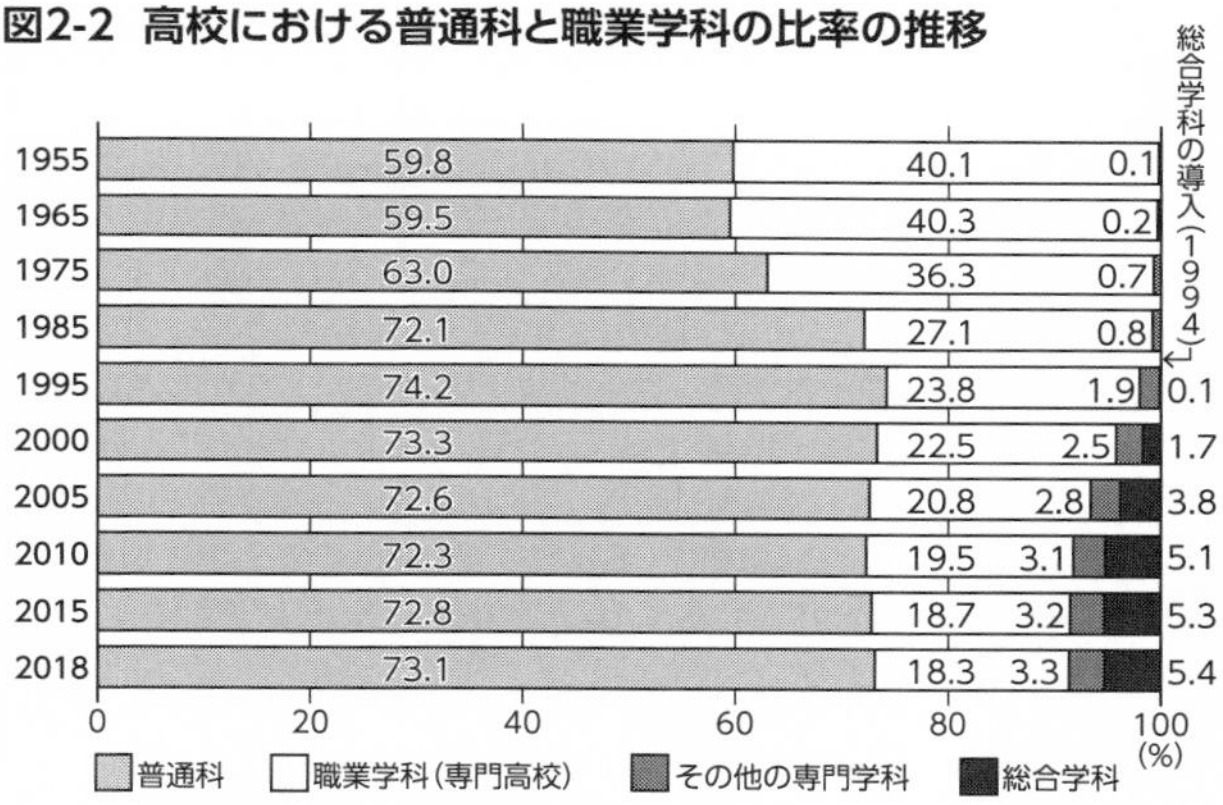

出所：文部科学省『学校基本調査報告書』2018年

図2-3 大学における学部別学生在籍比率

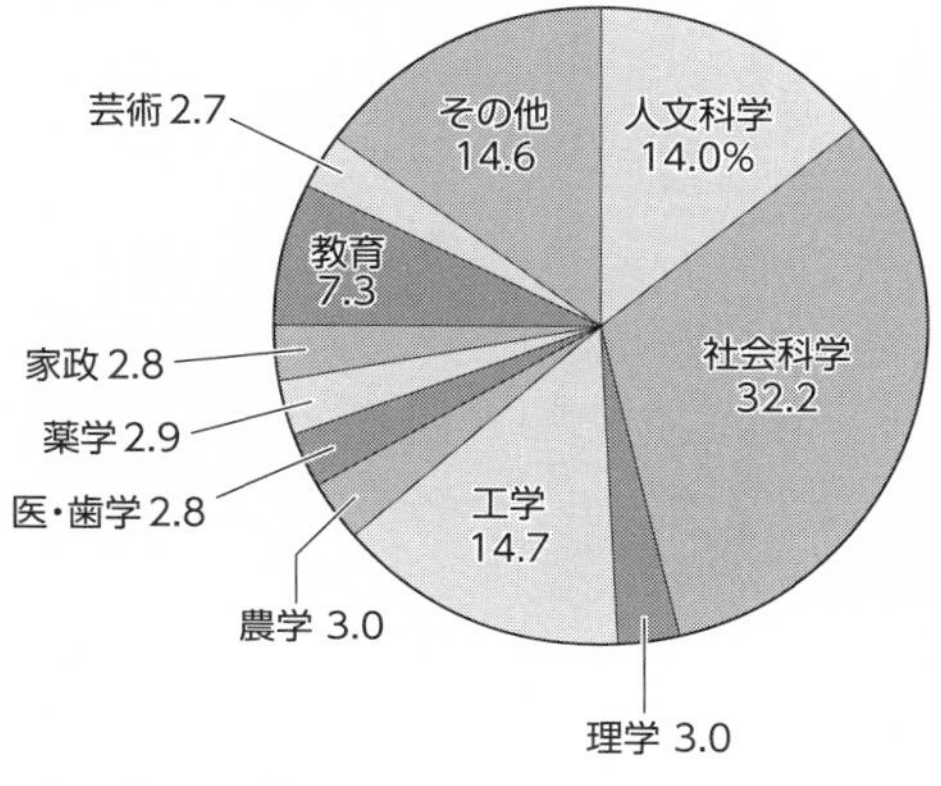

出所：文部科学省『学校基本調査』2018年

男子大卒・院卒の生涯賃金は高卒の1・29倍

学歴間賃金格差は小さい

学歴という言葉には2つの意味がある。1つは、中学、高校、短大、大学、大学院のどのレベルで学校教育を終えたのか。2つは、最終学校においてどの学校（すなわち名門校・有名校か、それともそうでないか）を卒業したかである。ここでは第1の学校水準に注目し、特にそれが所得差に与える影響を探求する。

もっともわかりやすいのは、学歴別に賃金がどう異なるかの統計である。図2－4は学歴・年齢階級別に、賃金がどう異なるかを示したものである。いろいろなことがわかる。第1に、若い頃は学歴の違いによる賃金差がほとんどないが、年齢を重ねるに従って差は拡大する。これは大学卒の人は企業の中で高度な技能を必要とする仕事に従事する機会が多いことと、それに応じて上の地位に昇進する可能性が高いので、役職手当の加算される影響が大きい。

第2に、学歴別の賃金において最大の格差を生じるのは50歳代であるが、これは一部の有能な大卒者が部長級に昇進して、かなり高い賃金を得るからである。2018年における50～54歳の男子大卒・院卒が53万5100円、高専・短大卒が40万1100円、高卒が

35万2600円となり、大卒・院卒は高専・短大卒の1・33倍、高卒の1・52倍であり、かなり大きい格差のように映る。しかしこれは50歳代という役職に差のついた5年から10年の間の格差にすぎないので、人生の中では短い期間に起きる差である。

第3に、そうすると関心が持たれるのは生涯賃金である。就職してから60歳定年まで勤めて、合計いくらの賃金額であるかは、同じく『賃金構造基本統計調査』で計算できる。ここでは退職金を含めずに、男子大卒・院卒が2億7000万円ほど、高専・短大卒が2億2000万円ほど、高卒が2億1000万円ほどとなる。先ほどのように倍数を高卒との比較で計算すると、それぞれが、1・29倍、1・05倍となる。生涯賃金で比較すると、学歴間の格差は、最大格差のあった50歳代と比べて、かなり縮小するのである。なお、それぞれの学歴は働きはじめる年齢が異なるので、働く年数に2年、そして4年の違いがあるが、若い頃の賃金なのでその額は低く、大きな影響はない。

なぜ大卒・院卒者が高い賃金を得ることができるのか。第1に、学歴の高い人は就職時において、大規模企業に勤めることのできる確率が高い。大企業の高い生産性が、高学歴者の賃金を高めている要因を無視してはならない。

第2に、学歴によって純粋な生産性に差はあるだろうか。大卒・院卒の人は学問と技能を高い水準で修得しているので、仕事のうえで高い生産性を発揮できる。例えば、研究開発、技術水準の向上、経営管理上のノウハウを持っている、などに代表されるように、高学歴者が高い生産性を発揮できる可能性はある。これらが評価されれば、低学歴者より高い賃金を受けることができる。

とはいえ、生涯賃金で評価すれば学歴間の賃金格差はそう大きくなかった。この特色を国際比較のうえから確認しておこう。図2－5はいくつかのOECD諸国の、学歴間賃金格差を比較したものである。完璧な図ではないのでおおよそのことしかわからない。図には入っていないが、OECD平均よりも日本の格差は小さいことに加えて、主要国（アメリカ、ドイツ、イギリス、フランス）より学歴差は小さい。G7の中でイタリアとカナダを除き、日本の学歴間賃金格差は小さいことが確認できるのである。

なお、G7で学歴間賃金格差のもっとも大きい国はアメリカである。アメリカは能力・実績主義の国と思われているが、意外と学歴の差によって生産性の違いが大きいとみなす傾向が強い。しかも大学院卒が多いので、専門職（法律、医学、ビジネス）に就く人に高い報酬を支給するのである。日本では大卒・院卒の間で学校間格差は初任給では見られないが、アメリカでは名門大・名門院を卒業した人は初任給がかなり高いので、アメリカの学歴重視がここでもわかる。ただし仕事を続けるうちに能力・実績主義の評価が重視されるようになる。

図2-4　学歴・年齢階級別賃金

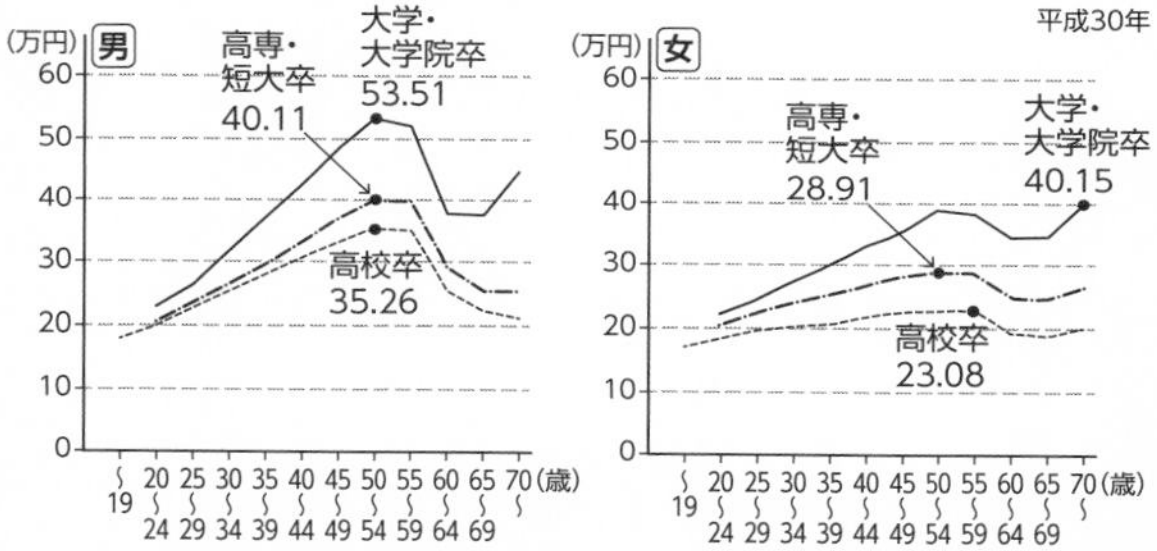

注：女性の図も用意したが、本文では男性のみに説明を加えた。女性は途中で仕事をやめたり、休止する人が多いので、詳細な説明を要する。
出所：厚生労働省『平成30年賃金構造基本統計調査』

図2-5　学歴別賃金の国際比較

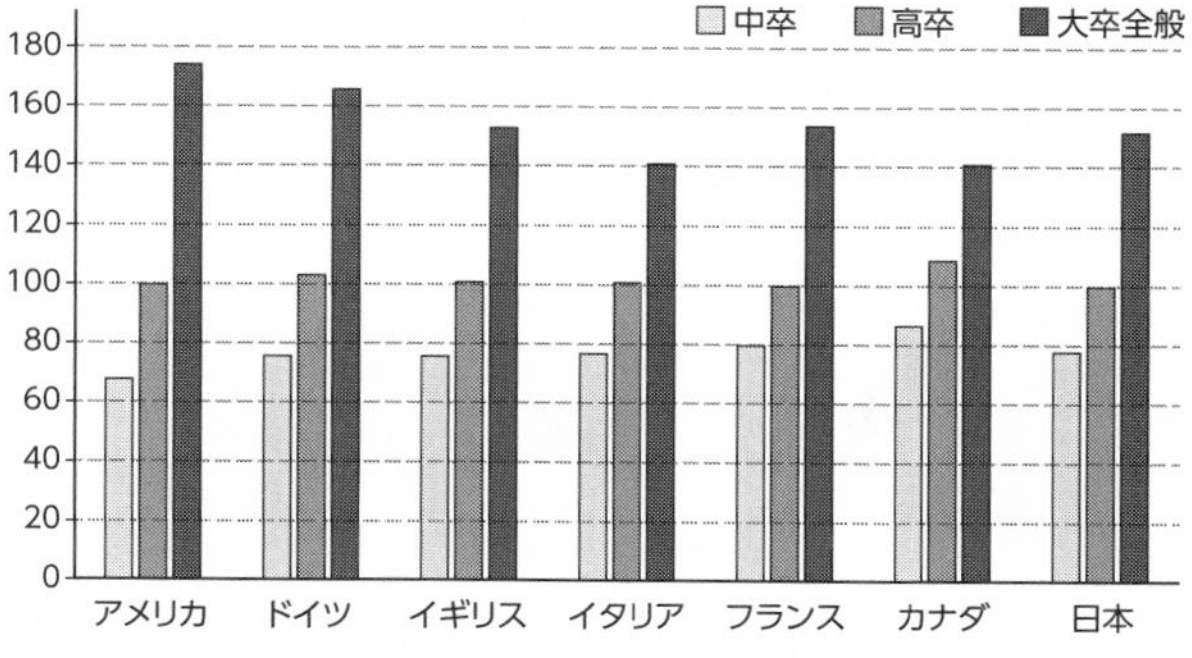

注：1. 数字は高卒（ただしドイツとカナダは高専などが入っている）を基準（100）にしたものである。
2. OECDの原データに混乱があるので、この図は完璧なものではなく、おおよそのことしかわからない。しかも国によって教育制度が異なるので正確性にやや欠けている。
出所：OECD『Education at a Glance,2017』

高年収家庭は低年収家庭の3倍、学校外教育に支出

子どもの教育にはお金がかかる

日本の出生率の低い一つの理由は、子どもの教育費支出が多いのを危惧しているからである。

学校教育費だけに限定して、橘木『子ども格差の経済学』では幼稚園から大学卒業まで種々のケース別に教育費を計算してみた。全部の学校を地元の公立校に通った場合、もっとも安い学費(1062万円)ですみ、遠隔地の私立医歯系だったら、もっとも高い学費(4710万円)がかかる。平均すると2000万円から3000万円ほどである。これだけの学校教育費の負担は、家庭にとってはかなり重い。

しかし、ここでの主たる関心は、学校外教育費の負担がかなりあるという事実にある。学校外教育とは、子どもがスポーツ活動や芸術活動に励んだり、家庭での学習(例えば家庭教師など)と教室学習(例えば塾や予備校など)で学ぶことをさしている。学校外教育費には公費支出はないので、親ないし家庭にとっては大きな負担になっているのである。

図2-6は、学校外教育に対して1ヵ月あたりどれだけの費用負担をしているか、男女別、世帯年収別に示したものである。

幼児（3〜6歳）では4年間の総額で30万8400円、小学校6年間で110万2800円、中学校3年間で79万4400円、高校3年間で60万9600円となる。これを合計すると子ども一人あたりの総額は、高校卒業までに281万5200円となる。

どの活動に支出しているかに注目すると、図には示していないが、小学生においては第1位は教室学習であり、次いでスポーツ、家庭学習、芸術と続く。中学生においては第1位は同じく教室学習であり、次いで家庭学習、スポーツ、芸術と続く。高校生であれば、やはり教室学習がトップの支出であり、次いでスポーツ、家庭学習、芸術と続く。どの学校段階においても最大の支出は塾・予備校に代表される教室学習であり、これらの役割と評価については次の項でくわしく論じる。

男女別に注目すると、男子はスポーツ活動への支出がかなり大きく、女子は芸術活動への支出が多い。男子はスイミング、サッカー、体操、テニスなどの教室に通ったりクラブチームに属したりして、スポーツに熱中しているが、女子は楽器、合唱、絵画などの芸術活動に励んでいることがわかっている。

もっとも強調したい点は、世帯年収別の学校外教育費の差である。年収400万円未満の家庭では月額8000円なので、年額にすると9万6000円であるが、400万〜800万円未満では月額1万3400円なので、年額にすると16万800円である。800万円以上の裕福な家庭では月額2万5000円であり、年額にすると30万円となる。高年収の家庭では低年収の家庭よりもじつに3倍を超える学校外教育費の支出ができることになる。

もっとも大きな格差は4・18倍という教室学習活動であり、ついで芸術活動の3・22倍、家庭学習活動の2・47倍、もっとも小さな格差は2・0倍のスポーツ活動である。塾・予備校などに通えるか通えないかには、家計での所得差が大きく響いているのである。2番目に格差が大きい芸術活動に関しては、高所得家庭では子どもにより高い情操教育を施すことができるのである。スポーツ活動に関しては、多少無理をしてまでも子どものスポーツ活動に支出をしているとみなせる。

ここで述べたことは、次項で述べるように教育の機会均等の阻害要因になっている。それを是正するには、例えば教育バウチャー（行政が支給する引換券）を低所得の家庭に配るといった政策が望まれる。

芸術活動に関しての格差は、この活動に公的資金を投入する論理を見つけるのは困難なので、高所得の家庭の子どもがより高い情操教育を受けることができて、より高い文化志向の人になりえる可能性については否定できないところがある。スポーツ活動に関しては、低所得の家庭の子どもでも頑張っている姿があるので、そういった子どもたちの活躍を好ましく感じている。

図2-6　1ヵ月あたりの学校外教育活動の費用（男女別・世帯年収別）

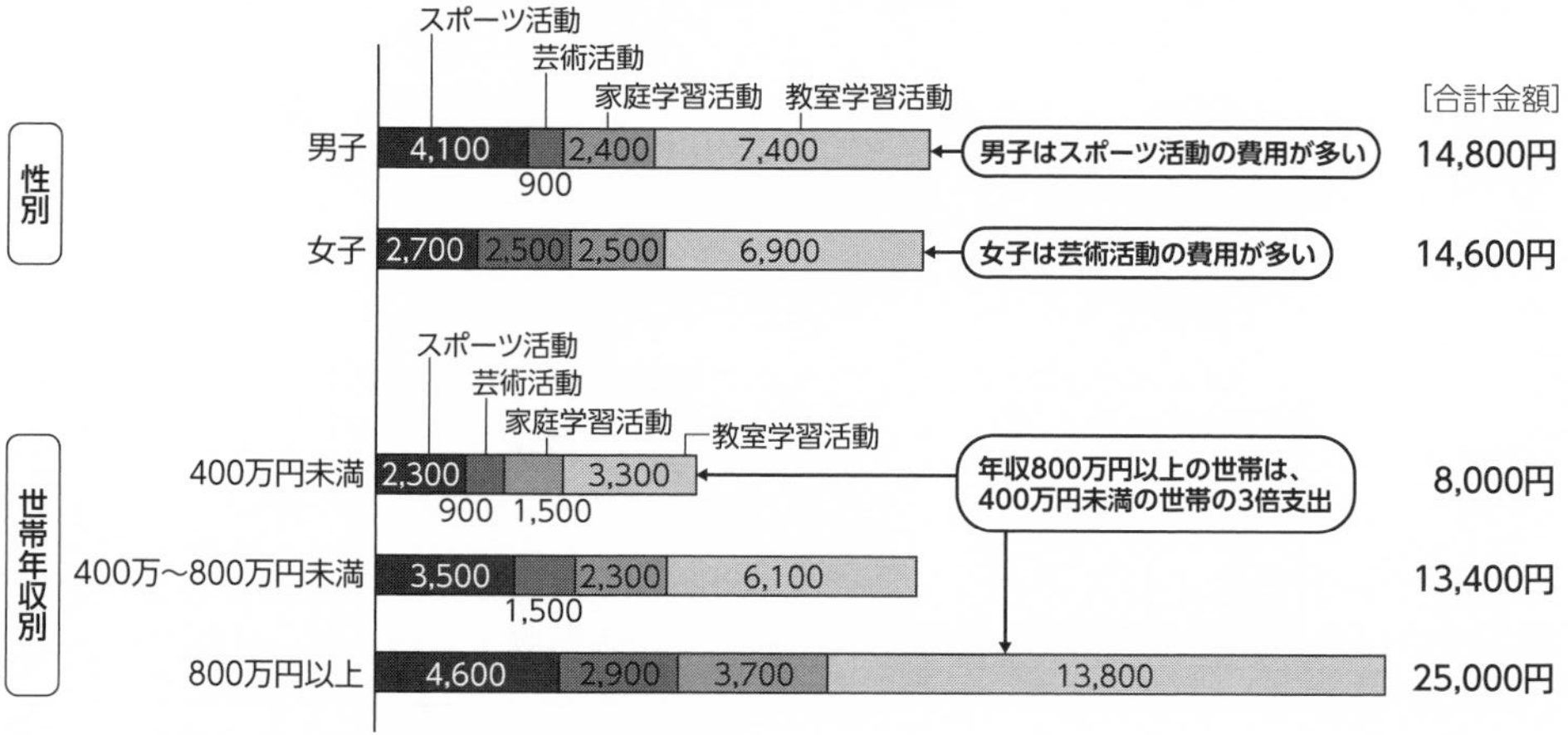

出所：ベネッセ教育総合研究所『学校外教育活動に関する調査2017』

塾に通うと、中学数学で20点の格差がつく

通塾率と学力差

欧米の人に向かって日本の教育制度を説明するときに、もっとも理解してもらえないのは塾である。一部の高校生と浪人生の通う予備校も学校外教育なので塾と性格が似ているが、ここでの主たる関心は小・中・高校生の通う塾である。

なぜ欧米の人が日本の塾を理解できないのか、それらの国にほとんど存在していないからである。返ってくる質問は「学校教育が不充分だから、特に生徒は学校の外で夜に勉強せねばならないのか」である。「まず学校教育を改良するのが社会なり国家の役割ではないか」という問いが投げかけられる。

塾という制度は韓国、中国、日本を中心にした東アジアに特有な制度であり、特にこれらの国は受験戦争が激しいので、「受験に備えて生徒が塾に通って勉強するのだ」と回答するが、欧米人には納得してもらえない。例えばフランスは日本以上の学歴社会であるが、塾はない。入試の格別に困難な、大学より格上のグランゼコール（官僚、技術者、教員などのエリート養成校）を受験する場合でも、高卒後は学校（具体的にはリセ〈高校〉の上に併設された公立の入学準備学校）で勉強している。すなわち受験準備も学校でなされるのである。

では、日本では生徒が何を目的として塾に通っているのかを表2－2で見ておこう。中学生と高校生に関しては、受験勉強が第1位である。小学生に関しては大都会における中・高一貫校への受験対策としての塾は存在するが、日本全体としては多くはない。

興味があるのは、小学生にもっとも人気のあるのが英会話・英語教室であることである。英語が小学校教育にも導入され、学校外の受講が増えていると思われる。また、小学校の英語教育は不充分と考える親たちが専門の学校に行かせたいとの希望がある。

もう一つの興味は、中学生において補習塾（すなわち学校教育の補習をおこなう）の人気が第2位、高校では第3位と高いことである。学校での勉強に充分ついていけないので、かんばしくない成績をなるべく上げたい、という目的と理解してよい。

そうすると、塾に通う生徒の学力は通わない生徒より高いのかが次の関心となる。表2－3は少し古いが通塾生と非通塾生のあいだで小学生と中学生の双方において、国語と算数（数学）の学力差があるのかどうかを示したものである。結果は中学校の数学で20点という大きな格差、国語で8・7点（ともに100点満点）の差があるし、小学校においても5点から6点の差があるので、塾に通う生徒は塾に通わない生徒よりも、学力は確実に高いということになる。前の項目において、所得差による塾への支払い額の違いを示したので、所得の高い家庭の子どもの学力の高いことを予想させうる。

現に最近の全国学力検査の結果によると、年収200万円未満の家庭の子どもと、年収1500万円以上の家庭の子どもとのあいだに、教科によっては20点以上の大きな学力差（100点満点）があると報告されている。この結果から、親の所得格差が子どもの学力差を生んでおり、その一つの理由が子どもの通塾率の差に帰せられると言えるのである。

もとより子どもや生徒の学力差は、本人の生まれつきの頭の良さ、勉強という努力の程度、学校での教育の質にも依存するので、通塾率の差だけが学力差を生む要因ではない。さらに塾に通う子どもは、親の教育水準の高いことが多いので、能力の高い可能性があるかもしれず、かつ勉強に熱心に違いないと思われるので、それらの効果をも考慮して塾の効果を測定する必要がある。とはいえ、塾に通わない子どもよりも塾に通う子どもは、確実に特別の勉強をしているので、学力の高くなることにまちがいない。

塾に通うことによる学力向上が確実だと、家庭の所得格差が通塾率に差を生じる背後の要因となるのである。

一つの対策としては、教育バウチャーを公共部門が全家庭に配布して、すべての子どもが塾に通えるようにする案がある。もう一つ、塾をなくして、それらの先生を学校が常勤か非常勤で雇用して授業を担当してもらう大胆な案もありうるが、実現のハードルは高い。教員免許状の保持が日本における学校教員に必要だからである。

表2-2　学校段階別教室学習活動の目的

		学校段階（%）			
		幼児	小学生	中学生	高校生
1	受験勉強をするための塾	0.2	7.3	31.7	20.8
2	英会話・英語教室	10.5	15.0	9.2	4.6
3	習字/硬筆	1.7	11.6	5.1	2.8
4	学校の補習をするための塾	0.2	5.3	13.4	5.1
5	計算や漢字などのプリント教材教室	2.9	8.3	3.0	1.1
6	そろばん	0.9	7.8	2.1	1.1
7	学校が行う補習教室（放課後や土日など）	0.9	2.8	2.5	6.2
8	算数・数学教室	0.6	2.4	2.0	1.1
9	能力開発のための幼児教室	2.2	0.5	0.2	0.2
10	国語・作文教室	0.7	1.2	0.6	0.2

出所：ベネッセ教育総合研究所『学校外教育活動に関する調査2017』

表2-3　「通塾」「非通塾」別の平均点の比較

2001年				
		通塾	非通塾	差
小学生	国	75.9	69.6	**−6.3**
	算	73.0	67.5	**−5.5**
中学生	国	71.9	63.2	**−8.7**
	数	74.5	54.5	**−20.0**

出所：苅谷剛彦・志水宏吉・清水睦美・諸田裕子
『調査報告「学力低下」の実態』岩波ブックレット、2002年

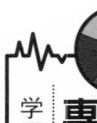

専門職は大卒が32%、短大卒が14%

学歴は職業にあらわれる

先の項目で、学歴の意味として、一つは中学、高校、大学などのどのレベルで学校教育を終えたかと、もう一つ、最終学歴ではどの学校（名門校、有名校か、それともそうでないか）を卒業したかという2つがあると紹介したが、ここでは前者に特化して学歴の意味を考えてみたい。

日本では所得に関して、学歴差があるにはあるが、他の国と比較するとその大きさはそれほどでもなかった。

とはいえ、学歴間格差のめだつ分野がある。結論を先に述べると、それは職業の差として出現するのである。高学歴者は業務の遂行に際して、学識や技能を必要とする程度が高い職業に就くのに対して、低学歴者は現場において肉体を使う工場や運輸とか、対個人へのサービス業といった仕事に就くことが多い、というものである。別の言葉を用いれば、大きく区分してホワイトカラーとブルーカラーの差とみなしてよい。

表2－4は、1965（昭和40）年から2015（平成27）年まで、4つの学歴（大学、短大、高校、中学）別と8つの職業（専門、管理、事務、販売、熟練、半非熟練、農林、無職）別に、日

本人男性の学歴と職業の構成比（ただし各学歴の合計は100%になっている）を示したものである。ここではごく最近（2015年）に注目してみよう。

第1に、専門職においては大卒が32%でもっとも高く、短大卒が14%でそれに続く。高卒と中卒はとても少ない。専門職とは、大学で学んだ学問を基礎にして専門性の高い学識と技能が必要なので、大卒に多いのは当然である。次いで管理職（役員、部長、課長など）は大卒が17%、短大卒が14%、高卒が10%と、高学歴の必要度は専門職よりある程度低い。事務職というのはさまざまな種類があるので一般化が困難であるが、ホワイトカラーの一般職を念頭におけばよい。これも大卒が多いが、短大・高卒もかなりいる。

第2に、販売職に関しては、大卒から中卒まで万遍なく分布しているが、大卒が一番多く高卒・短大卒・中卒の順である。それこそ販売職とは小売店で働く人から、大企業の営業職や商社員までを含んでいるので、学歴はかなり散らばるのである。

第3に、熟練と半非熟練とはいわゆるブルーカラー職をさす。ここで半熟練と非熟練を一つのグループとしているが、その理由は両者の正確な分類が困難だからであろう。この職業に関しては、大卒は10%以下と非常に少なく、非大卒がかなり多い。比率は中卒・高卒・短大卒の順に高くなっている。さらに、半非熟練の方が熟練よりも平均すると学歴の低い人が多いが、これは必要な技能の程度の差を反映している。

第4に、戦前や戦後しばらくは農林業は従事する人がとても多かったが、今の時代には少ない。しかし学歴で評価すると、順としては短大卒が多いのは意外である。脱サラして農業に進んだ人の多さによって説明されるかもしれない。

次に50年間の変化に注目してみよう。もっとも重要なメッセージは、過去から現在までの全期間を通じて、高学歴者（大卒と短大卒）は、専門・管理・事務というホワイトカラー職に就く人が圧倒的に多かった。1960年代から80年代にかけては高卒の人でホワイトカラー職に就く人は結構多かったが、時代が進むにしたがって、そのなかでも専門職や管理職に就く人は減少したことがわかる。

逆に言えば、古い時代では高卒はブルーカラー職に就く人は少なかったが、現在に至っては半数以上がブルーカラー職なのである。なお中卒に関しては昔は農林とブルーカラー、今はブルーカラーが圧倒的に多い。

この現象を説明するのは困難ではない。戦後一貫して日本は高校進学率、大学進学率が高まってきた。昔は低い学歴（特に中卒）の人がブルーカラーになっていたが、急激に中卒の人が少なくなったので、高卒の人がブルーカラー職にならざるをえなくなった。昔は高卒の人もホワイトカラーになっていたが、今やそれが大卒に占められる時代となった影響もある。

表2-4　学歴×現職のクロス表（調査時点別）

1965年	専門	管理	事務	販売	熟練	半非熟練	農林	無職	計	N（標本数）	学歴（%）
大学	32.2	20.8	19.5	18.1	2.7	2.7	0.7	3.4	100	149	8.3
短大	29.7	20.3	27.0	6.8	2.7	10.8	2.7	0	100	74	4.1
高校	7.1	10.7	27.9	14.3	12.2	16.8	9.7	1.3	100	476	26.5
中学	0.8	2.2	7.8	10.4	24.4	22.8	29.2	2.5	100	1094	61.0
計	6.3	6.7	14.9	11.9	18.5	19.0	20.5	2.1	100	1793	100
1985年											
大学	30.6	20.7	27.9	9.7	3.9	3.7	0.5	3.0	100	434	20.3
短大	15.3	22.2	15.3	11.1	12.5	8.3	6.9	8.3	100	72	3.4
高校	5.3	10.2	20.8	14.8	21.3	19.1	4.9	3.7	100	926	43.4
中学	0.9	3.8	5.5	7.4	30.3	30.0	12.8	9.4	100	704	33.0
計	9.3	10.6	17.0	11.2	20.4	19.2	6.6	5.6	100	2136	100
2005年											
大学	30.3	21.4	19.3	12.7	5.4	2.8	1.6	6.3	100	667	31.3
短大	18.0	13.1	24.6	9.8	16.4	4.9	4.9	8.2	100	61	2.9
高校	5.1	8.4	13.4	9.8	25.8	23.1	5.0	9.5	100	1105	51.9
中学	0.3	3.7	4.0	5.0	32.9	27.5	7.7	18.8	100	298	14.0
計	12.7	12.0	14.3	10.0	20.1	16.8	4.3	9.8	100	2131	100
2015年											
大学	31.9	16.7	18.7	12.1	6.3	7.5	1.7	5.1	100	878	39.0
短大	13.8	13.8	10.3	6.9	22.4	17.2	5.2	10.3	100	58	2.6
高校	7.2	10.2	10.9	8.8	25.3	25.8	3.9	7.9	100	1202	53.4
中学	0	2.6	0.9	3.5	39.1	36.5	1.7	15.7	100	115	5.1
計	16.6	12.5	13.4	9.8	18.5	19.0	3.0	7.3	100	2253	100

（現職の各欄は％）

出所：新潟大学・古田和久HPより、本人の許可を得て転載。
「高学歴化と職業構成の変容に関する基礎分析」2017年

第３章　日本人の労働と賃金

10年以上の勤続者、日本は45・8%

終身雇用か転職か

日本経済が好調の頃（すなわち高度成長期と安定成長期）にOECD（経済協力開発機構）は、その好調の要因を労働市場に注目して、次の3つの性質を挙げた。（1）終身雇用（より正確には長期雇用）、（2）年功序列、（3）企業組合主義で「三種の神器」とまで讃えたのである。

終身雇用と年功序列は企業での労働者の技能を高めることができたし、企業愛の育成にも役立った。企業組合主義も労使一体となって、会社のためならと勤労意欲の向上に貢献したとの解釈である。ここでは終身雇用について詳しく検討してみよう。

終身雇用制とは、学校卒業後に一つの企業で働きはじめてから、定年までその企業で働きつづける慣習である。これは大企業で働く男性の正規労働者に当てはまるもので、女性、中小企業、非正規労働者はその枠外にいた。前者に該当する労働者の比率は、全労働者のうちかなりの少数派にすぎない。しかしなぜ少数しかいないのに終身雇用が評価されたのか、それはこれらに属する労働者の生産性の高さがめだったことと、他の労働者もこれを理想型として見習うのがよい、という暗黙の理解があったからによる。

日本の労働者が終身雇用（長期雇用）を達成しているかどうか、統計を見ておこう。表3－1は先進諸国において、同一企業に10年以上勤務する人の割合を示したものである。これは終身雇用とまでは言わないが、どの程度の労働者を長期雇用しているかがわかるので、日本の相対的地位がわかる。

第1に、日本は45・8％で高い比率なので、長期雇用を達成している国であるとみなせる。他の国で日本より高いか同水準の国としてイタリア50・2％があり、日本だけが長期雇用のユニークな国と思わない方がよい。しかもフランス45・6％、ベルギー43・8％、ドイツ40・3％のように日本の数字に近い国もある。これらの国では解雇規制（安易に解雇してはならないという法規）の強いことも、長期雇用者が多いことを背後から促している。

第2に、逆に長期雇用率の低い国はアメリカ、イギリス、カナダ、オーストラリアというアングロ・サクソン系の諸国、それにスウェーデン、デンマークという北欧諸国である。前者は自由主義経済を好む国なので、転職することに抵抗感はないし、企業も割合簡単に労働者を解雇、一時帰休をおこなう。

北欧諸国は福祉国家なので短い勤続年数に驚くかもしれないが、そこには特有の動機がある。企業、労働者、政府のあいだに経営不振の企業は早めにつぶして、新しい企業を創設して生産性の高さをめざすのがよい、という国民的合意がある。これは高い開業率・廃業率のところで説明した理由と同じなので、これ以上言及しない。

第3に、非常に低いのは韓国の21・5％である。日本と韓国は同じ東アジアの一員として共通の社会特性、例えば低出生率、女性の冷遇、受験戦争などがあるが、長期雇用に関しては好対照である。韓国は景気循環の波が大きいことと、アメリカ的経営への賛美があり、長期雇用が実現していない。

今後の日本がどうなるか、予想しておこう。長期雇用を達成する人の数が減り、転職率は増加するだろう。大企業の経営者（例えば日本経済団体連合会会長の中西宏明《なかにしひろあき》、トヨタ自動車の豊田章男《とよだあきお》社長など）が、不確実性の高まっている時代への対応としてやむをえないとしているし、新しい風を企業に入れる必要性から、終身雇用は守れないと主張しはじめている。労働者側も新しい、より魅力的な職場を求めたり、職場に不満があるなら企業を移ることに抵抗感がなくなっている。

後者の証拠は図3－1で示すことができる。新卒生の就職後3年以内に転職する比率の推移を学歴別に示したものである。中卒で約60％（2018年は48％）、高卒で約40％、大卒で約30％となっている。一時は7・5・3現象と呼ばれていたが今は6・4・3現象である。学歴によって転職志向がかなり異なってはいるが、若年層は転職に抵抗感のない時代になっている。

表3-1 長期勤続(10年以上)者比率の国際比較(%)

日本	45.8	オーストラリア	25.0
アメリカ	28.8	スウェーデン	31.2
イギリス	31.6	デンマーク	27.0
カナダ	29.7	ベルギー	43.8
ドイツ	40.3	オランダ	37.8
フランス	45.6	韓国	21.5
イタリア	50.2		

数値は2017年
出所：労働政策研究・研修機構『データブック国際労働比較2019』

図3-1 学歴別3年以内離職率の推移

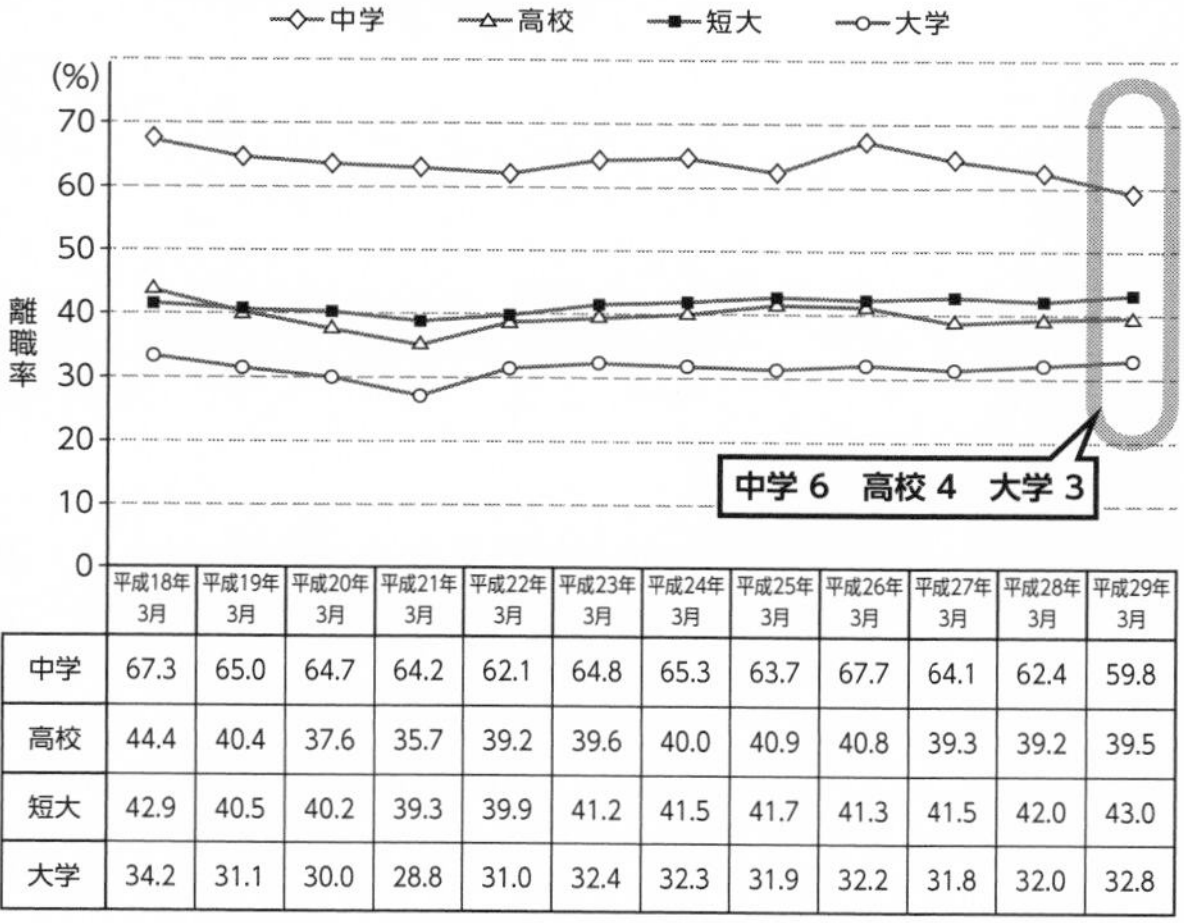

	平成18年3月	平成19年3月	平成20年3月	平成21年3月	平成22年3月	平成23年3月	平成24年3月	平成25年3月	平成26年3月	平成27年3月	平成28年3月	平成29年3月
中学	67.3	65.0	64.7	64.2	62.1	64.8	65.3	63.7	67.7	64.1	62.4	59.8
高校	44.4	40.4	37.6	35.7	39.2	39.6	40.0	40.9	40.8	39.3	39.2	39.5
短大	42.9	40.5	40.2	39.3	39.9	41.2	41.5	41.7	41.3	41.5	42.0	43.0
大学	34.2	31.1	30.0	28.8	31.0	32.4	32.3	31.9	32.2	31.8	32.0	32.8

出所：厚生労働省「新規学卒就職者の離職状況」(2020年)

男性の賃金、大企業では39万円、小企業では29万円

企業規模別賃金格差

40〜50年ほど前の日本の労働市場は「二重構造」であると言われた。大企業と中小企業のあいだで賃金、生産性、利潤率などに格差があるとされた。したがって、新規学卒の人はできれば大企業に就職したいと希望した。ホワイトカラー、ブルーカラーを問わず、職種とは無関係に共通していた。そこで大学卒においては名門校・有名校卒業者、高校卒においては学業成績優秀者が、大企業に就職できる可能性が高かった。これが日本の学歴社会の一つの特色でもあった。

現在、企業規模間格差が賃金においてどれだけあるのかを知っておこう。大企業とは常用従業員数が１０００人以上、中企業が１００〜９９９人、小企業が10〜99人の企業である。これについては厚生労働省の『賃金構造基本統計調査』が正確に情報を提供している。表３－２（２０１８〈平成30〉年版）で示される。

この表からわかる点をまとめてみよう。第１に、年齢を無視して規模だけに注目すると、男性で大企業が38万７０００円、中企業が32万１５００円、小企業が29万２０００円であり、大企業を１００とすると、中企業が83・１、小企業が75・５となる。女性に関し

ては大企業が27万700円、中企業が24万4400円（90・3）、小企業が22万3700円（82・6）となっている。女性より男性の方が企業規模間格差の大きいことがわかる（女性に関しては次の項目で扱う）。

規模間格差は他の先進国との比較をした図3－2によって明らかである。イギリス、オランダ、デンマーク、フィンランドなどは、企業規模間格差がほとんど存在していない。多分、規模間格差は容認されるべきではないという規範が社会にある。そう判断する根拠は、イギリス以外では賃金は経営者、労働組合、政府の三者で全国一律に、中央で決定されるという、特色の存在にある。もう一つは中小企業が高い生産性をめざして頑張っている点があろう。逆に規模間格差のめだつのは、日本、ドイツ、アメリカである。

日本での特徴は、若い年代では規模間格差がほとんど存在しないが、中年になると拡大し、ピークは40代後半から50代の頃である。年功序列の要素が大きいからである。

ここで述べたいくつかの現象に関しては、女性よりも男性にかなり大きいという事実が大切である。この男女差は、女性は役職（課長や部長）に就くことがほとんどなく、男性のみが役職に昇進して、高い役職手当を受けることも一つの要因である。とはいえ、能力・実績主義が管理職に適用されるので、男性の全員が昇進するのではない。

最後に、なぜ日本では大企業と中小企業のあいだでこれだけの賃金差が生じるのか、いくつかの理由を考えてみよう。

第1に、資本装備率で大企業が有利である。機械設備などが使用できれば労働生産性が高くなることは当然であり、資金の豊富な大企業が設備投資や技術開発に優れているのは理解できよう。もっとも、この理由には注釈が必要である。一部の中小企業でとても優れた新製品を売り出したり、新技術を開発したりして、大幅に売上高を伸ばす企業がある。こういう企業は例外として存在している。

第2に、優秀な人材が大企業に集まる傾向がある。これは大企業の賃金などの労働条件が良いのでそうなるのである。一方で優秀な人材は生産性を高めるので、双方向の効果があるとみなしてよい。

第3に、大企業は生産・サービスの提供において市場占有力（独占ないし寡占などを想定すればよい）が高く、高い売上高、利潤額を獲得できるので、賃金の支払い能力の高さがある。

第4に、大企業はグループ企業を形成しているのが一般的で、傘下に下請け企業を抱えていることが多い。この関係は親企業の勢力が強くて、逆に下請け企業に犠牲を強いることもあり、親企業が格別の収入を得て、これも支払い能力を高める。

表3-2　企業規模、性、年齢階級別賃金、企業規模間賃金格差及び年齢階級間賃金格差

男性	大企業		中企業			小企業		
	賃金(万円)	賃金格差	賃金(万円)	賃金格差		賃金(万円)	賃金格差	
		年齢階級間賃金格差(20〜24歳=100)		企業規模間賃金格差(大企業=100)	年齢階級間賃金格差(20〜24歳=100)		企業規模間賃金格差(大企業=100)	年齢階級間賃金格差(20〜24歳=100)
年齢計	38.70	175.0	32.15	83.1	154.1	29.20	75.5	142.8
〜19歳	18.41	83.2	17.76	96.5	85.1	18.07	98.2	88.4
20〜24	22.12	100.0	20.86	94.3	100.0	20.45	92.5	100.0
25〜29	26.39	119.3	23.99	90.9	115.0	23.09	87.5	112.9
30〜34	31.91	144.3	27.63	86.6	132.5	26.22	82.2	128.2
35〜39	36.66	165.7	31.02	84.6	148.7	29.03	79.2	142.0
40〜44	40.89	184.9	34.41	84.2	165.0	31.39	76.8	153.5
45〜49	46.04	208.1	37.48	81.4	179.7	32.98	71.6	161.3
50〜54	50.66	229.0	39.66	78.3	190.1	33.75	66.6	165.0
55〜59	49.79	225.1	40.12	80.6	192.3	33.03	66.3	161.5
60〜64	32.54	147.1	29.73	91.4	142.5	28.25	86.8	138.1
65〜69	28.82	130.3	25.91	89.9	124.2	24.79	86.0	121.2
70〜	28.24	127.7	28.28	100.1	135.6	23.35	82.7	114.2
年齢(歳)	42.7		43.2			45.4		
勤続年数(年)	15.9		13.1			11.7		

出所：厚生労働省『賃金構造基本統計調査』2018年

表3-2　企業規模、性、年齢階級別賃金、企業規模間賃金格差及び年齢階級間賃金格差

女性	大企業		中企業			小企業		
	賃金（万円）	賃金格差 年齢階級間賃金格差（20～24歳=100）	賃金（万円）	賃金格差 企業規模間賃金格差（大企業=100）	賃金格差 年齢階級間賃金格差（20～24歳=100）	賃金（万円）	賃金格差 企業規模間賃金格差（大企業=100）	賃金格差 年齢階級間賃金格差（20～24歳=100）
年齢計	27.07	123.9	24.44	90.3	119.6	22.37	82.6	116.8
～19歳	17.99	82.3	17.17	95.4	84.0	16.53	91.9	86.3
20～24	21.85	100.0	20.43	93.5	100.0	19.16	87.7	100.0
25～29	24.55	112.4	22.48	91.6	110.0	21.05	85.7	109.9
30～34	26.35	120.6	23.91	90.7	117.0	21.93	83.2	114.5
35～39	27.67	126.6	24.96	90.2	122.2	22.90	82.8	119.5
40～44	29.20	133.6	26.10	89.4	127.8	23.53	80.6	122.8
45～49	29.82	136.5	26.55	89.0	130.0	23.79	79.8	124.2
50～54	30.45	139.4	26.67	87.6	130.5	23.95	78.7	125.0
55～59	30.40	139.1	26.11	85.9	127.8	23.79	78.3	124.2
60～64	23.73	108.6	22.14	93.3	108.4	21.28	89.7	111.1
65～69	24.29	111.2	20.90	86.0	102.3	19.34	79.6	100.9
70～	25.98	118.9	22.39	86.2	109.6	20.02	77.1	104.5
年齢（歳）	39.9		41.7			42.9		
勤続年数（年）	10.4		9.6			9.2		

出所：厚生労働省『賃金構造基本統計調査』2018年

図3-2　企業規模間賃金格差の国際比較

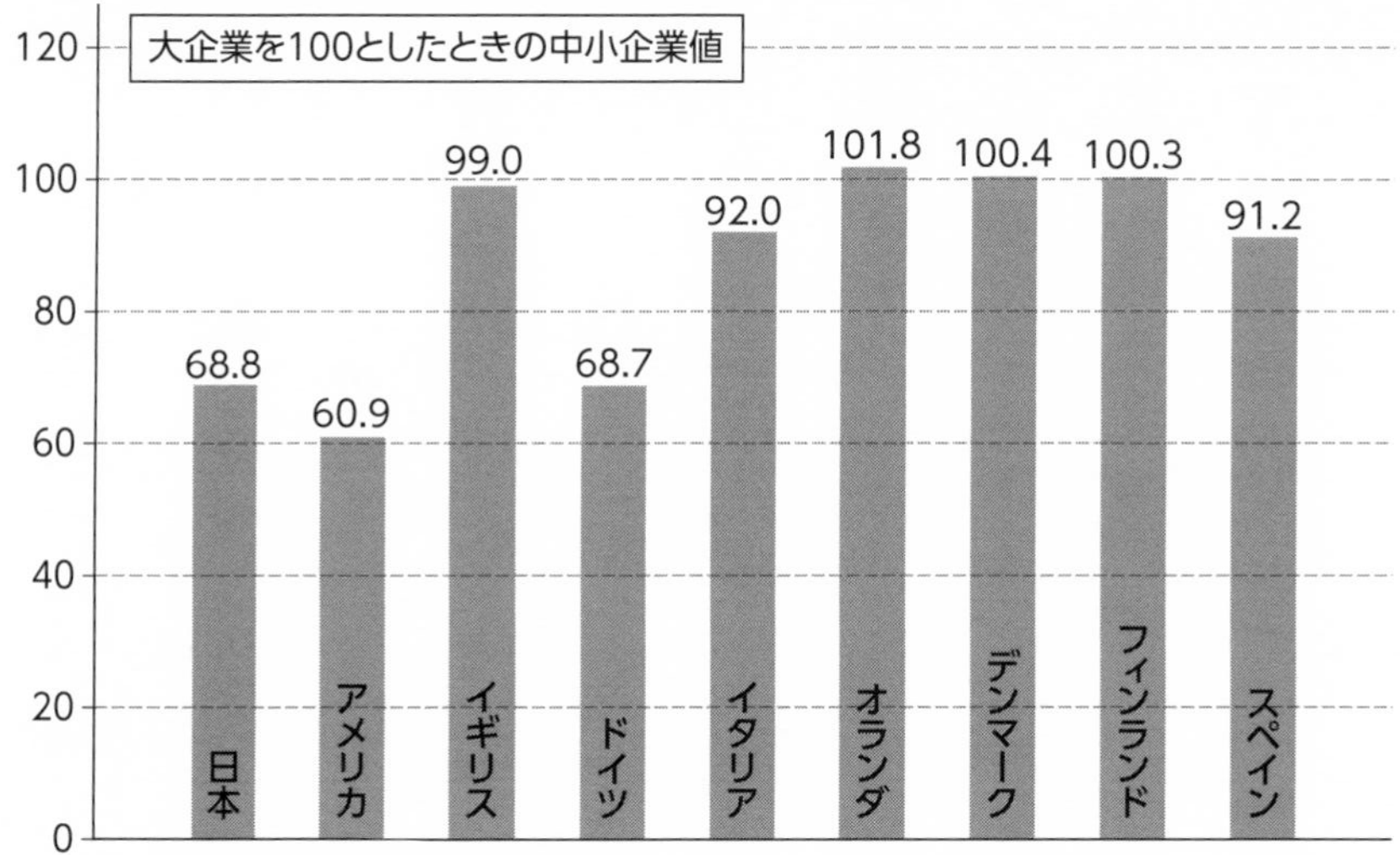

出所：労働政策研究・研修機構『データブック国際労働比較2017』

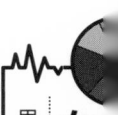

女性の賃金は男性の75％

男女間格差が残る理由

日本社会ではさまざまな分野で男女格差が大きい、あるいは女性の社会進出が遅れていることは、よく知られている。

例えば世界経済フォーラム（WEF）が毎年報告している『世界ジェンダー・ギャップ報告書2020』によると、153ヵ国中の121位という平等指数の低さであった。先進諸国の中では最悪のグループに属する。政治家、経営者、企業での管理職、専門職などで女性の占める比率は非常に低い。さらに男女間賃金格差もかなりめだつ。

まず日本が先進国の中で、男女間賃金格差についてどのような地位にいるかを確認しておこう。

表3－3は代表的なOECD諸国の男女間格差を示したものである。

まず第1に、この表でもっとも印象的なのは、日本と韓国という東アジアの2国が第2位と第1位になっていることである。OECDという先進諸国の加盟する国際機関において、日本と韓国はとても特殊な地位にいることがわかる。女性差別は歴史的にも文化的にも根深いものがある。この両国を比較すれば、韓国の方が日本よりも男女間賃金格差の大きい。

第2に、アメリカ、イギリス、ドイツといった大国は、OECD諸国の平均86・8よりも低いので、意外と男女間賃金格差が大きい。逆にここでは示していないが、ベルギー、ギリシャ、デンマーク、イタリアといった小さい国は、どちらかといえば格差が小さい。小国では国民の間で連帯感が強くなるので、格差が小さくなるのであろう。

ではここで日本を見てみよう。

図3−3は1964（昭和39）年から2019（令和元）年までの推移を示したものである。これはフルタイムで働く正規労働者のみの統計である。1964〜65（昭和39〜40）年あたりは、男性の100に対し女性は55前後だったが、その後徐々に格差が縮小して、現在までその傾向が続いている。

一つの契機は1985（昭和60）年の男女雇用機会均等法成立である。男女間の平等の必要性が雇用、賃金、昇進などについて主張されたので、格差が特に縮小したと期待させるが、その効果はこの図には格別出現していない。効果の現れなかった理由は、この法律に監視や罰則の規定がほとんどなかったので、強制力はなかったことにある。しかし、その後の改正によって多少は厳しくなったのでその効果が出た。

現在では男性の100に対し女性は75ほどにまで格差は縮小しているが、他の先進国との比較では日本はまだ大きい格差がある。その理由をいくつか述べておこう。

第1に、女性には企業で係長、課長、部長のように役職に就く人がとても少ないので、女性労働者の賃金は総じて低くなる。管理職は当然のことながらかなりの額の管理職手当を受けるので、高い賃金を男性管理職は受け取ることになる。

第2に、学歴間賃金格差の存在をすでに述べたが、現在企業で働いている女性に関しては、女性の大学進学率が男性のそれより低かったので、低い学歴によって低賃金に甘んじなければならなかった。

第3に、女性はキャリアの途中で結婚・出産により一時期企業から離れて、子育て終了後に再び働きはじめる人が多い。たとえ同じ企業に戻れても勤続年数が短くなるので、年功序列制の残っている現状では、女性の賃金は低くなる。子育て後に他の企業に移った場合でも、新しいスタートとなるので、賃金は低くなる。

第4に、日本社会に残る女性差別による影響は無視できない。この差別は、採用、昇進、訓練の与え方など、さまざまな分野で存在している。さらに企業は賃金などの労働条件の劣る非正規労働者の数を増やしてきたが、その大半は女性であった。既婚女性の中には、パートタイムなどの労働を望む人もいるので、差別でない側面も多少はあるが、非正規女性労働の存在は影響している。

表3-3　主要先進国の男女間賃金格差(男=100)

韓国	64.5
日本	75.5
アメリカ	81.1
カナダ	81.8
イギリス	83.6
ドイツ	83.5
OECD 平均	86.8
フランス	87.0

注：数字はいろいろ報告されているので、細かい正確性にはやや欠ける。
　　傾向に注目されたい。
出所：OECD『Employment Outlook2019』

図3-3　男女間賃金格差(男=100)

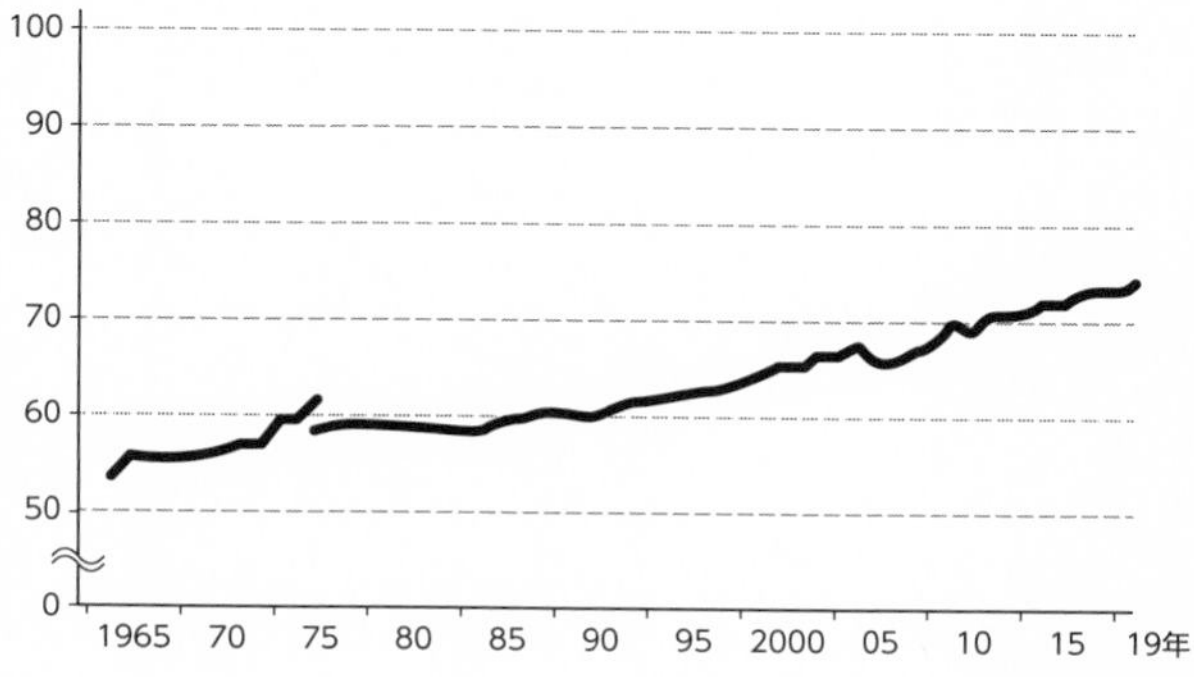

出所：労働政策研究・研修機構「男女間賃金格差の推移」2020

非正規社員は、正規より年収が60%低い

正規・非正規間の格差

バブル崩壊後の経済低成長期（1991〈平成3〉年以降）における格差拡大の象徴は、正規社員と非正規社員間の格差である。ここで正規社員とは、フルタイム労働で雇用されている正社員のことで、解雇が特別の場合（企業の経営不振や本人の責任による不祥事）を除いてなされないのに対して、非正規社員を企業は容易に解雇できる。非正規は具体的には①パート労働に代表されるように労働時間が短いもの、②雇用契約期間が設定されているもの、③派遣社員、④学生などに代表されるアルバイト労働、などさまざまな形態がある。

まず男女別に非正規労働者比率がどれほどであるかを図3−4によって、1992（平成4）年から25年間の動向で確認しておこう。1992年では、女性の39・0%、男性の9・8%、男女計21・5%が非正規労働者であった。これらの比率は、バブルに至る以前の安定成長期を通じての数字とみなしてよい。女性が男性よりも高い比率なのは、既婚女性が家事・育児と労働との両立を希望したからである。特に多いのは子育て中の女性であり、子育てを終えると再び働きたい人は多い。しかし不利な労働条件になることはすでに述べた。

バブル期に非正規比率が多少増加し、バブル崩壊後の21世紀に入ると、大不況期になったことでその比率が激増した。女性の過半数が非正規労働者となったし、男性でも20％を超え、男女計でじつに約40％の人が非正規労働者となった。なお男性に関しては、若年層と高齢者に集中していることを付記しておこう。

正規・非正規の格差はどこに出現しているのであろうか。

まずは給与格差である。表3－4の2019（令和元）年「民間給与実態統計調査」によると、男性の正規労働者で年収が561万円、非正規労働者で226万円、女性の正規労働者で389万円、非正規労働者で152万円である。男女計にするとそれぞれが503万円と175万円となる。非正規の人は正規の人と比較して、年収で男性も女性も60％近くも低いのである。

この大きな格差には次の要因が作用している。正規労働者は賃金と昇進における年功制がまだかなり残っていて、働き続ければ賃金増加があるが、非正規労働者では昇給がほとんどない。これは中・高年層になればなるほど賃金格差の拡大につながる。

第2に、非正規労働者にはボーナス支払いのないことが多い。たとえ支払われても、その額は正規の人よりはるかに少ない。

第3に、パートやアルバイトの短時間労働者は、労働時間の少ない分だけ月収ないし年収が少ないことを認識せねばならない。もっとも厳密には1時間あたり賃金の比較でなされねばならないが、それは統計によると、非正規の人は正規の人の6～7割の賃金とされる。

賃金格差に加えて、別の深刻な格差のあることを述べておこう。

第1に、週20時間未満の労働時間しかない非正規労働者は、各種の社会保険制度に加入できない。医療保険制度においては、被扶養人として働いている配偶者の保険に加入できるが、年金や失業に関しては不可能である。高齢になったときや失業したときに所得の欠如という問題が生じる。

第2に、企業が経営不振に陥ったとき、最初に雇用打ち切りの対象になるのは非正規労働者である。しかも失業後に次の仕事を見つけるのも容易ではない。非正規労働者の雇用はとても不安定なのである。

第3に、企業は非正規労働者に職業訓練の機会を与えないので、資質や生産性の向上が見られないこともある。

最後に、なぜ企業は非正規労働者を雇用するのであろうか。賃金支払い額が少なくてすむ、雇用を打ち切りたいときにすぐにできるし、採用もほしいときにすぐできる。特に、各種社会保険料の企業負担分の支払いを避けたい、という理由を強調しておこう。

図3-4　非正規割合の推移

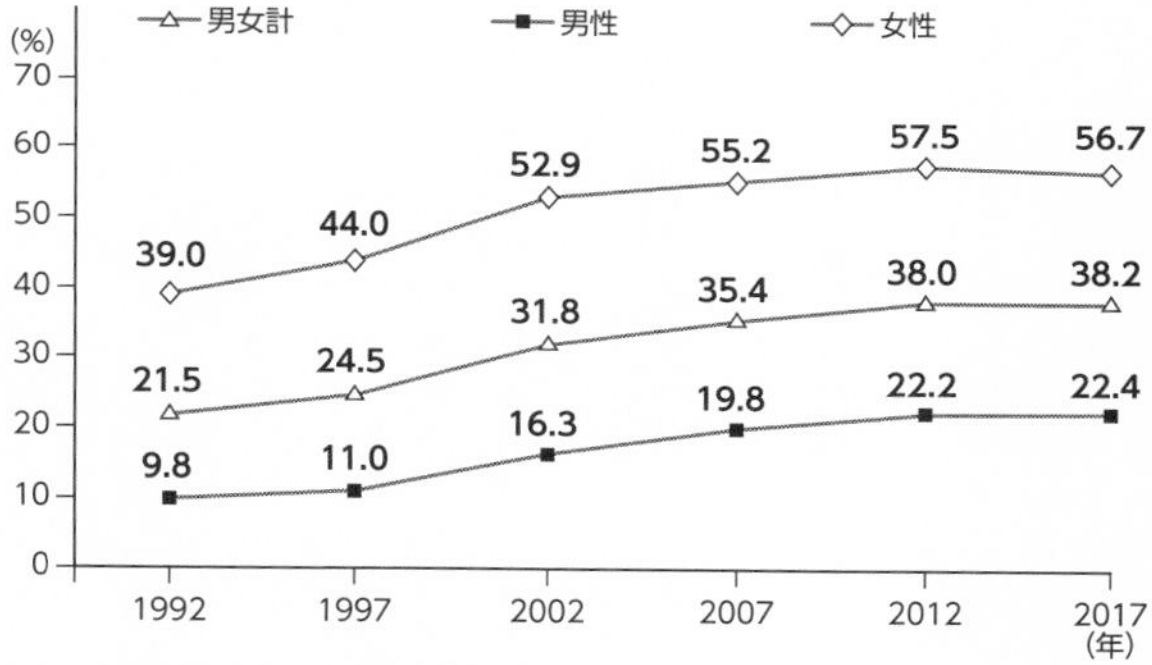

出所：総務省「平成29年就業構造基本調査」

表3-4　正規・非正規別年収・収入データ(2019年)

	正規	非正規	平均	年収差
年収	503.4万円	174.6万円	436.4万円	328.8万円

	正規(男性)	非正規(男性)	男性平均	年収差
年収	561.4万円	225.6万円	539.7万円	335.8万円

	正規(女性)	非正規(女性)	女性平均	年収差
年収	388.9万円	152.2万円	295.5万円	236.7万円

出所：国税庁「民間給与実態統計調査」2019

部長は一般社員の何倍もらっているのか

役職者賃金、経営者賃金

賃金格差に関する次の関心は、企業内での地位の差によって生じる格差である。部長、課長、係長と称される管理職の人の賃金である。企業によっては、マネージャーや主任など別の名称を用いることもあるが、統計ソースはそれらを共通の基準で統一している。もう一つの関心は企業経営のトップにいる経営者の賃金、報酬である。

まずは表3－5によって、役職者の賃金を検討してみよう。いくつかの事実を指摘できる。第1に、役職者職は非役職者である一般社員と比較して、非常に高い賃金を得ることができる。例えば男性の部長であれば65万9800円で非役職者である20〜24歳の一般社員の3倍、課長が53万6800円で2・5倍、係長が40万1000円で1・9倍の賃金である。役職者の賃金は基本給と役職手当からなる。上位の役職ほど年齢が高いので、基本給のうち年功賃金分が高い。したがって役職手当だけという純粋の役職倍数ではない。

なぜ役職者が高い賃金を獲得できるのだろうか。役職者はその部局の運営責任者なので、指導力、統率力、管理能力、調整能力等に優れていなければならず、この人の働きぶりによって生産性、企業への貢献度が左右される。高い貢献度に応じて高い報酬が支払われるのは、経済原理に合致している。その責任の大きさは役職の上がるほど大きいので、高い役職の人がより高い報酬を得るのも当然である。

第2に、男性と女性の間で役職者の賃金に大差はないし、一般社員との比較での倍数も大差はない。しかも各役職別の年齢にも男女差はほとんどない。これは男女の区別なく昇進した人に関しては、高い賃金を得ていることを意味している。

とはいえ、重要なことは、女性でその地位を得る人はとても少ない、という事実である。最近の統計（2018〈平成30〉年）によると、『男女共同参画白書』では女性の管理職比率は、部長で6・6%、課長で11・2%、係長で18・3%にすぎない。一度昇進に成功した女性は男性とほぼ同じ処遇を受けるが、それを成就する女性は非常に少ないのである。そもそも昇進の可能性を持ち合わせた女性の数が企業内でとても少ないからである。すなわち長期勤続の女性が少ない企業は女性を総合職と一般職に区分して採用しており、昇進のできる総合職女性は数が少ないことと、まだ女性差別の残っていることが響いている。しかし能力があり実績を示して差別のなかった女性には男性同様の処遇をしていることは好ましい。

第3に、係長が平均年齢45歳前後、課長が49歳前後、部長が52歳前後と示されるように、年齢を蓄積しないと、管理職には昇任できない。まだ年功序列制は残っていると判断できる。ただし今後は、能力・実績主義が強くなって競争が激しくなり、役職に就く人の報酬も今より高くなるだろうし、昇進の平均年齢も今より若くなるであろう。

次に役員報酬である。役員とは企業のトップ（会長・社長）や副社長、取締役、監査役など、企業の経営責任者である。非常に高い指導力、管理能力、責任感が要求されるので、とても高い報酬を得るのである。しかも経営に失敗すると解任されるリスクもあるので、リスク手当も含まれている。

日本の有価証券報告書では、役員報酬の総額と報酬1億円以上の人の氏名を公表する義務がある。東洋経済『役員四季報』は、年収1億円以上の上場企業役員のトップ500人を掲載しているので、上位5人を表3－6で引用しておこう。

トップはソフトバンク副会長のロナルド・フィッシャーの32億6600万円であった。役員報酬が10億円以上は10名（なんと外国人が7名もいる）、2億円以上が205名であった。一昔前は上場企業の役員で1億円を超えるのは珍しかったが、今はその数と額が激増中である。

ところで起業して成功した企業経営者の年収は、ここで述べた企業の役員報酬よりもはるかに高い。例えばソフトバンクの孫正義会長は年収90億円ほどである。これは役員報酬額よりも、自社株保有による配当とキャピタルゲインの額が巨額なのである。

表3-5 役職、性別賃金、対前年増減率及び役職・非役職間賃金格差（企業規模100人以上）

男				
役職	賃金（万円）	対前年増減率（%）	役職・非役職間賃金格差（非役職者20～24歳=100）	年齢（歳）
部長級	65.98	0.7	304.3（304.9）	52.6
課長級	53.68	2.0	247.6（245.0）	48.5
係長級	40.10	−0.2	185.0（186.9）	44.9
非役職者（20～24歳）	21.68	0.9	100.0（100.0）	

女				
役職	賃金（万円）	対前年増減率（%）	役職・非役職間賃金格差（非役職者20～24歳=100）	年齢（歳）
部長級	59.27	−1.5	275.3（284.7）	52.2
課長級	46.01	−2.4	213.7（223.0）	48.7
係長級	35.37	0.8	164.3（166.1）	45.3
非役職者（20～24歳）	21.53	1.9	100.0（100.0）	

出所：厚生労働省『賃金構造基本統計調査』2018

表3-6 「年収1億円超」の上場企業役員、上位5人リスト

順位	役員名	会社名（役職）	年齢	現職在任期間	役員報酬総額
1	R.フィッシャー	ソフトバンクG（副会長）	71	2.2年	32億6600万円
2	J.M.デピント	セブン&アイHLD（取締）	56	4.3年	29億1300万円
3	金綱一男	新日本建設（会長）	79	0.2年	23億4300万円
4	M.クラウレ	ソフトバンクG（副社長）	48	1.2年	18億0200万円
5	C.ウェバー	武田薬品工業（社長）	52	5.2年	17億5800万円

出所：東洋経済新報社『役員四季報2020年版』

資格の必要な職業ほど男女間格差が小さい

職業別年収差

以前の項目で、学歴（特に中学、高校、短大、大学、大学院）が職業の決定にかなり大きな影響のあることを示した。医師になるには大学の医学部を卒業して、医師の国家試験にパスし免許を受ける必要のあることが典型である。

それを前提にしつつ、学歴によって区別された職業に特化して、所得にどれだけの差があるかを調べてみよう。

表３－７は厚生労働省と国税庁の統計を基に、いくつかの職業における年収を示したものである。

世の中には無数の職業があるが、それら全部を網羅して分析するのは不可能なので、ここではいくつかのなじみ深い、かつ代表的な職業をピックアップして論じる。そのピックアップの特色を要約しておこう。

①高い学歴と資格の必要な職業。②ホワイトカラー、ブルーカラー、販売職を取り上げた。③従来は男性が多く就いた職業（例えば体力を必要とする）と、女性が多く就いた職業を、比較を目的として意図的にピックアップした。④それとは逆に、男女がともに広く就

く職業も同じである。⑤なお職業の列挙順は必ずしも年収の高さ順ではない。

この表から得られる興味深い事実をいくつか記しておこう。

第1に、年収1000万円を超すとても高い所得を受けている、トップ5位に入るような職業は、高い学歴(大卒がほとんど)となんらかの資格が必要である。医師、パイロット、弁護士、大学教授、公認会計士・税理士の年収は、他の職業よりも高い。さらに、男女間でほとんど年収差のないことも特色である。高い学歴と技能を必要とする資格が必要な職業では、その職業に就ければ男女間の差別は発生しにくい。しかし、弁護士は例外で所得に男女差がある。自由業の弁護士の世界は競争が激しく、かつ経験不足で報酬の高くない若手の女性弁護士がかなりの数いることによる。同様の傾向は女性医師の年収にも当てはまるかもしれない。

第2に、トップ5に続くのは記者、自然科学研究者、一級建築士、薬剤師、システムエンジニア、看護師のように、高い学識と技能を必要とする職業である。男女差も比較的小さい。電車運転士の年収が高い水準を得ていることも興味深い。高度な技能と高いストレスに耐える神経を持っていることへの報酬であろう。

第3に、個々の職業では企業におけるホワイトカラー管理職と一般社員が記載されていないが、以前の項目で記したので参照してほしい。ここに多く記載されているブルーカラー職や販売職よりは高い年収を得ていると理解できる。企業の管理職として勤務する人々はかなり高い賃金を得ていると示したし、大半がホワイトカラー職なので、ホワイトカラー、ブルーカラー、販売職間の年収格差は明らかに存在しているとみなせる。

第4に、かなりの数のブルーカラー職(例えば、電気士、自動車整備士、機械組立士など)を取り上げたが、これらの職業の人々は年収が男性は400万円台であり、低い方に属するグループである。もとよりこれらの職に就くには体力を必要とするし、きつい仕事も多いので、男性が圧倒的に多いうえに、女性の年収は男性より100万〜200万円も低い。男性に熟練工の人がいて、男性の平均年収を上げているのである。

第5に、女性に注目すると、航空機客室乗務員(通称キャビンアテンダント)の年収が男性のそれよりもかなり高い。公認会計士・税理士も男性よりも高くなっている。さらに、女性が多く就く職業(例えば薬剤師、看護師、幼稚園教諭、福祉施設介護員、理容・美容師など)では、女性の年収は男性より低いが、その格差は比較的小さい。女性が多く就いている職業であるため、職業内の女性への差別があらわれにくいことが一因といえるかもしれない。

第6に、低い賃金の職業は、警備員、ビル清掃員などで、年収は男性で300万円前後である。この額では、生活が苦しくなってしまうことは想像に難くない。最低賃金をアップすることによって、賃金の底上げに期待したい。

表3-7　男女別・職業別年収（万円）2019年

	男性	女性
医師	1313	1042
パイロット	1193	1113
弁護士	1073	593
大学教授	1070	969
公認会計士・税理士	1042	1044
記者	879	652
自然科学研究者	707	577
一級建築士	654	561
電車運転士	647	561
薬剤師	575	526
システムエンジニア	564	474
看護師	489	477
自動車外交販売員	522	380
電気士	498	254
クレーン運転士	492	361
自動車整備士	428	345
機械組立士	466	324
配管士	453	336
営業用普通・小型貨物自動車運転手	419	327
航空機客室乗務員	409	546
幼稚園教諭	403	338
栄養士	388	343
自動車整備士	428	345
パン・洋菓子製造士	369	264
大工	356	304
福祉施設介護員	353	317
警備員	311	257
理容・美容師	287	284
ビル清掃員	273	211

出所：厚生労働省「賃金構造基本調査」、国税庁『給与支払報告書』を基に、JDL Liberty G-stepやマイナビなどが作成・公表した詳細な表の中から、少数の職業をピックアップしたものである。

60代後半の就業率、男性は50%超、女性は30%超

定年廃止か定年延長を

出生率の低下により、日本は労働力不足の状態にあるし、それが今後はもっと深刻になるだろう、と予想されている。労働力不足を緩和する策はある。高齢者と女性にもっと働いてもらうことである。ここでは高齢者を扱う。

日本には定年制が存在していて、ある一定年齢に達すると企業で働いている人は、役員を除いて離職せねばならない。定年とはもっと働きつづけたい人についても強制的に退職を要求する制度である。定年制を簡単に知っておこう。

第1に、歴史をたどれば、戦前の労使関係では解雇がかなり自由だったので、40歳代で解雇されることもあった。それでは労働者にとっては生活が苦しくなってしまう。そのため、50歳代までは雇用を続けるべしとの配慮から法律によって、例えば55歳という定年年齢が決められたものである。しかし、現代に至っては逆の発想が起こり、企業は高齢者を雇用しつづけると、年功制による高い賃金で労働費用がかかるので、むしろ定年制を利用して合法的に解雇するのである。ほぼ全員が解雇されるため、労働者を平等に扱っているとの印象があり、労働者の不満は少なかった。

第2に、いくつかの欧米諸国では、この定年制は年齢差別であるとの認識が高まり、人権保護の立場から廃止されるようになった。働きつづけたい人、心身ともに働くことのできる人は、本人が希望すれば何歳まででも働けるようになっている。しかし心身ともに弱った高齢者には、さまざまな対策（例えば特別の支払い）を講じて、引退するように仕向けている。

日本ではまだ年齢差別との声は大きくなく、定年制は厳然と存在している。ところが平均寿命が延び、元気で働きたい高齢者は大勢いる、労働力不足が予想されている、有能な人を企業から失いたくない、などの動機のもと、従来は55歳であった定年が60歳まで延び、今や65歳になろうとしている。定年廃止論、定年延長論は高まるものと予想できる。

厚生労働省の「平成29年版就労条件総合調査」によれば、定年制を定めている企業は95・5％、規模別にみれば300人以上の中・大企業では99％以上にのぼる。じつに90％以上の企業が採用しているので、定年制はまだ厳然と存在しているのである。

ただし企業は労働者の働きたい希望に応じ、かつ有能な人を保持しておきたい動機から、1年か2年の定年延長か、再雇用制度を採用している企業が多い。そのことは図3－5による65～69歳の男女別就業率の高さ（それも時代とともに増加している）でわかる。男性の方が女性よりも就業率がかなり高いが、やはりまだ日本では家計の稼ぎ手は男性という事実があるからによる。

なぜ働きたいのか、その理由を示しておこう。図3－6は定年後も働きたい理由を述べたものである。70％ほどが生計の維持のためで、圧倒的に高い理由である。4番目の将来に備え蓄えたいという29・3％も、同じ理由とみなしてよい。

2番目に高い理由は、36・1％の健康の維持のためであり、3番目は30・2％の社会とのつながりがほしいである。至極真っ当な声である。

ところがである。

定年後も働きつづけることのできるのは、圧倒的に再雇用制度であり、定年延長は10％より小さい比率である。再雇用制度とは、一度定年制に従って労働者は雇用契約を打ち切り、その後は短期の雇用契約を結ぶという制度である。

この制度は企業にとって有利である。定年時に有能な人だけを再雇用し、そうでない人は離職させうるからである。さらに、再雇用後の賃金を非常に低く設定できるのもメリットである。労働者にとっては企業都合だけに迎合しないために、一律の定年延長を要求すべきであろう。もっとも、ブルーカラーを中心にして、早く引退したい労働者も結構いるので、労働者自身に引退年齢を選択させるのが望ましい。この時は年金支給開始年齢との連動が必要である。

図3-5　65～69歳の男女別就業率の推移

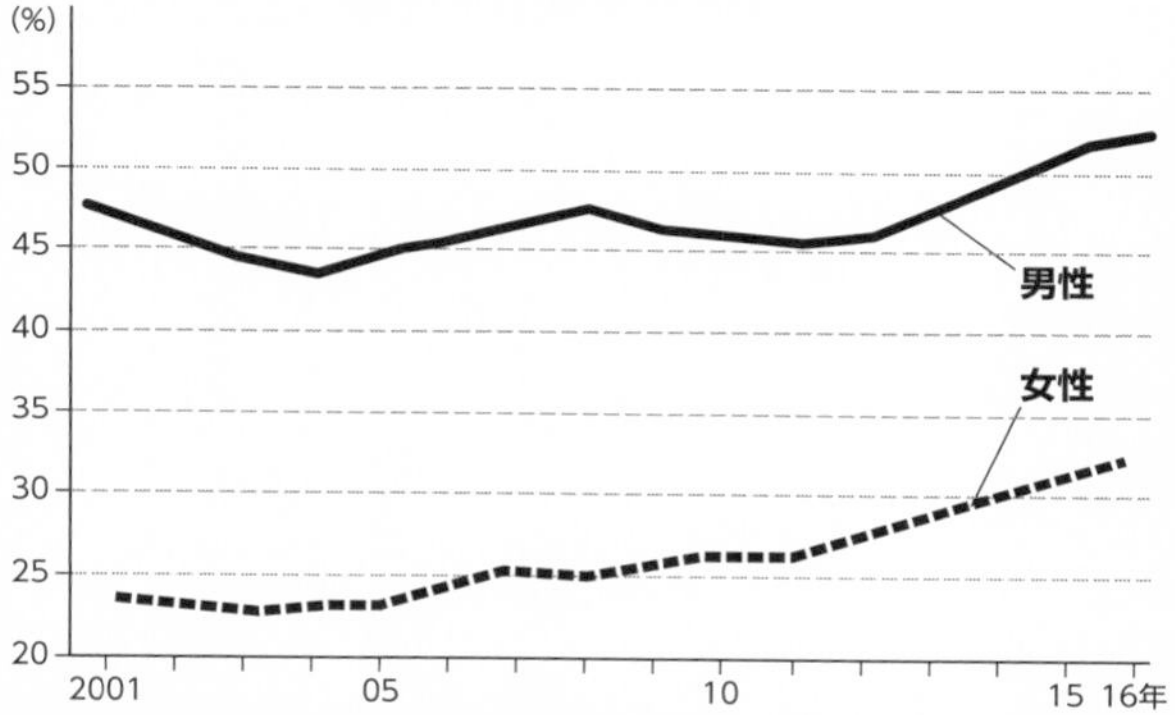

出所：総務省『労働力調査』より近藤絢子作成「第5章高齢者雇用の現状と政策課題」、川口大司編『日本の労働市場』有斐閣,2017

図3-6　継続雇用で働こうと思った理由（n=205　3つまで回答）

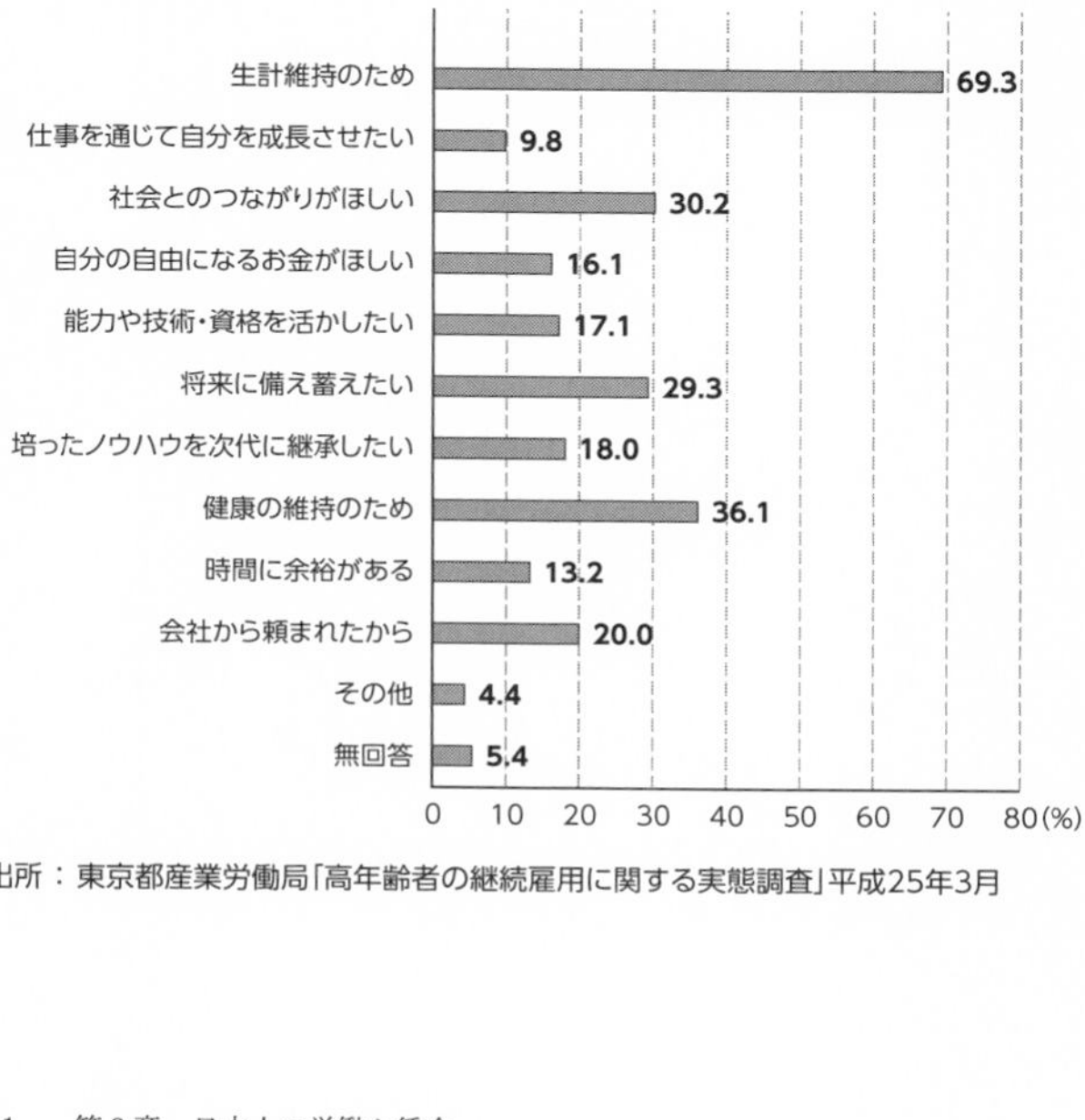

出所：東京都産業労働局「高年齢者の継続雇用に関する実態調査」平成25年3月

共働き世帯は1245万世帯、専業主婦世帯は582万世帯

M字型カーブを是正するには

夫は外で働いて稼ぎ、妻は家で家事・育児に専念という性別役割分担の意識が強い日本であったが、現実には既婚女性の労働力率は高かった。戦争前は当然として、戦後の一時期も農業・商業を中心に多くの妻が働いていた。あるいは時代が進むと、企業でパート労働で働く女性も増えた。基本的には専業主婦でいられたのは、夫の収入の高い家庭だけの少数であった。戦後になって日本経済が高成長時代に入り、夫の所得が伸びたので、大都会で働く労働者の妻として、専業主婦が増加した。ところが家計が豊かになり、女性も大学などで高等教育を受けるようになると、技能を高めた女性の就業率が高くなった。しかも夫の経済力だけに依存する生活を嫌うようになり、経済自立をめざせるように既婚女性で働く人が増加したのであった。

その結果を端的に示すのが、図3－7である。夫が雇用者で妻が専業主婦の組み合わせと、共働きの組み合わせの変遷を示したものである。1980（昭和55）年頃は片働き夫婦が多数で、共働き夫婦がかなり少なかった。今はそれが逆転している。

ところで、女性の労働参加率には一つの特色があった。それはM字型カーブと称される

もので、図3－8で示される。女性の高い労働力率で知られるスウェーデンと比較した2ヵ国の図である。最近（2015年）だと、スウェーデンは平均して90％ほどの高さであるのに対して、日本はまだ70％強ほどで、20％ポイント弱ほどの差がある。

M字型カーブとは、若い頃は80％ほどの高い労働力率であるが、結婚・出産の時期には労働を一時期やめて家に入る。子育てがいち段落すると40～45歳で再び労働に参加するのである。このM字の凹む部分（すなわち家にいる年齢）が昔は大きく凹んでいたが、時代が進むに従ってその凹みが小さくなっている。すなわち結婚・出産によって労働を一時停止しない女性の増加である。次に書くスウェーデンでは凹んだ部分がなく、高原状である。

スウェーデンに関して、1960年代では女性の労働力率はわずか30～40％前後でとても低く、日本よりも低かったのである。それが21世紀に入ると世界でも指折りの高さになる。女性が男性に経済的に依存するのではなく、自立の意識が高まったことがもっとも重要な理由である。さらに、子育て支援策が充実しているので、子を持つ妻も働きやすい。

労働力不足の進行する中、女性のますますの労働参加が期待されるのは言うまでもない。M字型カーブの凹んだ部分を、なだらかな高原状にする案がある。これらの対策としては、女性が結婚・出産しても、家事・育児を夫が妻に押しつけないことが肝要である。具体的にはどういう方策があるのか、ここでまとめてみよう。保育設備の充実といった子育て支援策、夫の家事・育児への積極的協力、夫が企業で長時間労働をせざるをえない構造を変える、女性に企業が厳しい労働を課すことを避ける、子ども手当の充実で経済的に子育てをしやすくする、といった方策である。

女性全体の労働力をもっと上げるためには、どうすればよいだろうか。

まずはホワイトカラー職に関しては、女性を補助労働者として処遇するのが普通であったが、基幹労働者としての処遇をして、幹部に積極的に登用する人事政策が必要である。大企業では女性を総合職と一般職に区分することが多かったが、それをやめるか、総合職の女性を大幅に増やす人事政策が必要である。ただし総合職か一般職かの選択は女性に任せてよい。

ブルーカラー職と販売職に関しては、まずは働き方改革を図る。具体的には育児休業を取るのは圧倒的に女性なので、男性も取る方向に持っていくこと（2019年の取得率は7・48%）。さらに最低賃金のアップ策によって女性の賃金増を図ることも必要である。

ただし一つだけ危惧がある。それは一部の女性（高学歴女性も含めて）に専業主婦志向が少し高まりつつあることである（2020年のソニー生命調べでは29・8%）。もっとも、2020年では少し減少したので、これに関しては不確定性がある。一部の女性の性別役割分担意識への回帰か、女性支援策が進まないことへの苛立ちかもしれない。

図3-7　共働き世帯数の推移

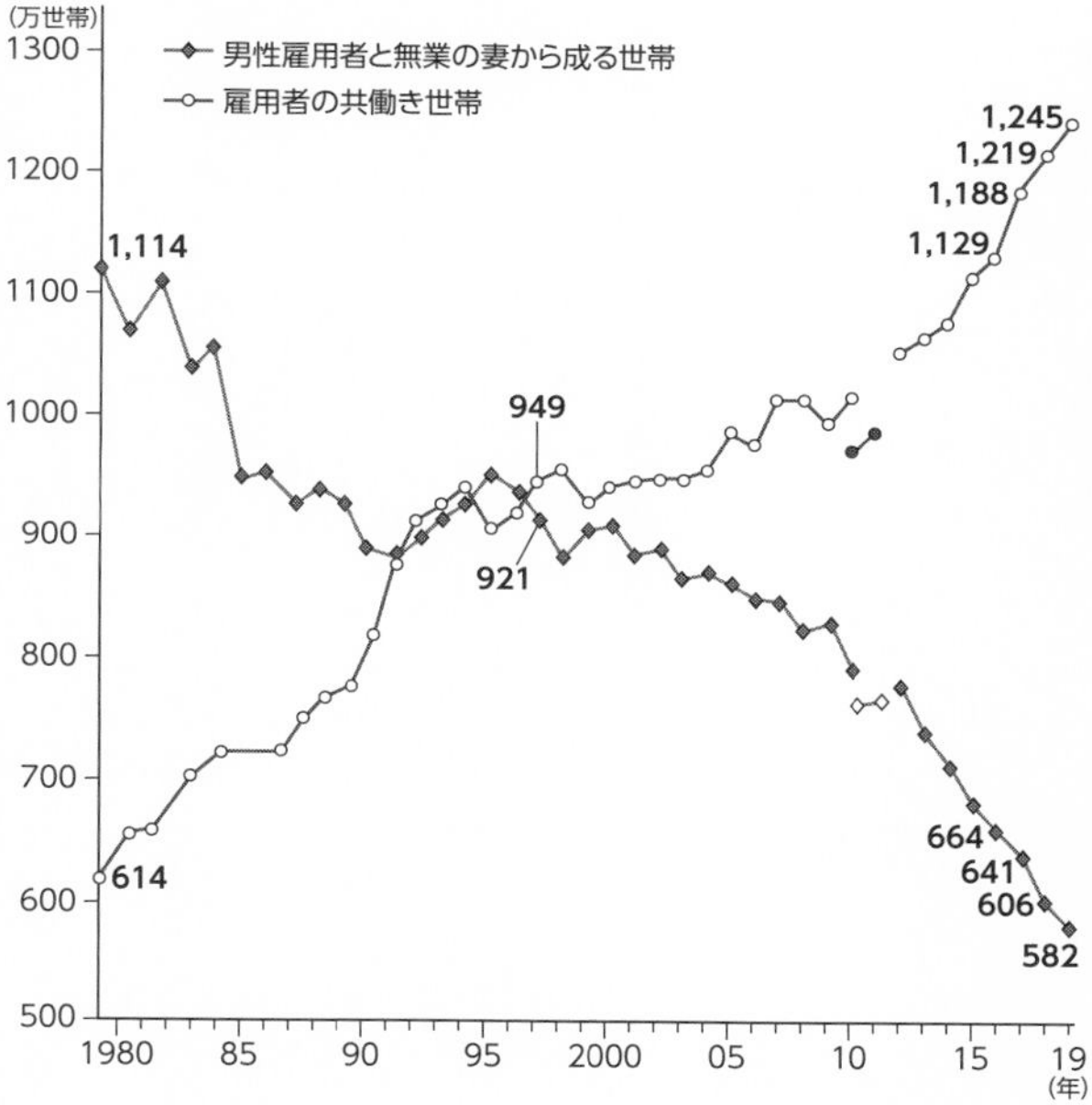

注：1. 1980年から2001年までは総務庁「労働力調査特別調査」(各年2月。ただし、1980年から82年は各年3月)、2002年以降は総務省「労働力調査(詳細集計)」より作成。「労働力調査特別調査」と「労働力調査(詳細集計)」とでは、調査方法、調査月等が相違することから、時系列比較には注意を要する。

2.「男性雇用者と無業の妻から成る世帯」とは、夫が非農林業雇用者で、妻が非就業者(非労働力人口及び完全失業者)の世帯。

3.「雇用者の共働き世帯」とは、夫婦共に非農林業雇用者(非正規の職員・従業員を含む)の世帯。

4. 2010年及び11年の値(白抜き表示)は、岩手県、宮城県及び福島県を除く全国の結果。

出所：男女共同参画局『男女共同参画白書　令和2年版』

図3-8　女性の年齢別労働力率の推移

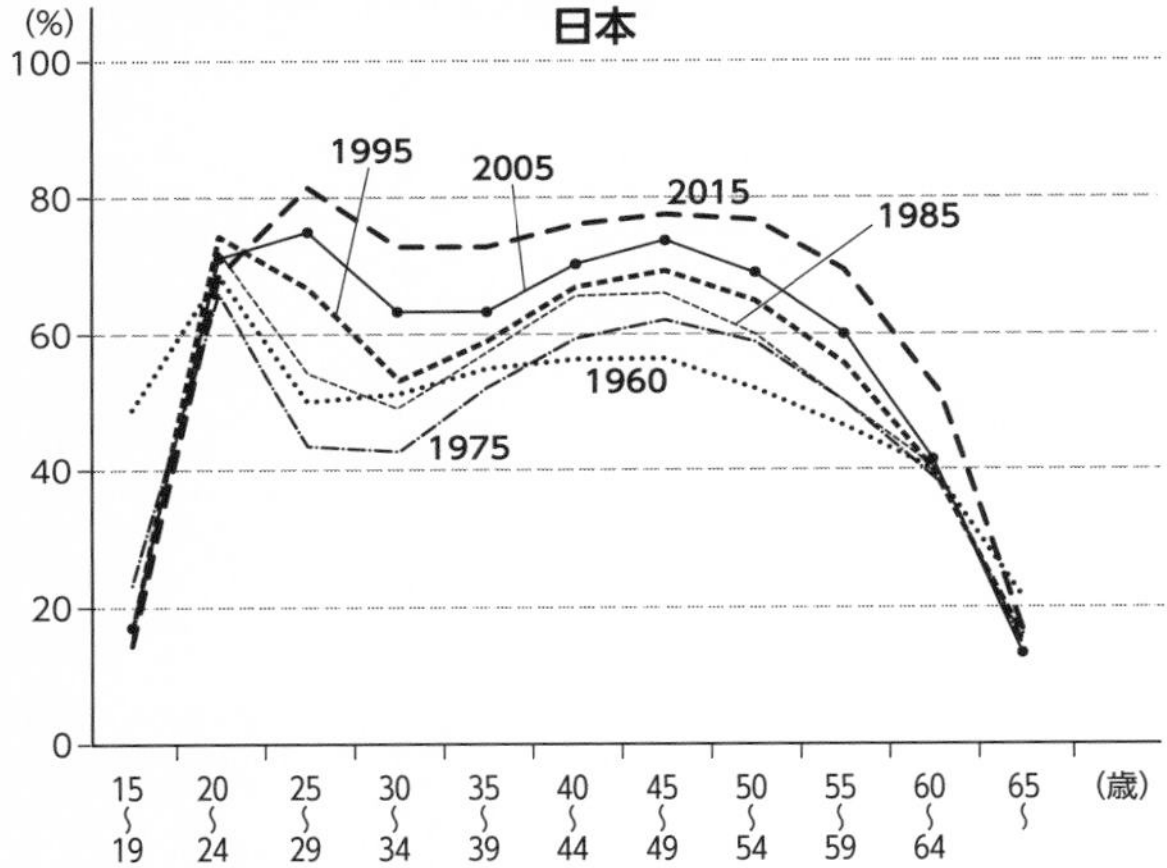

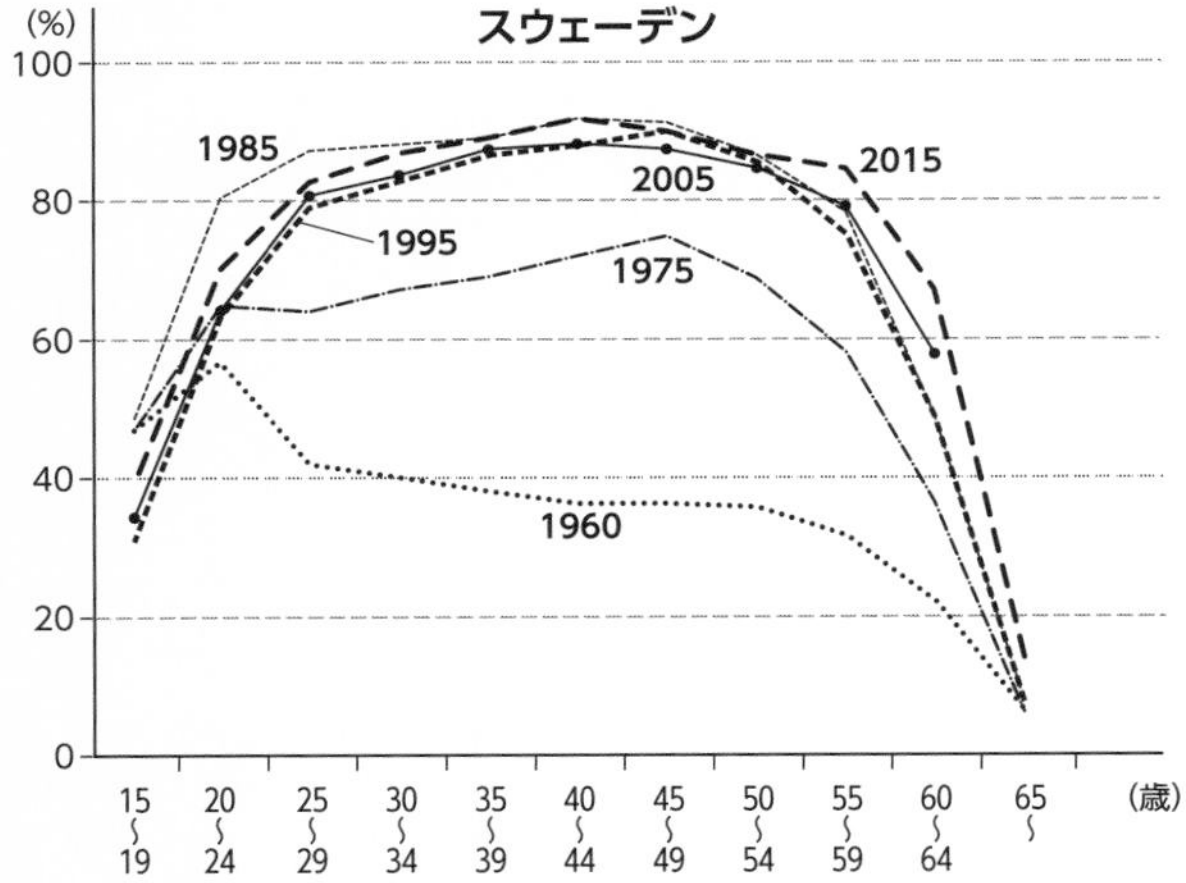

出所：ILOSTAT(2017.2.23)、『ILO労働統計年鑑』(世界の統計他)、日本は国勢調査のデータを基にした本川裕氏サイト『社会実情データ図録』に掲載された図を引用

第４章　日本人の生活

65歳以上の世帯中三世代住居は45％から10％へ

変化する家族形態

日本の家族形態の特色は、戦後のかなりの期間において、つぎの4つにあった。第1に、両親と子ども2人が住むという姿が標準家庭と呼ばれていたように、親と子どもという複数の家族人員がいるのが普通であった。第2に、高齢になった人は子どもと同居する場合が多く、三世代同居（祖父母・親・子どもの同居）の家族と呼ばれていた。第3に、単身で住む人（単独世帯とも呼ばれる）は未婚の人や配偶者を失った人のような場合で、かなり少数であった。第4に、皆婚社会と称されたように、98％前後の人が結婚していた（本書では同性間の結婚には言及しない）。

ところが戦後75年のあいだに、この特色は大きな変化を遂げた。それを要約すれば次のようになる。第1に、三世代住居の激減である。これは農業や商業などの家業を子どもが継承しなくなった事情もある。第2に、単身で住む人の増加である。これは未婚者の増加と、夫婦のうちどちらかが死亡した場合がある。第3にもっとも際立った特色としては、出生率の低下で子どもの数が減少したことによる、家族人数の減少がある。

以上の変化を総合すると、家族人数（世帯人数）の低下という現象に凝縮される。戦後しばらくは住宅不足があって平均の人数は５人前後であったが、現在では２・４人ほどまで低下と半減である。

図４－１は三世代住居の激減を、１９８６（昭和61）年から２０１９（令和元）年までの30年超にわたって示したものである。まずは65歳以上の人がいる世帯のうち45％ほどもいた三世代世帯が今では10％前後にまで低下しており、激減している。

なぜこの現象が起きたのか。

第１に、地方から大都会への人口移動（すなわち若い人が大都会に移って働く）が激しかった。地方で親の農業や商工業という職業を継承せずに、都会の工場やオフィスで働いたのである。地方に残された親と別居せざるをえなかった。

第２に、親は子どもについて大都会に移ることもありえたが、育った地方に愛着があったし、未知の土地に住む不安があった。子どもも親と一緒に住むことを望まなくなった。

第３に、ではなぜ同居を望まなくなったのか、それは世代によって人生の送り方、あるいは価値観が異なることが大きい。成人した子どもは老親を経済的に助けることや、病気のときや介護の世話などをできるだけ避けたいと思うし、老親の方もできれば子どもの世話になりたくないと思っている。あるいは日本の家族の象徴であった嫁姑問題を回避できる。

第４に、大都会は土地・住宅の費用が高いので、多くの部屋を持つ家屋を保有するのはまだ所得の高くない、若い子どもの多くにとっては無理なことである。

第5に、日本も年金、医療、介護などの社会保障制度が、ヨーロッパほどではないが充実してきたので、老親は独立して住んでもなんとか生活できる経済状況になっている。くりかえすが、できるだけ子どもに経済的な負担をかけないようにと、老親は希望したのである。

三世代住居の激減によって、65歳以上の高齢者が単独で住むケースが、13％から29％近くにまで増加している。単身で住む人のかなりの割合は高齢者（特に女性）で占められているし、今後はますます増加するだろうと予想される。

なぜ高齢単身女性が多いのか、いろいろな理由を指摘できる。まずは、平均寿命は女性の方が長いので、夫婦の場合、夫が先立つことが圧倒的に多い。ついで、高齢夫婦が結婚した頃は、夫の年齢が妻の年齢よりも年上の場合が多かったので、最初に述べた理由をさらに際立たせる。加えて、再婚の統計を調べると、女性の再婚率が男性のそれよりも低く、単身女性を多く生むことになる。

次はもう一つの単身者である成人で未婚の人を示しておこう。図4－2は生涯未婚率（50歳時点で一度も結婚したことがない人）の推移と予測を示したものである。これによると未婚者の数は激増の傾向にあり、単身世帯の多い理由の一つである。なぜ結婚しないのかは次で論じる。

図4-1　65歳以上の者がいる世帯の世帯構造の年次推移

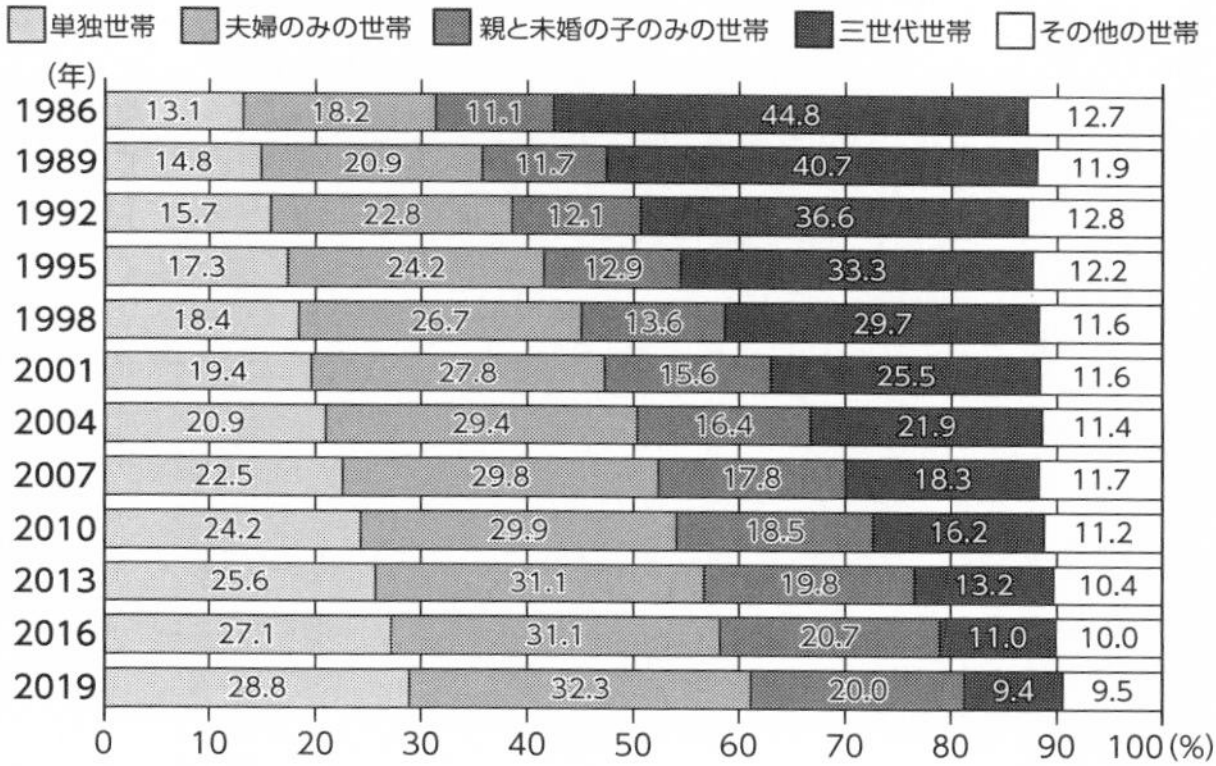

注：1. 1995年の数値は、兵庫県を除いたものである。
2. 2016年の数値は、熊本県を除いたものである。
3. 「親と未婚の子のみの世帯」とは、「夫婦と未婚の子のみの世帯」および「ひとり親と未婚の子のみの世帯」をいう。

出所：厚生労働省「2019年国民生活基礎調査」

図4-2　生涯未婚率の推移

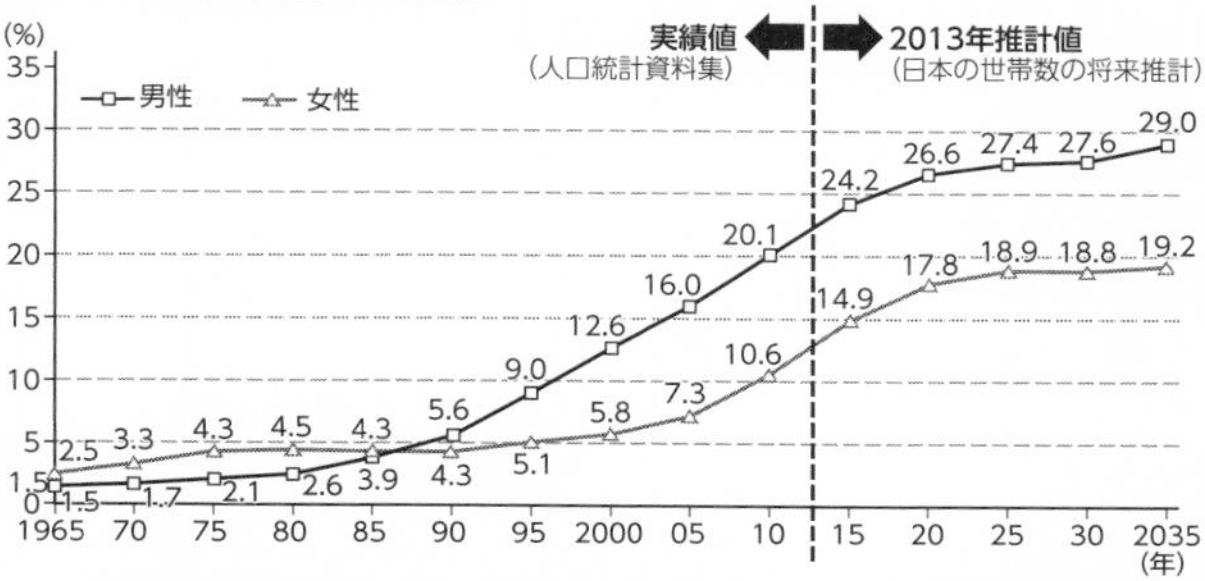

注：生涯未婚率は、50歳時点で一度も結婚をしたことのない人の割合であり、2010年までは「人口統計資料集(2015年版)」、2015年以降は「日本の世帯数の将来推計」より、45～49歳の未婚率と50～54歳の未婚率の平均。

出所：平成28年度版『厚生労働白書』、総務省「国勢調査」

男性の4人に1人、女性の5人に1人は未婚

生涯未婚率の上昇

前の項目で単身世帯の増加を述べたが、その理由の一つとして結婚しない人の増加を挙げた。すなわち生涯を一人身で過ごす人の増加である。そこでここでは結婚しない人の増加の理由を探究しておこう。

表4－1は1947（昭和22）年から2019（令和元）年までの婚姻率（人口1000人あたりの件数）を示したものである。後に述べる離婚率（人口1000人あたりの件数）も同時に掲載している。

婚姻率に注目すれば、次のようなことがわかる。第1に、年代によってかなり大幅な振幅はあるが、戦後のトレンドとしては、結婚する人は減少してきた。一番高かった1947年の1・20％から2019年の0・47％まで低下しているので、40％ほどまでの大幅な低下である。かなりの数の日本人は結婚しなくなった、と結論してもよい。

第2に、終戦直後の数年間に婚姻率の高かったのは、戦地から帰還した兵士が多くいたからである。戦争が終了して平和になったので、国民は貧困で苦しんでいたが結婚して家庭をつくりたいという希望は強く、多くの若者が結婚したのである。その後結婚ブームは

去って1950年代は0・8％台で落ち着く水準までに低下した。

第3に、それが過ぎると1960年代から1970年代にかけて戦後のベビーブーム世代がいわゆる「結婚適齢期」に達し、婚姻率は再びかなり上昇した。とはいえ終戦直後の高い婚姻率ほどではなく、この頃から非婚の傾向が始まったのである（後述）。

第4に、第一次ベビーブーム世代の結婚ラッシュが終了すると婚姻率は減少に転じたが、その減少率はかなり激しかった。1980年代後半には0・6％前後まで低下した。その後第一次ベビーブーマーの子どもが適齢期を迎えると、婚姻率は少し上昇に転じた。

第5に、その頂点が1994（平成6）年頃であり、その後は再び低下の傾向を示して、2019年は0・47％にまで低下したのである。このようにして日本では結婚をしない人が増加した。その証拠は前の生涯未婚率の推移でも示された。今では男性の4分の1程度、女性の5分の1弱は結婚しない。なぜ男女で差が生じるかは次項で述べる。

なぜこれほどまでに結婚しない人が増加したのだろうか。多少は減少したが、「結婚適齢期」の人の90％前後は結婚したい、家族を持ちたいと希望している。それは表4－2でわかる。ところが実態はそれを示していない。それを説明するために、大きく2つのグループに区分する。一つは結婚の意思がないグループ、もう一つは意思はあっても、それを達成させていないグループである。

前者については次のような理由がある。①一人の生活の方が気楽と思うし、誰にも邪魔されず自由な生活を楽しみたい。②女性で働いて所得のある人は、経済的に夫に頼る必要がない。③家族がいると自分の仕事を遂行するうえでマイナスになることがある。例えば配偶者の転勤のときにどうするか、など。④家族を持つことにより、リスクが増えることを好まない。相手の親族との付き合いを面倒がるとか、他にもさまざまなリスク（家族が病気になる、介護で苦労する、家族の生活費もかかるなど）を負うことを嫌う。

以上をまとめると、結婚をして家族を持つよりも、一人身の方が自分の人生を自由に送れると期待している。これは表4－2の統計ソースでも確認できる。では一人身であれば、自分にさまざまな不幸が舞い込んだときにどう対処するのか、といった不安があるに違いないとのコメントが可能である。家族がいるときのリスクと安心感と独身でいるときの自由と不安感、これらを天秤にかけてどちらかを選択しているのであろう。

結婚の意思はあっても達成していないことについては次のような理由がある。①異性とうまくつきあえる自信がない。②異性と知り合う場所がない。これに関しては、今まではおせっかいなおばさんがいて、見合い結婚の橋渡しをすることもあったが、今は恋愛結婚の時代なので自分で探さねばならない。③結婚は二人の男女が共同の経済生活をするのが条件であるが、若いときは所得が低い事情がある。これについては次項で詳しく見る。

表4-1 婚姻率と離婚率の推移

年	婚姻率（人口1000人あたりの件数）	離婚率（人口1000人あたりの件数）
1947	12.0	1.02
1950	8.6	1.01
1955	8.0	0.84
1960	9.3	0.74
1965	9.7	0.79
1970	10.0	0.93
1975	8.5	1.07
1980	6.7	1.22
1989	5.8	1.29
1994	6.3	1.57
1999	6.1	2.00
2004	5.7	2.15
2009	5.6	2.01
2014	5.1	1.77
2019	4.7	1.70

出所：
厚生労働省「人口動態統計」2019年版

表4-2 未婚者の生涯の結婚意思

生涯の結婚意思 (%)		第9回 (1987年)	第10回 (1992年)	第11回 (1997年)	第12回 (2002年)	第13回 (2005年)	第14回 (2010年)	第15回 (2015年)
男性	いずれは結婚するつもり	91.8	90.0	85.9	87.0	87.0	86.3	85.7
	一生結婚するつもりはない	4.5	4.9	6.3	5.4	7.1	9.4	12.0
	不詳	3.7	5.1	7.8	7.7	5.9	4.3	2.3
	総数（18～34歳）	100.0	100.0	100.0	100.0	100.0	100.0	100.0
女性	いずれは結婚するつもり	92.9	90.2	89.1	88.3	90.0	89.4	89.3
	一生結婚するつもりはない	4.6	5.2	4.9	5.0	5.6	6.8	8.0
	不詳	2.5	4.6	6.0	6.7	4.3	3.8	2.7
	総数（18～34歳）	100.0	100.0	100.0	100.0	100.0	100.0	100.0

注：対象は18～34歳の未婚者。
出所：国立社会保障・人口問題研究所『現代日本の結婚と出産』2017年

年収300万未満の男性は、交際経験なしが33・6%

結婚にまつわる格差

前項で「結婚適齢期」の人々が所得が低いために結婚できないことを指摘したが、最初にそのことを確認しておこう。

図4－3は30歳代の人々に関して、男女別・年収別に結婚の状況を示したものである。ここでは4つの区分がある。すなわち、既婚、恋人あり、恋人なし、(異性との)交際経験なし、である。この政府の統計は20歳代も報告しているが、結婚にそう関心のない世代(特に20歳代前半)も含まれているし、結婚しない人に注目するので30歳代に限定する。

まず男性に注目してみよう。

年収300万円未満では、既婚者は10%を切る比率しかいない。もっと衝撃的なのは、恋人なしが38・8%、女性との交際経験なしが33・6%の高い比率だということである。年収が300万円未満の男性は、70%ほどが女性と縁のない人生を送っているという悲惨な状況にいる。もっとも、中には女性に興味がないという男性もいることを認識しておこう。その比率は不明だが、とても小さいと予想できる。

年収が増加すると、既婚者の比率が増えて、600万円以上という高所得者だと既婚者は40％弱に達する。しかし、恋人なしと交際経験なしが合計で40％近くもいる。これらの男性は意図的に結婚しないのか、それとも努力はしているが成功していないか、のどちらかである。残念ながらこの表からは、その比率を読み取れない。

年収が400万円から600万円未満という中間層は、既婚者、女性との交際経験なしの双方に関して、300万円未満と600万円以上の男性の中間にいることがわかる。

もう一つ興味のある事実は、恋人ありと恋人なしのそれぞれは、どの所得階級を通じても20％前後と30％前後と、共通の比率にある点だ。恋愛は表面的には結婚とは直接関係のない現象なので、所得の影響はそれほどない。逆に言えば、結婚するか、しないか、あるいはできないかは、所得の影響がある程度大きいのである。

女性の場合も見ておこう。

男性においては所得額が結婚に大きな影響があったが、女性では、既婚者の割合が一番多いのが300万円未満の人で、他の所得階級間では差はあまり見られない。男性と異なって300万円未満の女性でも結婚できるのは、夫の稼ぎが多ければ結婚できるか、本人がパートなどで働く可能性もあることを暗示している。

むしろ興味のあるのは、女性で600万円以上の高所得者は既婚者が16％とかなり低いことである。自分の稼ぎだけで充分生活できるので、結婚しなくともよいのか、一方で、恋人ありが40%近くもいる。自由な恋愛生活を楽しんでいる「独身貴族」の女性である、としておこうか。

以上をまとめると、日本において男性に関しては、その所得額が、結婚するか、しないか、できないかに大きな影響を与えるが、女性の所得額は影響しないとまでは言えないが、比較的小さいということになる。

結婚という家族形成にいたるには、男性の所得が女性のそれよりも大きな影響があることを示唆している。結婚できる人とできない人を所得差で見たが、結婚している夫婦のあいだにも別の格差が出現している。それは共働き夫婦において、所得の低い夫は妻の所得も低い比率が高いのである。表4－3は夫の所得別に妻の所得分布を示している。例えば夫の年間所得が300万円未満であれば、妻の年間所得も200万円未満というのが、じつに70%ほどを占めているので、夫婦ともに低い所得の組み合わせが多い。これは夫婦とも働いている場合に妻の所得から見ても言える。

さらに、図表では示さないが、夫と妻ともに高所得の夫婦も結構存在しているのである。橘木・迫田『夫婦格差社会』では、それをパワーカップル、ウィークカップルと称して、夫婦にも格差のあることを示した。これを別の言葉で述べれば、似た者夫婦の所得版とみなしてよく、女性で働く人が増えれば自然とそうなるのが、現代社会の特色である。

図4-3　年収別にみた30代男女の婚姻・交際状況

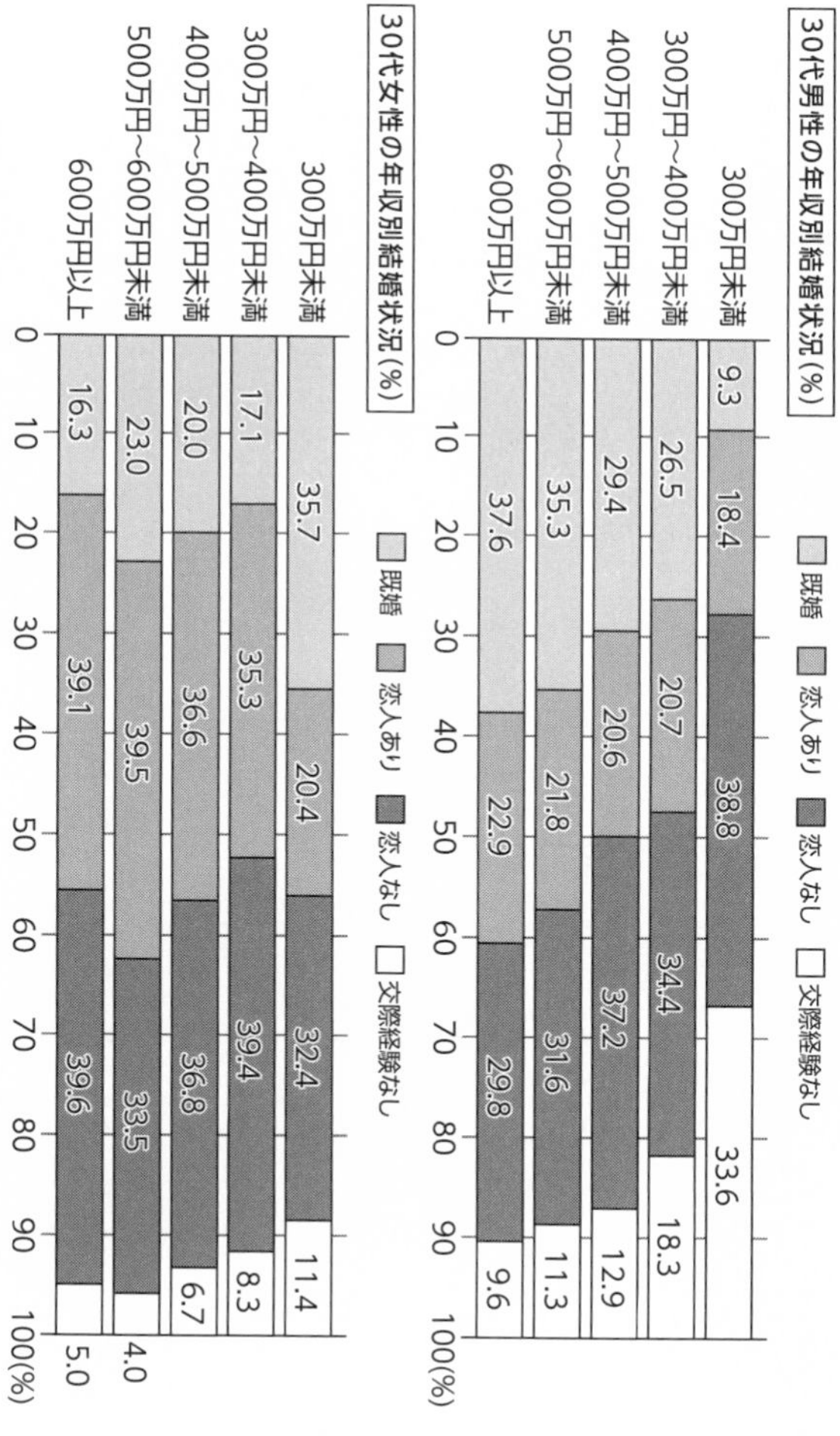

出所：内閣府『平成22年度結婚・家族形成に関する調査報告書』

表4-3　共働き世帯における、夫の所得別にみる妻の所得比率(%)

		妻年間所得(円)									
		100万未満	100万～200万未満	200万～300万未満	300万～400万未満	400万～500万未満	500万～600万未満	600万～700万未満	700万～800万未満	800万～1000万未満	1000万以上
夫年間所得(円)	100万未満	55.17	13.79	20.69	3.45	–	3.45	–	–	3.45	–
	100万～200万未満	19.57	52.17	10.87	–	2.17	4.35	4.35	4.35	2.17	–
	200万～300万未満	45.97	25.81	15.32	6.45	2.42	2.42	–	1.61	–	–
	300万～400万未満	37.65	20.00	15.29	15.29	4.71	4.12	0.59	1.18	1.18	–
	400万～500万未満	37.71	30.86	9.71	9.71	7.43	2.86	1.14	–	–	0.57
	500万～600万未満	35.22	27.04	13.84	4.40	7.55	10.0	–	1.89	–	–
	600万～700万未満	37.06	19.58	16.78	7.69	6.99	2.80	7.69	0.70	–	0.70
	700万～800万未満	37.68	26.09	8.70	8.70	4.35	5.80	5.07	2.90	0.72	–
	800万～1000万未満	41.25	22.50	8.75	7.50	6.88	1.88	5.63	2.50	2.50	0.63
	1000万～1200万未満	50.00	16.67	10.00	1.67	6.67	1.67	8.33	–	–	5.00
	1200万～1400万未満	50.00	13.64	13.64	–	–	–	18.18	4.55	–	–
	1400万～1600万未満	20.00	20.00	20.00	–	13.33	6.67	20.00	–	–	13.04
	1600万以上	26.09	8.70	21.74	–	4.35	17.39	–	4.35	4.35	–

注：共働き世帯は2018世帯(「働いている」と回答したうえで「所得なし」と回答したもの、「回答したくない」「わからない」と回答したものは除く)
出所：橘木科学研究費調査(2011)「幸福感分析に基づく格差社会是正政策と社会保障改革」より作成

ひとり親世帯の母親の収入は243万円

離婚の現実

離婚率の増加を以前の項で多少言及したが、ここではそれをもっと詳しく検討する。なぜ離婚が増加したのか、ここで要約しておこう（詳しくは橘木・迫田『離婚の経済学』参照）。

①戦前の家制度が戦後の民法によって廃止されたので、人々が家（すなわち家族を持つこと）に固執せねばならないような社会的な抑圧が弱くなった。逆に言えば、離婚をしても社会で冷たく見られる可能性が、法律上からも低くなったのである。

②自由主義、民主主義が普及するにつれて、個人主義を好む人の増加があり、結婚生活に幻滅して一人で自由に生きたい人は離婚に躊躇がない。

③「子はかすがい」と思われていたし、子どもの将来を考えると不憫になり、離婚に踏み込まない夫婦はいたが、この感情が希薄になった。

④既婚女性の働く比率が高まったので、たとえ離婚したとしても女性が働くことができれば生活苦に陥る可能性は低い。しかし、これは賃金の低い女性の貧困という問題と関わるので後に述べる。

では日本では何が理由で離婚に至るのか、それを具体的に見ておこう。図4－4は20

19（令和元）年の離婚理由に関して、裁判所による統計を示したものである。離婚は裁判で決着する前に協議によって成立する数の方が多いが、理由に関しては大差ないので、ここでは信頼性の高い裁判統計に頼る。

この図で驚くべきことは、離婚は女性から言い出すのが男性のそれよりも2・7倍も多い事実である。女性が結婚生活に不満を持つ割合がはるかに高く、男性はそれに渋々応じている状況である。離婚にはさまざまな具体的な理由がある。

第1に、性格が合わない（性格の不一致と称する）というのが夫61％、妻39％でトップである。不思議なことに男性の方が女性より高い比率でこの理由を挙げる。性格の不一致は5年、10年と一緒に生活していると、相手の別の姿を発見することを暗示している。これは曲者で、具体的に挙げた別の理由に本質的な理由があるが、二人がそれをめぐって争っているうちに、お互いにケンカのようになって性格の不一致を感じることも多い。さらにこの性格の不一致は具体的な理由を半分隠せるし、なんとなく表面上は説得力を持たせる効果もある。

第2に、他の重要な理由に関しては、女性からの申し出が男性よりも多い。例えば、夫が妻に暴力をふるうとか、精神的な虐待をするとか、生活費を渡さない、異性関係などは、男性側に原因があることが多い。また、家族・親族との折り合いが悪いというのは嫁姑問題を彷彿させるし、性的不満というのは男の身勝手な要求を物語っていそうである。

こうして妻からの離婚要求に渋々応じた夫が、再婚しているかどうかを調べると、興味深い数字がある。再婚率は、女性の29〜30％に対して、男性は44〜59％と高い。これは女性が結婚生活はもうこりごりと思っているのに対して、男性は渋々離婚していることの証明になるし、一人身だと家事や子育てに苦労するので再婚を希望することになる。

とはいえ、離婚すると苦しい生活を送らざるをえないのは、女性に圧倒的に多いのである。専業主婦で離婚した女性は、今の日本では恵まれた仕事（職業や収入）に就くことは、技能がないか、あったとしても磨かずにいるうちに錆びついてしまうために困難である。さらに働いていた女性であっても、男女の賃金差がまだかなりある日本であれば、夫より収入は低かったであろうから、離婚によって生活が苦しくなるのは同じであろう。

その証拠として、一人親世帯（死別か離婚かを問わず）の就業率と収入を、母子家庭と父子家庭で比較した表4－4で示しておこう。

どちらも働いて収入を得ているが、母子家庭は圧倒的に非正規労働者が多い。したがって母子家庭の低収入がめだつし、その中のかなりの割合は貧困である。統計によると母子家庭の約半数が貧困とされるので、子どもを抱えて離婚した女性の多くは経済的な困窮に陥っている。

図4-4　妻・夫の離婚理由別申し立ての割合(%)

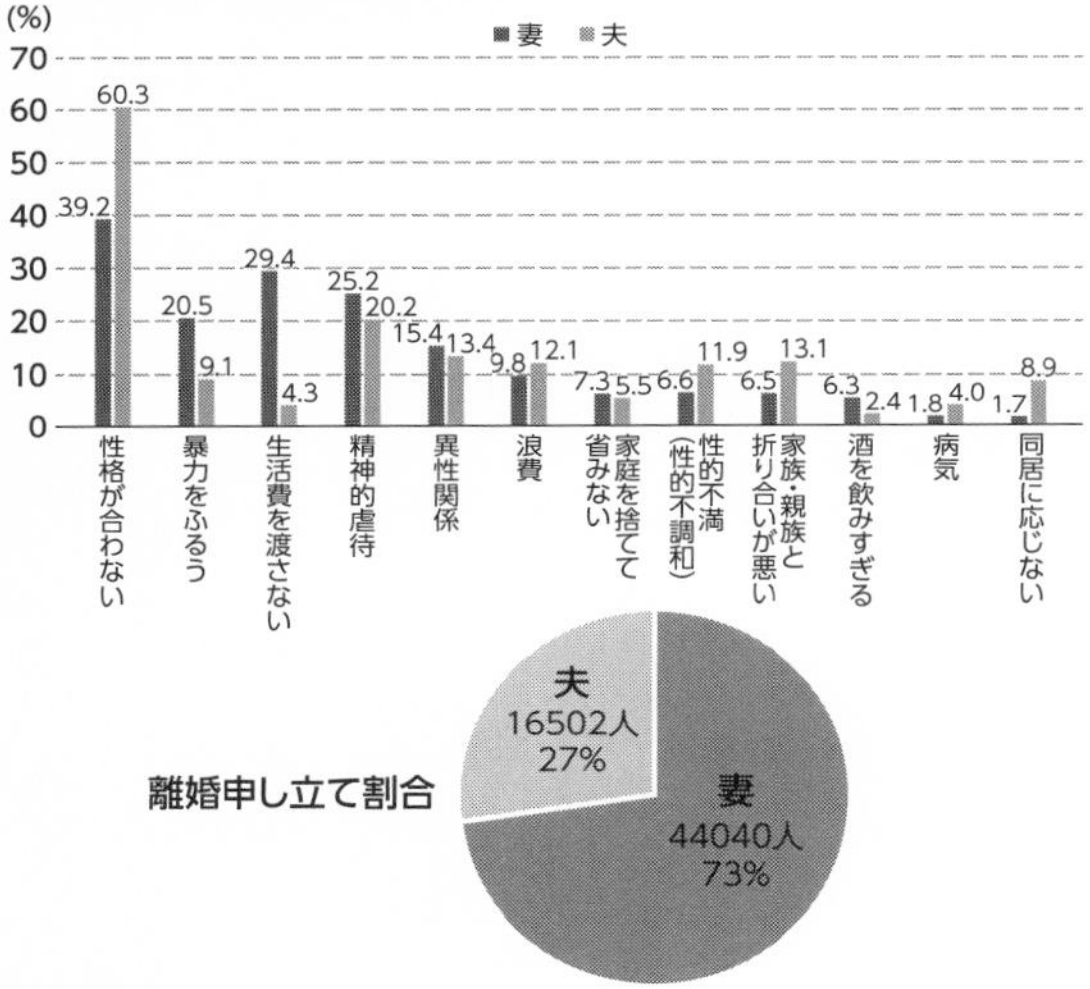

出所：最高裁判所『司法統計年報2019年』

表4-4　一人親家庭の就業率と平均年収

	母子世帯の母		父子世帯の父	
就職率	81.8%		85.4%	
正規	44.2%	305万円	68.2%	428万円
パート・アルバイト等（派遣社員は含まれていない）	43.8%	133万円	6.4%	190万円
自営業	3.4%		18.2%	
自身の収入	243万円		420万円	
世帯の収入	348万円		573万円	

注：自身の収入とは母子世帯の母自身または父子世帯の父自身の収入である。世帯の収入とは同居家族の収入を含めた世帯全員の収入である。なお、収入は、生活保護法に基づく給付、児童扶養手当等の社会保障給付金、就労収入、別れた配偶者からの養育費、親からの仕送り、家賃・地代などを加えたすべての収入の額である。

出所：厚生労働省「全国ひとり親世帯等調査」(2016年)より筆者が作成したもので、橘木、迫田(2020)参照

日本人の幸福度はG７で最低

何が幸福度を下げているのか

国連は毎年のように各国の人の幸福度を数値化して発表している。人々に今の幸福度を0（もっとも不幸）から10（もっとも幸福）までの数字で評価してもらい、その平均値を示している。もともとの統計は合計１５６ヵ国が標本ではあるが、表４－５は最高レベルの国々、日本を含むG７に加盟する先進国、アジア・アフリカの諸国のうち、20ヵ国を抜粋した結果である。なお調査は次の６つの指標（一人あたりGDP、社会的支援、健康寿命、人生における自由度、寛容さ、社会の非腐敗度）の総合評価でなされている。

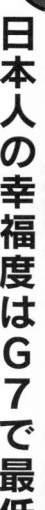

まずは日本に注目してみよう。１５６ヵ国中の58位なので真ん中の順位よりは高い幸福度であるが、それほど高くはない。先進国の集まりであるG７の国の中では最低順位である。なぜ日本がそれほど高くないのか、次の理由を指摘できる。低成長時代にいるので生活の豊かさが感じられない、社会保障に代表される社会的支援の低迷、官僚や政治の世界における腐敗などが原因である。詳しくは再述する。

特に幸福度が高いのは、フィンランド、デンマーク、ノルウェーなどの北欧諸国である。これらの国は福祉国家として有名であり、福祉制度、社会保障制度の充実ぶりが人々に安心感を与えており、それを高く評価していると考えてよい。重要なことは、北欧諸国については、福祉の充実は国民に多額の税・社会保険料の負担を強いるが、国民は負担はしてもそれへの見返りが大きいと、政府を信頼しているのである。他の5つの指標においても高い評価とみなしてよい。

日本以外のG7の国々は、カナダの9位からイタリアの36位まで高い幸福度にいるので、先進国の経済的な豊かさと自由度の高さを理解できる。国によって6つの指標の貢献度は異なると思われる。例えば、イギリスやアメリカは自由度への評価がほんの少しであるが高く、ドイツ、フランス、イタリアなどは北欧ほどではないが、社会的支援や非腐敗度の評価が高い。

日本から見て関心の高い国、韓国、ロシア、中国などは、ほぼ日本人と同じ水準の幸福度である。そうである理由も日本と同じと判断できるので、多くを語らない。

興味のあるのはヒマラヤ山脈のふもとにある小国のブータンである。10年以上前の昔であれば、ブータンはアジアの中では飛び抜けて国民の幸福度が高い国として有名であったが、今や95位にまで低下している。ブータンはチベット仏教の影響によって、家族のメンバー間の絆が強いことや、信仰心の篤いことが高い幸福感の源泉であった。物質的なことよりも、人々の精神的な結び付きが幸福であると考えられた。しかし、グローバル化と他国の情報の流入により、ブータンの人々は他の国の豊かさを知るところとなり、自分たちの貧困を認識してこのような低い評価になったのである。

ブータンに関するここでの解釈を側面から支持するのは、アジアやアフリカ諸国は総じて幸福度が低い事実である。国民は貧乏であるし、福祉の充実はないので平均寿命は短く、政治や社会が腐敗していることを、国民は知っているのである。

日本が先進国の仲間入りをしているので、他の先進国と比較して幸福度の低い理由を探究しておこう。

表4－6はOECDが加盟国を調査して、「Better Life Index」を公表しており、その中から5ヵ国を取り上げたものである。

この表によると、日本が低い順位を示している項目が何であるかが、一目瞭然である。それらは、住宅環境の貧困さ、所得の高くないこと、コミュニティ活動の低迷、環境問題対策の不徹底さ、政治への市民参加がない、人生に満足していない、ワーク・ライフ・バランスの不充分さ、などに代表される。日本人が幸せを感じられるようになるためのヒントが、ここで如実に示されている。日本に関しては、日本人は悲観的な見方をする国民性があるとされることがあり、解釈にあたってはこういう心理面を多少は考慮しておく必要があるかもしれない。

表4-5　各国別の幸福度ランキング

(1)	フィンランド	7.77	(32)	ブラジル	6.30
(2)	デンマーク	7.60	(36)	イタリア	6.22
(3)	ノルウェー	7.55	(54)	韓国	5.90
(4)	アイスランド	7.49	(58)	日本	5.89
(5)	オランダ	7.49	(68)	ロシア	5.69
(9)	カナダ	7.28	(93)	中国	5.19
(15)	イギリス	7.05	(95)	ブータン	5.08
(17)	ドイツ	6.99	(103)	コンゴ共和国	4.81
(19)	アメリカ	6.89	(106)	南アフリカ	4.72
(24)	フランス	6.59	(156)	南スーダン	2.85

出所：国連の持続可能な開発ソリューションネットワーク「世界幸福度調査」2019年版

表4-6　先進諸国における諸変数の評価

	ノルウェー	豪州	米国	オランダ	日本
住宅環境	8.6	8.0	8.7	7.5	6.1
所得	4.3	5.0	10.0	5.2	5.4
雇用	8.7	8.2	8.6	8.4	8.0
コミュニティ	8.1	7.9	6.3	6.3	6.1
教育	7.1	8.5	6.6	7.2	7.5
環境	9.4	8.8	7.0	7.2	6.4
政治への市民参加	5.6	8.6	6.8	4.9	1.5
健康	8.8	9.5	9.0	8.5	5.3
人生の満足度	10.0	9.0	7.8	9.4	4.0
安全性	9.9	7.5	7.8	9.3	8.3
ワーク・ライフ・バランス	8.5	5.4	5.8	9.3	4.8
総合ランク	1位	3位	8位	10位	23位

出所：OECD「Better Life Index」2017

自由時間を趣味・娯楽に充てるのは51％

レジャーへの期待

日本人の労働時間が減少してきたのはすでに述べたが、では余った自由時間（当然のことながら睡眠、食事、その他の生活用の時間を除く）に何をしているか、そして自由時間が増えたら何をしたいか、が関心の的となる。

それを論じる前に、現代の日本人はレジャー・余暇をもっとも重要な活動とみなしていることを知っておこう。内閣府「国民生活に関する世論調査」によると、次の５つの生活（レジャー・余暇生活、食生活、住生活、耐久消費財、衣生活）のうち、何に生活の力点をおくかが図４－５でわかる。長い期間にわたってレジャー・余暇生活がトップであった。衣・食・住はほぼそこそこ満ち足りている日本人なので、こういう判断をしているのである。もっとも、ごく最近の調査では「健康」が新しい項目として加えられたので、健康が第１位となっていて、２０１９年の調査ではレジャー・余暇は3位にいる。

では次の注目は、（A）どのような種類のレジャー活動をしているのか、そして（B）もっと自由な時間があればどういう活動をしたいかである。これらは表４－７で示される。この2つの比較はとても興味深い資料となる。（A）は現状を説明し、（B）はもし時間ないしお金があれば何をしたいか、理想がわかるのである。

まずは（A）に注目してみよう。もっとも比率が高いのは51％の趣味と娯楽である。例えば自分の好きな趣味に興じたり、スポーツ観戦・音楽コンサートなどに出かけたりするのである。第2位は、これらをテレビやDVD、CDで鑑賞することで、42％である。第1位は自分で実際におこなうか見に行くかであるが、第2位はそれらをテレビなどで鑑賞するという違いがある。現地での体験かテレビかの違いはあるが、双方ともに自分の好きなことをやっている。

第3位は睡眠・休養の38％であるが、これは労働や家事の疲れを癒やすのが目的である。フランスの哲学者・パスカルが重要と考えた「気晴らし」と相通じるところがあり、明日の勤労への備えとなる。勤労意欲の高いドイツ人は、明日の労働に備えて前日は静かに休むと言われるが、日本人もこれに近い。日本人は働き疲れているから、とも解釈できる。この第3位はお金がかからないことに特色がある。

第4位は家族との団らんの37％であり、予想通りの高い比率である。これもお金がさほどかからない。

第5位はショッピングの26％で、お金のかかる活動の代表となる。第6位は自分でスポーツをおこなうことであり、道具を揃えたりするのに少しお金がかかる。第7位はインターネットなどであるが、これも購入や通信に費用がかかる。この調査からはわからないが、インターネットに関しては、年齢によってかなり異なると想定できる。第8位の旅行は22％と低いが、これもお金がかかる。

ところが、（B）の自由な時間が増えたら何をしたいかに注目すると、（A）の今していることとは、かなり異なった希望を抱いていることが見えてくる。

代表的なものとしては、（A）では第8位で、22％と低かった旅行が、48％の第1位に躍り出ている。旅行にはある程度の日数と、お金が必要になる。今は余裕がなくて実現できないが、願わくは旅行を、と思っているのである。

もう一つは、（A）では第10位だった教養・自己啓発が第5位に上昇している。時間があるなら教養をもっと高めるとか、習い事をして文化度を高めたいと思っているのである。逆に順位をかなり下げたのは、テレビの第2位から第8位への低下である。人々はテレビを見過ぎだと思っていると解釈しておこう。逆に言えば、今はお金がないし時間もないから、安価で容易に楽しめるテレビで余暇を過ごしているのである。

最後に、今していることと今後したいことの間で順位にほとんど変化のないのは、趣味・娯楽と睡眠・休養であり、これらが日本人に定着したレジャー・余暇生活であることの証拠となる。

図4-5 今後の生活の力点

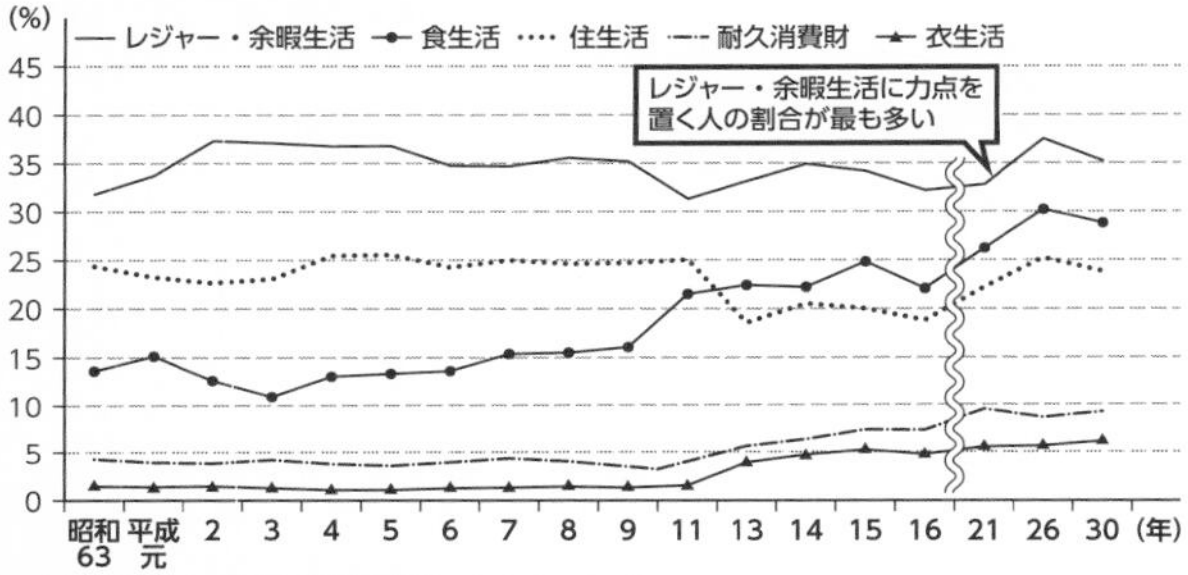

注：平成10年と12年は調査がおこなわれていない。
出所：内閣府「国民生活に関する世論調査」

表4-7 自由な時間に何をしているか(A)、自由な時間が増えたら何をしたいか(B)

活動内容		(A) 順位	(A) 割合	(B) 順位	(B) 割合
(ア)	趣味・娯楽（趣味活動、鑑賞、コンサート、スポーツ観戦など）	1	50.8	2	33.8
(イ)	教養・自己啓発（学習、習い事など）	10	13.9	5	16.1
(ウ)	スポーツ（体操、運動、各種スポ--ツなど自分で行うもの）	6	23.0	4	17.2
(エ)	ショッピング	5	26.4	7	10.4
(オ)	旅行	8	21.8	1	47.7
(カ)	テレビや DVD、CD などの視聴	2	41.9	8	10.3
(キ)	インターネットやソーシャルメディアの利用（メールや動画視聴を含む）	7	22.1	12	4.6
(ク)	家族との団らん	4	37.2	6	13.9
(ケ)	友人や恋人との交際	9	20.3	9	8.5
(コ)	社会参加（PTA、地域行事、ボランティア活動など）	11	7.2	10	7.0
(サ)	睡眠、休養	3	37.9	3	18.1
	その他	12	2.2	13	3.4
	わからない	13	0.7	11	5.3

注：1. 映画や音楽鑑賞は、映画館やコンサートホールなど自ら会場に赴くものは「(ア)趣味・娯楽」とし、それ以外は「(カ)テレビやDVD、CDなどの視聴」とする。読書は、その目的によって、「(ア)趣味・娯楽」、「(イ)教養・自己啓発」のいずれか、または両方とする。
2. 割合の数字はパーセント（選択は複数可能）
3. 内閣府「国民生活に関する世論調査」令和元年

空き家率は、55年間で2・5%から13・6%へ

持ち家率・空き家率と住宅の質

終戦直後の日本の住宅事情は最悪であった。戦争中に多くの住宅が空爆によって破壊された一方で、戦後になって内外地から兵士や外地居住者が復員してきたこと、そしてベビーブームによって人口が増加した。これらの影響によって、住宅需要が大きく増加したのに対して、供給がそれに追いつかなかった。

国民への住宅供給は戦後の政策の一つの大きな柱になり、民間住宅会社と日本住宅公団（現・都市再生機構）による集合住宅の供給策によって、ある程度の効果が実り、ホームレスの存在や一つの家屋に複数世帯が住むという最悪の事態は、高度成長期の終了期には脱出できた。その証拠を持ち家率と空き家率の推移によって確認しておこう。表4−8は1963（昭和38）年（すなわち高度成長期の後半期）から2018（平成30）年までの持ち家率と空き家率の推移を示したものである。

住居の保有には大別して持ち家と借家の2つがある。どちらを選ぶかはその人の勤労条件、家族状況、経済条件、住居への好みなどに依存している。

高度成長期には大都会の郊外に庭付き一軒家の持ち家が理想と考えられたが、その後の

土地価格の高騰は、それをすべての家庭で達成することを不可能にした。都会ではいわゆるマンション形式が、持ち家・借家を問わずポピュラーとなったのである。鉄筋コンクリートによる建築技術の進化もこれを促した。

空き家率は住宅の不足状況を端的に示す変数である。1963年の空き家率は2・5％の低さだったので、住宅不足の時代であった。その後空き家率は上昇を示し、1990年代に入ると10％台になり、住宅不足は解消した。その後も空き家率は上昇を続け、2018年では13・6％にも達している。住宅の量の問題は解決し、逆に人口減少によって、大量の空き家が発生するのではないかという新しい問題が発生している。

なお持ち家率の推移に関しては、およそ60年前の64％前後から小さな変動を見せながら、2018年では61％とほとんど変化していない。借家に住む人も39％ほどいるのである。かつての日本人は、持ち家を望んだが、それを成就するのは都会では土地の価格の高さから困難とわかり、借家を選択することとなった。企業で働く人の増加で転勤も増えているし、転勤者には借家がふさわしくなった。

むしろ日本の住宅に関しては、質が大きな課題となっている。住宅の質を語るなら、いろいろな基準がありうる。例えば、洋式か和式かあるいはその折衷か、上下水道の完備度、水洗トイレの普及率、冷暖房設備、一住宅あたりの部屋数、耐震耐火設備などいろいろあるが、ここでは一人あたりの住宅面積を他の先進国と比較してみよう。

表4－9は日本（日本全体、関東大都市の持ち家、関東大都市の借家）と米英独仏における、一人あたりの住宅面積（㎡）を示したものである。日本全体では39・4㎡であり、イギリスとほぼ同じである。アメリカは62・0㎡で日本よりかなり広いスペースの家に住んでいるが、ドイツの46・1㎡、フランスの44・3㎡と比べると日本は少し狭いだけである。一昔前にフランスのエディット・クレッソン首相から「日本人はうさぎ小屋に住んでいる」と揶揄されたこともあったが、今やヨーロッパの水準に達しているので、日本全体でいえば、広さという住宅の質に関しては遜色ないのである。むしろ深刻なのは日本国内での格差といえよう。関東の大都市圏では33・9㎡と日本全体よりも5・5㎡も狭いし、借家にいたっては23・8㎡と非常に狭い。もっとも、何人で住んでいるかも考慮する必要はある。

最後に余談を2つ。第1に、アメリカの住宅の広さは格別で、日本がアメリカの家屋のようにとても広い家（部屋数とバス・トイレの多さ）や、集中冷暖房設備に追いつくのは、半永久的に無理かもしれない。第2に、日本の水洗トイレ普及率は90％を超えており誇ってもよいが、その内容が外国人を驚かせている。温水洗浄便座、トイレに入るとセンサーが働いてまず水を流して洗浄する技術などである。日本人は広さよりも質にこだわる国民性かもしれない。

表4-8　持ち家率と空き家率の推移

	空き家	持ち家率	空き家率
1963年	522	64.3%	2.5%
1968年	1034	60.3%	4.0%
1973年	1720	59.2%	5.5%
1978年	2679	60.4%	7.6%
1983年	3302	62.4%	8.6%
1988年	3940	61.3%	9.4%
1993年	4476	59.8%	9.8%
1998年	5764	60.3%	11.5%
2003年	6593	61.2%	12.2%
2008年	7568	61.1%	13.1%
2013年	8196	61.7%	13.5%
2018年	8489	61.2%	13.6%

出所：総務省「住宅・土地統計調査」

表4-9　一人あたり住宅面積の国際比較（m^2）

日本	39.4	アメリカ	62.0
関東大都市圏（持ち家）	33.9	イギリス	39.7
関東大都市圏（借家）	23.8	ドイツ	46.1
		フランス	44.3

注：日本は2013年、アメリカとイギリスは15年、ドイツは10年、フランスは13年のデータ
出所：総務省「平成25年住宅・土地統計調査」

日本の殺人発生率は177カ国中171位

犯罪率と景気

日本は安全な国とされてきた。夜遅くなっても若い女性が出歩くことができるし、人々が多く集まっている交通機関においても、財布をポケットに入れたままでも盗られたりすることはほとんどない。財布をどこかに置き忘れても、後に戻ってくる確率も高い。銃規制が厳しいだけに、許可を得た人やごく一部の反社会的組織に属する人を除いて、銃を自宅に保有していない。人口の少ない地方の市町村では、家で鍵をかけないところもある。

図4−6は法務省の統計による犯罪件数と検挙数、検挙率を、約30年にわたって示したものである。犯罪の種類はそれこそ多岐にわたる。もっとも残酷な殺人をはじめ、傷害、窃盗、性犯罪、放火、詐欺、経済犯罪など、人間生活に関係するあらゆる領域にわたるし、犯罪の深刻さも異なるが、ここでは総数のみに注目する。

1989（平成元）年では犯罪件数は年間170万件ほどの水準であった。その後21世紀に入った頃から犯罪件数は急激に増加し、2002（平成14）年には、最多の280万件ほどまでに達した。じつに1・6倍という激増であった。その最大の要因は、バブル期（1980年代後期）を終えて日本経済が大不況期に達したことと密接に関係がある。すなわち、不況による失業者の増加、低所得者の増加に代表されるように、人々の経済生活の不安定感が高まった時期である。しかも高所得者と貧困者の増加という格差社会の進行も影響した。

大都会ではいたるところでホームレスの数が多くなり、定職を持たない若者がネットカフェなどに住みつくようになった。数は少なくても、生活困窮の一部の人々が犯罪に走るようになるのに不思議はない。さらに高所得の人々がめだつだけに、それらの人に嫉妬したり、社会の不正義を倒すという口実で、高所得者を襲う犯罪が発生する。

世界を見渡すと、所得格差の大きい国々（代表的な国としてアメリカ、ブラジル、南アフリカなど）で犯罪率が高いのはよく知られている。失業者が多くて、貧困率の高い国々も同様に犯罪率は高い。日本も経済不況の中にあり、しかも貧困者の増加した時期に、犯罪率が高くなった。

もう一つの重要な要因は、本書で後に示すように、家族の絆の崩壊が進んだのがこの時期である。借金を背負って離婚に追い込まれた家族や、父親が自殺してしまうといった例が報道された。もし家族の中で犯罪に走りそうな人がいても、それを家族で止められる状況にないことも多かった。さらに今までは家族の対応に任せていたので、社会的にそれを阻止するようなセーフティネットの弱いことも、犯罪率上昇の要因であった。

その後日本経済が復活したとは到底言えないが、多少の景気の回復が見られたし、警察・検察力の増強など、社会の対策も進行したので、犯罪率は低下を示すようになった。現在でも低成長の中にいるが、人々はこの情況に慣れてしまったところがあり、半分は「あきらめ」の境地に入って、不満の程度が減少したことも背後にある。

次に警察、検察当局による検挙について見ておこう。

バブル崩壊後の大不況期に検挙率が落ちたが、その背後には犯罪数の増加に対して当局が対応できる能力が追いつけなかったことがある。さらにこの時期は日本の政治が規制緩和の流れにいて、小さな政府をめざす風潮となり、警察や検察当局の取り締まり体制が弱体化していたことも無視できない。とはいえ、その後21世紀に入り4〜5年たつと犯罪数の低下によって、検挙率が再び上昇した。日本では起訴されたら、裁判での有罪率が高いとされるのが問題となっている。

最後に犯罪率の国際比較をもっとも重大な犯罪である殺人によって見ておこう。

表4－10は殺人発生率の高い国と低い国をピックアップして示したものである。日本は標本国177ヵ国のうち、171位という最下位に近い低殺人発生率の0・2人であるし、先進諸国の中でも米仏英独より低いので、国際的にはまだ安全な国であるとみなしてよい。

図4-6 刑法犯罪認知件数の推移

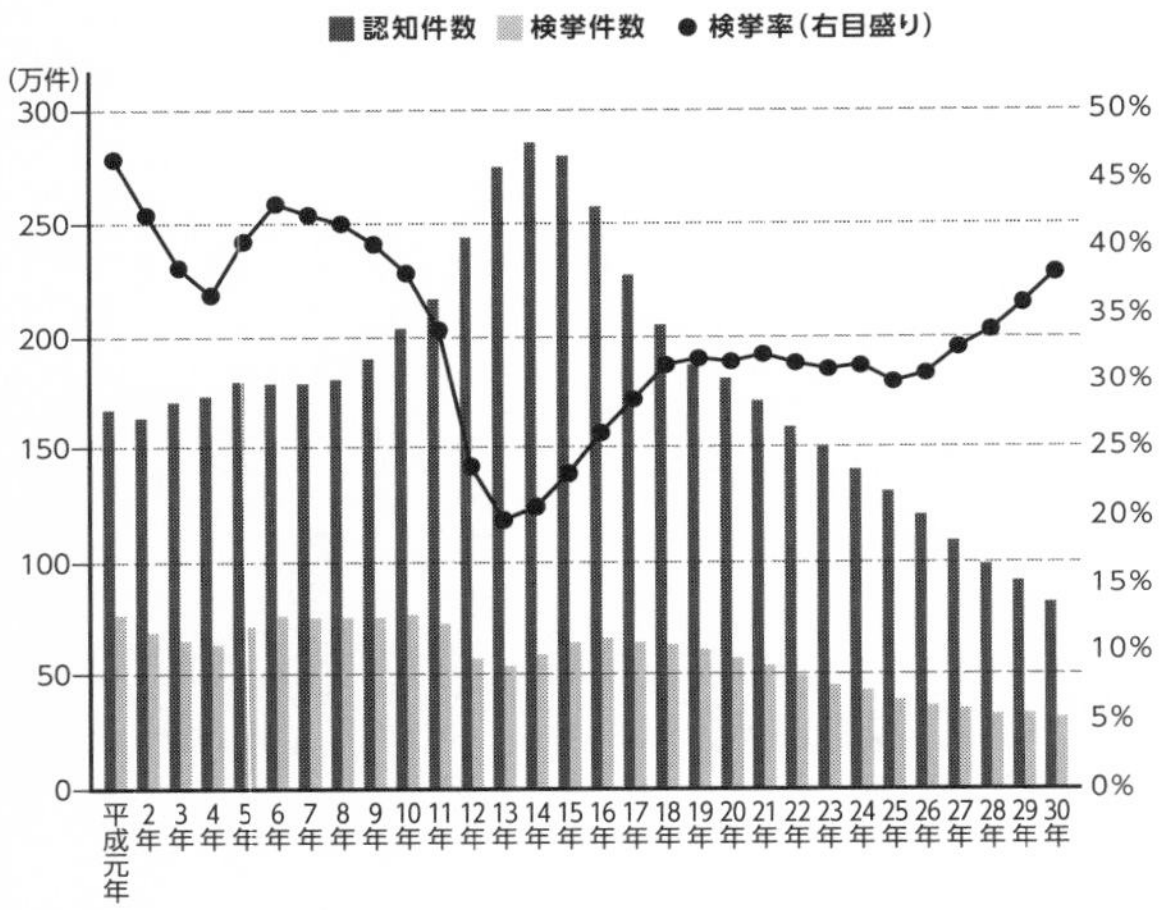

出所：法務省『犯罪白書』令和元年版

表4-10 世界の殺人発生率(人口10万人あたり)2017年

エルサルバドル	61.7	アメリカ	5.3
ジャマイカ	56.4	フランス	1.3
ベネズエラ	49.9	イギリス	1.2
南アフリカ	35.7	ドイツ	1.0
ブラジル	30.8	日本	0.2

出所：「国連犯罪調査統計」

人口10万人あたり18・5人の自殺率

めだつ中高年の自殺

日本が自殺率の高い国であることを知っておこう。表4－11はWHO（世界保健機関）が発表した自殺率である。世界で第1位と第2位の国、すなわちロシアと韓国、そして日本を含めた先進国のG7の国々の自殺率を示している。

まず世界のトップ2のロシアと韓国は経済格差の激しい国なので、弱者の自殺率が高いことが共通の理由である。ロシアについてはアルコール消費量が多いので、身体を壊した末の自殺が多いとされる。さらに離婚率の高いことも一つの理由である。なお、ここでは統計を示していないが、総じて東ヨーロッパ諸国の自殺率が高いのもロシアと同じ理由である。

日本について論じてみよう。先進主要7ヵ国の中で日本は18・5人（人口10万人あたり）と、最高の自殺率という不名誉である。ついでフランス、アメリカ、ドイツ、カナダ、イギリス、イタリアと続く。

次に過去40年間の自殺者数の推移を図4－7で知っておこう。

一番自殺者が多かったのは、2000年代であり、これはバブル崩壊後の大不況期で、経済生活の困難が一大原因だったといえる。一家の大黒柱とされることが多い男性の自殺者の急増が見られた。

もう一つ興味ある事実は、女性よりも男性に自殺者の多いことである。これはほぼ世界中で共通する現象と思われる。なぜそうなのか、すぐに思いつく仮説だけを述べておこう。

それはまず男性は企業・家庭での経済運営を任されている度合いが高いので、企業倒産や家計破綻を苦にする。さらに女性よりも男性が精神的に脆いと主張する心理学の研究もある。その一つの理由は、女性は出産というものすごい経験をするので、少しのことでは動じないとか、自分の生んだ子どもを見殺しにしたくないという動機がある。

次の関心は、年齢別と原因・動機別に見た自殺者数とその割合である。これは表4－12で示してある。

まず年齢別に注目してみよう。もっとも高い比率は、40～59歳の中年層の36％である。ついで60～79歳の高齢層の28％と、20～39歳の若年層の24％が続く。最若年層の19歳以下は、他の世代に比べれば少ないし、80歳以上という最高齢層も10％と低い方である。

年齢で評価すると、いわゆる働き世代の20～59歳と、高年初期の60～70歳代に多いことがわかる。これは次に述べる原因・動機と密接に関係がある。

もっとも比率の高い自殺の原因は、ほぼ半分を占める健康問題である。身体の病気、精神的な悩みなどが健康問題の代表であるが、中年層と高年層に集中している。死につながりかねない重い病気を患う人は高年層に多く、精神的に深い悩み（特にうつ病）を患う人が、自殺を図っていると考えられる。これに加えて高齢で単身で住む人が、一人身のさびしさに耐えられない、というのが報道でよくなされる。じつは精神的な悩みで自殺する人の方が、身体的な病気で自殺する人より多いことが統計で示されているので、心のケアが大切なことがわかる。

2番目に多い原因・動機は16・2％の経済・生活である。男性の中年・高年層において、企業経営に失敗したとか、失業して生活の基盤を失った人、そして大量の負債をかかえこんで、にっちもさっちもいかなくなった人が該当する。ついでながら勤務問題の9・5％も経済に多少関係がある。勤務問題は職場での人間関係の不和や仕事疲れといったことで、これらは若年・中年層に多い。

最後に注目するのは、15％の家庭問題である。親子間・夫婦間の不和、家族の死亡や将来への悲観、子育ての悩み、介護・看病疲れなどである。離婚によって自殺する人はそういないが、家族を病気や事故などで失ったとか、子育てや介護に苦しんで自殺する人の多いのが最近の特色である。

表4-11　世界の人口10万人あたりの自殺者数ランキング

国	
ロシア	31.0人
韓国	26.9人
日本	18.5人
フランス	17.7人
アメリカ	15.3人
ドイツ	13.6人
カナダ	12.5人
イギリス	8.9人
イタリア	8.2人

出所：WHO統計、2016年

図4-7　自殺者数の推移

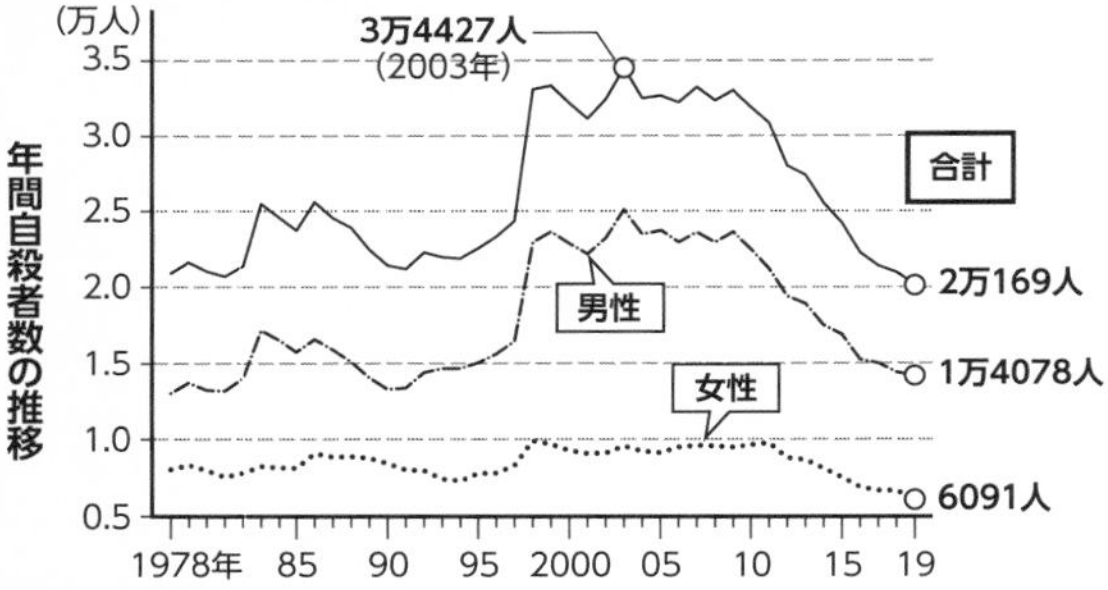

出所：厚生労働省まとめ（2019）

表4-12　年齢階級別、原因・動機別自殺者数と自殺率

	~19	20~39	40~59	60~79	80~	計
	568	5007	7581	5873	2136	21165
%	2.7	23.7	35.8	27.7	10.1	

	家庭	健康	経済・生活	勤務	男女	学校	その他	計
	3147	10423	3432	2018	715	354	1081	21170
%	14.9	49.2	16.2	9.5	3.4	1.7	5.1	

出所：厚生労働省『自殺対策白書』2019年

仕事第一は過去のこと!?

人生を楽しむ術

将来の日本経済を予測するうえで重要な要素は労働力の確保である。出生率の低下によって労働力人口の減少が予測されているが、一人ひとりが働くことに価値を見出して、仕事に励んで生産性を高めることができれば、経済成長につながる。そこで日本人が働くことにどれほど価値を感じているかを知っておこう。

図4－8は、日本人がいつ充実を感じているかの変化を示したものである。80年代はいずれの年も第2位になっているように、過去の日本経済が活気を帯びていた頃は、仕事にうちこんでいるときにかなり高い充実感を得ていたことがうかがえる。現に日本の高度成長と安定成長の時期では、一所懸命に働くことに生き甲斐を見出し、創意工夫の才能を発揮して生産性の向上に努めることで、日本経済は活気に満ちていたのである。

その仕事への充実度はほぼ一定水準を保っているので、それほど勤労意欲は低下していない、と解釈することも可能である。重要な点は他との相対的比較であり、今では、他の上位4項目の増加がめだち、仕事は30％ほどで、２０００年代に入ってからは第5位となっている。そこそこ日本人も経済的に豊かになったので、働いて収入を得る以外のことで、人生を楽しむ術を会得したといえよう。

ではどのようなときに充実を感じるのであろうか。まず第1位は家族団らんのときで、ほぼ半数の人がそう感じている。これは現代の日本における家族崩壊が叫ばれる姿と矛盾していると感じられる人もいるかもしれない。家族の崩壊、DV、離婚、子育て放棄といったように家族の絆が弱まっている時代なのに、である。この矛盾を解く鍵は、家族の絆が弱くなっているのは、大々的に報道もされ、めだちすぎる現象であるが、まだ半数前後の人々は家族の絆を重視している、という事実にある。

第2位は、47・0%のゆったりと休養しているときである。ひとつの解釈としては、激しくてつらい仕事に没頭したので、それを癒やすための休養であって、働くことを忌避しているのではない、とも言える。一方で、働くことは嫌いで、ぶらぶらして休養しているときに充実していると感じる人の増加と解釈することもできる。

第3位は、趣味やスポーツに熱中しているときという43・6%である。仕事をしているときよりも、自分の好きなことにうちこんでいるときの充実感を物語っている。

第4位は42・5%の友人や知人と会合、雑談しているときである。これも仕事をしているときではなく、空いている時間を使って、他人と楽しむことに充実を感じている。家族との団らんと同じ性質を有しているのである。

第5位の仕事にうちこんでいるときよりも、順位が低い活動としては、勉強や教養などに身を入れているときや、社会奉仕や社会活動をしているとき、がある。

以上をまとめると、現代の日本人は仕事に対し以前ほどの充実度を覚えておらず、仕事第一という過去の日本人の精神はかなり減退したと判断できる。もっとも、休養や趣味は仕事疲れを癒やす手段と解釈できれば、わずか30％に過ぎない仕事の充実度も、実際の勤労意欲はもう少し高めであろうと解釈できなくもない。

別の解釈を提供しておこう。仕事への充実感が以前ほどではないのは、働くのは食べていくための手段であって、最低限生きるための所得があればそれで充分、と多くの人が判断している、との解釈である。したがって、一所懸命働いて高い所得を稼ぎたい思いはさほどないことになる。

こう解釈すれば、経営者や政治の指導者から、経済は弱くなっていいのか、という不満が聞こえそうである。仕事を第一に考えない人々は、決して高い所得を望めないことの覚悟が必要である。半面、一所懸命働いて大いに稼ぐ人がいてもよい。こういう人は経済の活性化に寄与する。人の生き方は自由である。高度成長期のようによく働いて豊かになりたいという希望に燃えて、働くことだけに生きがいを感じていた時代とは異なり、人々の生き方に多様化が浸透した時代になったのである。

図4-8 充実を感じるのはどんなときか

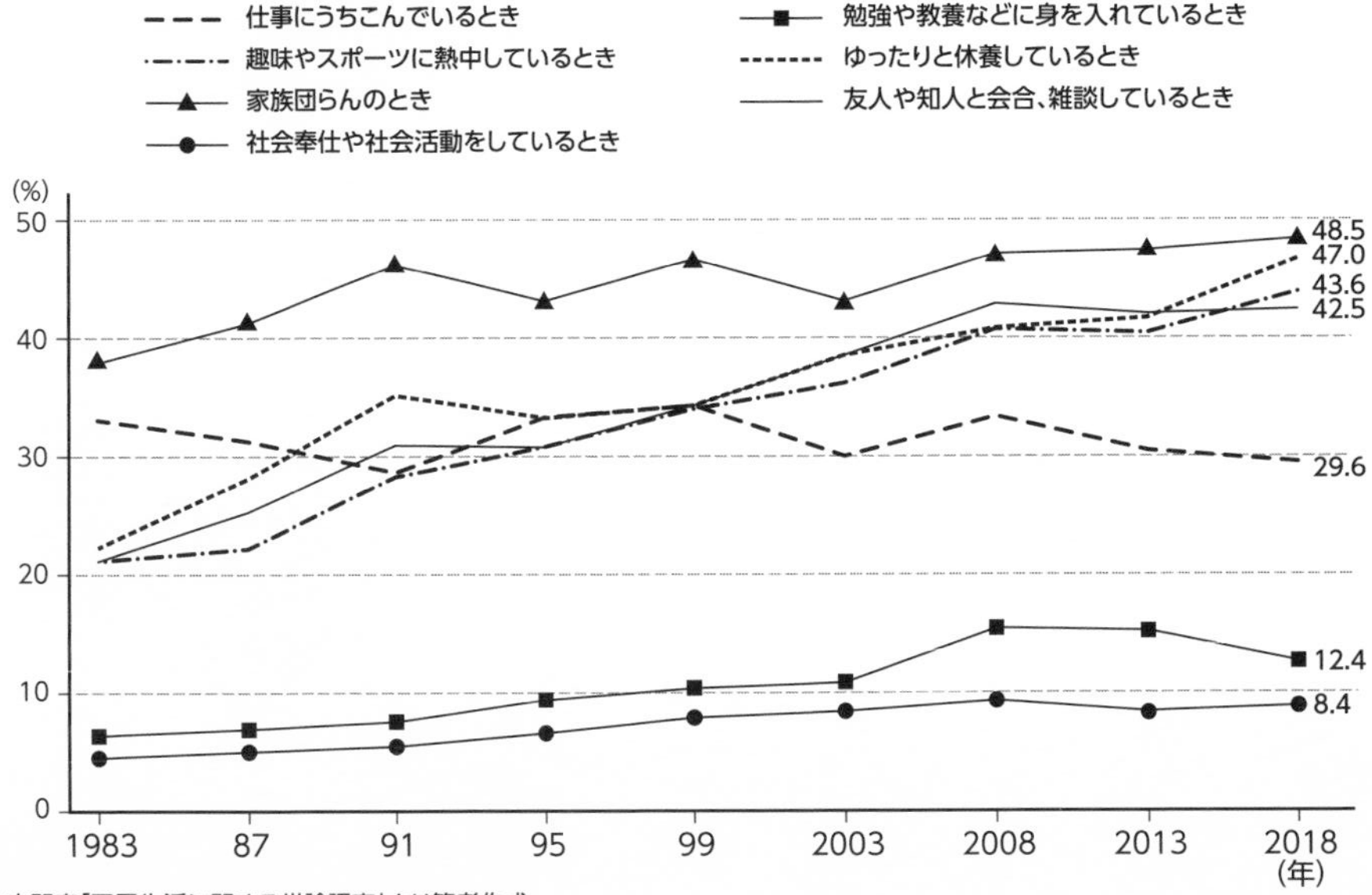

出所：内閣府「国民生活に関する世論調査」より筆者作成

第５章　老後と社会保障

家計貯蓄率が40年で3～5%へと急減した理由

貯蓄率と年齢構成の変化

国民（ここでは家計と呼ぶ）は自己の所得（特に税や社会保険料を支払った後の可処分所得）のうち、消費にまわす分と貯蓄にまわす分がある。後者を家計貯蓄と称しており、その率は重要な経済変数である。労働から引退して所得のないときの蓄えになるし、不時（例えば失業や病気、天災）の備えにもなる。貯蓄は銀行などの金融機関に預けられて、その資金が企業の投資資金としてまわって活用されるので、経済成長への礎になる。

1994（平成6）年から2019（令和元）年までの家計貯蓄率の推移を示したのが図5－1である。図にはないが、戦後からオイルショックの発生する1970年代までは、15%から23%というとても高い貯蓄率であった。日本が先進国の仲間入りをする頃までのこの高い貯蓄率を説明する要因にはいろいろあった。

①所得の伸び率が高かったので、消費が追いつかず貯蓄に一時的にせよ向かった。
②年金制度が未成熟だったので、老後の所得を確保するために貯蓄が必要だった。
③医療保険制度も未成熟だったので、病気などの不時の支出に備える必要があった。
④雇用労働者には年2度のボーナス制度があって、すぐには消費にまわさなかった。

⑤マル優制度に代表されるように、利子・配当への税制上の優遇制度が貯蓄を奨励した。
⑥住宅金融制度が未整備だったので、住宅資金を用意する必要があった。
⑦日本人は元々リスク回避の心理特性が強いので、将来への不安に備えた。

高貯蓄は、日本の高度成長の一要因であった。ところがオイルショック後のスタグフレーションによって成長率が鈍化し、かつその後のバブル崩壊の大不況によって、貯蓄率は低下の傾向を示した。

なぜ貯蓄率の低下が始まり、かつそれがとても低い率にまでなったかは、すでに述べた7つの理由が消滅したか、希薄になったからである。まず①については、低成長になったならこの効果は消滅する。若年層と女性を中心に非正規労働者が増えたこともある。②と③については、ヨーロッパ型の社会保障の充実策がまがりなりにも採用されたので、これらもやや減少を促す。⑤の貯蓄優遇策は、多少は残ったが基本的には廃止されたし、⑥の住宅金融制度は充実していったので、これらは貯蓄削減の効果を生む。変化のなかったのは④と⑦と思われる。

こうして日本の貯蓄率はここ40年間ほどで低下し、時にはマイナスの率のこともあったが、今では3～5％台の低い率にある。今や世界の先進国の中でも低い貯蓄率のグループに属しており、貯蓄率に関して過去の高い国から今の低い国へと劇的な変化を経験したのである。

その変化を示す重要な要因は、他に人口の年齢構成の変化がある。すでに強調したように、日本は長期間にわたって出生率の低下を経験している。これを時系列でみると、人口の年齢構成において、若年者比率が当初は高く、高齢者比率が低かったが、少子高齢化の進行は若年層の比率の低下と、高齢者層の比率の上昇をもたらすことを意味する。

貯蓄に与える影響を考えるときには、次の特質が重要である。すなわち若年・中年層は勤労して所得を稼ぎ、貯蓄をする世代であるのに対して、労働から引退した高齢者層は働いて得る所得がないので、生活のために貯蓄を取り崩す世代なのである。

若年・中年世代の多い時代は貯蓄率は高いし、総貯蓄量も大きくなるのに対して、高齢層の多い時代では貯蓄はマイナス（貯蓄の取り崩しは定義上マイナスとみなす）になるし、総貯蓄量も小さくなる。日本人の高齢者は将来の不安に備えてまだこの貯蓄取り崩しを大々的におこなっていないが、これが総貯蓄量を極端に低下させない一要因になっている。

過去は若年・中年層が多かったので貯蓄率は高かったが、人口の年齢構成の変化が発生したことにより、多い高齢者層の存在が低い貯蓄率を生んだのである。

図5-1　日本のGDP統計における家計貯蓄率の推移

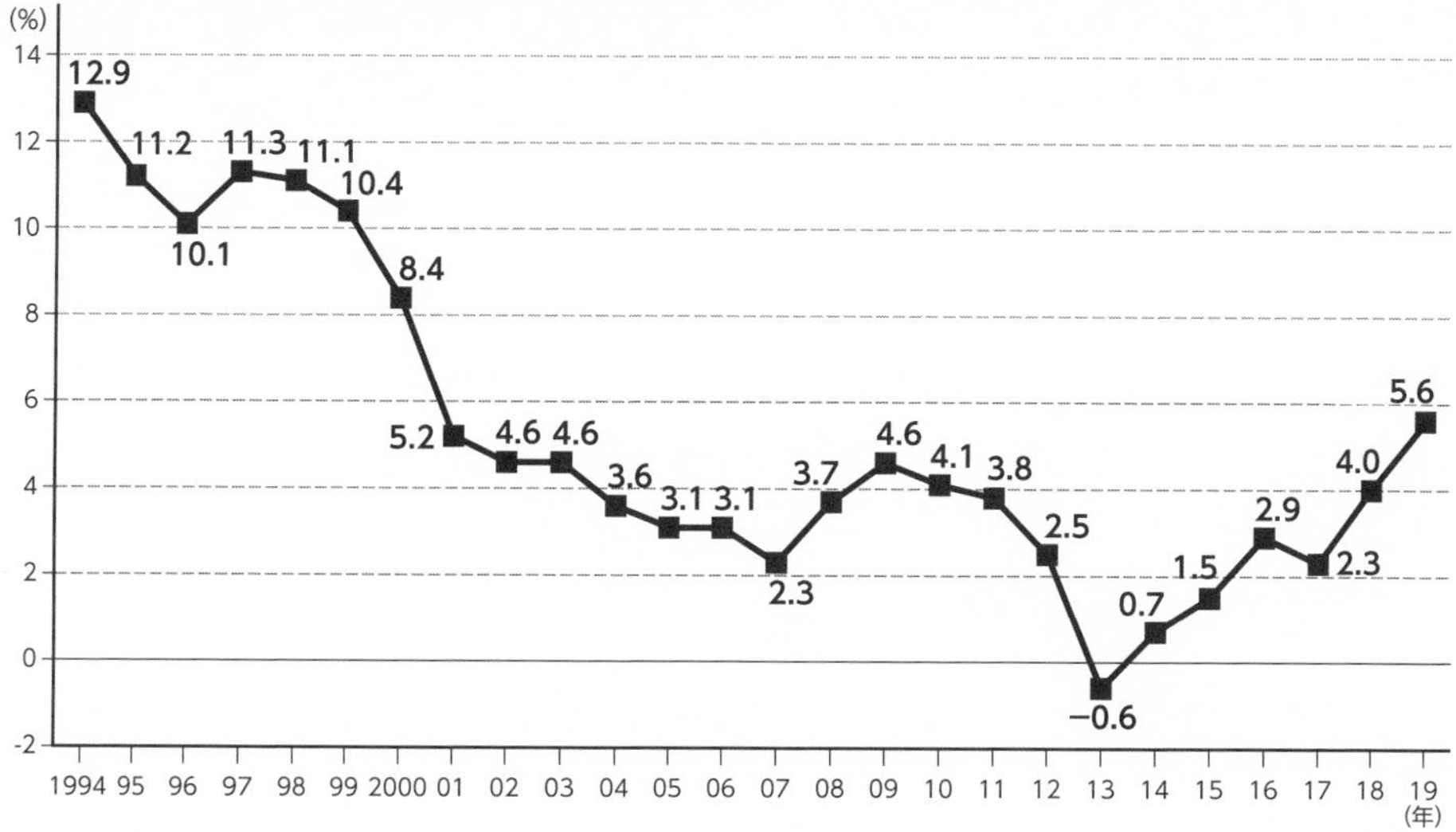

出所：内閣府『国民経済計算年報』

なぜ若者・子どもへの支援額が少ないのか

社会保障の51・2％が高齢者・遺族の所得保障

社会保障とは、政府が国民（企業をも含む）から徴収した社会保険料と税金を財源にして、福祉分野での支出を国民に対しておこなう活動のことである。国民の生活保障とセーフティネットを確保するための制度であり、政府の重要な政策の一つである。どのような分野で給付をおこなっているのか、そして日本は他の先進国と比較すると、どのような特色があるかを検証する。

まず知りたいのはどのような分野に給付されているかであり、それを示したのが表5－1である。9種の分野に対して、どれほど支出しているのかが構成比で示されている。

第1に、もっとも比率が高いのは、高齢と遺族の合計で51・2％に達している。これは老齢年金、遺族年金、介護給付金などを含んでいるのであり、日本の社会保障は高齢者への所得保障が最大の目的となっている点に特色がある。日本の社会保障は中年・若年・子どもへの対策が遅れていて、保育施設や子ども手当なども不充分、高齢者に手厚くなりすぎているとの批判があるが、これが一つの根拠となる。ただし一つ弁護しておけば、日本は少子・高齢化の時代にいて高齢層が多いので、高齢者向けの支出が増えざるをえない側面は、多少容認せねばならない。とはいえ高齢者向けに傾きすぎているという批判は間違いではない。換言すれば、日本では高齢者福祉こそが社会保障と考えてきた歴史がある。

第2に、次に比率の高いのは33・7％の保健であるが、これは医療給付と公衆衛生である。医療保険は年金とともに二大制度とみなされているので、高い比率は当然である。ここでは詳しく述べないが、日本の公的医療保険制度は、組合健保、協会けんぽ、国民健保、公務員共済（ただし今は組合健保と合流中にある）などと、職業別と企業規模別に制度が乱立しており、制度間でサービス提供度に濃淡がある。イギリスのNHS（国民保健サービス）のように、すべての国民が唯一の制度に加入すべきというのが筆者の持論である。

第3に、次に家族の7・0％、障害、業務災害、傷病の項目が4・7％で続く。子ども手当や保育関係といったように、家族の生活を支援する額の少ないのが日本の特色である。子育ては親の責任でなされるべきであって、社会の義務ではないという日本の伝統がここに生きている。障害や災害に関しても、家族ないし個人で対処せよとの慣習が残っているのである。

第4に、積極的労働市場政策（職業紹介や職業訓練など）、失業、住宅などの項目はそれぞれ1・0％以下でとても低い比率である。失業がそれほど深刻な問題でなかったことが失業対策費の低さの一つの原因である。しかし失業保険（日本では雇用保険と呼ばれる）に加入しているのは、労働者の半分程度にすぎず、労働時間の短い人は排除されていて、失業しても失業給付を受けられない人が多くいるのが問題である。このことが失業関係への給付が0・7％にすぎない低さになっている、もう一つの要因である。

では他の先進国との比較をしておこう。図5－2は主要な先進国における社会保障の分野別構成比を示したものである。日本はおおまかにいうと、高齢・遺族という年金支出の比率が他の国（ただしフランスを除く）より高く、高齢者に社会保障が厚いという特色が国際比較でも確認できる。

もう一つの特色を述べれば、障害者や家族向け、積極的労働市場政策がヨーロッパ諸国と比較すると非常に低い支出であることがわかる。日本は年金などの高齢者への社会保障政策は遜色ないが、ここで述べた障害者、家族、労働市場対策といった項目で、ヨーロッパの福祉国家より見劣りするのである。

最後に、日本の社会保障支出が政府全体の支出額のどれだけの比率を占めているかを知っておこう。

一般会計歳出総額（2019年でおよそ102兆円）のうち、34％が社会保障関係の支出となっているので、今や最大の支出項目なのである。政府と財界はこの支出を削減したい意向であるが、高齢化が進展中なのでやむを得ない面もある。

表5-1　政策分野別社会支出の構成比（2017年度）

年度	合計	高齢	遺族	障害 業務災害 傷病	保健	家族	積極的 労働市場 政策	失業	住宅	他の 政策分野
2017（平成29）	100.0	45.9	5.3	4.7	33.7	7.0	0.7	0.7	0.5	1.6

出所：国立社会保障・人口問題研究所「社会保障統計」

図5-2　政策分野別社会支出の国際比較（2015年度）

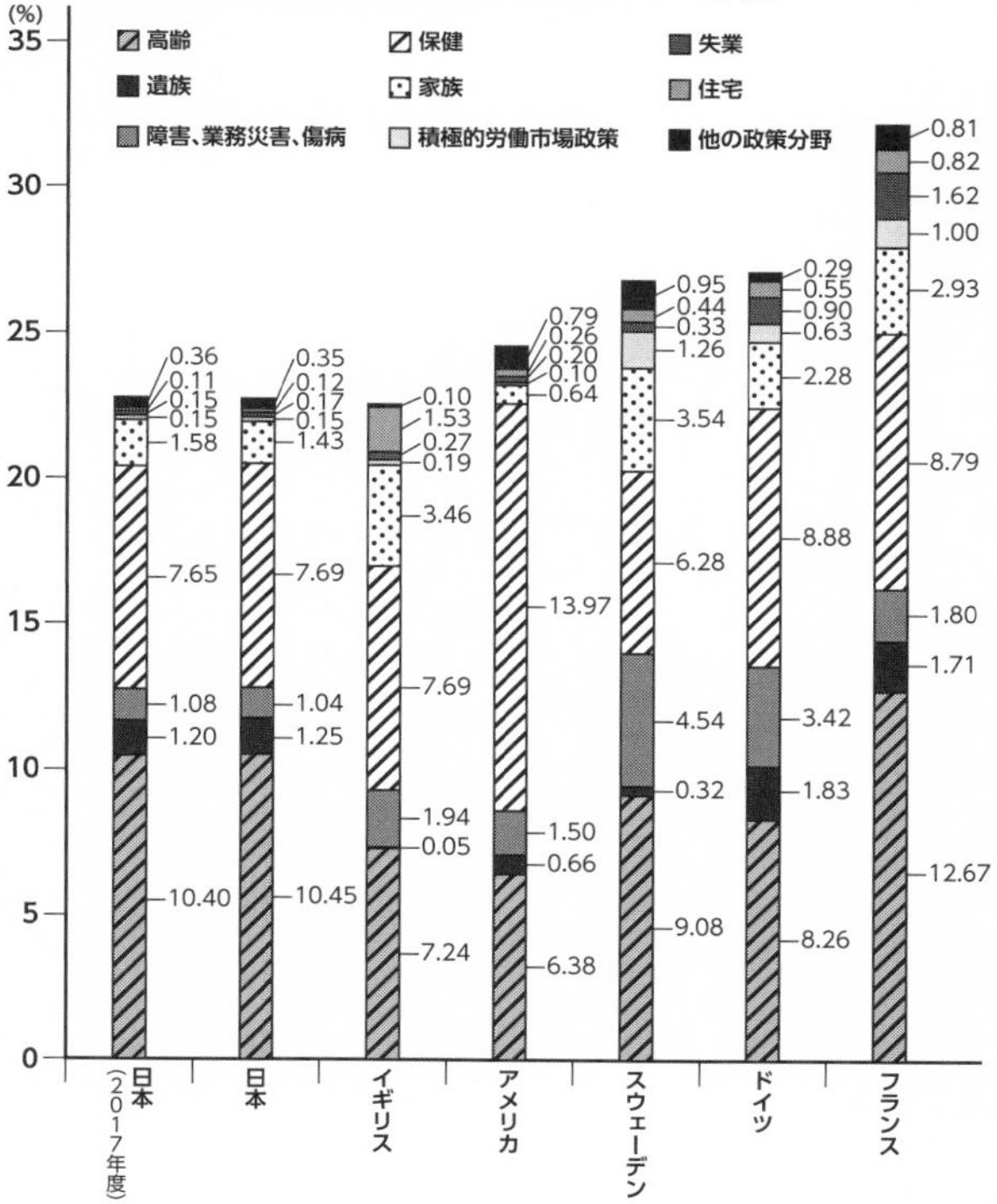

出所：OECD『Social Expenditure Database 2019』

国民健康保険の未納率は約10%、国民年金は3割弱

日本は皆保険国ではない

アメリカは健康保険に加入していない人が国民の9%ほどに達している。医療費が非常に高いだけに、治療を受けることができない、健康格差の激しい国として有名である。元大統領のオバマはそれを避けるべく、民間医療保険制度でありながら国民皆保険の国になろうとしたが（オバマケアと称された）、トランプ政権ではそれをほぼ破棄してしまった。新しいバイデン政権がどのような政策を採用するか、関心が持たれる。日本はどうだろうか。

日本の政府関係者は、日本は皆保険の国であると高々と宣言しているし、国民もそう信じているが、実態はどうであるかが、本項の趣旨である。医療のみならず、もう一つの重要な社会保障制度である年金についても検討する。たしかに日本では年金、医療に関しては、極小企業をのぞく企業が社会保険制度に加入していて、被雇用者は保険に加入している。そしてかなり高い比率（ただし100%ではない）で保険料を払っているので、皆保険に近い。

問題は極小企業で働く人と自営業者、そして労働から引退した人の保険制度にある。そういう人々は、医療であれば国民健康保険制度（通称・国保）に、年金であれば国民年金制

度に原則として加入するので、制度上は一見皆保険のように映る。しかし、一定期間保険料を支払っていなければ給付を受ける資格がないので、どれだけの人が保険料を支払っているかが、皆保険かどうかの検証になる。

なお、失業した人への保険制度である雇用保険制度は、労働時間の短い非正規労働者は排除されているので、失業保険制度は皆保険ではないことを別のところですでに論じた。

まず国保にどれほどの人が保険料を納付しているのであろうか。図５‐３は過去約60年弱の納付率の推移を示したものである。ここで納付率とは、納付対象月数のうち何ヵ月納付しているかの比率である。すべての月で払っておれば１００％、まったく払っていなければ０％である。

この図を見ると、時期によって変動がかなり激しい。景気の良いとき（すなわち人々に所得がある）は95％を超えて高いが、「失われた20年」の始まった頃から低下傾向を示し、最悪の時は90％を切るところまで落ちた。その後多少の反転は見られたが、２０１８（平成30）年では93％である。なお平均すると収納率は90％を少し超えているので、未納の人は10％弱である。

いくらかの月でも保険料を払っておれば、資格を失うことはないが、完全に払っていなければ病気や傷害に遭遇したとき、満額の給付を受けられない。特にいかなる保険料負担もしていない人は、医療費を全額自己負担せねばならない。次に見るように生活保護制度による医療補助もあるので、こういう人がまったく医療支援から見放されているとまでは言えない。しかし願わくは、納付率を100%にして、国民全員が完全な医療給付を受けられる制度にすべきであって、それが達成できていないかぎり日本の医療保険制度は皆保険とはいえないのである。

ところで、国保の保険料納付率は年齢によって差があることを知っておく必要がある。政府統計によると、最低は25~29歳の55%前後、そして年齢の上がるにしたがって増加し、最高は55~59歳の77%前後である。若年層の低い理由は、一つに罹患率が低いとの自覚があること、もう一つは所得が低いので払えないという事情がある。

最後に、国民年金を見ておこう。図5-4は過去30年間ほどの納付率の推移を示したものである。景気の動向に左右されて納付率の変動があるのは国保と同じであるが、平均すると国保よりは納付率が低い。直近では7割強であり、未納率は3割弱である。ここでは図表で示さないが、厚生年金制度においてもおよそ5%の人が保険料を払えていないので、年金も皆保険とは言い難い。

医療、年金、失業などの社会保険、決して日本は人々が信じているほどの皆保険の国ではない、というのがここでの結論である。

図5-3　保険料(税)収納率(現年度分)の推移(市町村国保)

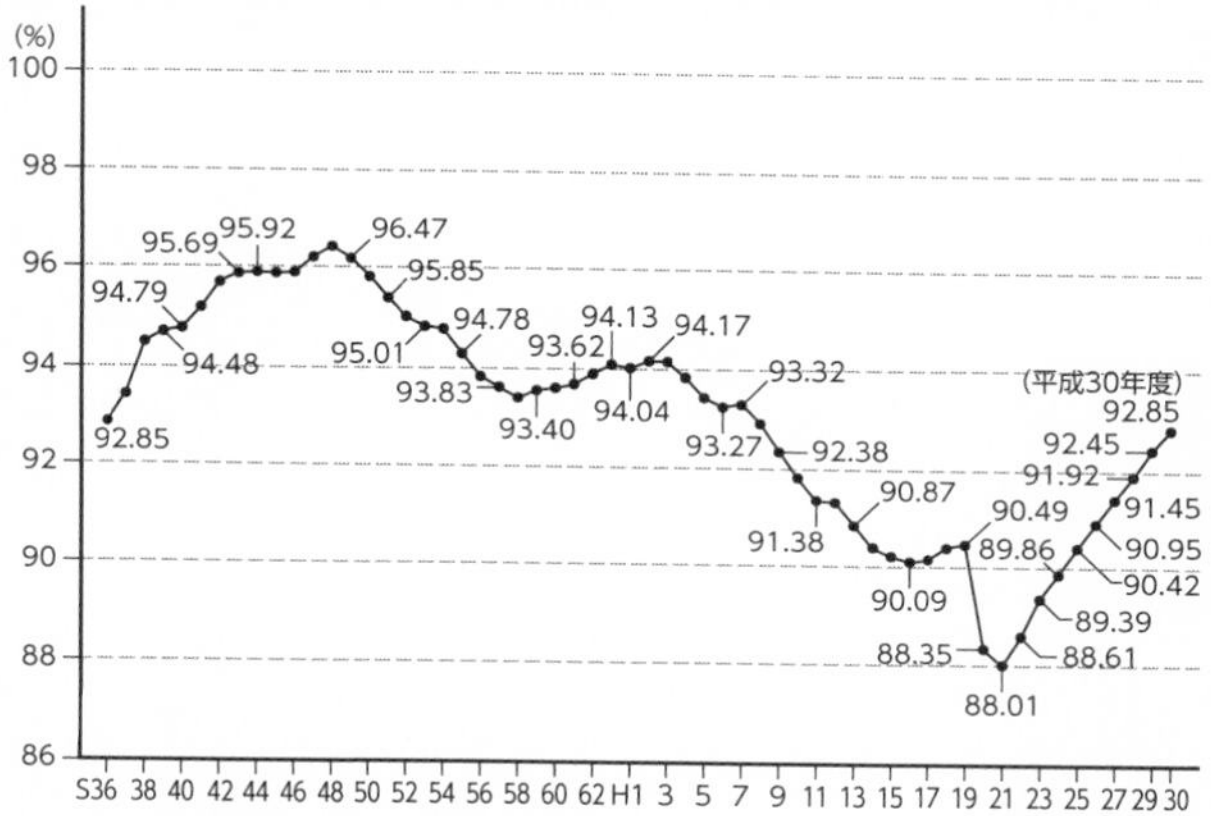

出所：厚生労働省『国民健康保険の財政状況』

図5-4　国民年金保険料の納付率の推移

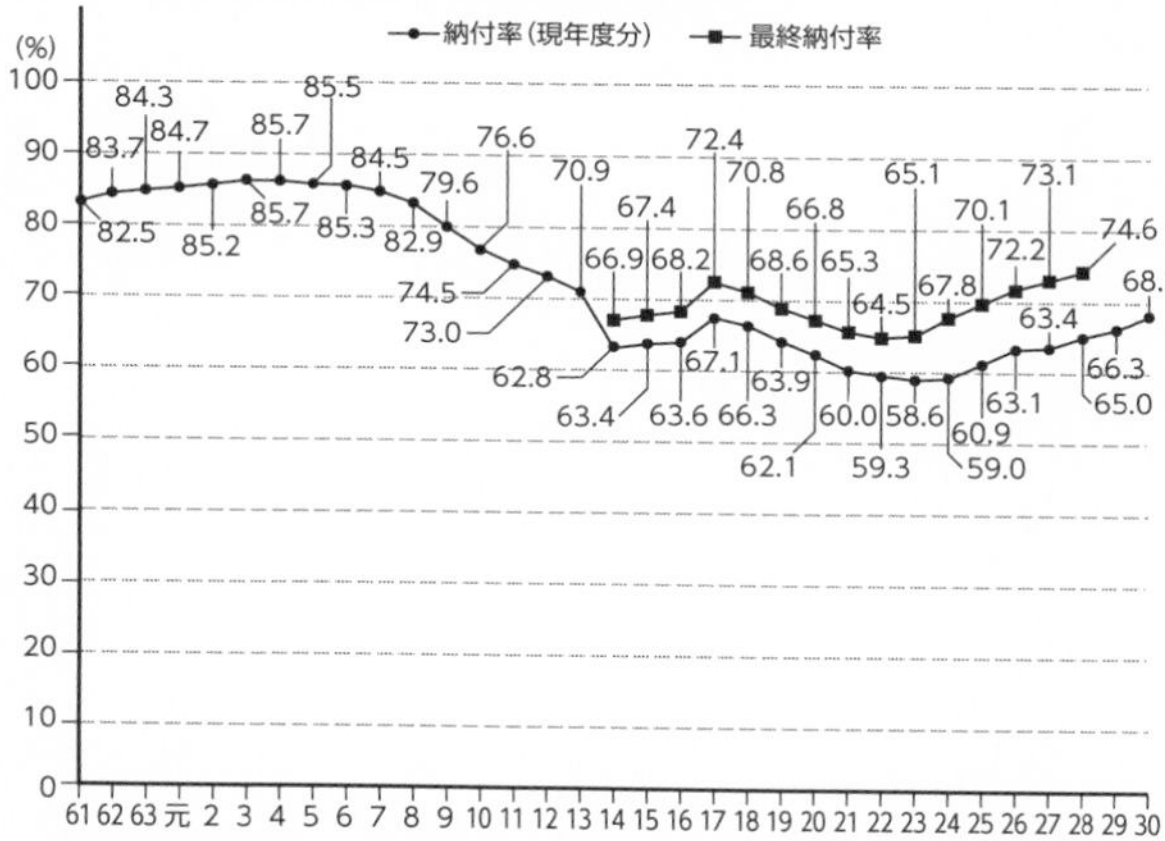

出所：厚生労働省『平成30年度の国民年金の加入・保険料納付状況』

日本では必要な人の10～20％しか生活保護を申請しない

210万人の生活保護

国民のほぼ15～16％が貧困で苦しんでいるといわれる（日本の貧困率の高いことは次の章で詳しく論じる）。この貧困者を経済的に支援するのが生活保護制度である。日本におけるこの制度の特色を知っておこう。

生活保護制度で支給されるのは、大別して次の6種がある。①生活扶助：食べていけない人、②住宅扶助：住むところのない人、③医療扶助：医療費の払えない人、④介護扶助：介護の必要な人、⑤教育扶助：義務教育を受けることのできない人、⑥その他：出産、生業、葬祭など。図5－5はこれら6種で支援を受けている人の割合を示したものである（複数の扶助を受ける人のいることを知っておこう）。これによると、生活扶助が88・3％でもっとも多い人数であり、ついで住宅扶助が85・5％、医療扶助が83・5％で、生活扶助とほとんど差がない。生活、住宅の必要性はよくわかるが、医療扶助を受けている人が非常に多いのが、日本の特色である。生活保護を受けると医療費が無料になるのであり、過剰診療や悪徳な貧困ビジネスの横行を促す要因になっているとの批判がある。

では過去との比較を簡単に見ておこう。終戦後、日本が貧困であった時代の1951

（昭和26）年では、総被保護人員が205万人であったが、日本経済の成長により減少が始まり、1995（平成7）年にはおよそ88万人にまで低下した。経済が豊かになったので要保護の人数は減少した。ところがバブル崩壊後の大不況により、被保護人員は急増して、今や総数は210万人ほどにまで高まっている。終戦直後の貧困時代並みの数に達しているので、ここでも現代の貧困大国ニッポンを認識できるのである。国家は生活保護におよそ4兆円の支給をしている。当然のことながら全額が国民の税負担である。

次の関心は、では誰が生活保護受給者かである。図5－6はどういう世帯の人が被保護者であるかを示したものである。この表によると圧倒的に比率の高いのは高齢者の54・1％である。その内の単身者が49・4％、二人以上の世帯が4・7％なのでほぼ高齢単身者で占められている。その中でも高齢単身女性の比率がとても高い。

ついで比率が高いのは、障害者と傷病者の25・3％である。これらの人は働くことのできない人が大半なので、生活保護の対象者としては当然である。

母子世帯の5・3％は比率としては低く、受給者数は一見少なく映るが、じつは深刻で、母子家庭のおよそ半数が生活保護者なのである。女性の時間あたりの賃金が低いうえに、子どもを抱えて子育てに時間がかかり、労働時間を長く取れないので、どうしても収入が低くなる。以上、高齢単身女性と母子家庭を合計して考えると、貧困問題は女性に代表されるのが日本である、ということになる。

日本における生活保護制度の課題は、捕捉率の低さにある。生活保護基準以下の所得しかない人のうち、何パーセントの人が実際に支給を受けているかが捕捉率であるが、多くの研究によるとそれがおよそ10~20%の低さなのである（尾藤廣喜他『生活保護「改革」ここが焦点だ!』あけび書房、2011年など）。先進諸国ではフランスが92%、イギリスが80%、アメリカが60%強であり、低いドイツでも37%である。

なぜ日本がこうも低いのか、第1に申請手続きが複雑であるし、厳しいミーンズテスト（資格審査）がある。例えば、多少は緩和されたが、一昔前は貯蓄ゼロ、子どもを高校に進学させることができない、クーラー保持の禁止などの条件があった。第2に、国民のあいだに政府から支援を受けるのは恥という意識がある。第3に、親族（例えば3親等以内）に経済支援の能力があれば、極力それに頼る雰囲気が社会にあるし、政府もそうである。

最後に、筆者の解決法を述べておこう。貧困対策を生活保護政策に頼るのではなく、他の社会保険制度や最低賃金制度の充実に期待したい。それは年金制度であれば、年金支給額が充分になれば高齢単身女性も貧困にならない。医療扶助を受けている貧困者も健康保険制度から支給されれば、それに頼ることができる。最低賃金額を上げれば、母子家庭の収入も上がるのである。

図5-5 被保護実人員・保護の種類別扶助人員の構成

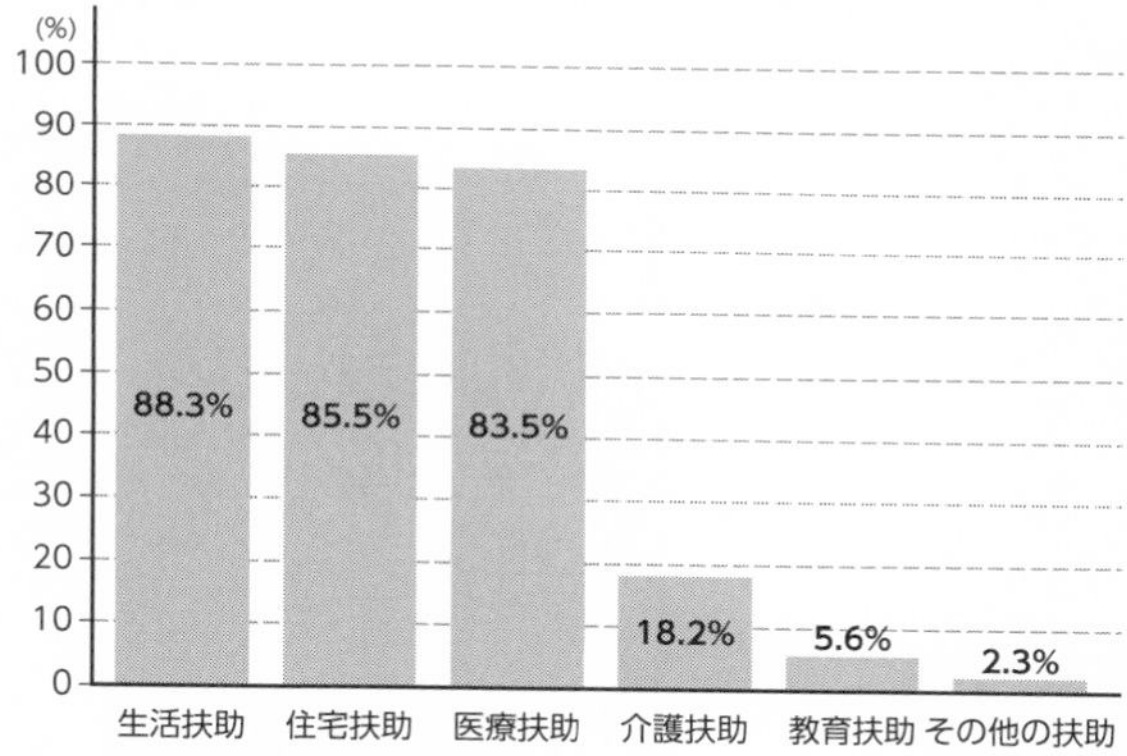

出所：厚生労働省「被保護調査」平成30年度

図5-6 世帯類型別割合

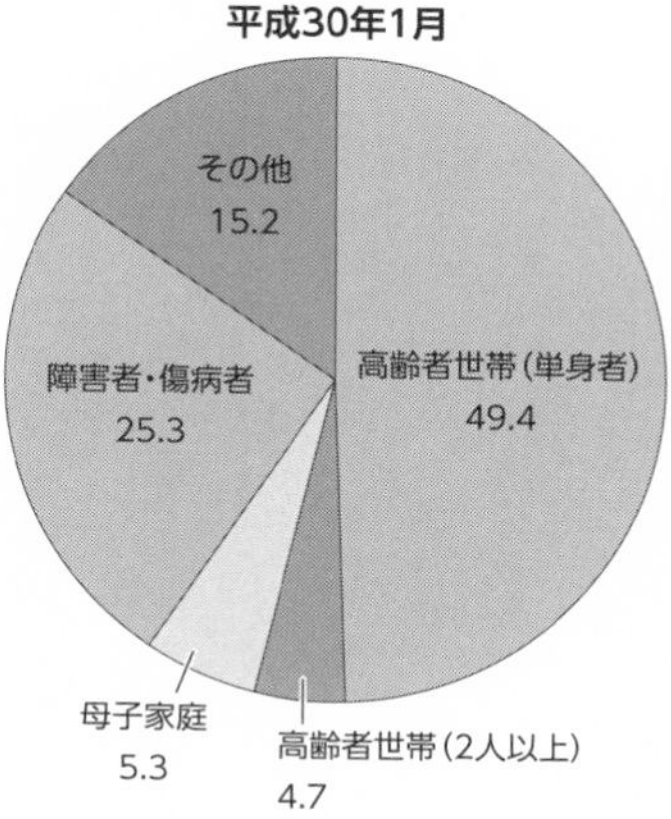

出所：厚生労働省「被保護調査」平成30年度

2015年生まれでは、13・2%の負担超過

生涯拠出額と生涯受給額の世代別損得

社会保障制度を世代別に見てみると、生涯拠出額と生涯受給額の間に大きな差がある。簡単に言えば、高齢者は自己の拠出した保険料よりも給付額の方が多いので、得をしているのに対して、若年層はその逆なので損をしているということになる。ここで世代別の生涯収益を吟味しておこう。

なぜ世代別に純収益に差が出るのか、わかりやすい言葉を用いればなぜ「損得」が生じるのか、まず年金制度を用いて説明しておこう。(公的)年金制度の財政運営方式は基本的に賦課方式である。高齢者という年金受給者への給付の財源は、現役で働いている若年・中年層の保険料拠出で賄われている。少子・高齢化の進展により、数多くの高齢者と少数の現役労働者が併存しているので、現役の労働者は高い保険料を拠出せねばならない。これが世代別にもらい過ぎの世代と払い過ぎの世代を生む理由である。

医療保険にも多少これに似た性質がある。医療給付の財源は、多くが毎年の保険料負担で賄われるので、年金のような大きな世代間移転はない。しかし高齢層の罹患率は若年層より高いので、高齢層が多く受給し、若年層が保険料を多く払い、罹患率が低く給付が少

ないので、世代間に格差が発生していることになる。

なぜ社会保障制度には世代別の純収益差が発生するのかを理解したうえで、現実にはそれがどれだけの額に達するかを知っておこう。数多くの経済学者による推計があるが、ここでは政府の研究所による推計を示しておこう。鈴木他「社会保障を通じた世代別の受益と負担」によるものである。

図5－7は社会保障制度（年金〈特に厚生年金〉、医療〈特に組合健保〉、介護）における世代別の生涯純受給率の差を示したものである。厚生年金、組合健保が計算の対象なので、企業で働く人の計算とみなしてよい。1950（昭和25）年生まれから2015（平成27）年生まれまで5年違いの世代、合計14世代別の結果である。

この図の教える点は次のようになる。第1に、この標本の第一世代（1950年生まれ）だけが生涯純受給率（〈受給－負担〉／収入）が正（すなわち得をしている）であり、世代が若くなるにつれて純受給率は負の大きさが増加している。やさしく言えば、若い世代ほど損の額が大きくなるのである。これはすでに述べた論理で説明されるので、直感としてよくわかる。ここでの研究の意義はデータを丹念に収集し、数学モデルを用いて複雑な計算をした結果にあり、その結果についての異議はほとんどない。

第2に、年金、医療、介護の3つのうち、世代によって純受給率の違いがもっとも大きいのは年金であり、ついで医療、そして介護はそれほど大きい差ではない。これは年金が保険料、給付額ともに大きな額に達していることと、賦課方式のところで説明したように、現役世代の負担する保険料が引退世代の年金給付の財源になっているので、世代間の財政負担が大きく移転するからである。医療は財政負担の多くが年ごとの保険料でなされるので、世代間の移転は小さくなるし、介護はそれがもっと小さくなる。

高齢層が得をし、若年層が損をする現状、多くの識者が指摘するようにそれを是正する制度改革の必要性に反対はしない。しかし筆者は世代間の不公平をそれほど気にはしないので、大騒ぎの必要はないとみなしている。そう判断する根拠は次の通りである。

第1に、人間社会には世代間の不公平は避けられない不条理がある。戦争が起これば若者は徴兵されて死に追い込まれた。ベビーブーマーは生涯競争にもまれる宿命にあった。新型コロナウイルスで高齢者は治療の対象から外れて、死亡が黙認された国もあった。

第2に、年金を例にすると、60歳で死亡した人と100歳で死亡した人のあいだには、数千万円という巨額の給付差があるので世代間以上の差があるが、これに文句を言う人はいない。人間はいつ生まれるか死ぬかは本人の選択ではないので、世代間や同世代間の不公平を問題にしない哲学には、一理あるのではないだろうか。

図5-7　年金・医療・介護全体における生涯純受給率

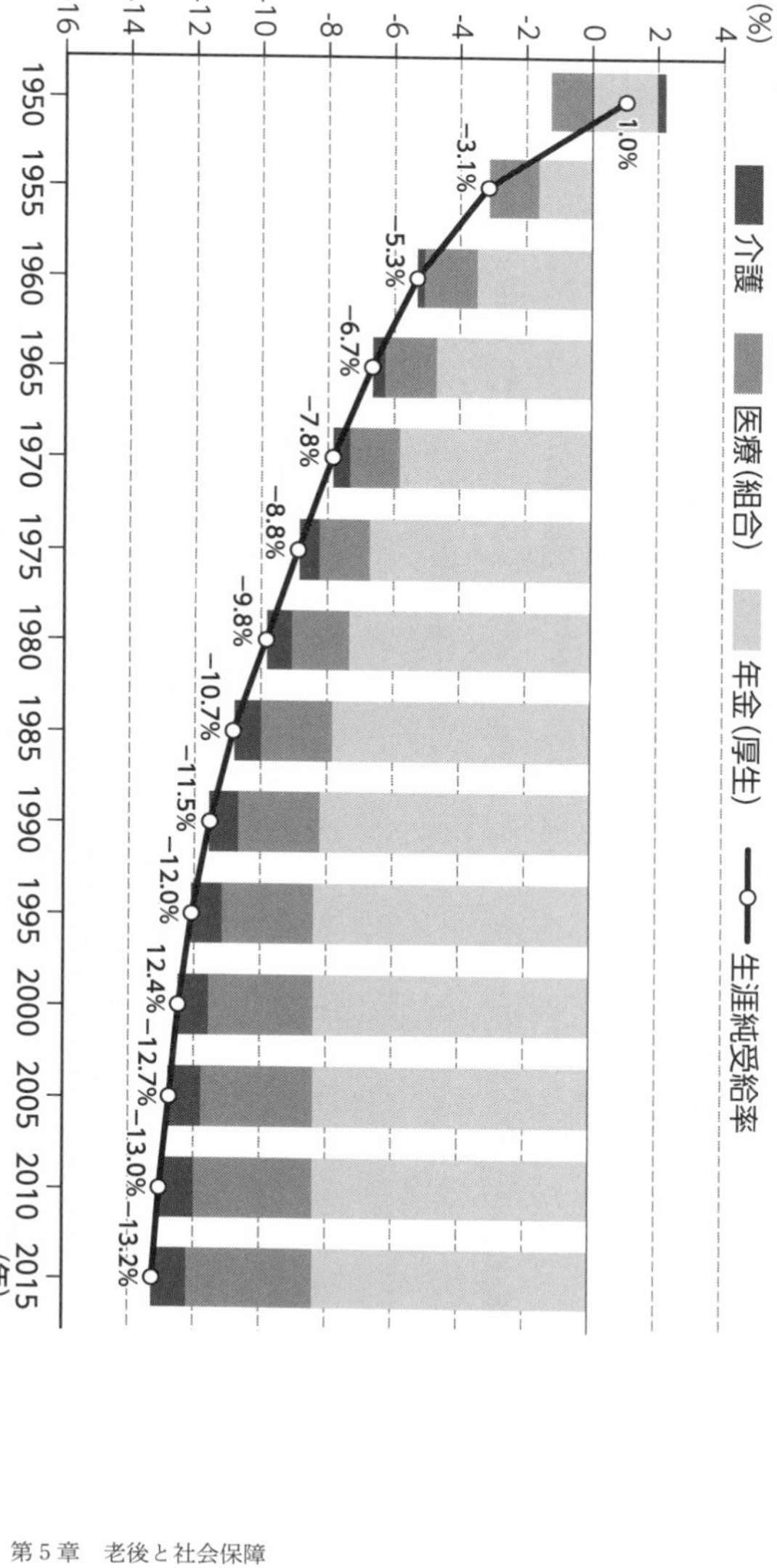

出所：鈴木亘・増島稔・白石浩介・森重彰浩「社会保障を通じた世代別の受益と負担」内閣府経済社会総合研究所、ディスカッション・ペーパー・シリーズ no.281.2012年

第６章　富裕層と貧困層

ジニ係数は0・314から0・372へ上昇

1980年以降、拡大する格差

高度成長期からバブル期あたりまで、日本は一億総中流社会（国民の大半が自分は中流層に属していると判断しており、お金持ちも貧乏人もさほどいない社会）とされてきた。すなわち所得分配の平等性が高いと信じられてきた。しかもこの時代は経済成長率が高かったので経済効率が高く、すなわち経済が強く、加えて分配も平等という、世界から見ればうらやましい国でもあった。

ところが、筆者などが所得格差の拡大を1990年代に主張するようになり、日本は格差社会に入ったかどうかをめぐって論争が起きた。現在に至っては、日本は格差社会であるとの合意はほぼある。そのことを統計に基づいて検証しておこう。

その前に所得の分布は、どのような特徴を持っているかを知っておくと有用である。図6−1は所得の受領額を、低所得（100万円未満）から高所得（2000万円以上）まで、100万円で階級区分して分布を示したものである。所得には再分配前所得と、税や社会保障の効果を考慮した再分配後所得の2種類があるが、ここでの図は再分配前所得のものである。

この図の教えるところはいろいろある。もっとも重要な情報は、所得分布は低所得者層に多く集中し、高所得者層は非常に少ない、歪な形状をしていることにある。左右が対称な形状をしている分布を正規分布と称するが、所得分布の形状は多くの人が左側の低所得に偏っているのが特色である。それは中央値の所得（所得の低い人から高い人まで順に並べて、真ん中の順位にいる人の所得）が423万円で、平均所得の552万円の左に偏っていることで示される。正規分布であれば、中央値所得と平均値所得は一致する。

まとめると、所得分布は低所得者層に集中し、高所得者層の人はその額が高くなればなるほど数は減少する歪んだ形状にあり、その歪んだ大きさの程度によってどれほど所得が不平等に分布しているかがわかる。

その歪みの程度、あるいは不平等の程度を表現する統計技法はいろいろあるが、ここではジニ係数を用いることにする。

ジニ係数とは、イタリアの統計学者・ジニが考案したもので、完全平等（すなわちすべての人が同額の所得）のとき0・0をとり、もっとも不平等度の高いとき（例えば一人の高所得者が莫大な所得を持ち、他のほとんどの人々はゼロ所得という極端なケース）に1・0をとる数値である。高い数値ほど分配の不平等度が高い。

図6－2は、厚生労働省による「所得再分配調査」に基づいて、1962（昭和37）年

から2017（平成29）年までのジニ係数の値を示したものである。なお再分配前所得の統計は、引退して労働していない人の所得がゼロと計上されているので、再分配前所得については論じない。ここは税金や社会保障の影響を考慮した再分配後所得である。なお高齢者は年金給付や貯蓄取り崩しの所得があるので、再分配後所得ではそれらが計上されている。

この図によると、最初の10年間ほどはジニ係数が0・344から0・314まで低下しているので、所得分配の平等化がやや進行した。これは高度成長期に所得格差がかなり減少した名残である。その後少しの変動をしてから、ジニ係数は1980（昭和55）年あたりからほぼ一貫して上昇しており、不平等化あるいは所得格差の増大がうかがえる。この現象が日本の格差社会突入への証拠とみなしてよい。

頂点は2005（平成17）年の0・387であり、もっとも所得格差の大きい頃であった。その後2017（平成29）年では0・372とほんの少し低下した。なお、参考までに他の先進国のジニ係数を示して、日本の位置を確認しておこう。アメリカは0・4あたり、格差の小さいデンマークは0・25あたり、となっており、日本は格差の大きい国であるアメリカに近い位置にいるとみなしてよい。これは次に示す富裕層と貧困層の姿が明らかになってから、もっと確実にわかる。

図6-1　所得金額階級別世帯数の相対度数分布

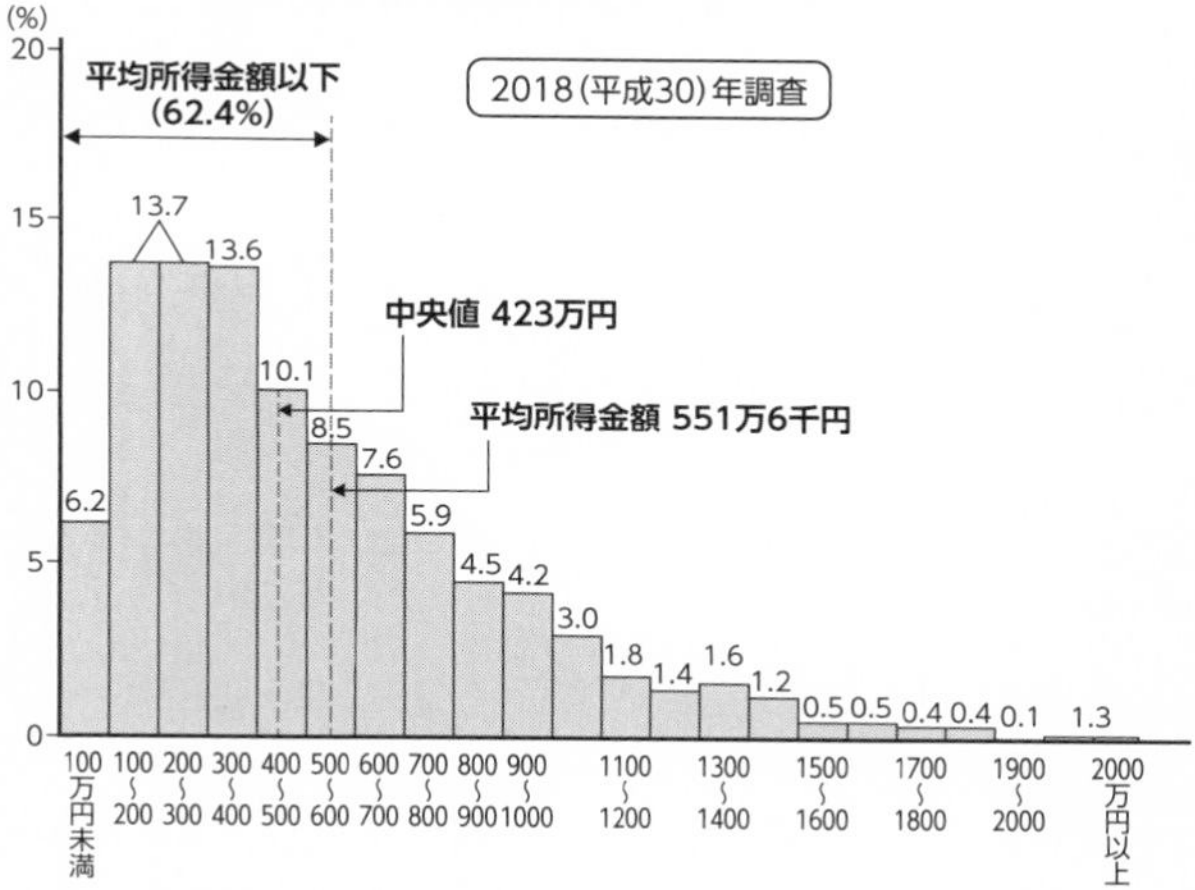

出所：厚生労働省「所得再分配調査」2018年

図6-2 所得分配の変遷

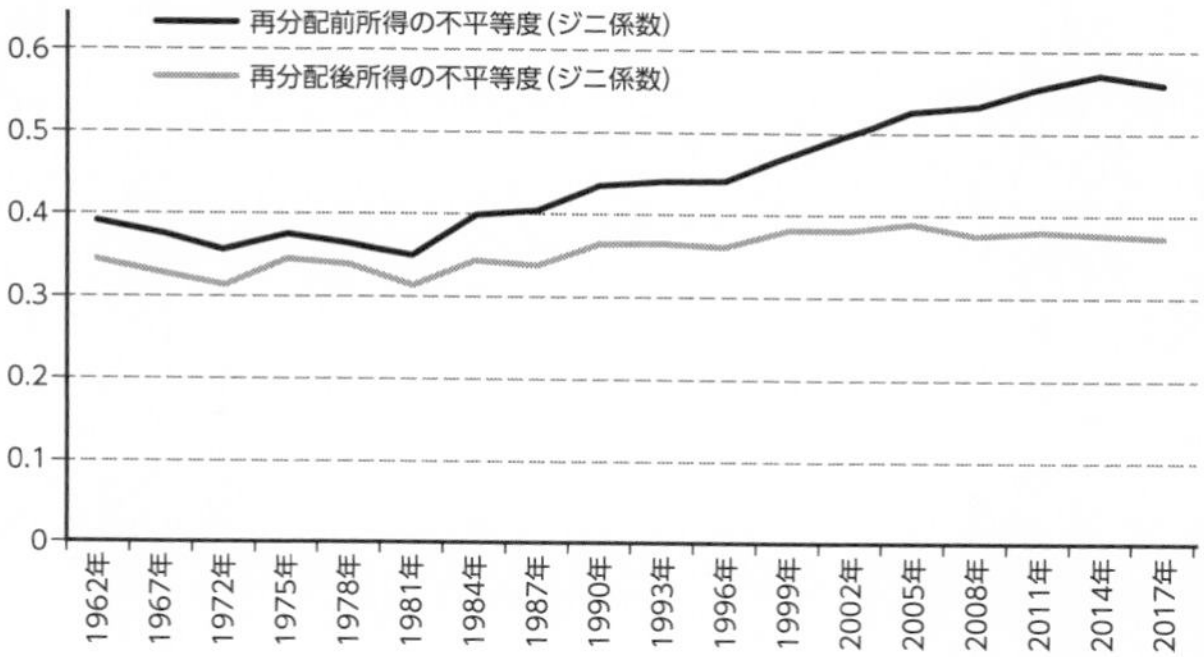

出所：厚生労働省「所得再分配調査」2018年

資産額5億円以上は8・7万世帯

富裕層の純金融資産保有額

格差社会の象徴は、富裕層の増加と貧困層の増加で示される。あるいは、お金持ちはますます所得を増やし、資産も多くなるのに対して、貧乏人は所得が減少し、かつ資産はほとんどゼロに等しく、生活苦がますます深刻となる。ここでは富裕層に焦点を合わせる。

野村総合研究所は日本の富裕層を、純金融資産保有額に立脚して、いろいろな階層に区分した。それを示したのが図6−3である。

最上の階層は超富裕層と呼ばれ、資産額が5億円以上であり、人口数で8・7万世帯存在しており、全世帯数の0・16％を占めている。

次は富裕層と呼ばれ、1億円以上5億円未満の保有額であり、124・0万世帯いて2・30％の占有比率である。この2つの層が富裕層とみなされ、人口比は合計で2・46％というきわめて低い比率の人しかいない。

次の層からは、準富裕層、アッパーマス層、マス層と称される。比率はそれぞれ6・33％、13・18％、78・04％である。それぞれの層についてコメントを書いておこう。

準富裕層は5000万円以上1億円未満の保有額なので、たとえ収入がなくなるという不幸なことが発生しても、蓄えだけで充分に豊かな経済生活を送ることのできる層である。ただし世帯比で6・33％しかいないので、これもごく少数派である。3000万円以上5000万円未満の保有者であるアッパーマス層もある程度恵まれた層である。

ところで、2019（令和元）年の金融庁の報告書が、金融資産2000万円以上ないと安心した老後の生活が送れないとした。ただし、後に誤解を与えるとして撤回した。したがってこのアッパーマス層は、平均より上の資産家とみなしてよいが、そう突出した富裕層ではない。

マス層というのは、高資産とは無縁な一般大衆とみなしてよい。具体的には3000万円未満の資産額の人々である。この層はほぼ3000万円ある人と、資産ゼロの人とのあいだでは、月とスッポンほどの格差がある。3000万円ほどある人は、豊かではなくても、そう心配なく生活を送れるが、ゼロ円の人は非常に大きな不安の中にいる。これをマス層としてひとくくりのグループにするのはややミスリーディングである。

日本銀行の統計によると、資産額ゼロの人は2〜3割もいると報告されており、かなりの高い比率である。なお日本人の2人以上家庭の平均純資産は1500万円ほどなので、こういう平均的な人はこのマス層にいることとなる。

つぎの関心は、日本と世界の超富裕層である。表6－1は世界と日本のトップ5の氏名、国籍、年齢、所属、資産保有額（ドルと円、１ドル＝１０９円で計算）を示している。

まず世界に注目すると、アメリカ人が４名、フランス人が１名である。アマゾン、マイクロソフトなどＩＴ長者たちの独擅場である。さらに企業人のベルナール・アルノー（ルイ・ヴィトンの親会社会長兼ＣＥＯ）と有能な投資家（バフェット）がトップを形成する。トップは14兆円も保有しているので、庶民からすると想像のできないほどの高い資産額である。

日本に目を向けると、これまた起業で成功した人か、その後継者である。自社株の保有額が多く、かつ事業が成功し、株価が高騰して、配当額とキャピタルゲインが巨額なのである。アメリカの高資産保有者もこれと同様の理由でお金持ちになっているが、その額は日本よりとてつもなく高い。それでも、日本のトップも資産額は２兆円ほどなので、庶民からすると途方もない高い額であることはまちがいない。

筆者は15年以上も前に『日本のお金持ち研究』を出版した。税務当局の発表に基づいた『高額納税者名簿』（発行は東京商工リサーチ）を利用した書物である。そこではお金持ちは、起業して成功した実業家、会社重役、医師（特に開業医）、大土地所有者などに代表された。その後『高額納税者名簿』は高所得者から公表を控えてほしいとの要望があり、かつ財務省の経費節約策により、公表されなくなった。現在ではこういう詳細な分析はできないが、起業成功者の例は筆者たちの分析と野村総研のデータでも証明された。

図6-3　純金融資産保有額の階層別にみた保有資産規模と世帯数

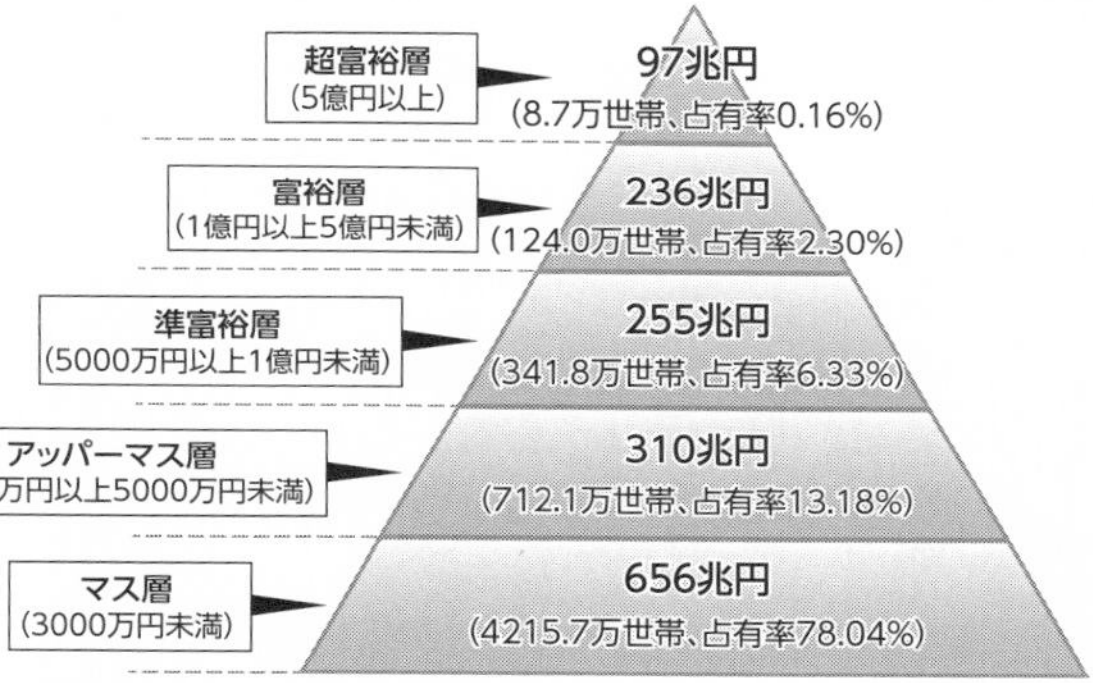

出所：野村総合研究所(2019年データ)

表6-1　フォーブス富裕層番付(2020年版)

世界

		国籍	年齢	所　属	資産額(10億ドル)	資産額(兆円、1ドル=109円)
1	ジェフ・ベゾス	米	56	アマゾン	124.7	13.59
2	ビル・ゲイツ	米	64	マイクロソフト	103.4	11.27
3	ベルナール・アルノー	仏	71	LVMH(ルイ・ヴィトン等)	91.6	9.98
4	ウォーレン・バフェット	米	89	バークシャー・ハサウェイ	75.4	8.22
5	ラリー・エリソン	米	75	オラクル	65.0	7.09

日本

		年齢	所　属	資産額(兆円)	資産額(10億ドル、1ドル=109円)
1	柳井正	71	ファーストリテイリング	2.42	22.2
2	孫正義	62	ソフトバンク	2.23	20.5
3	滝崎武光	74	キーエンス	2.15	19.7
4	佐治信忠	74	サントリー	1.01	9.2
5	高原豪久	58	ユニ・チャーム	0.63	5.3

出所：米経済誌『フォーブス』2020年版

相対的貧困率15・4%は格差社会の象徴

貧困大国ニッポン

貧困とは文字通り、所得が低いので日常の経済生活に困るほどの状態にいることをさす。貧困には「絶対的貧困」と「相対的貧困」の2種類の定義がある。

「絶対的貧困者」とは、人が生きていくうえで、食費、衣服費、住居費、光熱費などのように最低限の生活をするのに必要な金額を設定して、それ以下の所得しかない人を貧困とするものである。国によっては、この額を正確に定めて「貧困線」と定義しているが、日本では学問上で計算された統計的な公式の「貧困線」は、今では政府から提出されていない。昔はまがりなりにもそれを計測していたが、今はそれがなされていない。その理由は計測にさまざまな問題があることによる。

「相対的貧困者」とは、国民の所得分配上で中位にいる人（すなわち所得の低い人から高い人まで順に並べて真ん中の順位にいる人）の所得額の50%に満たない所得の人をさす。50%は先進国が加盟する国際機関であるOECDの定義であるが、EU（ヨーロッパ連合）ではもう少し厳しくて、60%を用いている。当然のことながらEUの方がOECDよりも貧困率は高くなる。相対的貧困は他の人々と比較して、どれだけ悲惨であるかに注目している、と考えてよい。すべての国が同じ基準での定義・計測なので、国際比較の信頼性はある。

図6－4はOECD諸国の相対的貧困率である。加盟諸国の中で日本は7番目に高い貧困率なので、そう深刻ではないと思われるかもしれないが、上位にいる、トルコ、メキシコ、チリなどはまだ中進国とみなすので、ここでは比較の対象としない方がよい。ついでながら発展途上国はもっと貧困率は高く、南アフリカは26・6％、コスタリカは20・4％、ブラジルは20・0％で、生活困窮者の数はとても多い。

むしろ日本が比較の対象とすべき国は、G7を中心にした先進主要国であり、そのグループの中ではアメリカについで第2位の貧困率の高さである。日本は貧困大国と称しても過言ではない。ついでながらG7の中ではフランスがもっとも低く8％、先進国の中では北欧諸国が6～7％の低い貧困率となっている。

格差を表す概念としては、貧富の格差、富裕層、貧困層の3つの指標や統計に注目して、それらを検討しているが、経済生活に困るという状態が人間にとってもっとも深刻なので、貧困をもっとも重要な現象と判断する。貧困率の高いことは日本が格差社会であることを象徴していると理解している。

貧困大国と呼ぶには、貧困率が上昇していることが証拠となる。それを確認しておこう。図6－5は過去30年間の日本の相対的貧困率の推移を示したものである。1985

（昭和60）年から2012（平成24）年まで確実に上昇している。その後少し（0・7%ポイント）低下したが、今後その低下が続くとは思えない。最近になって発生した新型コロナウイルス感染症による不況によって、むしろ増加に転じることが予想できる。

貧困率の増加率を計算してみると、30年間で30%、年平均で1・0%ほどなので、それほど急激な増加ではない。しかし増加率の大小よりも、水準の高さに注目すべきであって、国際的にも15～16%の水準は異常に高いとみなすべきである。本来ならば貧困者ゼロの世界が理想だからである。

最後に、なぜこれほどまでに貧困者が増加したのか、重要なものだけをピックアップして箇条書きで提供しておこう。

①バブル崩壊後の大不況で、経済成長率が大幅に低下した。これは失業者を生み、かつ賃金率の伸びがほとんどなく、むしろ低下の傾向を示した。

②大不況は企業経営を苦しくしたのであり、労働費用削減のためにパート、派遣、期限付き雇用、アルバイトといった、賃金が低くボーナス支給のない非正規雇用者を大幅に増やした。いまでは全労働者のほぼ40%が非正規労働者である。

③法定の最低賃金が低いし、最低賃金以下の労働者もかなりいる。

④非福祉国家の日本なので、社会保障が充分に機能しておらず、所得維持政策が弱い。

図6-4　OECD加盟国の相対的貧困率

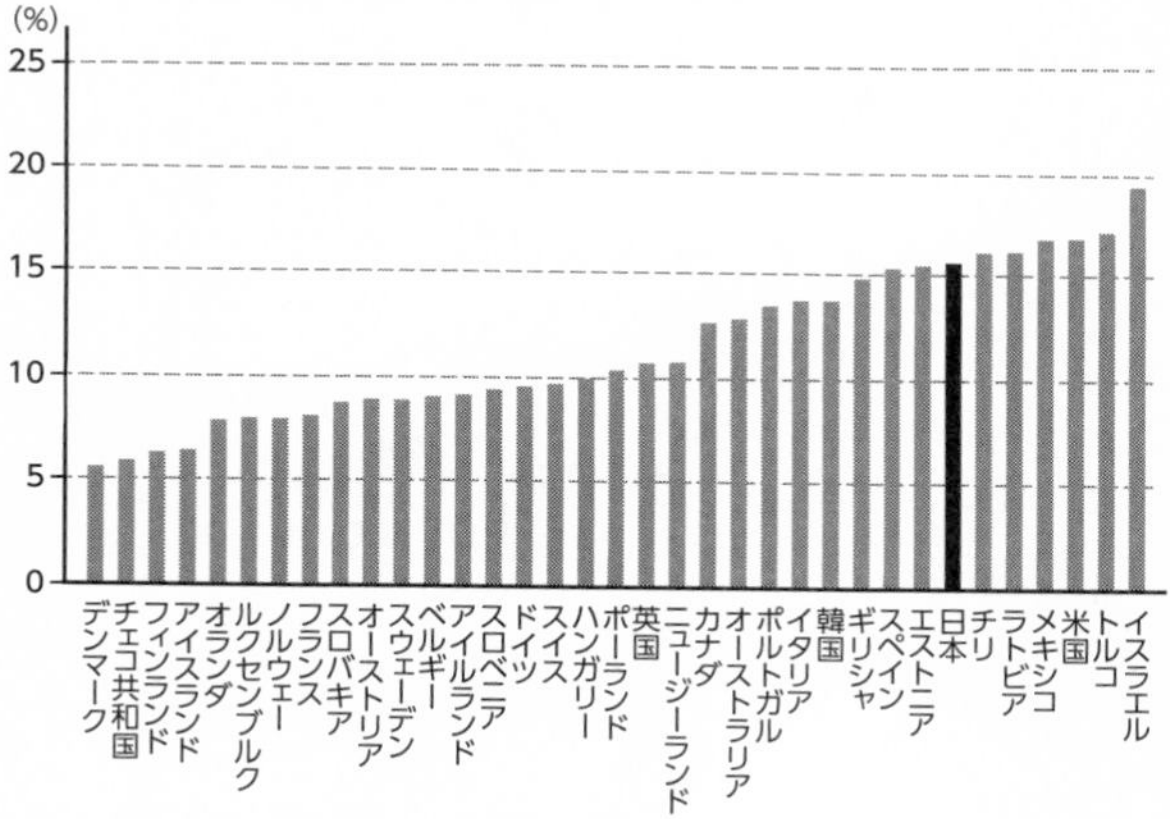

出所：OECD:『Earnings and Wages』2017data

図6-5　日本における相対的貧困率の年次推移

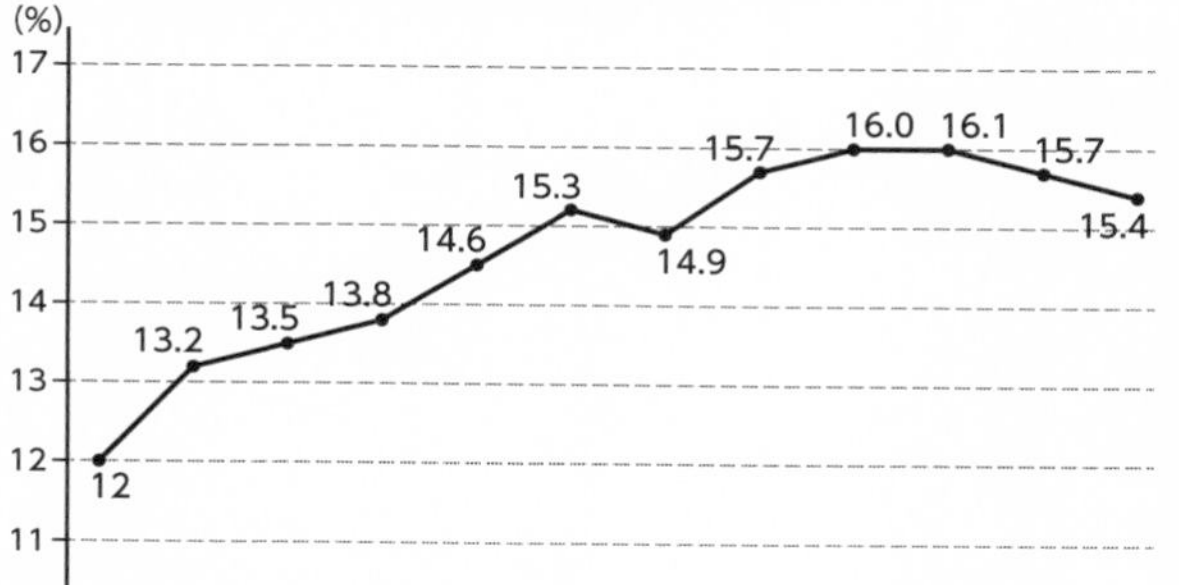

出所：厚生労働省「2019年国民生活基礎調査の概況」

親の所得が高ければ、子の所得も高くなる

グレート・ギャッツビー・カーブ

日本が格差社会に入っていることはよくわかったが、次なる関心はそれが世代間でどう継承されるかである。つまり親の世代の所得が高（低）ければ、子どもの世代の所得も高（低）いのか、である。逆の可能性を考えれば、親の世代の所得が低（高）くとも、子どもの世代の所得が高（低）くなることはあるのか、といった問題設定である。

この問題を分析する手段として、アメリカの経済学者、アラン・クルーガーなどによる「グレート・ギャッツビー・カーブ」が有効である。この名称は、作家のスコット・フィッツジェラルドによる小説『グレート・ギャッツビー』から借用したものである。この作品はアメリカ上流階級の子弟の生活を描いており、いわば親子間の生活継承を語っているので、世代間の継承を物語るのにふさわしい言葉なのである。

図6－6はこのカーブをCorak, "Income Inequality, Equality of Opportunity, and Intergenerational Mobility" から引用したものである。横軸に親の世代の所得格差（ジニ係数）をとり、縦軸には子どもの世代の所得格差に継承される程度（β係数と呼ぶ）をとって、相関度を示したものである。βの値が高い国ほど親が貧しければ子どもも貧しくな

り、逆に低いほどたとえ親が貧しくとも子どもは豊かになれる可能性のあることを示している。OECD諸国における各国の相関度がこの図でわかる。

このカーブの右上に集まっている国々、アメリカ、イギリス、イタリアなどでは相関度が高いので、親の経済状況が子どもに継承される確率が高い。すなわち、親が豊かであれば（貧しければ）子どもも同じように豊かに（貧しく）なるのである。しかもこれらの国は、多くが親の世代の貧富の格差が大きい国でもあるので、格差の大きい国ほど継承の程度が強い、と言えそうである。

一方のカーブの左下にある国々、ノルウェー、フィンランド、デンマークといった北欧諸国はその逆で、親の世代の所得格差が小さいうえに、親子間で貧富の状況が継承される確率は低い。親の世代の所得格差も子どもの世代のそれも、ともに小さいのである。

関心の持たれるのは日本の位置である。まず日本はアメリカ、イギリス、イタリアの位置に近い。これらの国ほど極端ではないが、親の世代の所得格差は大きい方だし、βの値も平均より少し大きいので、親の所得格差がアメリカなどほどではないが、子どもの格差に継承される程度はやや強いのである。

このことの意味をまとめておこう。第1に、日本は格差社会に入っており、貧富の格差がかなりある、ということである。しかも親の世代ですでに顕著と認識できる。

第2に、親子間でかなりの程度の相関がある。すなわち親が豊かであれば子どもがそうなる確率はかなり高く、逆に親が貧乏であれば子どもも貧乏になる可能性が高い。しかしその逆転がまったくないかといえば、北欧諸国ほどではないが、多少その道は残されている。子どもが親の職を継承せずに、まったく異なる職業、例えば親が農家であっても、子どもが新しい企業を起こして成功する経営者になったり、開業医などに就けばありうる。

ではなぜ日本では親子間の貧富の状態の継承関係がかなり高いのであろうか。その理由はいくつかある。

第1に、親子間で職業の継承される可能性が高いことがある。これは世襲という現象である。詳しくは次の項目で論じる。

第2に、教育も親子間で継承される程度が高い。親の教育水準が高い（低い）のであれば、子どもの教育水準も高い（低い）可能性が高い。これは本書でも示したように、日本は教育費支出を家庭に依存しており、国は多くを支出していない。国家が教育費支出を多くしている国では、貧乏人の子どもでも高い教育を受けることができるのである。

第3に、これはすでに論じたが、結婚相手の二極化（パワーカップルとウィークカップル）現象がからんでいる。すなわち、結婚によって親の経済状況が子ども夫婦に継承される確率を否定できない。

図6-6 グレート・ギャツビー・カーブ

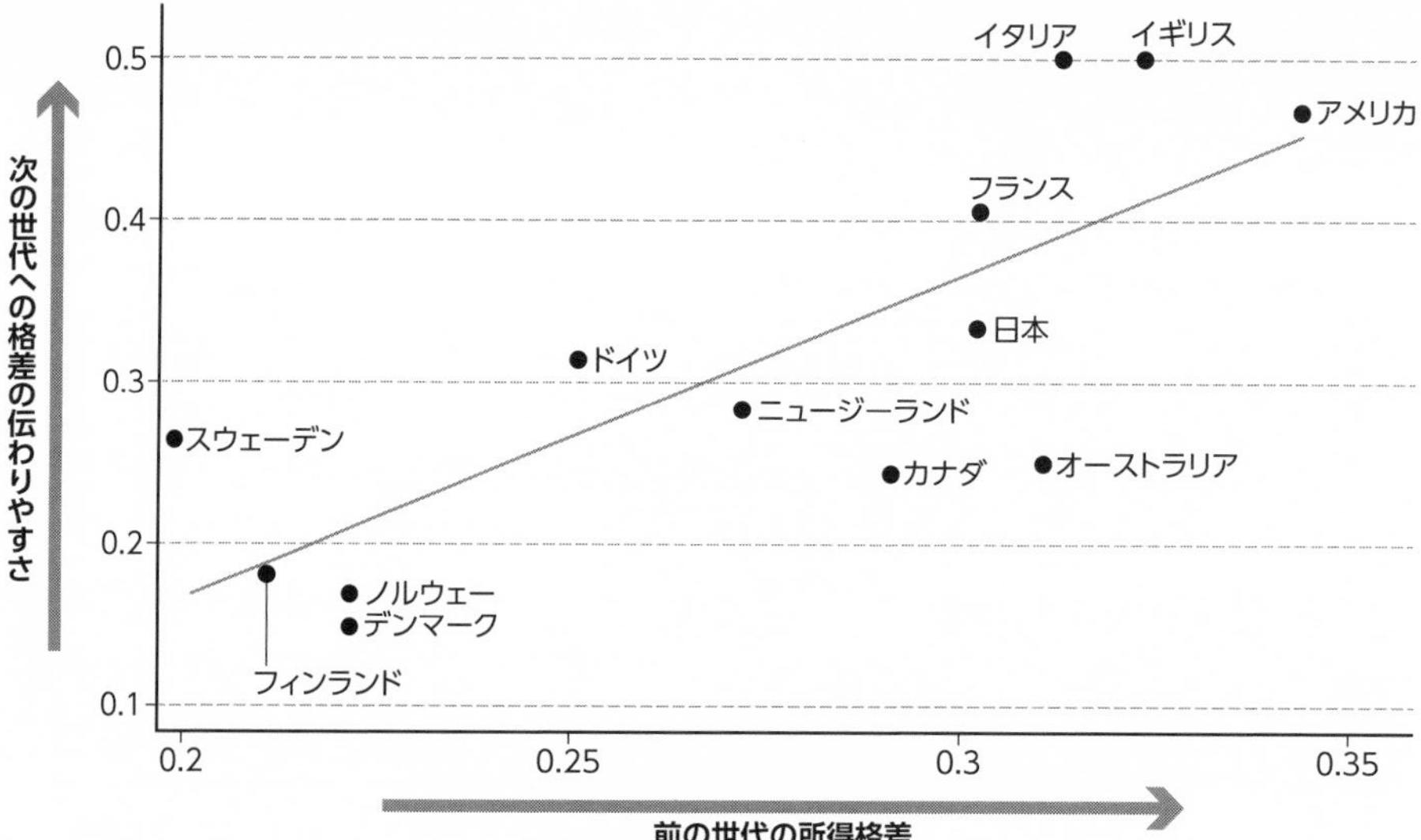

注：縦軸がβ、横軸はジニ係数
出所：Corak (2013)

世襲率は1955年の43％から2005年には10％に

世襲率の高い歯科医師・医師

　江戸時代から戦前にかけて日本では、子は親の職業を引き継ぐのが慣習であった。江戸時代では、武士の子は武士という世襲であり、農家も大半が世襲であったが、商人などを含めれば、親子間で職業の異なることが多少あった。そして戦前と戦後のしばらくの日本は基本的に農業国家で、農家は世襲が多かったので、世襲国家とみなせた。

　戦後の高度成長期に入ると、地方における農家育ちの子ども（特に次男・三男）が都会に出てきて被雇用者となるケースが増加し、ブルーカラーやホワイトカラー職業になることによって、世襲率は低下した。そのことを数字で確認しておこう。

　表6－2は1955（昭和30）年から2005（平成17）年までの50年間に関して、男の子が父親の職業と同じ職業に就いた比率（世襲率と称する）を示している。1955年では世襲率は43％の高さであったが、その後徐々に低下して1995年には7％にまで低下した。世襲は減少し、開放社会になったのである。社会学ではこれを社会移動の激しい国と定義する。

　もう少し細かい職業分類によって、日本の世襲率を見ておこう。

表6－3は職業分類を25に拡大して、世襲率と年間収入を示したものである。ここでは世襲率を2つの定義で計測している。世襲率Ⅰとは、父親の職業がどれほど子どもに引き継がれたかを示し、世襲率Ⅱとは、職業別に子どもが親の職業を引き継いだ率である。世襲率Ⅰは親を基準にした（あるいは親から子を見た）定義であり、世襲率Ⅱは子どもを基準にした（あるいは子どもから親を見た）定義とみなしてよい。なお年間収入は子どもの収入である。

この表はさまざまな興味ある情報を提供している。第1に、世襲率の特に高い職業は歯科医師と医師である。これは世襲率ⅠとⅡで共通である。しかも年収も双方とも1000万円を超えている。医師の年収の高いことが世襲を高めている理由の一つである。

なぜ医者・歯医者の世襲率が高いのだろうか。第1に、開業医であれば親の診療施設と患者を共有できる。第2に、皆から尊敬される職業であるし、やりがいのある仕事である。第3に、高い教育を受けねばならず、教育に関心のある親子にとってはうってつけである し、親の高収入はそれを可能にする。

世襲率の高い第3位が宗教家（僧侶や神主）であることも驚きではないが、年収が377万円とそう高くないのが医師との違いである。世襲の理由は医者と似た点がある。

第2に、もっとも興味深い職業は農林水産業である。世襲率Ⅰでは16％とそれほど高くないが、世襲率Ⅱは94％と特に高い。親が農家であっても子どもは他の職業に就く確率がとても高く、子どもが農家になるときは親も農家なのである。これは親は農家でありながら子どもは農業を継続していないが、子どもが農業に従事している場合には、その親も農家であった確率がとても高いということを示している（農業への新規参入が少ない事情もありえよう）。日本の社会の親子間の職業継承を如実に示している価値ある事実であるし、世襲率の定義を二区分した意義が、農業を分析したことによって現れている。

第3に、もう一つの興味ある職業は、小売・卸売店主である。世襲率Ⅰは12％とかなり低いが、世襲率Ⅱは34％と歯科医師ほどではないがかなり高い。これは農家の場合と似たところがあり、親は子どもに引き継がせていないが、子どもが引き継いだ場合には、その親も小売・卸売店主であるケースがかなりあるということになる。

第4に、世襲率ⅠとⅡがともに少しだけ高い（すなわち10％後半から20％台）というのは、一般事務、機関運転・労務作業といった多くの人の従事する職業で、ごく普通水準の技能を必要とするので、そこそこの世襲率の高さとなっている。

第5に、年収の高い職業で世襲率Ⅱが非常に低い職業は、エンジニア、研究者、法律・会計・税といった専門職であり、子どもの高い教育と技能が必要なので、親の職業とはさほど関係なく、子どもの教育が高ければこのような職に就くことが可能なのである。

表6-2 世襲率の経年的変化

年	SSM(※)
1955	43%
1965	24%
1975	18%
1985	12%
1995	7%
2005	10%

年	JGSS
2000〜2010	10%

SSM：「社会階層と社会移動調査」。日本の社会学者グループによる調査
JGSS：「日本版総合的社会調査」。大阪商業大学による調査
(※)：男子が父親と同じ職業に就いた割合
出所：橘木俊詔・参鍋篤司『世襲格差社会』中公新書、2016年

表6-3 職業分類別世襲率及び平均所得

	世襲I(%)	世襲II(%)	年間収入(万円)
歯科医師	42	53	1147
医師	39	36	1317
宗教	38	59	377
和のものづくり	29	20	391
一般事務	23	18	563
機関運転・労務作業	21	17	383
サービス	20	12	302
機械組立・修理・製造	19	14	456
販売員	18	9	512
農林水産業	16	94	372
飲食店	16	11	397
エンジニア	16	4	608
医療関係	14	6	485
研究者	13	9	759
小売・卸売店主	12	34	536
経営者	11	9	1147
ガラス・金属・セラミック	11	19	455
繊維・紙・木材	10	21	373
教員	10	8	541
運輸・通信	10	9	392
文芸・アート・芸能	9	5	566
法律・会計・税	9	4	946
その他生産従事者	8	6	433
保安公務	8	6	482
管理的公職	3	4	806

出所：橘木俊詔・参鍋篤司『世襲格差社会』中公新書、2016年

第7章　地域格差

東京都の一人あたり所得は543万円、沖縄県は235万円

地域間格差の実態

日本は地域間格差の大きい国とされる。大都会に住んでいる人と地方に住んでいる人のあいだには、所得格差は当然として、生活に関すること（例えば医療、教育、交通、住宅など）での格差が見られる。ここでは所得と人口について格差を見てみたい。

所得による経済格差を計測するには、一人あたりの県民所得が最適である。表7－1がそれで、都道府県別の所得に関して、トップ10とボトム10の都府県とその額を示したものである。

東京都の一人あたり所得が543万円というダントツに高い水準にある。2位の愛知県の369万円を174万円も引き離している。ボトムの沖縄県、235万円と比較するとじつに2・31倍の違いである。同じ国のなかで、2倍以上の所得の差があるというのは異常といっても過言ではない。簡単に言えば、東京都には高い所得を稼げる職業が多く、沖縄県にはそれらが少ないからである。

日本ではこれを「東京一極集中」とみなしている。人口で評価するとおよそ1400万人（2020年）が東京都に住み、東京圏（東京、神奈川、千葉、埼玉）だとおよそ3685万

人が住んでいる。全国との人口比だとそれぞれがおよそ10％、29％となる。

地域間格差の特色をいくつか示しておこう。第1に、トップの東京、第2位の愛知、第3位の栃木、第4位の静岡は製造業で生産性の高い製品を作っている都県とみなせるので、所得が高くなると考えられる。東京は金融業、広告業、マスコミ業、商社などのサービス業でも生産性が高い。

第2に、大阪、京都、神戸という大都市（一般に所得の高い人々が多い）を抱えた大阪府、京都府、兵庫県がトップ10にいない。この原因はそれぞれの府県内に所得の低い地域を抱えており、域内での所得格差が大きく、平均すると県民所得はやや低くなるからである。同じことは神奈川県や福岡県にも当てはまる。

第3に、逆に県民所得の低い県は、九州地方と山陰地方に集中していることがわかる。これらの地域では農家がまだかなりあるし、中小規模による製造業や商業が多いので、生産性の高くないことが低い所得の理由となるのである。

では東京になぜ多くの人が集まり、しかも生産性の高い生産・サービス活動が可能になり、結果として人々は高い所得を稼ぐことになるのか、である。この問いに関しては、経済学は単純明快な理論を提示している。それは「集積の理論」と呼ばれるものである。企業と人々が一点に集中して生産・販売活動をおこなうと、種々の規模の効果が働いてきわめて高い生産性を発揮できるのである。

具体的には地域に多くの人口が控えているので、豊富な労働力を確保できるし、多くの需要者がいることで生産品・サービスの販路に優位性がある。輸送費の節約も大きい。企業が数多くあるので、製品の取引や商交渉を簡単におこなえる。金融機関も近くにあるので資金調達が容易である。日本では官庁の役割が重要であり、東京にある企業はすぐに役所と交渉できるし、役所の指導を受けやすい。経済学ではこれらを、取引コストと情報交換上での有利性とみなす。東京の高い生産性と高い所得は企業と人々にとって魅力となり、ますます東京の一極集中が進行するようになる。

東京一極集中が東京圏と非東京圏のあいだの所得格差と連動しているのを図7－1が示している。この図は戦後の60年間以上にわたって、所得格差の拡大（縮小）現象が東京圏への人口の転入超過数の増加（減少）を生む姿を示している。人々が所得の高い地域に移るのは当然で、これが東京の一極集中を生んでいる重要な理由の一つである。

この図で2つのことがわかる。第1に、所得格差の変動と東京圏への移入が相関している。第2に、高度成長期に東京圏への移入が大きく、現在に近い時期になるほど、それが小さくなる。多少の変動はあるが東京一極集中の弊害を人々が認識しはじめたからである。

表7-1　2017年度一人あたり県民所得のトップ10とボトム10（単位は万円）（平均:330.4）

トップ10			ボトム10		
1	東京	542.7	38	佐賀	263.0
2	愛知	368.5	39	熊本	261.3
3	栃木	341.3	40	奈良	260.0
4	静岡	338.8	41	長崎	257.1
5	群馬	332.5	42	島根	255.3
6	富山	331.9	43	鹿児島	249.2
7	茨城	330.6	44	青森	249.0
8	滋賀	329.0	45	宮崎	248.7
9	福井	326.5	46	鳥取	248.5
10	山口	325.8	47	沖縄	234.9

出所：内閣府「県民経済計算」を基に「GD Freak!」（https://jp.gdfreak.com）の作成したもの

図7-1　東京圏と地方圏との所得格差

出所：内閣府「県民経済計算」、総務省「住民基本台帳人口移動報告」。内閣府「東京一極集中の要因分析に関する関連データ集」より

東京の地方税収入は長崎県の2・3倍

東京一極集中の弊害

日本は地域間格差の激しい国であることを、所得に関して検証してきた。それを一段進めて、じつは東京対非東京という姿で見ると、東京一極集中という現象がもっと深刻になる。日本での最大の問題の一つが東京一極集中であることを示す。

東京にどのような活動が集中しているかを知ると、それが明確になる。政治に関しては国会（衆議院と参議院）が東京にあることによって、国家の法律や施策の根幹は東京で決められる。悪いことに地方で選出される国会議員も多くが議員宿舎のある東京に住んでいるので、それらの人も東京の影響を受けたり、東京の味方になったりする。中央官庁もほとんどが東京にあり、行政政策は東京より発せられる。官僚も東京の立場をまず第一に考える可能性がある。最高裁判所、中央銀行、証券取引所なども東京にある。まとめると、日本人は東京で決まることに従わざるをえないのである。

じつは経済活動も東京に集中している。上場企業の50％前後が東京に本社を設置している。特に東京でめだつ産業は広告業、新聞・テレビ・出版などのマスコミ業、商社、金融業等である。五大新聞、テレビのＮＨＫと五大ネットの本社やキー局は全部東京にあり、情報、文化、芸術活動は東京に集中している。外交はもとより、国際取引も東京が起点ないし中継点である。じつは研究・教育は地方での静かな環境が望ましいのに、大学生数も東京圏（東京、神奈川、千葉、埼玉）に40％ほどが集中して喧騒の中にいるのである。

東京の一極集中が、なぜこうなったかは、すでに説明した通り「集積の理論」である。ここでは東京が財政面（あるいは収入面）でもとても恵まれていることを示したい。図7－2は、都道府県別の税収額を、地方税の合計と地方法人二税（法人住民税と法人事業税）で示したものである。住民一人あたりの税収額なので、人口の多寡の効果は除外されており、純粋に有利・不利である。

この図によると、東京都は地方税合計で最多の規模を誇り、最少の長崎県よりもじつに2・3倍の税収を誇る。巨額の財源があるので、都民にとても手厚い公共サービスを提供できるのが東京都なのである。教育、医療、交通、文化、スポーツなどあらゆる活動で東京都民は恵まれている。

なぜこれほどまでに多額の税収があるかといえば、地方法人二税による税収が、東京都は圧倒的に多いからである。最大規模の東京都は最小規模の奈良県のなんと5・9倍という格差である。東京に法人と事業所が多いことに象徴される経済活動の大きさが、地方税の収入を大きくしているのであり、正に経済と政府の相関関係を如実に物語っている。他にも、高所得・高資産保有者が多いので、住民税・固定資産税も東京都は多額である。東京都は全都道府県のうち、唯一の財政黒字であることで有名であり、他道府県は赤字であると言われる。今回のコロナ禍でも、飲食店やホテルなどの営業自粛に対する補償において、東京都は余剰資金の９０００億円ほどを交付できたが、他道府県からは羨ましがられた。

東京都民からすると、物価高なので補償のメリットは大きくないとか、交通混雑や狭い住宅など、日常の生活は苦痛であるとの声はありうる。最近ならコロナ禍で患者が非常に多いという問題に直面しているので、東京一極集中を非難する声は正しくない、という反論もありえよう。

地震、台風、大雨などの自然災害の多発、また新しい感染症の発生などのリスクが東京にもあり、大都会への人口集中を避けるべき時代にいる。東京が破滅すれば日本の終わりである。また、すべての情報と政策は東京発なので、地方は東京の顔色をうかがわざるをえず、個性を失っているともいえる。

世界の先進国のうち、イギリスとフランスは首都集中であるが、ドイツやアメリカはうまく地方分散に成功しているので、東京は多少の経済活動を犠牲にしても、地方分散を進める時期に入っている。

図7-2 人口一人あたりの税収額の指数(平成30年度決算額)

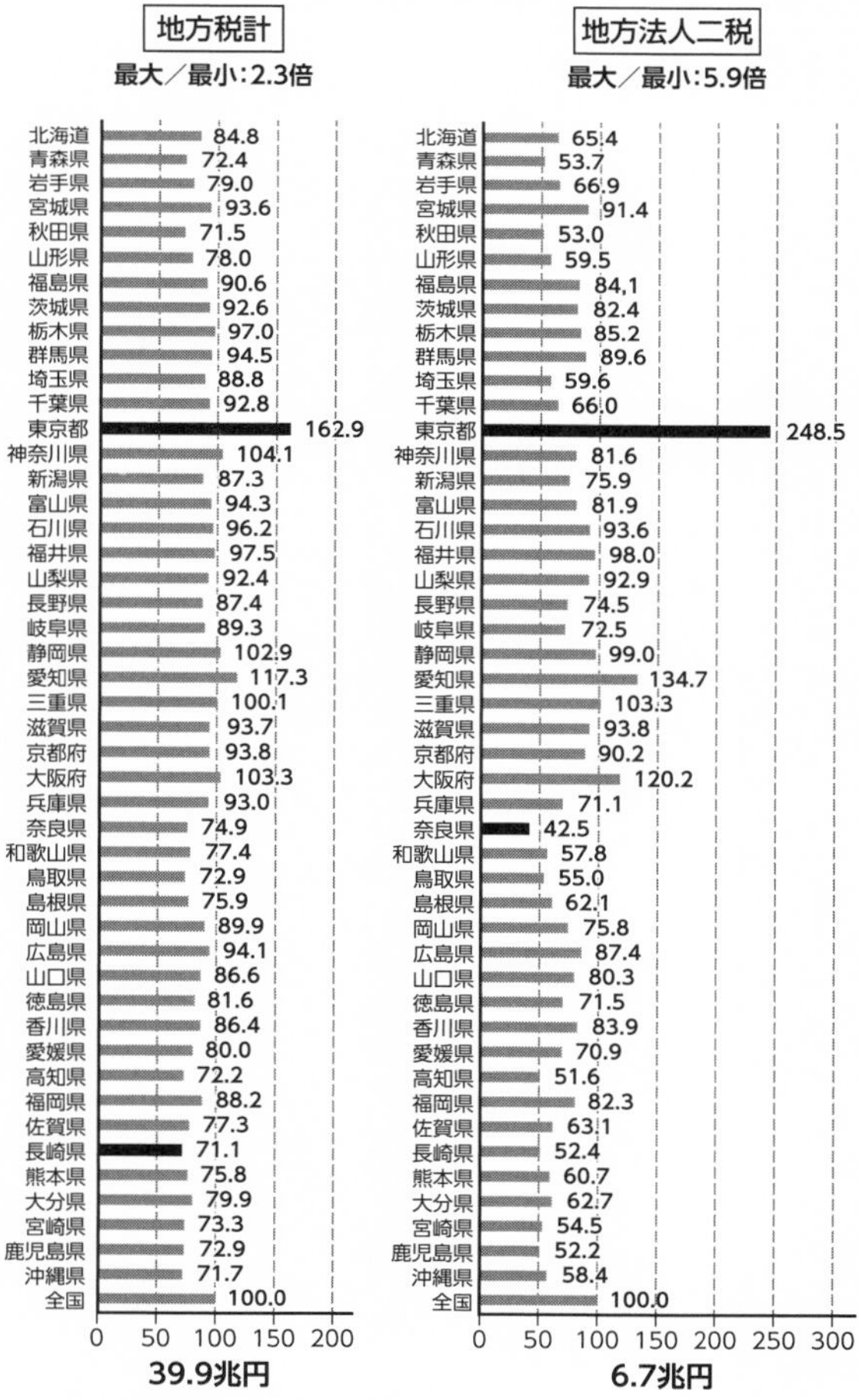
地方税計
最大/最小:2.3倍
北海道 84.8
青森県 72.4
岩手県 79.0
宮城県 93.6
秋田県 71.5
山形県 78.0
福島県 90.6
茨城県 92.6
栃木県 97.0
群馬県 94.5
埼玉県 88.8
千葉県 92.8
東京都 162.9
神奈川県 104.1
新潟県 87.3
富山県 94.3
石川県 96.2
福井県 97.5
山梨県 92.4
長野県 87.4
岐阜県 89.3
静岡県 102.9
愛知県 117.3
三重県 100.1
滋賀県 93.7
京都府 93.8
大阪府 103.3
兵庫県 93.0
奈良県 74.9
和歌山県 77.4
鳥取県 72.9
島根県 75.9
岡山県 89.9
広島県 94.1
山口県 86.6
徳島県 81.6
香川県 86.4
愛媛県 80.0
高知県 72.2
福岡県 88.2
佐賀県 77.3
長崎県 71.1
熊本県 75.8
大分県 79.9
宮崎県 73.3
鹿児島県 72.9
沖縄県 71.7
全国 100.0
0 50 100 150 200
39.9兆円
地方法人二税
最大/最小:5.9倍
北海道 65.4
青森県 53.7
岩手県 66.9
宮城県 91.4
秋田県 53.0
山形県 59.5
福島県 84.1
茨城県 82.4
栃木県 85.2
群馬県 89.6
埼玉県 59.6
千葉県 66.0
東京都 248.5
神奈川県 81.6
新潟県 75.9
富山県 81.9
石川県 93.6
福井県 98.0
山梨県 92.9
長野県 74.5
岐阜県 72.5
静岡県 99.0
愛知県 134.7
三重県 103.3
滋賀県 93.8
京都府 90.2
大阪府 120.2
兵庫県 71.1
奈良県 42.5
和歌山県 57.8
鳥取県 55.0
島根県 62.1
岡山県 75.8
広島県 87.4
山口県 80.3
徳島県 71.5
香川県 83.9
愛媛県 70.9
高知県 51.6
福岡県 82.3
佐賀県 63.1
長崎県 52.4
熊本県 60.7
大分県 62.7
宮崎県 54.5
鹿児島県 52.2
沖縄県 58.4
全国 100.0
0 50 100 150 200 250 300
6.7兆円

出所:総務省『平成30年版地方財政白書』

人口10万人あたりの病床数、1位は高知県、最下位は東京都

健康・医療

健康であるかどうかを判定する一つの指標は平均寿命である。一人の人間が何年生きるかの数字である。日本人の平均寿命はWHO（世界保健機関）の2019年の統計によると、男性が81・5歳、女性が86・9歳であり、世界でもトップクラスの長寿国ということになっている。ところが地域別に見るとかなりの差がある。

もう一つの指標は健康寿命というもので、人々が日常の生活において他人の助けを受けずに、自分でほとんどをおこなえる年齢である。当然のことながら、医療や介護の世話に依存しなければ、苦しむことなく、幸せな生活を送れる可能性が高い。これについても地域別の統計がある。

表7－2はこれら2つの指標、すなわち平均寿命（ベスト5とワースト5）と健康寿命（ベスト5とワースト5）を都道府県別に示したものである。

まず平均寿命に注目すると、男女を総合すると滋賀県と長野県がとても長い寿命を誇っている。一方最短は男女ともに青森県である。ちなみにベスト県とワースト県の格差は、男性で3・11歳、女性で1・75歳となり、男性の方がやや女性より差が大きい。

平均寿命の長い長野県は特に、食事に気をつけている、人々が運動する量が多い、予防医療体制が優れている、などが指摘されてきた。滋賀県に関しては、滋賀県委託の研究報告があるので、それを要約すると次のようになる。喫煙や飲酒を節制する運動に関わっている県民が多い、食塩摂取量が少ない、などがある。日頃から健康に留意している人が多いから、とまとめられようか。さらに、平均所得が高く、かつ生活快適度が高い、住居水準が高い、などの経済条件の良さが背後にある、と報告されている。

一方、平均寿命の短い県は男女ともに東北地方に多い。これは寒い気候による影響が当然考えられるし、青森県と秋田県は喫煙率が非常に高いという不名誉な事実がある。

次に健康寿命に注目する。平均寿命と健康寿命の双方に現れる都道府県は、秋田県が唯一である。換言すれば、平均寿命と健康寿命にはさほどの相関関係がない、ということになる。平均寿命の長い（短い）県であっても、健康寿命の短い（長い）県がありうるとみなせる。

したがって、他の要因（例えば病院数やベッド数の多寡、一人あたりの医療費支出の多寡、高等医療の整備されている程度、介護制度の充実度など）が健康と医療の問題に関して影響があるとみなせる。

造事務所『都道府県格差』（日本経済新聞出版、２０１７年）は都道府県別の病院数、人口数

あたりの病床数、年間一人あたりの医療費などの比較をおこなっているので、それらを見ておこう。

まず病院数の1位は東京都の648であり、逆にもっとも少ないのは鳥取県の45であり、10分の1もない。当然のことながら人口の多寡で病院数は異なるのであり、人口の多い北海道、大阪府、福岡県なども病院数は多い。もっと正確を期するには、一病院あたりの規模の考察は必要である。

人口10万人あたりの病床数では、1位は高知県の2522床、最少は東京都で948床で、高知県の3分の1しかない。ただし東京都はたとえ病床数は少なくとも、大学病院や国立の専門病院（例えば国立がん研究センターやがん・感染症センターなど）が多くあって、高度な検査や治療を受けられる確率が高いメリットはある。

ちなみに、病床数は西日本（特に九州地方）に多く、かつ年間一人あたりの医療費は高知県の42万2000円を筆頭にして、2位の長崎県、3位の鹿児島県、4位の山口県、5位の大分県というように、これも西日本（特に九州地方）が高い支出となっている。おしなべて言えば、西日本の方が医療機関が充実し、それと同時に高い医療費を払っているのである。言い換えれば、東北地方の平均寿命が短い理由の一つにつながっているかもしれない。

表7-2 平均寿命と健康寿命ランキング

	平均寿命(2015年)				健康寿命(2016年)	
	男性		女性		男女計	
1	滋賀	81.78	長野	87.68	山梨	74.7
2	長野	81.75	岡山	87.67	愛知	74.7
3	京都	81.40	島根	87.64	岐阜	74.2
4	奈良	81.36	滋賀	87.57	富山	74.2
5	神奈川	81.32	福井	87.54	三重	74.0
:	:	:	:	:	:	:
43	鹿児島	80.02	福島	86.40	北海道	72.9
44	和歌山	79.94	秋田	86.38	秋田	72.9
45	岩手	79.86	茨城	86.33	広島	72.8
46	秋田	79.51	栃木	86.24	奈良	72.7
47	青森	78.67	青森	85.93	徳島	72.7

出所：厚生労働省『平成27年都道府県別生命表』
厚生労働省「第11回健康日本21(第二次)推進専門委員会資料」

学力調査トップは秋田県と北陸3県

所得と学力

次に見るのは、地域別の学力差である。

文部科学省は毎年全国の小学6年生と中学3年生を対象にして、国語と算数（数学）、理科（ただし3年に1回程度）の全国学力・学習状況調査を実施している。表7－3は都道府県別に小学6年生の国語の成績のベスト5とワースト5を示したものである。これは正答率で示されている。トップの秋田県が74％、2位の石川県、福井県の72％に対して、ワーストの愛知県は59％であり、15％ポイントの差があり、かなりの学力格差が地域間に存在していると言わざるをえない。

トップのグループは秋田県と北陸3県（石川、福井、富山）なので、日本海側の学力が高い。首都の東京は国語はランク外だが、算数では上位3位に入っている。

東京都はすでに述べたように、塾が多いので、塾で学ぶ生徒は学校以外でも勉強に励んでいることとの効果が大きい。さらに親も教育に熱心な家庭が多い。それなら大都会の大阪府も高いと予想されるが、最下位に近い。大阪府は府内の所得格差が激しく、低所得の家庭ではなかなか塾に行けない。そうした要因が平均学力を低めているのである。

秋田県と北陸3県の学力の高い理由を考えよう。学校は私立校が少なく、公立校が圧倒的に多い。塾はさほど存在せず、生徒は基本的には学校と自宅で勉強するだけである。小6を対象におこなった平成30年度全国学力・学習状況調査で「放課後に何をして過ごすことが多いですか」の問いに、学習塾など学校や家以外での勉強を挙げた生徒は秋田県では14・5％だった（公立。全国平均は32・2％）。実際、勉強時間でいえば、東京の方がこれらの地域よりも長いという統計もある。

第1に考えられるのは、学校の校長を筆頭に教員たちが教育に熱心だということである。地元出身の教員が多いので、地元の人に知り合いが多く、教員と親との関係も良好である。同様に、親も教育に熱心であり、自宅で勉強できる環境を準備している。

第2に、自治体も子どもの教育には熱心で、学校設備の整備に資金を投入し、教員の研修活動を支援するよう努めている。役所と教育委員会の役割としてそれらが重視されている。秋田県はいち早く少人数学級を導入したことで知られる。

第3に、地方なので産業が少なく、その分相対的に教育への関心が高い。役所、学校、家庭、教員が一体となって子どもの教育を立派におこなうのが義務に近いと思い、地域全体が教育に注力するようになる。

第4に、授業において書かせることを重視し、またグループ討論や対話力を高める指導をしているので、生徒のコミュニケーション能力が高まる。

このようにして秋田県と北陸3県の小・中学生の学力は全国トップグループの水準を保つようになるのである。しかし、これら日本海側の県民所得にはばらつきがある。すなわち富山県、福井県のランクは結構高いが、石川県は全国23位、秋田県にいたっては35位の低さである。家計所得の高さと子どもの学力の高さを示した図7－3を見ると、明らかに家庭の経済的豊かさと子どもの学力には相関がある。高い家計所得の親は、教育水準の高い人が多いので学力・能力が高く、かつ勉強に励むことが好き、というのが親子で継承される程度が強い。豊かな県でない秋田県、石川県と秋田県・北陸3県の学力の高い結果は細かく言えば少し矛盾しているのであろうか。

この一見矛盾した点を解く鍵は、この図の解釈にある。ここでは大都会の都道府県も標本に入っており、そこには高所得家庭がいるので、子どもを塾に通わせたり家庭教師を用意したりして、学校外教育によって学力をかなり高めている。この効果がこの図に表れている。

日本海側の子どもはここで述べた理由によって学力の高さを保持しているが、地方なので標本数はかなり少ない。中・低所得階級ながら学力の高い子は、この図の中で少数にすぎない。換言すれば、この図は全国の結果であり、日本海側だけの結果ではないのである。

表7-3 都道府県別小学6年生学力ランキング(国語の正答率)

1	秋田	74	42	滋賀	61
2	石川	72	42	長崎	61
2	福井	72	42	神奈川	61
4	青森	70	45	奈良	60
5	富山	68	45	大阪	60
			47	愛知	59

出所：国立教育政策研究所『全国学力・学習状況調査』2019年

図7-3 保護者の年収と小学6年生の正答率

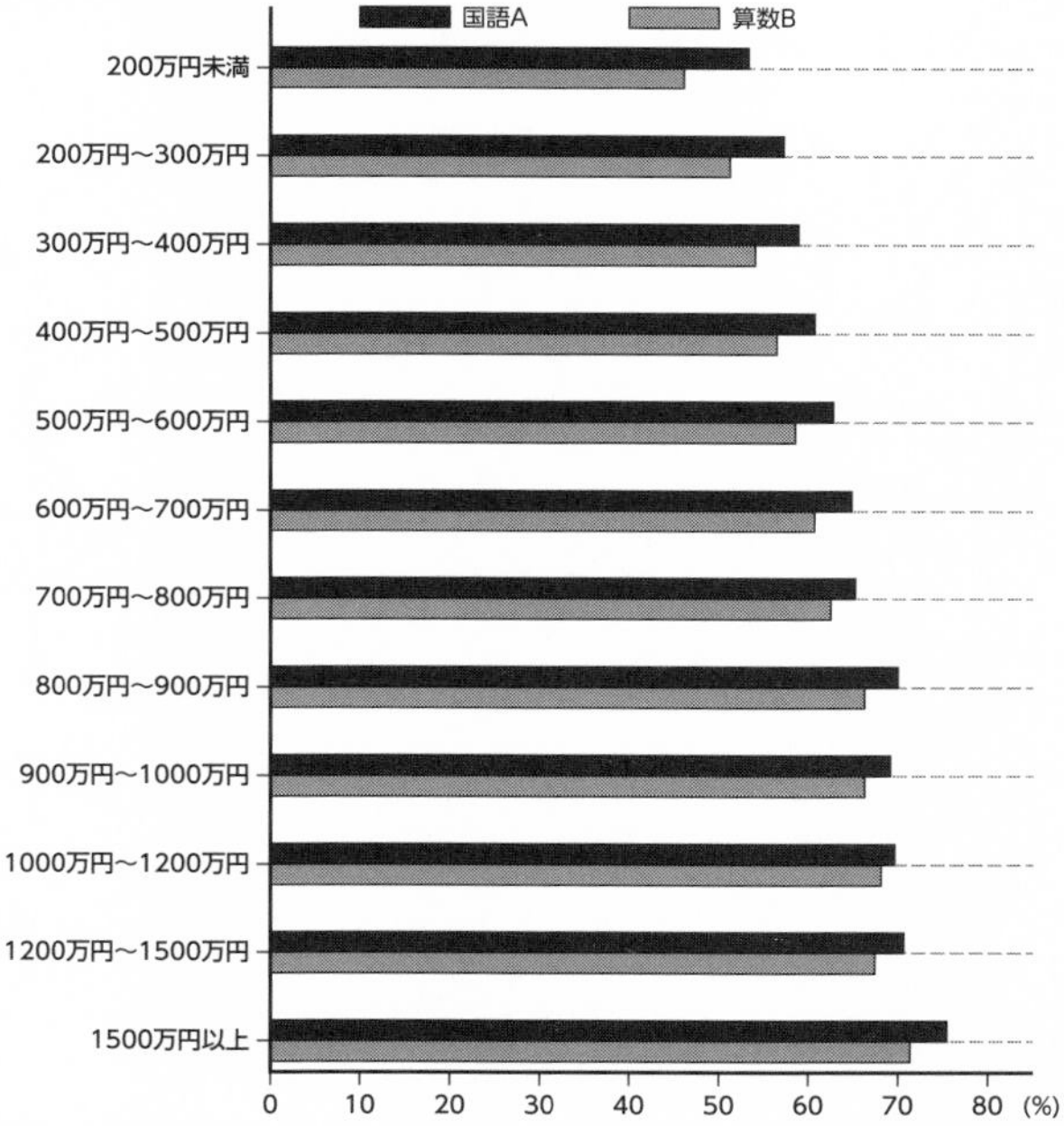

出所：国立大学法人お茶の水女子大学『平成25年度全国学力・学習状況調査(きめ細かい調査)の結果を活用した学力に影響を与える要因分析に関する調査研究』平成26年3月28日

第8章　財政

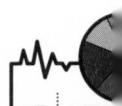

最高所得税率45%は高いか、低いか

現役世代と高齢世代、高額所得者の負担は?

税制や社会保障制度によって、過大な所得分配の不平等を是正することは、どこの国でも採用されている。もとより国によってその再分配政策の強度は異なる。分配の平等性を重んじる福祉国家の北欧諸国であれば、その是正の強度は大きいが、英米のような新自由主義の国であれば、再分配政策をさほど実行しない。日本はどうであろうか。

まず表8－1を参照されたい。政府の統計による「所得再分配調査」を用いて、ここ10年ほどの再分配効果を示したものである。主として次の3つの制度が再分配効果を持ちうる。①税(特に所得税)、②社会保険料の拠出、③社会保障給付(年金、医療、介護、生活保護など)。

所得税はより高い所得の人により高い税率を課すという累進構造なので、再分配効果が確実にある。一方の社会保険料は逆進構造なので、負の再分配効果がある。なぜ逆進的であるかといえば、一定額の所得までは保険料は比例的であるが、それを超えれば定額の保険料になるのであり、高額所得者の保険料が相対的に低くなる。社会保障給付はほとんどの制度に再分配効果がある。

なお消費税も日本にはあり、これは逆進性があるとされるが、消費の統計を吟味してはじめて分析可能となるので、ここでは考慮しない。

表8－1からわかることは、ここ10年ほど一貫して税・社会保障制度の効果は強くなってきた。これは改善度の数値が上昇していることによって確認できる。ただしごく最近、すなわち2017（平成29）年だけその度数がやや低下したので、再分配効果はやや弱まった。次に税と社会保障制度のどちらがより強いかに注目すれば、この表からは社会保障とされる。特に社会保障給付による効果が大きいのである。税については後述する。

次に、年収別にみた受益・負担の構造を調べてみよう。図8－1と図8－2は現役世代と高齢世代を個別に、どの所得階級が受益・負担が大きいか小さいかを示したものである。受益とは、再分配効果を強く受けたことを意味し、逆に負担とは、再分配効果は負（すなわち政府に多額を拠出して再分配政策用の財源を提供した）を意味している。

まず現役世代から始めよう。高所得者はかなりの額の拠出を政府にしており、再分配効果の実現に多く貢献している。しかも所得階級の高い層ほどより多額を政府に拠出している。これは所得税の累進構造による効果である。一方で年収の低い層（400万円前後）は多少の受益者である。この図によって、所得再分配効果が如実に作用していると認識することができる。

図8－2は高齢世代である。現役世代との違いは、高額所得者の負担はかなり小さくなる一方で、低所得者の受益はかなり大きくなっている点にある。これは高齢世代は年金、医療、介護といった社会保障給付を多く受け取っているからである。一方の高額所得者もそれらを受け取っているが、これらの人の所得は資産所得などによって高い。所得税の累進性が高い税負担を課していて、受益よりも負担が多くなるのである。

この図は１９９４(平成6)年と２０１５(平成27)年を比較している。現役世代に関してだけ、所得再分配効果の変化が多少観測できる。具体的には、２０１５年では低・中所得階級の負担が１９９４年よりも、やや多くなっていることを示している。高齢世代に関しては、両年間にそれほどの変化はない。

最後に、所得税の累進構造に関して一言述べておこう。もっとも端的に累進度がわかるのは、最高所得者への税率を見ることである。１９８６(昭和61)年ではそれが70％であったが、２００７(平成19)年から２０１４(平成26)年までは40％、２０１５(平成27)年以降は45％である。累進度はかなり弱められたのであり、現代はお金持ち優遇が所得税の特色となっている。所得の高い人からの税率が高すぎるという不満の声に、政府が応じたのと、所得の高い人の勤労意欲を阻害しないでおこう、との配慮があったからである。

表8-1　所得再分配による所得格差是正効果（ジニ係数）

調査年	ジニ係数				ジニ係数の改善度		
	当初所得	①+社会保険給付金−社会保険料	可処分所得（②−税金）	再分配所得（③+現物給付）	再分配による改善度	社会保障による改善度	税による改善度
	①	②	③	④	※1	※2	※3
平成17年	0.5263	0.4059	0.3930	0.3873	26.4%	24.0%	3.2%
平成20年	0.5318	0.4023	0.3873	0.3758	29.3%	26.6%	3.7%
平成23年	0.5536	0.4067	0.3885	0.3791	31.5%	28.3%	4.5%
平成26年	0.5704	0.4057	0.3873	0.3759	34.1%	31.0%	4.5%
平成29年	0.5594	0.4017	0.3822	0.3721	33.5%	30.1%	4.8%

※1　再分配による改善度=1−④／①
※2　社会保障による改善度=1−②／①×④／③
※3　税による改善度=1−③／②
出所：厚生労働省「平成29年所得再分配調査」

図8-1　収入階層別にみた受益・負担構造の変化(現役世代)

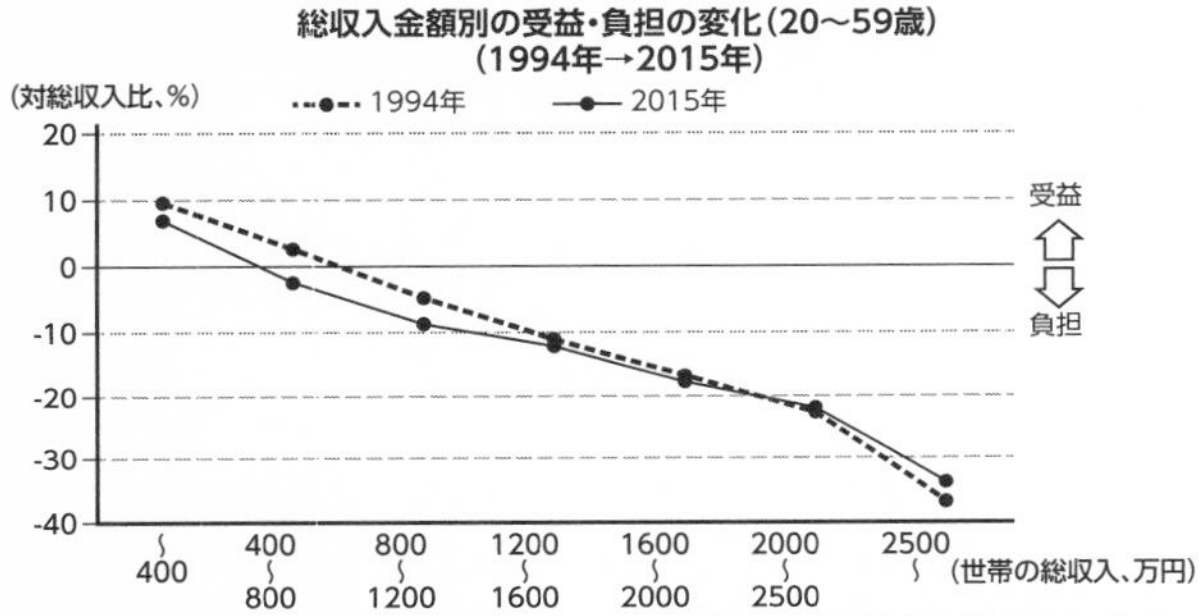

(備考) 1. 総収入は、給与収入のほか、年金収入、事業収入、不動産収入等を含む。年金等には、公的年金のほか、児童手当や生活保護を含む。
2. 1994年に実施された総額5.5兆円規模の所得税・住民税の特別減税の影響を除いている。
3. 国民年金保険および国民健康保険における低所得者等に対する軽減措置を織り込んでいないことに留意が必要。

出所：内閣府『税・社会保障等を通じた受益と負担について』平成27年6月

図8-2 収入階層別にみた受益・負担構造の変化(高齢世代)

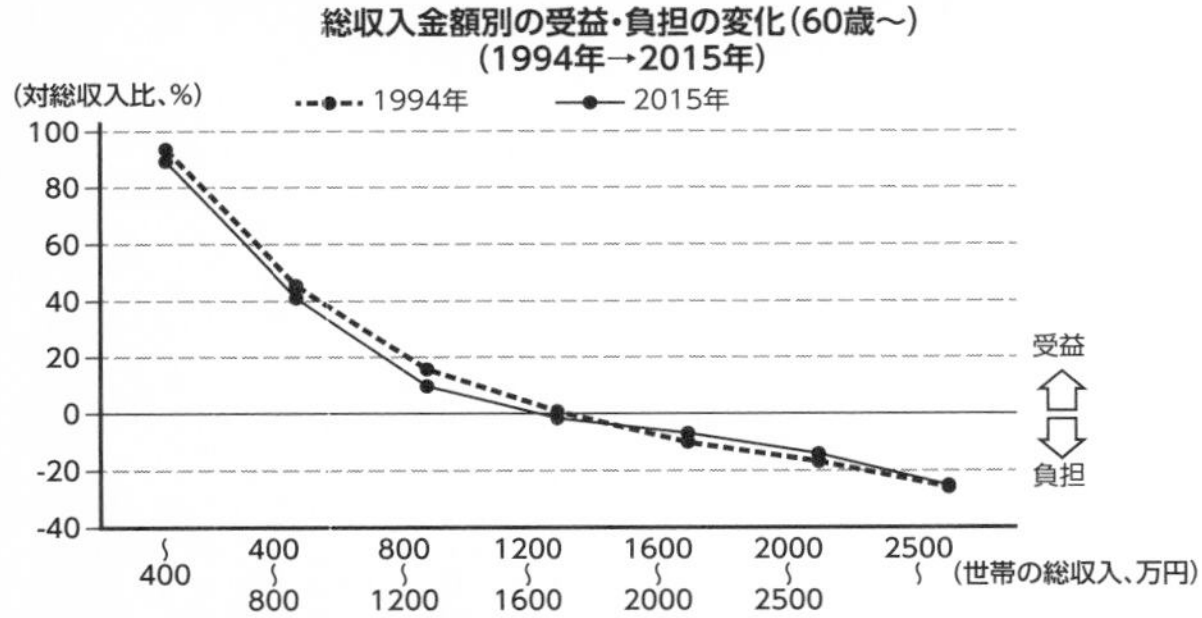

(備考) 1. 総収入は、給与収入のほか、年金収入、事業収入、不動産収入等を含む。年金等には、公的年金のほか、児童手当や生活保護を含む。
2. 1994年に実施された総額5.5兆円規模の所得税・住民税の特別減税の影響を除いている。
3. 国民年金保険および国民健康保険における低所得者等に対する軽減措置を織り込んでいないことに留意が必要。

出所：内閣府『税・社会保障等を通じた受益と負担について』平成27年6月

債務残高の対GDP比率は237・1％

巨額の財政赤字の原因

衝撃的な事実を表8－2から知っておこう。2018年のG7における政府の債務残高の対GDP比率を、IMF（国際通貨基金）の統計から見たものである。日本は237・1％で、他の先進国よりもはるかに巨額の負債残高となっている。アメリカの2倍以上、財政赤字の大きさが一つの原因となって、マクロ経済が一時は破綻しかけたイタリアよりもかなり大きい負債である。相対的に赤字額の小さい国は、好調マクロ経済を誇る優等生のドイツである。

なぜ日本は巨額の財政赤字なのか、答えは比較的簡単である。財政支出の増加がめだつのに対して、税収はそれほど伸びずにいたことが原因である。

図8－3は1985（昭和60）年から近年までの財政支出と税収、公債発行額の推移を示したものである。支出が収入より大きければ、公債（国債）の発行をせねばならない。公債を多く発行すれば政府の債務残高は増加するし、歳出額のうちかなりの割合は借金の償還と利子支払で占められることになる。したがって他の目的（例えば社会保障給付費、教育費、公共事業費など）にまわせる額は制約を受ける。

日本の財政赤字の増加の原因は、図からも明らかなように、主として過大な歳出額と充分な税収を得ていないところにある。前の項目で見たように、高齢化の影響を受けて社会保障給付費の大幅な増加がある。そして不景気が続いたことによって、景気対策としての公共事業費の増大と、家計消費を喚起するための所得税と、企業活動を活発にするために法人税の減税政策が続いたことによる。それが発生したのは、1990年代初期のバブル経済崩壊による大不況に入った頃であった。

2009(平成21)年に国債発行額が大きく増大した理由は、社会保障給付費と国債費の大幅増加と、景気悪化による税収の減少が響いている。その後2014(平成26)年に消費税率を5%から8%に上げられたのと、多少の景気回復があったので、所得税・法人税の増収が少しあった。さらにそれによって国債発行額は小さく減少し、歳出額の伸びもなかった。

国債残高の減少がここ最近は多少見られるが、主要先進国の中では最大の財政赤字と国債残高の日本である。財政赤字の削減策は重要な政策目標である。なぜか。それはギリシャ、スペイン、イタリア等の例で示されるように、巨額の財政赤字はマクロ経済の悪化をもたらす可能性が高い。高金利経済になるので、企業が投資を抑制することとなり、経済は低成長に向かうことになるからである。

ところが日本は非常に低い金利の中にいる。低い金利なのに、なぜ国債がこれだけ問題なく買われるのか、それは日本銀行が景気をよくするためという名目で、巨額の資金を民間に提供しているからである。ところが資金は豊富にあるのに、企業の投資が進まないので景気はなかなか良くならない。その理由の一つは、企業が日本経済の低成長を予想しているし、リスクの大きい経済環境のなかにいるので、投資に励まないのである。

別の見方をすれば、日本銀行が大量の貨幣を供給して、政府の発行する国債を多く購入する結果となっている。中央銀行が大量の国債引き受けをおこなっており、第一次世界大戦後のドイツのように超インフレ経済になりかねない。しかし現時点では高金利経済ではないし、インフレ現象は発生していないので、そのリスクはまだなく幸いである。最近の経済学にはＭＭＴ（現代貨幣理論）があって、日本を弁護する説である。

日本経済は低インフレ（むしろデフレ経済ともいえる）、低金利、大幅財政赤字という不思議な組み合わせの中にいる。財政赤字がこれ以上拡大すると、突如として高インフレ、高金利の時代となって、ＭＭＴの考え方と異なって大破綻しかねないリスクを秘めている。そのリスクは高まっている。２０２０（令和２）年に発生した新型コロナウイルス感染症によって、一部の産業が不景気に陥り成長率が大きなマイナスとなった。超大型の国債発行による巨額の公共支出という景気対策が実行され、財政赤字はますます増加している。

表8-2　G7における政府の債務残高の対GDP比率（%）2018年度

日本	237.1
イタリア	132.2
アメリカ	104.3
フランス	98.4
カナダ	89.9
イギリス	86.8
ドイツ	61.7

出所：IMF"World Economic Outlook"2019

図8-3　一般会計税収、歳出総額及び公債発行額の推移

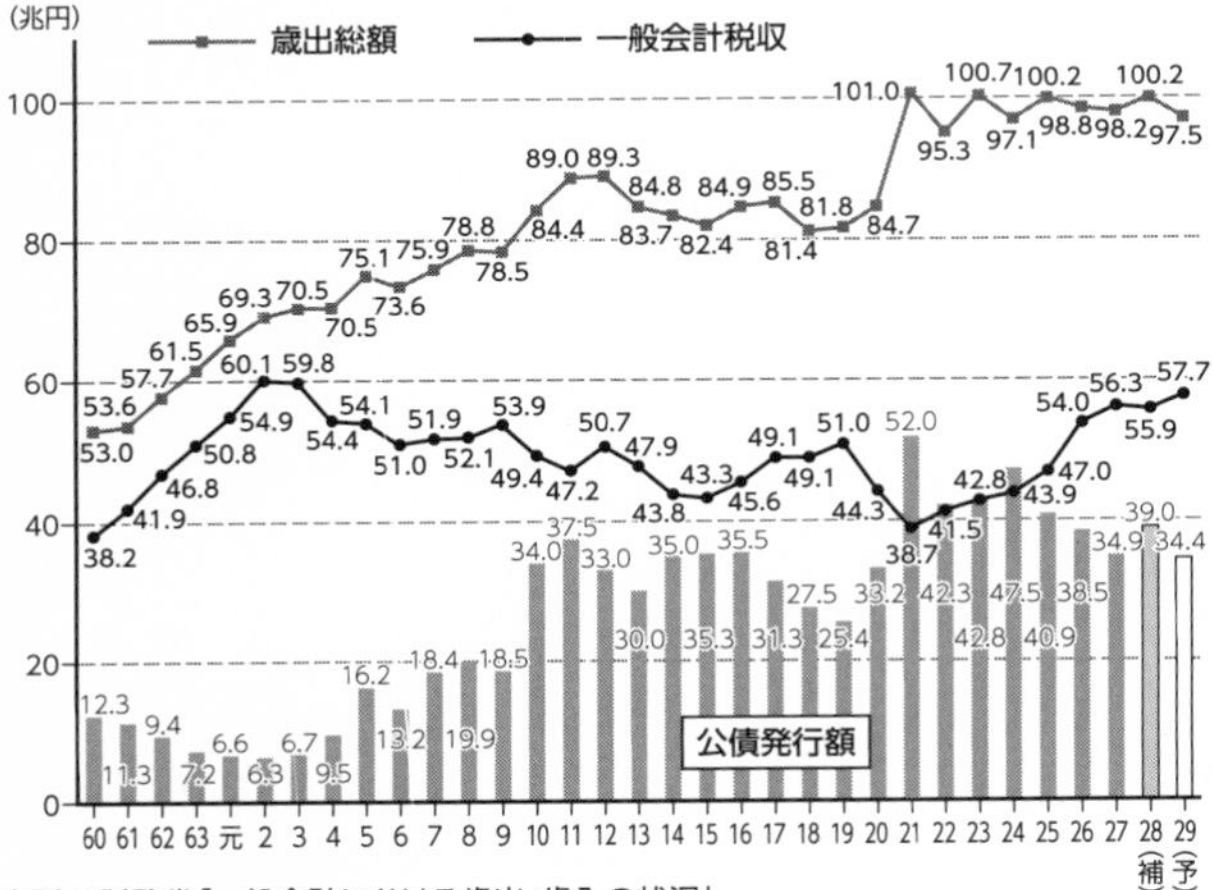

出所：財務省「一般会計における歳出・歳入の状況」

税金と社会保障を合わせた国民負担率は42・6%

大きな政府か小さな政府か

社会保障支出に関する日本の特色は以前の項目でわかったが、では国民はその支出に対する負担をどうしているかが次の関心となる。ここでは社会保障負担のみならず、税金と財政赤字を含めた国民負担率の全般にも注意を払う。日本が大きな政府か、それとも小さな政府かを知るためでもある。

図8―4はG5と福祉国家であるスウェーデンの6ヵ国に関して、国民負担率の国際比較を示したものである。図の下に付記してある数字は、現在の財政赤字額の対国民所得比を表して、将来の世代の負担の大きさを示している。

この図からはいろいろなことが読み取れる。第1に、国民負担率の低い順から並べると、2015(平成27)年という比較可能な年に関して、アメリカが33・3%でもっとも低く、ついで日本の42・6%となる。アメリカはとても小さい政府の国であり、日本もそれに続く。第3位はイギリスの46・5%であり、次の3ヵ国(ドイツ、スウェーデン、フランス)はそれよりもかなり高い負担率である。フランスの67・1%がめだつ。スウェーデンの56・9%は福祉国家の典型であり、非常に大きな政府の規模となっている。

ここでこれらの国がなぜこのような性質を持つようになったのか、歴史の視点から考えてみよう。

アメリカは移民とその子孫からなる国であり、先住民はいたが、自分で移住して、新しく人生を開拓しようとした人々なので、他人の助けには依存せず、自立の精神がとても強い。したがって、政府に頼る気持ちが希薄なので、国民は政府のサービスを受ける気がさほどない。政府もそのことがわかっているので、国民に福祉を提供する必要がない、と考えている。日本の福祉は家族によって提供されてきた歴史的な経緯があるので、政府の登場は期待されなかった。イギリスには「ゆりかごから墓場まで」という福祉先進国の特色が今でも多少残っている。

大陸諸国に関しては、ドイツは、プロシャのビスマルクによる「アメとムチ」の政策により、福祉の提供によって国民に大いに働いてもらう、という精神が今まで生きている。スウェーデンのような北欧諸国は、寒い環境により農業不振が深刻だったので、国民の間で助け合う精神が特に強かったのである。

第2に、財政赤字を含んだ国民負担率に注目すると、日本がマイナス6・1%と最大の潜在負担を含む財政赤字となっている。ついでイギリス、フランス、アメリカと続いている。よく知られているように、ギリシャ、スペインなどは巨額の財政赤字を計上して、マクロ経済の破綻寸前にまでなった。今や日本もそれに近い財政赤字問題を抱えている。これ以上の赤字国債の発行を避け、むしろ国債の償還に努めねばならない。

第3に、国民から税と社会保険料を徴収するとき、どちらにより高いウェイトをおいて徴収するかに注目したい。表8－3である。社会保険料対租税の比率を見ると、2017（平成29）年では、表のような数字になる。合計で10・0になる。

この表から各国がどう対応しているかの差がわかる。3つのグループに分類することができる。第1は、イギリスとアメリカというアングロ・アメリカン諸国で、社会保険料の比率は小さく、租税の比率が高い。第2は、日本と大陸ヨーロッパ（ドイツとフランス）であり、社会保険料4割に対して租税が6割となっている。第3は、スウェーデンなど北欧諸国で、社会保険料は1割と非常に低く、9割が租税と圧倒的に租税に依存している。

第2の特色は、ドイツ、フランスが社会保障制度を保険方式で運営してきた伝統があることと、日本の社会保障はドイツを手本として導入した経緯があるので、社会保険料の比率が比較的高いことを示している。

一方のイギリスはNHS（国民保健サービス）が全額税で賄われているので、税の比率の大きさを物語っている。アメリカはそもそも社会保障制度の規模がとても小さいが、負担はどちらかといえば税なのである。

図8-4 国民負担率の国際比較

【国民負担率=租税負担率+社会保障負担率】

【潜在的な国民負担率=国民負担率+財政赤字対国民所得比】

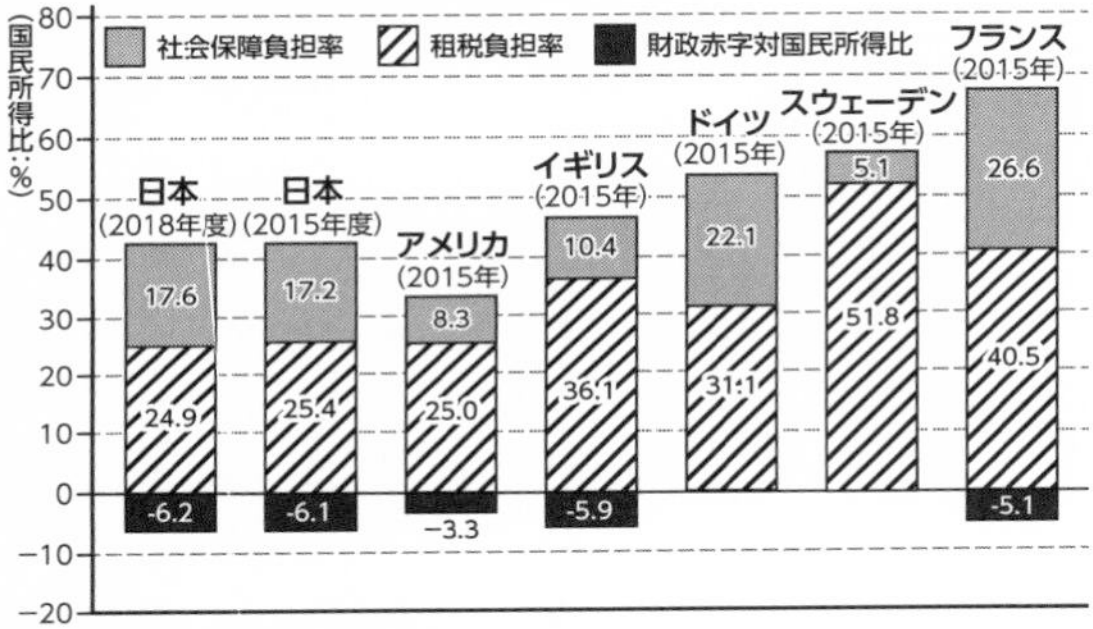

〈対国民所得比:%(括弧内は対GDP比)〉

国民負担率	42.5 (31.2)	42.6 (31.1)	33.3 (26.8)	46.5 (33.8)	53.2 (39.6)	56.9 (36.8)	67.1 (47.4)
潜在的な 国民負担率	48.7 (35.7)	48.7 (35.6)	36.6 (29.5)	52.4 (38.0)	53.2 (39.6)	56.9 (36.8)	72.2 (51.0)

注:1. 日本は2018年度(平成30年度)見通し及び2015年度(平成27年度)実績。
　　諸外国は2015年実績。
　2. 財政赤字の国民所得比は、日本及びアメリカについては一般政府から社会保障基金を除いたベース、その他の国は一般政府ベース。

出所:日本—内閣府「国民経済計算」等　諸外国—National Accounts(OECD)、Revenue Statistics(OECD) 、NIPA(米商務省経済分析局)

表8-3 社会保険料と租税の比率

	社会保険料	租税料
日本	4.1	5.9
アメリカ	2.4	7.6
イギリス	2.3	7.7
ドイツ	4.2	5.8
スウェーデン	0.9	9.1
フランス	3.9	6.1

注:政府が国民に負担を課すとき、社会保険料で徴収するのか、それとも税で徴収するのかの比率である(合計で10.0)。

出所:財務省HP。データは2017年

公共事業などの政府支出は対GDP比率38・7%

民間を重視する日本

社会保障給付と国民の負担の状況を見てきたが、ここで政府が公共支出をどれほどおこなっているかを検討しておこう。なぜ社会保障の項目の後に政府全体の規模を取り上げるかというと、日本の例で示したように、社会保障がとても大きな比率の支出項目になっているからである。さらに直前に社会保険料と租税の負担割合を見たので、その総額の大きさにも興味が移るからである。ここでは先進国だけに注目する。

図8－5は先進19ヵ国とOECD平均を含む20ヵ国の政府支出の対GDP比率を、OECD統計に基づいて示したものである。これは政府の総規模を示したものと理解してよい。OECD平均は40・3%であり、政府支出の規模はその国の経済力（GDPの大きさ）の約4割なのである。ただしそれは国によってかなり異なる。

第1に、政府支出には、立法・行政・司法をおこなう際に必要な費用、軍事、そして警察といった治安維持のための費用がある。さらに外交や国際機関への拠出、教育支出と社会保障支出、橋、道路、飛行場といった公共事業への支出が大きな柱である。さらに、地方政府への移転（日本では地方交付税と称される）と、財政赤字の国にとっては国債償還やその利子支払がある。

第2に国別に比較すると、もっとも大きな政府はフランスの56・4%であるのに対して、逆にもっとも小さな政府のアイルランドは26・3%なので、2・1倍ほどの大きな差がある。フランスは官僚大国と称されるほど官僚の役割が大きいので、自然と政府は大きくなる。一方アイルランドは、1922年にイギリスから独立する以前は、ジャガイモ飢饉で象徴されるように最貧国で、多くの餓死者と外国（特にアメリカ）への移民を多く出していたが、今や小国ながら経済が繁栄しており、民間経済部門の強いことが小さな政府を促した。

第3に、韓国、スイス、オーストラリア、アメリカ、日本に代表される国々は政府の規模は40%以下なので、小さな政府と考えてよい。日本は38・7%である。日本は教育への支出が少ないが、これはアメリカも同じで、公立学校よりも私立学校に依存する傾向の強いのが理由である。さらに、これらの国は民間経済部門重視の国なので、政府はあまり民間部門を規制しないし、社会保障にも金を出さないのが特色である。スイスと日本、韓国を除いて、これらの国はアングロ・アメリカン諸国であり、旧宗主国のイギリスの伝統を受け継ぎ、民間重視が政府を小さくしているのである。

第4に、政府の規模が大きいのは、フランスの隣国であるベルギーに加えて、フィンランド、デンマーク、ノルウェー、スウェーデンといった北欧諸国で50%前後の高い比率である。これらの国は福祉国家として有名であり、年金、医療、介護、失業対策といった福祉事業が国民に手厚く提供されている。政府はその資金を確保するために、高い国民負担を、税金や社会保険料で課しているのである。

なぜこれらの国で福祉が重視されるようになったのか、いろいろあるが、次の2つが重要である。先にも少し述べたが、地域として寒い国なので、農業が不振になるときがあり、政府が国民を助ける必要が高かったということ。国が小さいうえに外国（ドイツや当時のソ連）からの侵略を受けることがあり、国民と政府が団結して連帯感を持つようになったということ。さらに加えれば、学問としての福祉政策が重宝された。

第5に、ドイツ、オランダ、スペインといった大陸ヨーロッパ諸国、そしてイギリス、ポーランドといった国もこれに加わって、中規模の大きさの政府である。これらの国々は、多くは社会保険料方式（イギリスの医療は税方式の例外）の福祉制度なので、規模は大きくも小さくもならない特色を有することになる。

以上をまとめると、北欧諸国の福祉国家による大きな政府、日本、アメリカを代表とする小さな政府、そしてその中間にある中欧諸国ということになる。それを区分する根拠は次で論じる。これらを大胆に区分すると、高福祉・高負担、中福祉・中負担、低福祉・低負担という3区分になる。どの国がどれを選ぶかは、歴史的な事情と国民性に依存する。

図8-5　政府支出の大きさ（対GDP比率）

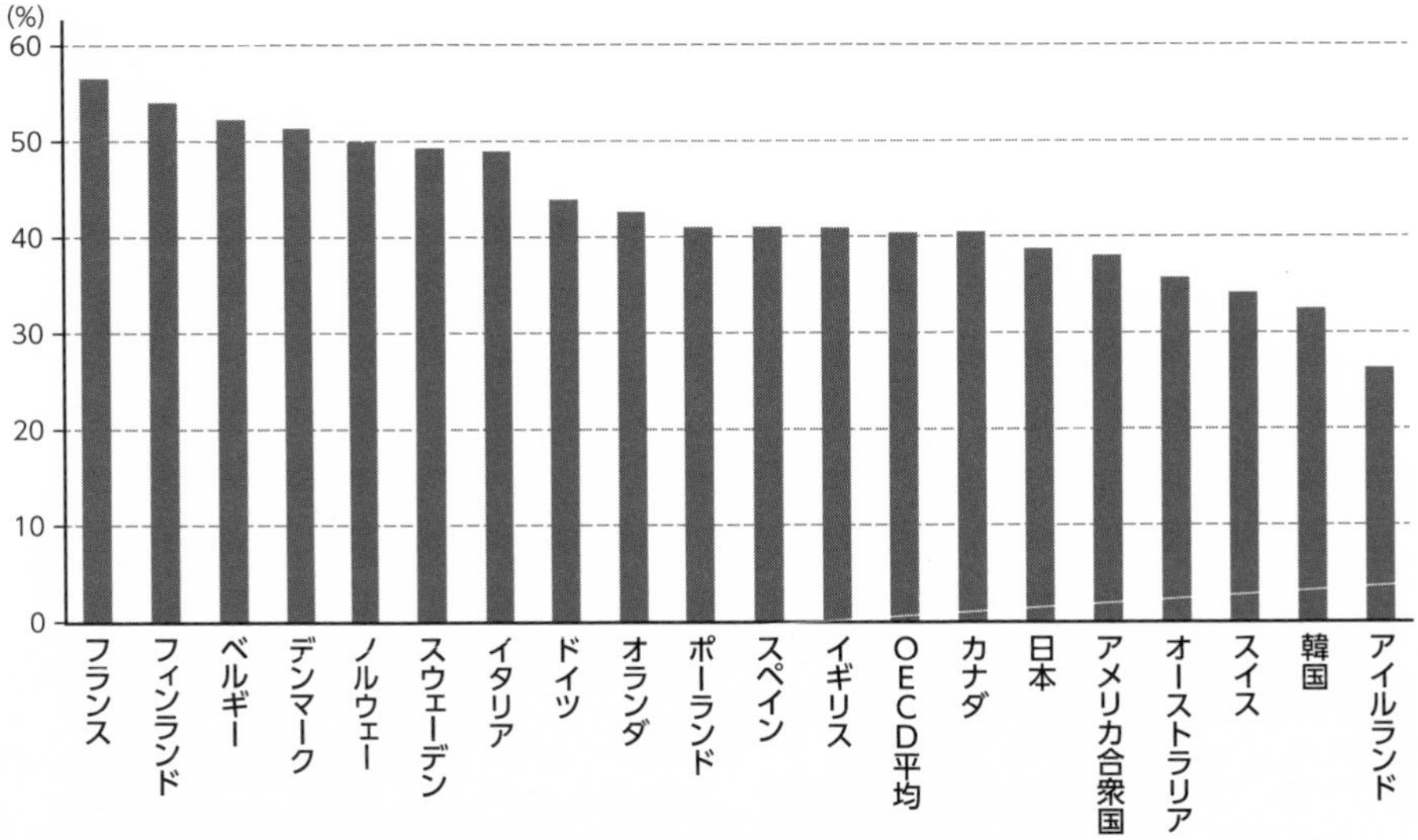

出所：「OECD統計」2017年。データは2016年実績、オーストラリアは2015年。財務省「日本の財政関係資料」より

日本を他の先進諸国と比較すると

経済か福祉か

　これまで日本を含む先進諸国を、政府支出の規模と内容、そして国民負担率の側面から論じてきた。それらの国をいくつかのグループに区分したうえで、その区分の背後にあるそれぞれの経済思想や政治に関する主義を論じてみよう。すなわち所得分配や福祉をどれだけ重視するかを評価するのに役立つ、哲学、倫理学上の解釈と、経済を優先する程度に応じての区分をしてみた。日本がどういう国であるかをわかってもらいたいからである。

　表8－4はいろいろな基準で区分されている。最上段の福祉レベルは、福祉国家か非福祉国家かの基準であり、政府が手厚い福祉を国民に提供するかどうかの違いによる。一番下の段は、経済を最優先するか、それほど優先しないかの基準である。経済を無視する国はないので、最優先にするか、それとも最優先ではないか、の区分とした。

　経済学では経済効率性と公平性（平等性）はトレードオフ関係にあるとみなすので、経済活性化（すなわち高成長経済）を最優先にすると、福祉は犠牲になる可能性が高いとみなす。この原理がわかれば、経済か福祉かの区分を考える根拠がわかってもらえよう。

　上から2段目の提供方法は、哲学、倫理学上の区分による。これは普遍主義（ないし自由主義）と選別主義の2つに分けられる。選別主義は共同体主義とも称されるので、共同体主義の説明の方がわかりやすい。人間社会にはさまざまな人がいる。人種、性、年齢、学歴、職業、居住地域、宗教など、いろいろな基準で区分できる。これらの基準を共通にする人だけのあいだで福祉を担う、あるいは助け合う思想を共同体主義と称する。日本を例にすれば、医療保険において大企業用の組合健保と中小企業用の協会けんぽ、そして自営業や無職の人のための国民健保と区分されていることでわかる。

一方の普遍主義はこういう人々の特性は無視して、すべての国民を平等に扱う主義をさす。これは自由主義とも称されるが、人々をリベラルに扱うという平等志向を示したものである。経済活動や人々の行動を自由にするという自由至上主義（リバタリアニズム）とは異なることに注意されたい。

普遍主義はすべての国民に唯一、すなわち同一の社会保障制度を提供するので、給付の程度もすべての人にほぼ同一となる。したがって、負担は税でおこなってよい。イギリスのＮＨＳ（国民保健サービス）を考えればわかりやすい。一方の共同体主義は、国民をいろいろに区分するので、特性を共有する特定のグループに属する人々だけに特有の給付と負担を求める。したがって保険料での徴収になり、グループ間で給付と負担の額が異なることになる。今までの日本であれば、公務員と民間企業での被雇用者は異なる年金、医療の制度の下にいたので、選別主義であった。被雇用者と自営業者は今でも異なる年金、医療の制度の中にいるので選別主義である。働いている人と働いていない人、あるいは正規労働者と非正規労働者のあいだで、社会保障の扱いが異なるのも選別主義である。

次の基準は、所得再分配効果の強弱による区分である。税と社会保障制度には所得再分配効果のあることが示されたが、高所得者から低所得者に所得移転をおこなって、所得分配を平等にする効果のことである。所得再分配効果の強い国では、国民のあいだで平等志向が強く、それの弱い国では所得格差を容認する傾向がある。

この表を見ていただくと、日本がどういう国であるかが、他の先進国との比較で鮮明となる。具体的に述べれば、国家は国民に手厚い福祉を提供しておらず、したがって経済を最優先する政策を採用している程度が強い。福祉の提供に関しては共同体主義、あるいは選別主義を旨とする国である。

最後に一言、この表で両極端にいるのは福祉国家の北欧諸国と、一方では日本、スイス、アメリカのグループであるが、日本とスイス、アメリカを区分する基準として、福祉は家族の役割という日本と、アメリカ、スイスの自立主義との差がある。

表8-4 福祉国家・非福祉国家の類型

	福祉レベル高い		福祉レベル低い		
提供方法 / 所得の再分配	普遍的	選別的	普遍的	選別的	
所得再分配政策が強い（平等志向）	スウェーデン ノルウェー デンマーク	オランダ ドイツ			
				家族主義	自立主義
所得再分配政策が弱い（格差容認）		イタリア フランス	カナダ イギリス オーストラリア	日本	スイス アメリカ
	経済は最優先ではない		経済最優先		

出所：橘木俊詔『安心の経済学』岩波書店、2002年。219頁表18を一部改訂

終章　今後の日本の針路

日本の処方箋

社会と経済に関する50の項目に関して日本の現状を検討してきたが、それら全部を要約するのは不可能なので、いくつかの重要な項目をピックアップして、再吟味しておこう。

まずは日本経済に関してである。１９８０年代の日本人一人あたりの国民所得、あるいはＧＤＰは世界のトップクラスにいたが、その後の低成長経済によって徐々に順位を下げ、２０１９（令和元）年では25位にまで低落した。トップクラスにいたのは為替レートの罠による数字上の魔術もあったが、日本経済が絶好調で国民も豊かであったことにまちがいはなかった。しかしその後の労働人口の減少、労働生産性の低迷、勤労意欲の低下、新規投資の不足、ＩＴ産業を含めた産業構造変化の遅れ、などの要因が重なって、日本経済は低迷の時代にいる。

処方箋はあるのだろうか。本書の各所でヒントを与えたが、例えば新規事業の立ち上げに熱心になる、ＩＴ技術の育成、サービス産業における低生産性からの脱皮、教育を知育・教養中心から実務教育中心へ、女性労働力の積極的活用、などさまざまな提言をおこなった。

経済を再び強くすることは、ここで述べた提言を含めてあらゆる手段を講じれば可能であろう。とはいえ人間社会を歴史と生活から考えれば、絶対に経済を強くすることが唯一の目標ではない、という論理もありうる。どういうことだろうか。

まずは、世界の歴史において古代の四大文明（メソポタミア、エジプト、インダス、黄河）から始まって、ギリシャ・ローマ、ヨーロッパ（特にスペイン、ポルトガル、英、仏、独）、アメリカ、そして短いながらも日本というように、最強の文明・経済は歴史的な変遷を経てきた。これは歴史的な宿命とみなしてもよく、文明と経済の歴史は栄枯盛衰の歴史である。一度衰えた国は復活しえないかもしれない。しかし最近になって例外が出現しつつある。黄河文明を誇った中国は今やトップになりつつあるし、将来はインダス文明のインドも予想されている。日本も復活を経験する例外としてカムバックできるかもしれない。

次は、もし復活を図るというコンセンサスがあるなら、人々は必死に努力してガムシャラに働かざるをえない、という点である。豊かな生活をしたいという希望が人々をしてガムシャラに働かせる動機になるが、本書で明らかにしたように日本人の勤労意欲の低下がめだち、働くこと以外に価値を見つける人が増加している。いわば日本は成熟社会の顔を有しつつある。ここで成熟社会とは、経済的にある程度の発展を達成して、人々は日々の生活にそれほど困る苦労をしなくてよい社会である。ある程度の経済的・物質的な豊かさを成就した日本であれば、もう少し精神的に豊かに、あるいは働くだけでなく、個性豊かな多様性を求める生き方をすればよいのでは、という考えを人々に抱かせる社会をさす。

日本人が再び働くことに価値を見出すようになり、さまざまな改革を実行しつつ一所懸命働くようになるのか、国民の意思一つである。そこそこの生活水準でよく、趣味やその他のことで満足な人生を送れるならそれでよい、と思う人が多数派であれば、日本経済の復権は困難である。どちらを国民が選択するのか、興味津々である。

一所懸命働くかどうかの選択は、本書の主要関心の一つである格差の問題と関係がある。よく働いて能力・実績主義の下で高い賃金・所得を稼得した人は、生産活動の成果にも高い実績を示したのであるから、経済効率達成のために高い貢献をした。すなわち経済を強くするにはこういう人の実績を高く評価することが必要である。一方でそこそこの稼得でよい人は、生産における貢献はそう大きくないと考えることができる。

これをまとめれば、経済効率のためには、賃金・所得の格差を広げるのが好ましいということになり、格差の存在は経済効率性を高めるための一つの条件となりうる。これまでの日本では平等性の高い、すなわち格差は大きくなくとも、大多数の人は貧困で苦しんでいたので勤労意欲は高かったのであり、経済は強かったのである。これからの時代は格差の拡大を容認しないと経済効率の達成はできない、と解釈する人が多くなっている。

これは賃金・所得格差のみならず、地域間格差に関しても該当し、東京を筆頭にして大都会の経済効率は高いのであり、一方で地方はそれが低い。平等主義の尊重によってそれを是正せんとすれば、経済効率は犠牲にならざるをえない。換言すれば、国民がどれだけ経済効率を重視するのか、あるいは平等志向を尊重するのか、その比率の大小によってその国の賃金・所得格差、あるいは地域間格差、ひいては教育格差などの程度が決定するのである。

日本は自由主義、資本主義を是とする人が多数派（すなわち自民党政権の継続）なので、今後も種々の格差は縮小せず、むしろ拡大する可能性があることを予想できる。その典型なのがアメリカであり、経済効率は高いが格差も大きい。逆の立場は北欧諸国などである。国民は平等主義を好むので社会民主主義の国であり、格差は小さいし福祉国家になっている。一方で経済は好調なので、経済効率性と平等の双方を満たしている稀有な国々である。北欧諸国は小国なので国民の連帯感が強いという特色も無視できない。

本書の主要関心の一つは家族の話題であった。戦前の「家制度」の名残があり、国民は皆婚社会であり、家族の間の絆の強い国であったが、それが徐々に崩れていることをさまざまな視点から統計を用いて明らかにした。これまでは子どもの養育、教育費の負担、老後の経済保障や医療、介護は家族が担い手だったので、家族に頼りすぎることの弊害もめだってきた。さらに個人主義の浸透により、家族を助けることにすら苦痛を感じる人が増加し、特に福祉の分野でさまざまな問題を露呈することになる。

選択肢は3つある。第1は、誰にも頼らずに自分で福祉のことを考えよ、といういわばアメリカ型の自立主義である。第2は、過去の日本は家族の絆に頼るという美徳の国だったので、今進行中の絆の崩壊を元の姿に戻す案がある。第3は、ヨーロッパのように福祉の担い手は政府という福祉国家にする案がある。

第3の福祉国家型には、日本の経営者層と保守政治家が税金や社会保険料の負担増加を避けられず、経済の活性化にマイナスであると反対しているし、国民の多くもそれに同調しているので、ヨーロッパ型になるのは困難であろう。国民がそう判断しているとの証拠は、福祉の財源になりうる消費税率を、ヨーロッパのように20％に上げる策に日本人は抵抗すると予想できるからである。しかも日本人は福祉の恩恵を受ける人を好まない。なぜなら、そういう人は怠けていて、福祉にタダ乗りしているとみなす人が多い。日本人の保守層は家族の美徳に頼る案を支持しているが、国民の多数派はそれに応じないと予想できるので、アメリカ型の自立主義に接近するのでは、と筆者は想定している。

自分の福祉は自分で面倒をみるべしとのいわゆる自立型に向かう可能性が高いが、それを貫徹すると低所得者を中心にして福祉から見放される人が出てくるので、さすがにそれでは悲惨になりかねないと多くの国民が思うだろう。そこでヨーロッパの福祉国家の中でも低福祉・低負担の国々、あるいはせめて中福祉・中負担の国々に近い福祉国家型になることを望む人も結構いるだろうと予想できる。換言すれば、北欧型の高福祉・高負担の福祉国家にはならず、アメリカ型の自立中心の国か、それとも低福祉・低負担(あるいは中福祉・中負担)の福祉国家か、のせめぎ合いの末の選択であろう。

このことを別の視点から評価すれば、日本政府の規模は本書でも明らかにしたように、社会保障支出、公教育支出ともに多額でないという事実からして、大きな政府になることはないであろう。戦後の数十年間はインフラ施設を拡充するために公共投資をかなり大胆におこなってきたが、公共投資抑制の声が強まり、現在はそれが削減されている。社会保障、公的教育支出、公共投資が多額でなければ、政府支出は大きくならないのであり、今後の日本は小さな政府でありつづけよう。

ただし、財政赤字額の対GDP比率が先進国の中で第1位の高さになっている日本なので、将来世代は税金などでかなりの額を政府に拠出せねばならないことを付言しておこう。

他の先進諸国との比較から言えること

本書は各項目の叙述において、他の先進国との比較をおこない、日本の特色を浮き彫りにして、理解しやすいようにした。数多くの話題の中からいくつかを再度ここで述べて、その特色を強調しておきたい。

まずは企業のあり方、そして労使関係である。これに関しては欧米諸国とはかなり異なる特色がある。簡単に述べれば、(1)終身雇用(長期雇用)を理想とするので転職が少ない。(2)年功序列制があるのである程度の平等志向である。(3)労働組合は産業別・職業別で組織されず企業別である。これらをまとめれば、労働者は企業への忠誠心がかなり強いのであり、欧米のように企業と労働者の満足を優先する契約型雇用とは異なる。しかし日本でもグローバル経済化の影響の下、これらの特色はやや希薄化しつつある。

日本では(4)大企業と中小企業間の格差(賃金、生産性、利潤など)がかなりあるが、欧米企業ではそうめだつ点ではない。(5)低成長時代に入って日本企業はパート、アルバイト、期限付き雇用、派遣労働者といった非正規労働者の数を増やしたが、欧米企業ではそれらは存在するが、日本ほどその数はめだたない。ついでながら、日本における格差社会の象徴の一つは、正規労働者と非正規労働者の間での賃金、昇進、雇用の安定に関する格差の存在である。ヨーロッパの一部の国(オランダ、ドイツ、フランスなど)では同一価値労働・同一賃金の原則が普及していて、働く身分の違いによる両者間の差別は排除されている。

もう一つは日本の女性労働に関することである。この分野は他国と比較してもっとも遅れており、経営者・管理職の女性は圧倒的に少ないし、非正規労働者の大半は女性という現状にある。労働力不足が予想される中、女性労働の活用が日本経済の死命を制しているといっても過言ではない。

次の関心は教育に関することである。日本は学歴社会にあるとの一般認識は強いが、じつは最終学歴別（すなわち、中卒、高卒、大卒）の賃金差は他の先進国より小さく、この意味では日本は学歴社会ではない。日本ではむしろ最終学校の名門度、有名度によって雇用、昇進などに差があるという学歴社会の方がめだっていたが、最近それもやや弱まりつつある。

とはいえ学歴によって就ける職業に違いがあるのは、日本を含めた万国共通の性質である。日本はまだ年功序列制が残っているので、その裏返しとして職業による賃金・所得の格差は他国ほど大きくない。これは結局は学歴差による収入格差が大きくならない説明の一つとなる。とはいえ、すでに述べたように、企業規模間賃金格差の大きい日本では、高学歴者が大企業に勤務する確率が高いので、さらに名門大学出が企業で出世する確率が高いことも手伝って、これらが学歴別賃金・所得格差の出現する要因となる。

日本の教育を語るときは、欧米諸国には存在せず、東アジアに特有な塾がユニークであることに注目したい。学校教育が不備だから塾で学力不足を補うというのが欧米の専門家の見方である。日本は受験戦争が深刻だから塾が存在している、との反論がありうるが、納得してもらえない。さらに、家計の豊かな子どもしか塾に通えないので不公平だ、と欧米の人からは反論されてしまう。塾に頼らない教育のあり方を考えるのは重要な課題である。それには公的教育支出を増やして、少人数教育にしたり、先生の質を高めたりして、学校教育の質を高める政策が第一歩である。

最後に、世界中を席巻している新型コロナウイルスが今後に与える影響を一言述べておこう。世界を見渡すと、2つの大きな流れがある。一つは、ロックダウンなどの強硬な手段を用いて、感染者の数を減少させる政策。もう一つは、経済活動を優先させるため、そういう手段を用いずにのらりくらり予防対策をする。どちらも人命を大切にする、すなわち一方は感染者の数を減らして死亡者を出さない、もう一方は廃業や失業を減らして経済苦の人を出さない、という目的では共通しているが、方法が異なるのである。前者の代表としてニュージーランド、台湾、後者の代表としてアメリカ、ブラジルを挙げておこう。

日本はどちらだろうか。Go To トラベルなどの政策を見ていると、感染者の数を削減するよりも、経済活動を優先させる政策に傾いているように思える。理想は感染者を増やさず、同時に経済の劣化を防ぐ策であるが、なかなか両立は困難である。そろそろワクチンの普及により、世界的なパンデミックは収束に向かうだろうが、その効果の出現には時間を要する。さらにいつまた新しい感染症が出現するかもしれない。今回の経験を参考にして、学界、政界、経済界はどのような対策が望ましかったか、反省を含めて検証を重ね、次に発生するかもしれないときへの備えをしておく必要がある。

参考文献

・橘木俊詔・森剛志（２００５）『日本のお金持ち研究』日本経済新聞出版
・橘木俊詔・迫田さやか（２０１３）『夫婦格差社会―二極化する結婚のかたち』中公新書
・橘木俊詔・迫田さやか（２０２０）『離婚の経済学―愛と別れの論理』講談社現代新書
・橘木俊詔（２０１７）『子ども格差の経済学―「塾、習い事」に行ける子・行けない子』東洋経済新報社
・尾藤廣喜・小久保哲郎・吉永純（２０１１）『生活保護「改革」ここが焦点だ！』あけび書房
・宮川努他（２０１６）「生産性向上と無形資産投資の役割」宮川努他編著『インタンジブル・エコノミー―無形資産投資と日本の生産性向上』東京大学出版会
・Corak, M. (2013) "Income Inequality, Equality of Opportunity, and Intergenerational Mobility," *Journal of Economic Perspectives*, vol. 27, no.3, pp79–102.

図版制作　アトリエ・プラン

N.D.C.332.1 254p 18cm
ISBN978-4-06-523099-2

講談社現代新書　2609

日本《にほん》の構造《こうぞう》　50の統計《とうけい》データで読《よ》む国《くに》のかたち

二〇二一年三月二〇日第一刷発行　二〇二一年五月一一日第二刷発行

著者　橘《たちばな》木《き》俊《とし》詔《あき》

発行者　鈴木章一

発行所　株式会社講談社
東京都文京区音羽二丁目一二―二一　郵便番号一一二―八〇〇一
電話　〇三―五三九五―三五二一　編集（現代新書）
〇三―五三九五―四四一五　販売
〇三―五三九五―三六一五　業務

装幀者　中島英樹

印刷所　豊国印刷株式会社

製本所　株式会社国宝社

本文データ制作　講談社デジタル製作

定価はカバーに表示してあります　Printed in Japan

「講談社現代新書」の刊行にあたって

教養は万人が身をもって養い創造すべきものであって、一部の専門家の占有物として、ただ一方的に人々の手もとに配布され伝達されうるものではありません。

しかし、不幸にしてわが国の現状では、教養の重要な養いとなるべき書物は、ほとんど講壇からの天下りや単なる解説に終始し、知識技術を真剣に希求する青少年・学生・一般民衆の根本的な疑問や興味は、けっして十分に答えられ、解きほぐされ、手引きされることがありません。万人の内奥から発した真正の教養への芽ばえが、こうして放置され、むなしく滅びさる運命にゆだねられているのです。

このことは、中・高校だけで教育をおわる人々の成長をはばんでいるだけでなく、大学に進んだり、インテリと目されたりする人々の精神力の健康さえもむしばみ、わが国の文化の実質をまことに脆弱なものにしています。単なる博識以上の根強い思索力・判断力、および確かな技術にささえられた教養を必要とする日本の将来にとって、これは真剣に憂慮されなければならない事態であるといわなければなりません。

わたしたちの「講談社現代新書」は、この事態の克服を意図して計画されたものです。これによってわたしたちは、講壇からの天下りでもなく、単なる解説書でもない、もっぱら万人の魂に生ずる初発的かつ根本的な問題をとらえ、掘り起こし、手引きし、しかも最新の知識への展望を万人に確立させる書物を、新しく世の中に送り出したいと念願しています。

わたしたちは、創業以来民衆を対象とする啓蒙の仕事に専心してきた講談社にとって、これこそもっともふさわしい課題であり、伝統ある出版社としての義務でもあると考えているのです。

一九六四年四月　野間省一

星をつなぐために

SAWAKI KOTARO

SESSIONS

沢木耕太郎セッションズ〈訊いて、聴く〉

IV

沢木耕太郎

岩波書店

沢木耕太郎セッションズ〈訊いて、聴く〉Ⅳ

耳を澄ます

沢木耕太郎

私の幼い頃の最も甘美な記憶のひとつに、日曜日の夕方、縁側で弱い西日を浴びながら父親の朗読する声を聞いているという情景がある。父親は、新聞に連載されていた子供のための冒険活劇の読物を切り抜き、毎週日曜になるとそれをまとめて読んで聞かせてくれていたのだ。私は耳を澄ますようにして聴きながら、次の展開を早く知りたくて、「それで、それで」と心のうちでつぶやいていたような気がする。

この『セッションズ〈訊いて、聴く〉』に集められた対話は、すべて「対談」と銘打たれて雑誌や新聞に掲載された。しかし、どれも純然たる対談とは言えないところがある。私が相手の話に耳を傾けていることが多かったからだ。とはいえ、「インタヴュー」だったのかというと、そうとも言い切れない。インタヴューにしては逆に私が話をしているところが多すぎる。

だから、この四冊を「対談集」と名づけるのは落ち着きが悪いし、「インタヴュー集」と呼ぶのにも違和感を覚える。

はて、なんと呼ぼう。考えているときに一本の外国映画を見た。その中で、心理療法のために向かい合った二人の会話を、「セッション」と呼ぶのを知った。

セッションと言えば、音楽、とりわけジャズが連想される。たとえばジャム・セッションと呼ばれる演奏形態では、ゆるやかな方向性が設定されると、あとは演奏者の自由な判断によって音のやりとりがされるようになる。

考えてみれば、対談も、ひとつのテーマが提示されると、あとはその周辺を行きつ戻りつしながら自由に展開されていく。対談は、もとより心理療法の会話とは異なるが、その意味においてはまさにセッションそのものと言えなくもない。

ジャズが音によって会話するように、対談は言葉を用いて自由に話のやりとりをする。そのやりとりの中で、より多く「話し手」になるか「聴き手」になるかは、そのときの二人の状況や気分や流れによる。

私は、どちらかといえば、対談の場において「話し手」になるより「聴き手」になることを好んだ。

確かに、永くノンフィクションを書いてきたことによってインタヴューに慣れていたということもあったのかもしれない。だが、それ以上に、子供の頃から自分の知らない話を聴くのが好きだったということのほうが大きかったような気がする。

この『セッションズ〈訊いて、聴く〉』からは、縁側に座って未知の冒険活劇に胸を躍らせていた、あの幼い頃の私の姿が二重映しになって見えてくる。耳を澄ますようにして聴きながら、心のうちで「それで、それで」とつぶやいていた……。

目次

装丁　緒方修一
装画　桑原紗織

ノンフィクションの可能性

柳田邦男
沢木耕太郎

やなぎだ　くにお　一九三六年、栃木県生まれ。ノンフィクション作家。

私は、やはり、偶然ノンフィクションの書き手になってしまったという意識が強くある。そのため、ジャーナリストとしての自覚がないだけでなく、ノンフィクションというジャンルに対しての責任感もほとんど持っていない。だから、ある程度の年齢になったにもかかわらず、ノンフィクションの賞の選考委員を頼まれても引き受けず、ノンフィクションの書き手との私的な交流も持っていない。

もちろん、それが自分の生き方なのだからと批判を突っぱねるようなところはあるが、しかし、どこかで申し訳ないなと思う気持がないではない。とりわけ、柳田さんに対しては、永年にわたってジャンルの責任の多くを押しつけてきてしまったような気がする。

柳田さんは、忙しい合間を縫って、ノンフィクション賞の選考委員を引き受け、ノンフィクションのアンソロジーを編み、ノンフィクションの書き手の社会的立場についての発信を続けてこられた。まさに、一九七〇年代以降に興隆したノンフィクション・ライティングというジャンルの「長男」として。柳田さんが「長男」の役割を引き受けてくださらなかったら、私も「三男坊」として今のように自由気ままに振舞うことができなかったかもしれないと思ったりもする。

この対談は一九八一年十一月に刊行された「別冊中央公論」に掲載された。

（沢木）

「私」を出す方法と消す方法

柳田　このあいだ、『一瞬の夏』を読み終えました。

沢木　どうも書き終わった直後は誰でもそうなんでしょうが、ホッとしたこともあって、ほんとうに陽気な気分で一カ月ぐらいは暮らしていたんです。それが一カ月過ぎたあたりから、だんだん憂鬱になってきまして……、大げさにいえば、作品というのはいつでも、夢の残骸みたいなところがありますよね。まあ、夢の何分の一かは達成できたのかもしれないけれども、そっちのほうには少しも目がいかなくて、自分が達成しようと思ってできなかった夢の残骸ばかりが強い印象として残ってきて、今、気分はほんとうに最悪の状態なんですよ。

柳田　でも、あれは何枚ですか？

沢木　千二百五十枚ぐらいでしょうか。

柳田　いや、たいへんな長編ですね。題材は、カシアス内藤という一人のボクサーの再起を夢見た、何人かの人々の短い一年の生きざま、ということだけなのに、千二百五十枚という枚数を感じさせない、非常に密度の濃い作品だと思いました。

それからもう一つは、読むのにぜんぜん骨が折れなくて、非常に楽しく読めた本でした。不思議なフィーリングを持った本だと思いましたね。

沢木　どうもありがとうございます。ただ、この作品では、基本的に「私」という一人称を使って「私」ということから絶対に離れないでいこうという方法論をとったわけです。それがどういう受け取られ方をするかというのが、ぼくの側の、やはりいちばん大きな興味だったんです。それに対しては、やっぱりかなり感情的な否定もあり、また若干の肯定もあったんですが、その「私」というものを前面に出していくという方法論に対して、柳田さんはどういう感想を持たれました？　今まで柳田さんご自身は、そういう点で非常に禁欲的だったと思うんですが。

柳田　それは、自分がどういう土俵をつくるかという、方法論の前提の問題で、どのルールがいいかというのは好みの問題ですよね。

沢木　まったくそうだと思います。

柳田　私はたまたま「私」というものを出さないでどこまで書けるか——具体的にいうと、取材をする時に、自分とある事実との関わり合いというのは、当然それも一つの事実としてあるわけだけれども、その書こうとする対象をできるだけ自分の私有物から切り離して、読者と事実とを直接に結び付けていきたい、そのためには自分があいだに立ったのでは邪魔になるだろうと思って、できるだけ「私」を消してその対象を書いてみようとしているわけです。だけどそれは、「こうでなければノンフィクションじゃない」という意味ではないんです。

沢木　ぼくも、それはどっちがいいということではぜんぜんないと思うんです。ただ、こういうことはいえると思うんです。かなり具体的な方法の問題になりますが、いわゆる「私」を消していく、そして人称としては三人称で書いていくといった場合に、消し切れない自分、みたいなものがありますね。

たしかに人称の上では「私」はいっさい出てこない。「彼」、「彼女」、あるいは具体的な名前でずっと書かれてある。ところが、それがある時代を流れとしてとらえている時、たとえば戦時中なら戦時中のことを追っているさいに、途中でふっと現在のインタビューが挿入されるとしますね、「のちに彼はその時のことをこう語っている」とか。そうすると、たしかにそこでは「私」はまったく登場しないかもしれないけれども、その部分に挿入するということは、明らかに「私」という存在がなければできないという問題に突き当たりますね。

そうした現在を割り込ませてしまう手つきみたいなものが、柳田さんの場合、気になるということはありませんか?

柳田　答えになるかどうか、私には一つ、こういう経験があるわけです。それはもうずいぶん前に、広島の原爆被爆直後の台風災害について『空白の天気図』という本を書いた時のことです。

事件そのものは、もうすでに今から三十数年前の話ですから、私は当時の資料を発掘したり、いろんな人に話を聞いて回るわけですが、そういう時に、私が取材したことによって、あるいは私が発掘した資料をそういう人たちにあらためて見せたことによって、彼らの記憶がもう一度甦《よみがえ》ってきて、体験談がより詳しく聞けるようになったりする。あるいは彼らが「今」の時点でその体験をどう思っているかというのを書かなければならない。そうすると、そこでどうしても自分の関わり合いが厳然《げんぜん》とした事実として生まれてくるわけです。その場合、書き方は二つあると思うんですよ。

一つは、「私」という主語を前面に押し出して、「私がその人を訪ねたら、その人はこう語った」。こういう書き方が一つ。しかし、その時、私はそういう方法をとらなかった。なぜとらなかったかというと、あくまでその歴史的な事実の重みに重点を置いて書きたかったから、主語は書かれる対象、つまり体験者だと思ったからです。そこでこういう書き方をしました。

「ある時、記者が訪ねてきた。その時その人はあらためてこういうふうに思った」。そしてその内容をめんめんと書くわけです。

沢木　ただ、なぜその話を出すかといいますと、今の処理の仕方というのは、ぼくもまったく同じような方法論をとりたいと思ったことがあって、『テロルの決算』で山口二矢《おとや》と浅沼稲次郎について書いた時は、ほとんど同じ処理をして「私」を消していったんです。

　ところが何年かして読み返してみると、そうは出てこないんだけれども、各所に、そこに「私」が出てきてもおかしくないような、あるいはたんに「私」という主語が出てこないだけの個所があるわけです。ぼくはそれを、まあ破綻なんじゃないかというふうに思ったわけです。破綻じゃないんだというふうに思おうとしても、本質的には三人称を何ら貫徹してないじゃないかという思い方をしたわけです。

　そう思いながら、アメリカの作品も含めて三人称で書かれたノンフィクションを読んでいくと、どうも各所にそういう部分が出てくるわけです。これはどういうことなんだろうか。どういうことなんだろうかというとへんないい方ですが、それはそれでもう処理し切れなくて最後まで頑張りきれなかったんだろうか、あるいは頑張らなくてもいいんだろうか、そうした方法の一貫性というようなことはノンフィクションにとってはそんなに重要なことではなくて、破綻みたいなものがありながら、何か全体として一つの力を持てばいいんだろうか、どっちなんだろうか、という迷いがわりと長くありました。

柳田　また体験的な話になりますが、なんでその「私」というのを消そうとしたかというと、もう一ついきさつがありまして、それはちょうど十年前に初めて出した『マッハの恐怖』という、航空事故を追跡取材した本を書いた時に、星野匡彦さんという担当の編集者が数十カ所にわたって赤い栞《しおり》を入れて、訂正の助言をしてくれたんです。

それはどういうところかというと、当時私はＮＨＫの記者だったものですから、元の生原稿ではいかにも自分が特ダネをとった部分、あるいは自分の勤め先だったＮＨＫが特ダネをとった部分、そういうところを記者リポート風に書いていたわけです。そうするとどうしても自慢話になるわけですよ。私は、記者物のいちばんいやなのは、そういった自慢話が多すぎる点だと思っていたから、それはずいぶん抑えたつもりなんです。それでもやっぱり出てきてしまった。それを、主として欧米の戦記物を手がけてきたフジ出版社の星野さんが厳しく指摘したわけです。

彼は私が書いた生原稿に対して、「もう少し突き離して、二度読んでも臭みのない原稿に仕上げたほうがいいのではないか。調査、資料、証言をもとに事実そのものを前に出してこそ、初めて時代を越えて読むに堪えるものになる」と忠告してくれたんです。その経験があったものですから、私は「私」というものが作品の中に登場することにひどく抵抗を感じるようになりまして、そのことが自分の方法論を決めていく上で、かなり大きなウェイトを占めたと思うんです。

だけど、沢木さんの作品における「私」というのはすごく高く評価しているし、好きなんですよ。これは、どういう意味かといいますと、私は沢木さんの作品でいちばん好きなのは『敗れざる者たち』という、消えていったスポーツマンたちを追った短編集なんです。そこでは取材者である沢木さん自身が時々登場する。だけどそれが作品全体の流れと切っても切れない関係で、決して得意話ではなく、沢木さんの生き方そのものと書かれる対象のスポーツマンとが表裏一体になっているんですよね。そのへんで私は、一つの方法論として沢木さんらしいな、それから成功してるなというふうに思って読んだんです。

だけど、これを長編でやった時、どこまでこの呼吸が持ち続けられるか、それについてはまだ未知数だったんですけれど、こんど『一瞬の夏』を読んで、それがもっといい意味で完成されたんじゃないかというふうに見ているんです。

『一瞬の夏』では表裏一体のさらに先をいって、まさに取材する「私」が取材される「私」でもある。だから一つの青春の挽歌というようなものをバックグラウンドに秘めた沢木さんの情感が、カシアス内藤の興行のプロモーターになっていく「私」というもので十分表現されているし、それはまさに沢木さん自身の生き方にもなってきている、そこがおもしろかったですね。

重層性や猥雑さこそ

沢木　しかしやっぱり「私」に三年間も付き合うと自家中毒を起こしますね。それでさっきいったペシミスティックな気分になるということもあるんですが、仕事が一段落してから、ずいぶんいろいろな本を読んだんですよ。それまであんまり影響されるといけないということもあったし、読む気分でもなかったんで、外国のノンフィクションなんか読まなかったんです。

それをかなり続けざまに読みましてね、読んでいく中でもう一回、自分が「私」というのにこだわり続けた方法を洗い直したかったんです。その中でいろいろ気がつく点があって、一つは柳田さんの方法ということになるんだけれども、柳田さんは『マッハの恐怖』以降、ご自分ではほとんど大きな方法論的な変化はなかったとお思いですか？

柳田　基本的にはないですね。

沢木　なるほど。『マッハの恐怖』以後、文体そのものとか方法論とか、そう変わりませんよね。

柳田　そう変わらない。

沢木　その確かさみたいなものが、ぼくにはじつにうらやましいんだけど、同時に「ちょっと待てよ」という感じもあるんです。というのは、さっき『一瞬の夏』がわりと読みやすかったとおっしゃってくださった。それはとても嬉しいことで、望んだことはまさにそこにあったんですが、書き終わってみると、読みやすさということは重要なことなんだろうかという気がするわけです。

ここ数年、ノンフィクションがある読者、ある力を獲得してきた大きな理由は、やっぱり読みやすさだったと思うんです。それは作品化しよう、作品の完成度を高めようというライターの意思と表裏一体のものだったと思うんです。だけど、それによってノンフィクションの力というのが逆に削《そ》がれることにならなかっただろうか、という疑問が最近になって念頭を離れなくなったんです。

つまり、ノンフィクションが本来的に備えていたかもしれない重層性とか複雑さとか猥雑《わいざつ》さとかいうものが、作品化という一つの流れの中で整理され、角《かど》がとれて丸くなったのではないだろうか。もちろんぼくもその一翼を担っているわけなんだけれど、そういう作業をしてきちゃったことに対して、ぼくは「いいんだろうか?」という気がするんです。もちろんそれに対する結論はないんですが、柳田さんはどうお考えになりますか?

柳田　逆説的ないい方をすると、私はノンフィクションというのは本来おもしろくないものだというふうに思ってるんです。それは、いわゆるドラマとか小説とかそういうものに対抗するのがノンフィクションだと思っているからです。

それはどういうことかというと、たとえばノンフィクションの作品をテレビ化するというのが最近はやってますよね。そうするとそこで非常に大きな問題が起きるのは、ドラマ化すると、たとえばテレビの二時間なり三時間なりの中で一つの起伏がありヤマ場があり、そして多くの視聴者の関心を引くためには、文字どおり、いわゆるテレビドラマ的なおもしろさが要求される。そうなると、元のノンフィクションとは違った作品になってくると思うんですよ。

ノンフィクションというのは事実との闘いですから、小説的な意味での筋の展開というのは、あまりきれいに出てこないはずだと思うんです。それに、取材しているといろんな枝葉におもしろいことがあったり、またそういう枝葉にこそ、事実の多様性、あるいは社会の多様性、人間の生きざまの多様性というのがあって、そこのところがノンフィクションならではの魅力ではないかと私は思っているんです。だからあんまり、筋とか展開とか起伏とかいう作品性のほうを考えて取捨選択しますと、どこかやっぱり嘘になってくるんじゃないかという気がするんです。

私自身、書いたものの中でも、ある程度おもしろく読みやすくしようというので、ずいぶん取捨選択をして起伏をつけていますけれども、それでも、あんまりつくりすぎにならないように雑多な情報はなるべく削らないようにしようと思っているんです。だから小説に慣れた編集者が見ると、なんてこれは構成が下手なんだろうか、もうちょっと整理したらいいんじゃないかとか、これ八百枚あるけど四百枚のほうがもっといい作品になるんじゃないかとか、そういう意見を持つのは当然だろうと思うんです。しかし、私はむしろ、ほんとうは七百枚でも八百枚でもえんえんと書いたもののほうがいいというのが基本姿勢なんです。

外国のノンフィクション作品を見ますと、すごい長編が多いですよね。で、ただ長いというだけじゃなくて、その問題についてもう一度新しい人が同じテーマで書こうと思っても、もう書き尽くされていて手も足も出ないぐらい書いてあるんです。やっぱりそういうところにノンフィクションの一つの使命みたいなものがあるんじゃないかという気がするんです。

アメリカ流ノンフィクションの方法論

沢木　その関連でいうと、ぼくは最近、ボブ・ウッドワード&スコット・アームストロングの『ブレザレン』を読んで、翻訳で五百数十ページというような膨大な本なんだけど、アメリカの最高裁の中というのがほんとうに生き生きと書かれていて、じつにおもしろかったんです。

だけどそのおもしろい、しかも完璧に内部情報に通じた人間を確保して取材をし、そして複数の主人公を巧みにあやつり、最後はある年度でストーンと区切る終わらせ方でじつに見事にやっている、と感心する一方で、何かこういう形じゃない最高裁の物語のつくり方もあるんじゃないか、もしかするとそれのほうがもっとインパクトが強かったんじゃないか、という気がとても強くしたんですね。

そこに盛られた情報、知識、その他諸々《もろもろ》は膨大なもので、それをまた誰かが新たにやり直すなんていうことは、かなり絶望的なことであろうと思うくらいキッチリやられている。だけど、その処理の仕方が、いわゆるウッドワード流のニュージャーナリズムの方法をとっていて、きれいに整理され、物語として完璧にできている。これはどうなんだろうかと思ったんです。

たとえば、ぼくは柳田さんの作品を、たぶんみんな読んでるとは思うんですが、その中でいえば、雑多な情報とおっしゃられた部分、たしかにあると思うのですが、でもやっぱり一つのメイン・ストーリーがあって、そのメイン・ストーリーに集中していくという基本的な方針は変わらないと思うんです。そのメイン・ストーリーを解体することは、どうしても不可能なんでしょうか？　もっとも、メイン・ストーリーを解体して、なおノンフィクションというのが長編で成立するかどうかというのも疑問なんだけど……どうしましょう(笑)。

柳田　こういうふうに思うんですよ。アメリカという国だけに限定してみると、アメリカはきわめて即物的なノンフィクションが盛んな国だと思うんです。即物的というのはイデオロギーにあんまりかまわない国で、人間があるがままに、わりと本能的に生きてる国というような感じですね。

ところが日本は、とくに戦後のこの三十数年の歴史が、きわめてイデオロギッシュだったと思うんです。戦争か平和か、体制か反体制か、資本主義か社会主義かといった問題認識から、もうあらゆる問題が切り離せない形できた。だからノンフィクションを書くという場合でも、多くの場合は、社会の不正を暴くとか問題を告発するとか、さらにはイデオロギーの表現としてルポルタージュを使うとか、さまざまな形で変遷してきたと思うんですよ。

ところがアメリカの場合は、そういうものが社会的に明確な形で存在しなかったものだから、大きなテーマ、たとえば最高裁とか、あるいは『ベスト&ブライテスト』(D・ハルバースタム)の場合ではホワイトハウスとか大統領とか、ストーリーとしての大テーマはあるけれど、それがどうあるべきであるとか、どういう方向を向かなきゃいけないとか、そういう哲学的な問題はあまりなくて、ちょうど日曜日の歩行者天国みたいに、メイン・ストリートにウワーッと雑多な人が集まってくる——ホワイトハウスならホワイトハウス、最高裁なら最高裁というメイン・ストリートにいろんな雑多な人間が集まってくる——それをバーッと全部書いちゃおうというような、それがアメリカのノンフィクションじゃないかなという気がするんです。

ところが日本は読者層が必ずしもそれでは満足しなくて、もう一つ、いったいどっちの方向を向いて歩こうとしてるのか、この本はいったい何を訴えかけようとしてるのか、テーマは何なのかというようなところを求めていると思うんですよね。そこはもう、同じノンフィクションといっても、アメリカと日本の違いだし、日本でアメリカ的ないき方そのままをやろうとしても、読者に受け入れられないだけではなくて、書いてる人間もどっかで満足しないという気がします。

だから私も方法論として、アメリカのニュージャーナリズムやインベスティゲイティブ・リポーティング(investigative reporting 徹底的な調査、取材に基づいた報道)というような形式に大いに刺激されて、ずいぶん参考にしてますけれども、できてくる作品は同じものじゃないと思っています。

『戦艦武蔵』への抵抗

沢木 それでは、もし柳田さんご自身、そういうノンフィクションの祖型《そけい》みたいなものが、先行する作家とかノンフィクション・ライターとかの作品にあるとすれば何でしょう?
たとえば吉村昭さんの『戦艦武蔵』というのがありますね。あれをたとえばどう読むか。小説と読む見方もあるだろうし、ノンフィクションと読む見方もあるでしょう。
柳田 吉村さんの作品にはものすごく影響を受けています。それはちょうど私が書き始めたころに『戦艦武蔵』とか『零式戦闘機』とか、それから『高熱隧道』とか、非常に熱気にあふれた吉村さんの作品が発表されましたから。

沢木 そうすると、そういうものの方法論と、外国の、アメリカならアメリカでいろいろ出てきた作品群の影響力と、柳田さんご自身にとってはどちらが強かったとお感じですか？

柳田 情感としては吉村さんなんかのものに強く影響を受けてますね。だけど方法論は圧倒的にアメリカから受けています。

沢木 今、なぜ吉村さんの話を出したかというと、ぼくは柳田さんと違って、同時代的に吉村さんの作品を読むことができなかったから、ずいぶん後になってから読んだんです。ショックでしたね。というのも、『戦艦武蔵』は三人称で統一されていて、作品としても完結していますよね。つまり、ぼくが方法論的にやろうとしていたことの祖型は、とっくに吉村さんの手によってでき上がってしまっていると思ったわけです。

もちろんその方法論を使えば、さまざまな素材でぼく自身も書くことはできます。だけど、方法論の冒険としてはいちおうあそこで一つできちゃっている。とすれば、冒険はもうできないというふうに思っちゃったんです。それが『テロルの決算』でちょっと行き詰まりになった一つの理由でもあるんですね。

柳田 ただ、私は吉村さんの作品、素晴らしいし尊敬してるんですが、作品があまりにも完璧にできているんです。だから私はあえてそれにダダをこねるような意味で抵抗したかった。というのは、私自身も、零式戦闘機については本を書いていますが(『零式戦闘機』)、あれはほんの一部分で、まだこれから続けて書く予定にしてるんですけど、吉村さんの場合は『武蔵』にしても『零戦』にしても全体のストーリーが完結しているし、それからその時代に生きた一つの青春の挽歌とか、あるいは戦争と人間との関係といったものに対し、一人のコンテンポラリーな人間として、吉村さん自身が息づいている部分があるんです。
ですから作品を読んでいると、ノンフィクションなんでしょうけれども、あまりにも小説的にうまくできすぎているんです。

沢木　そこがさっきの話と重なってくるわけです。ああいう完成度の高いノンフィクションを志向するとすれば、まあ、ぼく自身が行き着くところとして、最高にうまくいって『戦艦武蔵』という祖型に向かっていくよりしようがない。しかしそれはノンフィクションとして、何か自らの翼を削ぐことにならないのかなあという感じがあったわけです。

氷山のどこまで書くか

柳田　だから私がダダをこねるように抵抗するというのは、作品をあえてギリシャ彫刻のようにきれいにつくり上げるんじゃなくて、ほんとうに粘土をぶっつけて粗いゴツゴツした、ディテールとか枝葉とかそういうものをもっと大胆にどんどん加えていっちゃう、あるいは『武蔵』にしても『零戦』にしても技術的な話がかなりからんできますよね。そういう技術者の話なり技術の内容そのものについてもどんどん加えていくということで、もうちょっと粗っぽい形のほうが今のわれわれの世代のノンフィクションなんじゃないかな、というようなことを思いましてね……。

沢木　それで、まさに今の柳田さんの意見にダダをこねると(笑)、まったくそういうふうにぼくも思いながら、一方で、たとえばここ数カ月本を読んでいるあいだに見つけた、ジョージ・プリンプトンが若いころ、ヘミングウェイに会った時のインタビューがあるわけです。その中でヘミングウェイがいってる言葉がとても印象深い。

「自分は氷山を書いている。氷山というのは八分の七は水面下だ、八分の一は水面に出ている。知っていることを省略するということは、その文章をとても強くする。だが、知らないことを省略するとそれは空洞になる」

もちろんこれはヘミングウェイの創作哲学なんでしょうけれど、ノンフィクションというのはまったく逆に、知っていることは取りあえず何でも書くというところで成立している部分があるわけです。それに対する反論としては、いや、ノンフィクションだって取捨選択があるんだ、たとえば十取材したって九は捨てるかもしれない、そのうちの一を書くんだ、という反論がいちおう成立する。

だけど、「氷山」という比喩《ひゆ》への反論にならないのは、ぼくが考えるには、ノンフィクション作家の氷というのは、池かなんかに張った薄い、面としての氷だと思うんですね。それを取捨選択して十分の一使うにしても、ようするにそれは薄い氷の十分の一であって、その下に十分の九がくっついているというふうには感じられないんです。作家、それも最上級の作家の場合には、やはり書かれている内容に対して、十分の九、まあ八分の七でもいいんだけれど、書かれない水面下の、信ずるに足る何かがあるというふうに思えることが多いんです。

それに対してノンフィクション作家の文章、作品というのは、とにかくあらゆるものをかき集めて書いちゃう、知識でもいい、取材したことでもいい、何でも全部書く、あるいはそのうちでいらないものは取捨選択していくけど、そこに成立しているものはやっぱり薄い氷の十分の一ぐらいなんじゃないだろうか、という根源的なノンフィクション・ライターへの否定的な感じを持ってしまうんです。もちろんぼく自身を含めてです。

それは言葉を変えると、大江健三郎さんの『青年へ』という本の中に、彼が書評をやってた時の感想が出ていて、その中でアーサー・ヘイリーのことについて書いているんです。

ある時、アーサー・ヘイリーについて話題が出るんですね。それは日本の、アメリカびいきの女性と議論になってしまって、そのアメリカ文学通と称する女性は、大江さんに、日本にはアーサー・ヘイリーみたいな偉大な作家はいないでしょうというんです。その時、大江さんは、こういうふうに感じた。

アーサー・ヘイリーってのはたしかに雑多な取材、知識、つまり空港なら空港、ホテルならホテル、そういったものの知識を整理し、人間をばらまき、それをない混ぜにして、一見壮大ふうのストーリーをつくる。でも、そこに描かれている人間と事件というものに、何ら新しいものはない。ようするに、今までみんなが知っていた、あるいはみんながもうすでに理解している人間像をなぞっているにすぎない……。しかしそのことは、その女性に説明しても納得してもらえなくて、彼は暗澹《あんたん》たる気分になる、というエッセイなんです。ぼくは、そこにはやはり聞くべきものがあると思うんです。

アーサー・ヘイリーは小説家だけれども、同じことはノンフィクション作家にもいえるのではないか。ノンフィクションの膨大な作品の中には雑多な知識、情報が詰め込まれているけれども、そこを貫いている人間理解の仕方とか事件理解の仕方というのは、非常に月並みだということがあるんじゃないか。そうすると、ノンフィクションの作家というのは本質的な何を、ようするに今、本質的な何を描けるんだろうかという問題が出てくると思うんです。

自分で見た範囲内で書く

柳田　だけど私は、たとえば沢木さんの『一瞬の夏』と、それからゲイ・タリーズの『汝の父を敬え』とを比べて読んでみて、ある一つの共通性を感じるんですよ。大事なことは二つあると思うんです。

一つは方法論、それからもう一つは方法論と重なり合っているんだけれども、書き手が自分の目に見えた範囲内だけで書いているということ、これが二つの作品の非常に大事な共通点だと感じるんです。その方法論こそ、ニュージャーナリズムといわれるものだと思うんです。そういう意味で、私はアメリカのニュージャーナリズムが到達した一つの傑作は、タリーズの『汝の父を敬え』だと思っています。

沢木　ぼくもそう思います。

柳田　日本でそれがやっと『一瞬の夏』でできたという気がしたんだけど。

沢木　いや、それはもう、すごく貧しくて……。

柳田　私がいいたいのは、その目に見えた範囲内で書くということ。これは新しい人間の発見じゃないかという気がするんです。

それは今、沢木さんが大江さんの論評の例を引いて、いったいノンフィクションというのはどこまで人間の発見をしているんだろうかとおっしゃったけれど、私は、いい作品においては十分発見し得ていると思うんです。というのは、タリーズは『汝の父を敬え』の中で、マフィアの人間たちを従来のギャング物やＦＢＩ物が描いてきた像と違う、ごく「普通の人々《オーディナリー・ピープル》」として描き切っている。

たとえばクレジットカードの払いが間に合わなくて、それで困ってヒーヒーいってる姿であるとか、あるいは、マフィアの記事が出るとそれをなるべく奥さんに気づかれないように切り抜いて捨てちゃうとか、いちばん印象的なのは、ボナンノ一家《ファミリー》の後継者と目されているビル・ボナンノという大学出の青年の部屋に、読みさしのプルーストの小説がポーンと置かれてあるとか、そういうディテールというのはたいへんな発見だと思うんですよ。

沢木　ぼくもまったくそう思いますね。

柳田　このあいだゲイ・タリーズが次の作品の取材だというので日本に来た時、会ったんですよ。それでたまたま、いろいろ作品について話す機会があったので、私は意図的に、タリーズの本を持っていって、細かいディテールについて、「ここはどういうふうにして書いたのか？」と聞いたんです。

たとえば「ボナンノの親分が、マントバーニの音楽がかかっている居間で、足をスツールの上に投げ出して、何か人待ち顔にしているというような、小説的にディテールを書き込んだ描写があるが、ここはいったいどういうふうにして書いたのか？」

そしたら、タリーズは「私はまさにその時一緒にそこにいたんで、まあほとんど一緒に生活するような状態で、いつも家に出入りしていたわけだ」と答えました。つまりタリーズ自身がそこで体験し、見たその情景をじつに詳しく描写しているわけです。

それでいえば、トルーマン・カポーティが『冷血』を書いた時、あの書き出しに象徴されるように、じつに微に入り細をうがって、事件があったあの村とその家のディテールを書いてますね。カポーティは、詳細な取材をしたといっているけれども、あれについては、どこまでが真実か、ぼくはあんまり知らないんです。おそらくかなり創作したディテールを入れているんじゃないかと思っているんです。

だけどタリーズが書いているディテールは、おそらく自分で見た範囲内だろうと思うんですよ。それは、もう信頼関係みたいなものですが、タリーズと会って話していると、私がそう信じてきたことはどうも事実らしいと思ったんです。

ノンフィクションというのはほんとうに厳密な意味で書くならば、たとえ十年前、二十年前の話でも、ライターが「これは事実に違いない」と確認した範囲内で書いていくわけだけど、より確かなものをというと、やっぱり自分がその現場にいた場合がいちばん強い。だから、沢木さんのように自分自身がその現場に身をゆだねる、あるいはタリーズのように五年も七年も付き合いをして、もう家族の一員になるような形でそこに住みこんじゃう。そういう形じゃないと、「確かめる」という作業はむずかしいんじゃないかと思うんですよ。

沢木　もしマニアックにやろうとすればね。

柳田　だからニュージャーナリズムの方法を突き詰めていくとそこまでいくわけで、それはたいへんな労力とコストのかかる話ではあるけれども、今日のように何を言じていいのか、何が真実なのかわからない時代では、それは一つの有効な方法論じゃないかと思うんですよ。

だから私は『一瞬の夏』にしても、これは沢木耕太郎という、今、青春期を終わろうとしている男(笑)が、何か一所懸命になって、自分の手に触れられる範囲内で、生きていく自分を確認していきたい、そういう作業なんじゃないか、という読み方をしたんですが……。

一生かかって一作

沢木 そのとおりであればほんとうによかったと思うんです。ただ、そこに職業的なライターの役割の問題がありますね。つまり、職業的なノンフィクション・ライターがそういうことを永遠に繰り返せるかというと、これは絶望的な気分になるわけです。

ぼくは人生というか、生きていくプロセスと書くものとが、ある意味で並んでいけば幸せだと思ってきました。だけど、どうもその分岐点にきたと思っているんです。

これからだってもちろんやってやれないことはないだろうけれど、それはちょっと希望的観測にすぎなくて、もしぼくがこれから職業的なノンフィクション・ライターとしてあり続けるならば、今度は取材をしていくプロセスと、生きていくプロセスとは、やっぱり違うものだという形で、ノンフィクションを書いていかざるを得ないというところに、今ぼくはきているなという感じがするんです。

そうすると、これから何年かかけて一作つくるにしても、それは自分にとってどういうことなんだろうか、それは職業なんだからといって割り切ることもできるんだけど、ぼくはジャーナリストとしての使命感なんてぜんぜんないんです。ぼくはジャーナリストじゃないと思っているから。たまたまノンフィクションを書いているにすぎないと思っていて、現代におけるジャーナリストの役割とかいうことに対しても興味がないんです。だから、何かノンフィクションを持続的に書いていくエネルギーの源泉みたいなのが、ちょっとわからなくなっている。

その時、たとえば柳田さんがエッセイなどで書かれているように、「現代における巨大なテーマというのはいくつかある。その巨大なテーマに向かって自分は書いていく」というふうに一種の自己限定をするということは、ぼくから見ると、すごく確かなものに見えて、とてもあこがれるわけだけれども、一方でぼくは、その確かな自己限定というか、役割を受け入れることがまだできなくて、これから先、どうしていいのか、ちょっと茫然《ぼうぜん》としているんです。

柳田　このあいだ、そのゲイ・タリーズが、ノンフィクション・ライターがほんとうにいい作品を書こうと思ったら、一生に一作だ、といったんですよ。で、ノーマン・メイラーは書きすぎだといって批判してたけど(笑)。まあ、タリーズ自身、今まで長編は三つしか書いていませんよね。ニューヨーク・タイムズの内幕を書いた『王国と権力』、それと『汝の父を敬え』、『汝の隣人の妻』。それぞれ五年から八年もかけてますね。

彼は、とにかく二本書けばその内容の濃さは二分の一、三本書けば三分の一だというんです。これ、理論的には正しいと思うけど、実践的にいうと破綻がくると思うんです。というのは、ノンフィクションというのは、やはり現実の世の中の動き、激動する社会情勢なり国際情勢に、ライターがどう関わっているかという形で生まれてくるものだと思うんです。

それは「私」というものを表現しようがしまいが、作品を書くということの根本は、自分なりに世界をどうとらえるか、現代をどうとらえるか、そのジグソー・パズルの一つ一つのコマを埋めていくみたいな、試行錯誤の作業だと思うんです。だから、あまりにも臆病になって方法論にこだわりすぎると、そのパズルの空白部分ばかりが残って、何の絵を描こうとしたのか、結局わからなかったということになるんじゃないか。

「一生かかって一作」というのは理論的には正しいんだけれど、それが失敗作だったら、何も書かなかったと同じだということになりかねない。

書き続ける動因

沢木 ということは、まったくぶしつけな質問なんですが、柳田さんがノンフィクションを書き続けておられる根源的なところでの動因というのは何なんでしょうか?

柳田 ただ一つはっきりしているのは、私らの世代は非常に飢餓感の強い世代だということでしょう。われわれは戦中・戦後の非常な飢餓感の中で、また知的なものに対する限りない欲望の中で生きてきて、それが身体の中にしみついちゃっているんですね。行列しないとものを買えない。粗末な紙の本をやっと手に入れて停電の合間に読む。動物行動学的にいうと「刷り込み《インプリンティング》」ですよ。絶えず何かしなきゃいかんと思っている。それからいつも、世の中での自分の位置づけなりアイデンティティーというのを意識する、そういう世代かとも思います。

だからそれが、現代の巨大なテーマを追うとか、現代を自分なりにとらえたいとか、同時代を歴史として自分なりに位置づけてみたいとか、そういうものになってくるんじゃないかって気がするんです。

沢木 そうすると、ご自分が、基本的にはジャーナリストであるという感じはお持ちですか?

柳田 持っていますね、強く。

沢木 そうすると、今なさっておられることは、非常に個人的な作業であるか社会的な作業であるかというような分類でいえば、わりと後者であることをめざしているみたいな感じはありますか?

柳田 ありますね。ただ、あくまでもこれは自分の仕事であり、自分で確認する作業なんだということは根本にありますけど。

だから、たとえば私が追いかけているテーマの一つに事故のドキュメントがありますけれど、これはたんに事故を書くということだけじゃなくて、それが今非常に重視されてきている安全人間工学的な研究、つまり今のテクノロジー社会をもう一度人間的な目で見直して再建しようとする学問研究の分野に自分が何らかの寄与をしなきゃいかんのだ、ジャーナリストとして現場からの発言として、そういう面での前進に寄与しなきゃいかんし、できるんだ、そういう気持ちというのはありますね。

沢木 そこがかなり決定的に違うんですね。ぼくはむしろ逆に、社会と切れる方向で書き続けてきた。作品を発表するということにおいてはつながる作業をしているわけだけど、自分の意識の中ではわりと切れちゃっている。あるいは切れることをよしとする……というところまでいっているかどうかわかりませんが、ともかく自分が社会に対して何か役割を果たそう、働きかけようという意識よりは、もっと個人的な、どちらかというと遊びなんだというようなところが強いんです。だから方法論にこだわったりなんかするのは、その悪《あ》しき結果なんだろうと思います(笑)。

つまり、ぼくがノンフィクションを書く時の動因を探すとすれば、方法をどうつくっていくかというゲームのおもしろさでしかないんじゃないかというふうに思っているんです。その意味で、自分がほんとうにノンフィクション・ライターとしての資質をもっているのかどうかも、最近はちょっとよくわからない。

職人としてのメッセンジャー

柳田　でも、いざ具体的に何かの作品を書く段になると、あんまり社会意識だとか托鉢僧《たくはつそう》の御託《ごたく》意識みたいなものに引きずられないほうがいいんじゃないかって気がするんです。

沢木さんがいつか、「もの書きというもの、とくにノンフィクション・ライターというものは、何ほどのものでもない」というふうにお書きになってたことがあったけど、私もそう思うんです。

ジャーナリストが世の中を一本刀下げて切りまくるというような、そんな大それた意識で、私は「ジャーナリスト」といっているのではなくて、やっぱり世の中に起こっていること、あったこと、あるいは人の生きざまを素直に見て、そういうものを発掘しながら提供していくという、一種の職人としてのメッセンジャーみたいな、その程度の意識しか持っていないです。

沢木　基本的な態度としては、大ざっぱにいうと、世の中に対して、というより人間や物事に対して肯定的な態度で取り組もうという姿勢を意識的に持っていらっしゃるんですか？

柳田　いろんな人がいろんな生き方をしている、それを素直に認めていくという気持ちは強いです。たとえば新聞に悪の権化《ごんげ》みたいに書かれた人でも、その人の人間像全体というのは何か違うんじゃないかとか、そういうことはよく感じますね。

沢木　そういえば、このあいだの「ワシントン・ポスト」の偽造記事の事件で、あのジャネットという人にぼくは会ってみたいと思いますね。

あの虚報を書いた女性とはどういう人であろうか。それは「ワシントン・ポスト」で書かれていたように性格破綻的な面もあるかもしれない。だけどあんなにちゃんとした嘘の記事が書ける女性には一回会ってみたいという感じがある。

あの事件については柳田さんも、テレビや文章でふれておられたけれども、たしかに「ワシントン・ポスト」とか、現在のジャーナリズムのシステムの問題として考えられるという要素が一つありますね。ただぼくは、その問題というのは、そう主要なテーマとしては感じられなかった。やっぱりニュージャーナリズムの方法の問題として気になったんです。

それは実作者としてノンフィクションを書いていればよくわかることなんですが、いわゆるニュージャーナリズムの手法と称する三人称による叙述、それも神の視点から書く手法を用いると、取材源、あるいはその調査のプロセスが、叙述の中に溶け込んでしまって、明示されないことが多いですよね。だから、そこで書く当人にすごく厳しい倫理観がなければ、歯止めなく偽造が生まれてくる可能性があるわけです。そこで当然、ジャネットさん個人の倫理の問題として事件を見ることもできる。ただもう一方で、彼女がニュージャーナリズムの手法をとらなければ、「虚報」といった大事件までには至らなかったんじゃないかという側面もあると思うんです。

柳田　うん、その視点はおもしろい。というのは、私もジャネット記者の書いた、あの「ジミーズ・ワールド(ジミー少年の世界)」を読みましたけれど、まさに文体、書き方はニュージャーナリズム的な手法ですよね。

沢木　ぼくも記憶しているんだけど、冒頭「ジミーは八歳で麻薬中毒患者だった」。そういう文体なんですよね。

柳田　それでワシントンの友人に聞いても、まさにニュージャーナリズム的な書き方で、そこに一つ、広く読まれて影響力を持った原因はあったろうというんですよね。

事件としてとらえた場合、こういう虚報事件というのは今に始まったことじゃなくて、歴史的に数えあげればキリがないわけです。日本だってたくさんありましたしね。「伊藤律会見記」だってそうだし、デッチ上げの虚報事件というのは、もうゴマンとあるわけです。

じゃ、なんでこれが問題になったかというと、やっぱり社会的に大きな影響力を持ったがゆえに、その虚報がまた大きな問題になったんだと思うんです。この記事がワシントンの警察を動かし、市当局を動かし、それから全米から「ジミーを救え！」という嘆願が集まるくらいのインパクトを持ってしまったからです。

新聞記事の大きさからいうと半ページ分だけですよね。そんな長編じゃない。じゃ、なんでそんなに大きな反響を生んだかというと、やっぱりすごい迫力のある記事だったということでしょう。そしてその迫力の原因は文章がうまかったということでしょう。

私は、ジャネットはペーパーバック・ライターか何かになればいいと思った。『将軍』のクラベルぐらいの作家にはなったと思うんですよ。

ただ、ここで私がひっかかるのは、ニュージャーナリズムの功罪という方向に、批判の力点が置かれていることです。それも、新聞記者あるいは新聞側がジャネット記者を批判するのに、今日流行のニュージャーナリズムの弊害としてとらえているわけです。そこに私は反発を感じました。

どういうことかというと、これは今のジャーナリズムの熾烈《しれつ》な競争とか、デッチ上げ記事が出てくる背景とか、功名心争いとか、そういうところで記者自身の自戒の問題として批判するのならいいんです。しかし、あの誤報記事はニュージャーナリズムがあったから悪かったみたいな、逆立ちした論理で批判がされているわけです。私はそうじゃなくて、ニュージャーナリズムという方法が有効であればいいんで、ただそれを悪用したのがいけないということであって、ニュージャーナリズム自体に罪があるんじゃないと思っているんです。

書く人間の倫理観

沢木　なるほど、それはぼくも同感です。ただここで、もう一度ニュージャーナリズムの方法論について考えるのは必要だと思うんです。

ぼくが考えたのは、やはり自分も『テロルの決算』を書いていた時、「あ、これは、もしこのスタイルで書いていけばいくらでもフィクションは可能だな」と思ったことが一つ。それをやらないというのは、まさに個人の倫理の問題でしかないというふうに思いつつ、自分で作業をやったことがある。だから、当然そういうフィクションができるというのは予測できた。

だけど、現実にこういう問題が起きて考えてみると、先ほどのゲイ・タリーズとカポーティの話ではないけれど、読み手には絶対に検証のしようがないわけですよ。三人称で、しかも神の口から語られるように語られてしまっている以上、ぼくたちはその検証のしようがない。ここに一つ、方法論的な問題があるんじゃないだろうか。

もう一つは、なぜそういうスタイルをとったかというと、やっぱり作品化したいという意思がとても強かったからだと思うんです。作品化の意思がなければ、ああしたニュージャーナリズム風の文体はできなかったと思うんです。そうすると、ああいうリポートですら作品化の意思が強烈に出てきた。整理され、なだらかで読みやすい叙述の文体が出てきてしまった。初期にはその文体が一つのインパクトを持ち得ていたけれど、それが今や、もう氾濫《はんらん》し始めたわけです。そうした時、この文体はいぜん力を持ち得るんだろうかという問題が一つ。

そしてもう一つ、その検証のしようがないということに対して、どういう歯止めがかけられるのか。これは、ぼくは今まで個人の倫理でしかないといって突き離していたんだけれど、それで、いいのかという気がする。

柳田 むずかしい問題ですね。ただ、沢木さんが『一瞬の夏』の連載を終えた時、朝日新聞に「連載を終えて」という短いエッセイを書いた中で、最後にサッカーとラグビーとを対比させ本田靖春さんの比喩を引用していたでしょう。あれ、とてもいい言葉だと思いましたね。

フィクションというのは、それはジャネットの世界がそうでしたが、ラグビーのようにボールを足で蹴ってもいいし、自由に手でつかんでもいい。そこは、もうまったく意のままに書けるわけです。しかし、ノンフィクションというのはそうじゃない。一つのルール、サッカーのように足しか使えないというルールがあって、決して手を使っちゃいけないわけです。しかもこれがスポーツなら、レフェリーがいて、手を使えばただちに笛を吹いて「反則《ファール》」ということになるんだけれど、ものを書く作業というのは目に見えるところにレフェリーがいないんですね。レフェリーは書いた人と書かれた人の関係でしかない。

沢木 それで、多くの場合、書かれた人はその笛を持ってないんですよね。そうなると、最終的にはやっぱり、書く人間の倫理観にゆだねるということでしかないのかな。それはしようがないのかな。

ニュージャーナリズムの有効性

柳田　一九八〇年に、イギリスのノンフィクション・ライターのゴードン・トマスという人に会った時、彼はニュージャーナリズム批判をしていたんです。まあイギリス人だからアメリカ的ないき方に批判的だったんだろうと思います。

その時、例のウッドワード&バーンスタインの『最後の日々』を素材に上げて、あれには百カ所以上の誤りがある、つまり事実の取材をしないで書いているところがそれだけあるといういい方をしたんですよ。非常にきついいい方でした。それについて、こちらはまったく確認のしようがないわけです。ただよく書けてるな、よく取材したなと思っておもしろく読みましたけれど、「あの作品にもやはりあるのか」という感じですね。

だから、もしそれがほんとうだとすれば、ちょっとしたレフェリーの見ていないところで手を使ったのかもしれない(笑)。具体的には聞かなかったですけど、ただ一カ所だけ背広について言っていました。ある登場人物が一度も着たことのない背広を着ていると書いてあるって。非常に大事な点だと思うんです。

沢木　いわばその積み重ねで、あの作品は成立しているんですからね。

柳田　そこが正しく書けていれば非常にいいわけです。そういう細かいディテールを見逃すまいとするのが大事なんです。しかし偽造はいけない。

今度、ゲイ・タリーズは五年計画で自動車問題に取り組むらしいんですね。日本に来たのもその取材らしいんだけど、「困るでしょう？」っていったんですよ。日本は非常に取材のガードが厳しくて、自動車会社を取材するといったって、外国から急に来ても、そんな中には入れませんし、日本のジャーナリストだって、そう簡単には内幕なんて書けませんから、「たいへんでしょう？」っていったんです。そしたら、「いや、たいへんなのはアメリカでも同じだ。しかし五年もあればだんだんいろんなことが見えてくるだろう」という。そして、「たとえば銀座に立っていても書けることはある。あそこに立っていたら、婦人警官が交通違反のトラックの運転手をつかまえてこんこんとさとしていた。むくつけき大の男のドライバーが、うら若き婦人警官に頭を下げてかしこまっている。日本は女性が権力を持つことはないと聞いていたけれど、どうやらそうではないらしい。しかも権力を持った者に対しては、大男たりといえども弱い。日本という国はどこを見てもおもしろくてしようがない。べつに会社が秘密資料を出さなくても、私はものを書くのにいっこう不自由しない」と、彼はたんかを切って帰りましたよ。

しかし、これはある意味でとても大事なことだと思うんですよね。謙虚な目で見て新鮮な感覚でとらえていくと、ふだん見逃してるものが見えてくる。見えてきたことによって、べつに秘密文書を取らなくても実像は書けてくるんじゃないかという気がするんです。そのへんで、ニュージャーナリズムの手法は、まだまだ有効なんじゃないかな、というふうに思いますけど。

沢木　ぼくも将来に何か書くという時に、やはりニュージャーナリズムの手法を利用しないということはあり得ないと思うんです。ただ、あまりに氾濫しているという事実は厳然としてあって、氾濫した方法論を使っていくと、それだけ力が弱まるんじゃないかという感じがあるんです。少なくとも、職業的なノンフィクション・ライターの書くノンフィクションには、方法による衝撃力はあるていど必要な気はするんです。

柳田 だけど沢木さんのように、時間をかけて、そのテーマなり素材なりの中に肌を接してもぐり込んでいけば、たとえ世に広くはやっているものであれ、内実を伴ったものになってくるんじゃないですか。

沢木 問題は内容だって、このあいだも柳田さんにいわれたような気がするんだけれど、やっぱりまだ性根がすわってないんですね(笑)。なんか、「方法、方法」ってくだらないことにこだわってんだな。

柳田 うらやましいですよ。私は今四十五歳で、もうこだわっていられないみたいな、ぼつぼつ年齢的な恐怖感が出てきてね(笑)。沢木さんは若いんだし、まあ、無我夢中でやるのがいちばんいいんじゃないですか(笑)。そのうちに何となく、振り返ると自分の道ができているというか……。

沢木 そうだといいんですけど……(笑)。

事実と無名性

篠田一士
沢木耕太郎

しのだ　はじめ　一九二七年、岐阜県生まれ。文芸批評家。

篠田さんが文芸誌で「ノンフィクションの言語」の連載を始められたとき、新聞の広告でそのタイトルを知り、書店の店頭で雑誌を立ち読みすることにした。文芸批評家がノンフィクションについてどんなことを書くのか、興味が湧いたからだ。なんとなく、そのときは、アメリカやイギリスのノンフィクションについて書いているのではないかと思っていたような気がする。

ところが、書店で雑誌を手に取り、ぱらぱらとページをめくり、「ノンフィクションの言語」の第一回が載っているところを開いて、驚いた。そこには、私の『テロルの決算』についての批評が全面展開されていたからだ。

《短いセンテンスをつぎつぎとくりだしてゆく、文章の呼吸はみごとなものであり、一種、古典的な端正さをもっているといってもいいかもしれない》

私の作品が文芸批評家によって批評された、それが最初の機会だった。

そして、ノンフィクションに関する篠田さんのその一連の連載がまとまると、「すばる」誌上で対談をしないかという誘いを受けることになった。喜んで引き受け、初めて篠田さんにお会いして、また驚いた。篠田さんの体型が、私の文芸批評家のイメージとまったく異なり、堂々と国技館で土俵入りができそうなくらい大きいものだったからだ。

これは「すばる」の一九八三年四月号に掲載された。

一九八九年、没。

（沢木）

ノンフィクションとルポルタージュ

沢木 篠田さんのノンフィクション論は、断片的に読んではいたのですが、今度まとめて読ませていただいて、基本的にといったら全く僭越《せんえつ》なんだけど、基本的には僕が考えてきたこととほとんど同じだという気がしたんです。ただ、僕が立ちどまって何年か足踏みせざるをえなかったような部分を、わりと簡単に、一行なら一行で通りすぎていらっしゃる。そこに辿《たど》り着くまでに三年ぐらいかかったんだけどな、というような思いが湧いてくるところがないではなかった。

僕には今、ちょっとわからなくなっているようなこと、頭を打っちゃってどうしても先に進めないということが現実にあって、今日はそれについてお訊きして、篠田さんにレクチャーしてもらえるとありがたいような……。

篠田 いやいや。どうも講義は苦手のほうだから。

沢木 答えはあいまいなもので結構ですし、ここで絶対に答えが出るという性格の問題ではないことは承知しているんですが、何がわからないのかということをもう少しわからせたいような気がするんです。

篠田 どうぞ。答えられることは正直に答えますから。

ノンフィクションというものがどういうものかということを、言語機能の面から書いたんだけど、これまでノンフィクション論というのは日本にはないらしい。それに、文芸批評家は、ノンフィクションなるものを、それほど読んでない。文学中毒にかかってますからね。僕もそのひとりだけど、体が大きいせいか、回りがにぶく、おそくて、まだ全身に回ってないように思うんです(笑)。中毒患者は、ノンフィクションと聞いただけでね……。

沢木　アレルギーを起こしますか(笑)。

篠田　らしい。ところで、この『ノンフィクションの言語』は、全くの私論《しろん》でしてね。私論というのは「私の論」であると同時に、文字通り「試みの論」なんですね。何から何を、どういうふうにというルールも何もないわけですよね。参考になる先人の仕事もないわけですから。

だから、ある意味では非常に書きやすかったわけだけど、ある意味ではまた非常に書きにくい。つっかかるところがないんでね。結局、僕としては、中でも書きましたし、あとがきにも書いたんだけど、前に書いた『日本の近代小説』『日本の現代小説』、これを書いているときに、これは一遍ノンフィクションについて改めて考え直さないといけないなと考えたんです。それからまた、考え直すだけの材料はあるはずだなということも、ほぼ見当がついてきたんです。たまたま、沢木さんのお仕事をはじめ、ニュージャーナリズムと称して……。

沢木　何がニュージャーナリズムか、わけはわかりませんけどね。

篠田　ニュージャーナリズムについてはまた後で話題になるかと思うんだけど、たくさんすぐれた物が出たので、それをまずとっかかりにしてやってみようとしたのが緒《しょ》になりました。それをやっているうちに、ある程度までさかのぼる必要があることがはっきりしてきました。

沢木　『ノンフィクションの言語』の連載はそういうプロセスを辿りましたね。

篠田　さかのぼるというと、結局どこまでもさかのぼれるわけでもなくて、戦後の、『日本の現代小説』でやった部分、そこの補足というようなことになる部分があるわけで、それをやって、現在にまた戻ってきたわけですけどね。

沢木 何というのでしょう、つまらないことにこだわるかもしれませんけど、今、篠田さんと僕はノンフィクションというふうに言って、それで了解したという感じで話をしていますよね。でも、多分このノンフィクションという言葉は、まだ正式に認知されてないと思うんですね。もちろん、ノンフィクションという言葉自体は当然ある。ただし、フィクションではないあるジャンルの文章を書いている人たち、つまりここではノンフィクションの書き手ですけど、その人たちの中には、自分たちの書くものがノンフィクションという言葉を使って呼ばれることを潔しとしないというか、ノンフィクションという言葉を使ってそのジャンルの作物を包括しようとするのは不正確なんではないか、という考え方があるんですね。

それに対して、僕は、いや、ノンフィクションという言葉を使っていいんじゃないか、と考えている。ただ、ノンフィクションという言葉を使わないほうがいいんじゃないかという人たちの論旨は論旨としてよく理解できるんです。つまり、ノンフィクションの中核にあるものはルポルタージュであるから、言葉としてはルポルタージュでいいじゃないか。それをルポルタージュと言わないでノンフィクションと言っちゃうのは、何かをあいまいにする意図があるのではないか。意図はないにしても、結果としてはそういうことになってしまうのではないか。だからルポルタージュはルポルタージュと呼べばいいと。ルポルタージュ以外の作物を、例えばノンフィクションとか言ったりするのはよくないのではないかという……。

篠田 かえって議論を複雑にしちゃう。

沢木 という意見があるわけですね。それに対して篠田さんはどういうふうに思われます?

篠田　もちろんノンフィクションというのは西洋渡来の言葉なんだけど、これはフィクションというものに対してノンフィクションというわけなんで、フィクションというのは、ごく単純に考えればつくりものという意味だけど、小説という意味もあるわけですね。そうすると、小説というのは、ここ百年くらいのあいだにれっきとした文学作品、芸術作品、ときには詩以上に高い芸術性をもつ文学作品というふうに見られているわけで、そういうものに対して、小説が持っていた地位、内容、能力、そういうものを奪い取るものがノンフィクションだというのが、例のアメリカのトム・ウルフなんかのノンフィクション論なんでしょう。だから、事態を複雑にするというけれど、今や事態は複雑になりつつあるわけなんで。

ノンフィクション登場の必然性

沢木　僕はこう考えるんですね。ノンフィクションであろうとルポルタージュであろうと、要するに言葉の問題だからどうでもいいんではないか、という考え方もあるのですけれども、そうは思わない。ルポルタージュという呼び名に執着する人たちの考え方もよくわかるんですけど、僕はノンフィクションという言葉を選ぶ。それは、篠田さんが文章の総タイトルを『ルポルタージュの言語』ではなく、『ノンフィクションの言語』としたように、あるいはせざるをえなかったように、ルポルタージュにかわってノンフィクションという言葉が出てくる必然性が当然あったというふうに考えるからなんです。

ノンフィクションという言葉はよくないんではないか、ルポルタージュでいいのではないか、という人たちの論点は、大きく二つに分かれるんですね。ひとつは、ノンフィクションというのはフィクションではないすべてのものを指すのだから、例えばクッキングの本も、ダイエットの本も入ってきてしまう。そんなあいまいなことでいいのか。

もうひとつは、ノンフィクションはノン・フィクションだから、いかにもフィクションに従属している感じがある。それがいやだというわけです。第一点は、まさにその通りなんですね。しかし、そのマイナスを承知してでも、あえて使わざるをえない状況がある。それは第二点と関わってくるんだけど、明らかに、ノンフィクションはフィクションに対する言葉であることは認めざるをえない。でも、僕はそれを従属とは取らないんです。確かに区別の意志はある。とにかくフィクションではないと言っているんですから。フィクションとは違う。しかし、だからといって、ルポルタージュと呼んだのではどこかしっくりこない。そういう文章が増えてきたんですね。例えば事実を対象にして、事実の断片を収集して、事実の断片を組織化して叙述する文章を何と呼ぼうか。ルポルタージュというのを一種の現場報告というふうに考えれば、現場報告でもない。だけどフィクションでもない。それを呼びきれないで、しかも日本語にそれにふさわしい言葉がないものだから、ノンフィクションという言葉をかりてきた。だから当然、アメリカにおけるノンフィクションという言葉のありようと、その場合に使っているノンフィクションという言葉のありようは違ってきているわけです。

違ってきてしまったけれども、そのルポルタージュでもない何か。そういうものが現実にあるというか、できちゃった。それを書きたいという人がいて、読みたいという人がいたから、それをノンフィクションと呼ばざるを得なくなったと思うんですね。つまり、こういうことなのかもしれませんね。現場報告としての、だから、最もヴィヴィッドなかたちでのジャーナリズムとしてのルポルタージュというものが、一つの極とまでは言わないまでも一方の端にあり、左端か右端かわからないのですけれどもその反対側に文学というか、小説といった方がいいと思いますが、小説というものがあって……。

篠田　まあ、フィクションですよね。

沢木　その二つのものの間に、明らかに小説というか虚構とは一線を画しながら、しかも単なる現場報告とも違う、その二者の間で揺らめいているものが出てきた。それをとりあえずノンフィクションというような総称で呼ぼうではないかと。

篠田さんが取りあげた、いわゆるノンフィクションという作品群を見ていくと、明らかな現場報告も当然あって、伝統的なルポルタージュという、それの最も極限的な形として上野英信さんの『出ニッポン記』というのがあると思いますけど、ルポルタージュといったのではおさまりきれないものをもやっぱり扱っていらっしゃいますよね、明らかに……。

篠田　もちろんそうです。今は、純粋ルポルタージュというものは非常に少ないんじゃないですか。

沢木　だから、上野さんのおやりになっているような仕事、たとえば『出ニッポン記』というのは逆に感動的だということになっちゃうんですけどね。

篠田　そうなんです。あれは幾つかのルポルタージュの集大成というか、集積、そこがまた、一つ、二つのルポルタージュの持たない迫力というか、また内容の厚み、意味合いの重さを持っているわけですからね。

フィクションとの一線

沢木 そこで篠田さんに伺いたかったのは、一方の極に、現場報告としてのルポルタージュというものがあり、一方の極に、小説というような形でのフィクションがある。その間に揺らめきながら存在しているノンフィクションというもの、明らかにフィクションとは一線を画しているはずですよね。

篠田 もちろん、それはそうです。

沢木 その一線というのは何にあるんだろうかという、それが最も難しくてわからないんです。

篠田 それは結局、言語なんですね。

沢木 とおっしゃっているわけですよね。それはある意味では、経験則的に読んでみるよりしようがないよということなんでしょうか。

篠田 これは僕の昔話になりますが、戦争中なんですけど、僕は人並みに文学少年だったらしいんだけど、当時、文藝春秋社から「現地報告」という月刊誌が——これは数年で終わりましたけれど——出ていたんです。これはその頃の大東亜共栄圏の各地からのいろいろなルポを、いろいろな人が……。

沢木 作家が行ったり……。

篠田 作家もいました。それから新聞記者もいて、いわゆる報道班員という人たちですね。そういう人たちが書いた実話記事を載せたものです。僕は「私小説」嫌いということになっているんだけど、昔からどうも余り好きではなかったけど、好きではないものをせっせと読むマゾヒズムもまた僕にありますからね。だから、一般の「私小説」好きよりはずっと読んでいるはずなんだけど。まあ、ああいう四畳半趣味の世界にはない、広々とした、異質の世界が、この「現地報告」の文章類には、粗っぽい形ながら出たわけですね。

だから、「現地報告」の中で覚えているものは、今なにもありませんけれど、非常におもしろかった。それで毎月とったことは確かなんです。そしてまた、別の雑誌ですけど、「改造」だったか「中央公論」だったかに、丹羽文雄の『海戦』という、あれはガダルカナルのツラギ沖夜戦を書いたものがあった。これは初めから終わりまでルポ。ほかならぬ丹羽文雄だから、文学作品として小説欄に組み込んであったと記憶しますけれども、これは実に見事なルポルタージュです。「現地報告」に載っているルポ類とつながっているわけです。

それまで、多分、丹羽さんの小説作品、つまり、丹羽さんの文名を高からしめた、いわゆる「情痴物」など一切読んだことはなかったけれども、たしかにルポはルポでも、「現地報告」に載っているルポ類とは全然文章が違うわけだ。文章の勢い、キメのこまかさ、さらに、戦闘中の人間の劇的な把握力ね。夜戦で砲弾が飛び交う中、そばでばたばた兵士が倒れる、自分も傷つくというそういう劇的な瞬間をパッパッと把握していく、その文章力ですね。これはルポルタージュには違いないが、すごいもんだと僕は感心したんです。

以上は戦争中の話ですが、戦争が終わって何年かして、僕はわりに早い時期から「ニューヨーカー」という雑誌をずっと読んでいたんだけど、あるときこの雑誌でヘミングウェイをルポしたリリアン・ロスの長いルポルタージュ記事が載っていて、これを読み出したらおもしろくてやめられない。僕はリリアン・ロスがどういう人かも知らないし、ヘミングウェイについても、そんなに作品をくまなく読んでいるというような状態でもない。二、三冊読んで、偉い人だなぐらいにしか思ってなかったんですね。「パッパ」という題名だったと思いますがね。これが当時の僕の英語力をもってしても、すごい英語だと感心もし、おどろきもした。つまりヘミングウェイのハードボイルド・スタイルの、パロディックというか、向こうを張って書いていることはあきらかで、ヘミングウェイの言うことも実に生き生きとしていて、下手なヘミングウェイ論よりずっと核心をついた、見事なヘミングウェイ論になっているなと感服したんですね。しかし、実際はみんなヘミングウェイの言ったことを書いているだけのことですよ。ルポですよ。対談じゃない、何というのかな。

沢木　インタビュー……。

篠田　そうそう。インタビュー記事だ。

沢木　構成したものですね。

篠田　そうそう。それで、また改めて、ルポルタージュというのは大事なものだなと思ってね。

沢木　伝説的にその記事の話は聞きますけどね。

篠田　やっぱりそれも構成力の見事さも、もちろんあるんだが、ロスの文章ですね。あの人は、そのときは知らなかったけど、「ニューヨーカー」のトップの「トーク・オブ・ザ・タウン」、あの欄をいろいろ書いているんですね。二、三年前にその中から抜粋集が出ましたけど。

沢木　そこで訓練していたわけですね。

篠田　やっぱり、ノンフィクションの基本はルポだし、それからルポ、ルポと言いながらも、これは書く人の文章力、何もつくり話を書くというのではなくて、しゃべったときのぐあいですね。それをいかに文章力で表現するかという、描写力といってもいいでしょう。それによって随分違うんじゃないでしょうかね。

作品化の誘惑

沢木　たしかに読む側に回った場合、僕らも文章の力というようなもので、作品がつまらないものになったり、よくなったりしていることははっきりわかるんだけど、ただ、書く側に立ってみると、とても複雑な問題が出てくる。多分、篠田さんのこのご本の中では、もちろん、自分の役割というか、ここに書かれるものに限定的な制約をつけていらっしゃるから、ないものねだりなんでしょうが、書く場合、そこに取材という要素がとても重要になってきて、そこのことについては触れておられない。この文章の流れの中では必要ないんですけれども、ノンフィクションの書き手は取材という不思議な行為によって、事実の断片を収集して、そして文章化していくわけですね。

ところが、文章化していく能力と、事実を収集する能力というのが本当に備わっている人というのは、たぐいまれなノンフィクションのライターであって、その二つは必ずしも一体化してない。どっちかにばらつきがあって、事実の収集にたけた人もいれば、文章表現にたけた人もいて、その二つがぎくしゃくとしているところにノンフィクションのありようの多様さというのが逆にあるんですけどね。

篠田　今、人と言われたけど、僕は人というよりも、事柄それ自体によって、同じ人でも取材がしやすい事柄、それから取材がしにくい事柄によって、随分出来、不出来が違ってくるんじゃないかと思う。

沢木 そこで多分、一気に結論にいっちゃいそうなんでそれを抑えるために(笑)、もうちょっとゆっくりいくとすると……でも、まさにそこなんですよ(笑)。対象の持っている熱量、エネルギーの多寡によって作品の出来が、ある意味では決定されてしまうことに、書き手としてはいら立つわけですよ。なぜ私のエネルギーの量が作品を保証しないで対象のエネルギーの量によって、その作品の出来が決定されてしまうのか。そこでノンフィクションのライターが常にいら立っているんだろうと思うんです。

篠田 それはわかります。つまり、小説家の場合だって取材はするわけですよ。しかし、その取材のぐあいがどうだったか、こうだったかというようなことは、批評する側は一切不問に付すわけです。また、不問に付すのが礼儀だと思う。第一、わかるはずもないし。

沢木 わからなくてもよいと。

篠田 そうなんです。つまり作品だけを論ずればいいんですね。ところがノンフィクションの場合はそうはいかない。そこまで目配りしなきゃいかんので、たとえばさっき話が出た、上野さんの『出ニッポン記』、あれなんて読んでますと、さっき幾つかのルポの集積だと言いましたが、取材しやすい相手としにくい相手とちゃんと正直に書いてありますね。あれはそういう意味では、事実究明に積極的なわけですよ。

それから、僕はつい、昨日も読んでいたんだけど、鎌田慧さんが今度本にされたものがありますね。この間、日航機が羽田沖で墜落した、あの事件をずっと書いておられるんだけど。それは前に雑誌「文藝春秋」にも載ったんで二度目に読んだんだけど、それによると、日航側が補償金問題で遺族に箝口令《かんこうれい》をしいたらしいんですね。だから、遺族はとてもしゃべらないわけよ。だから随分苦労して、一軒一軒歩きながら、あるいは電話をじゃんじゃんかけながら取材するけど、ほとんど実のあるインタビューはとれないわけですね。だから、あの作品は、鎌田さんのものにしては、ちょっとその点が上っ面をなぜているようで、むしろ日航内部の組合問題ね、その点は鎌田流の切れ味が出てると思ったんですけどね。だから、僕は、ノンフィクションについては非常に信頼していい仕事をしていて、信頼できる作家だといっても、対象次第で出来のいいのと悪いのと、かなり落差があるということを痛感しますね。

沢木 現実にありますよね。

篠田 あるんだ。

沢木 そのことは当たり前のことなんですね。ただ、書き手にとってはそれはとても辛いことなんですね。

篠田 それはしようがない。

沢木 しようがないことなんですよ。それは当たり前のことで、相手があることで、相手の持っているエネルギーによって、出来、不出来に差が出てくるのは当たり前じゃないかと。ところが書き手にとっては、そうかんたんにわりきれない。だって、自分という存在がありながら自分が書いたものに対して全能な力を持てないわけでしょう。そこは仕方ないんだということは十分承知のうえでも、自分のエネルギー、熱量なら熱量の多寡がその世界を支配できないということのいら立ちが、多分ですよ、そこは先ほどのアメリカの話に戻れば、アメリカのノンフィクションの書き手のいら立ちでもあっただろうと思うんです。そのために相手の熱量によって決定されない方法、こちらの熱量によって作品のある質を保証する方法はないだろうか、というふうに思ったんじゃないかという気がするんです。

そのための悪戦苦闘が、もちろん他の要素もあるんですけれど、やっぱりニュージャーナリズムというムーブメントになっていったと思う。その結果として出てきたのが、『ノンフィクションの言語』の中で篠田さんもおっしゃっているように、きっと作品化という問題だったんですよね。ルポルタージュは作品である必要はないし……。

篠田　ないんです。

沢木　ノンフィクションは必要ない、けれどニュージャーナリズムというムーブメントの中で主導的な役割を果たしたアメリカのライターは、どこかで作品化することを望んだんだと思うんです。そのことはノンフィクションの世界に善悪両面の影響を与えたと判断できますが、少なくとも僕がニュージャーナリズムというものに親近感を覚えたのは、やはりまず、その作品化の志向というものに対して共感したからなんですね。

『セヴンティーン』と『テロルの決算』

篠田　作品化でさらにいえば、どうですか。小説のお株を今やノンフィクションがとるという覇気《はき》はあなたには……。

沢木　僕の場合だったら、小説の財産をいっぱいもらうことは必要だろうと思います。ただ、小説は小説として確実にあって、ノンフィクションとは違うものだけれども、財産は受け取ることはできるだろう……。

篠田 もちろんでしょう。まあ、テクニックといってもいいやね。

沢木 テクニックですね。簡単に言っちゃえばね。そう言っちゃうと何かまずいような気もするけど……。

篠田 いやいや、テクニックはばかにしたもんじゃないですよ。テクニックがない作品というのはあり得ない。

沢木 そういう意味で作品化ということを意志したために、一つは、もちろん、それによって一定程度の自律性を持ったような気がしたので、僕の場合、ある快感があったわけです。外の世界を取材して書いたにもかかわらず、作品として自立できるんじゃないかという幻想を持つことができたわけです。ただ、それをやっていって、一方でどこかがおかしいような気がするわけです。自分の願望を純粋に突きつめていくとそこにいっちゃったんだけど、それは、ノンフィクションというものを貧しくさせてしまうことになるのではないかという気が……。

篠田 作品化することね。いまの日本のノンフィクションの現状でなまじっかな作品を志すことは、非常に危険なことだと思うんですね。今、おっしゃった貧しくするという意味での危険なんですが、これはもう少し後で申しあげたいと思うんだけど、日本の小説言語に重大な欠陥がありまして、そのあおりをみんな食うわけなんですね。だから、作者を前に置いて言うのは申しわけないけど、例えば、あなた、ああいう浅沼刺殺事件を書かれて、同じ事件を題材にした大江健三郎さんの『セヴンティーン』についてどう思われますか?

沢木 僕の感想はこうなんです。『セヴンティーン』『政治少年死す』の一連の作品は、これは意外なことなんですが、大江さんに取材するルートがあったかどうかわからないんだけど、実に核心的なところをとらえているわけです。それは取材の結果なのか、新聞や雑誌の報道に眼を通しただけなのか……。

篠田　彼の文学的直観力。

沢木　イマジネーションなのか、そこがよくわからないんだけれど、でも、かなりの部分で、例えば形だけにせよ彼が自立したテロリストであったというようなところとか、ある重要な人物との心理的なかかわり方のありようとかは、何かキチッと押さえられているんですね。その上で、もちろん、山口二矢という少年と『セヴンティーン』『政治少年死す』との主人公とは質が違ってきている。小さなことでは、大江さんがその当時流布されていた、性的な行為に関するある種のゴシップに近いようなものまで取り込んだために、僕から見れば、ちょっとイメージが混濁したような感じがするけれども、何か、重要なところが押さえられているんで驚いたということはある、逆にね。僕が『テロルの決算』を書く前は、とくに『政治少年死す』はそんなにおもしろい作品とは思わなかったんですね。そんなにいい作品とは思えなかったんですけど。

篠田　事実、『セヴンティーン』についてはそういう評価になっているんでしょう。

沢木　ただ、『テロルの決算』を書いた後で読み返すと、これは意外な何か……。

篠田　それはあなた、自信の反映だよ。御自分が、ああいう立派な作品を書かれたから、余裕があって大江さんの作品に対しては、わりに寛大な気持ちになれるんだな。恐らく『テロルの決算』を書いている最中だったら、そんな寛大なことは言ってられないと思うな。

沢木　そうかもしれません。やっぱり否定しなければ書けないところがあるかもしれませんね。ただ、手続きが全く違うものに対してはわりと了解できるというか、承認できるというか、それはありますよね。

篠田　それはそうせざるを得んよね。人間、生きていくためには。そう一々、自分の規範や欲望で他人を律するわけにはいかないんだから。

沢木　それに関連して言うと、純然たるフィクションは承認できても、フィクションとノンフィクションの境界をあいまいにしながら、その間隙を縫っていくというものに対して、わりと強い拒否感を持つわけですよね。それはたまたま大江さんの名前が出たからなんですが、大江さんと筒井康隆さんと井上ひさしさんの三人が「へるめす」の「創刊記念別巻」というので鼎談《ていだん》をしていらっしゃって、その中にちらっとノンフィクションについて触れている箇所があるんです。記憶に間違いがなければ筒井さんがおっしゃったと思うんですけど、フィクションでないということをそんなに簡単に誇示していいのかなという発言があった。筒井さんは、確か別のエッセイの中でも、ノンフィクションというのはどうしてすぐに事実だったというふうに種を明かしちゃうんだ、事実とか虚構だとかはあいまいにしておいたほうがもっと力を持つじゃないか、というような言い方をされていて、それは筒井さんの考え方や手法からすれば全くそのとおりだろうと思うんだけれど、ノンフィクションの書き手にとっては必ずしもそうじゃないんですね。なぜかといいますと、これが事実であるか、虚構であるかというのを先に種を明かすというのは、もしかしたら、ノンフィクションの側に立ってみると、すごく有利なことかもしれないんですよね、実を言えば。

篠田　そうなんだ。

沢木　読み手にそれが事実であると思いこませることができれば、思いこませるために必要なさまざまな手続きを省略できるわけですからね。例えば一気に、三月三十日だれだれが死んだということを書ける。もちろん小説だって書けるわけだけど、小説の、虚構の言語の中でその死を存在させるためには、ものすごい手続きが必要ですよね。でも、これから私が書くものはノンフィクションである、事実であるということを仮にでも信じ込ませたところで始めることができるとすれば、とりあえず一行で済んじゃう。

ノンフィクションの有利と不利

沢木　ただし、そこから先がまた問題なのです。小説の書き手ならば、一人の死を信じこませるために手管《てくだ》を使いますよね。手管を使って努力したことによって、その部分が長い間文章が生きられるというか……。しかし、ノンフィクションの場合には、例えば松田聖子がきょう結婚したなどということは、読み手の多くが了解できるさまざまな要素によって補強されているから、いっさいの説明もなしに、スピードのある文章を書けるんだけど、これが十年、二十年たっちゃうと存在そのものが消えることによって文章のあちこちに虫喰いができ、はがれ落ち、意味不明の文章になって崩れてしまうんですよね。

篠田　そうそう。

沢木　そうすると、書く瞬間には圧倒的に有利だったものが、時間がたつとまったく不利なものに転化しちゃう。そこでもノンフィクションのライターは戸惑って、そういうふうに時間に堪えられない、やがて崩れ落ちるようなイメージ、記号を使って書いていくことはいいことなんだろうか。そう悩んじゃったら、ノンフィクションのライターとしては存在できなくなっちゃうんだけど、そこでやっぱり悩むはずなんです。

篠田 だから、そこでさっき話題になっていた作品化という問題が出てくるんじゃないですか。いきなり初めから作品、あるいは小説作品のお株をとるのはノンフィクションだというふうに決め込むのは、これ、非常に危険なことなんで、今、あなたがおっしゃったような手順を踏んだ後で、作品化するためにはさまざまなメチエがいるわけですけどね。そのメチエを使えば、作品化も可能だし、松田聖子というのは、今でこそ知らない人はいないけれども、二十年たったら、ほとんど忘れられちゃうわけですよね。ところが、そういう名前が、二十年後にもちゃんと生きる。その作品の中では生きるような……。

沢木 手続き、そこなんですね。ノンフィクションの書き手が、それには何か手続きが必要なんだということに気がつくべきなんだろうし、気がつきつつあると思うんですよね。

篠田 そういう意味では、体当たりのノンフィクションが、今のノンフィクションの中に余りにも多すぎるということね。書きますわよ式のマダムが、自分の経験を何でも書けばノンフィクションになるという考え方、まあそれはいいでしょう。いいけどね。僕は、そういうことは問題にしないわけだ。沢木さんは、ノンフィクションを書かれる作家の中では、作品ということに対して関心が強烈だし、事実、お書きになるものの中にそういうことがはっきり出ているんで、今言ったようなことを申し上げるんだけど、まあ、なんじゃないですか、小説だって、今でこそ芸術、芸術。今でこそじゃない、日本では明治以来、文学という芸術の代表みたいに思われているけれど、もともとあれは、女、子供の読むものなんで、楽しみというか、娯楽というか、三文小説という言葉がありますが、小説というものは本質的に三文小説なんで、芸術なんてあらたかなものじゃない。

沢木　それと同じようなことがノンフィクションの側にいえて、例えばルポルタージュというものこそノンフィクションのすべてであるというか、主要なものだというふうに考える方は、歴史的な展開から考えればもっともなんだけれども、それは小説の世界における純文学みたいな感じで、それ以外のもの、例えばある目的意識を持たない、あるいは世界観を持たない、そして、それによって、現実を変革しようと思わない、そういう志を持たない人が書いているノンフィクションというのは何だと。要するに毒にも薬にもならないじゃないか。三文小説という言い方からすれば、それは三文ノンフィクションではないか、という言い方が当然のようにして出てきてしまうんですね。

純粋なノンフィクションの一つの形としての現場報告、ルポルタージュというものの存在はとっても貴重だし、現実に方法的には僕らもやってきているこことだし、みんなもやっていると思う。ただ、それがすべてだというふうには思われないですね。どこかで、例えば書いている人間が、これは何のために書いているかわからないというようなノンフィクションがあってもいいんじゃないかという気がしているわけですよ。これは天下国家のためにならなくても、あるいは歴史の資料にならなくても、でもたった一つ、事実の断片を収集するという、あるいは、そこに虚構を交えないというルールを自分に課した人がある文章を書いた場合、それも一つのノンフィクションとして承認することを拒否することはないんじゃないかという気がするんですね。

篠田　そうですよ。

沢木　そのときに、例えば今、わりとノンフィクションが隆盛だといわれて、それに対して、いや、そんなことはないんだという言い方もあるんだけど、虚構の中で自己実現するタイプの人間に対して、あるルールを引き受けて、その中で文章を書くことに何らかの形での自己実現というか、自己表現をやっていこうと思っている人たちがふえてきたのではないか……。

篠田　そうなると文学なんだよね。自己実現とか、自己表現ということになると。

沢木　そう言われるような気がしてました(笑)。そこで境界線をはっきりしなければならないというのが、篠田さんの今度のお仕事だったと思うんですね。篠田さんがおっしゃるように、自己表現からはなれて、どんどん果てまで行くと『春秋左氏伝《しゅんじゅうさしでん》』の経のようなものに辿りつく。そこが、ある意味ではこの『ノンフィクションの言語』の最後の結論にもなっているわけですよね。

無名性に徹するとは

篠田　結局、経というのは、経だけでは全くおもしろくないんです。おもしろくないけど、あれは事実なんです。魯の国の歴史、魯の国の宮廷の記録をつかさどる人が書いた文章なんですね。全くおもしろくないし、何の説明もなくて、ただ事実が並んでいるだけなんですね。結局、ノンフィクション言語というのは、突きつめていけばああいうことになるだろうと思う。

沢木　本当にそのとおりだと思うんです。しかし、そこからもう一歩、具体的に書いていく作業に照らし合わせて考えていくと、ノンフィクションのライターにとって、そこで羅列されたような骨太の事実の断片、それだけを叙するということは、今の世の中ではやはり不可能に近い。事実と事実との間にある隙間を事実の断片で埋めようというのが、今のノンフィクションのほとんどすべてだといっていい。経にあるのは骨なわけですよ。

篠田　骨も本当の……。

沢木　核になるような、背骨というような核。その背骨というのは、どっちかといえば非常に抽象的なものだといってもいいくらいで、事実でありながら、事実の羅列が骨だけのものになると、それは抽象的なものに転化していくと思うんですよ。

事実の断片を収集していって膨大に集まった。しかし、集まったものをそのまま提出することはできない。そのために叙述する者が何らかの組織化をすることが必要になる。そのときに、書く者の個性とか思惑とかの、さまざまなものが問われることになる。作品化をするというのも一つの組織化の方法だろうし、またただ雑多に、しかしそれは意識された雑多だろうと思うけど、雑多に提出するのも一つの組織化の方法だと思う。そういうふうに組織化をしていったときに、経の持っていた抽象性が具体によって埋められたかに見えて、またもう一回抽象に転化して事実から離れていっちゃう。そうすると、全くの具体、全くの事実などということが叙述可能なんだろうかという問題になると思うんですよね。

篠田　そう。

沢木　『春秋左氏伝』の経。実際に読んだわけじゃなくて、引用されたものでしか知らないんですけど、それでもあの文章にまでいったら、もう理想の形だと思うんです。しかし、その文章にいくためには、一つには、その時代と歴史と……。

篠田　何よりも現在書く人にとって教訓的というか、大切なことは、無名たらねばならんという、そういう強烈な意欲ね。それがないとああいう文章はまず書けないですね。

沢木　その問題ね。そこは、僕は少し前に口に出した、自己表現なんてちゃんちゃらおかしいという話に当然なりますね。そんなことではあんな文章、書けるわけないと。

篠田　文学においても、文学の究極が自己実現とか自己表現というようなロマン派時代の考えは……。

沢木　ナンセンスだと思っていらっしゃる。

篠田　僕の文学観はずっとそういう立場をとっていますから、古典主義的というのでしょうか。文学でもそうなんですけど、特にノンフィクションの場合まず無名たらねばならない。この無名性ほど感動的というか、力強いものはないということがあるわけなんですね。

沢木　無名性を維持するということ、私を消すということ、そのことがもしかしたらノンフィクションを本当に、水のような、最もおいしい水のようなものにする最良の方法かもしれないと思うんだけれど、例えば上野英信さんのものを読んだときに、上野さんの作品というのは、篠田さんも書かれているように、暗いというか、切なかったり、しんどかったりするけど、どこかで希望を与えるという印象がありますよね。それはノンフィクションの持っている効験ではなくて、その人個人の持っている何かであろうということになりますよね。

篠田　上野さんの無名性への意欲、意思、そういうものが働いた結果ではないですか。

沢木　僕は上野さんという方の個性に帰するんではないかという気がする、そこがちょっと違いますね。

篠田　しかし、個性とはいっても、個性は確かにおありだろうけど、表現されたものは文章で読むしかないわけで、その文章には無名性という形でしか現れてないということだから無名性といったのね。

沢木　僕の上野さんの『出ニッポン記』を読んでの印象からすると、無名性というところにはちょっと行きにくい気持ちになってしまいますね。それは上野さんの書かれたものが、上野さんの世の中に対するある肯定的な物の見方というか、どんなにしんどくてもとりあえず肯定しようという……。

篠田　まあ、生きなきゃならんと。

沢木　それは幾らでも悲観的にもなることができるし、人を嫌悪することもできる、そういう立場にありながら、とりあえず会っている人を肯定し、だからといって世の中すべてを肯定しているわけではないけど、彼の基本的に未来に対する肯定性みたいなものが、読んだ後でもどこか明るいというか救われるというか、明るくしてくれる力の源だと思うんです。だれでもが無名性に徹すると、そこに行き着くのかというと、そうでもないと思うんですね。

宿命的と職業的と

沢木　それにこの無名性に関してはもう一点問題がある。その無名性というものも、現代の世の中では好むと好まざるとにかかわらず侵食されていきますよね。すでに職業的なライターというのは、無名性を全うできない。そうすると、その無名性を貫徹できるのは、ある意味でいえば、一回性の、生涯ただ一作だけノンフィクションを書く人のみということになりますね。

篠田　そうです。

沢木　職業的なノンフィクション・ライターにおいて、なお無名性を維持するということは、絶望的にできないんだけど、それでも努力して、無名性を維持していって、「私」というのを完全に抹消できるんでしょうかね。

篠田　しなきゃ、ノンフィクションの究極の境地には達せられないんじゃないかな。『春秋』に即していえば、なぜあれが残ったかといえば、これは専門家の口移しなんですけど、魯の国というのは、周の国の礼法、儀礼を一番よく保存した国だということで、あの砂をかむような、無味乾燥な経を読んでいれば、おのずと周の礼節、まあセレモニーですな、そういうものがわかるということであれが残った、という。これがわかれば、大変なことなんでね。もちろん、周の礼儀そのものは、今、正確な記録が残ってないわけですね。ところが、『春秋』を読むことによって、それがほうふつとさせられるということなんでね。だから、無名性は無名性なんだけれど、その無名性と引きかえにそういう大変なことが出てくるわけなんですね。

沢木　そうなると、全く知らない領域の話で、いいかげんなことになっちゃってよくはわからないんだけど、例えば『史記』なら『史記』を書く人の志みたいなものがあるとしますね。

篠田　司馬遷《しばせん》。

沢木　『史記』というものと『春秋』というものとがどういう位置関係にあるかすらも僕はよくわからないけれど、例えばノンフィクションを書く人間にとって、志ないしは、卑俗に言ってしまえば関心、おもしろがり方……。

篠田　いや、志でいいんです。

沢木　その志というものがあって、多分それが書く上でのその人のエネルギー源になるわけです。書くために取材していく。動いていく。しかしそのときに、関心、志がない場合には動きようがない。それはかりにお金のためだといわれてしまえば、はいそうですかと応待するよりないんだけど、そうでない形で何かを書こうとしたときに、志の問題がどういうふうにして作品の中というか、書かれたもの、ノンフィクションの中で見えないように解消していけるのか。やはり、その志は見えてきちゃうという気がするんです。

篠田 だけど、僕は上野英信という方がかなり無名性に徹した方だと思うな。

沢木 そこでも意見が少し異なるんですけど、先ほども書く対象というか、題材によって書かれるものがいろいろ変わってきてしまうということが出たように、上野さんにとっての「炭鉱夫」というものはある意味で宿命的な素材だなということですね。上野さんにとって「炭鉱夫」が宿命的だということができるとすれば、石牟礼道子さんにおける「水俣」も同じように宿命的なものであろう。あるいは森崎和江さんにおける「韓国、朝鮮」というのも宿命的な素材であろうと。

今度、篠田さんが取りあげられたノンフィクションには、当人にとってかなり宿命的な素材とのめぐりあいがあるものが多くて、それがまた完成度が高いというか……。

篠田 完成度ではないんだな。

沢木 書かれたものの、単純にいえば、質が高いといっていいですよね。

篠田 そうそう。

沢木 というふうになってしまうのは、素材との遭遇の仕方に、すでに氷山の深い部分が醸成されているわけですよね。だから質が高くなる。そうすると、例えば僕なら僕、本田靖春さんなら本田靖春さんという方が当面しているか、当面しているだろう問題は、宿命的な素材というものでもないものを連続的に書いていく職業的なノンフィクションのライターというのは何だ、ということなんですね。前に、開高健さんに、悪口じゃないけど言われたことがあって、おまえさんはよく頑張っておる。しかし、情念が早漏になり過ぎると。その時は、言ってる、言ってる(笑)、なんて軽く受け流すふりをしていたけれど、でも、おっしゃってることはわかるところがあるんですね。それは自分にとって宿命的なものであれば、ゆっくり声低く語ることは幾らでもできると思う。上野さんにとって『出ニッポン記』がゆっくり、ゆっくり語ることができるのは、それが彼にとって絶対的なテーマだからですよね。

ところが、絶対的なテーマではないものを職業的に幾つも書かなければならないライターは、初めに声高く語ってしまうところがあって、そこが先ほどの無名性とも相反するし、つまりはノンフィクションとしてもだめなんじゃないかと絶望したくなっちゃうわけですよ。

篠田　いや、そんなことはない。余り追いつめた話をしないで、つまり小説というものは事実を想像力によっていろいろメタモルフォーズするものですよね。ところが、ノンフィクションの場合は、あくまで事実だけを使って、その組み合わせによって新しい世界をつくる。いや、世界をつくるではなくて、世界を読者に暗示することです。今や、小説のつくり、つまり、メタモルフォーズでは、複雑怪奇、あるいは多元多様な現実世界の内実は、もう包含しきれないという危惧があるんです。つまり全体小説というのが、かつてそれをやろうとしたけど、全体小説も、なかなか所期の目的通りにはゆかない事態になっているんですね。むしろノンフィクションのほうがそれがずっとやりやすいし、ずっと効果的にできるということでしょう、まず現在……。

沢木　そうです。僕、篠田さんがお書きになっていることと全く同意見だと思ったのは、要するにノンフィクションができることは事実の断片を提示することでしかない。それはある意味で上野さんの『天皇陛下萬歳』を肯定的に評価なさっているように、わからないことをわからないと提示するよりしようがないじゃないか。わからないことをわからないと提示することは、やっぱり何ものかであると。

篠田 そうそう。『マリコ』というのを書かれた方がいますね。

沢木 柳田邦男さんですね。

篠田 僕はあれ、読んだんだけど、事実に近づこう、近づこうとしているけど、最後の詰めのところで甘くなっちゃうんだな。わからないところになると、甘味の糖衣でくるんじゃってる。糖衣をかぶせるんだな。むしろ、わからないところは空白にしたほうがいいと思うんだ。

沢木 それは、柳田さんを弁護するというわけではないですけど、今、この時点にきていれば、柳田さんもそうなさるんだろうと思うんです。ただ、ノンフィクションのこの十年ぐらいの流れの中で、一人一人がそれぞれに方法的な悪戦苦闘を続けてきた中でいうと、その時その時の方法的な課題というものがあったんですね。ある作品では三人称の叙述を一貫させなければならないとかね。そういうのを通過して、今初めてわからないことはわからないでいいじゃないかと、例えば僕だったらようやく言えるようになったんですね。

篠田 飛行機撃墜とか、ああいうのはわからないことはわからないままになっているんだ。謎が謎のままになっていれば、読者としてはおもしろくはないですよ。しかし、おもしろくないのはいいんだ。事実はおもしろくないんだから。

沢木 今の世の中でいえば、すべてがわかったように書くライターがいるとすれば、それはもう眉唾《まゆつば》に違いない。わかっていることと、わかっていないことをはっきり提示してくれることが、その世界を、世界の手ざわりを伝えることになる。確かにそれはそうなんですね。わかっていることを点描していって回りから攻めていくと、空白があいて人間の形になったり、一つの組織体の形になったりする。それでかすかにそのものの手ざわりがわかるというか、形がわかる。そのくらいのことしかできないんだ。それでいいではないかという基本的な篠田さんの考え方がおありになりますよね。それは全くそうだと思うんですね。

篠田　それは伝統的な余白の美学とか、そんなものじゃないんだ。

沢木　それは全然違いますね。質が違いますね。

篠田　余白の美学というのは、あくまでも美という世界の中での事柄で、今や、余白の美学が通用しないような、そういう現実世界の厳しさというか、すさまじさがあるわけなんでね。それは、わからないことはわからないと突っ放すことによって、かえって目の前へわからないことがとにかく出てくる。

沢木　逆にあらしめることができますね。

事実の果ての想像的アウラ

沢木　そのとき、ちょっと妙な言い方になってしまって、ノンフィクションを理論化していこうとするときには妥当な言葉ではないんだけど、どうしても事実に殉ずるみたいなところが出てきてしまう。ノンフィクションのライターが、「彼は左に向いた」と書く。だけど、なぜ右と書かないで左と書くんだと問われたら、それは事実じゃないから、とひとまず答えるだろうと思うんです。でも、彼はすでに死に、事実じゃないことを知っているのは、もしかしたら僕だけかもしれない。そうしたら、右に向かせたって、左に向かせたって自由じゃないですか。しかも、右に向かせたほうが作品としてははるかによくなる。でも右に向かせるのは、事実じゃないからといって書かないわけでしょう。それは何故かというと、やはり殉ずるとかっていうたいへん古典的な言い方しかできなくなるんですね。

篠田　うん。要するに、今、日本のノンフィクション・ライターにとって問題になるのは、結局、事実の世界なるものが、小説創造の過程で余りに遠ざけられてしまったという点を認識することかもしれない。小説というものはもともと、これは日本の場合も西洋の場合もそうなんだけれど、事実の世界と想像の世界が、ちょうど楕円の二つの中心みたいになっていて、それで一つの世界をつくっていたわけですが、それが近代に入っていつの間にか真実という得体の知れないものに……。

沢木　中心が収斂《しゅうれん》していくんですね。

篠田　そうそう。まだまだ円ができるかというと、だんだん、だんだん細くやせたものになっちゃったわけですね。だから僕は、私小説はくだらないと常々言っているわけだが、真実という言葉、それを一応忘れて、想像力と事実と、この二つを両極において小説というものを考える。そうしたときに、ノンフィクションが相手にするのは、結局、事実だ。そして、その事実をどんどん追い詰めれば、その先に、想像力のアウラが生まれるんじゃないか、と思うわけです。想像力のアウラですよ。想像力の世界とはいわない。

沢木　くりかえしになりますが、そこでなお、うん、と言い切れないのは、ノンフィクションというものも書かれたものなわけですよね。事実を収集するだけであったならば、今の話というのはそのとおりなんだけれど、書かれたものとしてのノンフィクションはある個人の個体を通して表現されるわけですよ。そのときに、何らかの物語化、少なくとも何らかの組織化をされていないものなんかないわけで。

篠田　僕が今、想像力のアウラといったのは、結局、言葉というものは抽象化する作業ですよ、現実の事実を。だから、言葉の中にアウラの契機が含まれている、ということなんだ。

沢木　アウラをどう訳すか難しいけど、それを一応、芸術がもたらす一回性の何かと解すると、ノンフィクションの言語もそれをもたらす契機を含まざるをえなくなる。とすると、事実と想像力の二項対立ということではないですよね。

篠田　じゃない。だから、事実を自分で見聞し、その見聞したものを表現、記述するとすれば、すでにそこに言語の作用が働いている。

沢木　そのとき、もうすこし微細に見ていくと、想像力というものが介入する余地があるのかないのか。あるとすれば、どういうふうに想像力と事実を記述するという行為がかかわりあうのか。

篠田　言語それ自体が想像力を生み出すとは言わないまでも、想像的な働きを読者に要求する働きがちゃんと備わっているわけです。でなきゃ、言語を解読することの意味がないものね。

沢木　そうすると、書き手にとっても想像力が介入する余地があるわけですかね。

篠田　当然そうです。

沢木　そうするとですよ、ある事象なら事象を想像力的に改変していくことを許可するフィクションと、事実を事実として記述するけれど、その記述には、想像力的な作用が働かざるをえないというノンフィクションとの、厳密な峻別をどうするか、という……。

篠田　だから、無名に徹するしかない、と僕は言うわけだ。

沢木　だから『春秋左氏伝』か。

篠田　僕は実を言うと、途中から、最後は『春秋』で終わるべきなんだなと思いだしたんです。というのは、事実と想像と両極にきたのは、これはヨーロッパの小説の話で、われわれ日本人のように、儒教的な中国文化圏で育ってきた人間は、想像力が弱いとは言わないけれども、事実そのものを尊しとする精神伝統癖が昔からある。これは吉川幸次郎さんが立てられている仮説なんだが、われわれ東洋人にとって、文学というものは想像的なものではなく、事実的なものだ、と。つまり、経・史が文学の中心になるので、小説なんていうものは、大したものとは思っていない、そういう伝統があるんだ、ということです。必ずしもそうとばかりは言えないだろうとは思いつつも、僕にはこの吉川説に賛成したくなる気持ちが昔から強いんです。

そうなりますと、結局、事実の極と、想像の極といっても、比重は事実の極へと傾いてしまうわけですね。そう考えると、はじめに小説なんていうのは女、子供の読むものだというばかにしたようなことを言いましたが、極端に言ってしまえば、僕は、詩とノンフィクションがあれば、もうそれで文学はいいじゃないかと思いつめることさえあるんです。

沢木　ある徹底したノンフィクションを持っていれば……。

篠田　つまり経史の史、歴史、つまり事実の記述を集大成したものですね。

沢木　それを聞くにつけ、無名性ということを聞くにつけ、ノンフィクションを若い人間が書くというのはかなり難儀なことですね。考えてみれば……。

篠田　それはまあ、そうなんだ。

沢木　若いやつにとっては——僕も若いときから書きはじめたんですけれど——そういったノンフィクションにおける最も肝要なところは受け入れがたかったですものね。そうしてみると、ノンフィクションを若いときに書くというのは、それをちゃんと書こうとすることは、かなり過酷なことですね。

篠田 それはそうですね。だから、若いときは詩を書いて、年とってからノンフィクションを書くのが、理想的な文学創造のあり方ということになりますか。

沢木 やっぱりそれが真っ当な生き方であったのかな(笑)。

アマチュア往来

猪瀬直樹
沢木耕太郎

いのせ　なおき　一九四六年、長野県生まれ。ノンフィクション作家。

これは、本来、猪瀬さんが「翻訳の世界」誌上で連載されていた連続対談の一環として行われた。

そのため、どちらかと言えば、ホストの猪瀬さんが私に対する訊き役に徹してくれているようなところがある。

実はこのときが猪瀬さんとは初対面だったが、私もいつになく、自分の職業的な内実についてよくしゃべっている。それは、相手が、同年代の、同じような仕事をしている人だという気安さがあったのかもしれない。

誌面には、写真も何枚か載せることになっており、愛用の小物を持ってきていただけないかという依頼が編集部からあった。私はそのようなものを人に見せたりすることを好まないが、このときは、当時よく使っていた執筆用のサインペンとシャープペンシルを持参した。私には「物」にこだわるというところがまったくないからで、編集者もカメラマンもその「愛用」の品のあまりの変哲なさに面食らい、撮影に苦慮していたのが面白かった。

これは「翻訳の世界」に一九八八年の一月号から五回にわたって掲載された。

（沢木）

三軒茶屋の喫茶店

猪瀬　仕事場、あるいはその付近ということでこのシリーズの対談をしているわけですが、三軒茶屋の喫茶店は初めてだな。

沢木　自宅は、ここから歩いて三十分ぐらい。家から仕事場まで、四十分ぐらいです。自転車で行けば十分で行けるんですけど、朝は歩いていきます。

猪瀬　朝から仕事場へ入るの？

沢木　そう。

猪瀬　どういうスタイルになってます？

沢木　この四年ぐらいは完璧に勤め人と同じような感じで、六時か六時半ごろ起きて、そして朝ご飯を食べて、八時半ごろには出かけます。自転車、使わないほうがおもしろいことに気づいてね。着くのは九時十五分ごろかなあ。冬だったらお茶なんかいれたりして。「さあ、やるか」なんて、自分でひとりごと言ったりしてね。

猪瀬　ウォーミングアップっていうのがあるでしょ。

沢木　僕は起きればすぐにでも仕事ができるし、仕事場に着けばさっと取りかかれるタイプなんですけど、ちょっと一拍置こうかというぐらいの感じなんです。

猪瀬　僕なんかウォーミングアップで時間が終わっちゃったりしてるなあ。四年ぐらい前から、ということは、それまではどうだった？

沢木 午前三時か四時ごろまでやってて、そして十時ごろ起きてという感じかな。

猪瀬 それはお子さんが生まれたせい？

沢木 非常に大きいですね。

猪瀬 お子さん、女の子？

沢木 いま四歳。

猪瀬 四年前というと、それがピッタリなんだ。

沢木 そう、それと合わせたということです。たとえば子供がいても夜型にしてる人も当然いるでしょうけどね。その状況は、趣味として子供とつき合おうと思っただけで、四年ぐらいやってちょっと飽きてきたから、また変わるかもしれない。いちばん大変だったのは僕と一緒に仕事してくれる編集者の人でね、朝起きられない人ばっかりじゃないですか、ふつう。

猪瀬 みんなお昼ごろ出てくるからね。

沢木 僕に連絡を取ろうと思ったら、八時から八時半しかいないわけ。六時だっていいんですけどね、六時じゃ無理でしょう。

猪瀬 自宅に電話が来るようになっているわけね。

沢木 仕事をしている場所には電話ないんです。

猪瀬 かけるほうも置いてない？

沢木 全然。

猪瀬 原稿書いていて、途中であれ聞き忘れたと電話かけるときあるでしょう。

沢木 あんまりないです。公衆電話で間に合う程度のことしかいまのところはないみたい。だから、あまり電話はかけない。

猪瀬 仕事場には、何時までいるんですか。

沢木 ちょうどいまごろ、六時までやってます。

猪瀬 じゃ、いま仕事が終わったところなのね。

沢木 そうです。もちろん外で仕事で人に会わなきゃならないというのは昼間ありますけど、そうじゃない場合は、夜だれかに会って酒を呑むという場合と、映画を見にいくという場合と、うちへ帰って夕食というので、大体週に二対二対二ぐらいかな。

猪瀬 バランスいいね。そうできたほうがいいのかもしれないなあ。僕には無理だ。

沢木 夜遅くなった場合の文章は朝起きて読むと気持ち悪いというところがあるけれど、でも、求心的に入っていくときにはやっぱり夜のほうがいいですね。

猪瀬 いや、あなたは電話を取り払っちゃったというのはすごいなと思ったけどさ。電話がかかってくると仕事にならないよね、確かに。昼間電話がかかってくる。ファクスもくる。深夜は一応かかってこないからね。たまにかけてくるのがいるけどね。周りがシーンとしちゃうでしょう、夜は。だから書きやすいというかね。この辺はうるさくないですか、仕事場のある所は。

沢木 全然うるさくない。

猪瀬 マンションか何かですか。

沢木 マンションの六階。

猪瀬 ワンルーム?

沢木 二間あります。そのうちの一つのほうに、本と資料というか……。書庫ですね。僕の家には本は置いてない、一冊も。

猪瀬 趣味カンケイもない？

沢木 まったく。三冊ほどあるぐらい。送ってきてくださるでしょう。それがたまたま置いてあるというだけで、家の中には娘と女房の本以外は一冊もない。だから、夜寝るときに何か読みたいなあと思うときは女房の本を読んだりして。昨日か一昨日、石井好子さんの『巴里の空の下オムレツのにおいは流れる』かな、おもしろいなと思ってね。実にうまいの。男性的でシャープでね、無駄がなくてね、すごく驚きました。それを読んでいるうちに、真夜中なのに何かつくりたいなあと思ったりしてね。

資料はどこに

猪瀬 僕らの仕事の特徴だけど、資料がたまります。どういうふうにしているのか興味がある。

沢木 資料はわりと取っておくほうです。

猪瀬 一間で入りますか。

沢木 入ります。

猪瀬 失礼ですけど、大きさはどのぐらいなんですか。

沢木 広目の六畳ですね。まず、押し入れに資料用の段ボールが積んである。本はスチール製の安い本棚に工夫して詰め込んである。二列、ピタッとくっつけて、奥行を深くしたんですね。うまく調節して、三十何センチの奥行を七十センチぐらいにしたのかな。それが壁の両側に置いてあって、たぶん文庫本や新書を含めて一万冊弱あるはずなんです。

猪瀬　それ、六畳に？

沢木　入っている。

猪瀬　壁だけで？

沢木　部屋の中央に同じものが背中合わせに二組あります。一組のところに本が三列か四列になって入るから、すごく入るんです。そのうちの一つの列に、わりと頻繁に出すような資料を、少し大きい目の封筒に全部入れて立ててありますね。それはかなりの量があります。

猪瀬　雑誌のコピーとかそういうもの？

沢木　そうそう。

猪瀬　テーマに合わせてね。人物とか。

沢木　まあそんなようなね。区分け不可能なものは段ボール箱に入れる。それに、押し入れって、結構入るんです。

猪瀬　東急ハンズあたりで売ってる規格の大きさが決まっている箱がいいんだよね。

沢木　たまたま引っ越しのときのがわりと整った大きさがあったもんですから、それが三列の五列入るから、十五でしょ。それで四十五個にして、上下二段で九十になりますか。だから……。

猪瀬　うん？　一列が幾つ？

沢木　三列。わりと大きな押し入れで、三列が五個入るわけ。そうすると十五でしょう。それが三段入るわけ。その上にまた三段入る。

猪瀬　わかる、わかる。僕の仕事場、狭くなっちゃって。いまは小さな一軒家を借りて。最近、軒下に二つスティールの物置を買ってね。家主さんのご好意で置かせてもらったんですが、中身はすべて段ボール箱。

沢木 みんな悪戦苦闘してるんですよね。

猪瀬 捨てるのもなんだし、急にまた必要になってきたりするからなあ。

沢木 でもね。本はもう不要だと考えているんです。全部あげちゃおうと思って。ブラジルにいる知人に、いま仕事場に置いてある何千冊かのうちどうしても僕が老後に読みたいという何冊かの本を除いて、それ以外は全部差し上げるという約束がしてあって、来年全部取っ払っちゃう。

猪瀬 紙袋と段ボール箱カンケイに重点を置くわけですね。

沢木 それも捨てたいね、いつか。

猪瀬 愛着もあるけどさ。

沢木 それとか、テープもあるじゃないですか。

猪瀬 そうテープどうしてますか。

沢木 テープはやっぱり保存してます。

猪瀬 あれ劣化するでしょう。

沢木 それはチェックしてないんですよね。

猪瀬 一回聞き直したときに、フニャフニャとなったのがあった。きちっと巻いとけばいいのね。真ん中辺でたるんだままというのがいけない。これは常識なんだって、音楽やってる人に訊くと。テープって、とにかくきちんとどっちかにして、かなりきつくピッと張った状態で入れておくといいらしい。

沢木　へえ、知らなかった。テープは捨て切れないですね。だれか肉声を聞きたいという人が出てくるんじゃないかって。

猪瀬　死んじゃった人、いっぱいいるでしょう。

沢木　いますよね。

猪瀬　ビデオもよくそこらへんでお父さん、子供のことを一所懸命撮ってるでしょう、あれも保存が悪いと大人になるころ消えるんだって。思い出にならない。

沢木　そんなに早いんですか。

猪瀬　結局、磁気テープだから、もちろん保存状態がよい一定の温度で空調のあるきちんとした場所に保存すれば大丈夫なんだけど、環境の悪い所に置くとだめなんだって。だから、みんなお父さんたち撮ってるけど、無駄になる可能性もある。

沢木　本来そんなに永遠を目指さなくたっていいんだろうけどね。

本田靖春のどよめき

猪瀬　話それるけど、あなたもワープロ使っているって、本田靖春さんがなにかに書いていた。

沢木　うん、たまたま新潮社で本田さんと会ったときに……。

猪瀬　本田さんに僕、勧めたんですけどね。

沢木　言ってましたよ。何度も勧められたけど僕にはだめだとか、でもやってみようかなとか、優柔不断なことを言っておりました。

猪瀬　不適応なのね。

沢木　当時、新潮社の脇でカンヅメになって『深夜特急』という本の整理をやってたんです。ワープロを持ち込んでね、清書する作業をワープロでやってたの。やっぱり編集作業は、こっちが……。ああ、本田さんがすごく感動したのはそれだったわけ。文章の流れがあって、ここの一節はどうしても真ん中に入れかえたいときに、目の前でパッと入れかえてみせたらオーッと感動したという……。

猪瀬　ほとんどどよめいたわけね。あの人は異国に来たようなものだから、こうなると。

沢木　いやあ、すごい。こんなことができるんだったらやってみたいと言ってたけど、絶対やっていない(笑)。

猪瀬　本田さんはともかく柳田邦男さんのような技術に強そうな人でもやっていないのかなあ。僕らの世代はとりあえずやる、というところだね。

沢木　使い方はいろいろあるようだけどね。

　二つぐらい僕はワープロについては思うことがあるんだけど、一つは、功罪の功を言えば、だれでもそうらしいけど、仕事をするのがいやだから先延ばしにするのが延びなくなった点がありますよね。席に座るのがいやじゃなくなったというか、とにかく打てるという感じでね。

猪瀬　そうね。最初の書き出しで、紙まるめてクシャっていうのがなくなった。だいぶ違うな。

沢木　そうですね。とくに清書したときでもそうなんですけど、最初の一行が汚いとまた書き直すというのがなくなった。それだけでも大変なものです。

猪瀬　書きだしがスムーズだと、わりといけますからねえ。

沢木　ただ、何百人もの人が言いつづけているけれど僕の感想で言うと、やっぱり文体の変容はあると思いますね。
猪瀬　そうかな。書き方にもよると思うけど。ああ、そうか。あなたはいきなりワープロでなく、原稿用紙にいったん書いているんですか。
沢木　コクヨの原稿用紙。四百字詰のやつね。
猪瀬　あの薄緑の……。
沢木　そう。あれ。
猪瀬　学生みたいな。
沢木　これがなぜかよくってねぇ。出版社の二百字詰のって、全体の流れが摑《つか》みにくいでしょ。これだと四百字で、大きさもね。
猪瀬　そうすると、筆記具は？
沢木　なにか小物を持って来い、という要請だから、このシャープペンを持ってきた。飲み屋の開店祝いでもらったんだけど、意外に書きやすくてね。四年も使ってる。それと、これは原稿を書くときのサインペン。
猪瀬　どれどれ。トンボのマーク。サインペンの一種だね。
沢木　凄く書きやすいよ、これ。
猪瀬　あれ？　こちらのシャープペンシルも使うの？
沢木　これは、清書するときね。鉛筆は消せるから。
猪瀬　すると、最切にサインペンで書いて、つぎにシャープペンシルで清書して、ワープロに打ち込む。三段階でやるわけね。

沢木 そう、馬鹿みたいだけどね(笑)。

猪瀬 僕なんかいきなりワープロで書きだしていくけど。コンテもあまりつくらずにね。

沢木 僕はひととおり整理してから始める。

猪瀬 そうすると、四段階といえなくもない。人によってずいぶん違うものだねえ。

なぜ翻訳か

猪瀬 いまロバート・キャパの伝記の翻訳に取り組んでいるそうだけど……。

沢木 全部で二冊なんです。

猪瀬 そうするとかなり量がありますね。

沢木 千百枚ぐらいになるかな。いま下巻をやっているところでね。下巻が終われば、翻訳については少しはわかるかなと思っているんですけど。少し、はね。だけど、こんなのは一回でいいね。何もやる必要はないと思った。引き受けたときは気持ちがハイになっていて、やってみないかと言われたときに、ヨーシと思った。でも、二度三度と重ねてやる必要は全然ないと思う。

猪瀬 動ける年齢で動いておきたいという気持ちあるでしょう。翻訳の大作に立ち向かうとなると確かに閉じこもっちゃうよね。

沢木 ただ、いまおっしゃったように動けるときに動けるだけ動きたいというところと、勉強できるときに勉強しておきたいという感じも、両方あるじゃないですか。だから、外でワーッといきたいという欲求と、机の前に座って勉強したいというのと両方あって、勉強したいほうを選んじゃったんだけど一年たってみるとやっぱりフラストレーションがたまっててね、もう……。

猪瀬　走ってばっかりいると、ボディブロウじゃないけど、だんだん効いてくるからね。ちょっと立ち止まるときが、あってもいいかもしれないなあ。

沢木　……と思ったんですけどね。終わってしまえば取り返しがつかないんだけど、この一年は無駄だったのかなあとかいやそうじゃないとか、一日ごとに変わってます、気持ちは。翻訳おやりになったことあります？

猪瀬　専門家に任せちゃったほうがいいや、と投げておりますね。優秀な友人が一人いるんです。

沢木　絶対にプロのほうが早いです。でもね、たまたま翻訳したのがキャパだったからということもあるんだけど、彼はブダペストで生まれ、ウィーンに行って、ナチスのベルリンに、さらにパリ、それからスペイン戦争と……。訳しながら、当然その関係の本も読んでいかなきゃならないじゃない。そうするとノンフィクションを書く作業の手続きとちょっと似てくる。英語がスラスラ読める人だったらばそういうふうには感じなかったと思うんだけど、僕の場合には英語が読めないから、とにかく辞書を少しずつ引きながらそれに関係している本を読んで、なるほどこういうことが書いてあるのかと納得していく。だからキャパの伝記にはむろん原著者がいますが、自分がキャパについての人物論を書いているような不思議な思いを持ちましたね。

猪瀬　なるほどな。

沢木　勉強しましたよ。スペイン戦争なんてほとんど知っていると思っていた。だけど、全然知らなかった。

猪瀬　そういう意味じゃ、ルポルタージュしているようなものだね。

沢木　半分はね。半分は決定的に違うけど。

猪瀬　あなたのよさは、そういうアマチュア的なところをいつも失わないところだね。今回もまさにアマチュア翻訳家だったわけだけど。

沢木　そう、これはアマチュアの翻訳だと思う。

猪瀬　なにごとも発見にはアマチュア的発想が大事なんだものね。

沢木　プロがやったほうが絶対いいに決まっている。そう、おっしゃるとおり、これはアマチュアの翻訳なんですよ。アマチュアの翻訳のよさもちょっとあるかもしれない。

猪瀬　プロになりすぎると、たぶん引っかかりとか愛着とかこだわりとかが磨滅《まめつ》していって、どんどん量産していっちゃうかも。

沢木　そうかもしれませんね。だから、アマチュアの翻訳家の次に、またアマチュアの何かを来年ぐらいにはやりたいと思っているんですね。何をやろうかと思って。

猪瀬　ところで、タイトルは?

沢木　『キャパ』。

猪瀬　それだけ?

沢木　うん。原題も、ロバートが小さくついているんだけど『キャパ』。ただし、翻訳を分冊にしたのはね、僕は自分の本は、変な言い方だけどあまり売れなくたっていいと、いや売れたほうがいいけど、ギンギンになって頑張ろうと思わない。でもこの翻訳は売りたいと思っている。これ、要するに他人の本じゃない。せっかくそれを預かったんだから、売ろうと思っています。そのために作戦を考えてね。『キャパ　上・下』というのは芸がないじゃない。いろいろ考えたんだけど、すごくいいぐあいに、上下二冊に分かれるように書いてあったの。著者は意図してませんよ、一冊の本だから。ところが、キャパがスペイン戦争で失意の状態に陥り日中戦争に取材に行って戻ってくると、ちょうど第二次大戦がヨーロッパで始まるんですね。もうダメだと思ってアメリカに渡るというところが、三百二ページの分厚い原著の百五十ページあたりなの。

猪瀬　うまく分かれるようになってる。

沢木　そう。後半はニューヨークに行き、第二次大戦の取材に出掛け、それから日本に来て、最期はベトナムで死ぬ。これが三百二ページぐらいなんだ。『キャパ　その青春』『キャパ　その死』に分けてどちらを読んでもいい、『その死』だけでも十分通用するように訳しちゃおうと。二冊の別々の本が、たまたま続いているという感じにね。

猪瀬　一年も翻訳にかかりっきりだと、お金があんまり入らないんじゃない？

沢木　でも、一月ごろに『路上の視野』が文庫化されたんですね。そのおかげで……。

猪瀬　ああ、三冊も出たものね。あれもともとは一冊だった。何で三つに分けたの？

沢木　厚いのは何か読みにくいでしょ。はじめから文庫化にあたっては三冊にすると決めていた。それで六章に分けておいたんです。

猪瀬　どうしてそううまく予定を組めるのかよくわからないんだけど。それと、タイトルがうまいんだよね、あなたの本は。どうしてなんだろう、その辺をちょっと訊きたいですね。

沢木　『路上の視野』というのは五百ページなんですけど、全部で千四百枚ぐらいかな。三つに分けて四百枚から五百枚ぐらいずつにして……。きっとそれが好きなんですよ。たとえば猪瀬さんが、自分の本になってない原稿があるとするじゃない、エッセイみたいなものと単発のルポルタージュみたいなもの。

猪瀬 あちこちにたまっているよね。

沢木 ありますよね。ある日突然、暇な一日にそれを取り出して、これをどういうふうにして本にしようかなあと思って考えるのが、結構きらいじゃないわけですよ。一日ぐらい茫然と見てるのね。そうか、これとこれをというように……。

猪瀬 どういうふうに並べるわけ？

沢木 雑誌に掲載されたやつを、ただ切り取っただけのもの。それをホッチキスでとめたのがどこかの引き出しにバーっと入ってる。ある日それ持ってきて、どういうふうにしようかなとイメージを考えて、大きな区分けをしつつ当てはめる。たとえば六章に分けたら、次にコンヴァートして、これはここに、いやあっちのグループに……。ああ、編集作業はきらいじゃないんですよ。僕この間、近藤紘一さんの遺稿集を編集したんだけど、とてもおもしろかった。あれは『目撃者』というタイトルで五章に分けた。それもいろいろコンヴァートしたりしてね。そういう作業きらいじゃないみたいですね。

猪瀬 僕も編集者っていいなあと思うんだよね。原稿をなかなか書かない人にもらいにいくのは大変だけど。プロデューサーは楽しいぞ。

沢木 だけど、こう思うな。たとえば猪瀬さんの原稿をもらって、本の組み立てをするというんだったら、僕はすごく喜んでやると思うんだけど、猪瀬さんに書かせるというのはいやだな、そんなめんどうなのは(笑)。自分の担当になるのもいやだけど、僕の原稿を持って本をつくるのを考える人間だったら、やってもいい。

猪瀬　同感。

沢木　本のイメージって、他人のでも時々思う。よけいなお世話だと言われるかもしれないけど、たとえば本田靖春さんがいろいろ書いていて、本になってないのが記憶の中にあるじゃないですか。あれをこういうふうにしたらおもしろいんじゃないかなあとかね、猪瀬さんなら猪瀬さんのでも、あれを軸にしてこういうふうにしたら本ができるんじゃないかなと考えるのはきらいじゃない、他人のでも。

世代的な共通体験

猪瀬　僕はこの業界では「遅れてきた青年」という意識があるんだけれど、このごろやっと自分の出し方がわかってきた。あなたはわりと早くからそういうのわかってたのね。アマチュア的なスタイルをとりながらそのあたりはプロ的なのね。そこのところがなかなかだと思うんだ。見通しがすごくいいんだよ。その都度迷っていたとしてもね。

沢木　でも、基本的には迷ってたりしてる時間、無駄な時間のほうが多かったと思うな。たとえば一九八六年の一年間、何をやってたんだと言われれば無駄な時間をいっぱい費やしていた。本を出した後の半年間というのは右往左往して、何にも原稿としても結実しないし、一九八八年に入るまでの半年だって何をやってたんだと問われれば、たいしたことはないですよね。だけどいずれ、いつかは何かになるだろうと、そういう感じ。

猪瀬　ずいぶん昔書いた原稿を醸成させておいてから本の構成のなかに組み込むよね。職業的意識とアマチュアリズムの精神がどうミックスしているのか興味があるけどね。

沢木　僕はやっぱり書いてるものをある程度長生きさせたいと思う意識があると思いますよね。その長生きさせるための何かを、本能的にいろいろやっているんだという気がするな。最近思うんですけど、あんまり僕はジャーナリスティックではないと思うけどノンフィクションのライターであることは間違いなくて、職業はやっぱりノンフィクションのライターなんですね。あとエッセイを書いたり、場合によってはたとえば翻訳をやったり、場合によっては小説を書いたりということがあったとしても、それは趣味の領域で、職業としてはノンフィクションのライターを取りあえずいま選択しているというか、職業としてはノンフィクションのライターだろうと思うんですね。

猪瀬　僕らは新興ジャンルということだから何にでもチャレンジできる。そういうふうに開かれた感覚で仕事ができるというのはいいことだよ。

沢木　いろいろやれるからね。翻訳だって小説だってやってもいいしね。

猪瀬　小説の場合は新人賞を取って、その次は何々賞とかいうふうな形で認知されていく傾向が強いよね。そうすると、どうしても賞に規定され賞に合わせてしまって冒険しにくい。僕らの場合は賞を取らなくても書く場所がある。そうするとどんな実験でもできるというか……。『ミカドの肖像』はさいわい大宅賞が貰《もら》えてよかったけど、取れたらいいなと思ってはいたけれど、別に賞に合わせて書いたわけではないですからね。賞を取っていない時点で週刊誌連載をやって思う存分に実験できた。それを読者が判断してくれる。選考委員でなく読者によって淘汰《とうた》されるんですね。

沢木　それはそうですね。ただ、賞なんていうのは、賞をあげなきゃその賞が困っちゃうというぐらいの仕事をやればいいというだけのことなんじゃないかな。

猪瀬　後から追認していく形でね。

沢木　なぜあの人に賞をあげなかったのかというのがその賞の権威にかかってくるってふうになればいい。小説の賞もそれに近い感じになってきている気がするなあ。

猪瀬　そのためには文芸誌はもう少し売れないといけませんね。いっぽうで、大前研一とか竹村健一のような本がやたらに売れる。彼らの本を読むと、とりあえず明日の企画会議には間に合う。だけどそれだけで仕事しているわけじゃないものね。

沢木　そうか、明日までに間に合う本ね。その話おもしろいね、明日までには間に合う本というのはいいね。

猪瀬　僕らの世代が会社の真ん中あたりで重責を担っているのね、いつの間にか。そこにきちんと球を投げたい。

沢木　真ん真ん中でしょう。そろそろ。ところが、そこら辺になってくるとなぜか読書量が減ってくるらしいですよね、友人たちの例を見ても。

猪瀬　僕たちの世代がいまの働き盛りの年代と重なるようになってきたけど、なぜか日本人はそうなると本を読まなくなる。とくに男が読まない。

沢木　三十五から四十歳過ぎの人たちね。感覚的につかみにくい感じがあるね。

猪瀬　あなたの『路上の視野』というエッセイ集に、全共闘のころの友人が何人かイニシャルで出てくるでしょう。ああいう人たちはその後みんな働いて、女房、子供がいるわけだよね。あなたの書いたものに対しての反応はどうですか。

沢木　どうなんだろう。知り合いというのはけっこう読まないものだなという感じがしますよ。

猪瀬　それはともかく僕らの世代の読者はどうしているのかなあ。

沢木　僕の場合にはアマチュアのルポライターとして出発して、アマチュアの物書きとしてずっとありつづけたと思うのね。もちろんノンフィクションを十何年も書いているから、その意味では職業的に習熟している部分もあるけど、一回一回のテーマに関してはつねに、だれでもそうだと言えばそうだけど、アマチュア的な態度で生きてきたと思うんです。よその世界に闖入《ちんにゅう》して、また出て行く。その繰り返しでしかないけど、僕自身はその往復だけで完全に充足している。だったら書かなくてもよいとなりそうだけど、書かないとそうした関係が完結しないというところがあってね。その結果、書かれたものがたまたま世の中に出ていく。読んでもらいたいけど、決定的に重要なことではない。たぶん猪瀬さんの中には書いたものをだれかに読んでもらわなきゃならないというのがあると思うんですよね。

猪瀬　読者の存在は大事だけど。

沢木　僕の中では、基本的には閉ざされているのかもしれないけど、対象との関係だけで自己完結しているのね。そうすると同世代のやつらが読んでくれているとすれば、その狭い自己完結した世界の中に、ある共振するものを持ってる人たちは深く読んでくれるだろうし、それに対して入り込めないというか、それはおまえたち勝手にやってくれという人は入ってこられないと思う。かりに僕と同級生であっても「おまえのその世界には入れないよ」というやつが当然いっぱいいると思うんですね。

猪瀬　ああ、そういう意味ね。あなたのエッセイに私的な体験が書いてある部分があるけど。僕はそこに世代的な共通体験を感じたんだ。普遍的な問題が潜んでいるような気がしたんです。後輩に自主講座かなにかの司会を頼まれていざこざに巻き込まれる話が『路上の視野』に書かれていますね。言葉が伝わらずいらいらする。そのこだわりをずっと引きずっているように思うんだ。さっきのアマチュアの自己規定というのは、そのあたりからきたのかなあ、と。

沢木　伝わりにくいという印象はとってもあったね。たとえばゼミナールなんかで討論していても、ふつうにしゃべっているのにほとんど伝わらない、ということが何度かあった。大学のゼミの連中はみな仲がよくてものわかりもいいはずだ、なのに伝わらないと思った瞬間が少なくとも二回ぐらいあったね。それは目を見張るようなことだったな。

猪瀬　たとえば?

沢木　際立った、わりと政治的に切迫したような議論をしていたときに、たぶんそれは言葉を正確に思い出していないんだろうけど、保守というような言葉に対する理解がほとんど違っていたという印象。さらに言えば、ラディカルという言葉も、真反対に思っていて、愕然《がくぜん》としたなあ。

猪瀬　あの当時の言葉は、ある種の記号だったと思うんだね。たとえばモラトリアムなんていま使われてるけど、あの当時は猶予という漢字で訳されていた。サルトルの本が流行《はや》っていたから。それぞれが勝手に解釈していた……。

沢木　そうね、執行猶予という言い方してたな。

猪瀬　学生運動のなかで少し文学的なニュアンスの好きな連中は、その辺をわりと意識していた。ところが同じように活動していてまったく関係ないやつもいた。いっけん同じことをやっていても、これほど違う、つまりあのとき思ったのは、左翼というのは近くて遠いなという感じ。体質が右翼みたいなのがいっぱい。生理的に違和感をもった。

沢木 そうかもしれない。使ってる言葉が同じでも、ほとんどその言葉を理解しあってないことは日常的にもあるけど、象徴的な言葉で幾つかあった。何か劇的な局面では正反対になるんでしょうね。

猪瀬 僕はあなたのエッセイや姿勢から、そういう傷を感じたんだ。記号的になってしまう言葉を避けているなってね。

沢木 そうかもしれない。僕の雑文でもノンフィクションでもそうだろうけど、そういう言い方をすれば難しい生硬《せいこう》な言葉はたぶん一回も使ってない。そういう言葉を避けてる、そうかもしれない。確かに避けてるね。意識してそうしているところはあるね。

猪瀬 僕はある時期、活動家の会議でみんないろいろ言うでしょう、「自分の言葉でしゃべれ」と怒鳴ったことがあった。イライラしてきちゃうんだね。そういう苛立《いらだ》ちみたいな……。

沢木 感じますよ。その中で、でもやっていかなきゃならないというふうにしてやっていくのと、これは……と思って撤退していくというのと、やっぱり二通りに分かれるんでしょうね。大説、小説とあるならば、大説を吐くのはやめようとは思いましたね、大学を卒業する前後。どうでもいいけど、大きなことを言うのはやめようぜ、と。

猪瀬 あなたも僕も、その部分に共通したものがあったという感じがするのね。それで、たまたまルポルタージュという方向に。もちろん、ある種の偶然にも導かれていたけれども。

沢木 大説をもてあそぶルポルタージュ、ノンフィクションもあり得るでしょうけど、本来的にノンフィクションというのは、大説とは違う手続きを必要としますから。それで結局何かに到達したっていいいんだけど、僕は到達することも拒絶するところがありましたね。

猪瀬　そういう意味では、いい悪いはともかく、非常におもしろい時代だった。そんな言葉の入れ違いを侃侃諤諤《かんかんがくがく》やりながら、多少それに傷ついたりしつつ言葉の道を探していくという感じがやっぱりあった。高校時代までだって、もちろん本人のモティーフというか感受性の貌《かたち》としてはある。だけど、あそこで一回それが濾過《ろか》された。濾過されたのか、かえって喪失したのかもしれないけどね。

沢木　明らかにそうですね。それに対して背を向けるにしても、くぐり抜けるにしても、はじかれるにしても、時代と無縁にいることはできないですよね。きれいに時代の空気を吸って、すくすくとその時代の子供になるやつもいるかもしれないけど、非常に反時代的に見えるという形での時代性を、僕だって持ってるかもしれないしね。

自分の言葉

猪瀬　経済学部なのにゼミの卒論、カミュを書いたんだって？　あなたならほかの時代でもやったかもしれないけれども、やっぱり一九六〇年代後半のあの時代だからフッと許されちゃったというか、時代の勢いだと思うの。六〇年安保の時代だったら、「おまえは経済学部だよ」と言われて終わりだった。

沢木　ほんとにそうですね。

猪瀬　あのときは許容したり、やっちまったりする雰囲気もあった。

沢木　いまでもかなり憶えているんだけど、あの卒論が残っていたら読み返してみたいな。卒論を書くとき、僕は二十二歳だったわけですね。アルベール・カミュについての作家論じゃなくて、カミユが二十二歳になるところまでの伝記を書こうと思ったんです。伝記的な資料は何もないわけ。そこら辺がいまでも続いてるんだけど、僕はフランス語なんて読めない。スペイン語を第二外国語に取っていたから。フランス語の教授に、必要だと思われるところを訳してくれって頼んだ。そうしたらほんとに教授が訳してくれたんですね、これが。カミュが二十歳ぐらいに書いた詩なんていうのがあっても、僕は読めないしね。

猪瀬 翻訳されてないのがいっぱいあった？

沢木 そう。『異邦人』でデビューするより前の詩。『異邦人』を書いたのは二十四、五歳。だから、二十二歳までというのは何者でもないわけ。何者でもないやつの人物論をね、書こうと思ったんですよ。最後はいきがって、やつも二十二歳になった、僕も二十二歳だとね。これから先は書く必要はない、あとは僕が自分で生きていけばいいんだから……。そんな卒論をよく受け入れてくれたと思うけど。

猪瀬 モラトリアムという言葉、アイデンティティーという言葉、この二つですね。頭のなかを占めていたのは。そうじゃないかなあ。

沢木 アイデンティティーということはわりあい重要なことだったかもしれませんね。猪瀬さんは、卒論は何だったの？

猪瀬 ゼミの先生が全共闘の総括でいいってさ。もう気持ちが離れていたから、さらさらって適当に書いておいた。そのとき実はもうつぎのステップを考えていたんだ。早く学校を離れて、独りになってある作業をはじめたかった。僕は日本の左翼はダメだという結論に達していて、原因は日本語だ、と。あの『資本論』の翻訳がすべての元凶だと思ったの、なぜか。新しい日本語で書き直してみようと決意して壮大な計画を打ち立てた。『CAPITAL』と『DAS KAPITAL』を買ってきた。

沢木　なるほど、英語版とドイツ語版。

猪瀬　うん、並べて。もちろん文庫も並べてさ、書き出したのよ。それで結局、どうしようもないやと。長谷部文雄訳とかさ、アタマの固い連中が変な日本語使いやがってとかね、永井荷風あたりが訳していれば日本の左翼もましになったんじゃないかなんて思ったものだからさ。

沢木　書き直そうと考えたわけね。

猪瀬　本気で書き直すつもりだった、全部。僕が書いたらきっとよくなるんじゃないかと思った。

沢木　いいんですよ、思うことが一つの才能で、それをやり通すのは別の才能でね。

猪瀬　ドイツ語の授業もろくろく出てない怠け者が、突然そう思ったのね。若いときって何か変なこと思いつくもんだね。

沢木　そう。だけど、思いつきは才能だと思う。話は飛ぶけど、ラインホルト・メスナーという山登りの人がいてその自伝を読んだわけ。無酸素エベレスト登頂を初めてやった人なんですけどね。彼が、いろいろな機材を使って登るのは間違っているんじゃないかとある日、思った。生身の体で登るときに初めてエベレストという山が体験できるんじゃないか、とね。

猪瀬　動物は機械使わないもんな。

沢木　単なる思いつきにすぎなかったと言うけど、画期的なことですよね。

猪瀬　何だって思いつかないと終わりだよな。

沢木　そう。メスナーはそれをやり遂げられる体力があった。それはまた別の才能。二つないとできない。体力だけあったって、思いつかなきゃしようがないんですよ。

猪瀬　さっき大説って言ったけど、僕も大説を使うまいと思ったんだね。ただ、立ち直るまで時間かかったね。二十代は全部だめだった。立ち直れなかった。三十ぐらいになるころに、職業上、記事書いて飯を食うということになってさ、三、四年はまったくそれで職人的に徹してたね。

沢木　職人的に徹してた時代は結構おもしろかった？

猪瀬　それがわりとよかった。あなたがおそらく二十代にたくさん作品を書いたことに少しは追いつくぐらいになったのはそのおかげ。たとえば自民党幹事長について書いてくれと言われる。僕、全然趣味じゃない。だけど、行くと自民党っておもしろい。つぎにどっかの社長について書いてくれ。行く。全然興味ないね。趣味じゃない。書く。そうか、そうか、と。あれがやっぱり大きかったね。

沢木　それはすごくおもしろいと思うね。やっぱり違うと思う。僕はそれをやらなかったというか、できなかったのが、ある意味で言えば損なんですよね。自分の視野の中に入ってくるものだけチョイスできる、そういう意味では自由を持ったけど、逆に不可抗力的に何かやらざるを得ないということがなかったから、それがもったいなかったね。

猪瀬　その排除していくところ、意思が強いんだろうと思うけど……。それでずっと来たよね。

沢木　でも、その分だけ損をいっぱいしてると思うけど、そこは裏腹でね。

三つの戦略

猪瀬　あなたは二十代のはじめからノンフィクションの仕事をしてきたわけだけど、若手ノンフィクション作家の旗手といわれてきて久しい。おおげさにいうともう二十年近くやっている。公務員なら恩給ものですぞ。

沢木 よくやってきましたね、ほんと(笑)。

猪瀬 とにかくずうっと倒れないで来たんだから。したたかじゃないとね。まわり道をしなかったことがマイナスになっているかもしれない、と考えたりするにしても、見通しがよかったといえるんじゃないだろうか。あのころはいまのようにノンフィクションがジャンルとして成立するなど考えられなかった。あくまで雑誌記事だった。それがたまたま運がよければ本になるという時代だよね。

沢木 そうね、記事でしたよね。その功罪はいっぱいあるけど、作品化という意思を持ちはじめた書き手のうちの一人だったんでしょうね。

猪瀬 早い時期に戦略を立てていたというのはすごいね。どうやってそれが視えたのか不思議なんだよね。

沢木 そう……でも常識的に考えたんだろうけど。最初の二十三、四歳ごろ、戦略があった。三つぐらいのね。だけど、どうしてそういう話がつけられたのかいまやおぼろげだけど。ひとつは、できる限り長いものを書かせてくれ。つぎに、取材費に無限の金を出してくれ。そして、原稿料は幾らでもよい。長いものといっても限界があってね。ただ、TBSの「調査情報」だけは、百枚でもいい、雑誌の半分を僕が書いてもいい、と言ってくれた。それから、そこは素晴らしいことに、締め切りがルーズだった(笑)。

猪瀬 おまけつきだね。

沢木 僕の原稿が遅れると「調査情報」の発行日が遅れるんだもの。これはよかったね。

猪瀬 それは珍しい。あの人だ、ええと名前が……。

沢木　鈴木明さん。編集長のときに、枚数は幾ら長くてもよい、と。しかも取材費をきちんと出してくれる。当時で海外取材も可ですから。ただし、原稿料は千円か九百円で安かった。でも本になると思ったから、原稿料は安くてもかまわなかった。

猪瀬　めずらしい雑誌だよね。

沢木　原稿を待ちすぎて発行日が遅れてもいいの。すごい雑誌なんだから。

猪瀬　なるほど。そのあたりはよくわかったけれど。ルポルタージュをやろうという発想なんだなあ、わからなかったのは。僕は、思いつかなかったんだ。そこのところをうまく説明してもらえる？

沢木　何だろうね……。

猪瀬　あなたの話をずっと聞いてわかってる部分で言えば、あくまでも生活人に対して、そこを横切る人、いわばアマチュア的に関わる人という自己規定がかなり厳しくある。ルポルタージュを目指すというほどでもないけれど、方法としてまずルポルタージュを選んだということが、どこで……。つまり、あなたは卒論はルポルタージュじゃないわけだから、そこのところだな。

沢木　何だろうね。少なくともきっかけは偶然でも、ある程度選びつづけてきたわけだから、なにかが絶対あったはずだよね。

猪瀬　ルポルタージュなんて思いつかない時代だよ。僕は転向しながら考えた。『資本論』を書き直してみようかとか、短編小説を書いてみようかな、と。でもルポルタージュには気がつかなかった。

沢木　ノンフィクションを書く人たちの好みがいっぱいあると思うんだけど、たとえば取材をすることが好きな人きらいな人、書くことが好きな人きらいな人というふうに分けるとすると、僕は、一種のパスポートをもらってどこかに行くことが好きだったんじゃないかな。この世界に行く、あの世界に行く。だけどその世界にいつづけることはやっぱりできなくて、出てきちゃうんだろうね。たとえば会社員になったらいい会社員になるんではないかとずっと思いつづけ、就職試験を受けた……。

猪瀬　お父さんはサラリーマンだった？

沢木　いえ。やくざなというか、定職を持たなかったから、逆に僕は定職を持ちたかったんですね。

猪瀬　かえって定職に憧《あこが》れるところがある。

沢木　たぶんいいサラリーマンになると思ってたし、人もそうみていたかもしれない。だけど、いまになってみれば……どうなんだろう。

たとえばどこかに行く……、いま翻訳の合い間にひとつだけやってるのは、養蜂家の方といっしょに旅をすることなんだけど。去年は見るだけ。今年はいっしょに実務をやった。そしてなんと、自分が採った蜂蜜を食べているんですよ。今年は戦力の一員になったんです。

猪瀬　組み込まれているわけだ。

沢木　そう。来週か再来週は、蜂の輸送に北海道から九州まで行くんだけど。僕はときどき夢のようには思うんですよね、蜂屋になったらどうだろうなって。だけどいずれ出てくるわけですね。出てくることが保証されているから入っていくんだろうね。その意味では、僕はいろんなことを経験してきたわけですよ。取材でポッと行くというよりはもうちょっと深く。だけど結局、取材だから出てくる。その擬似的な体験を幾つも幾つも繰り返してきて、それはかなり僕の生き方の性に合っていたんだろうと思うのね。

猪瀬　さまよえる人だね。

沢木　というほどでもない。

猪瀬　でも、結構そういうところあるね。

沢木　アマチュアのプロモーターで、アマチュアの蜂屋で、アマチュアの翻訳家で、アマチュアの何々なんです、つねに。そうそう、廃品を扱う仕切場で、「くず屋さん」の見習いをしたこともありますからね。アマチュアのトラベラーは、だけど、そこから出てくるしかない。

猪瀬　しかし、アマチュアの家庭というわけにいかないでしょう。

沢木　そう、ここがいちばん難しかった。家庭がやっぱり最高の難問だったね。猪瀬さんのところはわりと若いときに子供ができたんですね。そういう感じがしますね。

猪瀬　なにかわけわからないうちに、考えないうちに結婚しちゃったという……。

沢木　その子供さんとの対応で言うと、やっぱり若いときってせっぱ詰まっているから、対応とか何とか言っていられなくて、自分で走ってなきゃしようがないという感じだったでしょう。

猪瀬　男なんていいかげんだから。自分で産んでないから、実感が薄いでしょう。ああ、いるという感じでさ、何か動いてるなとかさ。そんな感じになっちゃうんだね。三十歳を過ぎると少しちがってくるけど。

沢木　それ、ほんとにそうだろうね。僕なんかも三十五のときにできて、それも女房に言わせれば、何を格好つけてという話になるんだろうけど、子供が産まれて数日後に外国へ行っちゃった。三カ月ぐらい帰ってこなかった。

猪瀬　やっぱりそれ、アマチュアでいようとしたんだね。そのままお父さんになりたくないような。

沢木　アメリカのやつらに「おまえ、結婚してるか」「ええ、結婚してます」「子供は?」「ええ、いるんです」「幾つだ」「えーと、三週間目ぐらいでしょうか」なんて言ってさ。「五日目に出てきたからわからないんです。名前も女房がつけてると思います」なんてね。「おまえ戻ってもアパートじゃ絶対女房と子供はいないぞ」とか言われてさ、「まあ、いるんじゃないですか」と。で、三カ月後に帰ってきたら、もちろんいた。

そしてしばらくして疋田桂一郎さんという朝日新聞のジャーナリストと会うことがあって、いろんな話をして、僕は格好つけて、「五日後にアメリカに行った」なんて馬鹿なことを言ったわけ。そうしたら、疋田さんが「かわいそうですねえ」って。「えッ」「あなたは子供さんの一番いいところを見なかったんですね」と。疋田さんという方は、よくは知らないんだけど、奥様を亡くした後、男手一つで二人の子供を育てたんだって、ある時期。たぶん再婚なさったんだろうと思うんだけど、その間とにかく一人で育てたらしいのね。その人の言葉だからさ、わりとドキーッとしてさ。

猪瀬 かなり効いたでしょう。

沢木 そう。あなた、一番子供さんのいいときを見なかった、かわいそうな人ですねって。

猪瀬 なかなか言えない言葉だな。やっぱり男の子というのは大人になるのに三十年ぐらいかかるんだね、自分が何であるかをつかむのに。結局はそういうことでしょう。

沢木 三十何年かかる。四十年近くかかるよ。

猪瀬 ね。いまだにわかったとは言えないけど。学生運動以後のリハビリ十年は、予想できなかったしね。

沢木 僕、相応に齢取ってきたと思う。ある部分で子供のとき早熟な部分は少しはあったかもしれないけど、そんなに早熟じゃなかったのね。十歳のときには十歳のとき、二十歳のときには二十歳。

二十歳のときに、もっと早熟なやつらがいたと思うんだ。だけど、僕は二十歳のときにはきっと二十歳分しかなかったし、三十のときには三十歳分しかなかった。その齢々に普通に成長してきたからノンフィクションができたんだと思う。早熟だったら、ノンフィクションをやらなかった。

猪瀬　さきほどの答えかなあ。非常に健康だと思う、そういうふうにいけばね。僕は、ノンフィクションという方法に気がつけばよかったんだけど、そうではなくて、言葉が使えなくなってきた。言葉と聞いただけでだめだった。そこまでいっちゃったね、学生運動をやめたとき。そのときに、ある隘路《あいろ》からスッと、ファクツというものが主張をはじめていたらね。

沢木　そこがめぐり会いとかいうものなんだろうな。そのときにファクツ、事実というようなものに向かっていったとすれば、そこまでだったかもしれないとかね。ある種の無駄の蓄積みたいなものがあったから……。僕にとっては、十八から二十二までの大学の四年間というのは膨大な無駄だったと思う。僕にとってそのわずかな四年の無駄が、辛うじて仕事をやるエネルギーになってきたけど、それが猪瀬さんの場合にはさらに余分な何年かになってさ。僕のある意味でのラッキーさとアンラッキーさとは裏腹でね。無駄の少ない分だけアンラッキーだったところは当然ありますよね。

猪瀬　そうだね。自分のモティーフというのは当然あるよね、趣味的なものを含めて。けど、これは結構、軀《からだ》の芯のほうにあるから、皮膚の表面を触られても大丈夫なんだね。

沢木　いっけん無駄に見えるような仕事も時間もあるけれど、そういうものによって、内部のモティーフ自体がすごく複雑になったり襞《ひだ》が深くなったりすることがある。たぶん、そういうことが必要なんですよね。

猪瀬　そうなんだよ。それ、ノンフィクションをやってよかったことなのね。ノンフィクションというよりは、無駄の多いプロセスをつつみこんでいる仕事の全体。作品化の過程で削ぎ落としていくけれど、表面から消えても体験としては栄養として蓄えられていくからね。駆け出しの新聞記者なんかサツ回り行かせるよね。あれもそういう習練の制度化されたものかもしれないね。田舎のおまわりさんの所へ行ってやるのは、ある種のそれの制度化だろうね。ところが、制度化の悪いところは、年齢を重ねると内勤になっていくこと。

沢木　そうでしょうね。

虫と鳥

猪瀬　われわれも私立探偵みたいだとあなたも書いてるけど、そういうところあるよね。確かに顧客が来て、顧客の生活事情を全部知って対応する。また次の顧客が来る。

沢木　で、行っちゃうんだからね。

猪瀬　少し大きな言葉を使うと、世の中の拡大してる速度が速いから、全体を見てないといけないところが常にあるでしょう。いつも大きな眼は一個持ってないと。あなたは虫のように地面から見る虫瞰図の意味を語っているけど、いっぽうで鳥瞰図も持っている。それはノンフィクション独特のバランス感覚と思うね。蜂屋へ入っても、日本経済の中で蜂屋はどういう位置かというのをどこかで見ている。僕はノンフィクションというのは、少し格好よく言えば、全体が広がってくる時代、社会の拡大速度が速い時代の要請だと思う。

たとえをまた変えるけど、天皇制ってあるでしょう。バリ島の首長《しゅちょう》は百ぐらいの要素で成り立ってるけど、日本の首長は一万ぐらいの要素で成り立ってる。日本の首長を文化人類学しないと、バリ島へ行ってモデルつくって帰ってきたって……。

沢木　しようがないという感じ。

猪瀬　モデルをつくりやすいからだよね。

沢木　そうか、それはそうだ。

猪瀬　一万ぐらいの要素で成り立っている首長の役割は何なのかというと、『ミカドの肖像』みたいにいろいろ周りを調べていかざるを得なくなってくるというか、そうなってきちゃうんだね。

沢木　そのうちの一万は全部できないけど、幾つかはできるとか、やらなければならないとかね。

猪瀬　どこかのくず屋さんのところへ入っていくにしても、くず屋さん見ながら全体を見ているなという感じがあるわけだよね。でもそうするとどうしてもコモンセンスになってくるからね。どこかでバランスをね。私小説家の川崎長太郎みたいにやってれば楽だからね。楽ということはないけどさ。

沢木　楽ということはないと思う。あれはあれなりに大変なんだけど。でも、ある一貫性は保ちやすいよね。

猪瀬　そう。閉じていればいいんだからね。人間、自分のところを掘り下げていけば、宇宙というより深海を掘り下げるのが一つの仕事だからさ。

沢木　地底は宇宙に通ずる。そう言えるからね。二つの方法があってさ、ある広さに向かって自分を順応させていくというか、ある広い領域に向かって自分をさらして、それに向かって対応していくという方向と、ある一点に向かって下りていくというようなことで持するという方法と、両方あると思うんですよね。
どちらかといえば一点で持するほうがやりやすい。ガキどもが何か言ったときに、「うるせえ」と言ったら、みんなすくみ上がるというのがいちばん簡単ではあるからね。

猪瀬　両方できるといいね。失敗をおそれずに。

沢木　齢を取るのでつらいことの一つは、きっと失敗をすることがとってもつらくなるんだろうと思うんだ。僕は失敗しても何でもないと思って生きてきた。だけど、最近それを思ったのはね、いまのうちでなきゃ失敗できない、と。
翻訳をやるときに何を思ったかというと、いまのうちならまだ許されると思ったわけ。そういうふうには思わなかった、昔は。いまのうちだったら、翻訳をやって失敗しようが、シナリオ書いて失敗しようが、何をやってもまだ許されるけど、そうだ、もうちょっと齢を取って失敗するのはかなりつらいことだろうなあと思ったのね。なるほど、こうやって人は齢を取るんだな、と。

猪瀬　もっとも、鷗外・漱石の時代だったら、もうりっぱな大家の年齢だけど。

沢木　四十だものね。

猪瀬　どこかにアマチュアの気分が残っていて、また「闘う家長」の意識もある。

沢木　アマチュアリズムも、なかなか悪くはないか(笑)。

猪瀬　僕らの世代の気分ではあったしね。

書くことが生きることになるとき

柳田邦男
沢木耕太郎

やなぎだ　くにお　一九三六年、栃木県生まれ。ノンフィクション作家。

ある日、柳田さんから電話が掛かってきた。ある仕事のピンチヒッターを引き受けてくれないかというのだ。よほど困っていらっしゃるのだろうということは察せられたが、私には荷が勝ちすぎる仕事であり、とても対応できそうになかったので、お断りした。無理をすればできないことはなかったかもしれないが、やってしまえば不満足な出来に後悔することになるだろうと思えたのだ。

しかし、『犠牲』を読み、もしかしたら、そのとき、奥様や息子さんに何かの異変があり、どうしても手が離せないというような状況だったのではなかったかと気がついた。この対談の中でも「連れ合いが二十年このかた心の病を抱え」、「次男がかなり重い神経症に陥って」と述べられている。

どうしてあのとき、自分のちっぽけなプライドなど捨て、さっと引き受けてさしあげなかったのだろうと激しく悔やんだ。

しかし、家庭の中にこれほどの困難を抱えながら、それにひとりで立ち向かい、しかも、長年にわたってあれほどの質の高いノンフィクションの作品群を書きつづけてきたということの凄さに、あらためて言葉を失いかけてしまう。

これは「本の話」の一九九六年三月号に掲載された。

（沢木）

『犠牲』の完成度

沢木　僕、前に一度、柳田さんと対談しましたよね。あれはいつだったかなあと思って調べてみたら、十五年前なんですよ。

柳田　もうそんなに時間がたってしまったのか。僕は四十代、沢木さんは三十代でしたね。

沢木　その時はたまたま僕が『一瞬の夏』を書いた直後だったんで、「私」という問題が中心的なテーマになって、主として柳田さんが『一瞬の夏』の方法論に即していろいろ尋ねて下さっているんです。その後、僕は柳田さんに、「柳田さんご自身の書く時のエネルギーの源泉みたいなものは何でしょうか」というふうに質問しているんですね。すると柳田さんはそれに直接はお答えにならなくて、自分たちの世代はわりと貧乏性なところがあって、とにかく常に仕事をしていかなきゃならないという感じがある、というのがひとつ。もうひとつは、そういう自分がこの社会や時代のどこに位置しているかを見定めたいと思って書いているところがある、と答えていらっしゃるんです。「基本的に自分がジャーナリストであるという感じをお持ちですか」と僕が質問すると、柳田さんは「うん持ってますね」と答えている。続けて、「今やってらっしゃることは、個人的な作業だとお思いですか、あるいは社会的な作業だと考えてらっしゃいますか」とお聞きしたところ、「もちろん自分の作業なんだけれども、基本的には社会につながってゆくと考えてやっている」というふうにようなことをおっしゃってるんですね。で、「そこは僕と全然ちがうところですね」というふうに話が展開しています。これが十五年前の話ですね。明らかに柳田さんは、そのような意識をもって仕事をなさってきたと思うんです。

柳田　そうだったね。

沢木　そこで……、またこの話をするのかって、いやかもしれませんけど、作品の話になるのは仕方ないと諦めていただきまして、『犠牲《サクリファイス》』についてお聞きしたいんです。内容についてはいろいろ喋られたり、いろんな人が解説したりしてますけど、ここでは息子さんの脳死の十一日を書く柳田邦男という人の問題について、もうちょっと詰めて話をしたいんです。もしお嫌じゃなければですが、その話をしていただくと、ノンフィクションを書くとか書かないという問題に対して浮き上がってくることがあるんじゃないかと思うんです。

柳田　鋭いとこ突いてくるな(笑)。

沢木　たまたま二月号の「海燕」で黒井千次さんが柳田さんと対談してて、黒井さんは『犠牲』の主人公は洋二郎さんであって、書き手の柳田さんは後景に退いていて、書いている人のことは主要な問題ではないように感じられたというふうにおっしゃってるんです。

ところが僕は全然逆で、正直に言って、洋二郎さんのことはものすごく重くて大きいんだけれど、僕が読んでいく中では洋二郎さんではなく柳田さんのほうを追っているんです。それはどっちが正しいという問題ではなくて、この作品はたぶん、黒井さんのようにも読めるし僕のようにも読める。で、あえて失礼なことを言わせていただくと、柳田さんの作品の中で『犠牲』は完成度の低い作品だと思うんです。

どうしてかというと、これは親しい仲で勝手なことを言わせてもらうと、柳田さんの作品は本来もっと緊密なのに、これはゆるやかなんです。作品としてある意味では隙間が非常にあるんですね。

柳田　建築で言えば柔構造。

沢木　うん、緩やかで、構造にいくつかレベルがあると思うんですね。僕のように柳田さんを追ってゆくレベルがあり、若い人が洋二郎さんを近い存在として読むレベルがある、というふうに。それはきっと、一個一個の要素をピチッとセメントづけみたいにしていないところが『犠牲』にはあって、自由な読み方を許すんじゃないかと思うんです。そうするとこれは、柳田さんが、どのようにこの出来事を諒解《りょうかい》していったかというプロセスを叙したものだ、と僕は理解するんですね。

柳田　その通りです。

沢木　じゃ柳田さんはなぜ『犠牲』という作品を書こうと決意されたのか。出来事を諒解するということと、それを書くということは違うことだと思うんですね。時期的にも若干ズレもあるでしょうし。十一日間の中でいろんなことを諒解し、あるいは納得しようと思った日々の後に、やはりこれを書こうと思った、そのプロセスがあると思うんです。僕はさっき不躾《ぶしつけ》に、完成度がそんなに高くないという言い方をしたのは、実はこの作品は、柳田さんにとっては非常に画期的なものだったと思うんです。何がどう画期的なのか、それは作品の完成度なんかと違って、あるものすごく重要なことが『犠牲』にはあったと思うんです。

柳田　『犠牲』についてはいろんなインタビューを受けましたけど、沢木さんのような角度から切り込まれたのは初めてです。書く立場同士としては、鋭い質問だな……。

沢木　実は、「海燕」の同じ号で黒沼克史さんという方がエッセイを書いているんです。黒沼さんの奥さんが妊娠して臨月近くになった時、お腹の子どもに重大な障害があることがわかる。病院側は早く帝王切開してそれを治療すべきだと考えるわけです。手術をしても重大な障害児として生きていかなきゃならない。自然分娩に任せれば死んでしまうかもしれない。そういうすごい選択を迫られて、いろいろ考えた挙句、黒沼さんは自然分娩を選び、結局、そのお子さんは亡くなってしまうんです。ほんの短いエッセイなんですが、黒沼さんはライターとしてこのことをノンフィクションとして書こうかなと思った瞬間があったと思うんです。でも、彼は書かなかった。書くに値しないということではなくて、書かないということに決めたと思うんですね。

全然質の違う話だけど、たまたま子供にとっての重大な出来事を、父親であり物書きである自分はどう対応するかといった時に、柳田さんは『犠牲』を書かれたわけですよね。先ほど言った、出来事を納得していくプロセスはここに明瞭に書かれていると思います。ただ、なぜこれを書きたい、と思われたのか、それをもう少し説明していただけるといいなと思うんですが。

自分を書くことに変わりはない

柳田　あのね、今の質問の中にはいくつもの要素があって、できるだけそれらを分けて、順に話していきたいと思います。

まず洋二郎の本なのか柳田邦男の本なのかという問題。『犠牲』は、すぐれて柳田邦男の本であり、柳田が自分のことを書いている本なんです。

長男の賢一郎に原稿をゲラ刷の段階で読んでもらったんですが、彼は、洋二郎の人生とこの事件について、父親と兄弟の見方は違う、それを言いだすとキリがないし、直せばこれは親父の作品じゃなくなってしまうからとやかく言いたくない、と言うんです。それで、賢一郎は原稿の十カ所ほどについて、表現のニュアンスの違いや言葉足らずを指摘しただけだった。
それは翻訳すると、この『犠牲』は洋二郎の全体像とか真実ではなく、親父の目に映った洋二郎として、親父が自分自身のことを書いている……。

沢木　と、彼は理解してるわけですね。

柳田　うん、僕は彼の対応は正解だと思うんです。それはノンフィクションとは何かという問題そのものだと思うんですよ。僕自身はノンフィクションを、ストイックなまでに自分を出さないで、客観的な対象を素材にして書いているわけだけど、にもかかわらずやっぱり僕自身を書いてることに変わりはないわけです。小説なら主人公などの登場人物は作者の分身であり、作品は作家の世界です。ノンフィクションの場合、事実や実在の人物が素材になるために、そこのところが誤解されがちなんですね。僕のように社会問題や事件を描こうとしても、やっぱり根底では書き手がどう考えたりどう対象と関わろうとしたかを暗黙のうちに書いているわけです。

沢木　そうですね。ただし、『犠牲』と今までの作品と一点だけ違うところがあると思うんです。何かというと、事件とか事故とかを描こうとする時、柳田さんは、このテーマは書くに値することだろうか、と悩まれることは少ないと思うんですね。

柳田　それはちょっと違いますけどね。悩みますよ、いろんなかたちで。

沢木　そうですか。ただ、この『犠牲』については、これを書くことに何かの意味があるのかと、何度も考えられたと思うんです。その迷いを体験なさった上での作品であるために重層性をもっているといえるんじゃないでしょうか。
柳田さんが、いろいろな逡巡《しゅんじゅん》やとまどいがありながら書く決定を下してゆく、その時、柳田さんのおっしゃったノンフィクションとは何なのかという現代的な意味があると思うんです。それは何かと言うと、「海燕」には「ノンフィクションの成熟と喪失」なんて気の利いたふうな特集のタイトルがついているけど、実は重要なことで、ノンフィクションというジャンルが広がり年を経てきたために、ジャンル自体に自意識が出てきたと思うんです。つまり、ノンフィクションとは何か、という問いかけですね。

小説がそうですよね。今の小説は小説のための小説でしょう。それが一番先端を行く人たちの仕事で、そしてつまんなくなっていく。で、ノンフィクションも、今までだったらいろんな素材を書くことにある喜びをもって広がってきたのが、狭まり不自由を感じ始めてるでしょう。それは、ノンフィクションを書くということは何だろうか、とみんなが考え始めているからだと思うんですよ。

柳田　そうね。七〇年代以降、ノンフィクションがやっと認知されたというか、本がどんどん出されるようになって、作家も増えてきた。だけど、それは素材の広がりであって、人間の表現手段としてのノンフィクションとは何かということがあまり突っこんで議論されないままきたように思うんですよね。表現の方法論や意味付けを、作家それぞれが考えながら仕事しないといけませんね。

書くという行為が心の癒しに

沢木　僕ね、さっき、柳田さんが「そこはちょっと違うかな」とおっしゃったところを、伺っておきたいんですけど、あるテーマを選択した段階で、これは書く意味があるという信頼感をお持ちですよね。

柳田　ええ、そうです。

沢木　そこの部分はノンフィクションにとって重要なところで、取材し、書くことの一種のエネルギー源になりますよね。その一方で、いろんな素材が作品として書かれてしまっていて、もうみんな書き尽くされてしまったんじゃないかという感じを、僕らより若い人たちが持つんですね。実は何もまだ世の中のことは書かれていないんだけど、そういう袋小路に追い込まれて、みんな「ちょっと待った、ノンフィクションって一体何なんだ。ノンフィクションとフィクションとどう違うんだ」というような言い方が無造作に投げかけられている気がするんです。僕もそういうふうに、何だろうと考えている一人だけれど、この『犠牲』を柳田さんはなぜ書こうと思ったのかを伺うと、その袋小路から抜け出せるヒントのようなものになるんじゃないかと思うんです。

柳田　沢木さんの質問の中にいくつかの要素があるとさっき言いましたけれど、いまの質問はいちばん核心に触れるところです。『犠牲』を書くということは、僕にとって生きるということだったんです。

というのは、連れ合いが二十年このかた心の病いを抱え、自分はそういうプライバシーを抑えながら作家活動をずるずると続けてきた。今度は次男がかなり重い神経症に陥って、挫折したまま青春期を過ごし、その到達点が自死だったわけです。長男は自分なりの生き方をしているけれど、彼も脳炎を患ったりして後遺症がある。九三年の八月に洋二郎が死に、連れ合いが混迷状態になって、僕自身も仕事がまったくできないし、またそれだけのエネルギーも出て来ない中では、どうしても精神状態が抑鬱的になりますよ。とくに僕の場合、人間の生と死とか、命とかをテーマにしてきただけに、家族がめちゃめちゃになると、おまえは偉そうに書いてきたけれど、おまえの生き方と家族の現実はどうなんだと責められているようで、挫折感が強かったですね。
もうやめようかと思ったんです、ものを書くことは。じゃどうやって食っていくかというと、現実になかなか浮かばないけど、僕なんか子供のころ、無一文から出発しているから、経済的にとことん落ちるところまで落ちても生きていける自信はあるわけね。夢にすぎないけど、どこか田舎で掘っ立て小屋建てて住もうかとか、フリーターやってスーパーで働いても生きられるだろうとか。いろんなことをとりとめなく考えるけれど、どれも現実性がないわけです。その挫折感と行き詰まりしかない状態で救いになったのは、書くという行為を長年やって習慣化していたということなんです。
洋二郎が死んで一カ月後ぐらいかな、ごく親しい人々に状況を説明するために手書きで十枚ぐらいの手紙を書いたんですよ。他にすることもなくて、何日もかけてね。すると、最初は今どうしようもなく身動きがとれない状況の挨拶状というより自己弁明書にしようと思っていたのに、書いているうちに、ポジティブな方向に、再出発するつもりだというニュアンスの文脈に変わっていくんです。

沢木　なるほど、不思議ですねえ。

柳田　自分でも不思議なんだけどね、書くということが僕の体に宿命的に染みついているために、手紙であっても、書くという行為に入るとぽんと触媒《しょくばい》を入れられたみたいに心の中で変化が起こり出すんですね。書くことしかできない男だけれど、書くことが生きる力になる。それは言い換えれば、書くという行為が心の癒しになるわけ。『犠牲』が出てからたくさんの読者から手紙が毎日のように来ますけど、中には十年間ずーっと胸の内に秘めて誰にも語らなかったけど初めて見ず知らずの作家に手紙を書きますというご婦人もおられるんです。僕はその気持ちがものすごくよくわかるんですね。

で、僕も状況を報告するその手紙を書いてコピーの同一文で身近な人に送ったところ、やっぱり親戚筋からはこんなことは書くべきじゃないという声がありました。世間体や縁談にさしつかえると。世間の常識ではそうだろうね。先程の読者からの手紙にも、わが子の自死を親戚にさえ病死にしてきたという告白があるんです。だけど、ここが僕の作家根性なのか、むらむらっと湧き起こるものがありましたね。洋二郎は命をかけた。僕も命がかかっている。世間体なんか何だ、このことでこわれるような縁談だったら、虚飾で塗り固めたものに過ぎないじゃないか、とね。とにかく、僕自身がこの出来事とどう関わり、どう受け止めたかを整理しないことには一歩も先へ進めないし、他の仕事にも手が付かない。だから何のために本を書いたかというと、やはり自分のためです。もちろん洋二郎の供養のためというのも重要な動機だったけれど、これを書かなかったらこの先自分は精神的に生きていけないということのほうが大きいですね。僕は聖人でも人格者でもない。エゴイストに過ぎないと思ってます。

沢木　確かに、一つの出来事の渦中でわからなかったことが、書いていく中で理解できてゆく、意味付けられてゆくということがきっとおありだったと思うんですね。

さらにもう一歩突き詰めて言うと、洋二郎さんの存在を自分や友人の記憶にとどめたいという欲求、自分自身を維持してゆこうという強い欲求があって、そこからこれを作品化して世の中の人に投げ出す時にもう〇・五歩か一歩だかがあったと思うんです。

柳田　そう、その通り。そこには二つ問題があって、一つは物語化するということで、もう一つは発表の方法。

河合隼雄先生がよく言うように、意味なく空に散らばる無数の星の中からどれかを選んできて星座という物語を作る。ノンフィクションを構築する場合、同じ作業をしていると思うんです。それから発表の形について言えば、これを私家版にするか市販本にするかでかなり意味が違うんですね。書くということは自分を客観的な鏡に映して見る行為です。そうして形になった時、私家版の場合鏡の大きさとか映りぐあいは、さしあたりどうでもいい。星が意味なく散らばったままでもいい。だけど、市販本にするなら鏡が曇ってちゃダメなんです。細密画のように映し出さなきゃいけない。そこに表現の厳しさがあるし、自分自身を可能な限りえぐり出して客観視できるような作業になるんじゃないかと思うんですね。

沢木　柳田さんは、一人の子供を失った父親の悲嘆を生々しく私家版で出すのとは全然違う、透明性と客観性と自己の内部をさらけ出すという方向を選ばれた。じゃあ障害のある子供を持った親、あるいは障害をもった方自身の手記とこの『犠牲』はどこが違うかという問題になると思うんですね。それはわりに重要なことなんじゃないかと思う。

柳田　きっちり区別はできないけれど、私家版で身近に書く場合は、家族や友達などいろんな人が書くいろんなことを生で並べるわけですね。本人の様々な面を多くの目で構築するから、ある意味では事実に近いかもしれないですね。でも作品化するとなると、逆に枝葉を落としたり研ぎすましたりして、事実はかなり落ちちゃうんです。

沢木　そうですね。

柳田　ということは、現実の洋二郎からはかなり離れたものになると思います。二十五年一緒に暮らして、この本を書いて、洋二郎の人生が万遍なく書かれたかといえば、私自身そうは思わない。洋二郎の人生にはもっと違ういろんな出来事があり、いろんな友達がいて、いっぱいいろんな喜びや涙がありました。

沢木 洋二郎さんがこれ読んだら「おい、違うぜ」ってひとこと言うかもしれない。

柳田 そうです。カッコいい文章だけ引用して作家の卵みたいに見られるの嫌だよ、とか言ったろうと思いますよ。

では作品化とは何かということになる。それはノンフィクションなんだけど、小説と似たようなところを究極には目指しているんじゃないかな。小説はフィクションを構築することによって人間の真理に到着しようとするわけですね。また、人間の本当の心は事実では描けない、小説じゃなきゃ書けないともよく言いますね。

沢木 言いますよね。

柳田 僕もそんな気がするんですね。ただノンフィクションで真実に近づく努力として、作品化というものがあると思うんです。

だから事実の多くは削ぎ落とされて洋二郎の実像からは離れていくんだけれど、一人の青年として悩んで死んでいった、現代に生きる若者の苦悩とか、僕自身がそれを受け止めて生きる難しさを表現するとなると、十冊もある彼の日記のうちの千分の一の引用で事足りる。それはちょうどフィクション化と似たような作業だけれど、かえってそのほうが透明な鏡の中からあるシンボリックなものとして見えてくるんじゃないかな……。

沢木 その話を今うかがって、やっぱり柳田さんも十五年前と比べると微妙に変化していると思う。

今のお話のニュアンスは僕もその通りだと思うんですが、力点の置き方が、今のようなかたちで十五年前はお話にならなかったと思いますね。

インタビューする「私」とそれを見ている「私」

沢木　柳田さんは『犠牲』を書くにあたって、洋二郎さんの日記をずっとお読みになったと思います。父親だから、あるしっかりした理解の仕方があるのでしょうけれど、新しいノートを見ていくプロセスの中で、どんどんわかってくる部分と、にもかかわらずわからない部分が、やはり息子といえどもあったと思うんです。

たとえば僕が時間をかけて何度もインタビューをするとします。でも、どれだけ話を聞いてもわからない部分は残りますよね。しょせん人間なんてわからないものなんだ、と割り切ってしまえば簡単なんでしょうけど、そうはしたくない思いがあるんですよ。

柳田　そうね、とくに愛とか家族とか、人の心の奥をノンフィクションで確かめようとすると、泥沼の世界にはまりこむ感じがある。

そういう意味で、今度沢木さんが書いた『檀』は、一番難しいところに挑戦しているという印象を受けました。方法としては、檀一雄の奥様に一年がかりでインタビューしてるわけですけど、徹底的に聞くという作業をやってそのまま書くんじゃなくて、それを作品化しているわけですよね。

沢木　そうですね。

柳田　人の話を聞いてそのまま言葉にすると、それは話した人の心を字に移し替えたことになるかというと、必ずしもそうじゃないみたいなんです。

大江健三郎さんが『ヒロシマ・ノート』を書いた時、被爆者のおばあさんのところにインタビューに行ったんです。詳細なインタビューをして、速記のように正確に書き起こして読んでもらった。すると、これは本当のことを書いてない、そのようじゃなかった、もっと悲惨だった、と言うんですって。さらにまた聞いて、もう一度書いて読んでもらっても、いや違うとまた言う。

人間の内面にあるものを聞き書きするのは、かくも難しい作業だといえる。まして夫婦間の愛憎とか葛藤というと、微妙な綾《あや》や細かい襞《ひだ》があってものすごく難しい。それをあえてノンフィクションで作品に取り込もうとしたそもそもの動機は何ですか？

沢木　質問に対する答えになるかどうかわからないけど、僕自身のテーマで言うと、インタビュー論というものを書きたいとずっと思っているんですよ。

日常生活の中で、お互いの発言が弁証法的に発展していくような会話というのは本当に少ないですよね。ほとんどが情報の伝達か独白の交錯で、人間の会話というのは、大部分がインタビューで成り立っているとは思うんです。つまりインタビューというのは、人間の生活にとって本質的な要素をもっている。じゃ、そのインタビューとはどういう行為なのかを根源的に考えてみたくなったんです。

柳田　なるほど。

沢木　そういうふうに考えてみると、僕はジャーナリズムにおけるインタビューを、いま言ったような観点で突き詰めてやったことがあるだろうか、とここ数年気になっていたんです。ノンフィクションを書くためのインタビューの中で、インタビューという行為そのものを自覚的に見ていきたたかった。
そういうチャンスがいつか訪れないかと思っていて、たまたま檀ふみさんのお母様に会ったんです。最初はできるかどうかわからなかったけれど、三度目ぐらいに会った時、ずっとやりたいと思っていた自覚的なインタビューをやらせてもらおうと思いました。

柳田　どうして檀さんだったんですか。

沢木　その辺は柳田さんもご承知のように、僕は偶然をわりと尊重しているので……。檀ヨソ子さんでなくて他の人でもよかったんです。
ただ、あの時の事実はどうだったのかというような聞き方じゃなくて、檀さん自身もよくわかっていないようなことを聞くやり方を意識的にやってみたかった。だから、このインタビューには二人の僕がいて、ライターとしてインタビューしている僕と、インタビューそのものを見ている僕が常に二つあって、その二つを同時進行でやっていたという感じがするんです。だから、『檀』とは別に、インタビュアーと話し手を観察した、もう一つの書かれざる作品があるわけです。

柳田　まさにデカルトの「われ思うゆえにわれあり」だ(笑)。

沢木　「インタビューするゆえに……」(笑)。書くという動機はこういうことなんですが、現実にインタビューする作業の中で、そのモチーフは霧散《むさん》してしまうことがあるんです。人間関係のすごさやわからなさ、偶然の不思議さに驚いている自分がいて、『檀』の世界がわーっと広がってこの作品ができたわけです。もし僕があまり驚いたり感動したりしなければ、インタビューをしている「私」というもう一つの作品しか成立しないことになる。『檀』が先に生まれたということは、何かを理解したいと思ってある人の前に立つということのすごさがあるからだと思います。

柳田　河合隼雄さんがよく、どんな平凡な人でも一人の人間が生きるということはすごいことなんだ、とおっしゃっているけれど、ましてこういう破天荒な生き方をした作家の妻で、しかも生涯想いが変わらなかったというんだから、すごいドラマだね。最後のところで「あなたにとって私とは何だったのか。私にとってあなたはすべてであったけれど。だが、それも、答えは必要としない」と結んでいますね。これもまたすごいけれど……。

沢木　驚異的ですよ、これ。

柳田　そうやって丹念に毎週一回一年がかりで聞いていくという、この作業自体がすでにドラマになっている。

沢木　二人で、いない人の噂を延々一年間も話し続けてるんですよ(笑)。

柳田　そう、人妻の家へ行って夫の話を全部聞いてくるわけでしょう。インタビュアーとしちゃ冥利《みょうり》に尽きるくらい面白い話ですね。

沢木　ええ。僕は今までいっぱいインタビューという行為をしてきたはずなんですが、長時間こういうふうに話を聞いたのは初めてなんですよ。これはすごく素朴なんだけど、また違う人に対してもこういう作業をやってみたいなという気がしているんですよ。檀さんの奥様について言えば、わかった部分もあるけれど、まだよくわかってない感じも残ってるんです。

柳田　インタビューされる側は初めからストーリーを持っているわけではなくて、インタビューされることによって初めて、体験や記憶を整理する作業が始まるわけです。だから檀ヨソ子さんにとっては、人生の総括みたいな作業になったと思うんですよ。

沢木　そうですね。話しながらきっと、いろんなことを確認なさったでしょうし、『檀』を読んだ時も、あ、そうだったのかと思ってるところもあるんじゃないでしょうか。

柳田　そういうインタビューはカウンセリングに似ているんじゃないかと思うんです。カウンセリングは、カウンセラーが指示的にこうしなさいと言うんじゃなくて、受ける人が自分の中にある混沌としたものを自分で整理し、意味付けする作業なんですね。そうしてハラにおさまるかたちで物語れるようになると精神の平衡《へいこう》を取り戻すんです。

沢木　カウンセリングとまではいかないにしても、話を聴きながらある諒解点を求めていくという作業になったと思うんですね。

柳田　ある雑誌で檀ヨソ子さんが、一年間続いたインタビューが終わって本を手にした時は、自分の人生がすべて失われたような気になった、それまで胸の中に未整理ながらいろんなものを溜めてきて、これが自分の人生だというのがいっぱい詰まっていたのに、すっぽりなくなってしまった……と発言していましたね。

沢木　そうなんですよ。満天の星空に星座を見つけることで心の平衡を保つという部分と、その一方で自分の中にこんなにいっぱいあったものはこんなに単純だったんだろうか、というふうに思う部分と、やっぱりあるんでしょうかね。

柳田　おそらく檀ヨソ子さんが自分でこの本を書いたら、そういう喪失感はなかったかもしれない。それを作家が書いたために、熱気をもっていつまでもほとぼりが冷めず、愛憎両面あった混沌としたものが、夜空の星座のようにきれいに作られてしまった。そうするとね、原爆被爆者のおばあさんが、いや、現実はそんなんじゃないって言ったように……。

沢木　もっと違うものだと。

柳田　第三者の作家が作って見せてくれたから、何かきれいにできすぎて、ああ私の人生ってあんなものだったのかという気持ちなのかな。でも、沢木さんが罪なことをしたって意味じゃないですよ。作家が誰かを書くということは、そういうふうにその人の人生を吸いとってしまう作業なんじゃないかな。

沢木　なるほどね、星座を作る作業は自分が自覚的にやるのと他人に作られるのとでは、質が違いますものね。

柳田　たとえばこういう話があるんです。まだ十分訓練も積んでいない若い看護婦さんが病院で、あるおばあさんの担当になった。そのおばあさんはガンの末期で、腹水が溜まってお腹が大きくなってとてもつらい状況にあるために気持ちも沈んで、誰とも会話も交わさないんです。その若い看護師さんはどうしていいかわからないので、ただ傍らにいてずっと手を握ってあげた。ときには言葉が必要なくて、そこにいること自体が大事なことなんですよ。そうするとそのおばあさんが、ポツリポツリと話し出したんです、娘の頃の話や嫁に行って子供を身籠もって産んでという人生一代記を。なぜ話し始めたかというと、腹水でお腹が大きくなって、初めて子供を身籠もった頃のことを思い出したからというんですね。

そしてその看護師とおばあさんの間にあたたかい交流が始まるんです。死に直面して抑鬱的な状態になっていた人が、少しずつ心を開いて喋るうちに、「あ、お腹が動いた。赤ちゃんが大きくなってきたんだ」というふうなことになって、ガンが大きくなることが喜びのようになってしまった。結局、そのおばあさんは非常に安定した精神状態で最後を迎えたということです。

この場合、共感的な人が言葉少なにただ手を握り、ぬくもりを伝えることでノンヴァーバル・コミュニケーション（言葉によらない意思伝達）はきちんと通じていた。その中でおばあさんは初めて、自分の混沌とした人生をきちんと星座を作るような形で喋って、自分は子供を産んで育てて、今は年老いて病気で死んでいくということを受容していったわけです。

そういうふうに自分を表現することは心の癒しになるし、僕の場合、ガンの末期ではないけれど精神的にはかなり危機的な状況であって、『犠牲』を書くことによって暗黙のうちにそれをやったんだろうと思うんですよ。あとから思えば、

沢木 それはとても大きなことかもしれませんね。

柳田 医者やカウンセラーのインタビューと作家のインタビューの違いは、その辺にあるんでしょうね。前者の場合は本人に返ってくるものだけれど、後者の場合は、作家がその語りをもらって自分の問題意識を表現する素材として使うことになりますから。

沢木 檀ヨソ子さんの場合はそこが微妙で、ちょっと違う要素もあるんですけど、他人のことを書くという本質はそういうところがありますね。

柳田 でもインタビューというのは文字通り、インター——相互に、ビュー——心を見る、つまり相互の内面理解という意味をもつわけで、話し手と聞き手の間に相互の心の中を照らし合うような関係が成立してはじめて本当のインタビューになるんだと思う。沢木さんはそれを意識的に一貫してやってこられているんだけれど、ノンフィクション作家もそういうインタビューを心がけなければならないんでしょうね。

沢木 ことに『檀』に関して言えば、話を聞きながら僕が構築していく部分と彼女が自分で構築していく部分は相互的にあったように思うんです。というのは、ある出来事について繰り返しお互いに

話し合っているうちに、だんだん積み重なっていくものがあって、最後にあれはああだったのかと全体的に諒解するわけです。断片的なものが一個二個組み合わさってできているんじゃなくて、かなり厳密に詰めていく作業があって、それが何層かにわたって、『檀』ができたと思うんです。それでもなおかつ、そういう感想をもつということは、文字になっていない自分の思いは非常に流動的で豊かで、それをきちっと構成すると明瞭になる分、やせて貧しくなるという面があるんでしょうね。

柳田　そうそう。言うなればパラダイスのようにあらゆる果物が実り花が咲き、手当たり次第に何でも食べられる潤沢《じゅんたく》なものが現実であって、その中で一番おいしい物やきれいな花を持ってきて構図を作れば、ありのままの豊饒さから離れるわけでね。完成度が高くなればなるほど、ある淋《さび》しさが付きまとうんじゃないかと思うんです。

書いた瞬間に過去のものになる

沢木　柳田さんは、『犠牲』を書いてしまったことで洋二郎さんが遠くなってしまったということはありませんか。

柳田　……ありますね。遠いって、時間の感覚ね。つまり出来事がすーっと後ろに行く、たとえば自分の乗った列車が発車して駅が後ろに去って行くような、そういう感じがあります。

沢木　もし書かなかったら、どうだったでしょうか。

柳田　書かなかったら、そのままずーっと生々しく抱えているでしょうね。

沢木　書くって不思議なことですねえ。

柳田　ただ時間という問題が非常に大きな要素になりますね。人間が、いろんな過酷な体験を和らげていく上で、時間が最高の治癒力をもっている、ということは言えますね。でも、ある人の精神的な時間は個人差がすごく大きいですからね。五十年たったって一瞬の時間でしかなくて、昨日のことのように思える場合だってあるし。その人の心の持ち方次第なんだけど、それを決める上で表現するということが意味をもつんです。書いた瞬間にすーっと過去のものになる。それは何も忘れるとか悲しみが消えるということじゃなくて、ありのままを冷静に見られるようになるとか事件当時の混乱した状況から抜け出したような気持ちになるとかね、ふっと振り返って見られるようになるんです。

　さっきもちょっと触れましたけど、『犠牲』を読んだ読者からの手紙に、息子の自死を十年も人に言えずに病死だとしてきた、初めて見ず知らずの作家に手紙で真実を書いた、おかげでやっと救われた思いがした、と書いてあるんですね。その人の場合、何十年も時間は止まったまま、自分の列車も発車できずに目の前にいつもホームがあったわけです。ところが、書くことによって汽車が動きだした。そういうことかな、と思います。

沢木　なるほど、よくわかります。

柳田　だけど、悲しみが薄らぐというのとは違う。そういう思い出は何年経ったって、突然甦《よみがえ》って涙が止まらなくなったりするものです。にもかかわらず駅のホームは後ろに去っていく……、そこは非常に複雑な構造をもっていますね。

フィクションと
ノンフィクションの分水嶺

辻井　喬
沢木耕太郎

つじい　たかし　一九二七年、東京生まれ。作家。

辻井喬は、もちろん、西武百貨店やパルコを含んだセゾン・グループの総帥だった堤清二のペンネームである。

この対談のときは、すでに実業家からの引退を表明していたが、まだいくらか実業的な世界に身を浸している部分がないわけではなかった。

私は、この対談を契機として辻井さんとささやかな関わりを持つようになったが、それはあくまでも堤清二とは無縁の世界でのことだった。

ところが、あるとき、私はひとつの集団の取材をしていて、実業家としての堤清二につながる人物に会わなくてはならない必要に迫られた。どうしようか迷ったが、辻井さんにお会いして、紹介していただけないかとお願いしてみることにした。すると、快く引き受けてくださったが、表面的な言葉とは裏腹に、微かに失望しているのがわかった。

もしかしたら、私とは辻井喬としてだけ付き合いたかったのかもしれないと気がついたが、遅かった。

これは「海燕」の一九九六年六月号に掲載された。

二〇一三年、没。

（沢木）

実在の人物と書き手の位置関係

沢木　僕はこの『虹の岬』を最初にお出しになったときに読み、先日また読み直したんですけど、二度読んだら印象の違うところがあって面白かったんです。

出版された直後のインタビューなどで、辻井さんは何度となくこれは小説ですよというふうに強調なさっていたと思うんですね。にもかかわらず、具体的に川田順という名前を使っていらっしゃる。最初に読んだときに気になった最大の点は、この実在の人物と書き手の辻井さんとの位置関係はどうなっているのかなというものでした。

そこでひとつお訊ねしたいんですけど、例えば主人公である川田順は川田順で通しているのに、もうひとりの主人公である俊子には祥子という名前を与えていますよね。あるいは、もうひとりの重要な登場人物である俊子の元旦那さんの姓を中川から森というふうに変えますね。それはなぜだったのですか。川田順は川田順で、なおかつ谷崎潤一郎は谷崎潤一郎として出てき、吉井勇も吉井勇として出てくるというような流れの中で、なぜあえて周知の人物である俊子を祥子としたのかというのが、素朴な疑問としてありました。

辻井　これは非常に非文学的な要素でね。つまり現存なさっている方は実名を使わない。したがって鈴鹿俊子さんは現存なさってお元気ですので、迷惑のかかる度合を減らしたいという気持ちがありまして、祥子さんにしました。

沢木　その原則によれば中川さんはすでにお亡くなりになっているからいいではないかということに

なりますけど、俊子さんとの絡みで別の姓を与えざるをえなかったということだったんですね。

辻井　というのは、世俗的に見るとちょっと悪い役割を担うことになるから、ご家族がいらっしゃると悪いと思って……。ですから、まったく非文学的な要素で名前を変えたわけです。ほんとは中川さん、つまり森さんは、愛情はあるんです。書いているほうには、ほんとは愛情があるんだけれど、世俗的には愛情があるというふうには読まれないだろうという危惧がありましたので、二股かけた意識で、作家の意識と現代に生きている、いろんな繫がりのある人間の意識と混じっているわけです。

沢木　亡くなられている方は実名で書いてもいいだろうけど、現存している方には別名を与える。それはとてもよく理解できる感覚というか、配慮だと思うんです。でも、僕がノンフィクションのライターとして、これと同じ対象を書くとしたらどうしただろうということを考えるわけです。そのとき、僕だったらこういう原則を立てるような気がするんです。もし実名を与えて書けない部分があるのなら、実名を与えて書けるところまで書こうと。実名を与えてしまって書けないんだったら、そこは書かないでおこう。だから、実名を与えてどこまで書けるかというところに、何かを賭けるというところがあるんですね。

しかしどうなんでしょう。ある配慮によって実名とは違う名前を与えたときに、実在した人と違っていってしまうことをよしとする意識は働いてこないものなんですか。

辻井　働きますね。五回に分けて書いているわけですが、最初の一回を書き終わったぐらいから、川田順というひとつの人物が、自分で勝手に動き出し始めるわけですね。そのときに、動き出し始めるのにむしろ任せるというか、任せて、ただ幅だけはこちらで作っていくと。

沢木　そのときの幅というのは、歴史的な事実ということですか。

辻井　一つは事実ね。それから、人間ですから、ご本人は二通りぐらいの価値観を持っていますけれども、二通りの価値観以外の、やや夾雑物《きょうざつぶつ》的なところは捨てちゃうわけですから、そういう意味の幅です。あとは本人の動き出すのにかなり任せる。

沢木　そういうふうに辻井さんが意識されていたという中でいうと、かえって失礼なことになるかもしれないんですが、この『虹の岬』の川田順と俊子の像は、作家が想像力に任せて創造していくというよりは、むしろ非常に抑制的な描き方をしているというふうに感じられたんですけど。

辻井　なるほど……。

沢木　もちろん、事実では計り知れないところを書いているわけですから、到底ノンフィクションであるとは言えないけれど、僕には非常にノンフィクションに近い抑制が働いているという気がしたんです。

これは一つには辻井さんの資質の問題もあると思うんです。例えばこの世界に関して、老年の性みたいなものに焦点を当てて、かなり脂ぎった書き方を、想像力に任せてしようと思えばできないこともないというところがありますね。しかし、辻井さんは、あるささやかな挿話《そうわ》でさらっとかわして描いていらっしゃる。そういうことを含めて、やっぱりこれは辻井さんの資質であろうと思うんです。さっき、書いていくうちに主人公が自由に動きはじめたとおっしゃっていましたけど、それでも読み手には実在の人物であるための抑制が働いているなという感じが強くするんですね。実在の人物を描くということの中で、幅だけじゃなくて、高さやなんかもきっと制約を受けたんだろうと思うんです。それに対して辻井さんは、むしろ忠実だったのじゃないかと思うんですが。

辻井　それは、川田順という人が生きた時代、それから川田順という人が生きた立場みたいなことは、彼になりかわってこちらは考えるわけですから、それと例えば今はそういう点で、老年の性とか、ちょっと興味本位というかな、私は人間をごく局部末梢的なところだけ捉えて、いかにも人間を捉えたように作家が言うのは、非常によくない傾向だなというふうに思うものですから……。

沢木　少なくとも好きじゃないんですね、たぶん。

辻井　好きじゃない。ですから、「老いらくの恋」というふうにマスコミで使っている言葉は、意識して使わなかったんです。それはマスコミ用語になった瞬間から、その言葉が汚れましてね、文学のストックから消さざるを得ない。ですから「老いらくの恋」という言葉を消すと。その頃の週刊誌やなんかも読みました。今よりはるかに質はいいですけど、それでもやっぱり週刊誌的なところがありますのでね。つまりその頃は新聞社系の週刊誌しかないんです。

沢木　「サンデー毎日」「週刊朝日」……といったものですね。

辻井　そうです。それはつまらないところでもあるんですけれどもね、週刊誌としては。それでもやっぱりマスメディアという限界がありますから、そういうものを全部捨てていくということは、自然にやっちゃっているということがありますね。それはむしろ抑制というより、嫌いだといったほうがいいかもしれません。

沢木　僕が『虹の岬』にノンフィクションの肌触りに近い印象が受けたとすると……それは一つには、人間を比較的低いところで捉えないということがあるのかもしれません。唯一の例外は森さんという男性をある部分で低いところで描いていますけど、それ以外には人間を低いところで描かない、あるいは逆に描けないといったら怒られちゃうかもしれないけれど(笑)、そういうようなところは、ノンフィクションで書いていくときの、ある種の限界でもあるわけですね。

実際には、好き嫌いは別にして、局部末梢的なものだけで生々しく書いていくことをよしとするような文学的な行き方もありますよね。

辻井 あります、あります。

沢木 僕もどちらかといえば辻井さんに近い考え方のような気がするんですが、以前、吉本隆明さんと対談したときに、吉本さんが、どうしてぎりぎり、果ての果てまで行かないんですか、という言い方をされたことがあるんです。

辻井 あなたのお書きになるものについてね。

沢木 ええ。もっと果ての果てまで行っていいんじゃないかと。だけど、僕は果ての果てまで行けないというふうに思ったし、今でもどこかそう思っているんですが、しかし果ての果てまで行くということに対する憧れのようなものは持っているんです。その意味で僕には、小説という形式は、果ての果てまでいくための最も有効な武器の一つなんではないかという感じがあるんです。

辻井さんが、いわゆる小説らしい小説を書かれるときと違って、こういう具体的な人物、川田順とか、実在の人物を描いていったときに、果ての果てまで行けないということに対して、あるいは描き方の幅や高さに制限を加えられるということに対して、苛立ちのようなものは感じられませんでしたか、お書きになっているとき。

辻井 ……そうですね。それは私は全く感じませんでした。おそらく伝記として書いたら感じたと思います。例えば川田順さんが住友を急に辞めたのが昭和十一年なんですね。

なぜ辞めたか、私も関心があって、入手できる限りのものを読んでみましたが、彼は不思議なことに一言も言ってないんです。わずかに戦争が終わったあとになって、「私の履歴書」などで、自分のような者がこのままいると、住友のナンバーワンにならざるを得ない。自分のようなものがナンバーワンになったら、わがままだから、住友に迷惑をかけるだろうと思った、と言っているだけなんですね。これはきわめて抽象的で説得力がない。

だから、伝記だと、それはなぜだろうということで終えるしかないわけだと思うんですが、昭和十一年に何があったか調べると、二月二十六日に二・二六事件があって、その前から川田順さんが書いているいろんな短歌、あるいは日本の中世とか中世以前の文学に対する文章を読むと、感じとしては、青年将校にシンパシーを感じていただろうということは、かなりの確率で推測できるんです。ですから、これは推測で二・二六事件の軍の上層部が青年将校を煽動《せんどう》しておきながら、形勢が悪いとみるや、あれはとんでもないことをしてくれたと言って処罰に賛成する。そういった様子を見て、これはいかん、こんなことをしていては日本はだめになるぞ、というふうに思ったのではないか。そう解釈すれば川田順の生き方が一貫してくるわけですね、それ以後の生き方と。

ですから、奥さんにも一言も断らずに、おい、辞めたよと言ったらしい。それは記録に残っている。今の読者、あるいはマスコミだと、何というだめな男だ、あれはきっと、なにか人に言えない失敗をして、スキャンダルがあるから早めに辞めたんだろう、という程度の下司《げす》な推測をするのが週刊誌ジャーナリズムのせめてものところだろうと思うんです。

そうでない、そういうタイプの人間だと思うから、川田順を書き始めるわけです。そうすると、二・二六事件と川田順ということが……で、そのことについては、奥さん、鈴鹿俊子さんは、遂に一言も論評をされませんでした。

沢木　反対もしないし、それについての解釈もしない……。
辻井　ええ、コメントもしない。だから黙認という感じでしょうか。

なぜ、川田順を描いたのか

沢木　話が前後しますが、まず最初に、なぜ川田順だったのかという問いは当然ありますよね、読み手からすれば。
辻井　それはね、彼の持っている美意識みたいなものかな。美意識みたいなものが、今また復活して欲しいという感じが僕の中にあって……。
沢木　川田順の場合、その美意識というのは、生き方の美意識と詩歌における美意識と二つあると思うんですが……。
辻井　両方ですね。ああ、彼は誤解されているなと。つまり戦争が終わったあと、「戦犯歌人」などと言われたりするわけです。まあ歌人はほとんど戦犯だと言われたんですけどね。
あの頃、調べていると、短歌・俳句について、例えば俳句は「第二芸術」だとか……いま読んでみると、桑原武夫さんの『第二芸術論』なんて読むに堪えない通俗的な解釈ですね。よくこんなものが通ったというぐらい、僕が編集者だったらボツにするようなものが、その頃は時代の雰囲気で、日本的なものは全部恥ずかしいものだという、遅れた、野蛮な、あんなことをやっているから日本はだめなんだみたいな意識の中に全部葬り去られた。
その、捨て去られちゃったものの中から、本当は捨てるべきでなかったものを取り戻したいという意識がずっとあって、それで前の年、昭和が二年ぐらい前に終わった時点で、「昭和私史」というので、長篇詩を書いたわけですよ、『群青、わが黙示』という。その中に「火の恋」という章があるわけです。「火の恋」ということで、昭和の恋愛をずっと調べたわけです。そこには、フィクションだけど、『天の夕顔』みたいなものも出てくれば、岡田嘉子さんと杉本良吉の恋の越境もあれば、柳原白蓮もあれば、いろいろ出てきたわけですが、その中の一つに川田順も出てきた。調べて、それは頭にあったんですね。それで、追い詰められて、川田順を書こうということになったわけです。その背景としては、敗戦直後に全部捨て去られちゃったものの中から、本来持っているべきものは取り戻したいという意識があったわけです。

沢木 辻井さんが川田順という対象に向かっていく意識の変化を整理すると、こういうことになるんでしょうか。まず、「老いらくの恋」という言葉で括られている二人の関係があって、その世俗的に流布されている事実の断片は辻井さんの頭の中にも入っているわけですよね。でも、ぼんやりと、そうじゃないものがあるはずだという感じが当然おありになったわけですね。

辻井 ありました。

沢木 それで少し気をつけて読んでいくと、川田さんの美意識というようなものの中に、自分と共振するものが出てくる。それから、なにかの契機によって、今度これを書くことになり、そのために調べるという作業が出てきたというわけですね。

辻井 そうですね。

沢木 辻井さんにはあらかじめ川田順のイメージというものがあったと思うんですが、例えば、調べていく作業を取材という言葉で置き換えれば、取材によってそのイメージは変形しましたか？　それとも、もとの像はほとんど変形しないまま、いろんな細部が手に入っていくという感じでしたか。

辻井　途中で変形し始めましたね。それでちょっと困ってね。それは取材の中で、住友関係で、川田順の記憶が残っている方、長老にも何人かにお話を伺った。そうするとはっきり真っ二つに分かれて、あんないやな爺さんはなかった、わがままで勝手で、人にガミガミ言って、何であんな人が偉くなったのかわからんと言う人と、あれは偉い人だった、今でも尊敬していると言う人と、はっきり分かれるわけですね、評価が。で、だんだん読み込んでいくと、相当わがままなところも見えてくるわけです。書下しだったら相当変わったかもしれませんが、でも、もう連載で二回ぐらいまで書き出しちゃってましたから、それを変えないようにして、突っ走ったということはありますね。

沢木　これは季刊の雑誌で連載したものをまとめたものでしたよね。そのためなんでしょうけど、新しい章が始まるたびに状況の説明が繰り返される。実をいえば、本になって最初に読んだときは、そうした繰り返しがあるということも含めて、構成的にストレートさが足りないのではないかという印象を持ったと思うんです。ところが、この対談の前に読み直したところ、失礼な言い方になりますが、やはりこれでよかったのではないかと。

辻井　かえってね。

沢木　ええ。もちろん、すでに物語の全体が頭に入っていたということはあると思うんですが、それだけじゃないんですね。構成的には、全五章のうち、最初で自殺するといっておきながら、一章ではまだ自殺もせずにその以前のことが語られ、二章に入ってもいろいろな思い出が語られ決行しないというような、そんな感じですね。時間が真っすぐに進んでいかない。ところが、最後まで読んでみると、この物語は基本的に事を叙《じょ》することによって成り立っているのではないということに気がつくんですね。常に人びとの思い出すという行為によって成り立っている物語だということに気がつく。ここでは、過去の時というものが一種の波みたいなものとして存在していて、思い出は寄せたり引いたりするその波に洗われる小舟なんですね。それがこの物語の構造だとすると、こういうふうに一線的な時間軸を持たないのは正しかったのではないか、ましてや愛とか恋とかいうストレートに描くことの難しいものを書くときには、構成を重層的にしたのは正解だったのではないかと思ったんです。

辻井　そうですね。直線的な時間軸をはずした書き方というのを、わりあい私はよくしているんですが、それは今お話のように、時系列でずっと行きますと、この二人はいつ結ばれるか、いつ結ばれるかみたいなことで読むほうは読んじゃう。結ばれちゃったら、あとは著しく興味をなくすみたいなことになりますね。

本当は愛情とか恋愛とかいうのは、そういう好奇心だけで追いかけてはならないものだという感じがあるものですから、わりあいこういうスタイル、螺旋形の時間の使い方というのは、よくやってしまう。

沢木　でも、もし僕がノンフィクションでこれを書こうとしたら、やはり直線的な時間軸を使うと思うんです。まず男と女が巡り合う。次に、心は通い合っていても、具体的には結ばれないという状況が続く。さらには、そこからある種の力が働いて引き裂かれる。しかし、ようやく結ばれる可能性が出てきたところで、男は自死の道を選ぼうとする。このまったく不可思議な行為は何だったのか。僕だったら、やはりその疑問を解きほぐしていくというようなスタイルになっていくと思うんですね。

辻井　そうでしょうね。

沢木　ところが、辻井さんの『虹の岬』は川田順の自死への道から始まっているにもかかわらず、彼がある意味で幸せを摑《つか》みかけたときになぜ死を選んだのかということについての答えはほとんど出していない。終わりのほうで、ほんとにさり気なく提示されているだけですね。

辻井　二、三行だけですね。

沢木　俊子さんの側からこうなのかしらというのと、順がこうだったんだろうと自分で思うというのと、二通りだけですね。それに対して、辻井さんがどう思っていらっしゃるかというのは、少なくとも直接的には書かれていない。もちろんその二通りの思いが当人たちの歴史的な事実としての思いかどうかわからない以上、それが辻井さんの理解そのものなのかもしれませんが、しかし、ほんとうだったらそこに向かってぎりぎりと行くという感じが、僕らだったらあります。

辻井　それは勇気ある接近の仕方だと思います。オーソドックスな正面からの。

沢木　実はここでもひとつの逆転があるんですけど、むしろ辻井さんの扱い方がノンフィクションに近いなと思えるんです。だって、わかんないわけですよね、実は。

辻井　実はわからない。

沢木　本来なら「わからない」と書きたいくらいですよね。

辻井　そうですね。

沢木　だからこそ、こういうさり気ない数行で抑えられたんだろうと理解するんです。僕もぎりぎりと追ってはいくでしょうが、最後にわからなければわからないと書くと思うんです。つまり、辻井さんと似たような処理の仕方をすることになる。『虹の岬』がノンフィクションの気配を持つ一つの理由はそんなところにもあるような気がします。だって、もしこれが大上段の大文学だったら、そこはあらゆる角度から書いていくような気がするんですね。

辻井　書くべきでしょうね。ですから、それでいちばん困ったのは、鈴鹿俊子さんにお目にかかって、ご気性というんでしょうか、考え方というのか、それに何回か接すると、そこまで行ったのに勝手に自分で自殺を図った、許せない、ということになるわけですね。

自分にとってはたまったものじゃない、許せない。なぜそれを許して結婚したか。そこが大難関だったわけです。これはハタと困りましてね。それは肝心のところを、今おっしゃったように明らかにしてないし、またできないなと思っているから、しなかったわけですね。

そうすると、なぜ許したか。辻褄《つじつま》が合わなくなる。そこで苦し紛れに許さざるを得ないような状況を作ったわけです。これはフィクションです。ずっと年下の友人の心中というのを、全くのフィクションで挿入したわけです。それにぶつかって、女性のほうは、あ、こんなふうなことにしてはいかんと思って、川田さんのプロポーズを受けた。そこんところはいちばん辛いところでしたけどね。

沢木　でも、あの登場人物はすでに冒頭のところで出てきていますよね。

辻井　そうなんです。何か使えるなと思って……若い、その時代の空気を反映させるものを登場させておけば、きっとあとのほうで使えるよという感じはあったわけです。

沢木　でも、そのときはまだはっきりわかってなかった……。

辻井　わかってない。

沢木　そこはまさに小説的ですね、やっぱりこれは小説なんだ(笑)。計算を立てないまま登場人物を出すなんていうことは、ノンフィクションではあり得ませんものね。

辻井　そうでしょうね。多少何年か書いてきて、だいたいどういう性格のシチュエーションの人間がいれば、それはきっとどこかで使えるようになるだろうというような……。

面白かったのは、あれは京都の機屋《はたや》さんのぼんちと心中することになるんですが、京都の機屋さんの方から、あなたはどこで何とかさんの事件を調べたのかというような話があって、フィクションだったんですけどね。いや、別に調べもしませんがって返事したことがありますが、実際似たようなことが、あの当時あったんですね。

沢木　今おっしゃったことは、フィクションのフィクションである所以なんですけれど、僕がノンフィクション的だなと思った理由がもう一つあるんです。本来だったら、俊子さんは京都生まれの京都育ちなんですから言葉を京都弁にしなくてはなりませんよね。でも、辻井さんはあえて京都弁にしなかった。

辻井　それは京都弁がよくわからないからなんですよ(笑)。

沢木　僕もそう思いました(笑)。下手に京都弁を使うのはいやだったんだと思うんですよね。

辻井　そうなんです。

沢木　だけど、俊子さんは明らかに京都に刻印された女性だから、小説家によったら、ここぞとばかりに京都弁でやりますよね。

辻井　そうです。使わなければいけません。

沢木　でも、これを京都弁でやらないで標準語でやるということでどういうことになったかというと、透明性が際立つことになったと思うんです。標準語というのは、意味だけを載せるのに向いている言葉です。京都弁にすれば、京都弁の磁力にとらわれて、意味だけが立っていかなかったという感じがする。透明にならない。

僕だったら京都弁にしただろうかと考えてみると、僕もやはり京都弁がわからないから使わないだろうと思うんです。厳密に考えれば、標準語も京都弁もどちらも嘘です。しかし、同じ嘘なら意味の際立つ言葉を選ぶだろうなという気がします。

辻井　京都弁と大阪弁と、私は滋賀県ですから、滋賀県の言葉とみんなちがうんです。肝心なところでちょっとずつちがう。ある程度、関西弁と言われているものを知っているようでも、ほんとは関西弁というものはなくて、京都弁と大阪弁と神戸の言葉というものしかないんですね。ですから、いよいよ自信がないわけですよ。だから使えなかったということと、その点で今のお話はほんとに重要な意味があると思うんですが、標準語というのは一種の抽象的な言語で、意味がむしろ立ちやすいということがあると思うんですね。

沢木　言葉ということでいえば、「老いらくの恋」というキャッチフレーズのような言葉に対する拒否反応という問題がありますね。この『虹の岬』には、「老いらくの恋」というような言葉にからめとられてしまう川田順さんの人柄、それと川田順と鈴鹿俊子さんとの関係、そういう言葉でからめとられ、理解されて、わかったように思われてしまうことに対する異議申立てがありますよね、大袈裟にいえば。

辻井　はい……。

沢木　僕が最近『檀』というのを書いたときにもそれに似た思いがありました。例えば檀ヨソ子さんという女性を、そんなに簡単に「火宅の人の妻」という言い方で理解してしまっていいものだろうかというような疑問ですね。「老いらくの恋」といった言葉でわかったような気になっているけれど、「老いらくの恋」とは何だと突き詰めれば実は全然わからないではないか……。

沢木 そこは説得力がありましたね。

辻井 実は、その点が私としてはいちばん言いたかったことと言ってもいいんです。「老いらくの恋」というのは、言い換えれば年取った男女の恋愛ということで、何にも言ってないんですよ。私は、日本が戦争に負けて、川田順がそれまで胸中に持っていた美の世界が全否定をされるということがなければ、この恋愛はふくらまなかったのじゃないかという想定を持っているわけです。

辻井 で、川田順さんは、これも本人は言ってないし、鈴鹿俊子さんも一言もそうはおっしゃらなかったんですが、戦争に負けてから詠めなくなった。彼はいくつかの歌人としての山がありますが、いよいよ日本が負けるぞというところまでの最後に、すごい、いい歌を作っています。その前は『鷲』とか、その前は『山海経』とかですが、負けちゃったあと、ことに天皇が「人間宣言」をしてからあと、全くだめになるわけです。つまり彼の美の世界が崩壊しちゃうわけですね。しかし人間ですから、崩壊しっ放しでもいいんでしょうけど、彼はバイタリティーがあったんでしょう。なんとかして自分のアイデンティティーを構築し直さなければならない。そこへ中川教授夫人が現れちゃったわけですね。ですから、鈴鹿俊子さんへの恋の感情でもって、実は川田順という男のアイデンティティー再構築の作業になっていると思うんですね。

沢木 俊子さんが、歌を詠むために私と恋をしたのかしら、みたいなことをちらっと考える局面が出てきますよね。川田順が実際そうだったかどうかわかりませんが。確かに自分を建て直すというか、維持するために恋をしたのではないかと思わせるところが、この作品にはありますね。

同時に、この作品では、川田順をある種の保守主義者として好意的に捉えていますよね。でも、失礼な言い方になりますけど、二、三十年前だったら辻井さんはこの人をこういうふうに肯定的に捉えました？

辻井　認めなかったでしょうね。その時代、同時代人だったら絶対認めなかったと思います。

沢木　ということは、ある価値観が世界的にも日本の中でも変化して崩れていった中での作品、ということが言えますか。この作品自体も。

辻井　やっぱり自分で考えてみたらそういうふうに言っていいんじゃないですかね。今までのパラダイムを変えたところで、自由に書けるようになったということは、確かにありますね。

言い換えれば、恋愛なら恋愛を時代の中に生きた人間の行為として書けるようになった。つまりかつての私の考え方は、心中した女の人が言うんですけど、財閥で日本を利用した人にいい人がいるわけがないと……。

沢木　そう言いますよね、彼女(笑)。辻井さん、もしかしたら、あの当時、自分がそんなことを言っていたんじゃないですか。

辻井　僕は言ってました(笑)。僕は非常に短慮浅薄《たんりょせんぱく》、軽佻浮薄《けいちょうふはく》な学生として、そう言ってましたね(笑)。

沢木　ところが、現在の辻井さんは、そういう川田順的な価値を認めるにやぶさかでないという側に立っていると思うんです。そして、読んでいる僕も同じ立場なんですけど、しかし、もしこれをうんと若い人たちが読んで、この価値は認めるべきだと全員が思ったら、それはちょっと困るなという感じがしませんか。

辻井　怖いところがあります。若いうちは、心中したお嬢さんみたいな考え方であってもいいんだと……。それは一つの若さだし、それが時代のエネルギーでもあるんですね。だいたい革命なんていうのは、錯覚の上にエネルギーが集中してなるんだから。

沢木　明治維新を見ていてもそうですよね。壮大な錯覚で動いちゃうんですものね。

「悪」になれるか、なれないか

辻井　最近、秋山駿さんの『信長』を読んで、あれはまだでしたらぜひお薦めします。あれはものすごく面白い。ものすごく面白くて、今までの歴史文学は非常に単純な方法論しか持っていなかったなと。僕はあれは文学作品、小説と同じような意識で読みました。

面白かったのは、あの時代に、パラダイムの変わった唯一の指導者が信長だったというわけです。信長は天下布武《てんかふぶ》、天下に武を布《ひろ》めるという表現で自分のコンセプトを言っているんですが、彼にとっては天下というのはその当時から全部の日本が意識にあって、それしかないと言っている。武田信玄とか上杉謙信とか、ああいう人は自分の領土を、隣近所を攻めて少しでも拡げていくという意識しかない。武田信玄や上杉謙信は封建領主のパラダイムで、なんとかして領土を拡げたい。信長はそれは眼中にないわけ。天下をどうやって治めるかということしかない。

豊臣秀吉という男は、天下という概念とかそんなものは全然なくて、とにかくワシは日本を治めるんだという没思想的実利主義者で、まあいいじゃないか、とにかく俺が治めるという考え方。秀吉とか家康になると、今の政治家にも類型があるわけです。三番煎じぐらいの秀吉とか、四番煎じぐらいの家康が。信長は今の政治家にはいない。同時代的、現代的意識で読んで、信長という人物像を描き出しているんですね。

今までのは全部嫉妬と恨みと欲、領土欲みたいなものだけで歴史を解説するでしょう。そうすると、ものすごくやせて見えてくるわけ、この秋山君のを読むとね。

ということは、一つのものの見方、価値観みたいなもので通しているから物語が成立している。「信長」という物語が、ひとつの強靭な秋山駿の価値観みたいなものでメスを入れたことで、物語として立ってくるというのかな、そういう感じがものすごくしましたね。

沢木　残念ながらまだ読んでないんですけど、その話を伺ってまた一つお訊ねしたいことが出てきました。秋山さんが信長を描くとき、それがどのように内在化されているかは別にして、一応その対象は外部にあるものですよね。

辻井　そうです。

沢木　僕らがノンフィクションを書く場合も対象は外部にあります。そして、その外部にある対象をどのように描くかについてはさまざまな手法がありえます。その部分で秋山さんは画期的に面白い手法をたぶん使われた。しかし、対象が外部にあるという点においては共通するものがあると思うんです。

辻井さんも今回は外部に主人公があるものを選ばれて書かれましたね。川田順を描くというとき、辻井さんと川田順との間には一応距離があって、それをどこかで狭めようという意識が、取材という行為になると思うんです。

辻井　なりますね、はい。

沢木　取材が終わった後で、なお埋まらないところをこちらに引き寄せるか、向こうに行こうとするかでかなり違うものになるでしょうけど、最終的にはどちらかを選択することで外部の対象を書くということが成立するわけですね。

川田順に対しては、もしかしたらこちらに引き寄せたのかもしれませんし、辻井さんが向こうにいらっしゃったのかもしれない。ただ、もう一方で、辻井さんは私小説的な作品の系列をお持ちですよね。その場合、書き手の辻井喬と描かれる側の堤清二的な人物との位置関係はどのようなものになるんでしょう。やはり、川田順と同じように堤清二的な人物も外部の対象と見なせるものなんでしょうか。

ご存じかも知れませんけど、産経新聞に近藤紘一という方がいらして、サイゴン特派員のあと『仏陀を買う』という小説で中央公論の新人賞を受けるんです。そのときに河野多恵子さんが選評を書かれていて、『仏陀を買う』を評価しながら、しかしこの作者にはまだ自己の内部を人目にさらすことの未習練と未経験があると書いて、さらに詳しく、自己の内部を人目にさらす上での羞恥《しゅうち》の克服の仕方に未習練と未経験がある、というふうに言い直されているんですね。

まさに自分の物語を自分が描くといったときに、いちばん問題になるのは、自己の内部を人目にさらす上での羞恥心をどう克服するかにほとんど尽きるのではないか、というぐらいの感じが僕にはあるんですよね。

辻井　よくわかりますね。

沢木　辻井さんは、堤清二的な人物の物語を描く中で、家族の物語とか、お母様の物語を書いてこられましたね。

辻井　ええ、書きましたね。

沢木　その際、羞恥心の克服を経験によって徐々に学んでいったのか、それとも最初のときに、ある腹の括《くく》り方をしてストーンと行ってしまったのか、どんな感じですか。

辻井　やっぱり自分のことですから、正確には言えないけれど、徐々にでしょうね。ですから、母が死んだときに書いたものぐらいから、克服する方法を覚えたという感じかなと思います。自分自身を外在的なものとして見れないとだめなんですよね。そうしないと、羞恥心がどうしても付きまといますからね。自分自身を外側のものとして、素材として見るというのは、多少時間がかかりますね。

沢木　そこがフィクションとノンフィクションの分かれ目になるような気がします。ノンフィクションというのは結局、羞恥心を克服しないですむところまでしか行かないんじゃないでしょうか。たとえ「私」を書くのであっても。

ところが、フィクションにおいては羞恥心を克服しなければならないところまで行きたいという願望が書き手にあって、それをどう飼い慣らして処理するかということで、みんな悪戦苦闘しているんだろうと思うんですね。

辻井　でも、どうだろう、そこは。沢木さんね、ノンフィクションも同じじゃないですか。

沢木　どうでしょう。僕の持論では、小説家は悪人であることができるけど、ノンフィクションのライターは悪人であることができないんです、書いたものの上では。全員善人になってしまうんです。でも本当は、ものを書いていく以上、善人であり続けることは不可能に近い。ところが、ノンフィクションというジャンルでいうと、みんながみんな、あらゆる場合において善人になってしまう。

ところが、小説家というのは、悪人であることができる。

辻井　小説という意味ではみんな悪人ですよ。普遍的な価値観みたいなものがあれば悪人になれる。ですから、輪廻《りんね》転生《てんせい》というような一種の普遍的な価値の意識があれば、紫式部は「源氏物語」が書けるんです。あるいは「浜松中納言物語」でもいいし、「平家物語」でもいい。「平家物語」の場合は一種の無常観でしょうかね。これは一つの仏教に裏付けられたもの、あるいはもっと原始的な仏教というのかな。イスラムなんかにもありますが。

沢木　ノンフィクションというジャンルも、悪について書くことはできると思うんです、悪については。だけど、書き手が悪そのものになることができない。ところが小説家は悪について書くことはできます、もちろん。そうじゃなくて、書いている書き手が悪そのものになることを許すという感じが小説にはあるんです。それは卑俗なレベルでモラルを破壊するかどうかとかいう問題じゃなくて、本質的に、悪そのものになることができ得るものではないかという……僕は小説を書いていないので、幻想を持ち過ぎているのかもしれないんですけど、でもそういう部分があります。

辻井　その問題は、ドストエフスキーとかトーマス・マンがずっと直面した問題意識ですね。つまり、小説家は時として悪そのものになれる。悪そのものになることによって、初めて悪を描き出すことができるというふうな、そのおぞましさ、しかしそれ以外に小説家というのはありようがない。

例えば谷崎潤一郎という人はどれだけそれを意識したかわからないけど、しかし悪そのものみたいな……。

沢木　そうなんです、谷崎潤一郎が悪だという、そういう感じの悪なんです。それが小説家というものの最もすばらしいところだと思うんですけど、そこまで行くためには習練していくという局面が多々あったんでしょうね。まさに、羞恥心の克服といったような……。

辻井 そうですね。やっぱり小説というのはずいぶん昔からある文学形式ですからね。ですから笑い話で、自分にもし娘がいて、誰々さんと結婚したいと言われたときに、親父である私が、そいつは小説家か。いや、ものは書いているけど、ノンフィクションだ。じゃ、いいと(笑)。

小説家だと言ったら、もう一ぺん考え直したほうがいいと(笑)。そういう感じはありますね。

沢木 それはどうだか(笑)。

辻井 しかし、そうか、さっきの僕の話も訂正しなければいけないのは、ノンフィクションのライター だって、普遍的価値観って突き破りますよね、事実を。

沢木 そうですね。ただ、そういう価値観、あるいはモラルの尺度を持つことはあるんでしょうけれど、そのことと人間の根源的な部分で悪にまみれるということとは、ちょっと違うような気がする。結果的にまみれることはあるかもしれないけれど、まみれることを引き受けるということとは、ちょっと違うんですね、たぶん。

辻井 それは違いますね。

沢木 例えば、谷崎潤一郎は悪であるという、そういう意味での悪というのは、僕にとって手の届かないものという意識があるせいか眩《まぶ》しく映るんですね。外部の対象を描くという作業によっては、悪に自身がまみれる、ないしは自身がその化身になるようなことは不可能だという感じがどうしてもしてしまう。だからなんだというわけではないんです。ただ、そうなんだよなといつでも思うんですね。

もっとも、小説家の中でも、亡くなられた阿部昭さんなんかは、小説家自体が悪であるというようなことを引き受けるのはいやだったのじゃないかな、だからあんなに日記とかそういったスタイルの文章にこだわったのじゃないかなって思うことはありますね。もしかしたら、それは資質によるのかもしれません。小説家でも、阿部さんは、小説家は悪そのものになり得るみたいなことを引き受けたくなかったのかなというふうにも思ったりするんですけどね。

辻井　それはよくわかる話で、私は阿部昭さんの頃までは、曖昧な概念なんですけれども、よく流通していた言葉としての「私小説」が可能だった時代だろうと思うんですね。というのは、阿部昭さん流に例えば『司令の休暇』とかを書くと、必ずそれを受け取ってくれる読者がいたわけです。ということは、書き手と読者の間に共通する土壌があった。それはある意味で幸せな状況で、それはもっと昔、貧しい、失恋した、それから結核で死にそうだ、そういうことを短歌に詠めば、もう読んだだけで読者は感動して伝わったんですね。今はそれだけ読んでも伝わらないんです。そこで、書き手と読者の間に、あるいは現代日本社会の中に共通の認識の土壌が消えちゃった。ですから、どんどんいわゆる文学の読者層がやせてきていると思います。ところが、広い意味での文学に対する欲求というのは強くなっているんです。それは劇的なもの、ドラマ、物語を読者は求めているんですよ。

沢木　求めてますね、まちがいなく。

辻井　今また『大菩薩峠』が読み直されていますね。あの『大菩薩峠』なんていうのも、あれは純文学か大衆文学かという仕切りが全く意味をなさない作品ですわね。しかし、安岡章太郎さんのような人があれだけ一生懸命読んでいるということは、ほんとは正当に驚かないといけないと思うんです、我々。驚いて、ああ、そういう時代なんだなあ、そういうことが求められているんだなあと。

だからジャンルの問題じゃ僕はないと思う。エッセイも小説と同じようにそういうものを描かなければならないと思いますね。

沢木　それは全くその通りだと思うんです。しかし、逆にいうと、今更ながらに『大菩薩峠』を読んで、その人間観とか世界観というものに衝撃を受けるというほど、衝撃力を与える人間観、世界観を持った書き物がないということになるような気がするんですけど……。

今この状況の中ではそういった書き物を著《あらわ》すことは不可能で、なにか全然ちがう生き方をしている人間がぽこっと異星から現れないと、そういう驚くべきものは現れないのか、どうなんでしょうね。

辻井　いや、それは私は文学の世界にも浸透しているモダニズムの問題ね。モダニズムというもののパラダイムが変わることで生まれてくるだろう。あとはその人がどこのジャンルに属していたかで、例えば若い柳美里というお嬢さんは、モダニズムを突破しようとしている感じはありますね。ですから、そんなに数はないんだけど、むしろ我々としては突破する可能性をどういうところで見つけるかという作業が必要だと思います。そうなりますと、例えば『東海道中膝栗毛』というような、僕も最近は読んでないんだけれども、この間、中沢新一さんに会ったら、辻井さん、あれは読み直してみてびっくりした。つまりおかしなファルスだと思っていたら、あれはその当時の江戸の体制批判がものすごい勢いで、ちょっとやめられないような作品でした、というようなことを言っていた。

日本の文学の歴史の中から、ものすごく豊富に発掘できると思うんですね。今までのモダニズムでだめだとか、これは大衆ものといわれていたものの中に、そうではないものが見えてくる時代、そういう時代じゃないかなというふうな僕は気がしましてね。

沢木　中沢さんがおっしゃったという『東海道中膝栗毛』を読むとこんなふうに読める、あるいはこんなふうに世界が獲得できるというのも、ある人物なら人物を選んで、その人物を描くことで何かの宇宙を形作ることができるというのも同じような作業だと思うんです。

つまり、『大菩薩峠』を読んで、こんな「道中記」が書けるのだというのもやはり同じことだと思うんですね。そういう書き物に多く面白いものが生まれていて、実は何かに頼るというか、何かに依拠するというか、何かを学んだり、場合によっては取材していったり、読み込んでいったりすることで世界を獲得していくという作業が、現代の書き物の中心になっているような感じがするんですね。

物語の世界からいうと、それもあっていい、それも一つだ。だけど、それが肥大しすぎることは、やはり自分も同じような作業をやっているんで口ごもるところがあるんですけど、物語を読む側からいうと、ちょっと困ったことなんではないかなというふうに思うんです。

辻井　なるほど。私も同じような一種の抵抗意識があるからよくわかります。でも、言い方を変えれば、明治以来の「近代」という概念をアウフヘーベンするというのか、止揚することがとても大事になってきているかもしれない。

よくよく読み込むと、江戸時代のものなんかに、輸入した「近代」でない近代精神なんかが入っていたりするということですね。例えば本居宣長の言語理論なんていうのは、フランスの新しい哲学なんかもびっくりするような言語理論を持っていたり、世阿弥の花伝書が演劇理論として、おそらく最も現代性を再び発揮する演技理論になっているとか、そういうものの読み方はものすごく影響を受けていますね。子規が「新古今」などというものは下らぬ歌なり、などと言って、一刀両断にしている。それで「新古今」はそのまま貶《おとし》められていた。それを全部引っ繰り返す作業が、ものすごく僕は必要だと思います。

沢木　『虹の岬』でも「新古今」を一生懸命読んでいくというところが出てきますよね。それは、ほんとに川田さんはやってたんですか。

辻井　川田さんはほんとにやってたんですね。

沢木　この『虹の岬』でなさっている川田さんの歌に対する理解というのは、わりと忠実に……。

辻井　これはわりあい忠実に書いたつもりです。敗戦までの川田さんだったら「新古今」でなくて「金槐集」とか「万葉集」を読んでもよかったんですけれどもね。そのとき「新古今」をやったということは、新しい価値観をそれなりに求めていたということです。

沢木　僕は川田さんの和歌を読んでないのでわからないんですが、あるところからアイデンティティーを支えようと思って、相聞歌《そうもんか》というんですか、恋歌を詠んでいくようになる。それと、以前のますらおぶりの実朝を好んでいた時期の歌と、詩人としての辻井さんの目から見て、どっちが優れているんですか。

辻井　僕は「金槐集」とか「鷲」という賞をとった歌集、そこいらのほうが川田さんに合っていたように思います。

沢木　合ってた……。それは悲劇的ですね。

辻井　だから、鈴鹿俊子さんが現れなかったら、川田さんの晩年は惨《みじ》めなものになったという感じがしますね。

実在の人物を描くときに現れるもの

沢木 ところで、鈴鹿俊子さんとは何度かお会いになられました？

辻井 四、五度会ってますね。

沢木 これをお書きになったあともお会いになりましたか。

辻井 書いてからあとでも会いました。

沢木 これに対しては、鈴鹿さんは、この祥子さんと自分との関係について、なにかおっしゃっていました？

辻井 そこが彼女は魅力的なんですね。恥ずかしくて読めやしないわよ、ちらっとは見ますけどね、という言い方をするわけ。それで、意識は現役でいるわけね。ほんとはずっと読んでいる。どうも読んでいるとしか思えない。話しているとね。でも、いつでも「読んでない」と言えるような言い方でしか話さないんですね。

沢木 これは、今までの話と本質的には関係ないんですけど、現実にいる鈴鹿俊子さんという方と自分の書いた森祥子という人と、並べてみて、やっぱり近いと思われます？ それとも違う人だったという感じがしますか。

辻井 うーん、僕は当たらずといえども遠からずという感じかな、と思いました。

沢木 何度かお目にかかったあとにも書かれているわけですよね。書くときに、現実の人間に引きずられましたか。

辻井　その点は非常に僕は心配しましてね。もし会っちゃって、自分の描いていたイメージと全然異質だったらどうしよう、というふうに思うわけです。少し書き出しちゃいましたから。しかし会わないわけにいかないなと思って、恐る恐るお会いしたんですけど、ほっとしましたね。ああ、そんなに見当は違ってなかったと。

しかしね、沢木さんの場合だったら、困っちゃう場合があるでしょう、ノンフィクションで書かれていて。

沢木　でも、逆にいうと、それは会って、これはアウトだと思ったら動かないというか、やらないわけですね。

辻井　結局そういうことになっちゃうんでしょうね。

沢木　どこか本質的なところで愛情を持っているわけですからね。だから、愛情を持って話を聞き、付き合っているわけで、愛情が持てなければ、そんな人に一年も二年も付き合うわけにいかないですものね。

僕の場合でいうと、現実の人間を引き寄せようというよりは、こっちが寄っていくという感じなんですね。辻井さんの場合には、対象の人物が自由に動きはじめるとおっしゃっていましたけど、どこかでその対象を引き寄せているという感じがおありになりますか。

辻井　そうですね……やっぱり創っちゃっているという感じなんですよ、自分流に。申し訳ないかなと思いながらね。そこはだから小説だという意識で、甘えちゃってはいけないんだけど、甘えやすいところかもしれませんね。

沢木　創る創らないということでいえば、それは等価だと思うんですよね。ただ、たまたま創らないというルールを選んでいる場合には、創らないというルールを全うすればいいわけで、創るというルールでいけば、それは全然問題ないと思うんですね。問題はどちらのルールを選ぶかということだと思うんです。

しかし、この『虹の岬』の川田順の場合には比較的創ってないんだろうなというのが僕の感想だったんですね。さっきおっしゃった俊子さんの友達で心中する女性の話、あそこはたぶん何かの操作をしていらっしゃるだろうなとは思ったんですが……。

それ以外はわからなかったんです。それで、ああ、非常にノンフィクションに近いな、近いなと思って読んでたんですけど、ただ最終的に、ここで愛、恋というようなものを描こうとすると、結局さっきの話のように、直線的には描けませんよね。螺旋であったり、行ったり戻ったりで、結局この人たちの愛、恋は何だったのかというと、一言では言えない、この全体なんですよと言うよりしようがないんだと思うんです。しかし、その全体を書き終えて、辻井さん自身は、これで川田順という人間を描いたという納得の仕方なのか、それとも順と俊子の二人の関係を描いたという納得の仕方なのか、どちらなんでしょうか。

辻井　やっぱり人間を描いたということになると思いますね、自分自身に対しては。六月頃、本になりますが、富本憲吉という陶芸家——人間国宝第一号か二号かな——夫妻の話を書いたんですね。その前に全くそういったモデルによらない短篇集を出させてもらいましたが、今度は夫妻の話ですから、優れた男女が葛藤を始めた場合に、どこまで激しい葛藤になるかという見本みたいなものでね。これはちょっと書いていてつらかったです。

沢木　その場合には創るという部分を排除しようと思われました？　それとも創るという部分、余地も残しました？

辻井 そのときは、材料が材料なので、なんとかして、勝手な言い方ですが、真実に迫りたいという意識だけでした。ずいぶん創っちゃっていますけどね、結果的には。愛情があるわけ、その息子と僕はずっと一緒でしたから。それはたしか「海燕」にもちょっと書いたかな。生涯の友だということをエッセイで書かせてもらったと思うけど、その友達の息子の目から見た親父であり、母親であり、その葛藤だという立場で書いています。

沢木 でも、ご自分で今度の川田さんといい、富本さんといい、それを書く自分、辻井喬というのはどうしてだろうというふうには思われません？　わりとごく自然な流れでそういうのをお書きになるんですか？

辻井 いや、書いている最中は、なんで俺はこんなことするんだろうと。割りは悪いですしね。肉体的につらいですよ、時間はとられるし。だから時間を確保するために、ほかのことは削らなければなりませんしね。

沢木 同じ小説を書くにしても、今度出された文春の短篇集みたいなものと、この『虹の岬』や次の富本さんのものは、全然質がちがいますよね。たまたまなのかもしれませんが、そういうものが二つ続けて出てくるというのは、どうしてだと思われます？

辻井 やっぱりこれは私自身のシチュエーションが変わったということがあるでしょうね。長年温めていたテーマなんだけど、そういうものが書けるようになった。堤清二として経営の現場につながっていた、直結していた状態じゃなくなりましたから、人間というのは単純なもので、意識が変わるんですね。変なものですね。

沢木　へえ、そこのほうが面白い、とか言ったら怒られちゃうかな(笑)。

辻井　それはそうなってみないと想像できないことだったけども、楽になりますね、そういうことについては。つまり外部の話みたいな感じで見れる。いろんな競争会社の話を聞いても、あいつも偉いねなんて、嘘でなしに言えるような感じ。それはすごい助かりますね。そういう状況がものを書くのに絶対必要ね。あの会社のことだけは悪く書きたいみたいなことだったら、これは文学とは全然正反対の話だから……。

沢木　それも面白いかもしれないけど(笑)。

富本さんのことも長年温められていたことなんでしょうが、ある事実に即してとか、実際の人物に即して書いていくという作業は、ご自分に向いていらっしゃったんですか。それともそれはちょっと違うと……。

辻井　いや、それはケース・バイ・ケースですね。そっちのほうの路線というか、流れというのは確かに一つあります。ただ、長年私は経営者をやってきましたし、それは文学の素材として使わせてもらおうかなと思っておりますが、そうでない、今度の『過ぎてゆく光景』などという短篇集は、いちばん最後の「漁火」というのだけロシア文学者はモデルがありますけど、あとは全くフィクションで、モデルなしです。ただ、どんなフィクションだって、なんかしらとっかかりになるものはありますね。

沢木　そういう核になるものは当然あるんでしょうね。で、この『虹の岬』というのは、ご自分ではどういう位置づけなんですか。

辻井　あまりよくわからないけど、それ式の流れをもう少し書いていってもいいと思っています、いいモデルを見つければ。それに、やっぱり父親のことは一ぺん書かなければならないと思っています。

沢木 そのときは川田さんを書くのとは全然ちがうことですよね。

辻井 そうですね。でも、同じように書くつもりです、それは。父親のことも……。

沢木 そのようにできる……。

辻井 今になるとできます。ある程度愛情も持って、しかしもの書きとして書けます。反発ばかりという状態でなくなっていることは確かだから。

沢木 でも、何かに書いていらっしゃったか、しゃべっていらっしゃったかで、この『虹の岬』を川田さんが読んだら、おいおい、と言われるかもしれないみたいなことがありましたね。

辻井 それは書いていて常にそう思いますね。

沢木 きっと誰かについて何かを書くということはそういうことですね。

辻井 そういうことなんですね。おいおい、君、勝手に書き過ぎるぜ、と言われているようなね……。

沢木 言われるような気がしますね。どんなふうに書いても、すべて、おいおい……こんなに完璧に書いたのに、なんていうふうには思えませんね。

辻井 そうでしょうね。それはわかるなあ。でも、今あれじゃないですか、書いて面白い人というのは、職業で分けるつもりはないけど、スポーツ選手とか、依怙地《いこじ》な職人さんとかで、ちょっといま時流に乗って偉い人とかいうのは、およそ魅力ないですね。

沢木 やっぱり至近距離で見るとそうなんでしょうね。でも、ある意味ではスポーツ選手こそつまらないという部分もあるかもしれないし、おっしゃる通り、ケース・バイ・ケースというか、その人によって違うんだろうと思います。ただこういうことはありましたね。この間たまたま聖書学者の方と話をしていたら、僕が書いているのを比較的よく読んでくださっていて、その中に『敗れざる者たち』というタイトルのものが……。

辻井 ありました、ありました。

沢木 それはヘミングウェイの「ジ・アンディフィーティッド」という短編のタイトルから、負けないという言葉の「アンディフィーティッド」というのをもらって、『敗れざる者たち』としたんですけど、そこではある意味で全員ほとんど負けちゃうわけですね。負けちゃう奴がどうして敗れざる者なのかという素朴な質問は当然あり得るんです。別にそれは、いや、これは敗れてないんだという言い方しか僕はできなかったんですけど、その聖書学者の方が読み解いてくれて、あなたはいつも敗れていく人間を書いて「敗れざる者」という称号を与えているけれど、それは最も劇的な構造なんだ。どういうことかというと、イエスという人は最も無残な、悲惨な死を迎えて復活するからあの信仰が生まれたので、敗れることによってしか復活はあり得なかった。敗れていくことで敗れない、敗れることで光り輝くという構造は、もうすでにイエスのあのドラマの中にあって、あなたはそれをほとんど踏襲しているんですよと言われて、なるほど、自分でも思いもよらなかった読み解き方をされてびっくりしました。

辻井 すごくいいことを言いますね。

沢木 物語には、書いた人間にも書かれた人間にもわかっていないことが現れてくることがあるんでしょうね。

辻井 あると思います。沢木さんが書かれた、その『敗れざる者たち』も世俗的に「敗れた者」と見られている選手たちの精神の高さというか、輝きというものは、作者がそれを訴えようとはしていないように読めることで、かえって読む側にはいきいき伝わってくると思いました。

砂の声、水の音

村山由佳
沢木耕太郎

むらやま　ゆか　一九六四年、東京都生まれ。作家。

あるとき、集英社の編集者から、村山さんの『遥かなる水の音』の刊行に際して、「小説すばる」誌上で対談をしてもらえないかという申し出を受けた。しかし、私は自分の任ではないような気がした。そこで申し訳ないがと断ったが、ゲラを読むだけ読んでもらえないかという。

そこで読ませていただくと、一気に読み通すことができた。

それには、小説の主舞台がモロッコとサハラ砂漠だったということが大きかったかもしれない。しかも、主人公たちが移動するルートが、私が旅をしたルートとほとんど同じだったというおまけがついていた。なるほど、これをこのように使うのか、ここをこのように描くのか、と読みながら楽しくなってきたものだった。

しかし、なにより印象的だったのは、砂漠の下には水の流れがあり、音が聞こえるというイメージだった。あの砂漠の下には水が流れており、聞こえる人にはその水音が聞こえる……。

私はその新鮮さに驚き、その驚きがあれば、自分でもなんとか対談の相手がつとまるかもしれないと思ったのだ。

これは「小説すばる」の二〇一〇年一月号に掲載された。

（沢木）

三つの驚き

沢木　『遥かなる水の音』を読ませていただきました。

村山　ありがとうございます。

沢木　この前の作品というと『ダブル・ファンタジー』ということになるのかな。あれを書かれてから、どれくらいの間があるんですか。

村山　実は『遥かなる水の音』の最初の二百枚ぐらいは『ダブル・ファンタジー』の前に書いているんです。その後、私生活面で激動の時期が訪れて、それまで住んでいた千葉・鴨川の家を飛び出したら、なぜか『遥かなる水の音』が、今はこの先を書けないという精神状態になってしまって。間に挟んだ『ダブル・ファンタジー』の執筆に丸二年かかりましたかね。

沢木　丸二年中断して、そこから再開するのは難しくなかったですか？

村山　結構難しかったです。何を書こうと思っていたか、忘れちゃったぐらい(笑)。サハラ砂漠に自分の遺灰をまいてくれという周《あまね》の遺言を達成しに行くわけですから、ある意味でラストは決まっているわけなんです。ところが、そこまでの間に、何をテーマに書こうとしていたんだっけ？　とか、どういう読後感を味わってほしくて書き始めたんだったっけ？　ということが、しばらく体に戻ってこなくて。

逆に新鮮だったのが、最初に書いた部分を読み返していたときですね。私ではない誰かが書いたもののようで、結構うまく書いているじゃないかと自画自賛してみたり(笑)。

沢木　ほんと、確かにそういうことってあるよね(笑)。僕にも二十三、四の頃に書いた「イシノヒカル、おまえは走った！」というのがあるんですけど、その最後の一節を英文学者の小田島雄志さんがことあるごとにほめてくれるんですね。きっとあれ以上のものは書いてないという批判でもあるんでしょうけど(笑)。でも、ときどき自分で読み返しても、どうして書けたのかわからないほどの躍動感がある。

村山　そう、人生のその時にしか出てこない言葉や表現というのはあるんですよね。だから書くことは面白い。

沢木　僕は、この『遥かなる水の音』という作品を読んで、「おっ！」と思ったことが三つあったんです。一つは、必ずしも主人公というのではないけれど、冒頭で中心になる人物である周が死にますよね。

村山　はい。

沢木　だけど、死んでいるけれども死んでないという設定なわけじゃないですか。その設定の仕方はありきたりといえばありきたりだけど、意外な新鮮さで、そうか、こういうふうにして彼を生き続けさせるのか、と。確実に生きている感じのものとして彼は旅に同行していく。それが作品を支える見事な柱になっていると思ったんです。

二つめは、群像劇としてうまく機能しているという点でした。周のほかに緋沙子、ジャン・クロード、浩介、結衣、ガイドのサイードといった人物が入れかわり立ちかわり登場して、彼らの心象風景を通して物語が進んでいきますよね。正直に言えば、初めのうちは面倒くさいという感じがあるんだけど、読み進むうちに彼らが個性を持つようになり、声を響かせ始める。読者としては、登場人物が声を持つようになって初めて小説として受け入れられるということになりますから、読者としての僕もそのあたりから物語の中に入っていけるようになりました。

三つめは、最後どうやって終わらせるかということ。その終わらせ方って、当たり前だけど、一番難しかったはずですよね。

村山　そうですね。読者だって最初から行く末はわかっているわけなので、それを裏切らないようにしつつ、どうやって裏切るかという。

沢木　とても難しかったろうと思うんだけど、その終わりは、僕には、うん、これでいいかもしれないって。

村山　よかった〜。

沢木　なんだか先生みたいな言い方になっちゃったけど(笑)。

村山　ほっとしました(笑)。

沢木　おまけの驚きの一つは、彼らのたどった道というのは、僕がモロッコでたどったのとほとんど同じだったということです。

村山　えっ、そうなんですか?

沢木　僕は先にカサブランカへ行ってから、その後でマラケシュに行って、以降はほぼ同じルートなんですよね。

村山　アトラスを越えてサハラへ行かれたんですか?

沢木　うん。僕のモロッコへの旅は、三週間ぐらいしかかけていないんだけど、それはそれですごく濃密な感じがしました。

村山　長さではないんですね、きっと。

沢木　僕は七、八年前、「ＦＲａＵ」という雑誌にその紀行文を書いているので、今日、ここに来る前にその切り抜きを読み返してきたんですよ。まだ本にしないで、放りっぱなしにしてあるもんでね。

村山　ああ、もったいない(笑)。

沢木　で、やっぱり旅のありようというのは、人によっていろいろ違っているな、と。村山さんがモロッコに行ったのはいつでした？

村山　もう四年前になりますかね。

沢木　小説を書こうと思ってモロッコに？

村山　はい。今までの旅のほとんどがそうでした。でも書くために仕方なく行くわけではないんです。小さいときからあこがれていた土地だったら、長い小説を書く間、私の「石炭」になってくれる気がして、そこを舞台にしようと思って行く。行って、楽しんで、それをまた小説にできるということですから、すごくラッキーな話なんですよね。

沢木　旅で実際に経験したものや見てきたものをフィクションに変形していくときに、それをどういうふうに接合したり分離したりしていくんだろう？　もちろん、シンプルに考えれば、素材としてそれをさまざま使うということなんだろうけど。

村山　自分の中でどういう核融合みたいなものが起こっているかはよくわからないんですよ。帰ってきて小説にしようと考えている最中ぐらいまでは、まだ核融合が起こってないから私個人の体験になっているんです。

そこからキャラクターが立って、この人がどう動くことによって、どんな読後感を残したいのかということを考え始めたときに、そこですり合わせのようなものが行われる。で、あの体験を少し加工したらここに差し入れられるんじゃないかと思って描写し始める。その途端に私の体験ではなくなって、彼の体験、彼女の体験になっていくんですね。

沢木 なるほど。

村山 答えになっていないですね(苦笑)。

沢木 いや、そんなことはありません。でも、どういう読後感を残したいとか、何を書きたいのかっていうのは、あるとき、ふっとわかったりするものなの?

村山 旅の最中にわかるときもあれば、終わるまでわからなくて不安にかられるときもあります。

沢木 『遥かなる水の音』の場合は?

村山 サハラの夜に降ってきました。

沢木 夜、砂漠のなかのベルベル人のキャンプに行くという設定がありますよね。実際それに近いことをしたわけですね。

村山 そうですね。キャンプに到着してから、夜中に一人で散歩に出たら、砂丘の中腹で疲れて眠りこんでしまって。見つけて起こしてくれたトゥアレグ族のラクダ引きの青年と二人で砂丘のかなり上まで一緒に上がりました。いろいろ話すうちにふと、彼にひざ枕をしてほしいと言われてそうしたときに、それまで私の外側にあったモロッコが、膝からいきなり私の中へすとんと入った気がしたんですよ。あっ、これで書けるかもしれない、と。それはまったく何の根拠もなくて、そこでストーリーの全部ができ上がったとか、そんなことじゃないんですよね。何でしょうね。

沢木 それはわかるような気がする。その体験によって、皮膚を通してというか洋服を通しているんだけど、モロッコの体温のようなものが感じられた。そういうことなのかな？

村山　はい。

沢木　それはもう圧倒的な体験だよね。

村山　そうですねえ。あのとき私は、きっと彼にとっては、女の人にさわるというふうなことが、同じ文化の中では難しいことなんだろうなと思って承諾したんです。ひざ枕以外は何もしないという約束でね（笑）。砂丘のもっと高いところへ行こうと誘われたけれど、それこそ沢木さんが『旅する力』のなかで、「初めての人に呼ばれて二階に上がっちゃったら危ないかもしれない」ってお書きになっていたみたいに、どこら辺が自分の安全圏かということは考えました。あの丘を超えちゃうとやばいかなとか。

沢木　基本的にガイドさんと一緒だったの？

村山　そうなんです。それがね、ちょっと話がそれますけど、ぼやいていいですか。

沢木　どうぞ、どうぞ、遠慮なく（笑）。

村山　パリからモロッコまで通して、フランス語とスペイン語とアラビア語を話せる五十代の日本人のガイドさんにずっと案内をしてもらっていたんですね。で、私は旅の最初に彼に、モロッコで行きたいところを告げて、「名所旧跡の案内はいりません。とにかく野放しにしてほしい」とお願いをしていたんです。カフェの外でぼーっとしているだけでも、小説に必要ないろんなものが降りてくるときはあるので、と。ところが彼は「ここまで来て、あの門を見ないとは何事ぞ」とか言い始める。門や塔なんて町ごとにあるじゃないですか。壮麗《そうれい》な歴史的建造物であることは確かなんだけど、小説の中では、そんなもの待ち合わせの場所に使えるかどうかぐらいの話なわけで。だけど断るとすごいへそ曲げるから、彼の機嫌をとるのでもう大変。

沢木 それは大変でしたね(笑)。

村山 はい(苦笑)。

沢木 砂漠も一緒に行ったわけですね。

村山 一緒だったんです。

沢木 そのガイドのおじさん、砂漠でどうだった?

村山 私が「ベルベルのキャンプ地まで行って、周りに明かりがなく、人工物も最低限しかないところでキャンプをしたい」と言うと、「ホテルの外にテント張るのと何が違うの?」って。なんとか頼み込んで、砂漠をラクダに乗って何時間もかけてキャンプまで行ったんですけど、その間中、「ああ、疲れた」「ああ、遠いなあ!」とか言うわけですよ。

沢木 おもしろい(笑)。それはそれでまた別の話として書けそうだ。

村山 キャラ立ってました、なかなか。

「地の果て」なんてない

沢木 アルヘシラスから砂漠——僕の言い方すれば砂漠のほとりなんだけど——まで行って、一応いろいろな町を通るわけですけど、やっぱり圧倒的だったのは砂漠でしたか?

村山 やっぱり砂漠でしたねえ。でも、町の中のスーク(マーケット)の感じとかは、日本の、たとえばアメ横とは全然違うわけじゃないですか。

沢木　そうですね。

村山　私もアフリカ大陸とかアメリカとかいろいろ行きましたが、モロッコのスークの雰囲気というのは、ほかのどことも違う。常に身構えていないといけないんですね。危ない目に遭うという意味ではなくて、流れ込んでくる刺激が多過ぎるので、受けとめたいと思うと後ろにも目と耳をつけて身構えていないと追いつかない感じがしたんですね。

　でも、そこを出てアトラスを越えて、どんどん寂しくなっていく風景を見ながらサハラへ着いたとき、こんなに何にもない場所に来たことがないと思って。

沢木　僕も「ＦＲａＵ」で連載した紀行文の砂漠の項で、ほとんど同じ感想を書いているんだけど、この作品の登場人物のひとりもそれに近いことを述べていますよね。

村山　ええ。ブラックホールみたいだと。ものすごい質量なのに、同時に「無」で「空」で「虚」で。何もないのに猛々《たけだけ》しかった。

沢木　僕はいつものように一人で旅をして、砂漠のほとりに着いて、小さな宿屋に泊まって、砂漠に入っていって、また戻ってくるということを何日も繰り返していたんです。ある早朝、砂丘の一番高いところに上がったら朝日が昇るところだった。日本的な感覚で言えば、あそこは地の果てですよね。だけど向こうから太陽が真っすぐこっちに昇ってくるというのは、いわば中心だからじゃないかという感じもする。地の果てにして中心。当たり前なんだけど地の果てなんてないんだよね。だって住んでいる人たちにとっては、そこが中心なわけだからね。

村山　彼らにとっては、そこが生きる場所で。

沢木　中国語で天涯、地角、海角は、どれも天の果て、地の果て、海の果てという意味なんです。中国から見ればそうなんだろうけど、実際にそこに行ってみれば、ああ、太陽はこっちに向かって上がってくるんだ、となる。その感じは、どこでもサハラの砂丘の上で見たのと同じだと思うんです。それと、僕は、ほんとに砂漠のほとりの小屋みたいなところにいたもんだから、一人で砂丘に入っていくことができたんです、夜も昼も。で、また戻ってくる。

村山　よく戻れましたね。下へおりちゃうと、もう見えないじゃないですか、サハラの丘って一つが本当に巨大だから。

沢木　夜、迷ったことがあって。毛布借りて、砂丘まで寝に行ったんですね。

村山　ああ、それをしたくなるのは、すごくよくわかります。

沢木　明け方、帰ろうと思ったら風紋で足跡がなくなっていたわけね。高いところに上ればわかるかと思ったんだけど、まったくわからないんですよ。でも、そんなにうろたえなかった。というのは、昼間にも一度わからなくなって、どうしようと茫然としたことがありましてね。そのとき思い出したことがあったんです。僕が泊まったのはベルベル人がやっている宿で、そこには猫がいっぱいいたんですね。名前を聞いたら、どれも英語で「キャット」としか言わない。人間以外の生物で名前をつけるのはラクダだけだというんです。だけど「ナツメヤシには名前をつける」って。

村山　ああそうか、命にかかわるものには名前がつくんだ。

沢木　そう。砂漠の中でナツメヤシはたった一つの道標《みちしるべ》なわけですよね。僕は砂丘の頂上でそれを思い出して。遠くにナツメヤシが見えるんですね。あれは、おれがあそこから来るときに見たナツメヤシのはずだが、どこでどのような角度で見たんだろうと必死に思い出したんです。で、それを目印に、宿のある場所の角度を三十度ぐらいに絞っていった。だけど、失敗したら大変なことになっていたかもしれないと今になって冷や汗が出ますけどね。

村山　もっと遠くに行っちゃうかも……。

沢木　日本で「あいつ、自殺するためにサハラに行った」とか言われちゃうんじゃないかなと思って(笑)。でも、幾つか砂丘を越えて行ったら、やっぱりあったんですよね。

村山　うわ〜、すごい生存本能。野生の勘ですね(笑)。

沢木　ナツメヤシに名前をつけるって聞いてなければ思いつかなかったと思う。

村山　でも、私だったらナツメヤシの方向を見て、確信を持って違うほうへ行きそう。ものすごい方向音痴なんですよ。

沢木　時々、砂漠を横断しているベルベル人の若者を見かけるけど、何もない砂漠を直線的にふわーっと歩いていくでしょ、稜線《りょうせん》の上を。

村山　あれ、不思議ですよね。

沢木　まあ、僕も長くそこにいればできそうな気もするけど、村山さんは一生できないかもしれないね(笑)。

村山　できないですね、きっと(笑)。私を案内してくれた例のトゥアレグ族のラクダ引きの青年も、真っすぐに歩いていきました。目印にできるものもなければ、真っ暗な闇はほんと見えない。そこを何でこんなにちゃんとキャンプに辿《たど》り着けるのかしらって……。

沢木　『遥かなる水の音』の登場人物じゃないけど、女性だったらそれは心が動いたりするよね、そういう能力を持っている人には。

村山　はい。もう生命力の差で、すごい、これは男だと思ったんですよね。

沢木　ほんとに、そうかもしれない。

村山　砂丘の上に立つまでは、どうせテレビで見ているのと同じなんでしょうって思っていたんです。ところがいざ立ってみると、これをどうやって言葉で描写しろというんだって無力感にうちひしがれるぐらい、ものすごいスケールだった。テレビで見るサハラ砂漠は鳥取砂丘と大した差はないようだけど、行ってみると砂丘の一つが山みたいに大きい。

沢木　そうですね。大きいですね。

村山　ねえ。あれにびっくりしてしまって。だって、あの尾根まで上るのに、どれくらいかかる?　っていうふうな、ものすごいサイズで迫ってくるでしょう。さっき、沢木さんが砂丘で迷われたって聞いて、よくぞ戻られたと思ったのはそれを知っていたからなんです。

沢木　そもそも、なぜモロッコに行ったかというと、僕の『深夜特急』という作品が十年ほど前、大沢たかおさんの主演でテレビ番組になったんですね。そのとき、冗談で「ロンドンにゴールインできたら、そこで一杯飲もうか」って言ったんです。

村山　それだけで一編の小説のような話ですね。

沢木　しばらくして、もうすぐロンドンにゴールするので来てくれないかとスタッフから航空券が送られてきたんですよ。それでロンドンに行って、彼らと一緒に酒を飲んでわりと幸せな一晩を過ごしたわけ。で、次の日にモロッコに行こうと思った。

村山　へえ〜。

沢木　どうしてかというと、七〇年代に『深夜特急』の旅をしていた頃、行く先々ですれ違うヒッピー、今でいうバックパッカーたちから彼らにとっての聖地の名前を聞いていたんです。インドでいうとゴア、ネパールだとカトマンズ、アフガニスタンのカブール、トルコのイスタンブール、そしてモロッコのマラケシュ。

村山 なるほど。

沢木 当時、僕もマラケシュに行こうかどうしようか迷ったけど、結局行かなかったんですね。そのことで、ちょっと後悔が残っていたから、ロンドンでバックパックを買って、まずはスペインのマラガまで行ったんです。

それにも一つ理由があって、昔、僕が『深夜特急』の旅をしているときに、ほんとに金がなかったんだけど、マラガで一軒だけ寄ったバーがあったんですね。バーカウンターがあって、ワインの樽が壁にバーっと並んでいて、当時は一杯十円ぐらい。カウンターの横に老人が一人いて、ざるにハマグリ大の生の貝が入っている。それを食べたいって言うと貝を開けて、鋭利なヘラみたいなもので貝柱を外してから三つくらいに切って、レモンかライムをシュッとかけて出してくれる。それが夢のようにおいしかったような気がしたわけ。金もないときだからワインを二杯と、貝を一個。

どうしてもまた行きたかったからマラガに立ち寄ったんだけど、そのバーはまだあったんです。でも、当たり前のことだけど、あのときの老人はもういなくて、生の貝を食べさせるのにも冷蔵庫風のおつまみのコーナーから取り出すようになっていてね。あっ、もうこれは違ってしまったんだと思って、マラガからモロッコのタンジールへ行く船に乗ったんです。

村山 ああ、なんだか切なくなる話だな。

沢木 フェズ経由の村山さんたちとは少し違って、僕はタンジールからカサブランカで、そこからマラケシュに行き、砂漠に入っていった。でも、マラケシュに着いたとき、ああ、遅れたと思いました。僕がもう若くはなかったというのも大きかったんだけど、二十五年前のマラケシュにほんとうに遅れてしまった！　と思いましたね。

村山　永遠に失われちゃった感じなんですね。

沢木　うん。でも、たぶん、常に旅は遅れるものなんです。村山さんが行っても、あるいは僕がどこに行ったとしても、その「黄金時代」には遅れているに違いない。だから七〇年代に行ったって遅れていたんだろうけど、胸が締め付けられるような思いで決定的に遅れたと思ったのは、そのマラケシュだけでしたね。

それまで、僕、モロッコで砂漠なんか行こうと思っていなかったんですよ。ただマラケシュに行こうと思っただけだから。

村山　じゃ、マラケシュですごく満足していたら、砂漠まで行かなかった？

沢木　行かなかったですね、間違いなく。マラケシュで酒を飲んでいたら、一人の男がツアー参加者を募るカードを置いていってね。僕はフランス語はあまり読めないんだけど、「夢の砂漠へ」という言葉だけわかった。そうか砂漠があったのか、と思ってね。で、次の日、ひとりでバスに乗ってアトラスを越えていったんです。途中の町でカナダのケベック出身の若者二人と知り合って、彼らが「砂漠の近くまで行くんだったら四輪駆動車を借りなきゃならないからシェアしないか」って声をかけてきてくれたんです。夕方、リッサニという町に着いて、さてどうしようと話しているところに一人の少年がやってきて、とつぜん日本語で「砂漠行けるよ、一緒に来ないか」って。彼はベルベルの子だったんだけど、それこそ、だまされるんじゃないかって思うじゃない？

村山　すごく怪しい感じがしますよね（笑）。

沢木　値段を聞いたら十ディルハムだと言うんですね。

村山　えっ？

沢木　ほとんどただっていうことだよね。カナダの二人は「だまされるからやめたほうがいい。ここにはいいホテルがないらしいからいったんエルフードまで戻って、明日またここに来よう」って言う。でも、戻るのは嫌だなと思って少年に「どういうふうにして行くの？」って聞いたら、「朝と晩、僕たちの村からここまで来る定期便があるんだ」って。

村山　バスで？

沢木　バスで。それも四輪駆動の大型バンらしいんだけど、夕方に帰る便があるから乗せてもらえるよって。「向こうに着くとどうなるの？」って言ったら、「うちに泊まってもいいし」と。

村山　日本語をしゃべれるんですか？

沢木　それこそ何百人と接触しているうちにカタコトを覚えるようになったんでしょうね。それぐらい日本人が来てるってことなのかもしれないけど。

村山　そうですねえ。

沢木　だけど、おもしろいと思った僕はカナダの若者たちと別れて彼と一緒にバスに乗ったわけ。そうしたら、砂漠のまさにほとりですよね、そこでおろしてくれて、そして、本当に彼の家に泊めてくれたの。

村山　へえ〜。

沢木　別にお金をとるわけでもなく。夜はタイルの床にじゅうたんを敷いてみんなで寝るんですよ。僕はお客さんだったんで最も風の通りのいいところに寝かせてくれて、その日はクスクスをつくって食べさせてくれた。

村山　それは何のための親切だったんでしょう。

沢木　僕にもよくわからなくてね。彼のうちに泊めてもらった翌日、あまり何日もやっかいになるのも悪いので、「どこかに宿がないかな」って聞いたら、「近くに一軒あるよ」と連れていってくれた。実際はとんでもなく歩かなくてはならなかったけど(笑)。結局そこに滞在することになったんだけど、だからといって、その宿からマージンをもらってるという感じでもないの。

村山　てっきりそうかと思ったのに。

沢木　うん。そこはめちゃくちゃ安いところでね、彼もそこに一緒に泊まって、二日目ぐらいに帰っていった。「リッサニでお土産買うんだったら案内するよ」って。僕がそこで何か買えばマージンもらえたんでしょうけど、それを強要する感じでもなくて。

村山　不思議な話ですねえ。それとも、不思議と思うこちらが貧しいのかしら。

沢木　その宿に泊まれたことで、村山さんと同じように砂漠に入って、何日も一人で過ごしているうちに、あっ、ここは地の果てじゃなくて真ん中なんだなと思うようになって、何か了解して帰ることができたわけですね。それがなかったら、マラケシュで「ああ、しまった」と悔やんだあと、何か悲しい思いを味わっただけで帰ってきていたと思う。

初めての盗難

村山　旅をしていると、沢木さんも書いていらっしゃいますけど、今、この誘いに乗っていいかどうかっていう見きわめがほんとうに難しいということがありますよね。命は一つしかないですから。

沢木 確かに相当なリスクはある。だけど、僕はあんまり悪人はいないと思っているようなところがあるんです。基本的に性善説なんですね。どこかに、どんなことが起きても何とか対応できるっていう過剰な自信があるのかもしれない。実際、今までそんなにひどいやつに出会ったことはないし、旅をして何十年になるけど、一回も物を盗られたことがありませんでしたからね。

村山 それはすごい。

沢木 ところがこの間、初めて盗られたんですよ(笑)。バックパックで旅をしているとき、中国の西安でバスの停留所に荷物を置いて、ちょっと時刻表を見に行ったのね。で、戻ってきたらなかった。

村山 荷物ごと?

沢木 すっかり。それでどう思ったかというと、これはいい機会かもしれないと思ったんですね。

村山 いい機会?

沢木 本当は、旅に荷物は少なければ少ないほどいいわけじゃないですか。これを機会に荷物を持たないで旅を続けようと思ったんです。もっとも、カメラとかパスポートとか大事なものは小さなショルダーバッグに入れて肌身離さず持っていたんで、これから先はそれだけで旅をしてみようと。そして、実際にシルクロードの果てのカシュガルまで荷物なしで行ったんです。そしたら北京にある日本大使館から僕の留守宅に連絡があって「西安のバスステーションに荷物が置いたままになっている」って。それを聞いて、もしかしたら、僕はうかつにも、あの時、確かめる場所を間違ったのかなと思ってね(笑)。

村山 私も今、それを疑いました(笑)。

沢木　で、とにかく、カシュガルからの帰りに北京の日本大使館に寄って荷物を受け取らせてもらったんです。でも、僕の勘違いなんかじゃなくて、そのバッグはちゃんと盗難にあっていた。ちゃんとというのもおかしいけど(笑)。本の間にはさんでおいた中国の小額紙幣のピン札とか、使ってないフィルムとかはきれいになくなっていた。それ以外のものは全部残っていて、中国ではそんなことはとても珍しいことなんだそうです。僕が旅の途中に集めた領収書とか切符とかメモとかが封筒に入っていたから、盗ったやつが、これは外国人の大事なものじゃないかと思って戻してくれたんだろうな、きっと。

村山さんは盗られたことってあります？

村山　ないんですよ。

沢木　意外(笑)。そんなにうかつじゃないんだ。

村山　結構うかつなんですけど、土壇場でいつも助かっている。トイレに財布置いてきたことに気づいて、あわてて走って取りに戻るみたいなことはちょくちょくあるんです。

沢木　際どいところでセーフなんだね。

村山　そうなんです。

沢木　水が合うとか空気が合うとか食べ物が合うとかで言うと、モロッコとの相性はどうでした？

村山　合ってました。おまじないみたいなものかもしれませんけど、私、この土地とお近づきになりたいなと思うと裸足《はだし》になって地面を踏む癖があるんです。相性みたいなものが足の裏で感じられるというか。オーストラリアは、わりとよそよそしかったですね。

沢木　それはとてもとても感覚的なものなんですね？

村山　はい、とてもとても(笑)。オーストラリアは、目に見えるものは嫌いではないのに、私に近しく入ってきてくれなかった。イギリスもそう。ケニアと、それとアメリカのネイティブの居留地と、それからサハラが今までで一番きましたね。ビリビリビリって感応する感じが。

沢木　サハラの砂って、ほんとにすごくて、白い靴下なんかはいて一日歩き回ると、帰ってきて洗濯してても砂の赤い色が落ちないの。

村山　落ちないですよね。染料みたいな感じ。

沢木　赤くてきれいだけどね。

村山　真っ赤ですよね。私も洗濯したけど落ちなくて、Tシャツとか、そのままです。

モロッコでは、沢木さんがおっしゃるように、ご来光を見ているとき「ここが中心」という感じがはっきりとありましたね。人とラクダぐらいしかいないから、昇ってくる朝日が一番猛々しい生き物みたいに見えてきて。百年分のご来光を今見ました、みたいな。現地の人たちは毎日それを見ながらアラーの神様を拝んでいるわけですよね。生と死がほんとに背中合わせで、どっちに転がるかは運次第、あるいは、その人の才覚次第という土地だからこそ、唯一絶対神を崇《あが》めるイスラム教が生まれてきたんだということを感じました。

沢木　なるほど。

村山　私、日本に、とても親しくしているパキスタン人の家族がいて、彼らが唱えるコーランや一日五回のお祈りというのも間近で見てきたんです。でも、日本のマンションの中でそれを見ているのとサハラで見るのとは違うんですよね。この厳しい環境でこそで生まれた宗教なんだと思いました。

沢木　旅先でバスに乗っていて、アフガニスタンなんかだと砂漠じゃなくてまったくの土漠なんだけど、彼らは時間になるとその土漠の、はるか遠くに青い山並みが見えるところでバスを降りて、お祈りをするんです。僕はイスラム教を信仰していないから見ているだけだけど、何か一緒に祈りたくなるような感じがありましたね。

村山　彼らは目に見えないものに対して祈っているんだけれども、その姿があまりにも切実なものだから、逆に彼らを通して、祈りの対象そのものが見えてくるような気がするんです。

それから、このときの取材ではラマダンを三日間だけやらせてもらったりもしました。「試しにそんなことをするのは、あなた方の神様を冒瀆《ぼうとく》することにならない？」って聞いたら、「自分たちの神様を敬ってくれているということだから、とてもうれしい」って言われて。でもほんとうにつらかった。空腹よりも、渇きが。九月の終わりでしたが日中は気温が四十度近くになるし、乾燥もしている。そんな中では、まるで薬物中毒者であるかのように、コップについた水滴があり得ないぐらい拡大されて見えて、トイレで手を洗いながら、今、この水をなめてもだれも見ていないと思ったほどでした。

沢木　減量中のボクサーは、「あの公園のあそこに水飲み場がある、あの駐車場の横に水道の蛇口がある」なんて思いながら、水を飲みたいのを我慢しつつロードワークをしていると聞くけど、それに近いのかな？

村山　近いと思います。一緒に行っている人たちはレストランで食事をしますよね。トドラ渓谷あたりで岩清水が流れる水汲《みずく》み場を横目で見ながら、岩を踏んで渡ってレストランに行ったんです。するとオレンジの輪切りにシナモンをかけた前菜のようなものがくるわけですよ。私はもう見るのも耐えられなくて、「ちょっと離れて寝てくるわ」って。ガイドさんもお昼になると姿を消すんですよね。みんな寝るしかないという。

沢木　そうだろうね。

村山　時々、お土産屋さんとか、じゅうたん屋さんとかに連れて行かれると、必ず歓迎のミントティーが出てくる。私は「ラマダンの最中だから」と断るんですが、そうすると王侯貴族にするかのように胸に手を当てて、敬礼をしてくれて「すばらしいことをしてくれている、私たちの神様があなたを守ってくださる」みたいなことを言ってくれるんですよ。

沢木　なかなかいいことを言う。それはずいぶん得をしましたね(笑)。

村山　得しましたねえ。そういう経験というのは、ラマダン中でないとできなかったことだし、ほんとに願ってもない体験だったなと思います。

上手に楽しくだまされたい

沢木　この齢になって若干自由になる金はあるわけだから、村山さんの小説の登場人物のように最高級のところに泊まったって構わないんだけど、僕は旅に出るとどういうわけかケチになるんですよ(笑)。

村山　旅に出ると、というところがミソなんですね(笑)。

沢木　最初の旅のときの困難がすり込まれているのか、比較的最近まで外国に行くとタクシーに乗ることもできなかった。なんかもったいなくて。

村山　旅でケチになるというのは、軍資金を大切にしなくちゃという気持ちからなんですか。それとも、ぜいたくをすることによって、貧乏なときだったら出会えたかもしれない何かに出会えなくなるという気持ちなんですか。

沢木　最近はカードを持っているから使えるお金に限界はないはずなんだけど、今持っている現金をどうやって長くもたそうかとつい考えてしまう。それと、どこかで貧しい旅のほうがおもしろかったという感じが、僕の中にぬぐいがたくあるんでしょうね。それでなんとなく安い宿、安いレストランを選んでしまう。すると、実際に、いろいろな恩恵をこうむることが多くなる。「この近くに安いホテルある?」って聞いただけなのに、「おまえ、おなかすいているか?」とか言って、そこにいるみんなとクスクスを食べることになるというようなことが起きるわけですよ。

村山　本当に、旅先ではわけもなく親切にされることがありますよね。私もシベリア鉄道の旅をしたときに、明らかに私よりお金持ってなさそうなおじちゃん、おばちゃんが駅でサンドイッチ買ってくれたり、水仙の花束買ってプレゼントしてくれたり。そういう、どう考えても見返りを期待しているとは思えない親切に出会ってみると、日本人って、いつから「親切下手」になったんだろうって。

沢木　昔、高倉健さんに聞いたんだけど、若い連中と四人で大きなバンみたいなのに乗って渋谷を走っていたら、ホテルの場所を探しているバックパッカーの白人カップルがいたんだって。知っているホテルだったから連れて行ってあげようと「乗らないか」と言ったら、二人は慌てて「いや、結構です」って。それはそうだよ。僕たちは彼が高倉健だって知っているから喜んで乗せてもらうかもしれないけど、彼のことを知らない外国人だったら、それは怖いよね(笑)。

村山　それは……(笑)。それ、相当怖いですよ。

沢木　僕も時々、六本木の通りや地下鉄やなんかで外国の旅行者に道を聞かれることがあるんだけど、そういうとき、「ああ、こいつらどこで飯を食うんだろうな、きっとおれたちが知っているような、安くておいしいところには行かれないだろうな、連れていってあげたいな」なんて思ったりするんだけど、でも、まあ、向こうもついていくのは怖いかもしれないなと思って、ついモゴモゴして別れてしまう。だから、そこは親切下手ってこともあるんだけど、親切をする状況みたいなものがうまく整ってないということもあるんだよね。多分、田舎でおばあちゃんみたい人が「うちへおいで」って言ったら、みんな乗ってくると思うんだけど。

村山　この間、アリゾナの、ホピ族の居留地に住んでいる日本人カップルのところへ十何年ぶりに遊びに行ったんです。そこで「カチーナドールというホピの精霊を木彫りでつくっている有名な人が『日本とホピの精神性は似通ったところがあるから死ぬまでに一度日本に行きたい』というので、みんなでお金を集めている。ついてはこのカチーナドールを買ってもらえないか」って。私はネイティブアメリカンの文化が好きだけど、結構法外な値段だったんですよ。でも、出せないお金ではない。

沢木　安くはないけど、まあ、出そうと思えば何とか……という金額なんですね？

村山　それを出したからといって私が食い詰めるわけではないんです。だけど友情を試されたようなところもあり、十年ぶりに会った一日目にこの話はないじゃんっていう気持ちと……。相手に対する違和感よりも、自分を振り返ったときに、何か私ってすごいケチって思ったり、そういう思いをさせないでよって思ったり。そういうせめぎ合いが自分の中にあって。帰ってきても、何で私、気持ちをパンと開いて、「いいよ、わかった」って言えなかったんだろうっていうのが、すごく残っちゃったんですよ。私自身は旅先であんなにいろんな人たちから親切にされてきたのに、って。彼らは別に、私を食い物にしようとしたわけじゃない。ちょっと厚意をアテにしすぎたところはあったにせよね(笑)。なのにどうして私は、反射的に身構えずにいられなかったんだろうと思ったら情けなくて。

沢木 一つは、だまされるのが嫌だっていう感じもあるじゃないですか。

村山 うん、うん。

沢木 それがどっかでバーンと弾けると、だまされてもいいかって思うようになるんだろうな。最近、僕なんかは少しそういう感じになってきた。だけど向こうもそんなに簡単にだまされるとつまらないだろうから。ちょっとお互いに楽しんでからだまされようっていうようなところかな。

村山 そうですね。まあ今回の件はともかく、旅先の手練《てだ》れの皆さんにはぜひ、上手にだまして、楽しませて頂きたいですね。

沢木 そうだね(笑)。いつだったかテレビのクルーと三人でロッテルダムの繁華街を歩いていた。向こうから刑事を名乗る二人組がやって来て「ドラッグの検査をしている。パスポートを見せてほしい」と。僕が一人に「IDカードを見せてくれ」と言っている間に、もう一人がクルーたちに「早くパスポート、パスポート」って急かしていて、彼らは渡した。

村山 うわあ〜。

沢木 向こうはパスポートを見て、すぐに返してきたんだけど、パスポート入れに入れてあったはずのお金はもうなかったって。どうやって盗られたかわからないらしいんだけどね。あとで聞くと、それはパスポートとお金をセットにしている日本人に対するヨーロッパで流行の窃盗の手口だということでした。

村山　いいカモですねえ。

沢木　クルーの二人は手品のようだった、どう考えても盗られたプロセスがわからないって。それからは会う人ごとに「いやあ、すごい早業だった」としょっちゅうその話をしていたから、盗まれた金の元は取ったかもしれませんけどね(笑)。

村山　あっ！　今、思い出しました。盗られたことあります！　ケニアの空港で、空港係官にカメラのバッテリーと五百ミリのレンズを盗まれたんです。

沢木　ほう。どういうふうに？

村山　やっぱり検査だったんです。しかもそれだけじゃないんです。ケニアのマサイ族から買った盾を、トランクに入らないから手荷物で持って入ろうとしたところ、「武器になるからだめだ」って言われて。

沢木　まあ、武器は武器だろうね。

村山　でも、盾は防ぐものでしょ？

沢木　ああ、そうか。盾で襲う人はいないだろうからね(笑)。

村山　何とか持って帰りたいって言ったら、隅っこへ連れて行かれて「パスポートを貸しなさい」。パスポートを渡したら「これに幾らか入れろ」と。人生初のわいろですよ。

沢木　初体験をしたんですね(笑)。

村山　ええ、白昼堂々(笑)。十ドル入れたら「少ない」と。もう十ドル入れたら「オーケー。そのまま行け」って言われて、結局、十ドルで買った盾が三十ドルについちゃった。

小説でしか書けないこと

沢木　ところで、『ダブル・ファンタジー』は相当、精神的にはリアルなものが描かれている可能性があるの?

村山　さすがにとても上手な聞き方をなさいますね(笑)。

沢木　ハッハッハッ。そうか、あの作品には性的にかなり生々しいことが書かれてあるから、みんな質問する人が神経を使うんだね。

村山　でも、今まであれについて聞かれた中でも秀逸《しゅういつ》な聞き方だと思います。精神的には、はい、リアルです。

沢木　なるほど。以前、近藤紘一さんというジャーナリストがいて、『サイゴンから来た妻と娘』という作品を書かれたんです。僕が『テロルの決算』で大宅賞をとったときの同時受賞作品だったんだけど、その近藤さんが『仏陀を買う』という小説を書いているんです。彼はずっと、ベトナム人の奥様とお嬢さんのことをエッセイで書き続けていたんだけど、それでも、小説を書きたかった。それには理由があって、前の奥様を精神的な病気で亡くしているんですね。おそらくそれは彼にとってものすごく大きなことだったはずなんだけど、エッセイでは書き切れない。だから彼は小説という方法を手に入れたかったんだろうと思う。

その『仏陀を買う』は、「ですます調」で書かれた軽妙体の文章なんですね。その作品で中央公論新人賞を受賞したとき、河野多恵子さんが選評で「この文体を選んだというのは、この人は、内部をさらけ出すときの羞恥心を飼いならすことがまだ上手ではないからだろう」とお書きになった。もちろん内容を認めた上でのことですよ。でも、これって小説を書くとき、ものすごく重要な話じゃないですか。

村山 そうですね。核になる話ですね。

沢木 作品に精神的なものを露出しようと思ったときに、絶対的に存在する羞恥心というものを飼いならす方法を、すぐれた作家というのは身につけているよね。僕なんかは今、ぽつぽつと小説を書きながら、自分はそれができていないと思ったりするわけですよ。

村山さんは、精神的なものの核にあるものを何らかの形で表に出すということがあったときに、その羞恥心というものを自分でうまく飼いならせていると思う？

村山 それがですね、私にとっては、むしろそこを超えていきたい衝動のほうが強くて、いかにそれを虚構にとどめておくかということのほうが難しいんですね。つまり、羞恥心をかなぐり捨てたがって暴走する自分をいかにコントロールするかという。暴走したままだと、私にとって切実なストーリーであっても小説ではなくなってしまう気がするんですね。読者が入り込める余地のある普遍性のある物語として提示しようとするならば、そこは飼いならさなくちゃいけないなという意味で……。

沢木 手綱を絞ったわけね、自分で。

村山 羞恥心を解除するだけでは充分ではなくて、ここから先を書けば露悪になってしまうんではないかとか、ここまで書かなければ人間を描いたことにはならないんじゃないかとか。その辺のすれすれを見きわめるのが非常に難しくて。『ダブル・ファンタジー』を書くときに一番自問自答したところでした。

沢木　ものを創作するというときに、二つに分かれると思うんですね。それは純文学とか大衆文学とかいうレッテルとは全然関係なくて、行くところまで行くんだという覚悟を持つか、そうではなく、受け手にどのように提出できるか、そのことこそ重要なのだと考えるか、そのどちらを選択していくのかという問題が出てくるじゃないですか。どちらも大事だ、という言い方もできるかもしれないけど、どっちを選択するかは創作する人の本質にかかわってくる。

村山　そうでしょうね。そうだと思います。ただ私は非常に欲張りで、今までは、読者にどれだけのカタルシスをもたらすことができるかが、私のカタルシスだったんですね。

沢木　なるほど。

村山　その延長でいろんなものを書いてきて、でもある時からふっと目覚めるものがあって、私は黒村山と呼んでいますけれども、そういうものを丸出しにして書いたものが『ダブル・ファンタジー』でした。じゃ、『ダブル・ファンタジー』ビフォアとアフターがあって、きっぱり分かれてしまったのかというと、いや、両方行けるぞという気がするんです。その時々によって、どちらかの自分を中から引きずり出して書くと。

だけど、『遥かなる水の音』は以前とまったく同じような精神状態で書いているかというと、白村山の下に沈殿物のように『ダブル・ファンタジー』を書いたアフター村山が沈んでいる気はするんですね。

沢木　なるほど。村山さんはそういう自己解析をしているんですね。

村山　今のところは。これから書くものがどうなるかは、わからないです。

沢木　ノンフィクションを書いている僕というのは、よき人、善人なんですね。多分、エッセイを書いている村山さんはよき人だと思う。エッセイも含めて、ノンフィクションというのは悪を書けないんですよ。悪について書くことはできるけど、悪を抱え込んだ自分を書くことはできない。悪を書くことができるのはフィクションしかないんですよ。だから、近藤紘一さんもフィクションを書きたいと望んだと僕は思うんですね。

ただ、悪を描くことをいったん引き受けたら引き返せるのかどうかというのは、実は、僕はよくわからない。悪を書かざるを得なくて書き始めたときに、よき人に戻れるんだろうかというかね。むろん日常生活ではよき人であることはできますよね。だけど、書く者として、よき人の世界に戻れるんだろうかという非常に根源的な質問ですけどね。村山さんは両方いける、でも沈殿物として黒村山がいるのではないかという話だったけど。

村山　白村山的なものを出すときに、前だったら、よき人のまま書けていたんです。でも、自分を一回解放して、その甘やかさというか、中毒になるような部分も知ってしまった。その上で白村山的なものを待ち望んでいてくれる読者のために、さあ、差し出そうとなったときに、つら構えは相当ふてぶてしくなっているだろうなという気はするんですね。

沢木　ああ、それはいい(笑)。

村山　先日、『ダブル・ファンタジー』で柴田錬三郎賞をいただいて、受賞の言葉を書いたんです。私は、書きたい小説を書くためにそれまでの生活をかなぐり捨てて家を出てきた。自分の中の鬼を解き放つかのような所業だったわけで、そこまでしたのにろくなものが書けなかったら、何のために人を傷つけてまでそんなことをしたかわからない。

デビュー以来、だれかを傷つけてでも書かなくちゃいけない小説なんていうものがこの世にあるだろうかと思ってきた。それがこういうものを書いてしまって、あまつさえ賞までいただいた。そう思ったとき、諸先輩方から「作家なんてしょせん人でなしである。いいかげんに腹をくれ」と言われている気がしていた。この作品で賞をいただいたということは、あの鬼からの再びの招待状のようだ、いつまでも善人ぶっているんじゃないと叱られた気がするというようなことを書いたんですけど。それが今の覚悟ではありますね。だから、いかに白っぽいものを書こうが、黒っぽいものを書こうが、それを企《たくら》む自分というのは、明らかに前とは違っている気がします。

砂漠の下にも水は流れている

沢木　『遥かなる水の音』では、あの最後に登場する水の音というのが重要なモチーフになりますよね。僕なんかも、砂漠のオアシスに流れる水とかはよく見たけど、砂漠の下を水が流れているというイメージはあまり持ったことがなかった。そのイメージはいつ、どんなふうに手に入れたの？

村山　今言われてみて頭に浮かんだのが、砂漠で見た簡易井戸です。コンクリートの土管を置いて簡単な屋根がさしかけてあって、そこへ子どもたちがロバにポリタンクを積んで水を汲みに来ている。この乾いた風景の中に、あの井戸の底には水があるのかと思って。それとトゥアレグ族のキャラバンが最初に町をつくったのはそういった井戸の周りだと聞いて、私の頭の中で、それらが何の違和感もなく二重写しになったんです。で、地底を流れる水脈を描くことによって、死んでいるのに生きている、まだ存在感のある周《あまね》がそこへ溶けちゃうような感じが、うまくはまるんじゃないのかなと。

沢木　おっしゃるように砂漠のほとりには井戸があって、川の流れがあって、オアシスの林のところには、もうちょっと豊かな水の流れがある。ただ、あそこは土漠で、村山さんの作品の中では砂丘の下に水が流れている、その音っていうイメージが僕にはあったものだから。だけどそれは、ここでも流れているのだから、あそこにも流れているはずということなんですね。

村山　ベルベルのキャンプ地のところにナツメヤシがあって、茂みも幾つかあるんだけど、水が見えるわけではない。でも植物が育っているということは、朝露以外に何らかの湿りけのようなものがあるんだろうと思ったんです。あの砂漠の宝石のような緑を見るたびに、ああ、ここは川になるんだとか、下のほうにはまだ水がたまっているのかもとか、そういうことを考えていました。ラマダンの断食で水の尊さを思い知らされた後だったからかも(笑)。結局、地底深くにはつながるものがあってというふうなイメージはとても強く抱きました。

沢木　あのシーンは、砂の下に水が流れていなければ最終的に結実しないよね。

村山　はい、そう思います。命の巡りにも関わるシーンですから。

沢木　あの砂丘の下に水が流れていると村山さんは思ったんだなというのは、『遥かなる水の音』を読んでいる僕の最後の驚きでしたね。僕は砂の声は聞くことができたけど、水の音までは聞けなかったから。

それを信じて

瀬戸内寂聴
沢木耕太郎

せとうち　じゃくちょう　一九二二年、徳島県生まれ。作家。

私の年少の友人が、テレビで瀬戸内さんのドキュメンタリー番組を作った。長時間の密着が許されたこともあって、なかなか面白くできていたが、それもこれも彼が瀬戸内さんに信頼されたからであるらしい。

ある日、公園でウォーキング中の彼とばったり出くわすと、来る年末年始は温泉宿でゆっくり過ごす予定の瀬戸内さんのお供をすることになったという。

それからしばらくした一月中旬、またウォーキング中の彼と公園で出くわし、その年末年始の「顚末《てんまつ》」を訊くと、予定では二泊三日だったが、大晦日から元旦を迎えると、瀬戸内さんが温泉宿に退屈しはじめてしまったのだという。そして、滞在を早々に切り上げると、その足で東京のホテルに移動することになったという。

それを聞いて、いかにも瀬戸内さんらしいと嬉しくなった。温泉宿で「まったり」などというのは瀬戸内さんには物足りない過ごし方だったのだ。

百歳に近づいている現在に至ってもなお、瀬戸内さんの旺盛で活発な好奇心は健在で、以前、私に語ってくれた「仏像彫ったり布の仏さまをつくったり写経したり」などという日々は、たぶん訪れることはないだろうと思われる。

これは二〇一〇年九月刊行の「ｔｈｅ寂聴」第十二号に掲載された。　（沢木）

大杉栄は、なぜ泣いた？

沢木　先日、「ｔｈｅ寂聴」編集部の依頼で『美は乱調にあり』について書かせていただきましたが、その中で書いた通り、原稿を依頼されることがなければ『美は乱調にあり』と『諧調は偽りなり』は読まなかったと思います。申しわけないのですが。

瀬戸内　そうでしょう？　私だって東京女子大に入るまでは、「青鞜《せいとう》」のことも大逆事件のことも全く知りませんでした。だって戦前のあの時代、女学校ではそんなことぜんぜん教えてくれないですから。だから東京女子大に入ったとき、同級生がみなそんな話をしているから「へえ」と思いました。それでやっと知ったんです。でもその時は特に調べようとは思わなかった。作家になって「青鞜」に縁ができてから調べ出したんです。

沢木　『田村俊子』を書いた縁で、いろいろ調べることになったとお書きになっていますよね。

瀬戸内　そうなんです。田村俊子は「青鞜」の賛助員でした。流行作家だったのに、不倫して日本にいられなくなって、あんな遠い所に行った。

沢木　バンクーバーですね。瀬戸内さんが田村俊子を書くことになる過程というのは僕にもとてもよくわかるような気がするんです。でも、伊藤野枝に関しては、もうひとつストレートに届いてこないところがあって。ひょっとしたら、瀬戸内さんは野枝のことをあまり好きじゃないんじゃないかな、なんて思って(笑)。本当のところはどうなんでしょう。

瀬戸内　いいえ、野枝ってやっぱりすごい人ですよ。『美は乱調にあり』には、そのすごさが出ていないかもしれないけれど、『諧調は偽りなり』には存分に書いています。大杉栄と一緒になってから、野枝は思想的に成長するんです。朝起きて夫婦が顔を合わせて子供も一緒にいるような、そんな幸せなんて望んでいないと言う。警察によっていつ引き裂かれるかわからない、いつどうなるかわからないような、そういう状況を常に覚悟している。だから「一緒にいられるこの一瞬がとてもいい」と言うんです。本当に体を張っている。

沢木　「青鞜」について調べていくなかで、伊藤野枝へ向かうようになるのは必然的なものがありましたか。

瀬戸内　野枝には何か近いものを感じたんです。それでパッと行くことができた。反対に平塚らいてうにはあまり魅力を感じませんでした。私、らいてうには会っていないんです。これを言うと、みんな「どうして」と訊くんだけど会いたくなかったの。だって、らいてうはブルジョアの家に生まれて、非常に立派な教育も受けた。それにすごい美人。そんな人に会ったってしょうがない、私にはわからないと思ったんですね。それで会いたいとはあまり思わなかった。

沢木　その感受性が瀬戸内さんに独特なものなんですね。

瀬戸内　らいてうのほうは「どうして瀬戸内さんは来ないのかしら。来たら何でも話してあげるのに」といってくれていたそうです。らいてうと違って、伊藤野枝のほうは田舎っぺで色が黒くておかしな子でしょ。しかも貧乏。だから私にも理解できると思ったんです。でも、あの時代のことを書こうとすると、必ずらいてうが出てくる。今はらいてうのこともよく調べて知りましたが、らいてうという人が出なければ、この国に今のような女の時代は来なかったと思います。日本女性の「女権」を認めさせようとした。やっぱりすごい人ですよ。

沢木　らいてうに対してはその「すごさ」を認めるけれども、心からつながっていくという感じはないんですね。

瀬戸内　立派な方だと思うし敬うけれど、そばに行って「こんにちは」なんて言いたくはないわね(笑)。

沢木　そばに行って「こんにちは」って言いたい人は(笑)、あの時代だったら誰ですか？　大杉栄を刺すことになる神近市子はどうですか。

瀬戸内　神近さんには亡くなる直前まで会っていました。彼女も面白い人だった。いちばん最後に会ったのは京都駅だったんだけど、汽車から降りたら、そこにすっと立っていらした。八十を越えていたと思うけど、エキゾチックな容貌でハッとするほど美しいんです。背も高いし背筋も伸びていて、ハイカラなの。

神近さんは牢屋から出たあと政治家になったでしょう？　それで「徳島ラジオ商殺人事件」で無実の罪で投獄された冨士茂子さんの支援を、先頭に立ってやっていた。私も同郷で女学校の同窓の茂子さんを支援していたから神近さんのことはよく知っているんです。神近さんが中心になり、その下に市川房枝さんがいて茂子さんを支援していた。それで、女流作家やら女優やらが集められ、私にも声がかかった。神近さんには本当にすごい迫力がありました。それに、肝心の茂子さんが神近さんのことをとても信頼していた。最後は私も茂子さんと親しくなったんだけど、その頃、彼女がこう言ったことがあります。「私は誰の言うことも信じなかったけれど、神近先生の言うことだけは信じました。なぜなら神近先生も牢に入った。入った者でないと私のつらさなんかわからない。だから私は神近先生だけは信じる」と。

そんなこともあって、私は神近さんにご縁があったけれど、最後にお会いしたとき、汽車から降りたら神近さんがいて、向こうから「あら、瀬戸内さん」なんて声をかけてきてくれたの。だから私も挨拶しました。そこでふっと伊藤野枝の話が出た。私は「こんなことを神近さんに訊けるのも最後だな」と思ったから、「先生はやっぱり野枝がいやですか」と訊いたんです。そしたら「ああ、野枝ね。臭かったわよ」なんて言った。「色が黒くて垢じみて」と。

沢木　神近市子のような人でも、自分の男を奪った女に対しては死ぬまで敵意を抱いていたと受け取るべきなのか、それとは別に、人のことを女性的な皮膚感覚で記憶していたと取るべきなのかわかりませんが、いずれにしてもすごい話ですね。

瀬戸内　ついでだからと思って「大杉はどうですか？」って聞いたら、「あれは……いま生きてたら『ダラ幹』よ。堕落してます。あのとき死んどいてよかった」なんてあっさり言うの。まあ、他の人も大杉のことをそう言ってますけどね。でも私は、神近さんの口から聞きました。実は大杉は、ああいう運動をもうやめたかったんだって。

沢木　遺族にもそのような意味のこと話しているってお書きになっていますね。

瀬戸内　危ないし、野枝との間に子供もたくさんできたから「やめようね」って言ってた時に、あんなことになって殺されてしまった。

沢木　逆に、いちばん良い時に亡くなったという言い方もできるわけですね。

瀬戸内　神近さんは「残ってたら、ろくなことないわよ」という言い方をしていましたけど、それが神近さんと会った最後になりました。

沢木　神近市子に刺されたあと、自分の首筋から血が流れているのがわかった時に、大杉の話では、逃げようとする彼女に「待て」と言って、彼女を取り押さえようとしたということですよね。一方、神近によれば、刺されたあと、大杉は「ウワーッ」と大声をあげて泣いたというでしょう？　瀬戸内さんはどちらのほうが正しいと思いますか。

瀬戸内　それは神近さんのほうが正しいですよ。

沢木　そうですよね。

瀬戸内　大杉のほうは、自分は殺されるんだと思ってカーッとなっているから、何を言ったか覚えてないと思う。神近さんのほうは「ああ、どうしよう」と思って見ているわけだから、彼女のほうが正しい。

沢木　神近市子は大杉が「泣いた」と言いますね。瀬戸内さんはなぜ泣いたんだと思いますか。

瀬戸内　自分はここで死ぬのかと思い、惜しかったんだと思う。泣いたのは自分のためですよ。

沢木　そうかなあ。そこは意見がわかれますね。僕はそういう局面で、男は泣かないと思うんだけど。

瀬戸内　涙は、生理的なものじゃない？　自分が死ぬと思ったら感情がカーッと高まり、生理的に涙くらいは出るんじゃないかしら。

沢木　僕は逆に、そういう時は出ないんじゃないかと思うんです。そこで泣くときの涙は、何か全然違うところから出てきている涙だと思うな。僕の経験からしても……。

瀬戸内　あら、そんなことがあったの？

沢木　包丁で刺されはしませんでしたけど(笑)。たぶん、大杉は自分が女にそんなことをさせるまで追い詰めたということの自責の念があったと思うんです。それと、そんなことをしてしまった女に対する哀れみの念が一緒になって、涙を流すという行為になったんじゃないかと思うんです。

瀬戸内　でも、女を哀れむような、そんな余裕はないですよ。

沢木　刺される前に大杉は「なんかやばいかな」と、少しは感じてるんですよね。

瀬戸内　だから「眠っちゃいけない、眠っちゃいけない」と思っていたんだけど、そのうちに寝てしまった。

沢木　それで「あ、やられた」となった……。

瀬戸内　「しまった」とそこで思った。

沢木　でも「しまった」で男が泣くでしょうか。

瀬戸内　自分がこのまま死ぬのは悔しいと思ったのかもしれない。悔し涙だろうと思いますよ。だってそういう時、男は女のために涙なんて流すかしら。

沢木　僕は、死の恐怖や気が動転したということでは、男はふつう涙を流さないような気がします。たぶん、あっと声を出して、黙り込む。あるいは、凶器を取り上げようとする。それも大杉栄ですからね。泣くという行為に向かうには、何か特別な心の動きがあったような気がするんです。

瀬戸内　大杉を刺したあと、神近は一晩さすらうんです。そして最後には自首する。それまでの間はつらかったと思います。真っ暗な中をさすらったんです。

沢木　その時彼女は、大杉には致命傷を負わせられなかったと思っていたのかしら。

瀬戸内　いや、死んだと思っていたんじゃないかしら。自分が殺したと思っていた。

沢木　そこの感じがもうひとつよくわからないんです。ただ傷つけただけだと思っていたのか、殺したと思っていたのか。

瀬戸内　神近は裁判のとき「私は嫉妬で刺しました」と言った。さらに「嫉妬で男を刺すことを悪いとは思ってません」って言うの。そこがかっこいい。

沢木　そこはすごく素晴らしいですよね。

瀬戸内　かっこいい女だと思いました。神近が大杉を刺すところで『美は乱調にあり』は終わりますが、この終わり方については「唐突だ」という意見もあります。

沢木　僕もそう思いました(笑)。

瀬戸内　でも、ああいう終わり方、小説にはあるんです。だから私は唐突だとは思ってないの。意識してああしました。そのあと『諧調は偽りなり』を書くまで十六年もたってしまったけれど、私の中ではずっと続いていました。『美は乱調にあり』『諧調は偽りなり』は、前篇・後篇のつもりだったからです。自分の中で矛盾はないし、だから併せて読んでもらいたい。あれは併せて一つです。

沢木　僕も『美は乱調にあり』のあとに『諧調は偽りなり』を読んで、深く納得できました。

瀬戸内　そうそう、以前、音楽家の坂本龍一さんと対談したことがあります。彼がまだ若かった時のことですが、その時、坂本さんはこう言ったんです。「自分は『美は乱調にあり』と埴谷雄高の『不合理ゆえに吾信ず』の二つがあれば、一生やっていける」って。だから、やっぱり若い人に読んでもらいたいですね。

ロマンティスト、荒畑寒村

沢木　大杉栄は文章がいいですよね。自由で勢いがある。

瀬戸内　だって師匠の幸徳秋水が名文家ですもの。大杉栄の文章もいいけれど、荒畑寒村さんも上手いですよ。寒村さんは小学校しか出ていないんですが本当に名文家です。寒村さんもそうだけど、あの時代の人は牢屋に入って勉強する。大杉栄なんて牢屋で勉強して四カ国語ぐらいものにしたんですから。

沢木　「一犯一語」ですね。一回刑務所に入ると一カ国語をマスターした。エスペラントもやったそうですね。

瀬戸内　寒村さんも英語は全部獄中で勉強した。すごい方だった。

沢木　瀬戸内さんは、晩年まで寒村さんとお付き合いがありましたね。

瀬戸内　ずっとお付き合いしていて、寒村さんが亡くなる時も私は病院に一晩泊まっています。

沢木　最初は、管野須賀子を書くということでお付き合いがはじまったんですか。

瀬戸内　実は管野須賀子を書こうと思ったとき、寒村さんがまだ生きていらっしゃることを知らなかったの。で、生きていることを知って「会わなければ」と思った。それで「管野須賀子のことを書いているのでお会いくださいますか」とお願いした。そのとき寒村さんは最後の奥さんと一緒に湘南のほうに住んでらしたんです。家へ訪ねて行ったら、もう、すごく素敵な老人なの。とてもハンサムな方だった。ところがどういうわけか、寒村さんはそわそわして、「ここではちょっと話がしにくいから東京へ行きましょう」なんて言うんです。それで私が東京に寒村さんをお連れして、銀座の料理屋かどこかの二階で話しました。すると寒村さんは「女房の前で須賀子の話はしにくいよ」とおっしゃるの。

沢木　そうか、そりゃそうかもしれませんね。

瀬戸内　東京までの車の中でもずっと話していました。「もう早く死にたい、まさかこんな世の中になるのを見ようとは思わなかった。今の社会党を見たら情けない」って。寒村さんは何を聞いても すべて話してくれました。須賀子が隆鼻術をしていることについても話してくれた。私が書く人って、なぜかみんな隆鼻術をしてるんですよ。

沢木 田村俊子もそうですよね。

瀬戸内 そうそう。私もしようと思ったけどやめました(笑)。それで、寒村さんに須賀子の隆鼻術の話をして「先生ご存じだったんですか」と聞いたら「知ってた」と。寒村さんは赤旗事件で検挙されて牢屋に入っていたでしょう? だから管野須賀子が面会に来るんだけど、ある日「おやっ?」って思ったんですって。顔が変わっていたから。それで「鼻はどうしたの?」って須賀子に聞いたら「隆鼻術した」と言ったんですって。私が「須賀子の元の顔はどんなだったんですか?」と聞いたら、寒村さんは「番台面《ばんだいづら》でね」と言う。「番台面というのは、たとえばこういうのですか?」と私が机をなでたら、「そうそう」と。「つまり私みたいな……」「うんうん」って。

沢木 ハッハッハッ。そんなことをおっしゃったんですか?

瀬戸内 かわいいのよ。寒村さんは最初に会った時から心を開いてくれました。須賀子のことを書き終わったときも、「須賀子のためにとてもいいお墓を建ててくれてありがとう」と御礼を言われました。でも、幸徳秋水のことは最後まで許さなかった。

沢木 荒畑寒村は入獄中に妻の管野須賀子を幸徳秋水に奪われてしまうんですよね。でも、寒村さんの幸徳秋水に対する否定の仕方というのはどういうものなんですか。

瀬戸内 「自分が対等に闘える場所で須賀子を奪われたならいいけど、自分が監獄へ入って留守にしているときに女房を盗むとは、男の風上に置けない」と言って怒ったの。その通りよね。赤旗事件で一緒に牢屋に入っていた人たちは、大杉栄にしろ堺利彦にしろ、その噂を知っていたんです。でも、寒村さんがかわいそうで言えなかった。みな、それとなく寒村さんをかばってくれていたんですって。「みんななんて優しいのかなと思っていたのに、そういうことがあったなんて」と寒村さんは言っていました。

そのうち、寒村さんもだんだん事情がわかってきて、もう悔しくて悔しくてしょうがなくなった。それで牢屋を出たあとすぐにピストルを手に入れて、幸徳秋水を殺しに行ったんです。ところがほんの三十分くらいの差で、幸徳は大逆事件で官憲に捕まって連れて行かれていた。すでに須賀子も刑務所に入っていた。だから、幸徳は大逆事件で殺されたけれど、もしもそのとき家にいたら寒村さんに殺されていた。そうなったら寒村さんだって逮捕されて死刑になっていたかもしれない。だから本当にちょっとした運命の差なんです。寒村さんは、そのあとヤケになって女を買いに行ったりしてる。そこで遊郭の女と仲良くなり、「そんなことで死んじゃだめよ」と言われ、結局、その人と結婚することになる。お玉さんですね。だからあの時代はロマンティックだったんですよ。

沢木　男も女もそうですね。

瀬戸内　みんなロマンティックなんです。恋と革命ね。人間にとって、恋と革命っていちばん素敵なことじゃない？

沢木　うん、まあ、そうですけど、微妙なところもあります(笑)。大杉栄と寒村さんの関係で言うと、寒村さんは大杉栄をどこかの時点で切ったわけですね？

瀬戸内　大杉のいう「フリーラブ」をね。寒村さんは純情な人だから、そういうのが嫌いなの。大杉栄のことは好きだったけれど、あまりにも女問題でごたごたしていて、それが嫌だったみたい。

「こんな奴とは一緒にやれない」と思ったそうです。寒村さんは本当に純情な人で、九十歳の時に四十歳の女性に惚れて、一日に朝、昼、夜と三通も、原稿用紙二十枚のラブレターを出していたんですよ。それで、その人を連れてヨーロッパの山へ行った。

沢木 たしか、アルプスのマッターホルンかどこかでしたね。

瀬戸内 そうそう。その時、彼女には恋人がいたんです。だから本当は行くのが嫌だった。でも寒村さんはそのことを知らず、とにかく彼女を連れて行きたい一心だった。で、明日出発という日、彼女は恋人と会っていたらしくて行方がわからないんです。寒村さんは、彼女がどこにいるのかわからないから心が乱れてたいへんだったんです。

その時、私は、寒村さんをお見送りしようと思っていたから、わざわざ東京まで行ってホテルにいたんです。すると寒村さんから電話がかかってきて、「ちょっとお越し願えませんか」と言う。そこで寒村さんが暮らしていたマンションに行きました。部屋に入るとお寿司やら何やらが用意されていて、「どうぞ」なんて言う。それで、寒村さんはものすごくつらそうな顔をしている。「本当にお恥ずかしいけれども、あなたがそういうお姿だから」と話し始めたの。

沢木 ああ、袈裟をつけていらっしゃる身だからと……。

瀬戸内 ええ。「そういうお姿だから打ち明けますけれど、私はただいま恋をしております」と。私は「存じております。いいじゃないですか」と言ったの。そうしたら「お恥ずかしい」と寒村さんは言う。「この恋で唯一救われているのは、私には性欲があるんだけど、そういうことをする力がなくなっていることです。それで救われます」と。私が「そうですか」と言うと、「しかし嫉妬は五倍です」って(笑)。もうびっくりしました。

沢木　いいお話ですね。

瀬戸内　「お恥ずかしい」と寒村さんがくり返すから、「いえ、ちっとも恥ずかしくないですよ。先生はゲーテのようで素晴らしい。だからいいじゃないですか、それで」と言ったら、「そうですか」なんてね。「しかし、彼女が今夜どこにいるのかわかりません」とまた言うの。

そのあと、スイスのホテルから彼女が戻るときもたいへんだったらしい。彼女は途中でもう嫌になって日本に帰ろうとしたみたいです。その時、寒村さんは、政府がわざわざ用意した車椅子に乗って国賓《こくひん》待遇みたいだったそうですが、二階の部屋にいた。彼女は荷造りして、トランクを提げて一階に下りてきた。そうしたら、車椅子に乗っているはずの寒村さんが自分の足でタタタタと階段を走り降りてきて、彼女の足にしがみついて「行かないでくれ」と泣いたんですって。彼女はそれを振り切って帰ったわけですが、薄情な人よ。寒村さんはそれくらいに情熱的だった。

沢木　もしそれが実話でなくて、小説だったら悲劇になるんでしょうか、喜劇になるんでしょうか。実話だから、素直に沁《し》みてきますけど。

瀬戸内　「性愛が伴わないから嫉妬が五倍」って。でも、そうかもしれない。その彼女は料理もすごく下手だったけれど寒村さんは料理させていました。ところが、ある日突然、寒村さんが怒りだした。「君は、僕が下手な料理を食いたいと思って君を雇ってると思っているのか！」って怒鳴ったんですって。「じゃあなんでですか？」と彼女が聞いたら「自分の愛に応えろ！」と。

沢木　ハッハッハッ。寒村さんは最後までそういう感じのまま亡くなられたんですか？

瀬戸内　その彼女とは、あとも絶交状態みたいな時はありましたけれど、寒村さんは許していましたね。その女性は横浜でバーをやったりしていたみたいで、綺麗で客のあしらいはうまかったですよ。

『田村俊子』が生まれるまで

沢木　瀬戸内さんは、伝記小説のなかでいちばん最初に書いたのが『田村俊子』ですよね。でも、田村俊子にはお会いになっていないですね？

瀬戸内　会ってはいないです。私は結婚したあと、夫が北京師範大学の講師をしていたから北京に行きましたけれど、その大学の女性教授で田村ふささんという方がいました。詩人の田村隆一さんのいとこです。田村隆一さんは長身で素敵な方だったけれど、ふささんは隆一さんそっくり。女だけど男のような感じで素敵でした。私が女子大にいた頃、「新女苑」という雑誌ができて、ふささんは「新女苑」に北京にいる教授として文章を載せていた。「みんなもっと中国に来て、中国の文化を高めるべきだ」なんていう文章で、すごくかっこよかった。写真もとてもきれいでした。だから私は中国にちょっと憧れたんです。それで行ってみたら、その田村ふささんと私の亭主が親友だったの。よく、うちにも訪ねてきました。彼女は教授で亭主のほうは講師だから位はずっと下でしたが、仲がよかった。田村さんはレズビアンで女子学生をものにしたんです。

沢木　相手は中国人ですね？

瀬戸内　そうなの。それで二人いっしょに暮らしていた。あるとき、ふささんが王府井《ワンフーチン》の近くの私たちの部屋で、「この部屋にも、何度も田村俊子を連れてきたのよ」と話すんです。私はその時、田村俊子のことをぜんぜん知りませんでした。田村俊子は晩年、北京で暮らしていたんですが、その頃、ふささんが私の夫の部屋へつれてきたらしいの。その話をふささんから聞いた記憶は鮮明ですよ。そうそう、田村俊子って書いた作品の数は少ないのよ。すぐ読めます。

沢木 書いた期間が限られていますからね。

瀬戸内 でも面白い。『木乃伊《みいら》の口紅』も題が素敵でしょう？　だから興味をもった。自分とどこか通じているなと思ったんです。それからいろいろ調べるようになっていきました。

沢木 最初、どうして田村俊子を書こうと思ったんですか。

瀬戸内 いろんな人が田村俊子のことを書いているんだけど、結局、彼女がどんな人間だったのかはわからない。でも田村俊子は、女の小説家としてこの国で初めて職業作家になった人です。女流作家の第一号は樋口一葉だけど、彼女は死ぬまで原稿料では食べられなかった。死ぬ前に名声は得ましたけど貧乏のまま亡くなった。だから職業作家とは言えないんです。田村俊子はいまで言う流行作家で、一時はありとあらゆる雑誌に書いてお金がじゃんじゃん入ってきて派手に暮らしていた。だから近代日本の女性職業作家の第一号なの。

沢木 なるほど。そういう位置づけなんですね。

瀬戸内 そういう人なんですよ。ところがその田村俊子について、いろんな人がいろんなことを書いていて、ひどい悪口もあるし、とてもいい人だったというのもある。全部印象が違うんです。だから誤解されているんだと思った。その時、ちょうど私は『花芯』を書いてひどい目に遭ったあとだったから、自分は完全に誤解されているという被害妄想があった。だから人間が誤解されるとはどういうことなのかを調べたかったんです。

それで、本当の田村俊子はどんな人間だったかということを調べはじめて、第一回目の「東慶寺」の書き出しを同人雑誌「無名誌」に書いたんです。短いもので三十枚に足りないくらいでした。

そうしたら「瀬戸内晴美は硯《すずり》を洗って出直した」と褒《ほ》められた。「なにを言うか、硯なんか一度も汚したことない」と思いましたけどね。

沢木　ハッハッハッ。作品の中に、田村俊子の熱心な読者で俊子と付き合いの深かった山原鶴さんという女性が登場しますね。あの方とは『田村俊子』を書くずっと前に知り合ったんですか。

瀬戸内　彼女は茶道の先生でしたが、俊子のことを書くため、私はお茶の弟子になったんです。

沢木　えっ、そうだったんですか。そういう順番だったんですか。

瀬戸内　そうなの。そうしたら、ある時「ちょっと残んなさい。あんた何の目的でここへ来てるの?」と言われた(笑)。「お茶を習いに」と言ったら「嘘おっしゃい」と。それで「本当は田村俊子のことを書きたくてここへ伺いました」と言ったら、先生は「そう、わかった」と言って、田村俊子が鈴木悦とやり取りした手紙を全部くれたんだけど、その話が面白いの。そのとき鶴さんは湯浅芳子さんといっしょに住んでいたんですが、湯浅さんは「あんなチンピラにはやるな」とすごく反対して邪魔したみたい。それで鶴さんが「門の外で待ってらっしゃい」と言うから、私は塀の外に出て待っていました。すると塀の中からパーンと何かが放り投げられ、こっちに落ちてきた。鶴さんが風呂敷包みを投げてくれたの。

沢木　えっ?　本当ですか。

瀬戸内　そうよ。それで風呂敷包みを拾って家へ帰って中を見たら、なんと、全部が田村俊子と鈴木悦のラブレターだったんです。

沢木　震えるような瞬間ですね。

瀬戸内　もう興奮しましたよ。書き上がったものが評判よかったから、湯浅さんもまあ認めてくれて、私は第一回の田村俊子賞をもらったんです。

沢木　作品に出てくる鶴さんの談話は、テープでとったわけじゃないですね？

瀬戸内　私は取材する時、ノートもとらないしテープもとらない。なぜかというと、あの頃の人は、機械を目の前に置くとびびってしまうんですよ。鶴さんはインテリだからそうでもないけど、普通の人はテープレコーダーなんて前に置くと、もうしゃべれない。だから何も置かないで話を聞くんです。ノートをとるだけでも向こうは話せなくなるから、ノートもとらない。一所懸命に聞く。忘れてしまうこともありましたけど、忘れることは役に立たないことだと思う。頭の中に太いアンテナと細いアンテナがあって、太いアンテナに引っかかったものだけが役に立つんだと思う。それで、思いきってそれで通しました。

沢木　それ以降も、基本的にはその方針ですか。

瀬戸内　そうよ。いまでもノートもテープもほとんど使いません。

沢木　言葉のイントネーションや癖など、そういうものも頭の中に入っているんですね？

瀬戸内　それは、聞いた瞬間、「ああ、こういう調子なんだな」とわかる。だいたい間違ってないですね。

沢木　瀬戸内さんは、田村俊子の亭主だった鈴木悦の遺族が住んでいる豊橋にも行かれましたね。で、偶然妹さんに会うことができた。『美は乱調にあり』でも、伊藤野枝の妹さんに会うことができますが、自分は相当運がいいと思いますか。

瀬戸内　そういう時は「死んだ人が私に書いてもらいたがっているんだ」と思うんですよ。それで安心して書くんです。そうすると面白いように、書こうとしている人物に深く関連する人が次から次へと出てくる。鈴木悦のことだって、彼がどんなふうに死んだかとか、ほとんどわからないでしょう？　だから豊橋に行ったの。悦っていうのはひどい男で、田村俊子をバンクーバーに置いといて、自分が先に日本に帰ってくる時、別の女を連れて帰ってるんです。
それがまた変わった女の人で、相手の写真だけを見てカナダに結婚しに行った人なの。行ってみたら相手は嫌な男だった。その男が死んだのかどうかは知らないけれど、悦はその女の人を好きになって、日本に帰るとき連れてくるんです。かわいそうに、悦がその女の人と住んでいることを田村俊子は知らなかった。そういうことが全部わかってくる。私、田村俊子のことを書くためにバンクーバーまで行ったんですよ。洗濯屋さんをはじめ田村俊子を知っている人が生きていて、奇蹟的に会うことができた。「こんな人だったよ」とか「家はここだった」とか教えてくれました。彼女が住んでいたのは、みすぼらしい地区のみすぼらしい家でしたけどね。でも取材をしていると、そういう奇蹟的なことが起こります。

沢木　ほんとにそうですね。実際に足を運んでみると、思いもよらないことがわかってきたり、信じられないようなことが起こったりしますもんね。だから、僕なんかも限度なく取材をしようと思ってしまい、それが苦しくなったりしますけれどね。瀬戸内さんが『田村俊子』を書いた時は、こういう伝記的な小説をこれから先も書いていこうと思っていましたか。

瀬戸内　『花芯』のことがあったから、とにかく、誤解されるとはどういうことかを知りたくて書いているうちに、田村俊子は面白いから、そんなこと忘れるほど夢中になっていった。それで、さっき、田村俊子が晩年は北京で暮らしていたという話をしましたが、十八年ぶりに日本へ帰って俊子は佐多稲子さんと仲よくなった。その頃稲子さんは窪川鶴次郎と結婚していて、筆名も窪川稲子でした。俊子は鶴次郎と深い仲になり稲子さんを裏切った。俊子は稲子さんをとても好きだったから、さすがに悩んで、その不倫を清算するつもりで北京へ行くのです。ちょっとだけ北京にいるつもりが、結局、脳溢血で亡くなるまでずっと北京で暮らすことになった。それなのに稲子さんは田村俊子会に入って、田村俊子を顕彰するためにいろいろやっていたんですよ。

稲子さんの小説で田村俊子のことを書いたものがあるんですが、それは私が『田村俊子』を書いたあとに書いているんです。「こんな人に書かれたら困る」と思ったんじゃないかしら。それまで稲子さんは、窪川さんと田村俊子のことには触れたくなかった。でも私が書いてしまったから「これは書いておかなければ」と考え、本当のことを全部書いたと思うんです。

沢木 そういう事情があったんですか……。

瀬戸内 だから私の『田村俊子』の功績の一つは、稲子さんにそういう小説を書かせたということもあるの。

沢木 『田村俊子』は毎月毎月ではなく、わりと間隔を置いて書かれていますね。それは同人雑誌だったからですか。

瀬戸内 そうです。最初、同人雑誌の「無名誌」に書いていて、そのあと再開した「文学者」に移って書くことになりました。「文学者」は、主宰していた丹羽文雄さんの意見でいったんはつぶされたんですが、丹羽さんの気持ちが変わって再開することになったんです。『田村俊子』は「文学者」に移る前から評判になっていて、最初の「東慶寺」が出たとき、文藝春秋の車谷弘さんが……。

沢木 あっ、のちに重役になられた？

瀬戸内 そう、その車谷さんから電話がかかってきて、「瀬戸内さんの『田村俊子』、うちで本にしてあげます」と言ってくれた。文藝春秋が本にしてくれるというんだから嬉しかったですね。

沢木　そういう意味では『田村俊子』はとても大きな作品ですね。

瀬戸内　はい、そうです。

沢木　瀬戸内さんにとって、『田村俊子』は作品としてどういう位置づけになりますか。

瀬戸内　もし『田村俊子』を書かなかったら、私は文壇から殺されていた。『花芯』のことがあったから、『田村俊子』を書いて「瀬戸内晴美は硯を洗った」ということになった。しかもそれが第一回田村俊子賞をもらいました。私、いちばん最初にもらった賞は『女子大生・曲愛玲』での新潮同人雑誌賞でしたが、その次が田村俊子賞ですからね。小さな賞かもしれないけれど、「第一回」というのは強みです。

沢木　伝記的著作としての『田村俊子』のスタイルについてうかがいたいんですが、俊子の関係者に会って調べたことを書き、また旅に出て関係者に会ってそのことを書く。それがないまぜになっていきますよね。そのスタイルは自然に生まれたものですか。

瀬戸内　自然に生まれたのよ。そういうふうにしないと書けないから。だって「ここを調べたけれどもっと調べたい」という時は、歩いてその場所へ行かないといけない。そして、それを書かないといけない。だから自然に生まれたんです。

沢木　その自由な感じは読んでいてわかります。僕だったらもっとカチッとやろうとすると思うんですけど。

瀬戸内　私はチャランポランでいい加減なんですよ(笑)。

沢木　でも、すごくいいですよね。紀行的な部分があるから生き生きとする。対象になる人物と現実にはこう関わって、という部分があり、そのあとに昔の資料が入ってきて、また現実での関わりの部分があって、というスタイル。『田村俊子』以降、だいたいそのスタイルですね。

瀬戸内　そうですね。わからないから自分でその方法をつくったの。『田村俊子』は評判がよかったから、「こんなふうに書いたら受けるのか」と思って「それじゃあ、この手でいきましょう」と(笑)。それで、次は岡本かの子について書いたんですよ。『かの子撩乱』ね。かの子を書いた時は田村俊子の時よりももっと意欲的でした。相手が大きいから。

沢木　全体的なイメージは、書く前からはっきりとあったんですか。

瀬戸内　私が女学校の三、四年の時、岡本かの子の全盛期だったんです。そのあとすぐ、かの子は昭和十四年に亡くなりましたけど……。それまで女流作家というと林芙美子しかいなかった。林芙美子の一人舞台です。私も「女流作家といえば林芙美子」と思って彼女の作品を全部読みました。でも、そこへ岡本かの子が登場した。かの子には、林芙美子とは全く違う新鮮な魅力がありました。だから私は驚いて「こんな文学があるんだな」と思った。実は、私は女子大の卒業論文でかの子のことを書いたんですよ。原稿は、どこかに行ってしまってないんですけどね。

沢木　そうか、そんなことがあったんですね。

乱調と諧調と

瀬戸内　これは沢木さんのお仕事と共通する部分があると思いますが、誰かの伝記を書くとき調べて書くでしょう？　でも伝記って人のことだから、一所懸命調べて書いても、書き終わった時には解放感がない。ところが自分のことだと、つまらないことを書いても解放感がある。私、人の伝記を書くとすごく褒められるんだけど、自分のことを書くと誰も褒めてくれないの。どうしてなのかしら、と思うわ。

沢木 伝記って、読む人を安心させるところがあるのかもしれませんね。ところが、個人の内面を表白した小説には、人を落ち着かなくさせるところがある……。

瀬戸内 伝記は文学かどうかということで、ちょっと悩んだことがあります。それで、管野須賀子のことを書いた時は「これはもう小説にしよう」と思った。それで『遠い声』を書いた。管野須賀子の一人称の形式です。

沢木 そうですね、モノローグですよね。

瀬戸内 彼女が獄中で書いた日記「死出の道草」は短いものですが、それを中心にしてできるかな、と思いました。それで思いきってモノローグにした。書き終わった時には、小説と同じ感じだな、と手応えがありました。

沢木 おっしゃることはよくわかるんですけど、僕は、『諧調は偽りなり』を読んで「この感じはいいなあ」と思った。ある種の自由な感じがあるからです。瀬戸内さんが登場人物を知るための旅があり、旅の過程でいろんなことがわかっていく。さらに、書いている最中にいろんな読者から手紙が来て、それを挿入しながら展開していくという自由さが素敵だと思いました。

瀬戸内 私は、大杉栄の有名な言葉「美は乱調にある。諧調は偽りである」をちゃんと覚えていたから、前篇は『美は乱調にあり』、後篇は『諧調は偽りなり』というのが、頭の中にできていたんです。ところが『美は乱調にあり』を書いたころから、私はもうやたらと流行作家になってしまったんです。だから本当のことを言うと、忙しすぎて書けなくなった(笑)。

沢木　やっぱりそうですか(笑)。

瀬戸内　そうなの。それで十六年も暇がなかった。だけどその間、忘れたことはありませんでした。あそこで終わるべきじゃないと思っていたから。それで、また文春が「やってもいい」と言ってくれたから書き始めたら、どんどんどんどん進んでいった。後半のほうが、大杉と野枝が殺されるところや何やかやで、いろんな人が出てきて面白いですからね。それで『美は乱調にあり』の倍の分量になった。それはもう、書いててとても楽しかったです。読者の評判も良かった。『美は乱調にあり』を書いて十六年もたっているから、資料だって新しいものが出ている。それまで隠されていた二人の死因鑑定書などです。死因鑑定書はお医者さんが自宅にずっと隠していたもので、それが公になったんだけど、野枝や大杉の身体の特徴が全部書かれている。野枝なんか「陰毛が濃い」と書かれているの。

沢木　それはとてもインパクトのある表現ですね。

瀬戸内　その一事でもって野枝のことがわかるじゃないですか。

沢木　わかりますね、何となく。

瀬戸内　神近市子さんは野枝のことを「臭い」と言ったけど、その感じがわかる。「毛深い」でも「髪が匂う」でもなく「陰毛が濃い」と書かれている。だからすごいな、と思いました。

沢木　朝日新聞か何かに出たんですよね。

瀬戸内　そうそう。私、「出た」ということを随筆でどこかに書きました。感激して書いたの。

沢木　『美は乱調にあり』と『諧調は偽りなり』の間は十六年もありますね。それもあってでしょうか、失礼な言い方になりますが、『諧調は偽りなり』のほうが上手ですね。

瀬戸内　ええ、そうです、上手です。『諧調は偽りなり』は出家後に書いたもので、その時は流行作家ではないから自信があります。

沢木　瀬戸内さんと話をしていていつも「すごい」と思うのは、取材したことの細部を驚異的なまでに覚えていることです。僕も取材したことはかなり覚えてるほうだけど、やっぱり忘れちゃう部分がある。瀬戸内さんはとても正確に覚えていますね。

瀬戸内　こんなふうに話していると出てくるんです。その時の空の色とか、取材した相手が着ていたコートの色とか。歩き回った場所も全部覚えてます。

私は田村俊子を書き、岡本かの子を書き、そして伊藤野枝や管野須賀子を書きましたけれど、自分の書いたものは、次に書くものを教えてくれる。実は、こういうふうに書こうとは思っていませんでした。一作一作「これが終わり」と思って書いているから。ところがなぜか書き終わると次が出てくる。書いた中から出てくるんです。

あの人も、この人も個性的だった

沢木　瀬戸内さんはいろんな文学者と親しくお付き合いされたと思いますが、先輩の女性作家、たとえば円地文子さんや佐多稲子さんなど、あの世代の方たちの中で親しくお付き合いしたのはどなたなんですか？

瀬戸内　そうねえ……円地さんは私のことをとてもかわいがってくれました。

沢木　円地さんと言えば、小林秀雄さんが『本居宣長』で日本文学大賞をとられた時の会で、たまたま円地さんと話をしていたんですね。そこにちょうど小林さんが通りかかったから、「円地さん、小林さんてかっこいいですよね」って言ったら、「うん、昔はね」とおっしゃった。その言葉の感じで、円地さんは昔、小林秀雄に対して何か想いがあったのかなと思いました。

瀬戸内　円地さんは小林秀雄、大好きですよ。

沢木　そうなんですか。

瀬戸内　それ、かっこつけたのよ。本当はもう大好きで大好きでたまらない。小林さんに「あそこの松の木がいい」なんて言われると必ず見に行くし。小林さんのことが好きだったけれど、相手にされなかった(笑)。

沢木　そうですか。「昔はね」とおっしゃったから。

瀬戸内　円地さん、そういう時はピッと面白いこと言いますね。私、円地さんの面白いところが好きです。

沢木　いま思い出しましたが、そのとき一緒にいた塩野七生さんが「ファンの女の子がフィレンツェの家にまで押しかけて来る」って言ったら、円地さんは「家に来るような子はだめね」とおっしゃった。「そういう子は美人ではない」というニュアンスでした。「え、円地さんって、そんなこと言うんだ」と意外に思って驚いたことがあります。

瀬戸内　面白い方なのよ。円地さんは女流文学者会の会長をなさっていて、それを私に譲りたかったの。でも私は「女流文学者会なんか、なくしてしまっていい」という考えだったから、円地さんを怒らせてしまった。でも円地さんは、私が出家する時、泣いて止めに来てくれたんです。だけどもう間に合わない。日取りも決まっていましたから。すると「言うことを聞かない」と怒る。「もう瀬戸内晴美なんて破門です」と。私だって円地さんの弟子になった覚えは一度もないけどね。「破門だ」なんて言われても、破門される覚えはないんですよ(笑)。でも晩年、円地さんは寂庵へもいらしてくださった。

沢木　銀座の地下に「まり花」というバーがあるんですけど、あるとき円地さんが吉行淳之介さんに「あたしもそこに行ってみたいわ」と言ったらしいんです。でも、下りるのに階段しかないんで危ないということになった。で、あるとき、僕は吉行さんから「どうだ、君、円地さんをおぶって階段を下りられるか?」って訊かれて「いいですよ、いつでも」と言ってるうちに、円地さんは亡くなってしまったんです。

瀬戸内　そんな、あなたにおんぶなんかされたらもう大変よ。好かれて好かれて、しがみついて離れないわよ(笑)。円地さんはハンサムが大好きだから。吉行さんのことも好きだったのよ。

沢木　そうですよね。そのあと少しして円地さんが亡くなられたら、吉行さんが「おぶってもらえず残念だった」という内容の手紙をくださったんです。吉行さんも意外と筆まめな方でしたね。

瀬戸内　そうなの。ちょちょっと書くのよ。

沢木　ええ、ちょちょっと葉書をくださる方でした。ところで、瀬戸内さんは、よく、「好きな作家」として坂口安吾の名を挙げますが、安吾以外で、文学の世界で「これは」という男性はいますか。

瀬戸内　そうねえ。吉行さんのことは好きだった。とても仲が良かったし書くものも好きだった。亡くなられた時も、行ってお経をあげました。あのへんの世代の人の中では、吉行さん、よかったですね。

沢木　武田泰淳さんはどうですか。

瀬戸内　泰淳さんはすごく面白い人だった。小説もいいのよ。奥さんの百合子さんがまた文章が上手。泰淳さんよりもいいくらい。泰淳さんは中国にいたから田村俊子のことを知っているんです。しかも田村俊子賞の選者だった。私の作品もよく読んでくれていた。それから泰淳さんの実家はお寺でしょう？　北鎌倉の東慶寺で毎年、田村俊子の命日に法要があるんですけど、その時、私がお経をあげるんです。すると、泰淳さんは洋服のまま座って一緒にお経をあげる。それは本物のとても立派なお経だった。だから「この人はやっぱり坊主だったんだな」と思いました。

沢木　そうだったんですか。知らなかったなあ。

瀬戸内　私が『あふれるもの』で直木賞候補になったときですが、私は直木賞になるような小説は書いていないと思ってるから、あまりうれしくなかったの。ところが候補になったせいで編集者がずっと付いてくる。そのとき仕事で泰淳さんたちと北海道に行くことがあって、たしか札幌のホテルだと思うけど、そこまで編集者が追いかけてくるのよ。それで、ほとほと嫌になって、泰淳さんに「私、今度、直木賞候補になったんですけどあんまりほしくないんです。もしも、もらうことになったら断ったらいけませんか？」って聞いたの。すると泰淳さんは「いまさら直木賞なんかいらないよね。だから断ってもいいよ」と言った。そんなふうだったんです。でも結局、直木賞はもらえなかった。とったのは佐藤得二さんだった。そうしたらその晩、泰淳さんが「ダンスしよう」と誘ってくれた。それでフロアに出たら、いきなりチークダンスなの。「これしか俺はできないんだよ」って言うのよ。それでチークダンスをしたんだけど上手だった。泰淳さんは上海で鍛えてるから、とてもうまかったですよ。

沢木　さすが武田泰淳ですね。

瀬戸内　それから、こんなこともありました。あるとき田村俊子賞の会があって、私が会場の入口で会費を集めていたら、泰淳さんが目の覚めるようなかわいい女の人を連れてきたんです。私、てっきりお嬢さんだと思って「選者の方からはお金はいただきません。ところでお嬢様はどこの大学ですか」って聞いたんです。ところが、それは奥さんの百合子さんだった(笑)。百合子さんはびっくりして困った顔をしている。泰淳さんのほうは、なんとも言えないような、うれしそうな、おもはゆいような顔をして「これ、女房だよ」と言った。百合子さんは本当に素敵な人でした。

そう言えば、泰淳さんは埴谷雄高さんとも仲が良くてね。それで、百合子さんは埴谷さんのことを「おじちゃん」と呼んでいた。晩年、泰淳さんはお酒を飲めなくなったから、外に飲みに行くこともできなくなった。百合子さんはお酒が大好きだから、埴谷さんに「おじちゃん、お酒飲みに連れてって」なんて言ってくるんですって。それで埴谷さんが家に迎えに行くと、泰淳さんが「どうぞよろしく」と言って百合子さんを出してくれる。相当お酒飲んだあと、夜中に百合子さんを家まで送って行くと、泰淳さんが怖い顔して玄関に仁王立ちしている。「届けたよ」「ありがとう」。そんなことがあったんですって。

最後、埴谷さんが病気になって亡くなる直前のことですが、私は、埴谷さんに小説を書かせた講談社の芳賀明夫さんと一緒にお見舞いに行ったんです。埴谷さんはすごく喜んでくださった。その時、いろいろ話していたら、「もうあの世も近い」という話も出たんです。「いいじゃないですか。あの世に行ったら百合子さんがいますよ」と私が言ったら、「そうだ！　百合子がいた！」なんて手を打つの。「今度百合子に会ったら、もう抱きしめて離さないから」なんて言うんですよ。「泰淳さんが妬《や》くんじゃないですか」と私が言ったら、「君、あの世には亭主だとかなんとかいう権利はないんだ！　俺の自由だ！」って言った。すごくかわいらしかった。

沢木　みなさん、百合子さんのことを褒めちぎりますね。

瀬戸内　もう素敵な人なの。なんていうか、おかしな人だった。

沢木　瀬戸内さんの「おかしな人」は褒め言葉ですね(笑)。

瀬戸内　ある時、安岡章太郎さんがこう言うんです。「百合子さんが変だ」と。「百合子さんからこのまえ電話がかかってきて、『おじちゃーん』って言うんだ」と。その頃、邱永漢さんが毛生え薬を発明して売っているということが話題になって新聞にも出たりしていた時だったんですが、安岡さんはこんな話をするの。

「百合子さんが電話をかけてきて、『邱永漢が毛生え薬を発明したから、あれを買おうと思うんだけど』って言うから、『なんでだ？』って聞いたら、『泰淳の歯が抜けてしまってみっともないから。毛が生えるんなら歯も生えると思う』って言うんだよ。しかも、実はすでに買っていたそうだ。それを一升瓶に入れて、何も言わずに泰淳に飲ませていたらしい。ところが、ある時ふと一升瓶を見たら、その中にボウフラがわいてたんだって。『まだ飲ませても大丈夫かしら』って聞くんだよ」。

それで安岡さんは呆れて「そんなもん飲ませたらだめだ、捨てなさい！」と言ったんだって。そうしたら「そうお？」なんて、百合子さんは惜しそうに言ったそうなの。だから本当にかわいらしい方なんですよ。毛が生えるから歯が生えるという発想が、とても面白い(笑)。

沢木　ハッハッハッ。

瀬戸内　しかも器量がいいし気取らないところもいい。さらにユーモアがあって随筆も上手いでしょう？　だから、泰淳さんは幸せだったと思う。

沢木　たしか、瀬戸内さんは泰淳さんに褒められたことがあるんですよね。泰淳さんが『かの子撩乱』を読んで……。

瀬戸内　東慶寺での田村俊子の会のときですが、私が賞をもらった時、桜を植えたんです。いまはすごく大きくなっていますけどね。その桜の下で泰淳さんが、「『かの子撩乱』よく書いたけれど、あれは瀬戸内さんのかの子だね」と言うんです。意味がよくわからなかったから「ええ？」って聞き返したら、「非常によく書けているけれども、あれは瀬戸内さんのかの子だ」と。そりゃそうよね。だから「わかりました。そうですね」と答えたらそれっきり。褒めたのか……そういう口調で言ってくれたんだけど、「そういうもんだよ」っていうことを教えてくれたと思う。

沢木　誰にでも通用する一般のかの子じゃなくて、「あなたの」ってことですね？

瀬戸内　あれは「かの子は瀬戸内さんだ」という、そういう言い方でした。泰淳さんはとてもいい人でしたよ。

甦らせる人

沢木　そう言えば、瀬戸内さんは、岡本かの子の息子の岡本太郎さんとも親しかったんですよね。

瀬戸内　岡本かの子のことを書くため太郎さんに取材したことからお付き合いが始まりましたが、太郎さんは本当に面白い人だった。あるとき、こんなことがありました。太郎さんのお宅に伺ったときの話ですが、私に「君は着物ばかり着てるから和室がいいかい?」なんて言うんです。何のことかわからないからキョトンとしてたら、「もうそろそろ、ここへおいでよ」と言うの。「なんでですか?」と聞いたら「うちの敏子さんがとても忙しくて大変だからね。君は文章がまあまあだから手伝ってやってよ」って言うのよ。だから「私だって小説を書いてやっと一国一城の主になったんだから、先生の所には行きませんよ」と言い返してやった。そうしたら「馬鹿だなあ、お前は。天下の岡本太郎という天才の所へやってきて手伝うほうが、お前さんのつまらない小説を書くよりどんなに後世に役に立つか」と言う。

沢木 ハッハッハッ。そんなこと言うんですか、岡本さんは。

瀬戸内 私、びっくり仰天して「でも私はその気になりませんから」って言ったのに、気がついたら部屋の用意がもうできていたの。そして「六畳がいいか、四畳半がいいか」なんて言う。そんなの知ったこっちゃないわよ(笑)。それで、太郎さんが亡くなってからのことですが、太郎さんのお通夜に行ったら、敏子さんがものすごく興奮した様子で抱きついてきた。「瀬戸内さん、あの時なんで来なかったの」って言うの。「太郎さんが、あの時せっかく『おいで』って言ったのに。あの部屋は今もあるよ」と。「そんなの見たくないわよ」って言いましたけどね。敏子さんはすごい焼きもちやきですから、私が行ったらえらいことになっていた。いま思えば面白い話だけど。

沢木 敏子さんはどういう感じの方なんですか。

瀬戸内 敏子さんは器量は良くない。まあ私程度の器量ね。もっと悪いかもしれない(笑)。だけどスタイルがいいの。だから裸になったらいいと思います。

沢木 なるほど(笑)。

瀬戸内　敏子さんは東京女子大の後輩なんだけど、髪が長くてすごい秀才だった。それで太郎さんの芸術に惹かれて太郎さんの所に友達と行って、その日から太郎さんに夢中になってしまった。太郎さんにはすごい美人の秘書がいたんだけど、その人をポイして敏子さんをとった。敏子さんがしたことは素晴らしくて、敏子さんがいなければ太郎さんは甦《よみがえ》ってないと思います。美術館をはじめ、すべて敏子さんのおかげです。

それから、太郎さんは実は文章が下手なんです。敏子さんのほうは名文家。だから太郎さんの本は、本当は敏子さんが書いたと私は思います。太郎さんが喋って、それを敏子さんが文章にしたと思う。だからあんなにたくさんできたんです。なんでそういうことが言えるかというと、太郎さんがパリに暮らしていた時の、かの子とやり取りした手紙が残っているんです。かの子の手紙の中に「お前の日本語はとても下手だから」という部分があって、私は「そうなのかな」と思い、太郎さんがパリから帰ってきた時、どういう文章を書いていたのかを調べたんです。すると「三田文学」で見つけました。太郎さんは慶應義塾の高校を出ているから「三田文学」なのね。それで、その文章はすごく下手くそなの。だから「この程度の日本語しか書けないのか」と思った。ところが、あとの文章は上手いでしょう。あんなふうに書けるはずがない。だからあれは敏子さんが書いたと私は思っています。

でも、本当に敏子さんは太郎さんと一体で、自分のすべてを太郎さんに捧げました。私は太郎さんが絵を描くところをよく見に行きましたけれど、太郎さんは、夏、袖無しのランニングシャツと短パンをはいている。その格好で、筆をこうやって「エイーッ」といって、タタタタタッタって感じでヤッと描くんです。見てるとすごく面白い。敏子さんのほうは、部屋の隅の椅子に腰掛けて見てるんだけど、やっぱり短パンをはいて素足なの。その脚のきれいなこと。それを組んで太郎さんが描くのを見ながら、「先生、そこ、紫」なんて言う。すると太郎さんが「そうか!」といって「ヤッ」と描く。「先生、そこ、黄色」と言うと、また「ヤッ」と。だから合作なんです。私はびっくり仰天して見ていた。あの二人は一対《いっつい》なんです。

敏子さんはよく「太郎が死んだとは思えない」と言いました。「家中に太郎が満ちていて、死んだとは思えないから、私、淋しくないの」と。敏子さんは、太郎さんが亡くなったあと、彼をいかに顕彰するかに全力を注いだでしょう。力を尽くして死んだの。お酒を飲んでお風呂へ入って亡くなった。

沢木 そういうふうにして甦らせる人がいなければ、岡本太郎といえども甦ってないですよね。

瀬戸内 その通りです。すべて敏子さんの力。そういうふうに全身全霊を込めて尽くす人が一人いると違いますよ。あなたも、そういう人をもったほうがいいわよ(笑)。

人生でいちばん大事なことは?

沢木 そう言えば、以前、ある寿司屋で知人と話をしていて、「人生で、男に教わったことと女に教わったこととどちらが多いか」という話になったんです。

瀬戸内 話した相手は男の人?

沢木 そう、男です。すると寿司屋の親父が、「やっぱり男ですね。男に大事なことを教わった」と言いました。「沢木さんはどっちですか?」と聞かれて、「俺はやっぱり女だと思います」って言ったんです。そうしたら「意外ですねえ、沢木さんこそ男だと思ったけど」という話になったんですけど、瀬戸内さんならどちらですか。

瀬戸内 私は沢木さんの言うほうが正しいと思う。男は、やっぱり女から教わってますよ。で、女は男から教わっています。

沢木 瀬戸内さんもそうですか。

瀬戸内 私もそう思いますよ。女から教わったことなんてほとんどない。だって女だからわかってるもの。

沢木 そうですよね。

瀬戸内 男が言うことには、いちいちびっくりする。「ええ？ そう？」というふうに。

沢木 さらに、「いちばん大事なことはどっちに教わったか」という話になって、僕は「やっぱり女じゃないかな」って言いました。彼は「いや私にとっては男だ」って言うんだけど。瀬戸内さんにとって、いちばん大事なことはなんですか。

瀬戸内 私は、いちばん大事なのは小説。小説に関しては女から教わってないですね。やっぱり男から教わってます。

沢木 たとえばどういうことを男性から教わりましたか？

瀬戸内 私の場合、小田仁二郎から小説の「高い、低い」を教わりました。直伝だから口ではうまく言えないけれども身についています。だから今でも「この小説低いよ」とか「これは高いね」なんて言います。これは大事な教えで、彼が「この小説は低いよ」と言ったら、「そうですか」って言って読んでみて、「あ、これが低いんだな」と思う。「これが高いんだよ」と言われれば、やっぱり

「そうですか」って言って読んで、「あ、これが高いんだ」と思う。

沢木　その高いほうに身を寄せていく。

瀬戸内　なぜ書くかと言えば、高い小説を書きたいからですよ。そうでしょう？　小説を書くなら「上手いか、下手か」ではなく、「精神の高い小説か、低い小説か」なのよ。私は高い小説を書けと教わった。芸術には「高い、低い」があるということを教わったんです。それで十分。私にとってはいちばん大切なことです。それでね、実は私、いま、とんでもないものを書いているんです。

沢木　「新潮」ですか？

瀬戸内　そう、いま「新潮」に書いている『爛』。八十八のばあさんが書く小説じゃないんですよ。文体から何から全部。それは意識してそう書いてるんです。「こんなもの書けるぞー」って。

沢木　いま、いちばん書きたいものを書いてるという感じ？

瀬戸内　そうそう。それは良い悪いじゃないの。もうこうなったら人の評価なんてどうでもいい、私は自由にさせてもらいますよ、という感じ。そういうのを好きなように書いているんです。でも、「the寂聴」でこんなにたくさん小説を書かされるとは思っていなかった。毎回毎回「小説書け、書け」って言うのよ。そうすると、そんなに書けるもんじゃないんだけど、やっぱり書けるんです。絞り出したらできるものなんだな、と思います。

沢木　井上光晴さんはどうでしたか。瀬戸内さんは井上さんに小説を見てもらっていたとうかがいましたけど。「面白い」とか何とか言ってほしいという気持ちはありましたか？

瀬戸内　井上さんは「面白い」なんて絶対言わない。ものすごく真剣。本当に真剣な顔してずっと見てくれましたよ。それは小田さんと同じ。で、井上さんもやっぱり削るの。「これいらない」と。

削られると「なるほど、すっきりしたな」と思う。私は素直だから(笑)。

沢木 そういうことはよくありますよね。削ることで文章というものは強くなる。でも、とりわけ書いた直後は、自分ではわからないんですよね。

瀬戸内 そう、だいたい書きすぎるでしょう? いまは誰も見てくれないから、自分で一所懸命に削るの。でも編集者からは「こんなこと書いちゃいけない」とか、一度も言われたことがない。

沢木 最近は、作家の原稿を削れる編集者はあまりいないんじゃないですか。多くの作家にとって「削る」作業は難しいと思いますが、編集者のいちばん重要な仕事って削ることですよね。

瀬戸内 そうです。だいたい作家は興奮しているから多く書きすぎなんですよ。それを削ったら非常にすっきりする。

沢木 接着力が強くなりますね。

瀬戸内 私はいつもぎりぎりまで急いで書くから、ゲラでどんどん削ります。だからゲラが真っ赤になる。

沢木 それを自分でできるというのがすごい。なかなかできないことです。

思うんですが、誰かの伝記を書くときって、力作業というか肉体労働に近いものがありますよね。いろいろ調べて何かを構築していく。家を建てるような感じです。だから、もちろん家を建てたことに対する快感はあるけれども、小説はそれとはちがう。小説は、突き進んで行ってぱっと開けるような世界があったりする。伝記のほうは、いろんなピースを組み立てていく感じで、「できたよね」となる。そこには、大工さんには大工さんの喜びがある、建築家には建築家の喜びがある、っていう意味での喜びはあると思うんですが、「それは私だよね」とは言えないような……。

瀬戸内　私は頭の構造が違うの。はじめにちゃんと構造を立てて、その通りにきちんきちんと杭を打ってつくっていくような才能はない。書いたところからわーっと出てくるものを期待するしかない。小説家でも、建築家のように構想を立ててその通り書いて……というスタイルで書く人もいます。でも私はそうじゃない。あっちに行くかこっちに行くかわからない(笑)。『かの子撩乱』を書いた時なんか、かの子が爛々《らんらん》と目を光らせている写真を机の前の壁に貼って、どっと書きました。困ったらその写真をじっと見る。すると何かが来るの。

沢木　伝記ではなく私的な体験をもとにした小説であっても、とにかく一行書いてみて……ということはよくありますか？

瀬戸内　あります。

沢木　「終わりをこうしよう」というイメージがなくても書きますか？

瀬戸内　書きます。書きはじめたらそこから出てくるから。引っ張っていってくれるものがありますから。

沢木　それを信じるわけですね。

歩き、読み、書く

——ノンフィクションの地平

角幡唯介
沢木耕太郎

かくはた　ゆうすけ　一九七六年、北海道生まれ。ノンフィクション作家。

もしかしたら角幡さんの肩書は「冒険家」とすべきなのかもしれない。しかし、ここでは、ノンフィクションの書き手同士が、ノンフィクションについて語っているということで、ノンフィクション作家とさせていただくことにした。それに、角幡さんの冒険も、やはり書くことを前提にしたもので、ある意味で「取材」と言えなくもないように思えるからだ。

この対談の最後に、二人とも、これからの仕事について、具体的ではないが、かなりイメージのはっきりした展望を述べている。

角幡さんは「次は冬の北極に行きたいと思っています。極夜だから太陽もないし、磁極が近いのでコンパスも効かない、何も見えない」と述べ、私は「異国のある場所を訪ねては改めて知ることがある。そのことを日本に帰ってきて反芻して考えて、また足を運ぶ」と言っている。

どちらも展望だけで終わらせず、やがて実際に作品として提出することになる。角幡さんのものは『極夜行』となり、私のものは『キャパの十字架』となって、『極夜行』は大佛次郎賞を、『キャパの十字架』は司馬遼太郎賞を受けることになった。

このあと、角幡さんはどこに行くことになるのか。そして、私は？

これは「考える人」の二〇一二年秋号に掲載された。

（沢木）

なぜ書きはじめたのか

沢木　角幡さんは、二十七歳で新聞記者になったんですよね。大学を卒業して何かしてたんですか。

角幡　僕は一浪して大学に六年いってるので、卒業したのは二〇〇一年です。就職するつもりはなくて、探検家になるつもりだった。業界では有名な藤原一孝さんという方が、ニューギニアの最高峰カールステンツ・ピラミッドを目指してヨットで河を遡行《そこう》する探検隊に参加したのですが、それが挫折したので卒業した年の秋に帰国して、知り合いのやっていた土木会社でアルバイトをしていました。

沢木　「探検家になろう」なんて、相当ろくでもない考えじゃない(笑)。自分の内部ではかなりのリアリティを持っていたの？

角幡　仕事にしようというつもりはなかったですね。現実的にはどこかでお金を稼いで、年に二、三カ月どこかに行く。それを書いて発表しようという気は当時あったのかなあ。

沢木　それから新聞記者になった。略歴を見ると、新聞社に勤めていたのは五年間ということになっているけど、記者として一通りのことをやったんですか。地方回りとか。

角幡　地方を二カ所です。五年くらいたつとだいたい本社に異動するので、そのときに僕は辞めたんです。本社となると仕事も一から覚えなおしだし、しがらみもできる。そうなるともう辞めにくいかなと思いました。

沢木　記者の仕事を経て、それまでの自分と文章の書き方は変わりましたか？

角幡　変わったと思います。だいたい、僕は新聞記者になるまでは、文章というものをほとんど書いたことがなかった。日記もレポートもラブレターも(笑)。書くものといえば探検部の計画書や登山の報告文くらいです。だからとても苦労しました。

入社しても別に先輩やデスクから書き方をみっちり教わったわけではありません。最初は警察回りだから、事件広報の発表用紙を持って副署長に話を聞きに行く。それを短い原稿に起こしてデスクに出すと、疑問点や文章としておかしいところに赤字が入る。それを毎日、一カ月くらい繰り返したら、記事っぽいものを書けるようになりました。苦労したのはメモを取ることですね。大学に入ってから入社するまで、文字というものをほとんど書いたことがなかったから、人に話を聞いても字がすぐに出てこない。右手が字を忘れていたんです。

新聞記者をやってつくづく思ったのは、自分はニュースには興味がない、ということです。二、三年目で、もうすこし長い物語を書きたいなと思って、連載ものばかりやっていました。エピソードやシーンを区切って、次の話に移る展開のスピードなどは、新聞連載でけっこう鍛えられました。自分なりにも考えてやっていましたし。その連載の構成は、基本的には『空白の五マイル』と同じだと思います。

ただ新聞記事に要求されるのは、ぶつ切りで接続詞もなく無味乾燥な文章。新聞の独特の文体から抜け出して柔らかく書く難しさというのはありました。

沢木　新聞社を辞めた直後の二〇〇九年に二回目のツアンポー峡谷の探検に行き、戻って開高健賞に応募したんですよね。それより前、新聞社への就職が決まった直後の二〇〇二年から二〇〇三年にかけてはツアンポー峡谷への一回目の探検を行っていますけど、そのときには、書いたりしようとは思わなかったの？

角幡　最初は書くことは全く考えていませんでした。一回目のツアンポーは純粋に、学生の時にやりたかったことをまだやっていない心残りと、未来の自分に「若い時にこれをやったんだ」というものがひとつほしい、その思いだけで行きました。でも帰ってきてから、やっぱり探検の成果を発表したくなったんです。それには書く以外に方法がありませんでしたから、それで「岳人《がくじん》」という山岳雑誌に三万字ほどのレポートを寄稿しました。

沢木　訊きたかったのはそこなんですよ。その「岳人」に書いた文章は、今の角幡さんの文章と違っている？　五年間の記者生活が、ひとりの人の文章を変えるのかどうかということが知りたいことなんです。僕には、新聞社とか出版社とか編集プロダクションというものに入った経験がなくてわからないから。もちろん構成の仕方やなんかの訓練は受けたでしょう。だけど、文章そのものというのはやっぱり変わらないものなのかな。

角幡　読み直してないんですけど、どうでしょう。自分が出てくるところは変わらないと思います。文章のちょっとしたところに現れる素の自分は。

沢木　「岳人」に書いたものと読み比べてみたいような気がしますね。どうなんだろう。ただ、確実に、何かを説明する能力は高まったと思う。そのことが、角幡さんの著作のとても重要な要素になっている気がするな。

ところで、二年前くらい前に、登山家の山野井泰史さんと公開対談というようなことをしたことがあって、そのとき探検と冒険とはどう違うんだろうという話になったんですね。角幡さんはそれについてはどう考えていますか？

角幡　僕は探検は、冒険の一種だと思っています。冒険というのは、個人的な行為です。これは本多勝一さんが言っていたことですが、主体性があって、生命の危機にかかわる行為であれば、それは冒険だと。基本的にはその通りだと思います。探検はそれに、未知の部分が加わる。自分にとってではなくて社会にとっての未知。やっぱり危険を冒して未知のことを確かめるという要素がないと探検じゃないと思う。探検にも身体的なリスク、つまり冒険であるという要素は必要だと思っています。そうじゃないと、すべてのフィールドワークが探検ということになってしまいますから。建設工事の際に出てきた遺跡の発掘が探検かというと、やはりそれは探検じゃなくて調査です。

沢木　どっちが正しいというわけではないけれど、僕は、探検と冒険を区別するのは、たった一点だと思う。探検はアウトプットを必要とする。冒険はアウトプットを最終的な目的としない。それがたとえスポンサーの王族への口頭による報告でもいいし、自然科学や社会科学の学会への報告書でもいい。プラントハンター（植物採集者）が新種のプラントを持って帰るということを含めて、アウトプットが必要とされるのが探検だと思う。冒険というものは個人的に充足すればいいので、極端なことを言えば、そこで死んでしまってもかまわないけど、探検は帰ってこなくてはならない。

そうすると角幡さんの二回にわたったツアンポー行の、一回目は明らかに探検だったと思う。未知のものを調べに行った。行って、帰ったら、「岳人」に発表しようなんて思っていたかどうかはわからないけれど、少なくとも所属していた探検部の会報のようなものに「成果」を発表しようというくらいの意図はあったと思う。『空白の五マイル』にはツアンポー峡谷への探検史年表がついているよね。角幡さんの一回目の探検は、この探検史年表にどんな一行を書き加えられるものだったんだろう。

角幡　残りの空白部を踏査、でしょうか。

沢木　そこが、きちんと書かれてないんじゃないかな。もちろん、角幡さんが行ったこと、探索したことは本に書いてあるけれど、それが探検史の中でどう位置づけられるかということが明確には書かれていない。というのは、僕の定義からすると、角幡さんのツアンポー峡谷への旅は、一回目こそが探検だったと思うからなんです。アウトプットに値する旅だった。

角幡　過去の探検家が残した空白部を探検するという自分の中での意味づけは、本文の中で書いたつもりでした。それを示すために、くどくどと過去の探検史を紹介した。資料の年表に自分のことを入れなかったのは、過去の探検家と自分との間には、社会性という意味で断絶があると感じていたからかもしれません。空白部を踏査するといっても、やり残されたものを拾うという感じが強かった。自分を彼らと並べて歴史的に位置づけることが妥当なのか。そこにためらいみたいのはありましたね。

沢木　実際に年表に書き加えるということが大切だったというのではないんです。探検史に書き加え得る探検だったかどうかということの自己分析、事後分析が大事だったということなんです。

二〇〇九年の二回目は探検ではなく個人的な冒険とでも言うべきものですよね。これまでのツアンポー峡谷への探検の歴史があり、そこにある空白に二十五、六歳の若者が食い入っていくかたちで一回目の旅は存在した。ところが、二〇〇九年の旅は、未知のものに新しいものを付け加えるという要素がない、個人的な、あえて言えば「実存的」な旅になってしまっていて、探検史と自分の探検がからみあっていくという物語からは、若干乖離《かいり》しているという感じがします。『空白の五マイル』には、角幡さんが新聞記者時代に培ったものなのか、本来持っていらっしゃったものなのかはわからないけれど、独特の構成力が発揮されていて、歴史的な事実と経験したものを巧妙に織り交ぜて描いていく方法で三分の二ぐらいまでの部分はとってもうまくいっているように思えます。でも、残りの部分でかなり強引に二〇〇九年の旅が敢行《かんこう》され、それが付されて一冊の本になっている。かりにその旅がどれほど自分にとって「実存的」に大きな意味を持っている冒険の旅だったとしても、ツアンポー渓谷探検史という枠組みの中ではとても小さなものにすぎませんよね。極端に言えば、意味すらないかもしれない。その一回目の探検と二回目の冒険の、質的な違いについてもっと自覚的であってもよかったような気がします。

角幡　一回目の探検は、未踏の空白部に行ったという意味では、文字通り、探検でした。でも、過去の探検と僕の探検とでは、取り巻く社会や時代の状況が違う。ツアンポー峡谷なんて、二十世紀初頭までなら英国の地理学会の重大関心事でありえたけど、二〇〇〇年代の今、人々の関心を誘うような話ではない。そこに空白部があろうがなかろうが、どうでもいいことです。だから、そこをあえて探検しようというのは、完全に僕という人間の個人的な問題でした。二回目の旅は実存的な旅で、僕は「巡礼」みたいな旅だったとも思っています。

書く時の技術的な問題として、二回の旅の性格の違いをどう処理するかというのは、困りましたね。事前の構想としては、二回目の旅は一回目の旅でやり残したことを埋めるエピローグ的な扱いで書こうと思っていた。でも体験としては一回目よりはるかに強烈だったので、独立させざるを得なくなったわけです。二〇一〇年の一月七日に日本に帰ってきて、開高賞の締切が二月末ぐらい。バーッと短期間で書きました。たしかに分離感みたいなものを完全には処理できなくて今でも別の構成、違う書き方があったんじゃないかと思うことがあります。一生に一度の旅でしたから、できれば作品として完璧にしたい。でも、あれでよかったのかな、とも今は考えています。荒々しいままにボンと放り出したことが、読者の共感を呼べたのかなと。

沢木　いや、共感ということで言えば、十分に呼べたと思いますよ。

北極に遭難隊の足跡を追う——『アグルーカの行方』

角幡　二〇一一年は一九世紀に遭難したフランクリン隊の足跡を追って北極に行きました。そのことを『アグルーカの行方』という本にまとめています。「すばる」の連載時からはかなり改稿していて、連載では自分の旅路とフランクリン隊の話を交互にしていましたけど、自分の旅を基調にし、フランクリン隊の話はだいぶ減らしました。

沢木　それはもったいないな(笑)。あれはまだ本になっていないので連載用のコピーで読ませていただきましたけど、フランクリン隊の話はとても面白かった。失礼だけど、途中で角幡さんたちの話にスイッチしないで、もっと続けて読ませてほしいと思ったことが何度もあったくらいですからね。

角幡　僕が書きたかったことは、土地の話なんです。自分にとって北極とはどういう土地なのか。自分が旅をすることで、その土地の特徴というか、象徴されているものを浮き彫りにする作業なんです。

沢木　なるほど。フランクリン隊の命運という物語性よりも、彼らが移動していった土地そのものに角幡さんの関心があったということなんですね。

角幡　そうです。彼らが歩いた土地を自分でも体感したい。どういう風景を歩いたのかを自分でも見てみたい。それによって土地に象徴されているものを見いだせるかもしれない。そこが出発点だと思うんですよ。

沢木 どうなんだろう。書く人の最初の思いと、受け取る側は違ってくるということがありますよね。この話を読み進める人は、角幡さんと友人が北極を旅していくことに身を添わしていくのか、フランクリンという人に率いられた百二十九人の運命に身を添わしていくかというと、どっちかというと、フランクリン隊じゃないだろうかと思いませんか？

角幡 連載時はフランクリン隊についての資料を調べながら執筆したので、新たにわかったことがあると、ついつい書いてしまっていたんです。だから重点を自分のほうに持って行きたいんですけど（笑）。

沢木 そうか（笑）。著者としてはもっともですよね。でも、『アグルーカの行方』を構成している要素は現代の角幡さんの旅と、過去のフランクリン隊の道のり。この二つがうまく融合しているか否かが、この作品の成否を分けるところだと思うんですが、連載分を読んだだけでは有機的に統合されてないという印象を抱きました。

角幡 それは僕も途中から感じていました。初めの構成がちょっと失敗したかな。自分の旅とフランクリン隊のエピソードを明確に区切って展開させるという型に、途中から縛られてしまい、堅苦しさを感じるようになったんです。だから単行本化の際は、その型をもっと緩めるようにしようと決めていました。自分の旅の中にフランクリン隊のエピソードを組み込んだほうが、ストレスを感じずに話を展開させることができると思ったので。自分ではうまくかみ合うように構成を変えられたと思っています。楽しみにしててください。

沢木　本になったものを読ませてもらいましょう。連載のほうがよかったなんていうことがないように祈ってます(笑)。
　僕の尊敬するノンフィクション専門の編集者が、角幡さんの『雪男は向こうからやって来た』を読んで、「あの本は本来何もないものを描いている。それをあれだけ読ませるのは大したものだ」と言っていました。雪男の存在を角幡さんはほとんど信じてはいない。だけど見た人はいる。その人たちは確かな存在感を持っている。それをどう描いていくか。角幡さんの書き方は、真っ白いものを小さな点で囲っていくとぼんやり形が現れる、という書き方なんですよね。で、果たして、その形は現れたか？　人間はなんでも見ることができるという話になれば、それで終わりというところがある。それを超えることができただろうかということなんです。
　その『雪男は向こうからやって来た』とその次の作品の『アグルーカの行方』を読み比べると『アグルーカの行方』のほうがはるかに完成度が高いと思うけれど、ひとつ問題があるような気がします。『雪男は向こうからやって来た』の最後のエピソードは、角幡さんが実際に踏査し、何人かの人から話を聞いた上で、「こうだったのではないか」と想像的に書いた。それはノンフィクションにおける禁じ手に近い方法だけど一回は許される。許されると思うんです。だけど、『アグルーカの行方』でも同じことを最後にやってる。アグルーカとは何者であるのか。その情況証拠的なものをいろいろ並べ、最後にやはり想像的にまとめている。どうなんだろう。最後にこういう書き方をする作品を二つ続けて出すのはまずいんじゃないかと僕は思ったんだけど。
角幡　うーん……。僕は北極で旅の終着点とは別の意味で、旅の決着を求めていたところがありました。予定のルートから外れてもいいような気持ちでスタートしても、旅路そのものの目的がひっくり返されることは、なかなか冒険の世界では起きません。

沢木　最初にアクシデントが起きないように計画するんだから、なにも起きなくて良かったという話ですよね。

角幡　どうやら旅は予定通りに終わりそうで、どこかに旅の決着を探しました。そうしてたどり着いた、これしかないと思った結末なんですけれど。

沢木　その気持ちはよくわかります。だけど、表現としては、もうちょっと工夫できたんじゃないかな。というか、ノンフィクションとしてはもう少し実証的にやるべきだったのではないかと僕は思います。人のことだからよくわかるんだけど(笑)。

『雪男は向こうからやって来た』の時は、雪男の捜索に命をかけてしまった鈴木紀夫さんが最後に見たものを、角幡さんが自分の想像力によって提示して、鈴木さんが雪のかなた消えていく感じをスマートに表現してスパッと終われたよね。だからこそ『アグルーカの行方』はもっと無骨な終わり方のほうがよかったんじゃないかな。

角幡　でも僕の場合、雪男にしても、北極という土地にしても、事実をもとに自分が思い込んだものを描きたいんだと思います。思い込んだ世界を旅することで、自分の世界観みたいなものを表現したい。そもそも探検や冒険をする出発点が自己表現にあるから、書くことも必然的にそこに行き着いてしまう。旅をして、最後に風景と対峙した時に、どういう考えや言葉が浮かぶのか。それを書くことで、土地や人間の物語を浮かび上がらせたいと思っています。

旅の細部に嘘が交じっていると思われたくないので、僕は自分の作品をノンフィクションということにこだわっていますけど、その意味では、文芸のジャンルとしてノンフィクションと呼んでいいのか、よくわからなくなることはやっぱりありますね。

ノンフィクションの定義

沢木　ノンフィクションとは何か。角幡さんはどう定義しますか？

角幡　僕は二つの意味があると思います。ひとつは、単純にフィクションでないものとしてのノンフィクション。形式としてのノンフィクションというか、評論やエッセイを含めて小説じゃないもの一般です。

だけど、ジャンルとしてのノンフィクションというのもありませんか。たとえば事実を検証して、時代や社会を浮かび上がらせる、もうちょっとジャーナリスティックなノンフィクション。

沢木　そうですか。僕が考えているノンフィクションの定義はたったひとつで、自分が事実ではないと知っていることを事実として書かない。もしその一点が守られているなら、その文章はすべてノンフィクションです。だから角幡さんがやっているのも明らかなノンフィクションだと思います。

そこで……なにが「そこで」だかわかりませんが(笑)、「ノンフィクションとは」ということをテーマにしたこの対談の予定が決まったとき、僕のほうからお願いしたことがありました。対談で自分が語る内容に引っ掛かってきそうな本をお互いに三冊くらいあげて、先に読んでおいてもらうというのはどうだろうか。角幡さんも賛成してくれて、前もってあげておいていただいたんですけど、あの三冊を選んだ理由を説明してもらえますか。

角幡　はい。僕の一冊目はアプスレイ・チェリー＝ガラードの『世界最悪の旅』です。学生の時に初めて読んだ極地もので、僕の極地観はこの本がもとになっています。遭難し人間が崩壊していくスコット隊の姿に強い衝撃を受けました。同じく大学生の時に読んだ永田洋子の『十六の墓標』と近い感覚を受けたのを覚えています。彼女たちは理想に燃えて、正義感や前向きなところから始めてあんなことになってしまう。自分もひょっとしたらこうなっていたのかもしれない、それに近いような地続き感があって。ただ『世界最悪の旅』の世界観がずっと怖かったんですけど、実は惹《ひ》きつけられてもいた。結局これをきっかけに北極に行くことを決めましたから。

沢木 『世界最悪の旅』は、スコット隊とアムンセン隊の南極点への一番乗り争いに関する知識のない人にはわかりにくいところがありますよね。それに比べて、本多勝一さんの『アムンセンとスコット』はとてもわかりやすい。でも、本多さんは明らかにその人生を極地への探検に向けて整えていったアムンセンを肯定し、スコットの不用意性を否定している。僕だったらスコットをもう少し違った書き方で描くだろうなあ、と思って読んだ記憶があります。スコット隊の生き残りのひとりである著者のチェリー＝ガラードはわりと冷静に書いていますね。

角幡 イギリスの探検家はこういう書き方をする人が多いですね。

沢木 たとえば、アルフレッド・ランシングの『エンデュアランス号漂流』というのがありますよね。カトマンズのトレッキング会社の図書室で山野井泰史さんが「面白いですよ」と薦めてくれて、ギャチュンカンという山に向かうあいだずっと読んでいました。これは南極大陸横断中に遭難してしまうけど最後は生還できたという話ですよね。生還した隊員たちから著者が克明に取材して書いている。物語の完成度はこっちのほうが高いんだけど、インパクトは『世界最悪の旅』のほうが強い。角幡さんが惹かれるのもわかるような気がします。

角幡　壊れた感じが怖いんですよね。シャクルトン本人が書いた『南へ』には『エンデュアランス号漂流』よりも迫力を感じた記憶があります。でもやっぱり、『世界最悪の旅』のほうが衝撃は大きかった。この極地の恐ろしさみたいなものを追い求めたいというのが、今回北極に行った理由なんです。

これは小説ですけど、コーマック・マッカーシーの『ザ・ロード』を読んだ時にも同じような衝撃があって。すべてが破壊された圧倒的な荒野を、父と子が南を目指すというだけの話ですが、時間の重量が凄まじい。ひたすら生きるためだけに時間が流れていく。たまたま『空白の五マイル』で書いた、ツアンポー峡谷で死を意識した体験の直後に読んだだけに、ノンフィクションでもこういうものを書けないかなと思ってしまいました。でも僕の場合、書くとしたらどこかに行かなくてはならない。別に行かなくてもいいのかもしれないけど、行きたいわけです。それで思い浮かんだのが極地でした。しかも『世界最悪の旅』で描かれた極地。ああいう過酷な荒野を旅すれば、今の自分が抱える死生観みたいなものを表現できるのではないかと思って。

沢木　そういうものが書けたらいいですよね。

角幡　僕の中の極地というのは、ちょっとネガティブで、暗く死の臭いに満ちているようなイメージがあります。それをうまく表現できないかな、とずっと考えている。でもなかなか難しいです。

沢木　それを表現するのは、取材も含めてすごくきわどいところまで行かなくてはならないかもしれませんね。

もう一冊、同じくイギリス人登山家のJ・シンプソンによる『死のクレバス――アンデス氷壁の遭難』をあげていますね。これは僕にとってもとても重要な作品です。

角幡　『死のクレバス』は、事前に予定していたことが現場に行って覆されてしまうという過程がおもしろい。しかも、死の一歩手前までいきますからね。僕が冒険のノンフィクションを書いていく限り、こういうことはできないと思います。同じ事故でも、冒険の現場でこうなってしまうと、帰ってこられない確率が断然高い。遭難ものには勝てないです。

沢木　『死のクレバス』はJ・シンプソンがただ自分の遭難記を書いただけならそんなにすごい作品にはならなかったんじゃないかと僕は思う。二人で山を下降中、ひとりが宙づりになって、身動きがとれなくなる。ザイルを切ればひとりは助かる。そのザイルを切ったパートナーのサイモンが「補記」のようなかたちで文章を書いてくれたことによって質的に変化したんだと思うんです。

登山したり、冒険をしたり、極地に行ったりということを書く時は、一人称か三人称ですよね。角幡さんなら、自分が北極を旅していくという一人称で書くことになる。それが、角幡さんから話を聞いて僕が書くということになると、三人称になる。

当然、シンプソンはザイルを切られた後のサバイバルを中心に書くから一人称になる。だけど、この本が優れているのは、サイモンが切った時の気持ちやその他もろもろのことを書いてくれて、それがそのまま載っている。すると、両方とも一人称なのに、読者は三人称の視線も併せ持つことができるという、稀有な作品となった。サイモンはシンプソンに書いてくれと頼まれた時、切ったという負い目があるから断れなかったんだと思いますけど(笑)、つらい立場にもかかわらずよく引き受けてくれたと思う。しっかり書けているし、まさにイギリス的な冷静さですね。

僕はこれを読んだ後、『凍』で山野井泰史・妙子夫妻のギャチュンカンの登山を書いた。『死のクレバス』は一人称で三人称の視点を手に入れている。でも、僕は三人称で一人称のような視点を手に入れられないかなと夢想したんです。あの作品は、二人が山に関しての驚異的な記憶力があったので、かなりのていどまで僕の「夢」に近づけたような気がします。

角幡　僕はまだそこまで人称と向き合ってはないのですが、『空白の五マイル』を書いた時は、一人称的な物語を、なるべく三人称的な叙述で書くように心がけました。乾いた感じの文章というのでしょうか。まわりの風景や自分の動き、あとは寒いとか痛いといった感覚的な情報だけで、その時の状況を伝えようと。あんまり自分の内面感情を出し過ぎると、全体的なトーンが崩れる気がしたので。話がそれますが、僕は山野井さんが、沢木さんの『凍』をどう思っているのか気になります。登山って語る必要がない行為だと思うんです。表現行為として美しいし、完璧だから。僕みたいにツアンポー峡谷という、誰も行きたくないような場所でごそごそうごめいても、その意味するところは説明してあげないとわからない。それで書こうという欲求が出てくるんだと思うんですが、登山はそれと違って、七千メートル峰の氷の壁にかっこいいラインを一本引けば、それで周りを黙らせることができちゃう。でも『凍』ぐらいの作品になると、もしかしたら山野井さんを黙らせちゃうことがあるのかもしれないって気もするんです。

沢木　よくはわからないけど、こういうことはあると思う。ある行為を自分で書けば行為そのものを書くことができる。しかし、それを他者が書くと行為の意味について書かざるを得なくなる。でも、『凍』は、行為の意味ではなく、行為そのものを書いてるような気がするんですね。もしかしたら、山野井さんも、妙子さんも、あれは自分たちが書いたのではないかと思っているかもしれない(笑)。冗談ですけど、そうであったらと思ったりします。

ところで、角幡さんの三冊目ですけど……。

角幡　僕の三冊目はマーク・ローランズ『哲学者とオオカミ——愛・死・幸福についてのレッスン』です。僕がこの本を読んだのは二回目のツアンポーから帰ってきた直後でした。死ぬかもしれないという体験をし、書きたいことや価値観が壊れた、転換しちゃったんですよ。僕がツアンポーで体験したことを、この人はオオカミを飼うことで、体験しています。旅に出たりしなくても、オオカミを飼うことで野性みたいなものを自分の中に取り込める。そして価値観の転換が起き、自分でもびっくりしているところが、とてもノンフィクション的だなと思って。

沢木　残念ながら、僕はこれを肯定的には読めなかったな。そういうことってかなり珍しいことなんですけどね。ペットとしてオオカミを飼ったら、犬と違っていて驚いた。——それ以上のことが書かれているとは思えないんです。ここには批評性がないよね。オオカミを飼っている自分というものに対して、批評性が全くない。野生のものをペットとして飼う自分は、そのオオカミにとって何者なのかという視点が欠けている。一見、それらしいことは書いているけれど、そのほとんどはオオカミを飼っている自分を特別視しているだけのものだと思います。

最後のほうに、円形と直線という話が書いてあるよね。時間を直線的に生きて変化を求め続けていくと、無限に幸せを求めることがシジフォスの苦役のようなものになるけど、時間がもし円形であるなら瞬間がすべてであることにもなるという。そして、飼っていたオオカミのブレニンの子供で、ニナっていう犬についてこんなことを書いているでしょう。「真の幸福はいつも同じであるものの。変わらないもの、永久不変であるものにのみ存在することをニナは理解していた」。どうしてニナが幸福だなんてわかるの？　どうしてニナが幸福という概念を持っているなんて言えるの？　あるとき、吉行淳之介さんと井上陽水が話していて、吉行さんが「パンダって、起きたばっかりのとき、自分が誰かわかんないらしいんだよ」と言ったんですよ。そうしたら、「だからパンダって、あんなに素《す》っ頓狂《とんきょう》な顔をしているんですね」と受けたあとで井上陽水が訊いたんですね。「でも、それって、誰がパンダから聞いたんです?」(笑)。

角幡　ニナが幸福なのかどうかはわからないけれど、ニナの今ある状態が、犬にとっての幸福な状態なのではないかという推測はできますね。幸福とは、楽しいとか、気持ちいいとか、そういう心地のよい状態を指すわけではなくて、ニナが今ある状態が幸福というものであって、その幸福の概念は人間の生にも適用できるだろうというのが、著者の意見だと思うんです。

そういう著者の「刻まれた瞬間に生の意義は宿っている」みたいな考え方が、なんで冒険をするのかの説明になっている気がしたんですね。冒険の現場なんて、世間一般がいうところの幸福感とはほど遠いわけです。寒いし、危ないし、汚い、しかも単調な時間が延々と続く。それでも冒険者が懲りずに同じことを繰り返すのは、著者が指摘するニナやオオカミの状態に少し近づいているからではないか。僕がツアンポーの、足を滑らせば死ぬかもしれないような、先が見えない状態で、二十四時間感じていたのは、旅が終わることがどこかで想像できないという感覚です。過去と未来が分断されて、今がすごく研ぎ澄まされて。連続してくる苦役が当たり前になっちゃった感覚が、彼が言う無限円に近づいていると思うんです。

沢木　それをオオカミ的な感覚というのとはちょっと違うような気がする。そういうふうに理解してしまっていいのだろうか、という気が僕はするんですね。マーク・ローランズという人は、オオカミを特権的な存在として描き、それを飼っている自分を特権的な存在としているように思いました。ちょっと意地悪すぎる見方かもしれないけれど。

その土地での存在のあり方とは——開高健と『ベトナム戦記』

沢木　僕があげた三冊のうちの一冊は、開高健さんの『ベトナム戦記』です。これを選んだ理由は、ノンフィクションというか、ルポルタージュを書く者の、正の部分も負の部分もよく出ているように思えるからです。この作品のハイライトは、開高さんが、早朝、政府軍の兵士に解放戦線の若者が銃で撃たれて処刑されるのを見て吐き気をもよおすというところと、政府軍とアメリカ軍と共に最前線に行って解放戦線に襲われ、自分が撃たれそうになって逃げまどうというふたつの部分です。

ベトナムという現場にとって開高健という人は、あるいは開高さんのようなものを書こうとする人は、単なる邪魔者にすぎませんよね。もちろん、世界的なジャーナリストたちがベトナムに来たおかげで、アメリカが手を引くのが早まったというようなことがあるにしても、基本的にジャーナリストというのは、現場の人々や自然にとって闖入者《ちんにゅうしゃ》です。その闖入者が、平和な日本では見られないものを見て動揺したり、おののいたり、人生観が変わるようなことはありうるでしょうけど、ベトナムという現場にとって、あるいはベトナム人にとってそれはどう映るんだろう、という気がするんです。

その『ベトナム戦記』に付随して、できたら『輝ける闇』も読んできてもらえればとお願いしましたけど、すでに読んでいらしたのかもしれませんね。その『輝ける闇』の文庫版の解説で批評家の秋山駿さんが、日本の戦争小説としては大岡昇平さんの『野火』と開高さんの『輝ける闇』があるくらいではないか、と書いている。確かに『輝ける闇』は『ベトナム戦記』の体験をベースにして書かれています。しかし、それを『野火』と比較することは可能なんだろうかと僕なんか思ってしまうんですよね。もちろん日本軍はアジアにとってある意味で闖入者、邪魔者として存在するわけだけど、大岡昇平さんのように出征した兵隊は「余儀なく」行っている。その現場に行く際の、大岡さんの不可避性と、開高さんの任意性とは、本質的に存在のあり方が違っていると思うんです。
自ら望んでそこに赴いた闖入者でも、苛烈な体験をして動揺したり沈思《ちんし》したりすることに対するもうひとつの目を持ったうえで書かれていれば、いいと思う。僕は、『ベトナム戦記』のときの開高さんはこの時、すごく無防備に書いていると思う。自分をもうひとつの目でしっかり見て描いていないという気がする。

角幡 戦争に参加することによって、開高さん自身が、崩壊し、解体され、粉砕されたっていうことが何回か記されていますね。『輝ける闇』には、荒地を失ってしまった、とある。荒地というのは、彼が終戦の時に体験した、焼け跡に死体が転がっていたり餓死した人がいたりという、『日本三文オペラ』なんかでも書いている風景。彼の心象を形作っていた荒地が戦後の日本からなくなってしまって、生の希薄さみたいなものを感じてベトナム戦争に行ったのではないか、と僕は理解しています。

沢木 そうだとすると、「ベトナム戦争さん」が迷惑じゃないかな(笑)。さらに、『輝ける闇』に出てくる要素は『ベトナム戦記』に書かれたものが大半で、まったく新しいのはサイゴンの女の子との交情だけと言えるくらいですよね。『輝ける闇』は『ベトナム戦記』を文学的に昇華した作品だと言えるんだろうか。

角幡 でも僕はわかるんですよ。開高さんがやりたかったことや気持ちと、僕は近いと思う。でも、僕と開高さんは立場が違う。開高さんは結局ベトナムでは、行為者ではなくて記録者だったんです。誰かが事を起こす戦争というものに自分がくっついて行って記録している。僕の場合は、自分で戦争を起こす立場にある。自分で探検をして、それを作品にする。開高さんはベトナム戦争をコントロールできなかったけど、僕は自分の探検をある程度作り上げることができてしまう。開高さんは、記録者であり、ジャーナリストであったと思う。

沢木　もちろん、そうですよね。ただ、今回読み直してみると、取材を一生懸命していて、心を動かされたんですよ、いじらしい感じがして。開高さんに「まるで俺より年長者みたいな言い方をするな」って叱られそうだけど(笑)。可能な限りいろんなところに行って取材をして、そして、解放戦線に襲われるというところまで行く。

ただ、あの襲撃されて命からがら逃げるというシーンには、「ああ、これでレポートを書き終えることができる」と思った感が、濃厚にある。僕なんかにも共通したいやらしさなんだけど、ベトナム人にとってその態度はどうなんだろうと思うんです。

取材をしている自分、旅をしている自分、遭遇した事実にリアクションをしている自分、それを無批判には提出できないし、すべきでもないと思う。ノンフィクションの書き手には、政治的だったり、倫理的だったりする立場とは別の、もうひとつの目が必要な気がします。

事実以上のことはない——本多勝一のノンフィクション魂

沢木　本多さんの本は読んでいますか?

角幡　もちろん本多さんの冒険論にはめちゃくちゃ影響されています。最近、本多さんの若いころのルポルタージュが文庫にまとまったんですよ。冒険論、遭難報道についてと登山論で一冊。その解説を書くお話をいただき、十数年ぶりに読みました。僕は本多さんの冒険論を自分は超えたと思っていたんです。でもそれは、実は本多さんの焼き増しにすぎなかった。愕然《がくぜん》としました。

沢木　僕は三冊のうちの一冊として本多勝一さんの『極限の民族』を選びました。それは、開高さんの『ベトナム戦記』が現場報告としてのルポルタージュの典型だとすると、『極限の民族』は現場報告としてのルポルタージュに、民族学的なものも含めた「知識」の取材を織り混ぜてノンフィクションに仕上げた、すばらしい作品だと思うんですね。本多勝一さんは、ノンフィクションを書く人たちにとって、ものすごく重要な人のはずです。この人が、ノンフィクションに厳密性をもたらしていなければ、もっとノンフィクションの書き手たちはルーズだったと思う。少なくとも僕には文章を書くうえで本多さんの目に対する意識がかなりありました。

たとえば本多さんは、真実という言葉を使うのはやめようよと言います。事実でいいんだと。事実の集積のあとに、事実を超えた真実があるなんていう必要もない。事実のあとにはやはり事実しかない。まったくその通りだと思います。ただ、僕は真実という言葉をどうしても使わざるを得ない局面があるような気がします。しかし、そうだとしても、ぎりぎりまで我慢して可能な限り使わない。そういう言葉ひとつのことをとっても、本多さんの目を意識することが多かったんです。

角幡　梅棹忠夫さんとの対談で、本多さんは論理のない人間はだめだというような発言をしていました。本多さんの本を読んでいたのは学生の時ですが、あの論理の鋭さには魅せられました。論理を武器みたいに磨き上げれば、世界を切り分けていくことができる。

『ニューギニア高地人』の中で、外国人が通ったことのない交易路を探検する場面がありました。でも情報に間違いがあって、実はアメリカ人の宣教師が行ったことがあった。それを聞いた途端、本多さんは、もう探検の論理としては意味がないから引き返しちゃう。このシーンは印象的でした。もうちょっとでゴールなんだから行けばいいのに。しかも、突然引き返すことにしたもんだから、地元の人が一緒について来てくれなくて、途中で道に迷って遭難しかけちゃう。彼ぐらい論理を武器にしたら、それこそ命がけなんですね(笑)。

沢木　僕だったら、やっぱり行くんだろうなあ。というか、僕はひとりで行けないところは行かなかったから。そういう問題は起きなかったかもしれないな。

で、三冊目は、ドミニク・ラピエール&ラリー・コリンズの『さもなくば喪服を』をあげました。

角幡　これはたまたま読んでました。

沢木　僕はこれまでにずいぶんとノンフィクションを書く人や編集者にこの本を薦めてきました。ノンフィクションの書き手が到達した最高の作品のひとつだと言って。『さもなくば喪服を』は、エル・コルドベスという闘牛士の晴れ舞台の叙述の中に、彼の来歴を含めたスペインの歴史を交互に入れ込んでいく。角幡さんの、フランクリン隊の物語を自分の旅の間に挿入していく『アグルーカの行方』の構成とよく似ています。

僕は、二十代の初めの頃に、プロゴルファーの尾崎将司さんのある大きな試合をいくつかのパートにカットして、その間に彼の人生を挟み込んでいくというスタイルで「儀式」という短編を書きました。書き終えた何年か後に『さもなくば喪服を』を読んで、同じことを考える人がいるんだ、と驚いたんです。しかし、スケールといい、完成度といい、比較になりません。『さもなくば喪服を』は、ひとつの際立った状況の推移の中に、大きな物語を挟み込んで構成するというノンフィクションの見事な完成形ですね。

角幡　闘牛の試合は、時間的には一時間か二時間ぐらいでしょうか。その短いたった一回の試合が、スペイン内戦からエル・コルドベスの来歴にいたる長い物語に拮抗《きっこう》しているところが、この作品のすごいところだと思います。もちろん書き手の筆力なしには語れませんが、スペインの歴史という重みに耐えるだけの厚みが、エル・コルドベスの晴れ舞台にあったんだと思います。『アグルーカの行方』は構成は似ているかもしれませんが、僕の北極探検は百三日間もありました。一瞬の厚みという点では、エル・コルドベスとは違うのかなという気がします。

沢木　『ベトナム戦記』から『さもなくば喪服を』へ。この二冊の間にノンフィクションというものの幅があります。『さもなくば喪服を』は、スペイン内戦の歴史も含めて、インタビューや取材したものを完璧に再構成している。本多さんの『極限の民族』の場合には、体験したこと、取材したことを再構成するけれど、ここまでは徹底していない。たとえば、オスカー・ルイスの『貧困の文化』や『サンチェスの子供たち』のような、文化人類学、社会人類学のようなものは『さもなくば喪服を』に近い。でも『極限の民族』は、本多さんの好みでいうところのルポルタージュに踏みとどまっている。その間のどこかに、角幡さんの『アグルーカの行方』があるという感じかな。

行為者と書き手という意識の問題

沢木　僕は熱量という言葉で理解していることがあります。ノンフィクションは、対象の熱量が大きければ、書く人がわりと未熟でも、作品として成立することがありうる。たとえば、ものすごく有名な人だったり、大きな事件や出来事であれば、ちょっとくらい書き手が下手なことをやっても、対象の熱量の大きさでもってしまうということがある。でも、角幡さんの最初の作品の対象は、普通の人にとっては全然熱量なんてないも同然のものですよね。ツアンポーなんて誰も知らない。いくら探検史においては有名な土地だったと言われても、こんな人がこんなことをしたんだと言われても、ヘェー、そうなんだ、というくらいの話でね（笑）。『空白の五マイル』にあるのは角幡さんの熱量だけと言ってもいいくらいだと思う。つまり、角幡さんは自分の熱量だけで最初からここまで読ませるものが書けたんだから、これから先、何でも書いていけると思う。なんだか、けなしているんだか、褒めているんだかわからないかな（笑）。褒めているんです（笑）。

角幡　それはすごくうれしいですね。文章だけで面白いと言ってもらえることが理想です。ただ、実は最近、特に自分以外のことを書くことがすごく難しく感じるようになってしまったんです。自分を投影しているだけなんじゃないか、という気がしてしまって。そういうのは沢木さんはなかったんですか。例えば若いころに、人物ルポをたくさん書かれていて、旅に出ますよね。で、「私」には何もないことに嫌気がさした、みたいなことを書かれていました。

沢木　嫌気というか、自分が空っぽの人間だな、という感じですね。人の話を聞くことはできても、語ることは何もないなあ、っていう感じはあった。

ノンフィクションとは自分が事実ではないと知っていることを事実として書かない、というのが僕の考え方だと言いましたよね。そのルールに従ってこれまでノンフィクションをいくつか書いてきました。もちろん書いたものは僕の作品です。でも僕の場合は、自分はその世界に対して本質的な存在ではないという感覚が、常にどこかにあったんだと思います。少なくとも自分はその世界の創造主ではない。

やっぱり作ったものに対して、自分が本質的な存在であるということが願望としてあったんでしょうね。そういう存在になる簡単な方法は、フィクションを書くことです。フィクションなら、書き手は書いた世界にとって創造主として本質的な人間になれる。でもすぐに小説に向かわなかったのは、この現実の世界において本質的な人間になることを望んでいたからだと思います。そして、『一瞬の夏』を書いたときに、その願望は一応達成されました。書き手が現実の世界の中で本質的な存在であるとはどういうことかということに対する探求は、そこで終わった気がするんです。ただ、僕は、その世界で本質的な存在として生きることができるなら、極端に言うと、書くという行為がなくても問題はないと思っていたようなところがあってね。あそこでは生きることのほうが重要だったから。

角幡さんの場合は、ある土地において探検という行為を通じて鋭く対峙した後で、書くという問題が出てくるよね。

角幡　僕は二回目のツアンポーで最後、激流の川を渡るかどうかという局面がありました。結果的にはその必要がなくなりひと安心していた時に、川を渡ったほうが面白かったんじゃないか、と思った自分がいた。そのことにぞっとしたんですよ。これは絶対に作品にするんだという気持ちがあったので、書くことを意識してそう思った。川を渡っちゃったほうが面白かったじゃん、と。

探検をしている間も、ジャングルの中をはい回っている最中に、自分で自分の行動を実況中継しているんです。「今、滑りそうな岩の上に右足をおいて、木をつかんで、折れないか確かめながら体を引き上げた」と、心の中でことばにし直している。

書くことを意識してふるまう。それは行為者としてどこか不純なんじゃないかとも思うんです。潔癖すぎるかもしれないですけど、少なくとも、そのことを常に意識しておかなくては、行為におけるノンフィクション性を保てない。何しろ自分が創造主ですからね。やろうと思えば探検そのものや、現場での立ち振る舞いに至るまで、都合よく編集できちゃうわけです。

ツアンポーから帰ってきてから沢木さんの文章をふっと思い出しました。

「ひとたび『物書き』になってしまった以上、さりげない旅などできはしないのだ。『物書き』は『物書き』としての旅以外のものはできない。有名無名、顔が知られているとかの問題ではない。『物書き』には、当り前の旅行者が持っている、旅そのものが目的というところからくる切実さが欠けているのだ。『物書き』が紀行文においてさりげなさを装うことは欺瞞《ぎまん》にすぎない」

まさに書くことを前提とした行為の不純性とでもいうべきことが、ここではしっかり指摘されています。沢木さんは『一瞬の夏』や『深夜特急』の時、その辺をどうされていたのか、気になります。

沢木　『一瞬の夏』は、すべてが終わってから書くことを決めたので、行為者でありながら書き手であるということはなかったんです。きっかけは登場人物の一人である僕の友人のカメラマンでした。彼は柔らかい雰囲気の持ち主で、無言だけどいつも一緒にいてくれて、時々気が向いたらシャッターを押す。彼がいてくれたから、僕とカシアス内藤の関係は決裂しなかった。エディ・タウンゼントさんも僕もカシアス内藤も、彼がいつもいてくれてなんとなくシャッターを押すことに違和感がなかった。

一年後、すべてが終わった後に、彼にスライドで写真を見せてもらったんですね。僕たちの日常が、エディさんと内藤を中心に写されていて、僕もときどきその映像に入っている。それだけがえんえんと続くだけなのに、なにか素晴らしい物語を観ているようで、ああ、これを書こうと思った。当時あった「月刊プレイボーイ」の編集者たちに写真を見せたら、すぐに十数ページのグラビアで掲載が決まって、『一瞬の夏』はそこから始まりました。

それにしても、「月刊プレイボーイ」がいまもあったら、あそこの人たちは角幡さんの『アグルーカの行方』を自分たちの雑誌でやりたがっただろうな。本当に熱い編集部だったんです。

角幡　カシアス内藤さんとかかわっている間は、自分の中の第三の目、ライターとしての目はそんなに意識しませんでしたか。

沢木　カシアス内藤とは今に至るまでぐずぐず付き合っています。僕は男兄弟がいないから、どこかで彼のことを弟のように見ているんだろうな。「まったくしょうがないな」とか言いながら。そこには、書く書かないよりも濃密な関係性があったように思う。だから、書き手としての目があったかどうかといえば、なかったということになるかもしれませんね。

でも、『深夜特急』は、僕の書いているノンフィクションの中では、ちょっとタイプが違うんじゃないかと思っています。『凍』の少し前、といっても十年ぐらい前に、『檀』を書きました。そのときの僕の主要なテーマは、「深さ」なんです。関心の多くは人間の内面に向かっていました。人間の内面をノンフィクションでどこまで深く書けるだろうか、というところで『檀』を書き、そして今度は、三人称で一人称の深みを書けないかと『凍』に向かっていきました。

というように、僕はノンフィクションを書くうえで少しずつ実験をしてきたけれど、『深夜特急』には実験性は何もないんです。

角幡　僕は、沢木さんは書こうという意図があって旅に出たと思っていたんですけど、今回読み直して、四巻目ぐらいまでは、本当に書くつもりはなかったかもしれないと思いました。五、六巻で旅の決着を求めるあたりから、この決着の求め方はライター特有のものなんじゃないかなと思いまして。

沢木　旅の間、大学ノートに金銭出納帳をつけていたんだけど、ギリシャでノートがなくなっちゃって、新しいノートを買ったんですよ。そのノートの一番後ろに目次が書いてあるんです。「1／六十セントの豪華な航海——香港」なんていう項目が四十ぐらい。だから、文庫版で言えば五巻あたりのギリシャ以降で、おっしゃる通り、旅の収拾を考えながらそれを書いていたんでしょうね。

『深夜特急』は送った手紙をみんなが取っておいてくれたということも大きかった。特に頼んでおいたわけではなかったけれど、出した相手がみんな取っておいてくれたんですね。それは、僕の書いた手紙に何か、書こうという意志のようなもの、を感じさせるものがあったのかもしれないな。

角幡　日記は書かれてないんですか。

沢木　日記は書かなかったな。日記よりも手紙のほうが有効なんだよね。なぜかというと、相手に理解してもらうためには、状況をしっかり書き込まないと伝わらない。日記だと自分で了解していることだから。角幡さんは記録はどのようにつけるんですか。

角幡　僕は記憶力が悪いんです。だからとにかく日記をつけますね。テントの中で、下手したら一時間ぐらい書いているときもあるくらい。苦痛以外のなにものでもないです。でも、それがないと全部忘れてしまうから。写真を撮るのも誰かに見せるためではなく、自分のための記録、記憶装置ですね。自分の記憶力にまったく信用を置いていないんです。

沢木　そうなんだ(笑)。会話は記憶できるんですか？

角幡　会話は、北極に関しては、おもしろい会話は全部ノートに書いています。でも、チベットに行った時の会話は記憶。僕の中国語は片言だし、身振り手振りを使って相手が言っていることを三十分ぐらいかけて理解しました。ポンポンポンと会話が続いているようには書いてますけど。そういうやり取りがあったからこそ、覚えていますね。

沢木　もし、まったく不吉なことだけど、足腰が立たなくなってどこにも行けない。探検なんてとてもできない。でも何か書いてごらんと言われたら、フランクリン隊の話のようなものを、書物や文書だけで取材して書いていくというのは、いやだと思う？

角幡　それは思いません。むしろ楽になったと感じるかもしれない。僕は命をかけるぐらいの気持ちで探検をして何かを書くのは、あと二、三年ぐらいだと思ってるんです。熱いものをもって何かを書ける期間というのは、そんなに長くないような気がしていて。自分の一番脂がのっている全盛期というか。そういう時代は、沢木さんは今も続いているんですか。

沢木　僕？　どうなんだろう。考えたこともなかったけど。

どうしてこんなに書けたんだろう、と思う時期はほんの一回だけありました。長い旅から帰って、二十六歳から二十八歳の二年間ぐらいです。あとはごく普通だけど、でも、いまでも全盛期とやらが続いていると言いたいね(笑)。

角幡　読者として読むと、『一瞬の夏』が一番熱い(笑)。

沢木　それはやっぱり人生を入れ込んでいるから。そして生きることが面白かったから。そういう幸せな、人生のある一時期を写し取っただけで作品になってしまうなんていう局面は、残念だけど二度とはないということですよ。

一九七〇年代にデビューした山崎ハコさんという女性歌手がいます。最初のアルバムが素晴らしい出来で、でも二枚目、三枚目はなかなかヒットしない。山崎さんがあるときこう言っていました。「それは当たり前だと気づきました。だって二十七歳の全人生が最初の一枚にはこもっていたんです。そのあとの一年、二年をこめたものより一枚目がいいに決まってる。そう思えるようになりました」

だから、「私《わたくし》」という存在が不可欠な書き物だったら、二十代のそれまでの自分のすべてが詰ったものと、それ以後の作品では熱量が違って当たり前と言えるかもしれませんよね。

二十二、三歳の頃に与那国島に行って「調査情報」の文章を書いたんだけど、十日間足らずのことで二百枚も書いて、まだ書くことがあった。『深夜特急』は一年間のことで千枚以上あるかな。でも今、一年間旅をしても、百枚も書けないかもしれない。たとえば、『一瞬の夏』の時と同じようなことが今起きたとして、あの上下二巻にするほどのことは、今の僕には書けない。年齢もあるだろうけど、一回経験してしまったことに対する、こちらの心のざわめきみたいなものの存在ということも関係しているかもしれない。

角幡さんも、これから、ある経験によって類推でき、予測できてしまうことをさらに超えていかなくてはならない。その繰り返しをどこまでできるか。でも、角幡さんはあと二、三年、四十歳ぐらいまでかなって言うけれど、ひょっとしたらそうじゃないかもしれないよね。

角幡　まあでも、ずっとこんなことやってもしょうがないので。

沢木　いや、「こんなこと」を永遠にやれたら(笑)、とてもかっこいいよ！

角幡　次はまた北極に行きたいなと思ってるんです。『アグルーカの行方』の北極行は計画通りに無事、終わりました。書きあがったものも、体裁、構成といったテクニカルな部分を含め、一番よく書けたと思っています。でもなにか、これではだめなのかなという思いがある。

やっぱり一皮むけたいんです。でも同じやり方では同じものしか書けない。もう先が見えないことをやるしかない。次は冬の北極に行きたいと思っています。極夜《きょくや》だから太陽もないし、磁極が近いのでコンパスも効かない、何も見えない。はっきり言って何が起きるかわからないし、太陽がないので方角を決められるのか、旅ができるのかどうかもわからない。GPSも持っていかないつもりなので。そんなところに行ったって、何か書けることがあるのか自分でも疑問です。でも行きたい。イヌイットはそういう世界で生きてきたし、昔の探検隊は越冬していました。たぶんそこには人間の生きることのできる極限の世界がある。それを単純に見てみたい。

去年、北極を旅した時は、絶対に作品化するんだという気負いがありましたし、それが前提の旅でした。でも次は書くことを意識しない、少なくとも前提にはしないで行きたい。何回か行って、何かが見えた時に書ければいいかなと思っています。

沢木　移動していくことによって、見えてきたり理解することができてくるっていうことが、文章として結実するようならとても素晴らしいと思うけど。そこには、何か謎が欲しいような気がするね。

角幡　主題ですか？

沢木　主題かどうかはわからない。自分の内部にある謎があり、自分が歩いていくことで謎が少しずつ解けていく。自分も変化していく。たとえば、『哲学者とオオカミ』で著者がやりたかったことの、もっと理想的なことが土地でできるといいと思いますよ。土地を移動し謎を探求する、そういうことが自分の思考を研ぎ澄ませてくれて新しいものが開けていくというのだったら、そういう作品をぜひ読んでみたい。

角幡　そのためにも予期しなかった新たな知見をもたらしてくれる場所に行きたいですね。沢木さんのノンフィクションは、これからどうなるんでしょうか。さらに「深さ」を求めていかれるんですか。

沢木　僕は、いわゆる純然たるノンフィクションの作品を書いているように見えるようなときでも、行為をしている自分が面白がれない仕事はしてこなかった。檀ヨソ子さんという方と一年間付き合うことが、面白くなかったら『檀』はやらなかったと思う。で、それは人の話を聞くことであり、広い意味で旅をすることでもあった。その意味では、角幡さんが探検という行為を通してノンフィクションを書いていくということと、僕はそこまで激しい行動はとらなかったけど、どこか似ている部分はあったと思う。

今、自分で進めている作業が一つあるんですけど、さっき偉そうに話したことが若干、達成されています。歩くこと、そして何かを知ることで考える、そしてもう一回歩きなおすということを、この三年ぐらいやっているんですね。

異国のある場所を訪ねては改めて知ることがある。そのことを日本に帰ってきて反芻《はんすう》して考えて、また足を運ぶ。そろそろ決着がつくでしょう。それは激しい冒険とは違うけれど、行為と思考と取材が、わりと理想的に循環して奥深くに到達できそうな感じです。僕にとって新しい作品になるかもしれないと思って、その大詰めに向かって歩いているところなんです。

鋭角と鈍角

後藤正治
沢木耕太郎

ごとう　まさはる　一九四六年、京都府生まれ。ノンフィクション作家。

私などはいくらスーツを着てネクタイを締めても、どこか崩れているように見られてしまうが、後藤さんは端正な容貌と相俟って、スーツ姿がピシッと決まる。それはひとつに着慣れているということもあるのかもしれない。

だから、後藤さんが女子大の先生になったと聞いたときも、さほど驚きはしなかった。後藤さんなら、学生たちからも信頼される、いい先生になるだろうなと思った。

しかし、その後藤さんが学長になったと聞いたときは、さすがに驚いた。聞き間違いかと思ったが、本当だった。

確かに、私たちの周囲で女子大の学長にふさわしい人、学長がつとまりそうな人が誰かいるだろうかと考えてみれば、最後には後藤さんしかいないということになっていきそうな気がする。いや、最後には、ではなく、最初から、かもしれないのだけれど。

いまはもう退任されているが、やはり、女子大の学長だったという経歴は、その後の人生にも影響しているのだろうか。たとえば、以前以上に品行方正であらねばならないというような……。

これは「中央公論」の二〇一三年六月号に掲載された。

（沢木）

筆者が限界域まで取り組んだ作品群

沢木　後藤さんが「中央公論」で連載していた「探訪　名ノンフィクション」が完結しましたけど、あれって初めから取り上げる作品を決めていたんですか？

後藤　沢木さんの『一瞬の夏』も含めて十作ぐらいは考えていました。あとは連載を始めてから、あれもいい作品だった、これもあったな、と。

沢木　最初、柳田邦男、本田靖春、澤地久枝……と続いたので、後藤さんらしくオーソドックスにまとめるんだなあ、と思っていたんですよ。ところが僕の作品あたりからちょっと崩れてきたような印象があって(笑)。

例えば柳原和子さんは、がんで闘病されたのを粘り強く書かれたのはよく存じ上げていますけど、こういう流れの中で取り上げるのはかなり独特の視点ですね。田崎史郎さんや小関智弘さんもそういう感じがしないでもありません。もし作品ではなく書き手に重心を置いたら、このラインナップにならなかったかもしれませんね。

後藤　ノンフィクションの歴史のなかで誰もが「名作」として挙げるようなものを集めようと思ったわけではなくて、唯一の基準は「これまで読んできたなかでインパクトを受けた作品」ということにしました。インパクトの種類はそれぞれ違うのですが、強い印象を記憶に残した作品を選ぼう、と。多分にオーソドックスな選択ではなかったろうし、本来取り上げるべき作品も結構落ちていると思うんですね。自身の好みも加わった恣意的なセレクトだと思います。

沢木　以前、柳田さんが戦後のノンフィクション作品を選んで、「通史」を書かれたことがありました。

後藤　『人間の事実』のことですね。

沢木　そうした通史とは違う仕事をしようと思われたのだろうけれど、僕にとっては柳田さんと後藤さんは似た位置にいるんですよ。柳田さんのような方がいて、ノンフィクションというジャンルについてきちんと責任を取ってくださるので、僕はフリーのライターとして好き勝手ができた。賞の選考委員なども一切回避して、自由気ままにやってこられたんです。で、それを継承してくれているのが後藤さんだと勝手に思っているところがあって。

後藤　おっしゃるように、柳田さんは僕らの業界にとって「長男」だと思うんですね。僕なんかはできの悪い「三男坊」のようなもので好き勝手にやらせてください、というスタンスで。

沢木　いやいや僕からすれば、後藤さんが三男坊で好き勝手にやるなんて、とても許されないことですよ(笑)。

ともあれ、後藤さんの思いという、すぐれて個人的なところから出発しているにもかかわらず、今回の十七の作品のセレクトも、論評に関しても、エキセントリックな感じは全く受けません。恐らく思い入れがかなり濃いはずの柳原さんの作品についても、非常にニュートラルに論じている。

後藤　それは自分自身では気づかない部分ですね。共通項は特にないのですが、どの作品からもとても強いインパクトを受けたわけです。どうしてなのかと考えてみると、取材も執筆も筆者が限界域までやりきったというのが、ひしひしと伝わってくる。つまるところ、そこに心動かされたんじゃないでしょうか。

沢木　そういえば、ここに取り上げられている『日本領サイパン島の一万日』の中で、野村進さんが「この仕事だけは僕しかできなかった。主な登場人物はもうすべて故人となっていますし、ごく普通の庶民の歴史をたどった作品はだれも手がけることはなかったでしょうから」と書いていますけど、後藤さんはそういう仕事に強く惹かれるわけですね。

後藤　確かにそういうところはありますね。ただ、あえて沢木さんの評価に乗るとすれば、僕にはある種フェアな視線というか、作品のもつ良きところを素直に汲み取れるところはあるのかもしれません。でも、もちろん好みもあるのですが。

沢木　それって、濃厚にあります？

後藤　受け付けないという作品はないんですが、入り込めない作品はある。共感というか、どこか自分のなかにあるものと共振する部分の有無はやはり感じますね。

後藤作品ならこれを選ぶ

沢木　この対談を前に、僕なら誰を入れただろうと考えてみたんですね。新聞記者の領域で本多勝一、近藤紘一は選んだと思う。作家から吉村昭と開高健。いわゆるノンフィクション・ライターのくくりで竹中労と、恐らく他の人は選ばないだろうけれど草柳大蔵。この六人は外さなかったと思いますね。あとは松下竜一と児玉隆也をどうしたか……あれっ、僕のほうがバランスいいかもしれませんね(笑)。

後藤　そうですねえ(笑)。振り返ってみると、この作品は多分この人の代表作ではないよなあ、と思いながら選ぶことがあった。例えば柳田さんなら『ガン回廊の朝』を、澤地さんなら『滄海《うみ》よ眠れ』を選ぶべきかも、とか。

ただ、書き手の本質的な部分が濃厚に出るのは、割と初期の作品が多いように思うのです。そういう視点から作品を選んでいくと、必ずしも代表作ではなくなっていく。

沢木 本田靖春は『誘拐』か『不当逮捕』か、確かに迷うところがありますよね。ただ『不当逮捕』のほうが本田さん的なところが出ている、という言い方はできますね。

後藤 僕もそう思いますね。

沢木 それともうひとつ、対談を前に考えたことがあるんです。もし十八作目というのがあって、そこに僕が後藤作品を選ぶことになったとしたら、何を選ぶか。何だったと思います？

後藤 沢木さんが……何だろう？『ベラ・チャスラフスカ』かな。

沢木 違います。『スカウト』です。

後藤 『スカウト』？ああ。

沢木 木庭教さんという、かつて広島東洋カープの黄金時代を陰で支えた老スカウトを取材して、その地道というしかない仕事ぶりを描いた。この作品にはとても強い印象を受けました。

後藤 そうなんですか。

沢木 まず最初に読んだとき、やられた、と思った。僕は若い頃、アメリカの書き手に方法的な影響を受けたということがありましてね。何十年か前、マンハッタンの本屋でジョージ・プリンプトンが書いた『One more July』という本を手に取りました。引退間近と目されるアメリカン・フットボールの選手が、車を運転して何日かかけてキャンプ地に行く。それに同乗し、旅をしながら彼に来歴を語ってもらうという作品で、僕もこういうのがやりたかったんだ、と強い衝撃を受けたんですね。でも、同時に日本では難しいということもわかっていたんです。当時の日本のプロスポーツというとプロ野球ということになりますけど、個人で三々五々キャンプ地に向かうなんていうことにはならない。お揃いのスーツを着て、キャンプ地まで全員で飛行機に乗って行ったりするんですから。

そういうところに『スカウト』が世に出た。高校や実業団にいい素材はいないかと地方球場を渡り歩くスカウトと共に旅をしつつ、過去にスカウトした選手との関わりを描いていく。正直、こういうやり方があったのか、と思いましたね。

後藤　木庭さんと随分と旅路を共にはしたのですが、結果に結び付いたかどうかといえばほとんど徒労の旅であって、三年間で実際にスカウティングした選手は一人も出なかった。ただ、知られざる、すごい有望選手を見つけるような瞬間はおそらくないだろうな、とも思っていました。木庭さんという老スカウトと旅をして時間を共有すること自体が目的だったような作品でしたね。むしろ、そのごくなんでもない日常のほうを書きたい。どこかで〈文学〉をしてみたいと思ったのかもしれません(笑)。

「鋭角的」な瞬間を捉える

沢木　「やられた」というのと同時に、三年も徒労によく耐えたな、俺なら途中でやめちゃうな、という感想も持ちました。あれを読んで、やっぱり後藤さんは自分とは違う書き手なんだなという印象を強く持ちましたね。

ある人物が最も「鋭角的」になるところを捉えて、その瞬間に向かって物語を構築し、取材した資料を添わせていくというのが僕の方法的な好みなんです。もし僕が木庭さんを取材したとして、『スカウト』に示されている材料だけだったら、つまり僕から見て鋭角的な部分が捉えられなかったら、彼に強い思いを抱いたまま、作品化しないという道を選んでいたかもしれない。

後藤　なるほど。

沢木　ところが続きがありまして、先日十数年ぶりに読み返したら、読後の感想はだいぶ違って、素直に「いいなあ」と（笑）。すでに老境にあった木庭さんという方の、柔らかくゆったりとしたよさは、あえて鋭角的な瞬間を避けたあの書き方じゃないと立ち上がってこなかったかもしれません。僕には、そういう作品は書けていない。

後藤　『スカウト』で書きたかったのは、平凡な言い方になりますが、裏方としてプロ野球に関わった職人の半生、それに尽きます。当時僕は五十代で、木庭さんは六十代後半。その歳で炎天下の地方球場回りはきつい仕事ですが、とにかく熱心で、球場に足を運ぶことを厭《いと》わない。きっと野球が好きで、野球少年たちが心から好きだったんだと思います。そんな姿に惹かれて、加えて、どこかで人として敬意の念を抱く部分が大きかったと思いますね。

沢木　そういう気持ちが文章ににじみ出ているから心地よく読めるんでしょうね。

スポーツ関係ではないですが、実は僕も同じようなことをした経験があるんです。三十代の頃、ある養蜂家を追いかけたんですよ。春から秋にかけ、鹿児島から帯広まで、花を求めて蜂を積んだトラックで北上する。帰りは蜂を越冬させるために、一気に鹿児島まで戻ってくるわけです。「往路」は蜜を集める土地で落ち合って一緒に暮らし、帰りは七十二時間の日本縦断の旅。結局、「帰路」のトラックには二年間同乗させてもらいました。

で、行きの話は子ども向けの読み物として三十枚ほど書いた。でも帰りの七十二時間の道中は、結局書くことができませんでした。蜂を乗せ、車中で仮眠を取りながら日本列島を縦断するというのは、それなりに大変だったけど、とても豊かな旅だった。ある種の博物学者でもある主人公に通り過ぎる土地の植生や風土の話を聞いたり、過去の武勇伝を聞いたりしてね。でも、今一つ鋭角的なエッジが立たないんです。

後藤 それでやめたんですか。

沢木 書く方法はあったと思うんですよ。『スカウト』のようにゆったりやっていれば、今頃楽しく読みかえすことのできるものが書けたのかな、という気もします。

後藤 今の話を聞いて、あらためて僕と沢木さんとの書き手としての流儀の相違を感じました。僕のほうは、全面的である必要はないんだけれど、どこかに対象に対する肯定感があると前に進んでいく。木庭さんに対しては、先ほど話したような肯定感、共感性がまずあった。ある意味そこでもう「エッジは立っている」のですね。

肯定感にもいろんな種類があって、例えば江夏豊さんを主人公に『牙』という本を書きました。ご存じのように、彼は引退後、覚醒剤の所持使用で捕まったりしている。そんな反社会的行為を働いた人間を取り上げるのはどうなんだ、ということも言われましたが、僕のなかにまずあったのは、グラウンドに立つ江夏の素晴らしさの記憶にほかならない。それでもう、書いてみたいという前提条件は成立していた。そういう、まあ沢木さんに比べれば「鈍角的」な仕事を、ずっとやってきたように思いますね。

沢木　「なぜ江夏を書くのか」なんて、後藤さんだから訊かれるんだよね。僕はもともと、ああいうアウトロー的な人間が好きだと思われているから、絶対訊かれないと思う(笑)。

後藤　こういうこともありました。沢木さんとの共通点でいうと、ボクシングの世界を書いていて、『遠いリング』という作品があります。あるジムの若者たちの青春を描いたものですが、「後藤さん、ボクシング界っていうのは、あんなにきれいな世界じゃないんだよ」と幾度か言われた。こちらもジムに通い詰めたわけだから、興行の世界を知らないわけじゃない。けれども僕は、リングという場で一途に夢を追う少年たちの世界に魅入られたのであって、極論すればボクシング界がどれほど汚れていようが、そんなことはどうでもいいことだったのです。

沢木　少年たちへの肯定感があれば。

後藤　そう。

沢木　僕は結局、対象と自分との関係性を書いているんですね。その関係性が時として否定的にねじれることはあるにしても、最終的に肯定性を取り戻さなかったら、やはり書かないと思います。その点は後藤さんとまったく同じです。

ただ対象を切り取る角度が四十五度か九十度なのかという違いは、おっしゃるようにあるのかもしれません。僕が『スカウト』でどうしても気になるのがラスト三行。木庭さんに子どもがいないこと、若き日に原爆に被爆していらしたことがいきなり明かされるのですが、僕だったら、もう少し前のところで掘り下げていたと思うんです。

後藤　その点を彼に突っ込んでも、おそらく整理された言葉としての答えは返ってこないだろうと思っていたのですね。さりとて、まるで触れないでいいものか……。そんな複雑な気持ちが、ああいう形で表現されたんでしょうね。

沢木　いや、あの終わり方はとてもすばらしいと思います。ただ、僕だったら、エッジを立たせるために別の個所で触れていたような気がするんです。

二つの思いで「十字架」に迫る

後藤　近著『キャパの十字架』でも、沢木さん流のエッジは際立っています。ロバート・キャパの名を世界に知らしめた「崩れ落ちる兵士」。スペイン内戦のさなか、共和国軍の兵士が撃たれて倒れる瞬間を捉えたとされるその一枚が、実は演習中に足を滑らせた姿を撮ったものであり、しかも戦場で亡くなった恋人ゲルダの手による写真であったのだろうということを、精緻な考察と検証をもとに明らかにしていく。ただし、沢木さんを検証に向かわせたものは、別段彼の虚像を剝《は》ぐというような否定性ではないんですね。

沢木　あの本に関して言えば、「キャパの真実」を書きたいという思いとは別に、僕を駆り立てた外的要因が二つありました。ちょっと回り道をさせてもらうと、ちょうど十五年前、雑誌「Ｎｕｍｂｅｒ」で対談しましたよね？

後藤　はい。

沢木　あの時、特に若い書き手に閉塞感があるんじゃないか、という話が出てきました。例えば雑誌が長いものを書かせてくれなくなった。そういうことが息苦しさにつながってるのではないか、と。

後藤　しましたね。

沢木　今その状況はさらに悪化していて、僕らでさえ、と言うとなんだけど、百枚のものを受け入れてくれる雑誌はほとんどないでしょう。僕は柳田さんや後藤さんほどノンフィクションというジャンルに責任は持っていないけれど、なんとかそういうところくらいは突破できないだろうかという思いがずっとあったんですよ。そうしたら偶然、「文藝春秋」が創刊九十周年で、二〇一三年の新年特別号だったら何枚書いてもいい、ということになったんですね。それでキャパを書いた。

後藤　あれは三百枚でしたっけ？

沢木　最初は四百五十枚だったのですが、さすがに百五十枚削ってくれ、と。まあ三百枚でも、いろいろな意味で雑誌の負担は大きかったと思うんですよ。でも結果的にできた。総合雑誌にだって長い作品を載せられる、というささやかな可能性を示すことができたかもしれない。

もうひとつ、あの作品には写真をふんだんに使いました。今まで僕のノンフィクションには、写真はおろか一点の図版も載せたことがなかった。

後藤　この本では、多くの写真を探し出し、執拗な検証を加えてますよね。

沢木　実は伏線があって、一九九五年にNHKで、四十五歳でヘビー級のチャンピオンに返り咲いたジョージ・フォアマンを描いた『奪還』という番組を作りました。どうせ負ける、と誰もフォローしていなかった試合を僕らだけが取材していたんです。ただ残念なことに、番組作りのために借りた試合映像などの権利の関係で、再放送は一度のみ。DVD化も不可でした。

その中身を二〇一一年に「拳の記憶」という「Ｎｕｍｂｅｒ」のボクシング特集号で再現しよう、ということになりました。どんな作りにしたら映像のような臨場感が表現できるか考えて、僕が書いた番組の台本にスチール写真をはめ込んでみたんですね。すると、動的なスピード感が出た。タイミングもよかったですね。ちょうど『キャパの十字架』について考え続けている最中だったので、このやり方が使えるじゃないか、と。僕にとっては、久しぶりにノンフィクションの新しい方法を拓いてくれるものになりました。それもこの作品を書く大きなエネルギー源になったわけです。

後藤　なるほど、そうだったんですか。

沢木　タイミングといえば、雑誌が二〇一三年新年号というのも幸運でした。原稿はもっと早い時期に書き上がっていたんですけど、そんな長いものは特別号じゃなきゃ載せられない、と少し待たされた。ところが、待っている間に新しい資料が出てきて、重要なことを書き加えることができたんですよ。

後藤　この仕事をやっていると、ノンフィクションの神様がふっと舞い降りてくるように感じる瞬間があるんですね。バカになって一途にやっていると、ふっと微笑んでくれる。今の話は、まさに神様が沢木さんに微笑んだんじゃないですか。

沢木　神様までいかなくても、偶然ですよね。ある時、偶然がすっと寄ってきて、作品のレベルをちょっと変えてくれるということは確かにあります。

「彼以上の彼」となったキャパ

後藤　この本はまことに沢木さんらしい、エッジの立った仕事です。僕が共感性をベースにキャパに向かっていたら、もっと平板なものになっていたでしょうね。

沢木　家族のことも含めた客観状況からキャパの人生を掘り起こし……。

後藤　そう。彼のトータルな人生みたいなものを伝えるものになったかもしれない。

沢木　今、後藤さんがキャパを書けばこうなるだろう、となんとなく想像がつくような気がする。まあいずれにせよ、タイプが違っていてよかったですよね、ということなのかな(笑)。

後藤　でも、沢木さんが二十年もキャパに関わりつづけたのはなぜかというのが、あの本で読み解けた感じがするんですよ。おそらく真実とは異なる形で、一躍「偉大な戦場カメラマン」となってしまったキャパは、その「虚名」に追いつかんと危険な戦場に身をさらし、ノルマンディー上陸作戦では、これまた彼の名声を確固たるものにした「波の中の兵士」を撮る。今度こそ、彼自身の手によって。

『敗れざる者たち』をはじめとする沢木さんの初期の作品からずっと底流にある「彼以上の彼」という問題意識。キャパこそがその体現者だった。だからこそ沢木さんが彼にこだわりつづけた――というのはあくまでも僕流の読み方なんだけど。

「ｉｆ」として言えば、もし「崩れ落ちる兵士」を本当に彼が戦場で撮っていたら、はたして「波の中の兵士」は存在しただろうか、その後の仕事は別のものになっていたのではないか？　そんな想像も掻《か》き立てられますね。

沢木　そうかもしれません。ただ今でも「本当のこと」はわかっていない。僕は自分の書いたとおりだと信じているけれども、あくまでも仮説にすぎないんですね。だから読者はさまざまに想像してもらっていいし、新しいデータによる反論も大歓迎です。そうやってあの一枚をめぐる謎の領域が狭まっていけばいいんです。

後藤　付言すると、先ほどノンフィクションの神様と言いましたが、ノルマンディー上陸作戦のとき、キャパのほかに三人のカメラマンがいたんですよね。ところが、みんな撮影のチャンスを逃したり、フィルムを紛失したり。キャパの写真も現像の失敗で大半を失ったけれども、奇跡的に残ったなかにあの歴史的な一枚が含まれていた。やっぱり写真の神様が、キャパに微笑んだ。

沢木　たぶんそれは、微笑むに値する努力をキャパがしていた、ということなんじゃないかな。

後藤　自らの背負った十字架を自覚し、最前線で身を挺して「自身と戦った」。その姿を神様は見ていたんでしょうね。

ノンフィクションとは何か

沢木　十五年前の「Ｎｕｍｂｅｒ」の対談で、後藤さんが「あるのは、いいスポーツ・ノンフィクションではなくて、いいノンフィクションですよね」と言って、僕が「そうですね」と答えているんです。その時は深化しないまま話が逸《そ》れちゃったんだけど、いったい「いいノンフィクション」とは何なのか。そもそもノンフィクションの定義とは何でしょう？

後藤　すごくベーシックな問いなんだけれど、それに対して明瞭に説得力のある言葉を僕は今も持ち合わせていないんです。今回の連載も「名ノンフィクション」と銘打ちながら、「これがノンフィクション」という定義を明確にして選んだわけではありません。

沢木　でも、後藤さんが選ばれた十七作品には実は特徴があって、大半がフリーランスのライターの手によるものですよね。

後藤　ああ、なるほど。

沢木　そこに「ノンフィクションとは何か」の一つの答えがあると思うわけです。僕の定義するノンフィクションとは、広義には「自分が事実ではないと知っていることを事実として書かないもの」です。だから、そこには紀行文なども含まれるし、僕の作品でいえば『深夜特急』が該当します。そして狭義のノンフィクションが「その事実を取材という方法によって手に入れることで成立する書き物」ということになります。

新聞記者ももちろんノンフィクションを書くけれど、ある対象を追う時間的な余裕という部分で、不利な面が否めません。いきおい狭義のノンフィクションの多くは、フリーライターの手によるものになる。

後藤　今の定義に従えば、そうなります。

沢木　で、この狭義のノンフィクションに必須なのが、検証可能性ということだと思うんですよ。別の人が、書かれたものから遡行《そこう》して、取材の事実性をきちんと確かめることができる。そのことによって客観性が担保され、作品の精度が高まっていく。後藤さんは期せずしてそういう作品を選び、その結果フリーランスの本が並ぶことになったのだと思うんです。

後藤　おっしゃることはよくわかります。ただちょっと口ごもってしまうところがあって、実感をそのまま言葉にするとすれば、「自分にとっての事実を物語化してきた」というのが、自身のここまでの仕事かな、という気がします。この「事実」というのがまた難儀な代物で、「自分にとっての」と言うしかない場合がある。

沢木　しかし、たとえ「自分にとっての」というエクスキューズがあったとしても、後藤さんが書かれたものは、検証可能な作品ばかりだと思いますよ。

後藤　あとから検証できるかどうかを今まであまり意識したことはないんですが、辿ろうと思えばできるかもしれませんね。

実名、仮名の悩ましさ

沢木　検証可能か否かの大きな分かれ道になるのが、実名で書くか仮名にするか、です。仮名にしてしまうと、他の人がその部分については取材の道筋を辿るのがほぼ不可能になってしまいます。

後藤　確かにそうです。

沢木　仮名の扱いには慎重の上にも慎重を期すべきだ、というのが僕の考えです。仮名が頻発するような執筆をしていると、どんなに誠実にやっているつもりでも、書き手の側にどうしても油断が生じるように思えます。事実性、客観性の担保という点でも、疵《きず》を抱えることになりかねない。

後藤　仮名にするか実名で行くか、一度だけ迷ったことがあります。『リターンマッチ』という、ある定時制高校にボクシング部を作った先生と部員たちの物語を書いたときのこと。原稿ができ上がってから校長先生に会ったら、「きちんとした作品であることは承知しています。ただ家庭などに問題を抱えた子もいますから、生徒たちを実名にしないことも検討してほしい」と言われました。一理あることですから、どうしようかと悩みました。ただ結果的には実名にしました。校長先生は「未成年だから」とおっしゃるのだけれど、生徒たちはこちらが書き手であることを知ったうえで付き合ってくれた。その彼らを、何歳であろうと仮名扱いするのは失礼だ、と思ったのです。その判断が正しかったのかどうか、今でも多少考えることはあるんですけど。

沢木 それはノンフィクション・ライターの宿命でしょうね。僕だって仮名がすべて悪、などと言うのではありません。実際、仮名にしたこともあります。あの三浦和義さんのことを書いたとき、彼のお嬢さんの話が出てくるわけですね。普通に考えれば仮名だけれど、メディアにはすでに彼女の実名が出ていました。それで迷って、収監されている三浦さんに連絡したわけです。そうしたら「言うまでもなく、仮名にすべきでしょう」という、考えてみれば父親として当然の手紙が来ました。彼女の人権を考えれば、このときは迷った自分が間違っていた。結局仮名にして、三浦氏から手紙が来たことも含めて、なぜそうするのかを本のあとがきに記しました。「意義ある仮名」と言うと変だけれど、仮名にすべき場合もあるわけです。ただその場合も一種の決断が必要で、安易にそちらに流れることを常に戒《いまし》める必要があるんじゃないかな。

後藤 確かにそう思いますね。

沢木 今、ノンフィクションの世界でいくつか起きている書き手の問題は、名前も含めて検証可能な「見取り図」を作品にきちんと埋め込んでいればほとんど防げるはずのものなんですよ。それを怠ると作品自体の信頼性が薄れてしまうのだと思います。

「途方もない無駄」が生むもの

後藤 ノンフィクションには「制約」がありますよね。小説だったら登場人物に自由に言葉を語らせることができますが、僕らはそうはいかない。取材していて、あえて危険な言い方をすれば、こちらが欲しいと思う一言があるのだけれど、相手はなかなかそれを言ってくれないわけです(笑)。そういうもどかしさを枷《かせ》のように感じていた時期があったのですが、近年は制約があるがゆえに力を溜めることができる、というような気持ちでいます。

沢木　とてもよくわかります。

後藤　よたよたと三十年ほどやってきて不自由さを楽しむ境地に達しつつあるということでしょうか。自由詩か定型詩かといえば、ノンフィクションは後者だと思うんですよ。定型詩は字数を定められ、季語や韻律を盛り込まなければならない。一見とても不自由だけれどそれゆえの趣《おもむき》がある。フィクションも手がけていらっしゃる沢木さんには、ノンフィクションに対する、また別の感想があるのでは?

沢木　フィクションとノンフィクション、どちらが簡単かと言えば、少なくとも「入り口」に関してはノンフィクションのほうがはるかに楽です。単純な話で、扱う世界に初めから人も物も存在しているじゃないですか。フィクションは、まず物を在らしめ、人を生み出すところから始めなければならないわけですよ。

後藤　なるほど。言われてみればそのとおりですね。

沢木　現実の世界には、例えば唯一、後藤さんと僕が共通で取材の対象にした、山野井泰史というクライマーがいます。フィクションの世界で、彼ほど存在感のある人間を創出しようとしたら、山という舞台装置の構築も含めて、どれほど大変なことか。

それに比べれば、ノンフィクションというのは、すごく楽なところから始められる。小説だったら山野井泰史まで百万語積み重ねなければならないかもしれないところを、たった一語でスタートできるんです。ただしそれだからこそ、フィクションでは届きえない奥の奥へ、取材というものによって突き進む必要があるんです。

後藤　そうですね。それが「定型詩」の厳しさであり、魅力でもある。

沢木　先ほど養蜂家の話をしましたね。実は先代が非常に有名な方で、あとで知ったのですが、吉村昭さんが取材されていて、『蜜蜂乱舞』という長編小説を書きました。夏場を移動中、蜂が暑熱で参ってしまわないようにガソリンスタンドを探して飛び込み、ホースを借りてトラックに水をぶっかける、なんていう養蜂家の苦労話などが漏らさず記された、とても面白い本です。ところが吉村さんと一緒に飲んだ時に伺ったら、それを書くに際しては鹿児島で一泊二日の取材をしただけで、旅そのものにつき合ったわけではないらしいんですね。

後藤　吉村さんならではの力量ですね。

沢木　僕なんか、日本各地に一緒に出かけ、何日も一緒に暮らし、七十二時間の日本縦断旅行に二年同行して、結局子ども向けの三十枚しか書けなかったわけですよ(笑)。

でね、ある時、吉村さんと先代と僕とで、東京で飲んだのです。先代の息子さんの話になって、僕が「やっぱり血がつながってないと、言いにくいことも多いんでしょう」と何気なく言ったら、吉村さんが「それはどういう意味?」と。先代の夫婦には子どもができず養子を取ったという事実を、吉村さんは知らなかった。そしてそのことに、すごいショックを受けていました。それはそうでしょう、養子縁組をして新しく家族をこしらえて跡を継がせたというのは、もしかしたらその家の本質をなすことで、知っていれば物語自体が違うものになっていたかもしれないんですから。

養蜂家の一家について、僕はついに長いものを書けませんでした。言ってみれば僕の取材は「単なる無駄」ということになるかもしれません。でもそれをしたからこそ、確かに見えたものもある。結局、そういう「無駄」を積み重ねつつ「何か」に迫っていこうとするのがノンフィクションなのではないか、とその時強く感じましたね。

後藤 先ほど沢木さんが、自分なら吉村昭の作品を入れる、と言いました。僕も『戦艦武蔵』などは大好きな作品で、選びたい気持ちはあったんですよ。ただ、吉村さん自身が、自分の作品についてノンフィクションという表現を……。

沢木 吉村さんは使っていません。

後藤 先ほどのノンフィクションの定義にも関わるのですが、『深海の使者』にしろ晩年の『桜田門外ノ変』にしろ、吉村流「記録文学」というくくりになるのかなと思って、今回はあえて選ばなかったのです。ただ彼の対象を見詰める凝視力と文章力は、どの作品からも迫ってきて、僕らは本当に多くの養分をもらってきたと思うのです。

沢木 それを否定できる人はあまりいないでしょうね。

半世紀を超えられるか

後藤 『リターンマッチ』を書いたとき、主人公の先生から、「この主人公、自分じゃないみたいだ」と言われました。事実と違うと批判しているわけではまったくないのですが、耳にしたときはまだ見えていない部分があったのか、とマイナス的に受け取ったんですよ。

でも日が経つうちに、待てよ、と。ノンフィクションは他者を描く。その人間に「何か」を見出して文章化するわけです。もしそれが、本人が気づいていない「何か」だったとしたら、それは悪いことじゃない、と思うようになりました。

沢木 相対化して自分を見るというのは難しいですからね。僕の作品でも、そういう感想を抱く人はきっといるだろうと思います。でも、それはそれとして受け入れていいんじゃないかな。

後藤 まあ、我々もそれなりの年齢を重ねてきましたから、多少図太くなっても許してもらうことにして(笑)。

連載を通じて再認識したのですが、日本でノンフィクションという言葉が認識され始めて以降、およそ半世紀です。今回の仕事を通して、全体としてかなりのものだという印象を僕は強く受けました。

沢木 なるほど。

後藤 僕らは日本語で書いているから、英語圏の作品のような幅広い波及力はないかもしれないけれど、なかなかどうして、かなり高いレベルにあるのは確かだと思います。ただそれだけに、次の世代がこの半世紀を超えていこうとしたら、相当な努力が必要になるんじゃないかということを同時に感じました。超えていってほしいのだけれど。

沢木 そこで裏切るようだけど(笑)、正直に言うと次の世代なんてどうでもいいんです。次の一作をどう書くか。自分にとって常に重要な問題はそこにしかありませんから。

後藤 鋭角と鈍角。互いの作風は異なりますが、これからもよき作品を生み出していきたいものです。

奪っても、なお

梯久美子
沢木耕太郎

かけはし　くみこ　一九六一年、熊本県生まれ。ノンフィクション作家。

私は二〇一三年に『流星ひとつ』という本を出した。それは自死した歌手の藤圭子について書いたものだった。かつてインタヴューし、作品化したまま封印したものを、藤さんの自死を契機に刊行したものだ。そこには、「精神を病み、永年奇矯な行動を繰り返したあげく投身自殺をした女性」という報道のままにしてしまうのは忍びないという思いがあったからだが、それが読者にどのように伝わるのか不安でないことはなかった。とりわけ、女性の眼で見たとき、どのような感想を抱かれるのか。

作品については、さまざまな反応があったが、新聞紙上に最も早く載った女性の反応として、梯さんの書評があった。

それを読んで救われるような気がした。

《これは彼女のための紙碑だと思った。ただ言葉のみによって形作られた、ささやかだが美しい碑》

これは、のちに『流星ひとつ』が文庫化されたときに寄せてくださった解説の中の一文だが、書評もそのようなトーンで貫かれていた。

その梯さんが『狂うひと』を出されたときは驚いた。それが『流星ひとつ』とはまったく異なるタイプの、そしてある種の凄みを持った、ひとりの女性のための「紙碑」だったからだ。

これは二〇一七年に刊行された「ｋｏｔｏｂａ」春号に掲載された。

（沢木）

「愛の物語」への違和

沢木　『狂うひと』は昨年読んだ本の中で、もっともスリリングな一冊でした。

梯　ありがとうございます。

沢木　そのスリリングさには三つの位相がありましてね。第一に素朴な読者としての僕の「驚き」、第二に同じノンフィクションの書き手としての僕への「刺激」、そして第三に『檀』という作品を書いた者としての僕にとっての「共感」とほんの少しの「疑問」という具合に複雑なものでした。まず、梯さんはこの作品で何を書こうとしたんだろう。難しいだろうけど、これを読んでいる人に向かってひとことで言い切ってしまえばどうなります？

梯　夫・島尾敏雄によって『死の棘』で描かれた「嫉妬に狂う妻」の範疇《はんちゅう》に収まらない島尾ミホの実像、ということになるでしょうか。ミホさんは私とのインタビューで、愛人との情事が綴《つづ》られた夫の日記を見た瞬間のことを「そのとき私は、けものになりました」と語りました。そこには彼女を狂乱させる内容が書かれていたわけですが、それはたった十七文字だったそうです。その日から彼女は精神の均衡を失い、執拗《しつよう》に夫を問いつめる。次第に敏雄も正気を失ってゆき、夫婦で精神科の病棟で暮らすことになる——。そうした『死の棘』に刻まれた出来事としての狂気から少し視野を広げ、島尾敏雄とミホの人間として作家としての狂気、さらにはその周囲にある奇妙な人間関係に充満する狂気を、ノンフィクションで書いてみたかったんです。

沢木　なるほど。『死の棘』における狂気をはらんださまざまな関係性が、梯さんの「仮説」のもとに整理されていくプロセスは『狂うひと』の読者としての大きな驚きのひとつですね。

そもそもこの『死の棘』は、島尾敏雄の作品を同時代的に読んできた読者を混乱に陥《おとしい》れることになる作品でもあるんですよね。まず短編連作が十六年間に渡って書き続けられてきましたけど、折々に短編集として刊行されている。その中には、精神を病んだ妻と一緒に入院するというような凄まじいものもある。ところが長編としての『死の棘』が刊行されると、夫婦で精神科病院に入院する直前でぷっつりと終わっている。そこで、あれっ？と思う。長編の『死の棘』には肝心なところが書かれていないのではないかとね。その後、『「死の棘」日記』が刊行されますけど、それを読むと混乱はさらに深まるような気がしてくる。『死の棘』は、世間との隔絶こそが、その世界の悲劇性を支えているように思えるんですよね。『死の棘』における島尾家は、まるで暗闇の海に漂うただ一艘《そう》の小舟のような存在に見えてくる。小舟の上で起こることが彼らのすべてであり、外部からの助けはなく、ただただ漂流する運命にあることが読む側を何度も不安や絶望に陥れていく。ところが島尾さんの死後、『「死の棘」日記』が刊行されると、島尾一家は小舟に乗った漂流者ではなく、当然のことながら世間と繋がっていることが明らかになる。たとえば島尾家には、彼らの親戚縁者とのむしろ濃密な関わりがありますし、吉本隆明や奥野健男といった文学者たちが訪ねてきたり、泊まったりしている。そこでもやはり、あれっ？となるんですね。

梯さんの「仮説」は、長編としての『死の棘』に、その前後に書かれた短編や日記を突き合わせることで、そうした読者の「あれっ？」という思いに応えてくれるものになっているんですね。

その「仮説」の最も重要なもののひとつが、吉本隆明や奥野健男が論じてきた、島尾ミホの少女性・巫女《みこ》性に対する「ノー」ですよね。たとえば、「島尾と出会ったときのミホは満年齢で二十五歳である。もとより少女といえる歳ではなく、あの時代では婚期を過ぎた女性とみなされる年齢だろう」と。これは吉本さんや奥野さん以後の多くの人が踏襲してきた島尾ミホ像に異を唱えるというだけでなく、『死の棘』の見方を根本的に変える指摘となっています。

梯　吉本さんや奥野さんの著作を読み直すと、彼らはミホさんが本来持つ人間性とは別の文脈で、彼女の少女性や巫女性を強調してきたのではないかと思えてきます。彼らはまず、特攻隊長としての島尾敏雄を「島を守りにきた神」と定義します。そして、守られる存在である島の人々の代表あるいは象徴として、ノロ(沖縄・奄美地方でかつて祭祀《さいし》をつかさどった巫女)の家系に生まれたミホさんを規定する。この構造の中では、ミホさんは守られる者にふさわしい属性を備えていなくてはなりません。つまり、か弱く、無垢《むく》・無謬《むびゅう》で、素朴でなければならない。そこで、少女性・巫女性を強調することになったのではないかと思います。吉本さんも奥野さんも、二人の結びつきにある種の聖性を与えようとしましたから、「外来の神と南島の巫女」という組み合わせは重要だったんです。でも、ミホさんが育った時代にはノロの制度はすたれていましたし、本人も、『死の棘』の騒ぎが終わって故郷の島に帰るまで、自分が巫女の家系だとは知らなかったと言っていました。それに、ミホさんは幼児洗礼を受けたカトリックなんですよ。

沢木　確かに梯さんがおっしゃる通り、島尾ミホの「巫女性」については後づけかもしれない。でも、「少女性」についてはどうだろう? 吉本さんも奥野さんも実際のミホさんと何度も会っていますよね。にもかかわらず、ミホさんの少女性にこだわったのにはそれなりの理由があったのではないかと思うんですよね。もしかしたら、ミホさんの少女性を強く印象づけられた経験がまず最初にあったのではないでしょうかね。事実、島尾敏雄も日記の中で、ミホさんの少女性についてたびたび言及しているくらいですし。

梯　確かにミホさんにはそういうところがあって、私がお会いしたときは、もう八十六歳でしたが、相対していると、ふと背後に少女だったころのミホさんが見えてくるような感覚に襲われることがありました。島で育った幼少期を回想した著作『海辺の生と死』を読んでいた影響もあるかもしれませんが、ちょっと恐ろしくなるほど鋭くて世故《せこ》に長《た》けた部分と、子どものように無邪気な部分が同居している女性なんです。身のこなしにしても、たとえば立ち上がって台所からビールを持ってきてくれるときなど、高齢なのに野性的な敏捷《びんしょう》さとでもいうようなものがあって驚かされました。

沢木さんのおっしゃるように、彼らは実際にミホさんに接して彼女の少女性にひかれた、つまり机上の空論でなかったからこそ、二人が提示した論は魅力的だったのかもしれません。でも、彼らの論が検証されることもなく、何十年もそのまま受け入れられてきたのは、やっぱり変ですよね。後に続く論者たちも皆ミホさんを「少女」と呼び、彼女が二十五歳だったことにふれようとしない。調べようとさえしなかったのかもしれません。そして敏雄とミホを相変わらず「外来の神と南島の巫女」と定義している。私はもっと身も蓋《ふた》もない場所から、二人のリアルな関係を探り、神話化されたヒロインではない生身のミホさんに出会いたかったんです。

沢木　『死の棘』を「美しい愛の物語」と捉えて疑わないという文学的な見方があって、そのことをまず疑う。それはノンフィクションのライターとしては至極まっとうな考え方ですよね。

梯　文学という言葉に惑わされたくないというのはありましたね。事実をゼロから積み上げて、ミホさんの実像を明らかにするとともに、彼女が本来持っている人間としての少女性とは異なる文脈で、彼女を少女にし、巫女にしたものは何だったのかを解明したいという思いもありました。

沢木　そもそも、梯さんがミホさんを取材するために会ってみようと思ったのは、どんなきっかけからだったんですか？

梯　作家としてのミホさんとの出会いがまずありました。あるとき彼女の著作『海辺の生と死』と『祭り裏』を読んで、もうびっくりしたんですね。『死の棘』の、あの狂った奥さんが、こんなにすごい作家だったなんて、と。ご存命と知って、これは会いにいくしかないと思いました。「取材」という名目で会いたい人に会いにいけるというのが、ノンフィクション・ライターの唯一の特権ですから。もしいい話が聞けたら、当時よく仕事をしていた雑誌にインタビュー記事を載せてもらおうと思っていました。ミホさんへの最初のインタビューは、二〇〇五年十一月十三日に奄美大島の名瀬市にあるミホさんの自宅で行いました。その翌日、せっかくなので加計呂麻島に行ってみることにしたんです。ミホさんが島尾さんと戦争末期に出会って恋におちた場所ですね。

沢木　それはひとりで？　それとも誰かの案内があって？

梯　ひとりで行き、一泊二日滞在しました。奄美大島と加計呂麻島の間には大島海峡という海峡があります。島を見て回った翌日、奄美大島に戻るフェリーを待っているとき、実はある出会いがありました。フェリーの待合室は、トイレと飲み物の自動販売機があるだけの殺風景なところなんですが、隅のほうに小さな本棚があって、十数冊の本が並んでいました。そこに沢木さんの『檀』があったんです。

沢木　そいつは劇的だ(笑)。それは文庫版でしたか？

梯　単行本でした。さっそく手にとって読み始めました。作家の妻にインタビューを重ねて書かれたノンフィクションですから、今まさに自分がやろうとしていることと同じだったわけです。でもすぐにそうしたことは忘れて、没頭して読みました。待ち時間は一時間くらいあったでしょうか。四分の一くらい読んだところでフェリーが到着したので、本棚に戻して乗船しました。東京に戻ってから本を買って続きを読もうと思っていたのですが、結局私はこの本を読まないという決断をするんです。

沢木 今は読まないほうがいい、と思ったのね。

梯 そうです。『檀』は最初から最後まで、檀一雄の妻であるヨソ子さんの一人称で書かれていますよね。フェリーの待合室で読んでいるとき、ヨソ子さんの声が聞こえてくるような気がしました。ご本人の声を私は聞いたことがないわけですから、それは『檀』の文体がもつ「声」なんですが、その声に影響を受けてしまうのを恐れたのだと思います。

そのときの私は、一回目のインタビューで手ごたえがあって、これはもしかして長いものが書けるかもしれない、と感じていたんですね。その場合は基本的にミホさんの一人称で書くことになるだろうと思っていた。そうなったとき、『檀』の文体が体に入っていて、同じような呼吸の文章を書いてしまってはまずいわけです。そういう警戒心を起こさせるような、何か強い力が『檀』のヨソ子さんの語りにはありました。だから『狂うひと』を書き終わるまで読まなかったんですよ。結局、十年越しの読書になってしまいました。

逃れられない書く人の「業」

梯 取材を進めていくと、長いものになりそうだったので、雑誌のインタビュー記事にすることはいったん見送りました。すると私のデビュー作である『散るぞ悲しき　硫黄島総指揮官・栗林忠道』の担当だった新潮社の編集者から「「新潮」に書いてみたらどうだろう?」と提案があったんです。「新潮」は島尾敏雄にゆかりのある雑誌で、『「死の棘」日記』も、もとはといえばミホさんの校訂で「新潮」に掲載されたものです。まず十五枚程度の原稿を書いてみたところ、編集長からゴーサインが出て、ミホさんに「「新潮」で連載を行うので、本格的にあなたの評伝を書きたい」と伝えました。

沢木　そうして四回の取材を重ねられたわけだけれど、その四回目の取材の後にミホさんから突然に取材の中止を求められ、彼女はその一年後に亡くなってしまう。

梯　そうなんです。

沢木　仮定の話なのだけれど、もしも断られなかったら……つまり、そのままミホさんが生き続け、取材も順調に進み、「十分に話を聞けた」という状態でこの本を書いていたとすれば、どんなものになっていたと思います?

梯　もちろん、いまと同じものにはならなかったでしょうね。ミホさんの「愛の神話」づくりに荷担していたかもしれない。

沢木　あるいはそうかもしれませんね。梯さんの「仮説」のもうひとつすばらしいところは、ミホさんが後年には「究極の愛の物語」を守るために、それ以外のものを捨象《しゃしょう》して、「演じていた」のではないかというところにまで到達する箇所です。それが可能だったのも、ミホさんのひとり語りではなく、評伝的な三人称の文体を採用したことも大きかったように思います。

梯　実はミホさんに断られたとき、一度、書くことを諦めたんです。私は、実在する人物を書くのは本質的に暴力的なことだと思っています。だから嫌だと言っている人を説得する気持ちにはなれなかったし、ミホさんのことが好きでしたから、しつこくして嫌われたくないというのもありました。そうしたらその一年後に、ミホさんは亡くなってしまうんです。

するとと、追悼の意味も込めて、ミホさんのことを書かないかという話が「新潮」からきた。そのとき、一度は「書きます」と返事をしたんです。でも、いざ執筆を始めようとすると、どうしても筆が進まない。ミホさんが私を見ている気がするんですね。生前に取材を断られているのに、相手が死んだからといって書いていいものかという葛藤が振り切れない。結果的に、人生で初めて、締切直前に「やっぱり書けません」とお断りすることになりました。

沢木　そんな梯さんを「やっぱり書きたい」と思わせ、あらためて『狂うひと』に向かわせたものは何だったんだろう。

梯　ものを書く人には、非情さがありますよね。暴力的なことだとわかっていても、「どうしても書きたい」という思いに突き動かされる瞬間があります。それを自覚したのは、島尾さんの愛人だった、「あいつ」と呼ばれた女性……。

沢木　あなたが「川瀬千佳子」という仮名を与えた方ですね。

梯　ええ。その川瀬千佳子さんの存在がわかったときでした。インタビューの際、ミホさんは夫の浮気を、一貫して、まるで天災のように語りました。クリスチャンだった彼女にとって、『死の棘』で描かれた出来事は、「神の試練を夫婦で乗り越えた」という物語なんです。そこにもうひとりの生身の人間がいたという感じがまったくしない。川瀬さんは、島尾敏雄に「書かれた」女性であるということでは、ミホさんと同じです。すべての発端になった存在であるにもかかわらず、『死の棘』では影のように扱われていて、どんな人だったかまったく見えてこない。『「死の棘」日記』を読んでもわかりません。彼女のことがわかれば、ミホさんも、神話めいた物語のヒロインとしてではなく、生身の女性として像を結ぶかもしれないと思ったんです。ミホさんの死後、『死の棘』の愛人が誰だったかがわかったとき、書き手としての私は興奮を抑えられなかった。そして、やっぱり書こうと決めたんです。

沢木　どなたかとの対談かエッセイで、天上かどこかでミホさんに会ったらなんと言われるだろう、というようなニュアンスのことを話されていたか書いていらしたという記憶があるんですけど……。

梯　ミホさんは私のことを許さないでしょう。それを覚悟しないと書けない本でした。ミホさんが途中で私の取材を断ったのは、書かれたくないことがあったからです。島尾さんの存命中に彼女が書いた小説には、多くの人がこの夫婦に付与した神話性を打ち砕きかねない、彼女にとっての真実が表現されている。書かれる者が書く者を見返す目をもっていたことをそれらの作品は表していて、そのまま書き続ければ、夫の作品世界と拮抗《きっこう》するものになりえたと思います。でも、島尾さんが亡くなると、彼女は書くエネルギーを失ってしまう。その後は逆に、自分たち夫婦の愛の物語を神話化することに力を注いでいきます。ミホさんは、私が取材を続けていけば、神話に反する事実があらわになると思ったんじゃないでしょうか。ノンフィクション・ライターの取材はしつこいですから(笑)。

沢木　一方、島尾さんと会ったら、彼はなんて言うだろう？

梯　島尾さんは許してくれるのではないでしょうか。島尾さんは、ものを書くことが人生の価値の最上位にあった人ですから。私は今回、島尾さんのことを書いていて、作家というのはなんて非情な生き物だろうと思ったのですが、考えてみると私のしたことも同じくらい、いやもっと非情なことかもしれません。そういう、書く人の「業《ごう》」のようなものを、島尾さんは誰よりもわかっていたと思います。それに、島尾さんは、自分たちを神話化してほしくなかったと思うんです。でもミホさんがそうするのを止めることができなかった。だから晩年、昔の教え子の女性に、ミホさんの束縛に疲れ切っているという話をしていたりする。

沢木 それはとても印象的な挿話《そうわ》ですよね。いずれ君は僕のことを書くことになるだろうからと言って自分のことを話したという……。

梯 はい、自分はミホの目があるので日記にも本当のことを書けない、それを君に話しておくから、いつか書きなさいと……。この教え子の方の話を聞いたとき、もしかすると島尾さんは自分の死後に向けて、「神話崩し」の布石《ふせき》を打ったのではないかとさえ思いました。島尾さんは、人間は書くものだ、まして作家である自分は何を書かれても仕方がないと考えていたのではないでしょうか。……そう思うことで、私が自分自身を納得させようとしているのかもしれませんが。ただ、もうこの世にいない人のことをノンフィクションとして書くことの是非は、執筆時に本当に考えさせられました。

沢木 そうでしたか、と僕が納得しちゃうと対談にならないので(笑)、あえて訊《たず》ねると、どんなふうに考えさせられたんですか?

梯 生きている相手であれば、私の書いたことに対して「そうじゃない」と抗議することもできる。怒られたり訴訟を起こされたりしたとしても、そのほうがいいんです。同じ土俵でがっぷり四つに組めるでしょう。でも、死者は何も言ってくれない。こちらは書き放題です。そのことのほうがずっと怖いですよね。死者のことを書くときは、絶対者と対峙《たいじ》するような感覚になってしまいます。しかも私は、ミホさんに「書くな」と言われたことも書いている。するとミホさんがいつも私を見ていると思ってしまうんです。もちろん、霊的な意味ではなくて……。

沢木　ミホさんの、見えざる視線を意識せずには書けないものだったということですね。

梯　そのとおりです。そうした死者の視線は、デビュー作の『散るぞ悲しき　硫黄島総指揮官・栗林忠道』の執筆時にも感じましたが、そのとき以来ですね。あの本に登場するのは皆、非業の死を遂げた人々です。取材で硫黄島に行き、一万人を超える人たちの骨が埋まったままになっている土の上を歩く経験をしたときから、死者の視線を意識せざるをえなくなった。それは、励みになったとともに、一生背負っていかなくてはならない重荷にもなりました。ノンフィクションとは、取材相手をいわばネタにして自分の作品を作ることです。それを自覚し、書くことの暴力性について深く考えるようになったのは、硫黄島の本の取材と執筆を通してでした。あれを書いていたときもやはり、死者たちに見られているという感覚がありました。

島尾夫妻はお互いすらもネタにして生きていた夫婦です。川瀬千佳子さんも、島尾夫妻に一方的に書かれ、ネタにされた。それは暴力的なことで、川瀬さんはそれに深く傷つき、人生が変わってしまったことがわかったのですが、私もそれと同じことをやっているわけです。もう死んでいなくなった、『死の棘』をめぐる人たち全員をネタにして、『狂うひと』を書いた。「ミホさん、怒ってるだろうなあ」「あの世で会ったら、きっと許してくれないだろうなあ」と思いつつ、それでも書いてしまう私がいる。自分がここまで非情な書き手になれるとは思っていませんでした。

書くことは、奪うこと

沢木　『狂うひと』を読みながら、やはり僕の書いた『檀』のことを考えないわけにはいかなかったんですけど、『死の棘』と『火宅の人』はつくづく共通点の多い小説だと思わされました。『火宅の人』は檀一雄が十四年間、『死の棘』は島尾敏雄が十六年間、どちらも短編連作を書き続けたことで生まれている。そしてどちらの作品も、主人公の作家が愛人と「事をおこす」ことによって物語が始まる。

檀一雄がなかなか書けなかった最終章を死の床で書き上げて『火宅の人』を刊行したのが一九七五年で、その翌年の一九七六年に日本文学大賞と読売文学賞を受賞します。島尾敏雄もやはりなかなか書けなかった最終章を一九七六年に書き上げると、『死の棘』で同じく日本文学大賞と読売文学賞を受賞する。これは僕の「仮説」ですけど、島尾敏雄が『死の棘』の最終章を書き上げるにあたっては、ある種のブームを引き起こした『火宅の人』の存在が大きかったのではないかという気がします。島尾さんは若いときからの檀さんの知り合いでしたしね。

でも、大きな違いもあります。小説の中に描かれている世界において「世間」がどういう位置を占めるかということです。さっきも言ったように『死の棘』にはほとんど世間がありません。島尾敏雄は世間を捨象したところに『死の棘』の世界を成立させている。一方、『火宅の人』には濃厚に世間が存在する。主人公は、ずっと世間を引き連れながら歩んでいくんですね。

梯　それは本当に、面白いほど対照的です。檀さんと島尾さんの、男性として、そして作家としての個性が表れている気がします。

沢木 その二つの、似て非なる作品に対して、僕は『檀』で、梯さんは『狂うひと』で、「作中の主人公に描かれる妻とは」という共通の視点を持つ作品を書くことになった。

梯 きっと沢木さんは檀一雄の奥様のヨソ子さんと終始いい関係でいらっしゃったと思うのですが。

沢木 僕は、ヨソ子さんの自宅で週に一度話を聞くということを一年間続けたんですね。最初は毎週月曜日にお訪ねしていたんです。午後一時ごろから取材を始めて、三時ごろになるとお茶とケーキで小休止をして、食べ終わると取材を再開し、五時ごろまで続けます。四時半頃になると、ヨソ子さんが「おなかが空《す》いたでしょ」と言って、ちょっとした食事を出してくれるんですが、あるとき鯖寿司を作って出してくださった。僕は鯖寿司がとても好きということもあるし、本当においしかったので、あっという間に食べちゃった。すると、それから毎週鯖寿司を出してくださるようになったんです。

そんな日々が続いたある日、「いらっしゃるのを火曜日にしてくださいませんか?」とヨソ子さんから言われたんです。稽古事か何かで月曜日に用事ができたのだろうと思ったんで了解して、その翌週から取材日を火曜日にしました。それからしばらくして「どうして火曜日になさったんですか?」と訊《き》くと、こんな答えが返ってきた。「日曜日は魚屋さんがお休みなのでいい鯖が手に入らないんですよ」って。つまり、月曜日だとおいしい鯖寿司を出せないからということだったんです(笑)。こうした関係の中で、『檀』の取材は続けられていましたね。

梯 そもそも『檀』の執筆はどんなきっかけから始まったのでしょう?

沢木 僕がヨソ子さんに話を聞こうと思ったきっかけは、彼女の娘である檀ふみさんとの会話でした。

何度か共にした酒席で彼女からよく聞いた話が、ヨソ子さんのことだったんです。意外にも、ふみさんは「母は父のことがずっと好きだった」と言うんです。

梯　檀ふみさんが、ヨソ子さんは今でも檀さんのことを好きみたいだと話されていたのを、私もどこかで見聞きしたことがあります。

沢木　僕は彼女の口から語られるヨソ子さんの実像に強く魅かれたんですね。それは『火宅の人』で描かれている、どこか冷たい妻の像とは大きく異なっていた。誰かがきちんと話を聞いて、『火宅の人』を、妻の視点から照射する作品を書くべきではないかと思うようになったんですけど、その誰かがいつしか自分になってしまった(笑)。

それを僕がやることにしたもうひとつの理由に、ひとりの人間の内面をノンフィクションで本当に描くことはできるのだろうか、描いてみたいという思いを永く抱きつづけていたということがあります。ヨソ子さんを描くことで、その永年の夢が達成できるかもしれないと、ちょっとした興奮を覚えていたかもしれません。

梯　その「ちょっとした興奮」からノンフィクションはスタートするんですよね。

沢木　ヨソ子さんと会って話すうちに、彼女が「檀はこういう人でした」と話すことに気がついたんですね。「檀は」、「檀は」と。それを聞いているうちに、自然に『檀』というタイトルが決まってきた。タイトルが決まったというよりも、「ああ、これは『檀』という物語なんだ」と気がついた、と言った方が正しいかもしれません。

梯　『檀』は、とても丹念に取材を重ねられて、言ってみれば沢木さんがヨソ子さんに成り代わって書かれたものですが、事実の裏を取るなどして加筆されたところはあったのですか？

沢木　それはしなくていいだろう、と思ったんです。ヨソ子さんの語ったことを書くということが僕のやったすべてのことだった。仮に彼女が言ったことが嘘だったとしても、彼女が話したという事実があるのだからそれはそれでいい、という思い切りはありましたね。もしかしたら、さまざまな人に取材をして、『火宅の人』という作品と、檀一雄と、その妻のヨソ子さん、愛人の入江杏子さんとの関係性をきちんと三人称の評伝で書くという方向性もあり得たかもしれません。でも、梯さんの『狂うひと』を読んで、あらためてそれは書く必要がなかったと気がついたんです。なぜなら『死の棘』には無数の謎があるけど、『火宅の人』には謎が何もない。

梯　なるほど。それは檀一雄という人の個性も関係していますね。

沢木　明らかにされるべき謎があったとしたら、それはやはりヨソ子さんの内面にしかなかったのかもしれません。

『檀』を書き終わって、僕はヨソ子さんに原稿をお見せしたんですけど、彼女は僕の書いたものにいっさい手を入れなかった。ただ一カ所だけ、名前が違っていたことを教えてくれただけでした。ただこんなことをおっしゃった。「これを読んで、今まで私の中に生きていた檀は、もういなくなりました」と。それまでヨソ子さんの心の中には、さまざまな思いを喚起する檀一雄が蠢《うごめ》いていたのに、僕の『檀』によってそれが整理され、それを読むことで消えてしまった。書き手としてはとても複雑な感慨でした。

梯　人間の気持ちや思いを文章にすることは、形のないものに形を与えることなのでしょうね。それを整理して言葉にしてしまうと……。

沢木　失われるものがあるんでしょうね。

梯　そうなんですよね。それはものすごく怖いことだけれど、書き手としては、それを覚悟しないと何も始められない。文章を書いていて、「あ、これはこういうことなんだ」「こう書けばいいんだ」と、ぱっと閃《ひらめ》く瞬間がありますよね。そういうとき、私、ぱたっとパソコンを閉じてしまうことがあるんです。書くのが怖くなるんですね。閃きをそのまま文章に定着することなどできないと、経験的に知っているから。文章を書くことは、流れている小川の水を容器に掬《すく》い取るようなことだと思うんです。そこにはさっきまで小川だったものが確かにあるけれど、もう流れることのないものとして、固定されてしまう。

沢木　現実はもっと豊かだったかもしれないわけですよね。書くということは、ある意味でその豊かなものを、乏しくさせて固定するということになるのかもしれない。

梯　ヨソ子さんが原稿をいっさい直さなかったのは、沢木さんの文章が正確だったからだと思うんです。でも、形のないものが形を得たことによって、もやもやしたものが消えて、何かがしぼんでしまった……。

沢木　しぼんでしまって、失われる……あるいは、僕が奪ってしまったんでしょうね。ヨソ子さんが『檀』を何度お読みになったかはわからないけれど、読んでいるうちに「そうか、そうだったのか」というふうに思ってしまったのかもしれない。それは島尾ミホさんとのことでいうと、ミホさんもやっぱり自分について書かれたもの、島尾さんのものだけじゃなくてもいろんな人の評論などを読んでいるうちに「そうかもしれない」と思って自分を……。

梯　ええ、きっと影響されて、何かを失っていったのだと思います。

沢木　強く影響されて、そこから梯さんの言葉を借りるなら、「演じる」ということに近くなっていったのかもしれない。

『死の棘』にない、俯瞰の目

梯　島尾さんは、非情ではあるけれど、嘘はつかない人だった。『死の棘』に書かれていることにも嘘はないと思うんです。

沢木　僕も嘘は書いていないような気がしますね。

梯　文章を書くということについては、ものすごく誠実な人だったんですよね。

沢木　でも、島尾さんは、無限に「省略」はしたはずですよね。それが島尾一家を暗闇の海に漂う小舟のように見せ、そこにだけスポットライトが当たっているように見せている。

梯　あえて書かないことがたくさんあったということですね。

沢木　そうです。しかし、フィクションだけでなくノンフィクションも省略はします。だから、省略をするという一点で、ノンフィクションもまたフィクションに近接すると言えるんだと思います。

梯　沢木さんにとって、ノンフィクションとフィクションを分かつものは何なのでしょう？

沢木　ノンフィクションを成立させる定義は僕の中ではただひとつです。自分が「事実ではない」と知っていることを「事実である」として提出しないということ。

仮に「事実ではない」ことを知らずに、間違えて「事実である」として提出したとしても、それはノンフィクションとして成立していると考えています。でも、自分で「事実ではない」と知っていながら「事実である」として提出したら、それはノンフィクションとは言えないということです。

逆に、フィクションは「事実ではない」ということを知っていながら事実であるかのように提出することが許されます。

梯　でも、その前提に立って『死の棘』について考えると、あの本にはフィクションの要素は入っていなさそうなんですよね……。

沢木　そう、『死の棘』は事実だけを書いてノンフィクションではなく、フィクションになっている。それは、もしかしたら、『死の棘』に「俯瞰《ふかん》する目」が存在していないからかもしれませんね。

梯　確かに『死の棘』は近景ばかりで、クローズアップが続く映画のようです。

沢木　顕微鏡で見たような微視的な描写が連続していきますよね。島尾家に起こる出来事をどこまでも微視的に観察して、克明に見たものを並べていく。すると、その顕微鏡の視野以外のものはぼやけて、何もわからなくなる。それが島尾家を、「暗闇の海に漂う小舟」のような存在にしているんだと思います。

梯　島尾さんは俯瞰して見る目を敢《あ》えて封じていたのかもしれませんね。そのときどきの行動や思考をあるがままに書いているので、語り手である主人公の思考や行動に整合性がない。それが逆にこの小説にリアリティをもたらしています。

沢木　島尾さんの『死の棘』はその俯瞰の目を一切使っていないからすごいんでしょうね。

梯　そう思います。ミホという女性も、何を考えているか読者にはまったくわかりません。それは主人公の「私」がミホのことをわかっていないからで、理解できない他者として、ものすごく新鮮なかたちで妻が立ち現れてくる。これはなかなかすごいことで、この小説の大きな魅力だと思います。

沢木　一方、『死の棘』は私小説の極北にあるというような言い方をされることがありますけど、間違いなく島尾さんは書く対象であるミホさんの人生をまるごと受け止める立場に身を置いていますよね。作家が書かれる対象の人生を引き受ける関係性にあるときに、本来書いてはならないことなのかもしれないことまで書いてしまう私小説というものが成立すると言えるような気がするんです。

梯　私小説だから、書く対象はごく近くにいる人ですよね。

沢木　基本的には妻だったり、子どもだったり、親だったり、愛人だったりするけれど、私小説の作家は、書く対象の人生を引き受けざるを得ない関係性にあるから書くことが許されている。しかしノンフィクションの書き手は、書く対象の人生を丸ごと引き受けることはできない。生きている人間を書くのだけれど、取材し、書き終わったら、人間関係はそこで終わる。そこにおいて、対象の人生をどこまで書くことが許されるのか、という問題が出てきますよね。

梯　私もそれについて考えることがあります。

沢木　僕がノンフィクションを書こうとするときに怯《ひる》むのは、ノンフィクションであるにもかかわらず、深い関係性を構築してしまったがために、その書く対象の人生を引き受けざるを得ない状況に立たされるかもしれないと思うからです。

梯　怯むんですか、沢木さんが？

沢木　怯むんです(笑)。

梯　それはすごくいいことを聞きました(笑)。いや、私も怯みますね。書かれたことでその人の人生が変わるかもしれないですから。

沢木　変わりますからね、現実に。そのときにもし、相手が望むのならばその人生を引き受けなきゃならないとすると、それは本当に大変なことですよね。

梯　死んだ人を書くのも大変だけど、生きている人を書くのも大変ですよね。「その後も関係性が続くと思うと書けない」ということはありませんか？

沢木　それはないんですよ。「関係性が続くからここまで」というふうには思わなくて、まずは書きたいものを書けばいいと思っている。たとえば僕の『敗れざる者たち』の中に「クレイになれなかった男」という……。

梯　『敗れざる者たち』！　あの作品は私にとって原点とも言えるものなんです。そもそも私は沢木さんの作品を通してノンフィクション・ライターという仕事を知ったんですよ。私は「たち三部作」と勝手に呼んでいるんですが、学生時代に読んだ『若き実力者たち』『敗れざる者たち』『地の漂流者たち』は、間違いなく書き手としての私の一部を作っていると思います。

沢木　それは嬉しいような、怖いような話ですね（笑）。その「クレイになれなかった男」と『一瞬の夏』という作品で、僕はカシアス内藤君というボクサーのことを書いたわけですよね。僕たちはその作品の中で、強い関係性で結ばれている。カシアス内藤君に言わせれば、「『一瞬の夏』は俺たちの本だ。お前の本でもないし、俺の本でもないし、俺たちの本だ」ということになるらしい（笑）。仮に僕が他人の目から見ると相当ひどいと思えるようなことを書いたとしても、理由があれば必ず彼はそれを理解してくれると僕は信じているんですね。僕たちの関係性が、あの作品をどこか強くしてくれている。その代わり、僕は彼に恣意的《しい》に「さよなら」は言えない。その関係性はお互いの人生に深く絡み合い、死ぬまでずっと続いていくような気がするんです。

梯　カシアス内藤さんのような人が十人いたら、それこそ大変ですよね（笑）。

沢木　大変です（笑）。そういうことなんかを考えて、怯んでしまうんでしょうね。

梯　すごくわかります。私はある人から「あなたの仕事はダイバーみたいですね」と言われたことがあるんです。スキューバダイビングは浮上する保証があるから深いところまで潜って、深海の世界を覗《のぞ》くことができる。ノンフィクション・ライターもそれと同じで、浮上して、もとの人生に戻ることが決まっているから、他人の心の奥深くまで潜ることができる。ときには、親きょうだいや配偶者にも言っていないことを私に語ってくれるチャンスに恵まれるかもしれない。「そんなことができるのは、以後の人生でお互いにかかわらないことが決まっている関係だからなのではないか」と、その人に言われて。それは一理あるなと思ったんです。

沢木　それは一理というか何理もありますね。その「ダイバー」という比喩《ひゆ》がとっても面白いのだけれど、僕がノンフィクション・ライターとして仕事をしている、そのある種の楽しさの根源にあるものは、まさにある世界に深く分け入っていって、再び外に出ることができるというところにあるんだろうなと思うんです。ダイバーが浮上するように抜け出ていく。どんなにつらい場所でも、「出て行ける」とわかっていたら耐えられるし、楽しむことさえできる。

梯　そうですね。

沢木　『死の棘』は、島尾さんが島尾家という檻《おり》から外に出られないから大変なんですよね。たとえば、僕が島尾さんのように誰かと精神科の病棟で暮らすことになったとしても、「五カ月で出ていっていい」という前提があったら、それはノンフィクションのライターとしてとても興味深いひとつの経験ということになります。これが「ノンフィクションを書く」ということの醍醐味《だいごみ》でもあると同時に疚《やま》しさでもあるんですよね。

梯　ネタをとりにいっているという意識が浮かんで、罪悪感のようなものを感じることがあります。

沢木　僕が子どものころに、東映の映画で『七つの顔の男』シリーズというのがありましてね。

梯　ああ、知っています。

沢木　片岡千恵蔵扮する多羅尾伴内という私立探偵が「あるときは片目の運転手、またあるときは……」といろんな変装をしながら事件を解決していくという映画なんですけど、僕はそれがなんとなく好きだったんですね。彼は何者にでもなれる。だけど、何者でもない。そして何者かになってどこへでも行くけど、必ず帰ってくることができる。この多羅尾伴内の在り方にこそ、僕にとってのノンフィクションの書き手の「悦楽」の秘密があったわけなんですね。だけど、そうやってさまざまな世界への出入りを繰り返していくうちに否応《いやおう》なく人間の関係性が蓄積されていってしまう。すると、やっぱりそれは悦楽だけではすまなくなっていく。

梯　この仕事を長くやるのは本当に大変なことです。そうした取材対象との関係性の問題だけでなく、テーマとの遭遇に関しても、偶然を待つようなところがあるでしょう。多くのものを犠牲にしても書きたいと思うほどの対象との出会いがなければ、続けることはできない。いくらスキルがあっても、テーマがなければノンフィクションの仕事は廃業するしかないわけです。そういうのって、はたして仕事と言えるのだろうか……と思うことがあります。

沢木　もしかしたら、ノンフィクションを書くというのは、本来、仕事としては長くはできないものなのかもしれませんね。

梯　明日なき世界を生きているわけです(笑)。だからこそ、いま目の前にあるテーマを、必死で追いかけるしかないのでしょうね。

「かく」ということ

1

私は二十代のはじめにフリーランスのライターとなって以来、永くノンフィクションを書きつづけてきた。

その過程で、常に考えざるをえなかったのは、ノンフィクションとは何なのだろうということだった。

必然的に、ノンフィクションの書き手と対談するときは、ノンフィクションとは何か、ノンフィクションを書くとはどういうことなのかというテーマをめぐって議論するようになった。いや、ノンフィクションの書き手ばかりでなく、フィクションの書き手との対談においても、フィクションとノンフィクションの違いは何なのか、フィクションとノンフィクションの境界線はどこにあるのかといったことを話すようになった。

やがて、私は誰かにノンフィクションとはどんなものかを話すとき、次のような比喩《ひゆ》を用いて説明するようになった。

机の上に無数のビーズ玉が転がっているとする。そのひとつひとつのビーズ玉が事実のかけらだとすれば、ノンフィクションのライターは、糸を通した針を手に、ひとつ、またひとつとビーズ玉を掬《すく》い上げてはその穴に糸に通し、自分好みの首飾りを作っているようなものなのかもしれない、と。

あるいは、こう説明することもあった。

天上に無数の星がきらめいている。その大小さまざまな星が事実の断片だとすれば、ノンフィクションを書くという作業は、その星をひとつずつ選び出し、線でつないでいき、新たな星座を描くという作業に似ている、と。

私は、ノンフィクションを書くという行為を、首飾りを作ったり星座を描くということで説明してきたことになる。

だが、どちらの説明にも一長一短があったかもしれない。事実を、市販されているような安価なビーズ玉にたとえると、それがいかにも簡単に手に入るものという誤解を生むことになりかねない。逆に、事実を星にたとえてしまうと、遠くにあってなかなか手に入らないものという印象を与えることになってしまう。

ノンフィクションのライターが取材によって手に入れる事実の断片は、なかなか手に入れることが難しいものであると同時に、簡単に手に入るものでもある。もちろん、その簡単に手に入る事実の断片も、多くの人にその真の意味がわかっていないからこそ、重要なものになっていくのだが。

いずれにしても、無数の事実の断片を収集し、選別し、ひとつながりのものにしていくということにおいては変わらない。

星座と言えば、柳田邦男さんが、この巻の「書くことが生きることになるとき」の中で、心理学者の河合隼雄に触れて、次のような話をしている。

「河合隼雄先生がよく言うように、意味なく空に散らばる無数の星の中からどれかを選んできて星座という物語を作る。ノンフィクションを構築する場合、同じ作業をしていると思うんです」

確かに、河合さんは、人が自分の物語を作っていくことで自己了解に達するということを、そしてそれを助けることが心理療法家には必要だということを、さまざまなかたちで述べている。《心理療法においてクライエントは各自にふさわしい「神話の知」を見出すのであり、治療者はそれを援助するのだとさえ言うことができる。神話とまで言って、「神」を持ち出すこともないと思う人に対しては、各人が自分にふさわしい「物語」を創り出す、と言ってもいいであろう》（『心理療法序説』）

しかし、ユング派の河合さんにおける星座〈コンステレーション〉と、ノンフィクションのライターにとっての星座は微妙に異なっているように思われる。

たとえば、河合さんは京都大学の退官記念講義で次のように語っている。

「モーツァルトが、自分は自分の交響楽を一瞬のうちに聞くんだと言っていますね。だから、モーツァルトがぱっと把握した、これというコンステレーション。それをみんなにわかるように

2

時間をかけて流すと、二十分かかる交響楽というふうになってしまった」

つまり、このとき、星座〈コンステレーション〉は、直観的に感受されるもの、天啓のように舞い降りるものであり、それを何らかの形で説明しようとすると、長い物語が必要となると言っているのだ。

しかし、ノンフィクションのライターにとっての星座は、まったく逆のベクトルによって描かれることになる。ひとつの星を見つけると、その形状や光量を吟味し、別のもうひとつの星との関係を精査し、ようやく一本の線が引かれる。そのようにして、いくつかの星と星とをつなぐ線が引かれていくのだ。そして、気がつくと、ひとつの星座のようなものが描かれている。

3

星であれ、ビーズ玉であれ、ノンフィクションのライターが事実を求めるためにしてはならないのは、それらを自らの手で恣意的に作り出してしまうということである。

唯一許されているのは、見い出すことであり、選び出すことだけである。見い出し、選び出したものに手を加え、変形させてもならない。辛うじて許されているのは、柔らかい布で汚れを落とすことくらいかもしれない。

だとすれば、首飾りや星座の美しさは、ビーズ玉や星たちが本来持っている輝きによって決定されることにならないか。つまり、ノンフィクションの作品としての価値は、対象の持っている存在としての力によって決定されることにならないか。もしそうだとするなら、そのとき、ノンフィクションの書き手は、どのような意味においても作品に対して本質的な存在になり得ていないということになる。

ノンフィクションを書きつづけていく中で、書き手としての私を考え込ませ、悩ませたのはその問題だった。

それについて、私は角幡唯介さんとの対話において、こう述べることになる。

「僕は熱量という言葉で理解していることがあります。ノンフィクションは、対象の熱量が大きければ、書く人がわりと未熟でも、作品として成立することがありうる。たとえば、ものすごく有名な人だったり、大きな事件や出来事であれば、ちょっとくらい書き手が下手なことをやっても、対象の熱量の大きさでもってしまうということがある」

ノンフィクションの出来、不出来は、書こうとしている対象が持っている熱量によって規定されてしまうのではないか。つまり、ノンフィクションの書き手は、書いたものを自分で完全にはコントロールしきれないことにならないか。

私がフィクション、具体的には小説を書くようになった最大の理由はそこにあったように思われる。

たぶん、私は自由に星を作ってみたかったのだと思う。すべての制約から解き放たれ、まったく自由に星を作り、配し、線を引いてみたい。それは、自分が書こうとしている世界を完全にコントロールしたいということでもあった。

しかし……。

4

あれは、作家の中上健次が元気な頃だったから、だいぶ以前のことになる。

新宿の小さな酒場で偶然出会い、一緒に飲むことになった。

それがどのような話の流れだったかは覚えていないが、中上さんが不意にこう言った。

「沢木は、眼高手低だからなあ」

中上さんは私よりひとつ年上になるが、名前を呼びつけにされるほど親しく接してはいなかったので、その物言いには驚かされた。

その驚きが大きかったのか、私は中上さんの軽い揶揄が含まれているように感じられる言葉に何も反応せず、受け流した。

どちらもだいぶ酒が入っていた。もしかしたら、何を言ってやがる、と私が啖呵《たんか》を切ってもおかしくない局面だったかもしれない。

それが、私の書いているノンフィクションについての言葉だったとしたら、対応の仕方は異なっていただろう。だが、私は、その少し前に、文芸誌に初めての短編小説を発表したばかりのところだった。中上さんが言っているのは、その短編小説についてだと思われた。


眼高手低！

中上さんは、おまえは頭でっかちで手技がついていってないではないか、と言っていたのだ。しかし、私は、その言葉を受け流しながら、心の底で、実は、そうかもしれない、と思っていた。それは、書いた自分も、どこか違うな、と感じていたからだった。

5

フィクションを書くようになってしばらくして、ひとつ気づくことがあった。

もしかしたら、ノンフィクションを書いている私は極めて自由だったのではないだろうか。自分で星を作り出したり手を加えたりすることはできないが、星座の線を引くに際しては、つまり、作品のスタイルを決めていくに際しては、自由に冒険をし、次々と新しい方法に挑戦できていた。

ところが、フィクションを書いているときの私はどういうわけか不自由になっている。さらなる自由を求めてフィクションを書きはじめたはずなのに、かえって不自由さを感じるようになっているのはどうしてだろう……。

確かに、ノンフィクションを書きはじめた頃の私は無限に自由だった。

それは、十代の頃にほとんどノンフィクション作品を読んでいなかったため、ノンフィクションとはこういうものだという固定観念がなかったからであるに違いなかった。

だから、いざノンフィクションを書こうと思ったとき、手本とすべきものもなかったし、模倣したいと思うものも存在していなかった。私は自由に方法を考え、自由な文体で書くことができていた。その結果、これまでのノンフィクションの書き手とは、良くも悪くも、異なるものが生み出せてきていたのだ。

ところが、私は幼い頃から実に多くの小説を読みつづけてきていた。そのため、知らないあいだにさまざまな影響を受け、どこかで小説とはこうあらねばならないという固定観念を植えつけられることになっていた。

それだけではない。

ノンフィクションにおいては自らの手で星は作ってはならないという制約があった。私はノンフィクションにおいて星座の線を引きながら、もしここに、こういう輝きの星があったなら、と思うことが何度もあった。それが私をフィクションに向かわせたひとつの理由でもあった。

フィクションは想像力によって星を作ることが許される。私は、いつか自由にその星を作ることが許される星座を描いて見たいと思うようになったのだ。

しかし、実際にフィクションを書きはじめ、自由に星を作ることができるということになって、むしろそれが枷《かせ》になってきた。

作ることができる、ではなく、むしろ作らなくてはならない、という思いに強く縛られるようになってきてしまったのだ。

もともと、私はフィクションとノンフィクションの境界が曖昧なものが好きではないというところがあった。

かつて小説家の手によって多く書かれていた「小説＊＊事件」などというものは、事実探求の厳しさにも堪えられず、想像力の飛翔もままならない書き手の安易な逃げ道だと思っていた。

だからだろうか、自分がフィクション上で生み出す星は、現実からの借りものではない、想像力による無垢なものでなくてはならないという強い思い込みがあった。

その意味では、潔癖なくらい現実からの借りものを排することを意志してきた。

フィクションを書くのは、星座の星を自由に配したいというところから出発したはずなのに、その星はすべて想像力によって作り出さなくてはならないということに縛られすぎていた。

その結果がフィクションを書く上でのこの束縛感であり、それが自分を息苦しく不自由にさせている。

ノンフィクションを書きはじめた頃の私は、取材という行為が好きだったこともあって、事実の断片としての星たちはいくらでも手に入った。おかげで、星をいかにつなぐか、つまりどのような方法で星座を描くかということに精力を傾けることができた。

一方、フィクションを書きはじめた私は、星たちをどのように生み出すかに腐心するあまり、いかにそれらをつなぐかというところにまで思いが及ばなかったかもしれない。

たぶん、方法は力なのだ。私のフィクションにおいては、その力が薄れていたかもしれない。

そもそも、フィクションは「すべてあり」の世界なのだ。そこに配される星がどのようなものであってもかまわないはずではないか。想像力によって生み出されたものであれ、現実からの借りものであれ、歴史上に浮き沈みしている出来事であれ、重要なのは、それらをどのようにつなぐかということなのではないか……。

だが、心からそう思えるようになったのは最近のことである。

それによって、ようやく、真の意味で自由な書き物としてのフィクションに向かい合うことができるようになった気がする。

もしかしたら、二、三年後には、かつてノンフィクションを書きはじめた頃の私と同じように、すべてから解き放たれた自由なスタイルでフィクションを書けるようになっているかもしれない。

それを夢見て、フィクションの書き手としての私は、ゆっくり歩んでいくことになるだろう。

遅すぎる、ということはないと信じて。

沢木耕太郎

沢木耕太郎
1947年東京に生まれる．横浜国立大学卒業後，ルポライターとして出発．79年に『テロルの決算』で大宅壮一ノンフィクション賞，82年に『一瞬の夏』で新田次郎文学賞，85年に『バーボン・ストリート』で講談社エッセイ賞を受賞．ノンフィクションの新たなジャンルを切りひらく．『深夜特急』は幅広い世代に影響を与え，いまもロングセラーとして読み継がれている．
2006年には『凍』で講談社ノンフィクション賞，14年には『キャパの十字架』で司馬遼太郎賞を受賞．当代きってのインタヴュアー．また長年，映画評を書き，『世界は「使われなかった人生」であふれてる』などにおさめる．『血の味』『春に散る』など小説も執筆．「沢木耕太郎ノンフィクション」シリーズ(全9巻)も刊行．

沢木耕太郎セッションズ〈訊いて、聴く〉IV
星をつなぐために

2020年6月11日　第1刷発行

編著者　沢木耕太郎《さわきこうたろう》

発行者　岡本　厚

発行所　株式会社 岩波書店
〒101-8002 東京都千代田区一ツ橋2-5-5
電話案内 03-5210-4000
https://www.iwanami.co.jp/

印刷・三秀舎　カバー・半七印刷　製本・松岳社

ISBN 978-4-00-028080-8　Printed in Japan

沢木耕太郎セッションズ〈訊いて、聴く〉 全四冊

四六判、平均三二〇頁、本体各一七〇〇円

Ⅰ 達人、かく語りき（人物）

Ⅱ 青春の言葉たち（青春）

Ⅲ 陶酔と覚醒（旅・冒険・スポーツ）

Ⅳ 星をつなぐために（フィクションとノンフィクション）

岩波書店刊

定価は表示価格に消費税が加算されます
2020年6月現在